COLEÇÃO CLÁSSICOS DE OURO

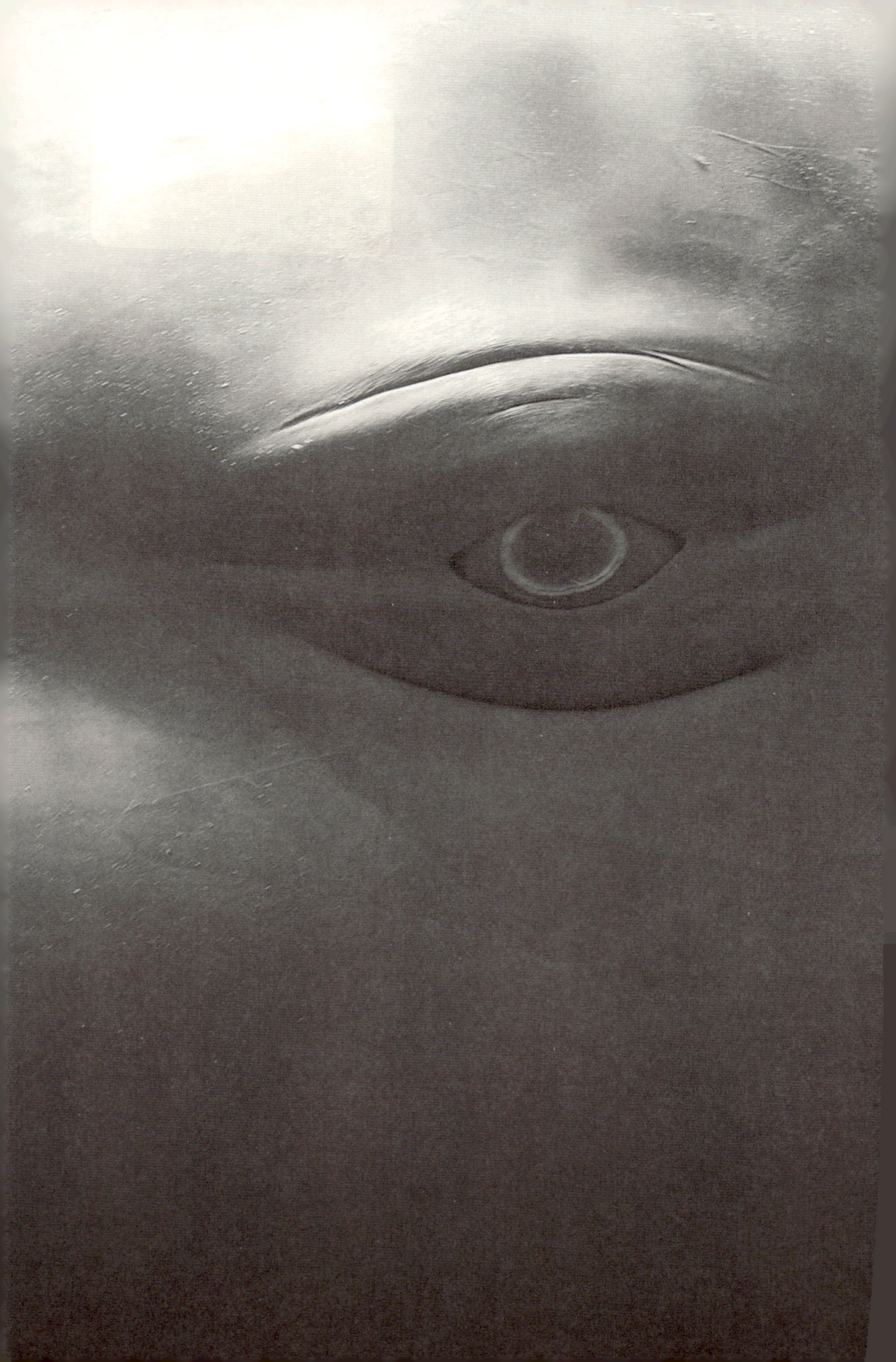

Herman Melville

MOBY DICK

TRADUÇÃO Berenice Xavier

PREFÁCIO Marco Lucchesi

22ª EDIÇÃO

EDITORA NOVA FRONTEIRA

Título original: *Moby Dick or The Whale*

EDITORA NOVA FRONTEIRA PARTICIPAÇÕES S.A.
Av. Rio Branco, 115, salas 1201 a 1205 – Centro – 20040-004
Rio de Janeiro – RJ – Brasil
Tel.: (21) 3882-8200

Imagem de capa: Getty Images - Reinhard Dirscherl

CIP-Brasil. Catalogação na fonte
Sindicato Nacional dos Editores de Livros, RJ

M486m Melville, Herman, 1819-1891
Moby Dick/ Herman Melville; tradução Berenice Xavier; prefácio Marco Lucchesi. — [22. ed]. — Rio de Janeiro: Nova Fronteira, 2020.
640 p. ; 15,5 x 23 cm (Clássicos de Ouro)

Tradução de: *Moby Dick or The Whale*
ISBN: 978.65.5640.127.0

1. Ficção americana. I. Xavier, Berenice. II. Título. III. Série.

CDD: 813
17-40046 CDD: 821.111(73)-3

Prefácio

Alguém disse que, quando lemos um clássico pela primeira vez, realizamos, a bem da verdade, uma segunda leitura. Pode soar estranho, mas pensemos em *Moby Dick*.

Antes de navegarmos por estas páginas, assistimos a um sem-número de filmes, desenhos, quadrinhos e músicas, inspirados em Melville. Portanto, sabíamos algo de *Moby Dick*, mediante fragmentos, citações.

Além disso, um clássico dialoga com as vozes que o precederam. Melville não esqueceu a viagem dos *Argonautas*, o naufrágio da *Odisseia* e a tempestade da *Eneida*. Assim, caro leitor, quando chegamos finalmente ao romance não somos uma página em branco.

A primeira leitura de um clássico é, no mínimo, a segunda leitura.

A tradução de *Moby Dick* em português adquire, além dessas qualidades, novo teor salino. Nossa língua é filha de Netuno e de Ulisses. Cresceu na intimidade do mar, entre sonhos e lágrimas, naufrágio e calmaria.

A literatura é um repertório infinito, rede lançada em pleno oceano para buscar uma ostra, ou quem sabe uma estrela que dorme, afogada. Ou, ainda, uma baleia, simbólica e profunda.

Lembro-me da "segunda" leitura que fiz do romance, nesta pequena praia de Niterói, que olha com ousadia para o oceano. Ia eu cercado de antigas ideias, a memória de *O velho e o mar* e *Os lusíadas*. Tinha 17 anos. Lembro-me do fascínio de então. Não conseguia separar-me do livro que parece condensar o mundo: o mistério do bem e do mal, a força das ideias fixas, o universo sombrio e luminoso de cada personagem. Eu estava em alto-mar, preso ao convés, ávido pela moeda de ouro, atento ao capitão Ahab. E logo me apreso e digo: "Olá, meu nome é Marco."

Se alguém disser que saiu destas páginas, não acredite. Quem bebe dessas águas não será capaz de abandoná-las. Um clássico passa a fazer parte da biografia do leitor. Uma longa amizade que se renova com o tempo, relação indissolúvel, como vejo agora mesmo, quarenta anos depois, na mesma praia de Niterói. Tornei-me um novo Jonas dentro de *Moby Dick*.

Marco Lucchesi

Escritor, poeta, professor, ensaísta e tradutor,
membro da Academia Brasileira de Letras

Etimologia*

(Fornecida a uma escola secundária por um bedel tuberculoso já falecido.)

Vejo-o agora — ao pálido bedel — de paletó, coração, corpo e cérebro coçados. Estava continuamente espanando seus velhos dicionários e gramáticas por intermédio de um lenço singular, irrisoriamente enfeitado com as alegres bandeiras de todas as nações conhecidas no mundo. Gostava de espanar suas velhas gramáticas; isto de algum modo o fazia lembrar-se vagamente de que era mortal.

Etimologia

"Quando se empreende instruir os outros e ensinar-lhes o nome pelo qual se deve chamar em nossa língua a uma baleia (*whale*), deixando de fora, por ignorância, a letra 'h' que perfaz quase sozinha o significado da palavra — então se enuncia aquilo que não é verdade."

*Hackluyt***

"*Whale* (baleia em inglês); em sueco e dinamarquês, *hval*. Este animal é assim chamado por causa da sua rotundidade ou movimento ondulatório; pois em dinamarquês, *hvalt* significa arqueado ou abobadado."

Dicionário Webster

"*Whale* — Sua origem mais imediata, holandesa e germânica, *wallen*; anglo-saxão, *walw-ian* — rolar, rebolar-se."

Dicionário Richardson

---

* Estas páginas que constituem a Etimologia e os Extratos foram traduzidas por Olívia Krähenbühl, a quem agradecemos a cooperação. (N.E.)

** O Webster registra "Hakluyt (Richard): geógrafo e historiador inglês." (N.T.)

חד	*Hebraico*
χητος	*Grego*
cetus	*Latim*
whoel	*Anglo-saxão*
hvalt	*Dinamarquês*
wal	*Holandês*
hwal	*Sueco*
whale	*Islandês*
whale	*Inglês*
baleine	*Francês*
ballena	*Espanhol*
pequi-nuí-nuí	*Ilhas Fiji*
pequi-nuí-nuí	*Erromango*

Fragmentos

(Fornecidos pelo sub-bibliotecário de um sub-bibliotecário)

Ver-se-á que este simples, diligente escavador e cupim pobre-diabo de um Sub-sub parece ter esquadrinhado as compridas vaticanas e bancas livreiras da terra, catando quantas alusões a esmo ele pudesse descobrir em qualquer livro que fosse, sagrado ou profano. Daí não dever o leitor (pelo menos na totalidade dos casos) tomar destes fragmentos suas confusas referências a baleias, por mais autênticas que sejam, como verdadeiro evangelho cetológico. Longe disso. No tocante aos escritores antigos em geral, e também aos poetas que aqui aparecem, estes fragmentos são apenas valiosos ou interessantes porque proporcionam uma visão de relance, a olho de pássaro, daquilo que fora dito de modo promíscuo — dito, fantasiado e decantado acerca do Leviatã por inúmeras nações e gerações, inclusive a nossa.

Em consequência, possas tu prosperar, pobre-diabo de Sub-sub, cujo comentador eu sou. Pertences àquela tribo desamparada e pálida, que nenhum vinho deste mundo poderá jamais aquecer, e ante a qual, o próprio Xerez Pálido* seria demasiado róseo-forte, mas com a qual tribo às vezes aprecia-se estar e sentir-se igualmente

* Em inglês, *Pale Sherry*; espécie de vinho Xerez, palhete, pálido. — N.T.

pobre-diabo, comungar em lágrimas e dizer bruscamente, de olhos cheios e copos vazios, e com uma tristeza não de todo desagradável: Desisti, Sub-subs! Por maiores que sejam as penas que vos imponhais para agradardes ao mundo, este se vos mostrará ingrato na mesma proporção! Pudesse eu evacuar Hampton Court* e as Tulherias para vós! Mas engoli vossas lágrimas, içai bem alto vossos corações no mastro real; pois na previsão da vossa chegada, vossos amigos, que ali vos precederam, estão escarolando aquele céu de sete andares e transformando os longamente mimados Gabriel, Miguel e Rafael em refugiados. Aqui tocareis apenas um conjunto de corações quebrados — acolá, tocareis copos inquebráveis!

"E Deus criou grandes baleias."
Gênese

"A luz brilhará sobre suas pegadas;
reputará o abismo como cheio de cãs."
*Jó, XLI, 23***

"Ao mesmo tempo preparou o Senhor um grande peixe, que engoliu a Jonas: e Jonas estava no ventre do peixe três dias e três noites."
Jonas, II, 1

"Ali transitarão as naus; este Leviatã que formaste para zombar no mar."
Salmos, CIII, 26

"Naquele dia o Senhor armado com a sua espada dura, e grande e forte, virá com a visita sobre Leviatã, essa serpente como uma alavanca, e sobre Leviatã serpente cheia de roscas, e matará a baleia que está no mar."
Isaías, XXVII, 1

---

* Palácio Real do Tâmisa, perto de Londres. (N.T.)

** As citações bíblicas são extraídas da Bíblia traduzida por Antônio Pereira de Figueiredo. (N.T.)

"E o que quer que chegasse a alcance do caos da boca do monstro, fosse animal, navio ou pedra, ele o engolia com a sua imensa boca malcheirosa, fazendo-o perecer no fundo bojo de sua pança."

Holland, Moral de Plutarco

"O oceano Índico engendra em maior quantidade que os demais os maiores peixes que existem: entre os quais as baleias e os remoinhos chamados *Balaene*, têm de comprimento tanto quanto quatro acres ou geiras de terra."

Holland, Plínio

"Mal havíamos progredido dois dias mar afora, quando, nascendo o sol, apareceram muitas baleias e outros monstros marinhos. Entre as primeiras, uma era monstruosa de tamanho. Veio em nossa direção, de boca aberta, levantando ondas de ambos os lados e transformando em espuma o mar à sua frente."

Lucian Tooke, A história verdadeira

"Ele visitou este país também com a intenção de apanhar baleias-cavalos, que tinham como dentes ossos muito valiosos, dos quais ele trouxera alguns para o Rei. As melhores baleias eram apanhadas em seu próprio país; das quais algumas tinham 48, e, outras, cinquenta jardas de comprimento. Disse ele fazer parte daqueles seis que mataram sessenta baleias em dois dias."

Narrativa verbal de Other, ou Octer, anotada da sua própria boca pelo rei Alfredo, A.D. 890

"E assim todas as demais coisas; animal ou navio, que entrem no horrível abismo da boca deste monstro, imediatamente se perdem e são engolidos; a carpa do mar se retira para dentro dele e ali dorme em grande segurança."

Montaigne, Apologia de Raymond Sebond

"Fujamos, fujamos! O diabo me leve se aquele não é o Leviatã, tal como o descreve o profeta Moisés na vida do paciente Jó."

Rabelais

"O fígado dessa baleia encheu duas carroças."

Stowe, Anais

"O Grande Leviatã, que faz ferverem os mares como caldeira em ebulição."

Lord Bacon, Versão dos Salmos

"No tocante àquele vulto monstruoso da baleia, ou orca, nada sabemos ao certo. Elas engordam muitíssimo, a ponto de extrair-se de cada uma o óleo em quantidade incrível."

Ibid., História da vida e da morte

"Para machucadura interna, remédio soberano na terra é o espermacete."

Rei Henrique

"Muito parecido com uma baleia."

Hamlet

"Para se curar não lhe valeu nem um pingo
A arte do sangrador, senão voltar
Àquele que o ferira, o qual com dardo baixo,
O peito lhe ferindo engendrou dor constante:
Assim como a baleia malferida
À praia voa através do largo..."

Spenser, The Fairie Queen

"Imenso como as baleias, o movimento de cujos grandes corpos pode na paz tranquila perturbar o oceano até que este ferva."

Sir William Davenant, no "Prefácio" de Gondiberto

"O que é o cachalote, o homem pode com justiça duvidar, desde que o douto Hosmannus, em sua obra de trinta anos, disse claramente, *Nescio quid sit.*"

Sir T. Browne, Do espermacete e da baleia do espermacete (cachalote). Vide o seu V.E.

"Como o Talus de Spencer e seu moderno flagelo,
Ela ameaça ruína com a cauda ponderosa."

"Traz no flanco fixadas as suas jauelinas
E em seu dorso aparece um matagal de lanças."
Waller, Batalha das Ilhas Summer

"Pela arte se cria aquele grande Leviatã chamado Comunidade ou listado — em latim, *Civitas — e que não passa de um homem artificial."*
Hobbes, Leviatã, *"Sentença de abertura"*

"O tolo Mansoul engoliu-o sem mastigar, tal se fora uma anchova na boca de uma baleia."
John Bunyan, O peregrino

"Aquela fera do mar,
Leviatã, que entre todas as suas obras,
Deus criou maior, e que navega
A correnteza oceânica..."
Milton, Paraíso perdido

"Leviatã, a maior
Das criaturas vivas, no profundo
Estirada como um promontório, dorme ou nada,
Como terra que anda; com suas guelras
Engole, e expirando o ar, esguicha
Um mar inteiro."
Ibidem.

"As potentes baleias que nadam num mar de água e trazem no seu bojo um mar de óleo."
Fuller, O estado profano e o sagrado

"Bem perto, atrás de um promontório, jazem
Os leviatãs enormes, esperando
A presa; não perseguem
Mas engolem o peixe miúdo

Que em suas fauces hiantes se extravia
De caminho...”
Dryden, Annus Mirabilis

“Estando a baleia flutuando junto à popa do navio, cortam-lhe a cabeça e levam-na de arrasto até o mais perto possível da praia; bastam doze ou treze pés de fundo para ela encalhar.”
Thomas Edge, “Dez Viagens ao Spitzbergen” em Purchass

“Viram no caminho muitas baleias brincando no oceano, e por divertimento fazendo a água espadanar dos tubos e aberturas que a natureza lhes colocou nos ombros.”
Sir T. Herbert, Viagens na Ásia e na África. *Harris Coll*

“Viram aqui bandos tão imensos de baleias que foram forçados a prosseguir com grandes cautelas, receando abalroá-las com seus barcos.”
Schouten, Sexta circunavegação

“Largamos ferro do Elba, vento N.E., no navio de nome ‘O Jonas--na-Baleia’ (...) Dizem alguns que a baleia não pode abrir a boca, mas isso é uma fábula. (...) Sobem frequentemente aos mastros a fim de ver se descobrem uma baleia, pois quem primeiro a descobrir recebe um ducado pelo trabalho. (...) Falaram-se de uma baleia apanhada perto de Shetland, que trazia no ventre acima de uma barrica de arenques. (...) Um dos nossos arpoadores contou-me haver apanhado em Spitzbergen uma baleia inteiramente branca.”
Harris Coll, Uma viagem à Groenlândia, A.D. 1671.

“Inúmeras baleias deram a esta costa (Fife). Em 1652 apanhou-se uma baleia da espécie que traz no maxilar superior uma substância córnea (*whale-bone*), ou baleia propriamente dita, que media oitenta pés de comprimento, a qual (assim fui informado), além de uma grande quantidade de óleo, proporcionou 500 pesos de carne. O maxilar dela foi erigido à guisa de portão nos jardins de Pitferren.”
Sibbald, Fife e Kinross

"Aquiesci eu mesmo na experiência de dominar e matar essa baleia de espermacete (cachalote), pois jamais soube que alguma dessa espécie fosse jamais morta por mão de homem, tal a sua ferocidade e rapidez."

Richard Strafford, Carta das Bermudas, *A.D. 1668*

"As baleias no mar
À voz de Deus obedecem."

N.S. Primer

"Vimos também uma abundância de grandes baleias, havendo-as em mor quantidade nestes mares do sul, se assim posso dizer, numa proporção de cem para uma, do que as há ao Norte de nós."

Capitão Cowley, Viagem ao redor do globo, *A.D. 1729*

"... e o hálito da baleia é frequentemente acompanhado por um cheiro tão insuportável, a ponto de produzir um transtorno cerebral em quem o sente."

Ulloa, América do Sul

"A cinquenta silfos escolhidos, do maior destaque,
Confiamos o importante fardo — a saia branca...
Amiúde fraquejou a muralha de sete saias,
Estivesse ela embora estofada de arcos
E armada de barbatanas de baleia..."

Pope, O rapto da madeixa

"No tocante ao tamanho, se compararmos os animais terrestres com aqueles que habitam o profundo, achá-los-emos desprezíveis em comparação. A baleia é sem dúvida o maior animal da criação."

Goldsmith, História Natural

"Se pretende escrever uma fábula para peixes pequenos, faça-os falarem como baleias grandes."

De Goldsmith ao dr. Johnson

"Vimos à tarde uma coisa que supúnhamos rochedo, mas logo descobrimos tratar-se de uma baleia morta que alguns asiáticos haviam matado, e estavam então arrastando para a praia. Pareciam porfiar em se esconderem por detrás da baleia, a fim de evitarem que nós os víssemos."

Viagens do capitão Cook

"Raramente se atrevem a atacar as baleias grandes. É tal o terror que sentem de algumas delas que, estando no mar, têm até medo de dizer-lhes os nomes, e carregam consigo em seus botes esterco, pedras de cal, madeira de zimbro e outros artigos da mesma natureza, a fim de as amedrontarem, assim evitando que elas cheguem demasiado perto."

Uno Von Troil, Cartas sobre as viagens de Bank e Solanger à Islândia em 1772

"A baleia de espermacete, encontrada pelos habitantes de Nantucket, é um animal ativo e feroz, e requer dos pescadores uma grande audácia e habilidade."

Thomas Jefferson ao ministro francês, Memorial sobre a baleia, *1778*

"Permiti que eu prossiga, senhor: que há no mundo que a iguale?"

Edmund Burke, Referência, no Parlamento Inglês,
à pesca da baleia em Nantucket, Estados Unidos

"Espanha — uma grande baleia extraviada nas praias da Europa."

Edmund Burke (Algures)

"Um décimo da renda ordinária do rei, que se diz baseada no fato de ele guardar e proteger os mares do ataque de piratas e ladrões, é o direito ao peixe real, isto é, à baleia e ao esturjão. Estes, quando atirados à praia ou apanhados perto da costa, são propriedade do rei."

Blackstone

"Para o jogo da morte, em breve as tripulações regressam;
Rodmond, certeiro, sobre sua cabeça levanta
O aço farpado, e espera a ocasião."

Falconer, O naufrágio

"Luziam belos os telhados, as cúpulas e espiras,
Foguetes esfuziavam, por ninguém dirigidos,
Suspendendo seu fogo momentâneo
Em torno à abóbada do céu."

"Assim o fogo à água comparado,
Água que o mar atira para a altura,
Repuxo de baleia no ar
Para exprimir um júbilo canhestro."

Cowper, na visita da rainha a Londres

"Dez ou quinze galões de sangue são impelidos a cada pulsação e com imensa velocidade para fora do coração da baleia."

John Hunter, Narrativa da dissecação de uma baleia (das pequenas)

"A aorta da baleia é maior no calibre do que o tubo maior do sistema de encanamentos de Londres, e a água que ruge na passagem de tal tubo é inferior em ímpeto e velocidade ao sangue que jorra do coração da baleia."

Paley, Teologia

"A baleia é um animal mamífero sem pés traseiros."

Barão de Cuvier

"A quarenta graus para o sul, vimos baleias de espermacete, mas não apanhamos nenhuma até primeiro de maio, quando o mar se cobriu com elas."

Colnett, Viagem com propósito de desenvolver a pesca da baleia de espermacete

"No livre elemento sob mim nadavam,
Rolavam, mergulhavam,
Brincando, perseguindo-se, guerreando,
Peixes de toda cor, e forma, e qualidade,
Que a linguagem não pode descrever
Nem marinheiro jamais viu:

Do Leviatã a insetos aos milhões
Povoando cada onda;
Em imensos cardumes congregados,
Quais ilhas flutuantes,
Levados por instinto misterioso
Pela região deserta e sem caminho,
Embora os assaltasse em toda volta
Vorazes inimigos:
Baleias, tubarões e monstros, armados na fronte ou maxila,
De espadas, serras e córneas espirais,
E presas retorcidas..."

Montgomery, O mundo antes do dilúvio

"Io! Peã! Io! canta
Ao rei do povo finlandês.
Maior baleia do que esta
No vasto Atlântico não há;
Nem peixe algum mais gordo
Rolando em torno do Mar Ártico!"

Charles Lamb, Triunfo da baleia

"No ano de 1690 achavam-se algumas pessoas num alto monte observando as baleias a espadanarem água e a brincarem umas com as outras, quando alguém observou, apontando para o mar: Ali estão verdes pastos, onde os netos dos nossos filhos irão em busca de pão."

Obed Macy, História de Nantucket

"Fiz uma cabana para Susana e para mim, e um portão em forma de arco gótico, erigindo ali o osso maxilar de uma baleia."

Nathaniel Hawthorne, Contos contados duas vezes

"Ela ali viera a fim de pedir um monumento para o seu primeiro amor, que fora morto por uma baleia no oceano Pacífico, fazia nada menos do que quarenta anos."

Ibidem.

"'Não, senhor, é uma baleia verdadeira', respondeu Tom. 'Vi-lhe o esguicho; arremessou para cima um par de belos arco-íris, desses que um cristão gostaria de contemplar. Verdadeira barrica de óleo, a bicha!'"

Cooper, Piloto

"Trouxeram os jornais, e lemos na *Berlim Gazette* que baleias foram ali apresentadas no palco."

Eckermann, Conversações com Goethe

"'Santo Deus! Que é que há, sr. Chace? Chace' E eu respondi: 'Fomos despedaçados por uma baleia!'"

Narrativa do naufrágio da baleeira Essex, *de Nantucket, a qual foi atacada e finalmente destruída por uma enorme baleia de espermacete no oceano Pacífico. Da autoria de Owen Chace, primeiro piloto da citada baleeira. Nova York, 1821*

"Uma noite sentou-se o marujo no cordame;
Cantava o vento livremente;
Ora claro, ora opaco, era pálido o luar
E uma fosforescência cintilava
No rasto de uma baleia
Rolando mar afora..."

Elizabeth Oakes Smith

"A quantidade de linha retirada dos diferentes barcos empenhados na captura desta baleia atingia 10.440 jardas, ou sejam, aproximadamente seis milhas inglesas.

"Às vezes a baleia abana no ar a sua tremenda cauda, a qual, estalando como um chicote, faz-se ouvir numa distância de três ou quatro milhas."

Scoresby

"Alucinada pelas agonias que suporta nos ataques renovados, a enfurecida baleia de espermacete põe-se a rolar diversas vezes; levanta sua enorme cabeça e, com as maxilas escancaradas, põe-se a tudo abocanhar em torno dela; avança às marradas para os botes, que são impelidos à sua frente com grande rapidez, e, às vezes, completamente destroçados."

"É matéria de grande espanto que o exame dos hábitos de tão interessante, e, de um ponto de vista comercial, tão importante animal (a baleia de espermacete) tenha sido de tal maneira negligenciado, ou tenha excitado tão pequena curiosidade entre os numerosos, e, muitos deles, competentes observadores, sendo que aos mais recentes se devem ter deparado as mais abundantes e mais convenientes oportunidades para testemunhar seus hábitos."

Thomas Beale, História da baleia de espermacete, *1839*

"O cachalote (ou baleia de espermacete) não apenas é melhor armado do que a baleia verdadeira (baleia da Groenlândia, ou baleia propriamente dita) com suas armas formidáveis em cada extremidade do corpo, mas também demonstra frequentemente a disposição de empregar tais armas de maneira ofensiva, a um tempo tão ardilosa, atrevida e enganadora, a ponto de ser ela considerada a mais perigosa entre todas as espécies conhecidas da tribo das baleias."

Frederick Debell Bennett, Baleias ao redor do globo, *1840*

13 de Outubro.

"Baleia à vista!" gritaram do topo do mastro.

"Onde? A que distância?"

"Três pontos a sota-vento, chefe!"

"Levante a roda! Firme!"

"Firme, chefe!"

"Gageiro, atenção! Ainda avista a baleia?"

"Sim, sim, senhor! Uma baleia de espermacete que é um banco! Lá vem ela! Vem rompendo!"

"Continue gritando! Grite sempre!"

"Sim, sim, senhor! Lá está ela! Lá... lá... Lá está ela... está... e-la... e-la..."

"A que distância?"

"Duas milhas e meia!"

"Com mil raios! Tão perto! Chame toda a equipagem!"

John Ross Browne, Gravuras de um cruzeiro à baleia, *1846*

"A baleeira *Globe*, a bordo da qual se passaram os horríveis acontecimentos que vamos contar, pertencia à ilha de Nantucket."

Narrativa do motim a bordo da Globe,
pelos sobreviventes Lay e Hussey, A.D. 1828

"Sendo outrora perseguido por uma baleia à qual ferira, por um certo tempo ele aparou o ataque da mesma com uma lança; mas o monstro, furioso, afinal precipitou-se sobre o barco; ele e os companheiros só se salvaram atirando-se à água no momento em que perceberam que o ataque era inevitável."

Diário das missões de Tyerman e Bennet

"'A própria Nantucket', disse o sr. Webster, 'é uma parte singular e impressionante do interesse nacional. Tem uma população de oito ou nove mil pessoas que ali mora no mar, e a cada ano acrescenta à riqueza nacional, mercê de uma indústria arrojada e deveras perseverante.'"

Do discurso de Daniel Webster no Senado americano,
quando ali foi requerida a construção de
um quebra-mar em Nantucket, em 1828

"A baleia caiu de chapa em cima dele e provavelmente o matou no mesmo instante."

Rev. Henry T. Cheever, A baleia e seus
capturadores (Aventuras de um pescador de
baleia e biografia de uma baleia, no cruzeiro de
regresso do comodoro Preble)

"Se fizer um só maldito barulhinho que seja", respondeu Samuel, "mando-o para o inferno."

Vida de Samuel Comstock (O Amotinado), *por seu irmão,*
William Comstock. Outra versão da narrativa acerca da
baleeira Globe

"A viagem dos holandeses e dos ingleses ao oceano Ártico, na intenção de, se possível, descobrirem uma passagem para a Índia, lhes revelou (embora eles não atingissem o objetivo visado) as paragens onde habita a baleia."

McCullock, Dicionário Comercial

"Essas coisas são recíprocas; a bala ricocheteia para novamente saltar; pois revelando-lhes as paragens onde a baleia habita, parece que seus capturadores toparam com novos indícios daquela mesma e mística passagem a Noroeste."

Ext. de algo não publicado

"É impossível topar com uma baleia sem ficar impressionado com a sua aparência vista a pouca distância. Com as velas colhidas e vigias no topo dos mastros ansiosamente esquadrinhando a vasta amplidão em torno, o barco baleeiro tem com efeito um ar que difere totalmente dos barcos empenhados numa viagem regular."

Correntes e pesca de baleia*, Exts. Estados Unidos*

"Transeuntes, nos arredores de Londres, ou algures, podem lembrar--se de grandes ossos recurvos fincados na terra, ou formando arcos sobre portões ou sobre entradas de alcovas, e talvez alguém lhes houvesse dito que aquilo eram costelas de baleia!"

Contos de um viajante de baleeira em
trânsito para o mar do norte

"Só após regressarem da perseguição a essas baleias foi que os brancos viram seu navio dominado a sangue pelos selvagens misturados à tripulação."

Notícia de jornal acerca da tomada e retomada da baleeira Hobomack

"Geralmente se sabe que, das tripulações que compõem os barcos baleeiros (americanos), muito poucos regressam a bordo dos mesmos barcos nos quais partiram."

Cruzeiro numa baleeira

"Súbito, uma enorme massa emergiu fora da água e atirou-se perpendicularmente para o ar. Era uma baleia."

Miriam Coffin*, ou* O pescador de baleia

"Naturalmente, arpoa-se a baleia; mas imagine, como haveria você de lidar com um vigoroso potro indomado, mercê de uma simples corda amarrada à raiz do rabo dele!"

Comércio de baleia, costelas e mercadorias

"Em certa ocasião vi dois desses monstros (baleias), provavelmente macho e fêmea, nadando devagar, um atrás do outro, a menos de um tiro de pedra além da praia (Terra do Fogo), sobre a qual um freixo estendia suas ramagens."

Darwin, Viagem de um naturalista

"Todos à popa!", exclamou o piloto no momento em que, virando a cabeça, avistou as fauces escancaradas de um enorme cachalote bem junto à proa do barco, ameaçando-o de imediata destruição. "Todos à popa, se querem salvar a vida!"

Wharton, O matador de baleia

"Sede alegres, rapazes, e vossos corações não se enfraqueçam
Enquanto o intrépido arpoador está golpeando a baleia!"

Canção de Nantucket

"Velha baleia singular! Entre a tormenta e o furacão,
Em sua casa oceânica será
Um gigante em poder (onde o poder se deve)
E monarca do oceano ilimitado."

Canção da baleia

Nota do editor

Às epígrafes de Melville, acrescentamos esta de um escritor brasileiro, o baiano Frei Manuel de Santa Maria Itaparica (1704-1768), aproveitando uma sugestão do ensaísta Augusto Meyer (in *Preto & Branco*, cap. "Moby Dick", Instituto Nacional do Livro, Rio, 1956, p. 139):

> "Monstro do mar, gigante do profundo,
> Uma torre nas ondas soçobrada,
> Que parece em todo o âmbito rotundo;
> Jamais besta tão grande foi criada:
> Os mares despedaça furibundo
> Co'a barbatana às vezes levantada;
> Cujos membros tetérrimos e broncos
> Fazem a Tétis dar gemidos roncos.
> Baleia vulgarmente lhe chamamos..."

Frei Manuel de Santa Maria Itaparica,
Descrição da ilha de Itaparica

Em sinal de minha admiração por seu gênio,
este livro é dedicado a

Nathaniel Hawthorne

Miragem

Chamai-me Ishmael. Há alguns anos — quantos precisamente não vem ao caso — tendo eu pouco ou nenhum dinheiro na carteira e sem nenhum interesse em terra, ocorreu-me navegar por algum tempo e ver a parte aquosa do mundo. É a minha maneira de dispersar o "spleen" e de regular a circulação do sangue. Sempre que sinto na boca uma amargura crescente, sempre que há em minha alma um novembro úmido e chuvoso, sempre que dou comigo parando involuntariamente diante de empresas funerárias ou formando fila em qualquer enterro e, especialmente, sempre que a minha hipocondria me domina a tal ponto que necessito apelar para um forte princípio de moral a fim de não sair deliberadamente à rua e atirar ao chão, sistematicamente, os chapéus das pessoas que passam... então, calculo que é tempo de fazer-me ao mar, e o mais depressa possível. O mar é o meu substituto para a pistola e a bala. Com alarde filosófico Catão se arremessou sobre a sua espada; quanto a mim, embarco tranquilamente. Não há nisso nada de surpreendente. Se a maioria dos homens o soubesse, fosse qual fosse a sua categoria social, compartilharia comigo, numa época ou noutra, os sentimentos que o oceano me inspira.

Aí tendes a vossa cidade insular dos Manhattoes[1] rodeada de cais e cercada pelo afluxo do comércio como ilhas indígenas por recifes de coral. À direita e à esquerda as ruas vos conduzem à água. Na parte baixa da cidade está o forte, nobre molhe banhado pelas ondas e refrescado pelas brisas que poucas horas antes estavam fora do alcance da vista. Observai a multidão de pessoas que contemplam ali a água.

Dai uma volta pela cidade, numa tarde sonolenta de sábado. Ide de Corlears Hook a Coenties Slip e dali por Whitehall, em direção ao norte. Que vedes? Plantados como sentinelas silenciosas por toda a cidade, milhares e milhares de mortais permanecem imóveis, perdidos em meditações sobre o mar. Alguns se encostam em postes, outros sentam-se em pilares; uns olham para os navios procedentes da China e outros olham bem para o alto dos mastros, como que se esforçando para obter uma melhor vista do mar. São todos homens de terra, durante a semana encerrados entre sarrafos e argamassa; amarrados a balcões, presos em bancos, enganchados em escritórios. Como se explica isso? Desapareceram os verdes prados? Que faz aqui essa gente?

Mas olhai. Aí vêm mais multidões, dirigindo-se para a água e aparentemente procurando a oportunidade de um mergulho! Estranho! Nada os satisfaria tanto como lançar-se ao extremo limite da terra. Vagar à sombra dos armazéns vizinhos do porto não é bastante. Precisam aproximar-se da água o mais possível sem cair nela. E ali permanecem — milhas deles, léguas. Ilhéus todos! Vêm de becos, de ruas, de avenidas, do norte, do sul, de leste e oeste. Contudo, aqui todos se unem. Serão atraídos pela virtude magnética da agulha das bússolas e de todos esses navios?

Ainda: imaginai que vos encontrais no campo, numa elevada região de lagos. Tomai o atalho que vos agradar e é quase certo que ele vos levará através de um vale para vos deixar ao lado de uma corrente de água. Há nisso algo de magia. Deixai que o homem mais distraído do mundo mergulhe no mais profundo sonho. Ponde-o de pé, dai-lhe um impulso nas pernas e estas conduzirão infalivelmente à água.

Se alguma vez sentirdes sede no grande deserto americano, fazei essa experiência, se é que a vossa caravana dispõe de um professor de Metafísica. Sim, como todo mundo sabe, a meditação e a água estão unidas para sempre.

Ainda mais: eis aqui um artista. Deseja pintar o recanto mais encantador, mais ensombrado, mais tranquilo e que mais faça sonhar, em toda a paisagem do vale de Saco. Qual é o elemento que emprega de preferência? Há ali árvores, cada qual com um tronco oco como se vivesse no interior um ermitão com o seu crucifixo; ali dorme o prado, além o gado e, mais longe, de uma casa de campo, ergue-se uma fumaça sonolenta. Enterrando-se nos bosques distantes serpeia um caminho complicado, atingindo os contrafortes de montanhas, banhadas num azul de serrania. Porém, conquanto o quadro seja de extasiar, conquanto o pinheiro além solte os seus suspiros como folhas sobre a cabeça de algum pastor, tudo seria em vão, se os olhos desse pastor não estivessem fixos na corrente mágica que tem diante de si. Visitai as Pradarias em junho, quando se pode correr por milhas e milhas enterrando-se até os joelhos em lírios tigrinos. Qual é o único encanto que falta aí? A água. Não existe uma só gota de água! Se o Niágara fosse uma catarata de areia viajaríeis mil milhas para admirá-lo? Por que razão o pobre poeta do Tennessee, ao receber inesperadamente duas mãos cheias de prata, ficou indeciso, sem saber se compraria um sobretudo — de que muito necessitava — ou se faria uma viagem a pé, à praia de Rockaway? Por que motivo na vossa primeira viagem por mar sentistes essa mística vibração quando vos disseram que tanto o navio como vós já se achavam fora do alcance da vista? Por que é que os antigos persas consideravam o mar como sagrado? Por que razão lhe atribuíram os gregos um deus especial, o próprio irmão de Júpiter? Seguramente, tudo isso tem um sentido. E mais profundo ainda é o significado do mito de Narciso, que, por não poder agarrar a imagem suave e atormentada que viu na fonte, mergulhou dentro dela e se afogou. Pois a mesma imagem vemos nós em todos os rios e oceanos. É a imagem do inacessível fantasma da vida; é aí que se encontra a chave para tudo.

Porém, quando digo que tenho o hábito de ir para o mar sempre que começo a ter a vista nublada e a preocupar-me com os meus pulmões, não quero dar a entender que vou na qualidade de passageiro. Para isso é preciso ter uma carteira, e uma carteira não é mais do que um farrapo, quando não se guarda alguma coisa dentro dela. Por outro lado, os passageiros enjoam, discutem, não dormem à noite, não se divertem muito, em geral. Não, nunca viajo como passageiro; nem também, conquanto tenha algo de marinheiro, vou ao mar na qualidade de comandante, capitão ou cozinheiro. Abandono a glória e a distinção desses ofícios aos que gostam deles. Por minha parte, abomino todos os trabalhos árduos, as provações e tribulações respeitáveis e honrosas, seja qual for a sua natureza. Já é bastante ter de cuidar de mim mesmo, sem tomar conta de navios, barcaças, brigues, escunas e outros trastes semelhantes. Quanto a viajar como cozinheiro, embora confesse que há nisso bastante glória, já que o cozinheiro é uma espécie de oficial a bordo, contudo, jamais acalentei o desejo de grelhar frangos, ainda que não exista ninguém que fale mais respeitosamente — para não dizer com reverência — sobre uma ave assada, quando é discretamente coberta de manteiga e devidamente polvilhada de sal e pimenta. Graças à paixão idólatra que sentiam os antigos egípcios por íbis grelhadas e hipopótamos assados é que vemos hoje as múmias dessas criaturas nos seus fornos gigantescos — as pirâmides.

Não; quando vou ao mar é como simples marinheiro, bem em frente ao mastro grande, no recesso do castelo de proa. Na verdade, ordenam-me que ande de um lado para outro, fazem-me saltar de verga em verga, como um gafanhoto num prado em maio. A princípio é uma ocupação bastante desagradável. Fere o sentimento de honra, particularmente quando se descende de uma família há muito estabelecida no país, como por exemplo os Van Rensselaer, os Randolph ou os Hardicanute. E com maior razão se, justamente antes de pôr a mão no pote de alcatrão, a gente se encontrava na posição superior de mestre-escola rural, inspirando respeito aos meninos mais crescidos. Asseguro-vos que a transição é bastante violenta quando se passa de mestre-escola a marinheiro, e é preciso uma forte dose de Sêneca e dos estoicos para se poder sorrir e aceitá-la. Porém mesmo isso passa com o tempo.

E que tem que um velho e avaro comandante me ordene que empunhe a vassoura e varra o convés? Quanto pesará esse insulto na balança do Novo Testamento? Acreditais que o anjo Gabriel irá pensar menos de mim porque pego na vassoura e obedeço respeitosamente às ordens do velho patife? Qual de nós não é escravo? Dizei-me. Pois bem; por mais que o velho comandante me ordene que vá de um lado para outro, por mais que me empurrem e me batam, tenho a satisfação de achar que está muito direito, que todas as pessoas, de uma maneira ou de outra, são obrigadas a servir, quer do ponto de vista físico quer metafísico; e assim vai passando a pancadaria universal e todos devem esmurrar-se uns aos outros e ficar contentes.

Ainda mais, sempre vou para o mar na qualidade de marinheiro porque os armadores fazem questão de pagar o meu trabalho, ao passo que nunca ouvi dizer que se pagasse um vintém sequer aos passageiros. Pelo contrário, são os passageiros que devem pagar. E há uma grande diferença entre pagar e ser pago. Pagar é talvez o maior castigo que nos legaram os ladrões do Paraíso. Mas *ser pago*! Que há que se possa comparar com isso? A atividade cortês com que uma pessoa recebe dinheiro é realmente maravilhosa, quando se considera que acreditamos piamente em que o dinheiro é a origem de todos os males terrestres e que jamais, de maneira alguma, um homem rico poderá entrar no céu! Ah! Com que alegria nos entregamos à perdição!

Finalmente, vou sempre para o mar na qualidade de marinheiro por causa do exercício saudável e do ar puro do convés do castelo de proa. Porque, assim como neste mundo os ventos de proa são superiores aos de popa (isto é, se nunca violarmos a máxima de Pitágoras) o comandante, em geral, recebe no tombadilho uma atmosfera de segunda mão, que lhe vem dos marinheiros no castelo de proa. O comandante pode pensar que é o primeiro a respirá-la, mas não é assim. Da mesma maneira que a comunidade vai à frente dos líderes em muitas outras coisas, ainda que os líderes nem sempre suspeitem disso. Mas por que razão, depois de ter sentido repetidas vezes o cheiro do mar na qualidade de marinheiro mercante, meteu-se-me na cabeça participar de uma viagem de pesca de baleias? É o que poderá explicar melhor do que ninguém o invisível agente de polícia dos Fados, que me vigia constantemente, persegue-me e exerce sobre mim uma influência inexplicável. E sem dúvida a minha ida nessa expedição de pesca de baleia fazia parte do grande programa da Providência, redigido há muito tempo. Ocorre-me que essa parte do programa seria redigida mais ou menos assim:

Grande luta eleitoral pela presidência dos Estados Unidos

Pesca de baleias por um tal de Ishmael

Sangrenta batalha no Afeganistão

Embora eu não possa dizer exatamente por que razão esses empresários, os Fados, designaram-me tão insignificante papel numa viagem de pesca de baleias, ao passo que outros eram escolhidos para magníficos papéis em grandes tragédias, para papéis curtos e fáceis em comédias de salão, ou ainda para alegres partes em farsas, conquanto não possa dizer por que assim aconteceu, creio ter adivinhado, relembrando agora as circunstâncias, algo dos motivos e das razões que apresentados astutamente, sob vários disfarces, induziram-me a representar o papel que representei, além de lisonjear-me com a ilusão de que essa escolha era o resultado da minha livre vontade e do meu próprio discernimento.

O principal desses motivos era a ideia esmagadora da própria baleia. Tão prodigioso e misterioso monstro despertava toda a minha curiosidade. Depois, era atraído também pelos mares selvagens e distantes onde ele navega a sua massa de ilha, os inúmeros e inomináveis perigos da pesca, tudo isso, e mais as concorrentes maravilhas das milhares de vistas e sons da Patagônia, contribuíram para aguçar o meu desejo. Para outros essas coisas talvez não tivessem exercido sedução. Quanto a mim, vivo atormentado por um contínuo desejo de tudo o que é remoto. Gosto de navegar em mares proibidos e de desembarcar em costas bárbaras. Mesmo reconhecendo o que é bom, estou sempre pronto para perceber um horror e até posso familiarizar-me com ele (se mo permitem) pois convém estar em termos de amizade com todos os habitantes do lugar onde nos hospedamos.

Assim, por todas essas razões, pareceu-me uma felicidade a viagem de pesca de baleias; abriram-se de par em par as comportas do mundo das maravilhas, e nas concepções fantásticas que me prendiam ao meu propósito flutuavam, no mais recôndito do meu espírito, procissões intermináveis de baleias, de duas a duas e, entre todas elas, um grande fantasma encapuzado, como uma montanha de neve no ar.

A BOLSA DE VIAGEM

Meti uma ou duas camisas dentro da minha velha bolsa de viagem, enfiei-a debaixo do braço e parti em direção ao Cabo Horn e ao Pacífico.

Deixei a amena cidade do velho Manhatto e em tempo devido cheguei a New Bedford. Era uma noite de sábado, no mês de dezembro. Tive grande decepção quando me disseram que o vaporzinho de Nantucket havia partido e que eu não teria outro meio de transporte até a próxima segunda-feira. Visto que a maioria dos candidatos aos sofrimentos e privações da pesca de baleias se detêm sempre em New Bedford, para embarcar dali, confesso que eu, por minha parte, não tinha essa intenção. Estava decidido a embarcar apenas num navio de Nantucket, pois tudo o que se relaciona com a famosa ilha tem algo de especial e tumultuoso, que me agrada extraordinariamente. Por outro lado, se bem que New Bedford tivesse monopolizado gradualmente o negócio de pesca de baleias e por mais que a esse respeito a pobre velha Nantucket tenha ficado muito atrás, o certo é que Nantucket foi a magnífica original — a Tiro dessa Cartago —, o lugar onde encalhou a primeira baleia americana morta. De onde, se não de Nantucket, saíram pela primeira vez, em suas canoas, os baleeiros aborígenes, os homens vermelhos, para dar caça ao leviatã? De onde, se não de Nantucket, zarpou essa primeira chalupa aventureira, carregada em parte de seixos importados, segundo conta a história, para se atirar nas baleias e descobrir assim quando se encontravam suficientemente próximas para se poder arriscar o lançamento de um arpão, dos gurupés?

Pois bem, como devia passar uma noite, um dia e mais uma noite em New Bedford, antes de poder embarcar para o porto do meu destino, tive de tratar de encontrar um lugar onde comer e dormir. Era uma noite tempestuosa, muito escura e desolada, sumamente fria e triste. Não conhecia ninguém no lugar. Sondei ansiosamente os meus bolsos e encontrei apenas algumas moedas de prata. "De modo que onde quer que vás, meu caro Ishmael — disse para mim mesmo no meio de uma rua triste, com a maleta ao ombro, enquanto comparava a escuridão que se estendia ao norte com a obscuridade que reinava ao sul — onde quer que te conduza a tua sabedoria para passares a noite, meu querido Ishmael, não te esqueças de perguntar o preço e não te mostres muito exigente."

Percorri as ruas a passos vacilantes e passei por diante da tabuleta de *Os Arpões Cruzados*, mas o lugar me pareceu demasiado caro e alegre. Mais longe, das vermelhas e brilhantes janelas da *Hospedaria do Peixe-Espada*, saíam raios tão ardentes que pareciam ter derretido a neve e o gelo acumulados diante da casa, porque em toda parte além, uma espessa camada de geada cobria o duro pavimento de asfalto, cujas saliências inexoráveis eram excessivamente dolorosas para os meus pés, pois as solas dos sapatos, devido a um serviço impiedoso, se encontravam em estado lastimável. "Muito caro e alegre", pensei novamente, detendo-me um instante para contemplar o esplendor que chegava até a rua e escutar o tilintar de copos que se entrechocavam. "Vamos, Ishmael", disse eu, por fim, "não ouves? Afasta-te da porta. Os teus sapatos remendados impedem a passagem". Assim, segui meu caminho. Então, por instinto, corri as ruas que desembocam no porto, onde, sem dúvida, se encontrariam as hospedarias mais baratas, se não as mais confortáveis.

Que ruas tristes! Blocos de negrura, e não de casas, de um e de outro lado, e, de espaço a espaço, um lampião que era como um círio que se movesse sobre um túmulo. Àquela hora avançada do último dia da semana o lugar estava quase deserto. Porém divisei afinal uma luz fumacenta que se projetava de um edifício baixo e largo, cuja porta aberta convidava a entrar. Tinha um aspecto indiferente, como se fosse destinado ao público; quando entrei, a primeira coisa que fiz foi tropeçar num caixão de cinzas, no saguão. "Sim", pensei sufocado pelas partículas flutuantes, "sim, serão as cinzas da cidade destruída de Gomorra? *Arpões Cruzados... Peixe-Espada?...* Aqui talvez seja a tabuleta de *A Armadilha*? Contudo recobrei ânimo, ao ouvir uma voz ruidosa no interior; adiantei-me e abri uma segunda porta.

Parecia o grande parlamento negro reunido em Tophet.[2] Uns cem rostos negros voltaram-se enfileirados para olhar; ao fundo um anjo negro de perdição sacudia um livro sobre o púlpito. Tratava-se de uma igreja para homens de cor e o tema escolhido pelo pregador se referia à negrura das trevas e aos prantos, lamentações e ranger de dentes que lá se ouvem. "Sim, Ishmael", murmurei enquanto me afastava, "detestável diversão, essa da hospedaria da *Armadilha*".

Segui o meu caminho e cheguei finalmente a uma luz tênue, não muito longe das docas, e ao mesmo tempo ouvi um ruído desesperado. Olhei para cima e sobre a porta vi uma tabuleta movediça, na qual se destacavam a figura branca de um jorro brumoso, alto e reto, e a inscrição: *Estalagem do Jorro.* Peter Coffin.[3]

"Ataúde? Jorro? Associação particularmente agoureira", pensei. "Mas como asseguram que o nome é comum em Nantucket, presumo que o tal Peter terá emigrado de lá." Como a luz parecia tão débil e o lugar, no momento, parecesse bastante tranquilo, como a desmantelada casinha de madeira dava a impressão de ter sido transportada das ruínas de algum distrito incendiado, e como a tabuleta vacilante soltasse um rangido mesquinho que exalava pobreza, ocorreu-me que seria ali o lugar indicado para obter hospedagem barata e o melhor café de ervilhas.

Casa estranha: um edifício velho terminado em empena, paralisado de um lado, por assim dizer, e tristemente inclinado. Ficava numa esquina aguda e desolada, onde o tempestuoso vento Euroclidon[4] rugia com mais força do que já o fizera algum dia sobre a embarcação sacudida do pobre Paulo. Contudo, o Euroclidon é um zéfiro muito agradável para aqueles que se encontram em casa, aquentando os pés diante da chaminé, antes de ir para a cama. "Pelo que se refere ao tempestuoso vento chamado Euroclidon", diz um escritor antigo, de cujas obras conservo o único exemplar existente, "é maravilhosa a diferença se o contemplamos de dentro, atrás da vidraça de uma janela, quando toda a geada está do lado de fora, ou se o observamos através de uma janela sem vidraça, com a geada de um lado e de outro, tendo a Morte por única vidraça". "Muito acertado", pensei ao recordar esse parágrafo, "raciocinaste bem, velho alfarrábio. Sim, os meus olhos são janelas e o meu corpo uma casa. É pena que não tivessem consertado as fendas e posto aqui e ali um pouco de linhaça. Agora é tarde para fazer consertos. O universo está concluído. A cúpula foi posta e os restos foram varridos há um milhão de anos. Pobre Lázaro! Bate os dentes, encostado no meio-fio da calçada que lhe serve de travesseiro, e afasta os farrapos, com o contínuo tiritar, mas ainda que tapasse os ouvidos com trapos velhos e pusesse um sabugo na boca, não conseguiria livrar-se do tempestuoso Euroclidon". Euroclidon!, diz o velho Dives[5] envolto na sua túnica de seda vermelha (arranjou depois outra muito mais vermelha), sopra, sopra! Que esplêndida noite gelada! Como brilha Órion! Que luzes boreais! Deixem-nos falar em climas estivais do Oriente, em estufas perpétuas, mas deem-me o privilégio de criar o meu próprio verão, com os meus carvões.

Mas que pensa Lázaro? Poderá aquentar as mãos roxas de frio, erguendo-as para as grandes luzes boreais? Por acaso não preferiria estar em Sumatra, em vez de se encontrar aqui? Não preferiria antes recostar-se na linha do Equador? Sim, oh! deuses, preferia até mesmo descer ao poço infernal para libertar-se da geada!

Seja como for, o certo é que é muito mais espantoso imaginar Lázaro deitado ali no meio-fio da calçada, diante do umbral, do que imaginar um iceberg ancorado junto a uma das Molucas. Além disso, o próprio Dives vive como um czar, num palácio glacial, feito de suspiros congelados, por ser presidente de uma sociedade de temperança bebe apenas as lépidas lágrimas de órfãos.

Basta, porém, de divagações. Vamos à pesca da baleia e ainda temos muito o que ver. Raspemos o gelo dos pés e tratemos de saber que espécie de lugar é essa *Estalagem do Jorro*!

A Estalagem do Jorro

Ao entrar na *Estalagem do Jorro*, com as suas paredes em remate triangular, o visitante se encontrava num corredor largo, de teto baixo, com um friso antigo de madeira, que lembrava uma das amuradas de alguma velha nave já fora de serviço. A um lado pendia um imenso quadro a óleo, tão enfumaçado e mutilado que para alcançar alguma compreensão do seu significado, à luz incerta do lugar, era preciso um estudo diligente, uma série de visitas sistemáticas e uma cuidadosa investigação entre os vizinhos. Tão inexoráveis massas de sombra e penumbra faziam pensar que algum artista jovem e ambicioso, do tempo das bruxas, na Nova Inglaterra, se esforçara para delinear o caos enfeitiçado. Depois de um estudo prolongado e sincero, de considerações repetidas amiúde, e sobretudo depois de se abrir a janela situada no extremo do corredor, chegava-se finalmente à conclusão de que semelhante ideia, por mais disparatada que fosse, não era de todo desprovida de fundamento.

Porém o que mais surpreendia e intrigava era uma massa negra, longa, inflexível e prodigiosa de algo que pendia no centro do quadro, sobre três linhas azuis esfumadas e perpendiculares, flutuando acima de uma espuma indefinível. Uma tela úmida, pantanosa, capaz de tornar neurastênico o homem mais distraído. Contudo, desprendia-se dela uma espécie de sublimidade indefinível, meio frustrada, inimaginável, que transtornava tanto que a gente jurava involuntariamente não descansar, até descobrir o significado daquela pintura maravilhosa. De vez em quando alguma ideia brilhante, mas, ai de nós, ilusória, se apresentava ao espírito.

"É o Mar Negro durante uma tormenta, à meia-noite. É o combate sobrenatural dos quatro elementos primários. Uma fogueira meio apagada. Uma cena do inverno hiperbóreo. A dispersão da torrente do Tempo, rodeada de gelo." Finalmente, porém, todas essas conjecturas cediam diante do objeto prodigioso que enchia o centro do quadro. Uma vez resolvido isso, tudo mais estaria esclarecido. "Mas... um momento: não tem por acaso uma leve semelhança com um peixe gigantesco, talvez com o próprio Leviatã?"

Na realidade, segundo a minha teoria final, fundada em parte num conjunto de opiniões emitidas por muitos velhos com os quais conversei sobre o assunto, o propósito do artista parecia ser o seguinte: o quadro representava um navio no Cabo Horn, durante um temporal; um navio meio submergido, varrido pelas ondas, visíveis apenas os três mastros desmantelados, e uma baleia exasperada que procurava saltar por cima da embarcação, surpreendida no ato impressionante de lançar-se sobre os três mastros.

A parede oposta do saguão era coberta por uma mostra pagã de maças e lanças monstruosas. Algumas delas, densamente encastoadas com dentes brilhantes, pareciam serras de marfim. Outras eram adornadas com madeixas de cabelo e uma, em forma de foice, tinha um enorme cabo, arqueado, como o segmento feito no pasto recém-cortado por um segador de longo braço.

Estremecia-se contemplando-a e pensando se um canibal selvagem e monstruoso poderia ter partido algum dia para a colheita de mortos, com instrumento tão horripilante. Misturados com estas armas viam-se lanças velhas, enferrujadas, e arpões quebrados e deformados, instrumentos indispensáveis para a pesca de baleias. Algumas dessas armas tinham a sua história. Com essa lança, outrora longa e agora asperamente torcida, Nathan Swain matou, há cinquenta anos, quinze baleias entre um nascer e um pôr do sol. E aquele arpão — que tanto se assemelha a um saca-rolhas — foi arremessado nos mares de Java e cravado numa baleia que se escapou com ele e muitos anos depois foi morta em frente ao Cabo Branco. O arpão primitivo penetrou perto da cauda e, como uma agulha infatigável alojada num corpo humano, viajou mais de doze metros e foi encontrada afinal engastada na corcova.

Cruzado esse corredor sombrio e uma vez franqueada a entrada em forma de arco, baixa — aberta através do que em outras épocas devia ter sido uma chaminé central, com lareiras em torno — chegava-se ao salão. Lugar ainda mais lúgubre, com o seu teto de vigas pesadas e baixas e o soalho de tábuas velhas e deformadas, onde a gente sentia a impressão de que se encontrava no interior de algum velho navio, especialmente numa noite tempestuosa como aquela, quando a velha arca, mal ancorada, sacudia-se furiosamente. A um lado, sobre uma mesa em forma de estante, comprida e baixa, erguiam-se vitrinas rachadas, cheias de curiosidades empoeiradas, reunidas nos quatro cantos mais remotos deste vasto mundo. Do ângulo mais afastado do salão projetava os seus contornos uma guarita macabra — o bar

— rude imitação de uma cabeça de baleia. Fosse como fosse, havia ali o enorme osso arqueado da queixada de uma baleia, tão larga que um carro poderia passar por baixo. No interior, prateleiras imundas com fileiras de frascos, garrafas e velhas licoreiras; e entre essas mandíbulas de destruição instantânea, como outro Jonas maldito — e ele era realmente conhecido por esse nome — agitava-se um velhinho enrugado que por dinheiro vendia carinhosamente aos marinheiros o delírio e a morte.

Abomináveis eram os copos nos quais vertia o seu veneno. Ainda que verdadeiros cilindros por fora, por dentro os perversos copos verdes que atraíam os olhares se afinavam até chegar a um fundo que era um verdadeiro embuste. Meridianos paralelos, rudemente gravados, rodeavam esses copos salteadores. Até *esta* marca não se cobra mais de um pêni; até *esta* outra mais um pêni e assim por diante, até o copo cheio, a medida do Cabo Horn, que se podia beber por um xelim.

Ao penetrar no recinto descobri vários jovens marinheiros que examinavam, à luz mortiça do lugar, diversos exemplares de conchas trabalhadas. Procurei o dono da estalagem e disse-lhe que desejava um quarto, mas em resposta ele me assegurou que a casa estava repleta, que não havia nem uma cama desocupada.

— Mas... espere — acrescentou batendo na fronte —, suponho que não se oporá a partilhar o leito com um arpoador, não é? Como me parece que vai à pesca de baleias, seria melhor acostumar-se desde já com o negócio.

Respondi-lhe que nunca havia gostado de dormir com outro na mesma cama, mas, se tinha de o fazer agora, tudo dependia da espécie de pessoa que era o tal arpoador, porém se ele — estalajadeiro — não tinha outro lugar para mim e se o arpoador não fosse de todo insuportável, então, a passar uma noite cruel errando por uma cidade desconhecida, eu preferia partilhar o leito de qualquer homem decente.

— Já o imaginava — disse o estalajadeiro. — Está bem: sente-se. Já ceou? Quer comer? A ceia estará pronta dentro em pouco.

Sentei-me sobre um velho banco de madeira, entalhado como um dos bancos do Forte. Num extremo, ruminava um marinheiro que o ia adornando com a sua navalha; meio agachado, trabalhava diligentemente no espaço que lhe ficava entre as pernas abertas. Tentava esculpir um navio com as velas desdobradas, mas pareceu-me que não progredia muito.

Finalmente, quatro ou cinco dos presentes fomos chamados para cear, numa sala vizinha. Fazia tanto frio como na Islândia e não havia fogo. O dono nos declarou que não se podia permitir esse luxo. Somente duas tristes velas de sebo, nos respectivos castiçais. Não tivemos outro recurso senão abotoar as nossas blusas e levar aos lábios, com os dedos meio gelados, xícara após xícara de chá fervendo. Porém a ceia foi muito substancial; havia não somente carne e batatas como também torta de maçã. Imaginem! torta de maçã para a ceia. Um rapaz de paletó verde atacou a torta da maneira mais inconsiderada.

— Rapaz! — disse o estalajadeiro — Com toda a certeza terás esta noite um pesadelo.

— Estalajadeiro — murmurei —, é este o arpoador, não é?

— Oh! não — respondeu com um riso diabólico o estalajadeiro. — O arpoador é um sujeito de tez morena. Não come torta... Não! Come apenas bifes, e gosta deles bem crus.

— Diabo! — disse eu. — Onde estará ele? Aqui?

— Chegará dentro em pouco. — Foi a resposta.

Não pude evitar, mas comecei a desconfiar desse arpoador de "tez morena". Em todo o caso, se tivéssemos de dormir juntos, já havia decidido que ele teria de mudar a roupa e deitar-se antes de mim.

Terminada a ceia, o grupo voltou ao bar e eu, como não tivesse nada de melhor a fazer, resolvi passar o resto da noite como espectador.

Dentro em pouco ouviu-se um grande estrépito. O estalajadeiro, erguendo-se, exclamou:

— É a tripulação do *Grampus.* Esta manhã informaram-me de que se encontravam à vista, depois de uma viagem de três anos e com um navio repleto. Viva, rapazes! Vamos ter notícias das Ilhas Fiji.

No corredor ouviu-se o ruído de botas de marinheiros; abriu-se a porta de par em par, e fez a sua entrada um bando de homens do mar de aspecto bastante feroz. Cobertos com abrigos peludos, protegidas as cabeças por mantas de lã, as barbas rígidas de agulhas de gelo, lembravam uma invasão de ursos do Labrador. Acabavam de desembarcar e era o primeiro estabelecimento que visitavam. Por conseguinte, não era nada estranho que se encaminhassem diretamente ao bar, onde o oficiante da casa, o enrugado Jonas, lhes preparou uma porção de genebra e melado, jurando que se tratava de um remédio soberano para toda espécie de resfriados e catarros, quer fossem crônicos ou apanhados ao largo da costa do Labrador, ou no costado de barlavento de uma geleira.

Bem depressa o álcool lhes subiu à cabeça e, como geralmente acontece com homens do mar recém-chegados em terra, começaram a fazer as mais ruidosas estripulias.

Observei que um deles se mantinha contudo um tanto afastado, e ainda que parecendo desejoso de não estragar a alegria dos companheiros com a seriedade do seu rosto, abstinha-se em geral de fazer tanto barulho como os outros. Esta personagem me interessou desde logo e como os deuses do mar já haviam disposto que ele se tornaria o meu companheiro de bordo (ainda que não como companheiro de cama no que se refere a esta narrativa), tentarei descrevê-lo aqui concisamente. Media seis pés de altura, com ombros nobres e um peito que era como uma arca. Poucas vezes vi homem mais musculoso. Tinha o rosto excessivamente moreno e tostado de sol e, por contraste, os seus dentes deslumbravam; porém entre as sombras profundas dos seus olhos flutuavam algumas recordações que não pareciam dar-lhe muita alegria. A voz traía o filho do sul, e levando em conta a sua magnífica estatura deduzi que devia tratar-se de um desses altos montanheses nativos da cordilheira dos Alleghanys, em plena Virgínia. Quando a orgia dos seus companheiros atingiu o ponto culminante, ele saiu sem ser observado e não tornei a vê-lo até que se tornou meu camarada de bordo. Dentro em pouco, contudo, seus amigos deram por sua falta e como por uma razão qualquer parecia ser muito querido por eles, todos gritaram: "Bulkington, Bulkington! Onde estás, Bulkington!" E precipitaram-se para fora da estalagem em sua procura.

Eram cerca de nove horas da noite e como o salão parecia extraordinariamente tranquilo, depois daquela orgia, comecei a felicitar-me por um pequeno plano que me ocorrera pouco antes da chegada dos marinheiros.

Ninguém gosta de dormir de dois numa cama. Na realidade, pensa-se duas vezes, antes de dormir, mesmo com o próprio irmão, ignoro a razão, porém, a gente gosta de dormir sozinha. E quando se apresenta o caso de dormir com um estranho, numa hospedaria estranha, numa cidade estranha, e quando o estranho é um arpoador, as objeções se multiplicam indefinidamente. Não havia razão alguma que justificasse que eu, como marinheiro, estivesse obrigado a dormir com outro na cama, porque os marinheiros em alto-mar não dormem na mesma cama com mais frequência do que o faz um rei solteiro em terra. Certo é que dormem juntos no mesmo quarto, porém cada qual tem a sua própria maca, cobre-se com a sua própria manta e dorme dentro da sua própria pele.

Quanto mais eu pensava no arpoador, mais me repugnava a ideia de dormir com ele. Era justo presumir que, tratando-se de um arpoador, a sua roupa e os seus lençóis não fossem dos mais asseados e seguramente não seriam dos mais finos. Recomecei a pensar no assunto. Além disso, fazia-se tarde e um arpoador que se respeita já devia estar em casa e a caminho da cama. Imaginemos que chegasse à meia-noite? Poderia eu saber de que infame covil teria vindo?

— Estalajadeiro! Mudei de opinião acerca do arpoador. Não quero dormir com ele. Experimentarei este banco.

— Como quiser. Lastimo não poder oferecer-lhe uma toalha para colchão e esta tábua é muito dura. — Passou as mãos pelos nós e entalhes. — Mas espere um pouco, baleeiro. Tenho um cepilho lá no bar. Espere que vou torná-lo cômodo.

Dizendo isso, foi buscar o cepilho e depois de limpar a poeira do banco com o seu velho lenço de seda, começou a cepilhá-lo vigorosamente, rindo como um macaco. Os cavacos voavam à direita e à esquerda e finalmente o cepilho encontrou um nó indestrutível. O estalajadeiro quase torceu o pulso. Pedi-lhe pelo amor de Deus que deixasse a tarefa, que a cama me parecia já bastante macia e que nem todos os cepilhos do mundo poderiam transformar uma tábua de pinho em edredão. Ele apanhou os cavacos e, com outro riso trocista, atirou-os no fogão, no centro da sala; foi tratar de seus negócios e deixou-me só, com as minhas meditações.

Medi o banco e vi que tinha um pé a menos do que convinha; mas isso podia ser remediado com uma cadeira. Faltava também um pé em largura, e o outro que havia na sala tinha quatro polegadas a mais de altura do que o seu par, de modo que não ficavam no mesmo nível. Coloquei o primeiro banco de encontro à parede, no único espaço vazio que havia, deixando um pequeno interstício para dar lugar às minhas costas. Mas em breve descobri que entrava por baixo do peitoril da janela uma corrente de ar tão fria que o meu plano não daria bom resultado, principalmente porque outra corrente entrava pela fenda da porta, e encontrando-se com a primeira, formava uma série de pequenos redemoinhos na vizinhança imediata do lugar onde eu pensava passar a noite.

"O diabo leve esse arpoador!", pensei. "Um momento... Não poderia pregar-lhe um logro? Fechar a porta por dentro e não despertar nem mesmo pelas pancadas mais violentas?" Não me parecia má ideia. Mas pensando melhor, afastei-a. Quem me assegurava que no dia seguinte, ao abrir a porta, o arpoador não me esperaria ali, disposto a dar-me um soco?

Continuei a olhar em torno de mim e, não vendo outra possibilidade de passar uma noite suportável, a menos que partilhasse a cama de outra pessoa, comecei a pensar que talvez estivesse alimentando preconceitos injustificados contra o arpoador desconhecido. "Esperarei um pouco", pensei, "ele não pode demorar muito. Talvez me cause boa impressão e quem sabe se não chegaremos afinal a ser muito bons companheiros? Quem pode dizer o contrário?"

Porém, conquanto os outros pensionistas começassem a chegar, de um, de dois e de três, e a ir para a cama — nem sinal do meu arpoador.

— Estalajadeiro — perguntei. — Que espécie de sujeito é? Chega sempre a estas horas? — Era perto de meia-noite.

O estalajadeiro teve de novo um riso fino e parecia se divertir desta vez com algo que escapava à minha compreensão.

— Não — respondeu. — Em geral é um pássaro madrugador. Deita-se cedo e levanta-se cedo. Sim, é o pássaro que agarra o verme. Mas esta noite saiu para vender as suas mercadorias e não sei o que o retém tanto tempo por fora. Só se não conseguiu vender a sua cabeça.

—Vender a cabeça? Que disparate é este que me conta? — perguntei encolerizando-me. — Quer dizer que neste sábado sagrado ou talvez já domingo de manhã, o arpoador anda por aí empenhado em vender a cabeça?

— Precisamente. Ainda mais, eu lhe disse que ele não poderia vendê-la aqui, pois o mercado está abarrotado.

— De quê?

— De cabeças, naturalmente. E não há cabeças demais no mundo?

—Vou dizer-lhe uma coisa — observei com toda a calma —, peço-lhe que acabe com essas brincadeiras. Não sou mais criança.

— Pode ser — replicou ele tirando uma lasca de pau para transformá-la num palito, com a faca. — Mas asseguro que o senhor pode se dar mal se o arpoador souber que anda falando mal da sua cabeça.

— Eu lhe quebrarei a cabeça! — exclamei, deixando-me levar pela cólera que me produzia a história disparatada do estalajadeiro.

— Já está quebrada!

— Quebrada? Que diz?

— Decerto. E calculo que é por isso que não conseguirá vendê-la.

— Estalajadeiro — disse-lhe eu, tão frio como o monte Hecla durante uma tempestade de neve. — Pare com estes absurdos. Precisamos nos entender e quanto mais depressa melhor. Vim a sua casa porque necessito de uma cama. O senhor me respondeu que só poderia me dar metade de uma e que a outra metade pertence a um certo arpoador, que ainda não vi. E sobre esse arpoador o senhor persiste em contar-me a mais absurda e exasperante história, pretendendo despertar em mim um sentimento de mal-estar em relação ao homem que me designa como companheiro de cama, situação que, como o senhor sabe, é a mais íntima e confidencial que se pode apresentar. Por isso, peço-lhe que fale com franqueza e me diga quem é esse arpoador e se estarei seguro a todos os respeitos passando a noite com ele. E, em primeiro lugar, tenha a bondade de desdizer-se dessa história de vender a cabeça, que, no caso de ser verdade, a única coisa que posso pensar é que ele esteja louco varrido. E não estou disposto a dormir com um louco. E o senhor, estalajadeiro, o *senhor*, tentando induzir-me a isso conscientemente, torna-se passível de processo criminal.

— Bem — disse ele, respirando profundamente. — Isso me parece um longo sermão para um tipo que cepilha madeira de vez em quando. Mas tranquilize-se: o arpoador em questão acaba de chegar dos mares do sul e trouxe consigo, da Nova Zelândia, um lote de cabeças embalsamadas (grande curiosidade, garanto-lhe) e vendeu todas, com exceção de uma que está procurando vender esta noite porque amanhã é domingo e não seria próprio andar pela rua negociando cabeças humanas na hora em que o povo se dirige à igreja. Ele queria fazer isso no domingo passado, mas detive-o na porta, justamente no momento em que saía com quatro cabeças atadas num cordão, o que as fazia parecer com uma fieira de cebolas.

Esta explicação esclareceu o mistério e mostrou que afinal de contas o estalajadeiro não tivera ideia de zombar de mim. Mas, ao mesmo tempo, que pensar de um arpoador que passara a noite em claro e enfiava pelo domingo, dia sagrado, tratando de um negócio tão canibal como esse de vender cabeças de idólatras mortos?

— Estou certo de que o tal arpoador é um homem perigoso, estalajadeiro.

— Paga bem — respondeu ele. — Venha. A cama é boa. Sara e eu dormimos nela na noite em que nos casamos. Há aí lugar bastante para dois rolarem à vontade. É extraordinariamente grande. Sara punha-lhe nos pés o nosso Sam e o pequeno Johnny. Porém uma noite, sonhando, comecei a mexer as pernas e os braços e pouco depois Sam foi jogado ao chão e quase quebrou um braço. Depois disso Sara disse que o sistema não servia. Venha, vou mostrar-lha num instante.

Assim dizendo acendeu uma vela e ofereceu-se para mostrar-me o caminho. Mas permaneci indeciso e ele, olhando para o relógio que havia a um canto, exclamou:

— Já é domingo. Não verá mais esta noite o arpoador. Ele deve ter ancorado noutra parte. Venha, venha. Não quer vir?

Considerei o assunto por um momento. Subimos afinal os dois lances de escada e fui introduzido num quarto pequeno e frio como barro, mobiliado de fato com uma cama prodigiosa, bastante grande para que dormissem nela, de pés espalhados, quatro arpoadores, fossem lá como fossem.

— Pronto — disse o estalajadeiro colocando a vela sobre uma desmantelada arca de bordo, que servia ao mesmo tempo de lavatório e de mesa. — Ponha-se à vontade e boa noite.

Voltei os olhos da cama, mas o homem já se fora.

Tirei a colcha e inclinei-me sobre o leito. Conquanto não fosse dos mais elegantes, resistiu passavelmente ao exame. Olhei então para o quarto. Além da cama e da mesa de centro não descobri outro móvel senão uma estante rústica, as quatro paredes e um anteparo de chaminé decorado com a figura de um homem no momento de ferir uma baleia. Os objetos que não pertenciam propriamente ao quarto eram uma rede presa e atirada a um canto, uma grande bolsa de marinheiro contendo a roupa do arpoador e que fazia as vezes de mala. Havia ainda sobre a estante e a chaminé um conjunto de anzóis exóticos, feitos de ossos de peixe e um grande arpão na cabeceira da cama.

Porém, que havia sobre a arca? Tomei o objeto e, acercando-me da luz, apalpei-o, cheirei-o, tentando todos os meios de chegar a uma conclusão satisfatória. Só se podia comparar a um amplo capacho adornado nas bordas com pequenas "agulhetas" que retiniam, como as agulhas manchadas de porco-espinho que rodeiam a mocassina[6] de um índio. Tinha no centro uma abertura, como os ponchos sul-americanos.

Seria possível que um arpoador sóbrio fosse capaz de pôr-se dentro de semelhante capacho e de aparecer assim nas ruas de uma cidade cristã? Pu-lo na cabeça, experimentei-o. Pesava como chumbo, pois era muito grosso e peludo e além disso pareceu-me um pouco úmido, como se o misterioso arpoador o tivesse usado num dia de chuva. Mirei-me num pedacinho de espelho pregado na parede: nunca tinha visto semelhante coisa em toda a minha vida. Voltei o rosto com tal precipitação que torci o pescoço.

Sentei-me na borda da cama e comecei a pensar nesse arpoador que vendia cabeças e no seu capacho. Levantei-me, tirei o agasalho e permaneci no meio do quarto, ainda refletindo. Depois tirei o paletó e fiquei pensando um pouco mais, em mangas de camisa. Mas comecei a sentir frio e lembrando-me de que o estalajadeiro dissera que provavelmente o arpoador não viria mais para casa naquela noite e como já fosse tão tarde, sem mais rodeios, tirei as calças e as botas e apagando a luz saltei para a cama e encomendei-me ao céu.

Não sei se o colchão era cheio de sabugos ou de cacos de vidro, mas o fato é que fiquei rolando na cama por muito tempo e custei muito a dormir. Finalmente caí numa leve madorna e quase me fizera ao largo, em direção ao país do sono, quando ouvi o som de passos fortes no corredor e um raio de luz filtrou-se no quarto, por baixo da porta.

"Deus me proteja!", pensei, "Deve ser o arpoador, o infernal vendedor de cabeças."

Mas permaneci absolutamente imóvel e resolvido a não lhe dirigir a palavra. Com a luz numa das mãos e na outra a tal cabeça neozelandesa, o recém-chegado entrou no quarto, sem olhar para a cama, pôs a vela num canto, bastante longe de mim, e começou a desatar os cordões da ampla bolsa a que já me referi. Eu estava ansioso por ver-lhe o rosto, mas ele o conservou voltado enquanto desatava os cordões da bolsa. Feito isto, voltou-se e, valha-me Deus! que aspecto! que rosto! Era escuro, purpúreo, manchado aqui e ali de grandes quadrados escuros. Sim, era justamente o que eu imaginara. Um terrível companheiro de cama. Entrara numa briga, ficara terrivelmente ferido e vinha da casa do cirurgião. Mas naquele momento voltou o rosto outra vez e pude ver distintamente que aqueles quadrados negros não eram de modo algum tiras de adesivos. Eram manchas de uma outra espécie. A princípio não soube o que pensar, mas logo ocorreu-me uma ideia.

Lembrei-me da história de um homem branco — um baleeiro também — o qual tendo caído entre canibais, foi tatuado por eles. Concluí que aquele arpoador, no decurso das suas longínquas viagens, devia ter encontrado uma aventura semelhante. "E, afinal de contas, que tem isso?", pensei. "É apenas o exterior. Um homem pode ser honesto em qualquer espécie de pele." Mas como explicar a cor da sua tez, isto é, da parte que rodeava a tatuagem e era completamente independente dos quadrados? Podia não ser mais do que a queimadura de um bom sol tropical. Contudo, nunca ouvi dizer que o calor do sol pudesse tostar a pele de um branco a ponto de dar-lhe esse tom vermelho-amarelado. É verdade que nunca estivera nos mares do sul. Talvez o sol produzisse ali aquele extraordinário efeito sobre a pele. Porém enquanto todas essas ideias me passavam pela imaginação com a rapidez de relâmpagos, o arpoador continuava a não dar pela minha presença. Depois de ter aberto a bolsa com alguma dificuldade, começou a procurar ansiosamente qualquer coisa dentro dela e tirou afinal um *tomahawk*[7] e uma sacola de fumo, de pele de foca, ainda com o pelo. Colocou esses objetos sobre a velha arca no centro do quarto e tomando a cabeça neozelandesa — coisa horrível, na verdade — meteu-a dentro da bolsa. Depois tirou o chapéu — um chapéu novo de castor — e, quando se aproximou, quase gritei com uma nova surpresa. Não tinha um cabelo na cabeça, exceto uma pequena mecha torcida sobre a fronte. Aquela cabeça raspada e purpúrea parecia realmente um crânio defumado. Se o estranho não estivesse entre mim e a porta, esta ter-me-ia tragado com mais rapidez do que eu a um jantar.

Cheguei a pensar em saltar pela janela, mas lembrei-me de que estávamos no segundo andar. Não sou covarde, porém o efeito que produziu em mim aquele maroto vermelho, vendedor de cabeças, ia além de toda compreensão. A ignorância é irmã do medo e como eu estava inteiramente perplexo e confuso diante do estranho, confesso que tinha tanto medo dele como do próprio diabo que tivesse irrompido no meu quarto à meia-noite. Realmente, tinha tanto medo que não me atrevi a dirigir-lhe a palavra e pedir-lhe uma explicação satisfatória do que me parecia tão inexplicável na sua pessoa.

Entretanto, o homem continuava a tirar a roupa e finalmente descobriu o peito e os braços. Juro que essas partes, antes cobertas, apareciam igualmente semeadas com os mesmos quadrados que lhe adornavam o rosto; também os ombros tinham os mesmos quadrados negros. Dir-se-ia que estivera na Guerra dos Trinta Anos e que acabava justamente de sair dela, com uma camisa de emplastros. Tinha também as pernas marcadas, como se uma multidão de pequenas rãs verde-escuras trepassem pelos troncos de jovens palmeiras. Era evidente, agora, que se tratava de um abominável selvagem dos mares do sul, embarcado nalgum dos baleeiros ali chegados e desembarcado assim neste país cristão. Estremeci ao pensar nisto. Ademais, era um vendedor de cabeças, talvez das cabeças dos seus próprios irmãos. Poderia cobiçar a minha também. Céus! E aquele *tomahawk*!

Mas não tive tempo para tremer muito porque agora o selvagem fazia algo que me atraiu extraordinariamente a atenção e convenceu-me de que se tratava na verdade de um pagão. Dirigiu-se ao seu pesado capote, que havia colocado sobre uma cadeira, mexeu nos bolsos e tirou afinal uma curiosa imagem deformada, com uma corcova, e exatamente da cor de um pequeno conguês com três dias de nascido. Lembrando-me da cabeça embalsamada pensei a princípio que aquele boneco negro fosse realmente um recém-nascido, conservado segundo um processo especial. Mas vendo que não era articulado e que brilhava quase tanto quanto ébano polido, concluí que não devia ser mais do que um ídolo de madeira, o que verifiquei ser verdade, pois naquele momento o selvagem dirigiu-se à chaminé e, depois de tirar o anteparo, pôs a figurinha corcovada de pé entre as grelhas, como um pau do jogo de bolas. Os umbrais da chaminé e os ladrilhos do interior tinham tanta fuligem que me ocorreu que ela fazia as vezes de capela adequada para o ídolo conguês.

Eu tinha o olhar dirigido para a imagem meio oculta — sentindo--me entretanto muito inquieto — para ver o que iria ocorrer depois. Em primeiro lugar o selvagem tirou do bolso do capote um punhado de cavacos que colocou cuidadosamente diante do ídolo; em seguida, depois de colocar sobre eles um pedaço de biscoito marítimo, aproximou a lâmpada e acendeu uma fogueira de sacrifício. Finalmente, depois de introduzir várias vezes os dedos no fogo bem depressa e de retirá-los também rapidamente (de onde deduzi que os queimava) conseguiu afinal pegar o biscoito. Então, depois de soprá-lo para esfriar e tirar um pouco da cinza, ofereceu-o cortesmente ao negrinho. Mas o pequeno diabo parecia não apreciar uma comida tão seca. Nem sequer movia os lábios. O devoto fazia acompanhar aqueles atos grotescos e estranhos com um ruído ainda mais grotesco. Parecia um salmo pagão, cantado ou rezado num tom monótono. Ao mesmo tempo, ia fazendo as mais estranhas caretas. Por último apagou o fogo, tirou o ídolo da maneira menos cerimoniosa possível e meteu-o no bolso do capote, tão despreocupadamente como um caçador guarda na bolsa uma galinhola morta.

Toda essa estranha maneira de proceder aumentou a minha inquietação e, quando o vi manifestar sintomas poderosos de concluir as suas operações e a ponto de saltar na cama comigo, julguei chegado o momento (agora ou nunca), antes que ele apagasse a luz, de quebrar o encanto que me trazia preso havia tanto tempo.

Porém o tempo que gastei em deliberar sobre o que iria dizer me foi fatal. O selvagem tirou o *tomahawk* de cima da mesa, examinou-lhe um instante a cabeça e, em seguida, sustentando-o contra a luz e com a boca encostada no cabo, tirou grandes fumaçadas. Um momento depois apagou a luz, e com o *tomahawk* entre os dentes, o canibal selvagem meteu-se na cama ao meu lado. Dei um grito: não o pude evitar. E com um grunhido de espanto o selvagem começou a apalpar-me.

Gaguejando qualquer coisa, não sei o quê, afastei-me dele o mais que pude, em direção à parede e em seguida supliquei-lhe que, fosse o que fosse, ou quem fosse, ficasse quieto e me deixasse levantar-me e tornar a acender a lâmpada. Suas respostas guturais me convenceram imediatamente de que ele compreendera mal o sentido das minhas palavras.

— Que diabo tu...? — disse afinal. — Si tu não falar, maldito, eu matar-te...

E dizendo isso brandia o *tomahawk* aceso, na escuridão, sobre a minha cabeça.

— Estalajadeiro, pelo amor de Deus! Peter Coffin! — gritei. — Estalajadeiro! Socorro! Coffin! Anjos! Salvai-me!

— Fala tu, diz tu, quem tu, ou maldito seja, eu mata tu — grunhia novamente o canibal enquanto ia brandindo o *tomahawk*, o qual deixava cair sobre minha cabeça cinzas quentes, a tal ponto que cheguei a temer que as cobertas se incendiassem. Mas graças a Deus, neste momento chegou o estalajadeiro com uma luz. Saltando da cama, corri para ele.

— Nada receie — disse-me rindo —, Queequeg é incapaz de tocar-lhe num cabelo da cabeça.

— Deixe de rir — gritei. — Por que não me disse que este infernal arpoador era um canibal?

— Pensei que o soubesse. Não lhe disse que vendia cabeças? Porém volte a deitar-se e durma. Queequeg, olha! eu conhece tu, tu conhece mim. Este homem dorme tu, sabe tu?

— Eu sabe muito — grunhiu Queequeg chupando o cachimbo e sentando-se na cama. — Tu entra — acrescentou fazendo-me sinais com o *tomahawk* e puxando a roupa para um lado. Fez isso de maneira cortês e ainda mais, com um modo verdadeiramente amável e caritativo. Fiquei um momento olhando para ele. Apesar das suas tatuagens, era um selvagem limpo, íntegro e até bem-apessoado. "Por que fizera eu tanto barulho?", pensei. "Ele era tão humano quanto eu e tinha tanta razão para temer-me como eu a ele. É melhor dormir com um canibal sóbrio do que com um cristão bêbado."

— Estalajadeiro — exclamei —, diga-lhe que apague esse *tomahawk*, cachimbo, ou seja lá o que for; diga-lhe que deixe de fumar e agora mesmo deito-me ao seu lado. Mas não estou disposto a dormir com uma pessoa fumando. É perigoso, e além disso não estou segurado.

Queequeg acedeu imediatamente, logo que lhe foi comunicado o meu desejo e tornou a convidar-me para que me deitasse, afastando-se para um lado como pretendendo dar a entender: "Não te tocarei nem mesmo numa perna."

— Boa noite, estalajadeiro. Pode retirar-se — disse eu.

Deitei-me afinal e nunca na minha vida dormi melhor.

A colcha

Quando despertei na manhã seguinte, ainda de madrugada, vi que um dos braços de Queequeg se estendia sobre mim, da maneira mais terna e afetuosa possível. Dir-se-ia quase que eu era o seu cônjuge. A colcha era de retalhos, um conjunto de pequenos quadrados e triângulos originais e multicoloridos e o braço tatuado, com o desenho representando um interminável labirinto de Creta (do qual nem duas partes eram precisamente do mesmo tom, devido, segundo creio, à exposição sem método ao sol e à sombra, por não arregaçar as mangas da camisa sempre na mesma altura), o braço, pois, como ia dizendo, podia ser tomado por uma nesga da mesma colcha de retalhos. Por conseguinte, tornava-se difícil distinguir entre o braço, parcialmente estirado como o vi, ao despertar, e a colcha, de tal modo se confundiam as tonalidades. E foi unicamente pela sensação do peso e da pressão que pude descobrir que Queequeg me abraçava.

Tive estranhas sensações. Permitam-me que as explique. Lembro-me de que quando criança sucedeu-me um caso semelhante. Se foi realidade ou sonho, nunca pude saber exatamente. O caso foi o seguinte: eu fizera uma travessura qualquer — creio que tinha intenção de trepar pela chaminé, como vira fazer, alguns dias antes, um pequeno limpa-chaminés. Minha madrasta, que por um motivo ou outro sempre me castigava e me mandava para a cama sem ceia, minha madrasta, pois, puxou-me pelas pernas, de chaminé abaixo e despachou-me para a cama, conquanto fossem apenas duas horas da tarde do dia 21 de junho, o mais longo do nosso hemisfério. Senti-me muito mal, mas não havia remédio. Subi portanto a escada e entrei no meu quartinho, no terceiro andar, tirei a roupa o mais lentamente possível, a fim de matar o tempo e, com um amargo suspiro, meti-me entre os lençóis.

Fiquei pois deitado e calculando desoladamente as dezesseis horas que deveria passar antes de poder esperar uma ressurreição. Dezesseis horas na cama! Ainda hoje me dói o espinhaço, só de pensar nisso. E havia tanta luz! Brilhava o sol na janela, chegava da rua o estrépito dos carros e, de toda a casa, o som de vozes alegres. Como me sentisse cada vez pior, levantei-me, vesti-me, e desci as escadas de leve, sem sapatos;

fui à procura de minha madrasta e atirei-me aos seus pés, suplicando--lhe como um favor especial que me desse uma boa sova pela minha má conduta, tudo o que quisesse, menos condenar-me a ficar na cama por um tempo tão insuportavelmente longo. Porém ela era a melhor e a mais conscienciosa das madrastas, e tive de voltar para o meu quarto. Durante várias horas permaneci bem acordado, sentindo-me muito pior do que já me havia sentido até então e do que já me senti depois, apesar de infortúnios subsequentes. Finalmente devo ter caído numa espécie de pesadelo e, quando me arranquei lentamente dessa sonolência — ainda imerso em sonhos —, abri os olhos e então o quarto, dantes inundado de luz, estava agora envolto em trevas. Subitamente um choque me sacudiu todo o corpo; eu nada vira nem ouvira, mas me parecia que uma mão sobrenatural estava pousada sobre a minha. O meu braço pendia sobre a colcha e a forma indescritível, inimaginável e silenciosa ou fantasma ao qual pertencia aquela mão, estava sentada bem junto à minha cama. Durante um espaço de tempo que me pareceu composto de verdadeiras eras, empilhadas umas sobre as outras, permaneci deitado, gelado do mais espantoso medo, sem ousar retirar a mão, pensando contudo que se pudesse afastá-la mesmo de uma única polegada, quebrar-se-ia o horrível encanto. Ignoro como se desprendeu afinal de mim a consciência daquela visão, mas ao acordar, na manhã seguinte, estremeci, recordando-me inteiramente de tudo e, durante os dias, semanas e meses que se seguiram, perdi-me em tentativas confusas para explicar o mistério, que ainda hoje continua a intrigar-me.

Ora, excetuando o medo terrível, a sensação que experimentei, ao sentir a mão sobrenatural sobre a minha, foi muito semelhante, por sua estranheza, à que senti quando despertei e vi o braço pagão de Queequeg estendido sobre mim. Por fim evoquei, um após outro, todos os acontecimentos da noite anterior, reduzindo-os, é verdade, às suas verdadeiras proporções e acabei por ficar atento apenas àquela situação extremamente cômica. Porque, conquanto procurasse afastar o seu braço — desfazer o seu abraço de noivo — ele, adormecido, continuava a apertar-me com força, como se somente a morte pudesse separar-nos.

Procurei despertá-lo.

— Queequeg!

Mas a sua única resposta foi um ronco. Voltei-me, então, sentindo o pescoço como que preso num cabresto de cavalo. De repente senti um leve arranhão. Afastei a colcha e... dei com o *tomahawk* dormindo ao lado do selvagem, como um neném de cara fina! "Bonita situação; não havia dúvida", pensei, metido na cama, em casa estranha, em pleno dia, com um canibal e o seu *tomahawk*!

— Queequeg, pelo amor de Deus, Queequeg, acorde.

Afinal, à força de muito me revolver e verberar-lhe o impudor de abraçar a um macho daquela maneira matrimonial, consegui extrair-lhe um grunhido. Imediatamente retirou o braço, sacudiu-se todo, como um cão de Terra Nova que acaba de sair da água, sentou-se na cama, teso como uma estaca; e olhava para mim, esfregando os olhos, como se não se lembrasse de que maneira eu viera ter ali, conquanto parecesse mostrar pouco a pouco que sabia algo a meu respeito. Entretanto, eu permanecia quieto, olhando-o, e, sem ter agora sérias preocupações, resolvido a observar de perto tão curiosa criatura. Quando lhe pareceu afinal ter chegado a uma conclusão quanto ao seu companheiro de cama, sentindo-se tranquilo, saltou do leito e, por meio de certos sinais e sons, deu-me a entender que, se eu quisesse, ele se vestiria primeiro e deixaria que eu me vestisse depois, ficando todo o quarto à minha disposição. Não pude deixar de pensar que era uma proposta extraordinariamente polida, e, na realidade, é em casos tais que se verifica que os selvagens têm um senso inato de delicadeza, digam o que quiserem. Na verdade, é maravilhoso comprovar a que ponto eles são polidos. Rendo essa homenagem particular a Queequeg, porque me tratou com excepcional urbanidade e consideração, ao passo que eu cometera uma grande grosseria para com ele, olhando-o da cama e seguindo ponto por ponto todos os movimentos que fazia ao vestir-se. Contudo, como não se veem todos os dias homens como Queequeg, valeu a pena contemplar a sua figura e os seus modos, e a curiosidade vencera a minha educação.

Ele começou a vestir-se do alto, pondo primeiro o chapéu, um chapéu de copa muito alta, seja dito de passagem, e em seguida, depois de ter vestido tudo, menos as calças, foi buscar as botas. Por que motivo o fazia, é que não sei, mas o fato é que o seu próximo movimento foi meter-se debaixo da cama, com as botas na mão e o chapéu na cabeça. Deduzi, por certos ruídos e esforços violentos, que lhe era difícil calçar-se, coisa que me pareceu inútil, pois não conheço nenhum preceito de pudor que leve um homem a ocultar-se para calçar as botas. Mas Queequeg, como os leitores devem ter compreendido, era um homem em fase de transição: nem lagarta nem borboleta. Era civilizado, porém mostrava ainda a sua índole primitiva, da mais estranha maneira. Estava no primeiro grau inferior. Se não estivesse num grau mesmo mínimo de civilização, não daria importância alguma às botas, mas ao mesmo tempo, se não fosse ainda selvagem, nunca teria pensado em esconder-se debaixo da cama para calçá-las. Finalmente, surgiu com o chapéu muito amassado e caído sobre os olhos e começou a passear coxeando pelo quarto, como se não estivesse acostumado a calçar botas — as suas eram úmidas, enrugadas, de couro de vaca, e provavelmente não tinham sido feitas sob medida, porque o atormentavam, naquela manhã de frio cortante, como se as calçasse pela primeira vez.

Como eu observasse que não havia cortinas na janela, que a rua era muito estreita e que da casa vizinha podia-se enxergar todo o quarto, recomendei a Queequeg que apressasse como pudesse a sua *toilette* e que vestisse as calças o mais rapidamente possível, pois a sua figura era indecorosa, assim de chapéu e sem as calças. Ele concordou e foi imediatamente lavar-se. Àquela hora da manhã qualquer cristão teria lavado o rosto, porém Queequeg, com espanto da minha parte, limitou as suas abluções ao peito, aos braços e às mãos. Pôs em seguida o colete e, apanhando na mesa do lavatório um pedaço de sabão ordinário, começou a ensaboar o rosto. Eu procurava descobrir onde guardava ele a navalha, quando, oh, surpresa! apanhou o arpão que guardara junto à cama, tirou o cabo e a bainha, esfregou-o na bota e, de pé, em frente ao pedaço de espelho pregado na parede, começou a barbear-se, ou, digo antes, a arpoar vigorosamente as faces. "Queequeg", pensei, "isto é fazer pouco caso da melhor cutelaria de Rogers". Depois, quando soube de que fino aço se fazem as pontas dos arpões e a que ponto se conservam afiadas as suas folhas largas e agudas, já não me pareceu tão estranha a operação.

Terminada a *toilette*, Queequeg saiu envolto no seu longo capote de piloto, fazendo floreios com o arpão, como se fosse um bastão de mestre de cerimônias.

Segui-o sem demora e, uma vez no bar, acerquei-me prazenteiro do risonho estalajadeiro. Não lhe queria mal, conquanto ele tivesse troçado um pouco de mim no caso do meu companheiro de cama.

Uma boa brincadeira é algo de excelente e uma coisa bastante rara, o que é de lastimar. Se uma pessoa, mesmo à sua própria custa, oferece aos demais ocasião para uma boa brincadeira, não se zangue com isso, mas deixe que os outros se divirtam à grande e mesmo à sua custa. A pessoa que leva em si algo de generosamente risível possui muito mais do que talvez se imagine, estejamos certos.

O bar estava agora cheio de hóspedes chegados durante a noite, muitos dos quais eu ainda não tinha visto. Baleeiros quase todos: primeiros, segundos e terceiros oficiais, carpinteiros, caldeireiros e ferreiros de bordo, arpoadores e vigias; homens trigueiros e vigorosos, com espessas barbas; conjunto desgrenhado e hirsuto, vestindo capotes em vez de roupões.

Podia-se adivinhar facilmente quanto tempo tinham estado em terra. Este jovem de faces saudáveis como peras amadurecidas ao sol deve ter o mesmo perfume almiscarado da pera e não deve haver mais de três dias que desembarcou de regresso das Índias. O que está ao seu lado é um pouco mais claro; dir-se-ia que tem algo de pau-cetim. Na pele daquele outro subsiste um curtido de trópico ainda que ligeiramente desbotado; há várias semanas, sem dúvida, que se encontra em terra. Mas quem poderia ostentar um rosto como o de Queequeg, com os seus diversos matizes, como as ladeiras ocidentais dos Andes que exibem num solo conjunto, zona após zona, todos os climas diversos?

— Vamos! O café está pronto! — gritou o estalajadeiro abrindo uma porta.

Dizem que as pessoas que correm o mundo adquirem maneiras desenvoltas e mostram presença de espírito em sociedade. Contudo, nem sempre é assim. Ledyard, o grande viajante da Nova Inglaterra e Mungo Park, o viajante escocês, mostravam-se sumamente tímidos num salão. Pode-se atravessar a Sibéria num trenó puxado a cães, como fez Ledyard, ou cruzar sozinho, com o estômago vazio, o coração da África negra, como o pobre Mungo — viagens de tal natureza, pois, não constituem o método mais indicado para adquirir traquejos sociais. Porém, em geral, se encontra algo parecido por toda parte.

Essas reflexões me ocorreram porque depois de sentados à mesa, dispondo-me eu a ouvir uma boa história sobre a pesca de baleias, verifiquei, com grande surpresa, que todos guardavam o mais profundo silêncio. E mais ainda, pareciam embaraçados. Sim, eu tinha diante de mim um grupo de lobos do mar, muitos dos quais em pleno oceano e sem nenhuma timidez se haviam aproximado de baleias — para eles totalmente estranhas — desafiando-as a um duelo de morte, sem pestanejar e, contudo, ali reunidos, à mesa do café da manhã, sociavelmente, exercendo a mesma profissão e tendo os mesmos gostos, olhavam timidamente uns para os outros como se nunca tivessem visto mais do que algum rebanho nas Montanhas Verdes. Espetáculo curioso ver aqueles ursos ruborizados, aqueles tímidos matadores de baleias!

Quanto a Queequeg — porque Queequeg estava ali sentado, justamente à cabeceira da mesa — mostrava-se tão frio como uma pedra de gelo. Contudo, nem mesmo o seu mais fervente admirador poderia ter justificado sinceramente a sua maneira de trazer o arpão para o café e de usá-lo sem cerimônia alguma, brandindo-o sobre a mesa, com iminente risco de tantas cabeças, para puxar pedaços de carne. Porém fazia-o com muita serenidade, e todos sabem que, na opinião da maioria das pessoas, fazer algo serenamente é o mesmo que fazê-lo com educação.

Mas não falarei aqui das peculiaridades de Queequeg: como deixava de lado o café e os pãezinhos quentes para dedicar-se inteiramente à carne meio crua. Basta dizer que, terminado o café da manhã, retirou-se com os outros para o salão, acendeu o cachimbo-*tomahawk* e ficou ali sentado, digerindo e fumando tranquilamente, tendo na cabeça o seu inseparável chapéu, enquanto eu saía para dar uma volta pela cidade.

A rua

Se a princípio fiquei assombrado vendo pela primeira vez um indivíduo exótico como Queequeg circulando entre a sociedade culta de uma cidade civilizada, esse assombro desapareceu logo que fiz o meu primeiro passeio pelas ruas de New Bedford.

Nas ruas vizinhas das docas, em qualquer porto de mar de alguma importância, podem-se ver frequentemente os tipos mais extraordinários, chegados dos quatro cantos do mundo. Mesmo na Broadway e em Chestnut Street, marinheiros do Mediterrâneo acotovelam damas aterrorizadas. Regent Street não é uma rua desconhecida dos láscares e malaios e em Bombaim, no Apoio, ianques vivos têm assustado mais de uma vez os nativos. Porém New Bedford bate Water Street e Wapping. Nestes dois últimos lugares veem-se apenas marinheiros, ao passo que em New Bedford verdadeiros canibais conversam uns com os outros pelas esquinas, selvagens autênticos, muitos dos quais trazem ainda carne pagã sobre os ossos. Os forasteiros os olham com apreensão.

À parte, porém, os nativos das Ilhas Fiji, das Tongas, de Erromango, de Pannan ou de Bright, e além dos espécimes selvagens das tripulações dos baleeiros que vagueiam despreocupados pelas ruas, contemplam-se outros espetáculos mais curiosos e com certeza mais engraçados. Todas as semanas chegam a esta cidade dezenas de moços ingênuos, procedentes de Vermont e de New Hampshire, todos ávidos de ganhos e de glórias na pesca de baleias. Na maioria são jovens vigorosos, rapazes que derrubaram bosques e que agora querem deixar o machado e empunhar a lança. Muitos são tão verdes como as Montanhas Verdes de onde vêm. Sob vários aspectos dão a impressão de ter nascido há algumas horas. Olhem aquele que dobra a esquina. Traz um chapéu de castor, veste paletó de abas largas, apertado com um cinto de marinheiro, e traz um punhal embainhado. Ali vem outro, de chapéu encerado e capa de bombazina.

Nenhum dândi da cidade pode comparar-se a um petimetre rural — refiro-me ao verdadeiro rústico, àquele que para arar dois acres de terra, em julho e agosto, põe luvas de camurça com medo de que o sol lhe queime as mãos. Ora, quando a um dândi rural se mete na cabeça adquirir uma reputação distinta e oferece os seus serviços à pesca de baleias, veem-se os aspectos mais cômicos, logo que ele chega a um porto. Ao encomendar o seu enxoval marítimo ordena botões de bronze para os seus coletes e presilhas para as suas calças! Ah! pobre Hay-Seed![8] com que violência rebentarão essas presilhas ao primeiro furacão que rugir, quando fores arremessado, presilhas, botões e tudo mais, ao centro da tempestade!

Mas não pensem que essa famosa cidade tem apenas arpoadores, canibais e rústicos para mostrar aos seus visitantes. De modo algum. Mas nem por isso New Bedford deixa de ser um estranho lugar. Se não fossem os baleeiros, esse pedaço de chão estaria ainda hoje em condições tão lamentáveis como a costa do Labrador. Mesmo assim, parte do campo que a rodeia é capaz de assustar de tão desolada. A própria cidade é talvez, em toda a Nova Inglaterra, o lugar onde a vida é mais cara. É verdade que é terra de azeite, mas não como Canaã. É também terra de trigo e vinho. Mas o leite não corre nas ruas, nem na primavera estas são pavimentadas com ovos frescos. Entretanto, apesar disso, em parte alguma na América encontram-se residências de aspecto mais patrício, parques e jardins mais opulentos do que em New Bedford. De onde surgiram? Como foram plantados nessa terra que foi outrora escória estéril?

Olhem para os arpões simbólicos que decoram aquela altiva mansão e terão a resposta. Sim. Todas essas esplêndidas casas, todos estes jardins floridos saíram dos oceanos Atlântico, Pacífico e Índico. Todas, sem exceção, foram fisgadas com o arpão e arrastadas para cá, do fundo do mar. Seria Herr Alexander capaz de realizar um tal feito?

Dizem que em New Bedford os homens dão baleias por dote às suas filhas e presentes de focas às sobrinhas. É preciso ir a New Bedford para ver um casamento brilhante. Dizem que há tanques de azeite em cada casa e que todas as noites desperdiçam-se velas de espermacete, deixando-as arder até o fim.

No verão a cidade oferece um aspecto muito agradável, com os seus esplêndidos áceres em largas avenidas verde e ouro. E em agosto erguem-se bem alto os belos e generosos carvalhos em forma de candelabros, cobrindo os transeuntes com seus cones terminando em buquês. Tão poderosa é a arte que em vários distritos de New Bedford criou-se radiosos jardins sobre refugos de rochas postos de lado no último dia da Criação.

E as mulheres de New Bedford florescem como as suas rosas vermelhas. Mas as rosas florescem apenas no verão, ao passo que o magnífico carmim das faces das mulheres é perene como a luz do sol no sétimo céu. Em parte alguma é possível encontrar tanta louçania como em Salém, onde, segundo ouço dizer, as raparigas exalam um tal perfume de almíscar que os seus noivos marinheiros sentem a milhares de milhas, mar afora, como se se estivessem aproximando das fragrantes Molucas, e não de praias puritanas.

A capela

Nesta mesma cidade de New Bedford ergue-se uma Capela dos Baleeiros e poucos são os pescadores meditativos, prestes a partir para o oceano Índico ou Pacífico, que deixam de fazer uma visita ao lugar. Decerto que não fui um desses poucos.

De volta do meu primeiro passeio matinal, tornei a sair para esse fim especial. O céu, antes claro e onde brilhava o sol, ainda que frio, estava agora nublado e caía uma chuva miúda. Envolto no meu capote peludo confeccionado com o pano chamado de pele de urso, abri caminho com dificuldade em meio à tormenta obstinada. No interior da capela encontrei uma congregação pequena e dispersa de marinheiros. Reinava ali um silêncio surdo, quebrado apenas de vez em quando pelos uivos da tempestade. Os fiéis pareciam ter-se sentado de propósito o mais longe possível uns dos outros, como se cada mágoa silenciosa fosse ilhada e incomunicável. O capelão não chegara ainda e aquelas ilhas silenciosas de homens e mulheres permaneciam sentadas, olhando fixamente para as lápides de mármore, de bordas negras, incrustadas na parede, a cada lado do púlpito. Três delas diziam mais ou menos o seguinte (pois não pretendo citar ao pé da letra):

Consagrada a memória de
John Talbot,
que aos dezoito anos se perdeu no mar perto da
Ilha da Desolação, ao largo da Patagônia,
a 1 de novembro de 1836
sua irmã erigiu esta lápide
em sua memória

Consagrada à memória de
Robert Long, Willis Elerry,
Nathan Coleman, Walter Canny,
Seth Macy e Samuel Gleig,
que constituíam a tripulação de um dos botes
do navio *Eliza*

e foram arrebatados a perder de vista por uma
baleia não longe da costa do Pacífico,
a 31 de dezembro de 1839,
seus camaradas sobreviventes lhes dedicam
este mármore

Consagrada a memória do falecido
capitão Ezequiel Hardy,
que na proa do seu navio foi morto por um
cachalote ao largo da costa do Japão,
a 3 de agosto de 1833
sua viúva lhe dedica
esta lápide

Depois de sacudir o granizo do meu chapéu e do meu capote gelados, sentei-me perto da porta e olhando para um lado, surpreendi-me vendo Queequeg perto de mim. Afetado pela solenidade da cena, transparecia em seu rosto um ar de incrédula curiosidade. O selvagem foi o único dos presentes que notou a minha entrada, pois como era o único que não sabia ler, não estava ocupado em decifrar as frias inscrições na parede. Ignoro se havia na congregação algum parente dos marinheiros, cujos nomes eu acabara de ler, porém são tantos os acidentes de pesca não registrados e em várias das mulheres presentes notavam-se as marcas de um desgosto tão inconsolável que estou convencido de que estavam ali reunidas muitas pessoas, para quem a vista daqueles tristes mármores não fazia mais do que reabrir e sangrar novamente velhas feridas.

Ó tu que tens os teus mortos enterrados sob a grama verde, tu, que rodeado de flores podes dizer: "*aqui* jaz o meu bem-amado" — não poderás jamais conhecer a desolação que se abriga em peitos como estes. Que triste vazio atrás desses mármores em bordas negras que não cobrem cinzas! Que desespero encerram essas inscrições irremovíveis! Que vácuo espantoso e que descrença espontânea nessas linhas que parecem querer arrancar toda fé e negar a ressurreição aos seres que pereceram no meio do mar e não têm túmulo! Igual significado teriam essas lápides na caverna de Elefanta.

Em que recenseamento de criaturas vivas são incluídos os mortos da humanidade? Por que diz um provérbio que os mortos nada contam, conquanto conheçam mais segredos do que as areias de Goodwin? Por que antepomos uma palavra tão significativa e infiel ao nome daquele que ainda ontem partiu para o outro mundo e não fazemos o mesmo com o nome do que embarcou para as Índias mais remotas deste mundo dos vivos? Por que é que as companhias de seguro especulam com a morte de seres imortais? Com que paralisia eterna e estática, com que catalepsia irremediável jaz agora o antigo Adão, que morreu há mais de sessenta séculos? Por que não queremos nos consolar com a perda daqueles que entretanto, segundo asseguramos, vivem numa bem-aventurança indizível? Por que nos esforçamos por fazer calar os mortos? Por que é que o rumor de uma pancada sobre um túmulo aterroriza uma cidade inteira? Tudo isso não deixa de ter a sua significação.

Porém a fé é um chacal que se alimenta entre os túmulos e mesmo desses dilemas mortais tira a sua esperança mais fundamental.

Não tenho necessidade de descrever a impressão com que na véspera da minha viagem para Nantucket contemplei aquelas lousas e, à luz escassa de um dia tão triste e escuro, li o destino de outros baleeiros que me haviam precedido. "Sim, Ishmael, podes compartilhar da mesma sorte." Porém, de qualquer maneira, consegui recuperar a alegria. Pensei nos deliciosos motivos que me induziam a embarcar, nas oportunidades incomparáveis, segundo parecia, de alcançar uma promoção; sim, um vaporzinho me conferiria uma honra imortal. Sim, a morte intervém neste negócio de pesca de baleias... tem uma forma rápida, indescritível, caótica de enviar uma pessoa à eternidade. Mas que tem isso? Julgo que temos nos equivocado bastante neste negócio de vida e de morte. Creio que o que aqui na terra chamam de minha sombra é a minha verdadeira substância. Parece-me que ao contemplar as coisas espirituais, nos assemelhamos muito às ostras que observam o sol através da água e julgam que essa água espessa é a mais tênue das atmosferas. Penso que o meu corpo é apenas o sota-vento de um ser melhor. Na verdade, leve quem quiser o meu corpo, levem-no; repito que não é meu. Portanto, três vivas a Nantucket e que venha um vaporzinho quando quiser, porque destroçar a minha alma nem mesmo o próprio Júpiter o poderia.

O púlpito

Não fazia muito tempo que eu me sentara quando entrou na capela um homem de certa robustez venerável. Imediatamente depois de admiti-lo, a porta se fechou com estrondo, batida pela tormenta, ao mesmo tempo que os fiéis reunidos se voltavam, lançando-lhe um olhar suficiente para me provar que aquele esplêndido velho era o capelão. Sim, era o famoso padre Mapple, assim chamado pelos baleeiros, entre os quais gozava de grande popularidade. Na juventude fora marinheiro e arpoador, mas havia muitos anos que dedicava a sua vida ao ministério das almas. Na época a que me refiro aqui, o padre Mapple atravessava o rude inverno de uma velhice saudável, essa espécie de velhice que parece fundir-se numa segunda mocidade florida, porque entre os numerosos sulcos das suas rugas brilhavam os rebentos de uma nova floração — o verdor da primavera que assoma até mesmo sob a neve de fevereiro. Ninguém que tivesse ouvido contar a história do padre Mapple poderia contemplá-lo pela primeira vez sem experimentar o maior interesse, porque notavam-se na sua pessoa certas peculiaridades atribuíveis à sua vida aventurosa de outros tempos. Observei, quando ele entrou, que não trazia guarda-chuva; e decerto não viera de carruagem, pois corria do seu chapéu encerado a neve meio fundida e o seu grande capote de piloto quase o arrastava para o chão, com o peso da água que absorvera. Tirou o chapéu, o capote e as galochas, pendurou-os num pequeno espaço no canto próximo, e, vestido finalmente com um traje decente, aproximou-se a passos lentos do púlpito.

Este, como a maioria dos púlpitos antiquados, era muito alto, e tendo-se em conta o fato de que para alcançar tal altura uma escada comum teria exigido um ângulo demasiado grande, com prejuízo do pequeno âmbito da capela, o arquiteto, provavelmente por sugestão do padre Mapple, fizera o púlpito sem degraus, substituindo-os por uma escada de cordas, como as que se usam no mar, para subir de um bote ao navio. A esposa de um capitão de baleeiro doara à capela um magnífico par de cabos de estambre vermelho para a escada que, bem-acabada e tingida de cor de mogno, e considerando-se que se tratava de uma capela especial, era de bom gosto. O padre Mapple deteve-se um instante ao pé da escada, agarrando com ambas as mãos os nós ornamentais dos cabos, olhou para cima e, com uma destreza de verdadeiro marinheiro, que não deixava contudo de ter reverência, começou a subir, como se subisse para o tombadilho de um navio.

As partes perpendiculares dessa escada, como acontece com todas as escadas de mão, eram de corda coberta de pano e apenas os degraus eram de madeira, de modo que em cada um havia um nó. Logo que olhei para o púlpito não me escapou o fato de que esses nós, por mais convenientes que fossem num navio, pareciam desnecessários ali, pois eu não estava preparado para ver o padre Mapple, depois de atingir o alto, voltar-se vagarosamente e, curvado sobre a borda do púlpito puxar deliberadamente a escada, degrau após degrau, até que toda ela ficasse depositada no interior, deixando-o inexpugnável na sua pequena Quebec.

Fiquei refletindo por um momento sem chegar a compreender o significado daquele ato. O padre Mapple gozava de uma tal reputação de sinceridade e de santidade que eu não podia suspeitá-lo de pretender causar efeito com aquele lance teatral. "Não", pensei, "deve haver alguma explicação mais sensata para isso. Mais ainda: pode simbolizar algo de invisível. Este ato de isolamento físico significará acaso o afastamento espiritual do tempo e de todos os laços e conexões do mundo exterior? Sim, para o fiel servidor de Deus, esse púlpito provido da carne e do vinho da palavra é uma fortaleza que se basta a si própria, um excelso Ehrenbreitstein, com uma fonte perene de água dentro dos seus muros".

Mas a escada lateral não era a única característica estranha do lugar, originada dos antigos costumes marítimos do capelão. Entre os cenotáfios de mármore de cada lado do púlpito, a parede do fundo era adornada por um grande quadro que representava um bravo navio lutando contra uma terrível tempestade, a sota-vento de uma costa de rochas negras e ondas nevadas. Mas bem acima das nuvens esvoaçantes e das negras e pesadas manchas errantes flutuava uma ilha luminosa da qual refulgia o rosto de um anjo e esse rosto brilhante projetava uma nódoa de luz sobre o convés sacudido do navio, assim como a placa de prata colocada no soalho do Victory, onde Nelson caiu. "Ah! nobre navio", parecia dizer o anjo, "prossegue, prossegue nobre navio e sustém firmemente o leme, porque eis o sol que aparece, as nuvens negras se dissipam e em breve o céu terá o mais sereno azul".

O púlpito era também construído no mesmo gosto marítimo que presidira à feitura da escada e do quadro. A frente parecia a falsa proa de uma embarcação e a santa Bíblia repousava sobre um pedaço de madeira trabalhado em volutas, com a forma de um esporão de proa.

Que poderia existir de mais significativo? Porque o púlpito é sempre a parte avançada da terra. Tudo o mais vem depois dele. É dele que se divisa primeiro a tormenta da rápida cólera divina e a proa deverá suportar o primeiro embate. É do púlpito que se invoca primeiro ao Deus das brisas favoráveis ou contrárias, para pedir-lhe ventos propícios. Sim, o mundo é um navio em plena travessia e que não terminou a viagem, e o púlpito é a sua proa.

O padre Mapple pôs-se de pé e com voz suave, sem exibir autoridade, ordenou que todos se concentrassem.

— Os de estibordo, a bombordo! Os de bombordo, a estibordo! No centro, no centro!

Ouviu-se entre os bancos um ruído de pesadas botas de marinheiro e o rumor mais suave de calçado feminino. Logo voltou a calma, enquanto os olhares fixavam-se no pregador. Este fez uma ligeira pausa e em seguida, ajoelhando-se na proa do púlpito, cruzou sobre o peito as suas grandes mãos tostadas de sol e ergueu os olhos semicerrados para oferecer uma prece tão profundamente devota que parecia estar rezando ajoelhado no fundo do mar.

Terminada a oração, num tom solene e prolongado — como o toque incessante do sino de um navio que navega entre a névoa — começou a ler um hino; porém, ao chegar às últimas estrofes, mudou a modulação e prorrompeu num tom de exaltação e alegria:

As costelas e terrores da baleia
Arquearam sobre mim lúgubres sombras,
Enquanto as ondas de Deus iluminadas de sol
Ergueram-me, e afundaram-me no abismo.

Vi as fauces abertas do inferno
Com a sua consternação e dor infinita,
Somente os que a sentem poderão expressá-la!
Oh! Mergulhei na desesperação!

Em angústia sombria invoquei o meu Deus!
Quando mal podia crer que fosse meu
E ele prestou ouvido ao meu lamento,
E a baleia não mais me aprisionou.

Velozmente acudiu em meu socorro,
E como no dorso de um delfim refulgente,

Brilhou como um relâmpago terrível mas radioso
A face do meu Deus libertador.

Meu canto conservará para sempre a memória
Dessa terrível e jubilosa hora,
Deixo a glória ao meu Deus,
Seus são o poder e a misericórdia.

Quase todos os presentes o acompanharam no hino que se elevou bem acima do ulular da tempestade. Seguiu-se outra breve pausa. O pregador voltou vagarosamente as páginas da Bíblia e, finalmente, depois de indicar com a mão a página que procurava, falou: "Amados companheiros de navio, considerai o último versículo do primeiro capítulo do livro de Jonas: 'E preparou o Senhor um grande peixe, que engoliu a Jonas...'"

"Companheiros de navio, este livro que contém apenas quatro capítulos — quatro narrativas — é um dos mais finos do poderoso cabo das Escrituras. Contudo, em que profundidade da alma chegou a sonda de Jonas! Que lição fecunda nos dá esse profeta! Como é nobre esse cântico no ventre do peixe! Como é grande e tumultuoso! Sentimos as ondas que se agitam sobre nós, mergulhamos com Jonas no mais profundo do oceano; estamos rodeados de algas e de todo o limo do mar. Mas qual é a lição que nos ensina o livro de Jonas? É uma lição de dois cabos, companheiros. Uma lição para todos nós, como pecadores, e uma lição para mim, piloto do Deus vivo. É uma lição para todos, como pecadores, porque é a história do pecado e da dureza de coração, de terrores subitamente despertados, do rápido castigo, do arrependimento, das preces e finalmente da libertação e da alegria de Jonas. Como acontece a todos os pecadores, o pecado deste filho de Amittai estava na desobediência deliberada a um mandamento de Deus — não importa qual fosse este mandamento ou a maneira pela qual Deus o comunicou e que a Jonas pareceu demasiado duro. Mas todas as ordens que Deus nos dá são duras de cumprir — lembrai-vos disso. Daí, muitas vezes, ele antes nos ordena do que tenta persuadir-nos. E, se obedecemos a Deus, devemos desobedecer a nós mesmos, e é nessa desobediência que consiste a dificuldade de obedecer a Deus.

"Tendo em si este pecado da desobediência, Jonas tentou ademais zombar de Deus, procurando fugir-lhe. Pensou que um navio construído por homens poderia levá-lo a países onde Deus não reina, onde reinam apenas os capitães deste mundo. Errou pelas docas de Jope em busca de um navio destinado a Társis. Aqui se esconde uma significação que talvez passasse despercebida até agora. De acordo com todos os indícios, Társis não pode ser outra cidade senão a moderna Cádiz. Tal é a opinião dos eruditos. E onde está situada Cádiz, companheiros? Na Espanha, isto é, no lugar mais distante de Jope que Jonas poderia ter alcançado por mar, naqueles tempos em que o Atlântico era um mar quase desconhecido. Porque companheiros, a cidade de Jope, a moderna Jafa, fica na costa mais oriental do Mediterrâneo, a costa síria. E Társis ou Cádiz fica a mais de duas mil milhas desta, justamente na saída do estreito de Gibraltar. Não compreendeis, pois, companheiros, que Jonas queria fugir de Deus, dirigindo-se para o outro extremo da terra! Desgraçado! Oh! o mais desprezível, o mais digno de zombarias de todos os seres! Com o chapéu caído sobre os olhos e um olhar de culpado procurava enganar a Deus! Errando entre os navios, como o mais vil dos ladrões, está ansioso para cruzar os mares. O seu olhar era tão confuso e tão equívoco que se existisse polícia naqueles dias, Jonas, sob a simples suspeita de qualquer má ação, teria sido detido antes de chegar ao convés do navio. Como se reconhece facilmente que é um fugitivo! Sem bagagem, sem caixa de chapéus, sem uma valise ou bolsa, sem amigos que o acompanhem ao cais para dizer-lhe adeus.

"Afinal, depois de muita procura, encontra o navio destinado a Társis, que recebe os últimos artigos da sua carga. Quando sobe para bordo, com o objetivo de falar com o capitão, no seu camarote, todos os marinheiros abandonam por um momento o trabalho para fixar os olhos no aspecto duvidoso do estrangeiro. Jonas compreende, porém são inúteis os esforços que faz para mostrar-se acessível e inspirar confiança. Em vão tenta o seu infame sorriso. Uma poderosa intuição assegura os marinheiros de que não se trata de um inocente.

"— Jack, este roubou a uma viúva...

"— Joe, reparaste nele? É um bígamo...

"— Harry, amigo, creio que é o adúltero que fugiu do cárcere na velha Gomorra, ou quem sabe se não é um dos assassinos que desapareceram de Sodoma...?

"Outro corre a ler o anúncio pregado num dos pilares do cais, onde está atracado o navio, e que oferece quinhentas moedas de ouro pela prisão de um parricida cujos sinais são descritos. O homem lê e logo se volta para Jonas, enquanto todos os seus companheiros rodeiam este último, prontos para prendê-lo. O assustado Jonas, tremendo e mesmo assim procurando concentrar no rosto toda a sua audácia, não consegue senão parecer mais covarde. Não quer confessar que é suspeito, e isto, em si, já é motivo para atrair fortes suspeitas. Procura pois tirar da situação o melhor partido possível, e quando os marinheiros se convencem de que não é o homem procurado, deixam-no passar. E Jonas desce para o camarote.

"— Quem está aí? — pergunta o capitão, ocupado em sua escrivaninha, preparando às pressas os documentos para a alfândega. — Quem está aí? — Ah! como essa pergunta inofensiva atormenta a Jonas! Por um momento, está a ponto de voltar-se e fugir novamente. Contudo reanima-se.

"— Procuro uma passagem para Társis, neste navio. Quando estará pronto para zarpar, capitão? — Até então o capitão não havia reparado na pessoa que se encontrava diante dele, mas, logo que ouviu aquela voz cava, lança-lhe um olhar perscrutador.

"— Sairemos com a próxima maré — disse sem deixar de olhar atentamente para ele.

"— Demora ainda tanto, capitão?

"— Partimos bastante depressa para qualquer pessoa honesta que deseje viajar como passageiro.

"Nova punhalada para Jonas; mas bem depressa consegue afastar o capitão dessa suspeita.

"— Viajarei no seu navio — diz. — Quanto custa a passagem? Pagarei agora mesmo.

"Porque, companheiros, foi particularmente acentuado, como algo que não se deve deixar passar por alto, nesta história, que Jonas 'pagou a passagem' antes mesmo do navio ter zarpado do porto. E isso, considerado de acordo com o texto, é um fato muito significativo.

"Ora, o comandante de Jonas, companheiros de bordo, era um desses homens dotados de grande discernimento para descobrir um crime, mas cuja avareza os levam a acusar apenas os pobres. Neste mundo, companheiros, o pecado que paga pode viajar livremente e sem passaporte, ao passo que a virtude, se é pobre, será detida em todas as fronteiras. Assim o capitão de Jonas se dispõe a experimentar as dimensões da bolsa deste, antes de julgá-lo abertamente. Cobra-lhe o triplo da soma habitual e ele concorda. Então o capitão sabe que Jonas é um fugitivo, mas ao mesmo tempo resolve proteger uma fuga que pavimenta com ouro o caminho da retirada. Contudo, quando Jonas tira francamente a bolsa, o capitão sente alguns escrúpulos prudentes. Bate com toda as moedas, para ver se há alguma falsa. De qualquer maneira, não é um falsário, murmura consigo mesmo, e entrega a Jonas a passagem.

"— Indique-me o meu camarote, capitão, estou cansado de tanto andar e preciso dormir.

"— Assim parece — diz o comandante. — Aqui tem o seu camarote.

"Jonas entra e se dispõe a fechar a porta a chave, mas a fechadura não tem chave. Ouvindo-o remexer desajeitado, o capitão ri consigo mesmo e murmura algo acerca das celas de presidiários, que nunca se permite fechar por dentro. Vestido e coberto de pó, Jonas estira-se na cama e nota que o teto do camarote quase lhe bate na fronte. O ar é abafado. Jonas está ofegante. Depois, naquele buraco estreito, afundado sob a linha da água, tem o pressentimento da hora sufocante, uma antecipação do tempo em que a baleia o conservará alojado na mais estreita cavidade das suas entranhas.

"Uma lâmpada oscilante, parafusada na parede pelo eixo, balança-se de leve no camarote de Jonas e como o navio está um tanto inclinado para o cais, ao peso da última carga recebida, a lâmpada, com chama e tudo, conquanto em movimento, mantém-se em obliquidade permanente em relação ao camarote, se bem que, na verdade, conservando-se muito reta, relativamente ao próprio eixo, que faz ressaltar ainda mais a falsidade e a mentira dos planos entre os quais pende. A lâmpada alarma e atemoriza Jonas, o qual, deitado na estreita cama, com os olhos abertos, atormentados, não cessa de inspecionar o lugar onde se encontra; o fugitivo, até então corajoso, não encontra refúgio para o seu coração inquieto. Mas a contradição que nota na lâmpada apavora-o cada vez mais. O soalho, o teto, tudo lhe parece de través.

"— Ai! Assim pende a minha consciência — lamenta-se ele — arde em linha reta, para cima, mas os compartimentos de minha alma estão todos contorcidos.

"Como aquele que depois de uma noite de orgia e embriaguez apressa-se em ir para o leito, ainda cambaleando, sentindo porém a consciência a remordê-lo à maneira das investidas do cavalo de corrida romano, ainda que se lhe crave cada vez com mais força as pontas de aço; como alguém que em tão miserável estado se resolve ainda, presa de angústia vertiginosa e suplicando a Deus o aniquilamento até que passe a crise, e finalmente, no turbilhão da angústia, sente um profundo entorpecimento, como se se esvaísse em sangue, porque a ferida é a consciência e nada pode estancá-la, assim também Jonas, no seu beliche, depois de dolorosa luta, é arrastado para o sono, pelo prodígio da sua miséria esmagadora.

"Chegou finalmente a hora da maré; o navio solta as amarras e, do cais deserto — sem aclamações nem despedidas — desliza até o mar. Este navio, amigos, foi o primeiro barco contrabandista que se registrou, e o contrabando é Jonas. Porém o mar se rebela; não quer levar a carga indigna. Sobrevem uma espantosa tempestade e o navio está prestes a soçobrar. Contudo, quando o contramestre chama todos os marinheiros para alijar a carga e quando se arremessam ruidosamente ao mar caixas, fardos e odres, quando o vento ruge e os marinheiros gritam e cada tábua do soalho ressoa com o som de passos, sobre a cabeça de Jonas, no meio de todo esse tumulto furioso, ele continua a dormir o seu horrível sono. Não vê o céu negro nem o mar furioso, não sente o estrépito das tábuas, não ouve nem o preocupa o arremesso precipitado da baleia gigantesca, com a boca aberta, cortando os mares, em sua procura. Sim, companheiros, Jonas descera para o interior do navio, estava num camarote, deitado numa estreita cama, segundo disse, e adormecera profundamente. Mas o capitão, atemorizado, chega-se para ele e grita-lhe nos ouvidos adormecidos: 'Que pensas, dorminhoco? Levanta-te!' Arrancado da sua letargia por esse grito lúgubre, Jonas salta da cama e, cambaleando, sobe para o convés, agarra-se a um ovém, e dali observa o mar. Mas neste momento é assaltado por uma onda furiosa, que pula sobre a amurada. Onda após onda salta sobre o navio e, não encontrando saída, corre rugindo de popa a proa, até que os marinheiros ficam a ponto de afogar-se com o navio flutuando. E quando a pálida lua mostra o seu rosto atemorizado entre as profundezas da escuridão que reina acima, Jonas, horrorizado, vê o gurupés erguendo-se muito alto, para logo descer até a profundidade tempestuosa.

"Terrores após terrores se arremessam clamando sobre a sua alma. Apesar de todas as suas atitudes servis, o fugitivo de Deus é agora claramente reconhecido. Os marinheiros o assinalam. Crescem cada vez mais as suspeitas e finalmente, decididos a provar a verdade, submetem inteiramente o caso do julgamento celeste e lançam sortes para ver quem lhes causava aquela grande tempestade. A sorte cai sobre Jonas. Descoberto, assaltam-no com perguntas:

"— Em que te ocupas? De onde vens? Qual é o teu país? A tua raça?

"Mas observai agora, meus companheiros de bordo, a conduta do pobre Jonas. Os marinheiros ansiosos só lhe perguntam quem é e de onde vem. Contudo, não somente recebem a resposta a essas perguntas, como também a resposta a uma pergunta que não foi feita por eles. Mas a resposta não solicitada é arrancada a Jonas, pela mão inflexível de Deus, que está sobre ele.

"— Sou hebreu — grita ele, e acrescenta: — Temo ao Senhor Deus dos Céus, que criou o mar e a terra firme!

"Temes a Deus, Jonas? Ah! Então bem podias temer o Senhor! Imediatamente Jonas procede a uma confissão total. Os marinheiros se assustam cada vez mais, porém têm compaixão. Porque quando Jonas, sem suplicar ainda a misericórdia divina — pois conhece muito bem a indignidade dos seus merecimentos — quando o pobre Jonas lhes pede, gritando, que o atirem no mar — porque sabia que por sua culpa a tempestade os assaltava — os marinheiros se afastam dele misericordiosamente e procuram outros meios de salvar o navio. Mas tudo é em vão: a tempestade ruge com mais força; então, invocando o nome do Senhor erguendo uma das mãos, com a outra, não sem relutância, apoderam-se de Jonas.

"Contemplai agora Jonas erguido como uma âncora e arrojado ao mar. De súbito, vem de leste uma calma e o mar se torna de óleo: Jonas leva consigo a tempestade, deixando atrás de si as águas tranquilas. Tanto se afoga no centro de um tumulto violento que apenas nota o momento em que, agitado, cai dentro das queixadas abertas para recebê-lo. A baleia cerra com força todos os seus dentes de marfim, como outros tantos ferrolhos brancos de uma prisão. Então Jonas roga ao Senhor, de dentro das entranhas do animal. Mas prestai atenção à sua prece e tirai dela uma poderosa lição. Porque, ainda que grande pecador, Jonas não chora nem geme pedindo uma libertação imediata. Compreende a justiça do seu terrível castigo. Deixa nas mãos de Deus a sua libertação, contentando-se em afirmar que a despeito de todas as suas dores e aflições, continuará a dirigir o olhar para o seu santo templo. Aqui, companheiros de bordo, descobrimos um arrependimento fiel e legítimo: não clama pelo perdão, mas agradece o castigo. A que ponto essa conduta de Jonas foi agradável ao Senhor, prova-o a sua libertação final do mar e das entranhas da baleia. Companheiros, não vos apresento Jonas para que copieis o seu pecado, e sim como modelo de arrependimento. Não pequeis, mas, se o fizerdes, procurai arrepender-vos, como fez Jonas."

Enquanto pronunciava estas palavras o rugir da tormenta lá fora parecia conferir nova força ao pregador, que, ao descrever a tempestade de Jonas, parecia também assaltado por uma tormenta. Seu peito se elevava com a respiração profunda e os seus braços se agitavam como os elementos desencadeados, em plena ação: o trovão que saía de sob a sua fronte trigueira e as chamas que lhe saltavam dos olhos fizeram com que todos os seus ouvintes sinceros o olhassem com um súbito temor que lhes parecia estranho.

Então acalmou-se o seu olhar, enquanto que ele voltava as páginas da Bíblia, e finalmente imóvel, com os olhos fechados por um momento, pareceu comunicar-se com Deus e consigo mesmo.

Mas curvou-se de novo para o público e, baixando a cabeça, com humildade profunda, porém varonil, acrescentou essas palavras:

"Companheiros de bordo, Deus pôs sobre vós somente uma das suas mãos; a mim aperta com as duas. Expliquei-vos, com as poucas luzes que posso ter, a lição que Jonas ensina a todos os pecadores, a vós, por conseguinte, e a mim, ainda mais, pois sou mais pecador do que vós. Agora, com que alegria eu desceria deste mastro e me sentaria como vós nas escotilhas, para escutar, como me escutais, enquanto um de vós *me* explicaria esta outra lição mais terrível que Jonas ensina a *mim*, como piloto do Deus vivo: como Jonas — ungido profeta-piloto ou pregador de verdades e mandado por Deus para propagar essas verdades desagradáveis aos ouvidos da perversa Nínive — procurou fugir à missão, assustado com a hostilidade que provocaria, e tomou o navio em Jope. Porém Deus está por toda parte: Jonas nunca chegou a Társis. Como vimos, Deus o alcançou em uma baleia, afundou-o nos abismos da perdição e com rapidez o arrastou em declive até o 'meio dos mares', onde os redemoinhos profundos o absorveram, fazendo-o descer a mil braças de profundidade e 'as algas se enroscavam na sua cabeça' e todo o mundo líquido da angústia girava sobre ele. Contudo, mesmo então, longe do alcance de toda sonda, 'nas entranhas do inferno', quando a baleia encalhou entre os ossos mais profundos do oceano, então, Deus ouviu os clamores do profeta tragado e arrependido. E Deus falou ao peixe e, da frialdade tremente e do negror do mar, a baleia subiu para o sol cálido e agradável, para todos os encantos do ar e da terra 'e vomitou Jonas em terra firme'. Então a voz do Senhor se fez ouvir pela segunda vez e Jonas, magoado e quebrantado, conservando ainda nos ouvidos, como os caracóis, os murmúrios infinitos do mar, Jonas obedeceu a ordem de Deus. E que ordem, meus companheiros de bordo! A ordem de pregar a verdade em face da mentira! Era essa a ordem!

"Aqui, companheiros, temos a outra lição. E ai do piloto de Deus vivo que procura fugir a ela. Ai daquele a quem os encantos do mundo apartam da tarefa evangelizadora. Ai daquele que trata de verter azeite sobre as águas, quando Deus as agita com a tempestade. Ai daquele que procura antes agradar do que atemorizar. Ai daquele para quem a boa reputação significa mais do que a bondade. Ai daquele que neste mundo galanteia a desonra. Ai daquele que se nega a ser verdadeiro, quando a mentira significa a salvação. Ai daquele que, como disse o grande piloto Paulo, enquanto prega para os demais é ele próprio um réprobo!"

Calou-se e por um momento foi como que arrebatado para longe de si próprio, mas logo erguendo outra vez o rosto exclamou com entusiasmo celestial:

"Porém, oh! companheiros de bordo, a estibordo de qualquer aflição se encontra um prazer seguro e o auge desse prazer é muito mais elevado do que é profundo o abismo da aflição. Por acaso não são mais altos os topes do mastro grande do que a maior profundidade da quilha? Alegria — uma alegria grande, excelsa, interior — para aquele que mantém, perante os deuses e comandantes deste mundo, o seu próprio eu inexorável! Alegria para aquele cujos braços poderosos o apoiam, quando a nave traiçoeira e ruim deste mundo se afunda sob os seus pés! Alegria para aquele que não repousa em busca da verdade e que mata, queima e destrói todo pecado, ainda mesmo que seja preciso arrancá-lo de sob a toga de senadores e juizes. Alegria — uma alegria incomensurável — para aquele que não reconhece outra lei nem outro senhor senão o seu Deus, e que só é patriota do céu! Alegria para aquele a quem as ondas dos mares das multidões buliçosas não conseguem apartar desta quilha segura das Idades. Alegria e delícia eterna para aquele que no momento de entregar-se ao último repouso, pode dizer, com o último suspiro: 'Pai a quem conheço principalmente por tua vara, mortal ou imortal, morro aqui. Lutei para ser teu, muito mais do que para ser deste mundo ou de mim mesmo. Contudo, isso nada representa, deixo-te a eternidade; pois, que é o homem para pretender viver toda a vida de seu Deus?'"

Não disse mais. Depois de traçar vagarosamente uma bênção, cobriu o rosto com as mãos e ficou ajoelhado, até que todos os fiéis se retiraram e o deixaram sozinho.

Amigos íntimos

Quando voltei à *Estalagem do Jorro*, encontrei Queequeg completamente só; havia saído da capela momentos antes da bênção. Sentado num banco em frente à chaminé, com os pés estendidos na lareira, tinha na mão muito perto do rosto o seu pequeno ídolo de madeira negra e com um canivete ia-lhe aparando o nariz enquanto cantarolava para si mesmo, à sua maneira pagã.

Vendo-se interrompido, pôs de lado a imagem e dirigiu-se à mesa onde apanhou um grande livro que ali se encontrava. Colocando-o no regaço, começou a contar as páginas com regularidade premeditada. De cinquenta em cinquenta páginas mais ou menos, segundo creio, parava um momento, olhava distraidamente em torno e deixava escapar um longo assobio de assombro. Começava novamente a contar as cinquenta páginas, dando a impressão de começar pelo número um, de cada vez, como se não soubesse contar senão até cinquenta e como se o aglomerado de tantos cinquentas juntos provocasse o seu espanto, diante de tão grande multidão de páginas.

Fiquei sentado ali, observando-o com muito interesse. Ainda que selvagem e com o rosto horrivelmente marcado — para meu gosto, pelo menos — havia na sua expressão algo que não era de modo algum desagradável. É que ninguém pode ocultar a alma. Através de todas as suas tatuagens monstruosas julguei distinguir indícios de um coração sincero e honesto e nos seus grandes olhos profundos, negros e orgulhosos, brilhavam sinais de um espírito que desafiaria mil demônios. Além disso o pagão tinha um certo porte majestoso que nem mesmo as suas estranhezas conseguiam mutilar. Parecia um homem que jamais se havia humilhado e que nunca tivera um credor. Não sei se era por ter a cabeça raspada, mas a sua fronte se destacava com um relevo mais livre e brilhante e parecia mais ampla assim. O certo é que do ponto de vista frenológico a cabeça era excelente. Pode parecer ridículo, porém recordava-me a cabeça de George Washington, tal como aparece representada nos bustos mais popularizados. Notava-se ali o mesmo declive longo e regularmente graduado, desde as sobrancelhas, também muito salientes, como dois promontórios cobertos de bosques na parte superior. Queequeg era um George Washington canibal.

Enquanto eu o estudava assim detidamente, fingindo que observava a tempestade através da janela, ele nem dava pela minha presença e não se dignou nem mesmo a me dirigir um olhar; toda a sua atenção parecia concentrada no livro maravilhoso. Considerando a maneira sociável como havíamos dormido juntos na noite anterior e, principalmente, levando em conta o braço afetuoso que encontrei sobre mim, ao despertar, essa indiferença me pareceu muito estranha. Porém os selvagens são seres peculiares; às vezes não se sabe exatamente de que maneira tratá-los. A princípio nos intimidam: a sua simplicidade tranquila e concentrada parece fruto de uma sabedoria socrática. Havia observado, por outro lado, que Queequeg pouco ou nada se misturava com os outros marinheiros que frequentavam a estalagem. Nunca tomava a dianteira: dava a impressão de que não queria alargar o círculo das suas relações. Tudo isso me parecia extraordinariamente singular, e pensando melhor, achava ali algo de quase sublime. Eis um homem arrojado a vinte milhas de distância da sua terra, via Cabo Horn, isto é, o único caminho por onde poderia chegar ali, arremessado entre gente tão estranha para ele como se estivesse no planeta Júpiter e, contudo, parecia completamente à vontade. Conservava a maior serenidade, contentava-se com a sua própria companhia e mantinha-se sempre à altura de si mesmo. Decerto tudo isso tem um toque de excelente filosofia, embora, com certeza, ele nunca tivesse ouvido falar em coisa semelhante. Porém, na verdade, para ser um filósofo, talvez nós os mortais não devêssemos ter consciência de viver como tal e nem nos esforçarmos por alcançar essa condição. Sempre que me dizem que alguém se dá por filósofo chego à conclusão de que, como a velha dispéptica, essa pessoa deve "ter rompido o digestor".

Enquanto permanecia sentado no salão então deserto, o fogo meio apagado, como se depois de ter aquecido o ambiente brilhasse apenas para ser contemplado, as sombras e os fantasmas do entardecer aglomerando-se em torno das janelas e espiando o par silencioso e solitário que formávamos, a tormenta rugindo lá fora em tons solenes — comecei a ter estranhos sentimentos. Alguma coisa se derretia dentro de mim. O meu coração despedaçado e as minhas mãos desvairadas já não se voltavam contra este mundo de lobos. O tranquilizante selvagem o havia redimido. Sentado ali, a sua própria indiferença falava de uma natureza na qual não se emboscam hipocrisias civilizadas nem enganos blandiciosos. Era selvagem, sem dúvida, o mais impressionante dos espetáculos; porém, seja como for, comecei a sentir-me misteriosamente atraído para ele. E precisamente aquilo que mais teria repelido a maioria das pessoas é que, no meu caso, fazia as vezes de ímã. Experimentarei um amigo pagão, pensei, já que a bondade cristã não tem sido para mim, até agora, senão cortesia oca. Aproximei o meu banco do lugar onde ele estava sentado e fiz alguns acenos e insinuações amistosas, esforçando-me por travar conversa. A princípio pouco reparou nestas manobras, mas afinal, quando me referi à sua hospitalidade da noite anterior, decidiu falar-me e perguntou-me se tornaríamos a ser companheiros de cama. Respondi-lhe afirmativamente e, ouvindo isso, pareceu-me que ficou satisfeito e talvez um tanto lisonjeado.

Começamos a folhear o livro juntos e esforcei-me por lhe explicar o objetivo da impressão e as poucas ilustrações que o livro continha. Assim, bem depressa, despertei-lhe o interesse. A partir daí começamos a conversar o melhor que pudemos sobre os lugares dignos de ser vistos na famosa cidade. Finalmente, propus-lhe que fumássemos uma cachimbada de sociedade e ele, apresentando a bolsa de fumo e o *tomahawk*, ofereceu-me uma pitada. E assim permanecemos sentados, trocando fumaçadas naquele seu cachimbo selvagem, que passava regularmente das mãos de um para as do outro.

Se por acaso tivesse ficado um gelo de indiferença no peito do pagão aquela cachimbada cordial e agradável bastaria para dissipá-lo; converteu-nos pois em grandes camaradas. Ele parecia aceitar-me tão natural e espontaneamente como eu a ele. Quando acabamos de fumar encostou a fronte à minha, apertou-me o talhe e disse-me que estávamos casados; com isso queria dizer — segundo a fraseologia do seu país — que éramos amigos íntimos: de bom grado ele morreria por mim, se fosse necessário. Em um compatriota essa chama súbita de amizade ter-me-ia parecido prematura, e não mereceria confiança, porém, com aquele ingênuo selvagem, tais regras antigas não se aplicavam.

Depois da ceia e de uma conversa durante a qual tornamos a fumar, subimos juntos para o quarto. Ele me ofereceu a cabeça embalsamada, pegou na enorme bolsa de fumo e, depois de remexer nela, tirou uns trinta dólares de prata, que espalhou sobre a mesa; dividindo-os mecanicamente em dois montões e empurrando um deles para o meu lado, disse que me pertencia. Ia protestar, mas ele me impôs silêncio metendo o dinheiro num dos bolsos das minhas calças. Ali o deixei. Então começou a ocupar-se com as suas orações da noite, tirou o ídolo e retirou o biombo de papel. Por certos sinais e sintomas pareceu-me que estava ansioso para que eu o acompanhasse; porém, como ignorasse o que iria acontecer, refleti um instante sobre se deveria ou não aceder ao seu pedido.

Eu era um bom cristão, nascido e criado no seio da infalível Igreja Presbiteriana. Como poderia então unir-me a um selvagem idólatra na adoração a um pedaço de madeira? "Mas", pensei, "que é a adoração? Acaso supões, Ishmael, que o Deus magnânimo do céu e da terra — dos pagãos inclusive — poderia sentir ciúmes de um insignificante pedacinho de madeira negra? Impossível. Porém, que é adoração? Cumprir a vontade de Deus? Isso é adoração... E qual é a vontade de Deus?... Fazer a meu próximo o mesmo que desejaria que ele me fizesse... *essa é* a vontade de Deus. Pois bem. Queequeg é meu próximo. Que desejaria eu que Queequeg me fizesse? Que se unisse a mim, na maneira presbiteriana de render culto a Deus. Por conseguinte devo unir-me a ele no seu culto, devo tornar-me idólatra." Desta maneira acendi os cavacos, ajudei-o a pôr no lugar o inocente idolozinho, uni-me a Queequeg no oferecimento do biscoito queimado, fiz dois ou três salamaleques e beijei o nariz do negrinho. Terminada a cerimônia, nos despimos e nos deitamos em paz com as nossas próprias consciências e com o mundo inteiro. Porém não adormecemos sem ter antes conversado um pouco.

Ignoro a razão, mas o certo é que não há lugar como a cama para as revelações confidenciais entre amigos. Dizem que na cama marido e mulher descobrem mutuamente o verdadeiro fundo de suas almas. E alguns velhos casais conversam na cama sobre os tempos passados, até que muitas vezes os surpreende a manhã. Assim, pois, na lua de mel dos nossos corações, jazíamos Queequeg e eu como um casal amigo e afetuoso.

A camisa de dormir

Estivemos assim deitados, conversando um pouco e dormindo de vez em quando, tão sociáveis, tão despreocupados e tão comodamente nos sentíamos; Queequeg estirava de vez em quando de encontro às minhas as suas pernas morenas tatuadas, retirando-as logo em seguida. Finalmente, em consequência da conversa, o pouco sono que nos restava desapareceu por completo, e sentimos o desejo de levantar-nos, conquanto o amanhecer estivesse ainda muito longe.

Sim, tínhamos despertado; tanto, que a posição horizontal começou a nos incomodar e por isso fomos nos sentando pouco a pouco, ainda que bem envolvidos nos capotes. Finalmente nos apoiamos contra a guarda da cama, com os quatro joelhos juntos e os narizes apoiados sobre as rótulas, como se estas fossem aquecedores. Estávamos muito à vontade, tanto mais que lá fora fazia muito frio; na realidade, fora dos cobertores também, pois o fogo não estava aceso. Ainda mais porque, para desfrutar realmente o calor do corpo é necessário que uma das suas partes sinta frio, porque neste mundo não existe qualidade alguma que não proceda do contraste. Se alguém se gaba de que se sente realmente à vontade e que já o está há muito tempo, então já não pode dizer que esteja realmente à vontade. Porém, como no caso de Queequeg e no meu, se a ponta do nariz e a coroa da cabeça estão um tanto geladas, então sente-se no campo da consciência uma sensação de calor, deliciosa e inconfundível. Por esta razão, num quarto de dormir nunca deveria haver fogo aceso, o que é um dos luxuosos desconfortos dos ricos. Porque o auge dessa espécie de deleite consiste em não haver mais do que um cobertor entre a pessoa, a comodidade e a frieza do ar exterior. Então a gente se sente como uma chispa ardente no coração de um cristal ártico.

Estivemos sentados nessa posição durante algum tempo quando de repente ocorreu-me que devia abrir os olhos porque, quando me encontro entre as cobertas, quer seja de noite ou de dia, quer esteja dormindo ou acordado, sempre tenho o costume de manter os olhos fechados, com o objetivo de concentrar-me o mais possível no prazer de estar na cama.

Porque homem algum pode sentir plenamente a sua identidade senão com os olhos fechados, como se a obscuridade fosse na verdade o elemento próprio para o nosso ser, conquanto a luz seja mais agradável à nossa argila humana. Ao abrir os olhos, pois, para sair da minha agradável e deliberada obscuridade e entrar na rude escuridão da noite não iluminada, experimentei uma sensação desagradável. E não me opus à sugestão de Queequeg, de que seria melhor acender a luz, visto que ambos estávamos acordados. Além disso, ele sentia um forte desejo de tirar umas fumaçadas do seu *tomahawk*. Devo esclarecer que eu já não sentia a repugnância da noite anterior, ao vê-lo fumar na cama; por aí se vê quão elásticos se tornam os nossos preconceitos mais rígidos, quando a amizade intervém para afrouxá-los. Porque naquele momento nada me agradaria tanto como ver Queequeg fumar junto de mim, mesmo na cama, pois ele estava cheio de uma serena alegria doméstica. Deixei de preocupar-me em saber se o estalajadeiro teria ou não um sistema de seguros. Preocupava-me apenas a curiosidade intensa e confidencial de compartilhar de um cachimbo e de uma coberta com um verdadeiro amigo. Com as mantas peludas sobre os ombros passamos o *tomahawk* de um para outro, até que se estendeu sobre nós um teto azulado de fumaça, iluminada pela luz da lâmpada que havíamos acendido de novo.

Ignoro se esse dossel ondulante levou o selvagem para cenários distantes, porém a verdade é que ele começou a falar de sua ilha nativa, e como eu ansiava por conhecer a sua história, roguei-lhe que continuasse falando e que ma contasse. Acedeu com prazer. Conquanto nessa época eu compreendesse mal muitas das palavras que empregava, revelações subsequentes, feitas quando eu já me havia acostumado à sua fraseologia entrecortada, permitem-me, agora, narrar a história na forma esquemática que apresento aqui.

Queequeg era natural de Rokovoko, ilha muito distante, situada ao oeste e ao sul. Não figura em mapa algum; os verdadeiros lugares jamais figuram nos mapas.

Conquanto fosse ainda um selvagem novinho, correndo pelos bosques nativos, vestindo apenas uma tanga de ráfia, seguido pelas cabras, que o roíam como a um verde rebento, a alma ambiciosa de Queequeg escondia já o desejo de conhecer a Cristandade através de algo mais do que um exemplar ou dois de baleeiros. Seu pai era um Grande Cacique, um rei, seu tio, Sumo Sacerdote e, pelo lado materno, ele se gabava de ter tias que eram esposas de guerreiros invencíveis. Tinha bom sangue nas veias, sangue real ainda que tristemente viciado, segundo creio, pela tendência para o canibalismo, que cultivou na juventude.

Um navio de Sag Harbor visitou a sua baía natal e Queequeg procurou uma passagem para as terras dos cristãos. Porém, como o navio tinha já a tripulação completa, o seu pedido foi recusado. Não prevaleceu a influência de seu pai, o rei. Mas Queequeg fez um juramento. Sozinho na sua canoa, remou até um estreito distante por onde devia passar o navio ao deixar a ilha. De um lado havia um recife de coral e do outro uma língua baixa de terra, coberta de espessos mangues que cresciam até a água. Entre essas espessuras escondeu ele a canoa com a proa apontada para o mar e sentou-se na popa, de remo na mão. Quando o navio passou, em frente, deslizando, Queequeg arremessou-se como uma flecha e aproximou-se de um dos costados. Com um pontapé fez virar a canoa que afundou, trepou pelas correntes, estirou-se a fio comprido no convés e, agarrando-se a uma argola, jurou que não a soltaria nem mesmo que o fizessem em pedaços.

Em vão o capitão ameaçou-o de atirá-lo ao mar e chegou a suspender um machado sobre os seus punhos nus. Queequeg era filho de um rei e não se moveu. Impressionado com uma temeridade tão desesperada e um desejo tão feroz de conhecer a Cristandade, o capitão acabou por aceder e disse-lhe que se considerasse como em casa. Porém, o magnífico jovem selvagem — esse príncipe de Gales do mar — jamais conheceu a cabina do capitão. Acomodaram-no com os tripulantes e fizeram dele um baleeiro. Mas assim como o czar Pedro quis trabalhar nos estaleiros de cidades estranhas, Queequeg não desdenhou humilhação alguma, contanto que o destino lhe mostrasse uma maneira de instruir os seus incultos compatriotas. Porque no íntimo, segundo me confessou, era impelido pelo profundo desejo de aprender, entre os cristãos, as artes por meio das quais poderia tornar o seu povo mais feliz e, ainda mais, torná-lo melhor do que era.

Infelizmente, porém, as práticas dos baleeiros bem depressa o convenceram de que também entre cristãos podia haver infelizes e malvados e mesmo muito mais do que entre aqueles a quem seu pai governava. Quando chegou finalmente ao velho Sag Harbor e viu o que faziam ali os marinheiros, e depois, em Nantucket, quando presenciou de que maneira gastavam o seu salário *nesse* lugar também, Queequeg deu-se por perdido. Pensou: "O mundo é mau em todos os meridianos, e morrerei pagão."

Assim esse velho idólatra de coração viveu entre os cristãos, vestiu os seus trajes, procurou falar as suas algaravias. Daí as maneiras estranhas que se notavam nele, conquanto tivesse deixado o seu país havia tanto tempo.

Por meio de sinais perguntei-lhe se se propunha a volver e a procurar o trono, visto que era lógico pensar que seu pai tivesse morrido, pois segundo as últimas notícias, estava muito velho e doente. Respondeu-me que não. Ainda não. E acrescentou que temia que a Cristandade, ou melhor, os cristãos, o tivessem tornado inapto para subir ao trono puro e limpo dos trinta reis pagãos que o haviam precedido. Mas disse ainda que voltaria quando se sentisse novamente purificado. Nesse ínterim propunha-se navegar e aproveitar sua juventude em todos os cantos dos quatro oceanos. Haviam-no transformado em arpoador e no momento o ferro farpeado lhe servia de cetro. Perguntei-lhe qual o seu propósito imediato quanto aos seus futuros movimentos. Respondeu-me que era fazer-se ao mar, segundo a sua antiga vocação. Ouvindo isso, disse-lhe que tinha o propósito de dedicar-me à caça de baleias e comuniquei-lhe a minha intenção de sair para Nantucket, o porto mais promissor para qualquer baleeiro ansioso por aventuras. Imediatamente ele resolveu acompanhar-me a essa ilha, embarcar no mesmo navio, fazer a mesma guarda, compartilhar do mesmo bote, da mesma comida, em suma, partilhar a minha sorte e com as minhas mãos entre as suas desafiar o destino nos dois mundos. Assenti a tudo alegremente, porque além do afeto que já sentia por Queequeg, reconhecia nele um arpoador experiente e como tal não deixaria de me ser muito útil, visto que eu ignorava absolutamente os mistérios da pesca de baleias, conquanto já conhecesse o mar, como o conhecem os tripulantes dos navios mercantes.

Quando terminou a sua história, com uma última fumaçada no cachimbo que se apagava, Queequeg abraçou-me, apertou a sua fronte contra a minha e depois de extinguir a luz com um sopro, começou a dar voltas na cama, da mesma maneira que eu, até que bem depressa adormecemos.

O carrinho de mão

Na manhã seguinte, segunda-feira, tendo vendido a um barbeiro para servir-lhe de manequim a cabeça embalsamada que restava, paguei a minha conta e a do meu companheiro, utilizando para isso o seu dinheiro, é verdade. O sorridente estalajadeiro, bem como todos os pensionistas, acharam muito engraçada a amizade súbita que surgira entre mim e Queequeg, o que não deixava de lhes causar surpresa, principalmente quando souberam o quanto me haviam alarmado as fantásticas histórias de Peter Coffin, acerca do homem que agora me acompanhava.

Pedimos emprestado um carrinho de mão e carregando-o com as nossas coisas, inclusive o meu pobre saco, a bolsa de lona e a rede de Queequeg, nos dirigimos à "Moss", pequena corveta-correio de Nantucket, que se encontrava ancorada no cais. Os transeuntes paravam, olhando para nós, espantados, não tanto por Queequeg, pois estavam acostumados a ver outros canibais. Admiravam-se principalmente de nos ver caminhando em semelhantes termos de amizade. Mas não lhes demos importância e continuamos a empurrar o carrinho por turnos, mas Queequeg de vez em quando parava para ajustar a bainha do seu afiado arpão. Perguntei-lhe por que motivo trazia sempre consigo, em terra, uma arma tão incômoda e se não se encontravam arpões nos navios baleeiros. Ele me respondeu, em suma, que a minha observação era bastante justa, porém sentia um afeto particular por seu arpão, porque era de material garantido, bem provado em mais de um combate de morte e profundamente íntimo do coração das baleias. Numa palavra, à maneira de muitos segadores que vão ceifar os prados dos patrões com as suas próprias foices, conquanto nada os obrigue a isso, também, por motivos particulares, Queequeg preferia o seu próprio arpão.

Tirando o carrinho da minha mão para empurrá-lo por sua vez, começou a contar-me uma história engraçada da primeira vez que vira um carrinho de mão.

Foi em Sag Harbor. O proprietário do seu navio tinha-lhe emprestado um carrinho para que ele transportasse o seu baú para a hospedaria. A fim de não parecer ignorante acerca do assunto, conquanto na verdade o ignorasse totalmente — pois não tinha a menor noção sobre o manejo do carrinho —, Queequeg pôs nele o baú que prendeu com força e em seguida, pondo-o nas costas, começou a caminhar pelo cais.

— Ora, Queequeg, era de imaginar que você fosse mais perspicaz. E não riram de você?

Ouvindo isso, ele me contou outra história. Segundo parece, os habitantes da ilha de Rokovoko costumam nas festas de bodas despejar a fragrante água de coco verde numa enorme cabaça pintada, semelhante a um vaso de ponche, e que constitui sempre o grande ornamento central da esteira de palha onde se realiza a festa. Em certa ocasião fez escala em Rokovoko um grande navio mercante, e o seu comandante, que, segundo todos diziam, era um homem muito severo e rigoroso na observação de formalidades — pelo menos para um comandante de navio — foi convidado para o casamento da irmã de Queequeg, uma encantadora princesinha que acabava de completar os seus dez anos. Pois bem, quando estavam todos os convidados reunidos na casa de bambu da noiva, entra o comandante, sendo-lhe designado o lugar de honra, em frente ao vaso de ponche e entre o Sumo Sacerdote e sua majestade o rei, o pai de Queequeg. Depois da ação de graças — porque esse povo, da mesma maneira que nós, costuma dar graças, embora, segundo me disse Queequeg, não do mesmo modo, pois em vez de inclinar a cabeça eles, como os patos, olham para cima, para o grande Propiciador de todos os banquetes —, o Sumo Sacerdote começou o banquete com uma cerimônia imemorial da ilha, isto é, mergulhou as pontas dos dedos consagrados na vasilha, antes de começar a circular a bebida sagrada. Ao lado do Sumo Sacerdote, observando a cerimônia, e julgando-se — na qualidade de comandante de navio — com direito de prioridade sobre um simples rei ilhéu, principalmente na casa desse rei, o comandante começou a lavar as mãos, com toda a calma, no vaso de ponche, tomando-o, segundo suponho, por um lavabo gigantesco.

— E agora? — perguntou Queequeg. — A nossa gente não riu?

Finalmente, paga a passagem e posta a bagagem em lugar seguro, subimos para bordo da corveta. Içadas as velas, a embarcação deslizou rio abaixo — numa das margens do rio Acushnet. New Bedford se erguia com as ruas à maneira de terraço, as árvores cobertas de neve resplandecendo na atmosfera fria e calma. Enormes montanhas de tonéis empilhavam-se nos cais e os navios baleeiros, bem junto uns dos outros, descansavam das suas viagens através do mundo, ao passo que de outros vinha o ruído do trabalho dos carpinteiros e soldadores, confundindo-se com o estrépito das forjas para derreter alcatrão, em preparativos de novas travessias. O termo de uma longa e perigosa viagem era apenas o início de outra, e logo de uma terceira e assim incessantemente. Infindáveis e intoleráveis são, pois, todos os esforços terrestres.

Uma vez ao largo, a brisa saudável refrescou ainda mais e a pequena *Moss* arremessava da popa uma ligeira escuma, como um poldrinho os seus relinchos. Como respirei aquele ar estranho! Como desprezei então essa terra de barreiras, essa estrada comum, manchada das pegadas de escravos e de animais! Como admirei a magnanimidade do mar que não quer saber de pegadas!

Na mesma fonte espumosa, Queequeg parecia beber e saborear comigo. Dilatava as narinas e mostrava os dentes pontudos. Navegávamos sempre e, chegando em mar aberto, a *Moss* rendeu homenagem às rajadas de vento: erguia e mergulhava a proa como uma escrava diante do sultão. Navegávamos um tanto inclinados, todo o cordame tilintava como se fosse de arame. Os dois grandes mastros curvavam-se como bambus no centro de um furacão. Tão absortos estávamos com a cena que contemplávamos da proa movediça que, durante algum tempo, não observamos os olhares irônicos dos passageiros, um conjunto de gente boba, que se admirava de ver dois seres humanos assim tão inseparáveis como se um homem branco fosse superior a um homem de cor com a cara pintada de branco. Havia entre eles, porém, alguns ignorantes que, a julgar por sua falta de tato, deviam ter vindo do centro de toda a falta de educação. Queequeg surpreendeu um desses jovens chucros, que no momento o imitava pelas costas. Pensei que tivesse chegado a sua última hora. O másculo selvagem deixou cair o arpão, tomou o moço nos braços com força e destreza quase miraculosas e atirou-o no espaço a grande altura; depois de descrever no ar um salto mortal, o bobo, com os pulmões a ponto de rebentar, caiu de pé no convés, enquanto Queequeg, voltando-lhe as costas, acendia o cachimbo e me oferecia uma fumaçada.

— Comandante, comandante — gritava o bobo, correndo em direção ao oficial. — Está aqui o diabo!

— Então, senhor — exclamou o comandante, exemplar magro de marinheiro, avançando para Queequeg —, que significa isso? Não vê que poderia ter matado o rapaz?

— Que diz? — perguntou Queequeg voltando-se brandamente para mim.

— Diz que você quase matou esse homem — respondi eu, apontando para o rapaz que ainda tremia.

— Matar? — exclamou Queequeg retorcendo o rosto numa indizível expressão de desdém. — Ele "ser" peixe muito pequeno. Queequeg não "matar" peixes pequenos. Queequeg "matar" uma grande baleia!

— Ouve tu agora — rugiu o comandante. — Eu te "matar", pedaço de canibal, se repetes dessas graças aqui a bordo. Toma cuidado!

Mas algo aconteceu, naquele mesmo instante, que obrigou o capitão a tomar cuidado. A imensa pressão exercida sobre a vela grande partira em duas a escota de barlavento e o enorme botaló flutuava agora de um lado para outro, varrendo completamente a parte traseira do convés. O pobre-diabo tão rudemente tratado por Queequeg foi lançado por cima da amurada e todos os marinheiros ficaram em pânico. Tentar agarrar o botaló, para detê-lo, parecia loucura. Flutuava da direita para a esquerda e vice-versa, quase com a regularidade do tique-taque de um relógio e a cada instante parecia a ponto de fazer-se em pedaços. Nada se fazia, e parecia que nada se podia fazer. Os que se achavam no convés se arremessavam para a proa e ali permaneciam olhando para o botaló, como se fosse a queixada de uma baleia enfurecida. No meio de toda essa consternação, Queequeg ajoelhou-se com destreza e, arrastando-se sob o botaló, agarrou um cabo, prendeu-o num extremo da amurada e em seguida, atirando-o ao outro extremo, como um laço, prendeu o botaló, no momento em que este passava sobre a sua cabeça; e no vaivém seguinte, a verga foi amarrada e voltou a reinar a segurança. Fizeram virar a corveta, pondo-a de proa para o vento; e já os tripulantes iam descer o bote de popa, quando Queequeg, nu da cintura para cima, arremessou-se da amurada num longo e ágil salto que descrevia uma curva. Durante três minutos ou mais, vimo-lo nadando como um cão, estendendo os longos braços retos e mostrando às vezes os ombros morenos no meio da espuma gelada. Eu via o meu grande e glorioso amigo, mas não via ninguém para ser salvo. O bobalhão desaparecera. Erguendo-se perpendicularmente sobre a água, Queequeg lançou um olhar em torno e, depois de se dar conta da situação, mergulhou e desapareceu. Alguns minutos mais, e surgiu novamente, esforçando-se por nadar com um braço, ao passo que com o outro sustentava uma forma exânime. Em breve, o bote os recolheu. O pobre rapaz conseguiu restabelecer-se. Todos os presentes deram um viva a Queequeg e o capitão pediu-lhe perdão. A partir desse momento, agarrei-me a Queequeg como uma água-viva. Sim, até que o pobre Queequeg mergulhou pela última vez.

Mas onde se viu tamanha inconsciência? Nem por um momento lhe ocorreu pensar que merecera uma medalha de todas as sociedades magnânimas e humanitárias. Apenas pediu água fresca — para tirar do corpo o sal. Feito isso, vestiu uma roupa enxuta, acendeu o cachimbo e, encostando-se à muralha e observando pacificamente os que o rodeavam, parecia dizer consigo mesmo: "Em todos os meridianos deste mundo deve haver auxílio mútuo. Nós, os canibais, devemos ajudar esses cristãos."

Nantucket

Nada mais aconteceu digno de menção e, durante a viagem, de modo que depois de uma feliz travessia, chegamos são e salvos a Nantucket.

Nantucket! Procurem um mapa. Vejam que canto perdido do mundo ocupa essa ilha, mais afastada de tudo, mais isolada do que o farol de Eddystone. Vejam — um morro, um cotovelo de areia, tudo praia, sem pano de fundo! Há ali mais areia do que se poderia usar em vinte anos, como substituto para mata-borrão. Algumas pessoas trocistas dizem que em Nantucket é preciso semear joio, que ali não nasce espontaneamente; que se importam cardos do Canadá; que é preciso atravessar o mar em busca de um batoque de madeira para tapar um buraco num barril de óleo; que em Nantucket os pedaços de pau são conservados como se fossem pedaços da verdadeira cruz de Cristo; dizem que o povo planta cogumelos venenosos em frente das casas, para aproveitar a sombra durante o verão; que uma folha de grama forma um oásis, três folhas um prado que se leva um dia inteiro a percorrer, que os habitantes usam sapatos para a areia movediça como os lapões usam esquis para a neve; que Nantucket é tão fechada, tão cingida, tão rodeada por todos os lados, pelo oceano, formando uma ilha tão perfeita que às vezes se encontram mexilhões pegados às mesas e cadeiras, como às carapaças das tartarugas. Mas essas extravagâncias demonstram apenas que Nantucket não é Illinois.

Ouçam agora a maravilhosa e tradicional história da colonização dessa ilha pelos Peles-vermelhas. A narrativa entra para o domínio da lenda. Em tempos antigos, uma águia desceu sobre a costa da Nova Inglaterra e carregou nas garras uma criança índia. Com ruidosos lamentos os pais viram o filho perder-se sobre o vasto mar. Resolveram seguir na mesma direção. Embarcaram nas suas canoas e depois de uma perigosa travessia descobriram a ilha e ali encontraram, num pequeno cofre de marfim vazio, o esqueleto do pobre indiozinho.

Será então de admirar que esses habitantes de Nantucket, nascidos numa praia, se tivessem lançado ao mar para procurar um meio de vida? Primeiro apanharam caranguejos e moluscos na areia; em seguida, adquirindo audácia, lançaram à água os seus botes para pescar bacalhau, e, finalmente, lançando ao mar uma frota de grandes navios, exploraram o mundo líquido, rodearam-no com um cinturão infindável de circunavegação, deram uma olhada no estreito de Behring, e em todas as estações do ano e em todos os oceanos declararam uma guerra sem tréguas à massa animada mais poderosa que sobreviveu ao Dilúvio, a mais monstruosa, a mais montanhosa, esse mastodonte do mar, grande como o Himalaia, dotado de tão prodigiosa força inconsciente que mesmo os seus pânicos devem ser mais temíveis do que os seus ataques mais ousados e maliciosos.

E foi assim que esses nus habitantes de Nantucket, esses ermitães do mar, saindo dos seus formigueiros, venceram e conquistaram o mundo líquido, como outros, tantos Alexandres, dividindo entre si os oceanos Atlântico, Pacífico e Índico, como as três potências piratas fizeram com a Polônia. Deixemos os Estados Unidos anexarem o México ao Texas e amontoar Cuba sobre o Canadá, deixemos que os ingleses pululem na Índia e pendurem ali o seu estandarte deslumbrante: dois terços desse globo terráqueo são dos habitantes de Nantucket. Porque o mar lhes pertence; eles têm sobre o mar o mesmo direito de propriedade que os imperadores sobre os seus impérios. Os outros marinheiros têm apenas o direito de cruzá-lo. Os navios mercantes não são mais do que pontes de extensão e os navios de guerra, fortalezas flutuantes. Mesmo os piratas e corsários que andam pelo mar, como os salteadores pelas estradas, limitam-se a saquear outros navios, outros fragmentos de terra iguais a eles, mas não procuram tirar os seus ganhos das profundezas do mar. O habitante de Nantucket é o único que reside e arma conflitos no mar; somente ele, para falar em linguagem bíblica, desce ao mar em navios, arando-o de um lado para outro como se fosse a sua chácara particular. É ali o seu lar, é ali que estabeleceu o seu negócio, que nem mesmo um dilúvio interromperia, ainda que cobrisse milhões de habitantes da China. Ele vive no mar como um galo silvestre num prado, oculta-se entre as ondas, sobe nelas como os caçadores de camurça trepam nos Alpes. Passa anos inteiros sem pisar em terra, de modo que quando finalmente vem a ela, parece-lhe um outro mundo, mais estranho do que a lua a um terrestre. Como a gaivota do mar, que ao pôr do sol dobra as asas para dormir embalada pelas ondas, assim também o habitante de Nantucket, longe da terra, recolhe as velas e deita-se para repousar, enquanto sob o seu travesseiro passam velozmente bandos de morsas e baleias.

Chowder

A tarde já ia muito adiantada quando a pequena escuna entrou no porto e Queequeg e eu desembarcamos. Assim, não podíamos tratar de negócio algum naquele dia, a não ser procurar comida e cama. O proprietário da *Estalagem do Jorro* nos recomendara a seu primo Hosea Hussey, da *Panela*, proprietário, segundo nos dizia, de um dos melhores hotéis de Nantucket. Além disso, nos assegurara também de que o primo Hosea, como o chamava, era famoso por seus *chowders*.[9] Em suma, insinuou que nada podíamos fazer de melhor do que tentar nossa sorte na *Panela.* Mas às indicações que nos dera, para caminharmos a estibordo de um armazém pintado de amarelo, até chegarmos a uma igreja branca, e seguir a bombordo da igreja, até encontrar uma esquina, três pontos a estibordo, onde devíamos interrogar a primeira pessoa que encontrássemos, todas essas direções tão confusas, como ia dizendo, nos atrapalharam muito a princípio, principalmente porque, logo que partimos, Queequeg insistia em que devíamos seguir a bombordo do primeiro ponto de referência, ao passo que eu ouvira Peter Coffin falar em estibordo. Seja como for, depois de vagar na obscuridade e de tropeçar com alguns pacíficos habitantes, aos quais perguntamos o caminho, chegamos afinal a um lugar inconfundível.

Duas enormes panelas pintadas de preto e suspensas pelos aros, balançavam-se nas cruzetas de um velho mastaréu, em frente a um antigo portão.

O velho mastaréu, cujas asas posteriores haviam sido serradas, assemelhava-se bastante a uma forca. Talvez eu estivesse então hipersensível a essas impressões, mas não pude deixar de olhar fixamente para aquela forca, sentindo um vago pressentimento. Senti uma espécie de contorção no pescoço, ao olhar para as duas asas remanescentes. Sim, eram *duas*, uma para mim, outra para Queequeg. "Sinistro agouro", pensei eu. Ao desembarcar no meu primeiro porto baleeiro, hospedei-me na estalagem de Coffin, encontrara lousas sepulcrais na capela dos baleeiros, e aqui uma forca! E ainda um par de prodigiosas panelas negras! Não haveria nisso uma insinuação indireta dos Fados?

Fui despertado dessas reflexões pelo espetáculo oferecido por uma mulher sardenta, de cabelos amarelos e vestido da mesma cor, que se encontrava de pé à entrada da estalagem, sob uma tênue luz vermelha que parecia um olho inflamado. A mulher discutia asperamente com um homem de camisa de lã vermelha.

— Vá embora — dizia ela — ou expulsá-lo-ei a vassouradas.

— Venha, Queequeg — disse eu —, é aqui mesmo. Esta é Mrs. Hussey.

E era verdade. Mr. Hosea Hussey não estava em casa, mas deixara a esposa encarregada de atender a todos os seus negócios. Quando lhe expusemos os nossos desejos de ceia e cama, Mrs. Hussey, interrompendo por um momento a discussão, conduziu-nos a uma pequena sala onde nos sentamos a uma mesa sobre a qual se espalhavam os vestígios de uma refeição terminada havia pouco. Mal nos havíamos sentado e ela nos perguntou:

— Mexilhões ou bacalhau?

— Mexilhões para a ceia, Mrs. Hussey? — disse eu muito cortesmente. — Mas não acha que é uma recepção muito fria e pobre para uma noite de inverno?

Porém como tivesse muita pressa para continuar a briga com o homem de camisa vermelha que esperava pelo resto, na entrada, e como se não tivesse ouvido mais do que a palavra mexilhão, Mrs. Hussey dirigiu-se apressadamente à porta da cozinha e berrou:

— Mexilhão para dois! — E desapareceu.

— Queequeg — perguntei eu —, você acha que um mexilhão chega para dois?

Contudo, um cheiro agradável, vindo da cozinha, servia para desmentir a triste perspectiva que se nos apresentava. Mas quando trouxeram o *chowder* o mistério foi deliciosamente explicado. Oh! meus amigos, ouçam: o *chowder* era de pequenos mexilhões sumarentos, pouco maiores do que avelãs, misturados com bolachas esmagadas e pedacinhos de carne de porco salgada, tudo isso banhado em manteiga e ricamente temperado de pimenta e sal. Como a viagem nos havia aguçado o apetite, e sendo o *chowder* excelente e Queequeg vendo à mesa a sua comida favorita — os produtos do mar — comemos com grande rapidez. Recostando-me por um momento na cadeira e lembrando-me do anúncio feito por Mrs. Hussey, sobre mexilhões ou bacalhau, pensei em fazer uma pequena experiência. Dirigi-me à porta da cozinha, pronunciei a palavra "bacalhau", com grande ênfase, e voltei para a minha cadeira. Alguns minutos depois, veio novamente da cozinha um cheiro agradável mas diferente, e finalmente nos apresentaram um esplêndido *chowder* de bacalhau.

Continuamos a comer e enquanto introduzíamos as colheres na tigela, fiquei pensando se aquilo não teria algum efeito sobre a cabeça. Não há por aí um ditado estúpido que fala de pessoas de cabeça de *chowder*?

— Olha, Queequeg, que é isso? Uma enguia viva? Onde está o arpão?

Essa hospedaria da *Panela* é o mais piscoso de todos os lugares piscosos. Ali prepara-se *chowder* a todo momento; *chowder* ao almoço, *chowder* ao jantar e *chowder* à ceia, até que a gente começa a procurar espinhas de peixe na roupa. Toda a área que rodeava a casa era calçada de conchinhas de mariscos. Mrs. Hussey exibia um brilhante colar de vértebras de bacalhau e os livros de contabilidade de Hosea Hussey eram encadernados em pele de tubarão de qualidade superior. Mesmo o leite tinha gosto de peixe, o que estranhei a princípio. Até que uma manhã, enquanto passeava pela praia, entre alguns botes de pescadores, dei com a vaca malhada de Hosea alimentando-se com restos de peixe e caminhando na areia com os cascos metidos em cabeças decapitadas de bacalhau, oferecendo um aspecto muito repugnante.

Terminada a ceia, Mrs. Hussey nos deu uma lâmpada e instruções acerca do caminho mais curto para a cama. Mas quando Queequeg se dispunha a preceder-me escada acima, a mulher estendeu o braço e pediu-lhe o arpão; não permitia arpões nos quartos.

— Por quê? — perguntei. — Todo baleeiro que se preza dorme com o seu arpão...

— Porque é perigoso — tornou ela. — Desde o dia em que o jovem Stiggs, ao voltar daquela infeliz viagem de quatro anos e meio, levando apenas três barris de óleo, foi encontrado morto num quarto do primeiro andar, com o arpão atravessado no peito, nunca mais consenti que os meus pensionistas levassem para o quarto tão perigosa arma. Assim, sr. Queequeg (já aprendera o seu nome), ficarei com o ferro e guardá-lo-ei até amanhã. Mas os senhores querem mexilhões ou bacalhau para o almoço amanhã?

— Ambos — respondi eu —, e, também um par de arenques defumados, para variar um pouco.

O navio

Na cama traçamos os nossos planos para o dia seguinte. Mas com grande surpresa da minha parte e não pequeno aborrecimento, Queequeg deu-me a perceber que estivera consultando Yojo — era o seu pequeno ídolo negro — e que Yojo lhe dissera duas ou três vezes e insistira energicamente para que em vez de irmos juntos visitar os navios baleeiros ancorados no porto e escolher de comum acordo o que mais nos agradasse, em vez disso, repito, Yojo me ordenava que escolhesse o barco por minha conta exclusiva, que ele nos protegeria. E já havia mesmo posto os olhos numa embarcação que se eu, Ishmael, fosse procurar sozinho, descobriria infalivelmente, onde quer que se encontrasse, como se tivesse aparecido por acaso; neste navio eu devia embarcar imediatamente, sem pensar por enquanto em Queequeg.

Esqueci-me de mencionar que em muitas coisas Queequeg depositava grande confiança na excelência do julgamento de Yojo e na sua surpreendente clarividência dos acontecimentos. Queequeg o tinha em considerável estima, julgava-o um deus bastante bom, sempre com as melhores intenções, mas que nem sempre tinha êxito nos seus planos benévolos.

Mas aquele plano de Queequeg, ou antes, de Yojo, acerca da escolha do navio, não me agradou de modo algum. Eu havia confiado bastante na sagacidade de Queequeg para escolher o baleeiro mais próprio para nos levar e assegurar nossa fortuna. Os meus protestos, porém, não surtiram efeito e fui forçado a ceder; por conseguinte, preparei-me para encarar a questão com energia e vigor, a fim de resolver rapidamente essa bagatela. Na manhã seguinte bem cedo, deixando Queequeg encerrado com Yojo no nosso pequeno quarto de dormir — pareceu-me que se tratava de uma espécie de quaresma, jejum, ramadã, humilhação e prece; o que era realmente, não pude descobrir, pois, por mais que me aplicasse a isso várias vezes, nunca pude dominar essa liturgia e os seus XXXIX artigos — deixando pois Queequeg jejuando com o seu *tomahawk* e Yojo a aquentar-se no fogo sagrado, alimentado de cavacos, comecei a errar entre as embarcações, e depois de muito caminhar e de muitas perguntas, soube que havia três barcos que se destinavam a viagens de três anos; o *Devil-Dam*, o *Tit-Bit* e o *Pequod*. Eu não conhecia a origem do *Devil-Dam* nem também a do *Tit-Bit*; quanto ao *Pequod*, porém, todos os leitores devem saber muito bem que é o nome de uma célebre tribo de índios de Massachusetts, hoje tão extinta como os antigos medos. Pesquisei o *Devil-Dam*, dele saltei para o *Tit-Bit* e deste, finalmente, para bordo do *Pequod*, e antes mesmo de lançar um olhar em torno, durante um momento, decidi que era o barco que nos convinha.

Presumo que os leitores já tenham visto muitos barcos estranhos na sua vida; lugres quadrados, empinados juncos japoneses, galeotas que parecem caixas de manteiga, porém garanto-lhes que nunca viram um casco velho tão raro como esse raro e velho *Pequod*. Era um navio de estilo antigo, particularmente pequeno, com ar de estranha fera de quatro patas. Endurecido e desbotado pelos tufões e calmarias dos quatro oceanos, o seu velho casco adquirira uma cor escura como a pele de um granadeiro francês que tivesse lutado tanto no Egito como na Sibéria. A sua proa venerável parecia barbada. Os mastros talhados num ponto qualquer do Japão, segundo o modelo dos que haviam sido talvez lançados pela borda, durante uma borrasca, erguiam-se rígidos como os espinhaços dos três antigos reis de Colônia. O velho convés era gasto e enrugado como as lajes veneráveis da catedral de Canterbury, onde se verteu o sangue de Becket. Porém a essas antiguidades acrescentavam-se características novas e maravilhosas, ligadas ao estranho tráfico ao qual se dedicava o navio, havia mais de meio século. O velho capitão Peleg, que fora durante muitos anos o seu comandante, antes de comandar outro navio, agora aposentado e um dos principais armadores — esse velho Peleg durante o período em que servira como primeiro piloto, dera ao navio aquela originalidade grotesca e dispusera por toda parte aquela estranheza em material e fantasia; era uma raridade que nada poderia igualar, exceto a que distingue a armadura ou escudo esculpido de Thorkill-Hake. O barco podia ser comparado a um bárbaro imperador etíope, com o pescoço pesado de colares de marfim polido. Era uma exibição de troféus, o navio canibal, que se adornava com os ossos do inimigo que caçara outrora. As amuradas abertas, sem painéis, eram guarnecidas como uma mandíbula única, com os longos e agudos dentes de cachalote inseridos ali, à maneira de ganchos para atar os velhos cabos de cânhamo e os tendões. Esses tendões não passavam por aparelhos de madeira, mas deslizavam em roldanas de marfim marinho.

Desdenhando uma roda de torniquete, ostentava, no venerável leme, uma cana de timão, feita de uma peça inteiriça, curiosamente cortada da enorme e estreita mandíbula inferior do seu inimigo tradicional. O timoneiro que dirigisse esse barco com uma tal cana, deveria sentir-se, durante uma tempestade, como o tártaro que contém o seu fogoso corcel, agarrando-lhe a mandíbula. Um nobre navio, mas, de certa maneira, extremamente melancólico.

Todas as coisas nobres, porém, são tocadas de tristeza.

Contudo, quando procurei no convés alguém que tivesse autoridade, para propor-me como candidato à viagem, não vi ninguém a princípio, mas de qualquer modo não me passou despercebida uma estranha espécie de tenda, ou melhor, um *wigwam*[10] que se erguia um pouco além do mastro grande. De forma cônica, teria cerca de dez pés de altura; era formado de largas e enormes pranchas de flexíveis ossos negros, tirados da parte mais alta e média das mandíbulas da baleia da Groenlândia. Plantadas com suas largas extremidades sobre a coberta, essas pranchas enlaçadas umas nas outras se iam juntando até em cima, e no ápice eram ligadas por uma mecha terminal, semelhante à mecha da cabeça de algum velho Pottowottamie Sachem. Uma abertura triangular dava para a proa do navio, de modo que quem estivesse dentro podia ter uma visão do que acontecia diante de si.

Meio oculto nessa estranha morada, descobri afinal um homem, que por seu aspecto parecia ter autoridade, alguém que, por ser meio-dia, e como tivesse sido interrompido o trabalho no navio, descansava da responsabilidade do comando. Estava sentado numa cadeira de carvalho em estilo antiquado, esculpida de maneira singular e cujo assento era formado de tiras entrelaçadas do mesmo material flexível com que era constituído o *wigwam*.

Nada havia talvez de particular na aparência do velho que vi ali; era trigueiro e musculoso, como a maioria dos marinheiros, vestia uma pesada blusa de azul-piloto e cortada segundo o estilo quacre. Somente havia em torno dos seus olhos uma rede fina e quase microscópica de minúsculas rugas que se entrelaçavam e que deviam ter sido produzidas pelas contínuas viagens, durante rudes furacões, e por estar ele sempre olhando na direção do vento. Por isso é que os músculos em torno dos olhos se haviam encolhido. Essas rugas são muito eficazes quando se carrega o sobrolho.

— O senhor é o capitão do *Pequod*? — perguntei, aproximando-me da porta da tenda.

— E supondo que seja o capitão do *Pequod*, que desejas com ele? — perguntou o velho por sua vez.

— Estava pensando em embarcar.

— Estavas pensando em embarcar? Queres embarcar? Bem vejo que não és de Nantucket... Já estiveste alguma vez num bote baleeiro?

— Não senhor, nunca — respondi.

— Então nada sabes acerca da pesca de baleia, garanto.

— Não sei nada, capitão, mas aprenderei depressa. Fiz várias viagens a serviço da marinha mercante.

— Serviço mercante? Maldito seja! Não me venhas com esta conversa. Arranco-te esta perna, se tornares a falar em serviço mercante. Serviço mercante! E suponho que te sentes bastante orgulhoso por ter pertencido a esses navios mercantes. Mas, com os diabos! para que queres ir à pesca de baleia? Isso parece um pouco suspeito, não achas? Hein! Foste pirata, por acaso? Não terias roubado o teu último comandante? Terias pensado em assassinar os oficiais quando te fizeste ao mar?

Garanti a minha inocência de todas essas coisas. Vi que sob a máscara de tais insinuações humorísticas, aquele velho marinheiro, como um ilhado quacre de Nantucket, estava dominado por seus preconceitos insulares e desconfiava de todos os forasteiros, quer viessem do Cabo Cod quer de Vineyard.

— Mas que é que te leva à pesca de baleia? Preciso saber, antes de consentir que embarques.

— Ora, quero ver como é essa pesca de baleia. E quero também ver o mundo.

— Queres ver como é a pesca de baleia? Já puseste os olhos no capitão Ahab?

— Quem é o capitão Ahab, senhor?

— Sim, sim, é o que eu pensava. O capitão Ahab é o comandante deste navio.

— Equivoquei-me então. Pensei que estivesse falando com o comandante do *Pequod*.

— Estás falando com o capitão Peleg, rapaz. O capitão Bildad e eu estamos encarregados de preparar o *Pequod* para a viagem e de supri-lo de tudo, inclusive a tripulação. Somos ao mesmo tempo proprietários e fornecedores. Porém, como ia dizendo, se queres saber como é a pesca de baleia, mostrar-te-ei um meio de te instruíres antes de te comprometeres a embarcar e antes que seja tarde para voltar atrás. Põe os olhos sobre o capitão Ahab e verás que só tem uma perna.

— O senhor quer dizer que ele perdeu a outra por causa de uma baleia?

— Perdida por causa de uma baleia! Aproxima-te, rapaz, escuta: foi devorada, mastigada, triturada pela mais monstruosa das baleias que já fez em pedaços um bote! Ah! Ah!

Fiquei um pouco alarmado com a sua energia e talvez um tanto comovido com o sincero pesar que se notava na sua última exclamação, mas disse, com a maior calma que pude conseguir:

— Não duvido que seja verdade o que o senhor diz, mas, como poderia eu saber da ferocidade das baleias, por mais que o tal acidente pudesse sugerir-me?

— Olha, rapaz, tu és fraco. Não enganas a ninguém. Estás bem certo de que já estiveste no mar? Tens certeza disso?

— Julgo ter-lhe dito, senhor, que fiz quatro viagens no serviço...

— Acaba com isso. Lembra-te do que eu te disse sobre o serviço mercante. Não me exasperes. Não tolero isso. Mas entendamo-nos. Dei-te um indício do que é a pesca de baleia. Ainda te sentes inclinado a segui-la?

— Sim, senhor.

— Muito bem. És então homem para empurrar um arpão na goela de uma baleia e em seguida saltar atrás dela? Responde depressa, vamos.

— Sim, senhor, sempre que for absolutamente indispensável, se não houver outro remédio, e julgo que não será o caso.

— Está direito. Mas não é verdade que não somente queres ir à pesca de baleia para saber em que consiste esse ofício, como também para ver o mundo?

— Sim, senhor. É verdade.

— Bem, vai então até ali, à parte da proa onde dá o vento, e volta logo para me dizer o que viste.

Durante um momento, fiquei olhando para ele um pouco intrigado com essa curiosa proposta, sem saber exatamente se devia tomá-la a sério ou considerá-la antes como um gracejo. Porém, concentrando todos os pés de galinha numa carranca, o capitão Peleg forçou-me a obedecer sem demora.

Adiantando-me e olhando por cima da borda que dava para o lado do vento, notei que o navio girava com a maré, em torno da cadeia da âncora e que no momento apontava obliquamente para o oceano. A perspectiva era ilimitada, mas excessivamente assustadora, não se podia ver a menor variação.

— Então, que me dizes — perguntou Peleg quando voltei. — Que viste?

— Não muito — repliquei —, nada a não ser água e um horizonte considerável. E aí vem uma borrasca, parece-me.

— Está bem. E o que me dizes agora dessa história de ver o mundo? Ainda desejas rodear o Cabo Horn e ver algo mais além disso? Não podes ver o mundo daqui mesmo onde estás?

Fiquei um pouco desconcertado, mas devia ir pescar baleias e estava decidido a isso. "E o *Pequod* era um navio dos melhores, o melhor mesmo", pensei. E disse-o a Peleg. Vendo-me tão decidido, ele expressou o desejo de consentir no meu embarque.

— Pode assinar os papéis imediatamente. Venha comigo — acrescentou. Dizendo isto, conduziu-me até embaixo, ao camarote.

Sentado na prancha, encontrava-se um tipo que me pareceu absolutamente incomum. Tratava-se do capitão Bildad, o qual, com Peleg, era um dos principais proprietários do navio; as outras ações, como sempre acontece em portos semelhantes, pertenciam a uma multidão de coparticipantes, viúvas, órfãos e magistrados, possuindo cada qual uma ponta de viga, uma prancha, ou um prego ou dois no navio. O povo de Nantucket inverse o seu dinheiro em navios baleeiros com a mesma naturalidade com que outros investem capitais em apólices do governo, rendendo bons juros.

Agora Bildad, como Peleg e muitos outros filhos de Nantucket, era um quacre, já que a ilha fora primeiramente colonizada por essa seita e até hoje os habitantes conservam em geral as peculiaridades dos quacres, somente variadas e estranhamente modificadas por anormalidades alheias ao ambiente e heterogêneas, pois há alguns desses quacres, entre os marinheiros e baleeiros, que são os mais sanguinários. São quacres guerreiros, quacres vingativos.

Assim, há entre esses homens batizados com nomes tirados das Sagradas Escrituras — costume original na ilha — alguns que na infância foram naturalmente imbuídos com o grandiloquente tratamento de *tu* e *teu*, usado pelos quacres e, contudo, em consequência da sua vida audaciosa e de aventuras ilimitadas, encadeadas umas às outras, estranhamente vinculadas com as suas particularidades recônditas, não são inferiores por mil traços de caráter, a um Viking ou a um poético pagão romano. E quando tais características se unem num homem de força grandemente superior, a um cérebro globular, e um coração austero, num homem que, além disso, pelo sossego e reclusão de muitas longas noites de guarda nas mais remotas águas e sob constelações jamais vistas no norte, é levado a pensar de maneira independente e sem preconceito, quando depois de receber todas as impressões doces e violentas da natureza, acabadas de sair do seu peito virgem e confidencial, e portanto principalmente e apenas com o auxílio de vantagens acidentais — se sente inclinado a aprender uma linguagem intrépida, altivamente nervosa, então esse homem é único no meio de toda uma nação, uma poderosa e magnífica criatura, formada para nobres tragédias. Considerando-o ainda do ponto de vista mais dramático, não chegaria a ser motivo de humilhação, para o caráter de um tal homem, o fato ingênito, ou devido a outras circunstâncias, de um certo desejo mórbido e semi-involuntário de mando. Todos os homens tragicamente grandes têm em si algo de mórbido. Oh! jovem ambicioso, toda grandeza mortal não é mais do que doença.

Porém aqui não temos de nos haver com um ser dessa espécie, e sim com outro completamente diverso, um homem que sem deixar de ser peculiar, não é mais do que o resultado de outra fase da modalidade quacre, modificada por circunstâncias individuais.

Como Peleg, o capitão Bildad era também um baleeiro aposentado e em boa situação. Porém à diferença do capitão Peleg, que não dava a menor importância aos chamados casos graves e até mesmo considerava tais casos sérios como verdadeiras bagatelas, o capitão Bildad, não somente fora educado de acordo com os princípios mais estritos da seita quacre como também a sua vida, o oceano e a vista de tantas criaturas das ilhas, adoráveis e despidas, lá pelo Cabo Horn, não haviam comovido em nada o quacre que ele levava dentro de si, nem tampouco alterado uma dobra da sua vestimenta. Por essa impassibilidade tinha certa diferença digna de menção com o capitão Peleg. Ainda que por escrúpulo de consciência se negasse a esgrimir armas contra os invasores da terra, tinha invadido, sem reconhecer limites, o Atlântico e o Pacífico; e por mais que fosse inimigo jurado da derrama de sangue humano, tinha no seu sobretudo toneladas de sangue de leviatã. Ignoro como se arranjava o piedoso Bildad para conciliar essas coisas no entardecer contemplativo dos seus dias, mas ele não parecia preocupar-se muito com isso e, possivelmente, de antiga data havia chegado à sábia e sensata conclusão de que religião é uma coisa e o mundo prático outra coisa muito diferente. Este mundo paga dividendos. Subindo de grumete, vestido com a roupa curta dos tons mais pardacentos, a arpoador, com um jaleco cor de barriga de sável, e logo a primeiro piloto e capitão e finalmente a proprietário de um navio, Bildad, conforme indiquei antes, havia terminado a sua carreira aventurosa, retirando-se da vida ativa, na excelente idade de sessenta anos, para dedicar o resto de seus dias ao recebimento tranquilo de rendimentos bem ganhos.

Pois bem, Bildad — sinto dizê-lo — tinha fama de um incorrigível velho avarento e nos seus dias de marinheiro dizia-se que fora um rude e violento chefe. Contaram-me em Nantucket — ainda que, segundo me parece, se deva pôr a história de quarentena — que, quando navegava no velho baleeiro *Categut*, a tripulação, ao chegar ao porto, ia na maioria parar no hospital, abatida, exausta, esgotada. Para um homem religioso, e especialmente um quacre, era certamente bastante duro de coração, para não dizer mais. Acrescentavam os informantes, que nunca dirigia impropérios aos marinheiros, mas, em compensação, conseguia deles um excessivo rendimento de trabalho forçado, cruel e sem trégua. Quando Bildad era segundo piloto, bastava que o seu olhar sombrio caísse sobre algum homem para que este se sentisse completamente nervoso e pegasse logo num martelo ou num passador e se pusesse a trabalhar como louco, de uma maneira ou de outra, fosse no que fosse. A sua própria pessoa era a encarnação do seu caráter utilitário. Não havia, no seu corpo comprido e magro, carne supérflua nem barba de sobra. O seu queixo tinha uma penugem macia e escassa como a pelúcia desbotada do seu chapéu de abas largas.

Tal era a pessoa que vi sentada no pranchão, quando segui o capitão Peleg até o seu camarote. O espaço entre as duas cobertas era pequeno e ali, bem ereto, sentava-se o velho Bildad, da maneira que sempre fazia, sem inclinar-se jamais, para não gastar as abas do fraque. Tinha sempre ao lado o chapéu de abas largas; com as pernas rigidamente cruzadas, o sobretudo pardacento abotoado até o queixo e os óculos no nariz, parecia absorvido na leitura de um pesado volume.

— Outra vez, Bildad? — exclamou o capitão Peleg. — Segundo calculo vens estudando as Sagradas Escrituras há pelo menos trinta anos. Até onde chegaste, Bildad?

Como se já estivesse acostumado havia muito à profana maneira de falar do seu velho camarada, Bildad, sem parecer ouvir aquela irreverência, ergueu os olhos e, dando pela minha presença, lançou outro olhar inquisidor a Peleg.

— Ele disse que é dos nossos. Quer embarcar.

— Queres isso? — perguntou Bildad com voz profunda, voltando-se para inim.

— Sim, quero — respondi inconscientemente, tão intenso era o influxo da linguagem quacre.

— Que pensas dele, Bildad? — perguntou Peleg.

— Será útil — disse Bildad olhando-me para em seguida voltar à sua leitura, resmungando em tom quase audível.

Julguei-o o mais estranho de todos os velhos quacres que já me lora dado ver, principalmente em comparação com Peleg, seu amigo e colega, que parecia um tanto fanfarrão. Mas não disse nada e apenas lancei em torno um olhar atento. Peleg abriu uma arca e tirando dela os regulamentos do navio, colocou diante de mim tinta e pena e sentou-se a uma mesinha. Comecei a pensar que era mais do que tempo de pôr-me de acordo comigo mesmo, a respeito das condições em que desejava ser contratado. Sabia já que no negócio da pesca de baleia não se pagavam salários, mas todos os marinheiros, inclusive o capitão, tinham certa participação nos lucros. Essas porções eram chamadas *tantos* e em proporção ao grau de importância dos respectivos cargos desempenhados. Estava também certo de que sendo eu um novato na pesca, o tanto que me corresponderia não podia ser muito grande, mas considerando-se que, habituado ao mar, podia dirigir um navio, puxar um cabo e tudo mais, podia obter um tanto de 275 avos, isto é, a 275ª parte do produto líquido da viagem, fosse qual fosse a soma alcançada por esta.

E ainda que o tanto de 275 avos fosse o que se convencionara chamar um *tanto* muito fracionado, era, ainda assim, melhor do que nada; e se tivéssemos uma viagem proveitosa, o dinheiro talvez desse para pagar a roupa que eu gastasse, sem falar na minha alimentação durante três anos a bordo, pela qual não teria de pagar nem um centavo.

Pode-se pensar que se tratava de um modo bem humilde de acumular uma fortuna principesca, e na realidade o era. Porém sou daqueles que não se preocupam muito com fortunas principescas e sinto-me plenamente satisfeito se este mundo se mostra disposto a dar-me casa e comida, enquanto preparo o meu ânimo para a lúgubre hospedaria da Nuvem do Trovão. Afinal de contas, pensei que os 275 avos do ganho seriam justos, mas não me surpreenderia se me tivessem oferecido os 200 avos, considerando-se a largura dos meus ombros.

Uma coisa, contudo, fazia-me desconfiar de que eu não receberia essa generosa participação nos ganhos e era o seguinte: no porto, tinha ouvido dizer algo sobre o capitão Peleg e o seu estranho e velho camarada Bildad; ouvira dizer como ambos haviam chegado a ser os proprietários principais do *Pequod*, ao passo que os outros e inúmeros acionistas dispersos deixavam a cargo dos dois quase todos os assuntos relacionados com o navio.

Em honra da verdade, contudo, devo confessar que ignorava o que poderia dizer por sua vez o sovina do Bildad, em relação aos marinheiros da tripulação, especialmente no momento em que o encontrei a bordo do *Pequod*, inteiramente à vontade, no camarote, lendo a Bíblia, como se estivesse à beira do fogão numa lareira doméstica. Pois bem, enquanto tratava em vão de aparar uma pena com o seu canivete, o velho Bildad, para minha surpresa — visto que eu era parte interessada em todo aquele processo — nunca fixou o olhar em nós, mas continuou resmungando para si o que havia no livro: "Não desejes *participação* nos bens deste mundo, onde a traça..."

— Então, capitão Bildad? Que dizes sobre a participação que daremos a este rapaz?

— Sabes melhor do que eu — foi a resposta sepulcral. — Não creio que seja exagerado dar-lhe o 777. Não é verdade?... "onde a traça e a ferrugem corrompem tanto".

"*Tanto...*", pensei eu, "e que *tanto*! O 777! Bem, velho Bildad, creio que queres que eu, por exemplo, não aceite porcentagens mais generosas, porquanto a traça e a ferrugem corrompem tudo. E indubitavelmente um *tanto bastante estirado* e por mais que a cifra possa induzir em engano um homem da terra, a mais ínfima consideração leva à conclusão de que chegando a contar por avos, digo, as 777 partes de um centavo são bastante menos do que setecentos e setenta e sete dobrões de ouro; e era isso que eu estava pensando.

— Que os teus olhos arrebentem, Bildad! — gritou Peleg. — Espero que não queiras enganar este rapaz. Ele deve receber mais do que isso.

— Setecentos e setenta e sete — repetiu Bildad sem levantar os olhos e sem interromper a sua ladainha: — "Porque onde estiver o teu tesouro, aí estará também o teu coração."

— Vou dar-lhe os trezentos — disse Peleg. — Ouves, Bildad? Um tanto de trezentos, é o que digo.

Bildad pôs de lado o livro e voltando-se cerimoniosamente para ele, disse:

— Capitão Peleg, tens um coração generoso, porém deves pensar no dever que contraíste para com os demais proprietários do navio, na sua maioria viúvas e órfãos, a quem tiraríamos o pão, se retribuíssemos muito generosamente o trabalho deste rapaz. Portanto, deve ser o setecentos e setenta e sete, capitão Peleg.

— Olha, Bildad — rugiu Peleg fazendo estrondar o camarote. — Vai para o diabo! Se eu tivesse seguido os teus conselhos nestes assuntos, teria a esta hora na consciência um peso suficiente para afundar o navio maior que já rodeou até hoje o Cabo Horn.

— Capitão Peleg — disse Bildad com firmeza —, eu não posso dizer se a tua consciência pode arrastar dez polegadas de água ou dez braças, porém o certo é que receio muito que ela esteja fazendo água e que afinal de contas te afunde e te leve para o poço infernal, capitão Peleg.

— Poço infernal! Poço infernal! O senhor me insulta. Insulta-me, apesar de toda a sua compostura. É um ultraje evidente dizer a um homem que ele está destinado ao inferno. Âncoras e chamas! Se repetes isso, Bildad, e soltas os dardos da minha alma, então eu... eu engolirei uma cabra viva com todos os seus pelos e chifres. Fora da cabina, hipócrita, pardavasco, filho de uma espingarda de madeira, ou terás de haver-te comigo!

Trovejando desta maneira, arremessou-se sobre Bildad; mas com uma celeridade maravilhosa, oblíqua, este conseguiu evitá-lo.

Alarmado ante essa terrível explosão entre os dois principais proprietários do navio e responsáveis por ele, sentindo-me meio inclinado a abandonar a ideia de embarcar num navio de propriedade tão discutida e provisoriamente comandado, afastei-me para um lado da porta, a fim de dar passagem a Bildad, que, sem dúvida alguma, devia estar ansioso por desaparecer diante da cólera despertada de Peleg. Porém, com assombro da minha parte, ele tornou a sentar-se muito tranquilo, parecendo não ter a mínima intenção de retirar-se. Dir-se-ia que estava inteiramente habituado ao impenitente Peleg e aos seus modos. Quanto a este, depois de ter dado expansão à sua cólera, mostrou não conservar mais nem um resquício dela e sentou-se também, manso como um cordeiro, conquanto ainda um pouco trêmulo e agitado.

— Ufa! — assobiou por fim. — A borrasca se foi para o lado de sota-vento. Bildad, tu eras muito hábil em afiar uma lança. Queres agora aparar-me esta pena? Meu canivete está necessitando de uma pedra de amolar. Isto! Obrigado, Bildad. Agora, meu rapaz... Ishmael, não foi o que disseste?... vai para dentro com a tua participação de trezentos avos.

— Capitão Peleg — disse eu —, tenho um amigo que também quer embarcar. Posso trazê-lo comigo amanhã?

— Decerto — respondeu Peleg. — Traze-o amanhã e dar-lhe-emos uma vista de olhos.

— Qual é o *tanto* que ele pretende? — grunhiu Bildad, erguendo os olhos do livro no qual se absorvera outra vez.

— Não te preocupes com isso, Bildad — disse Peleg. — Matou já alguma baleia algum dia? — perguntou voltando-se para mim.

— Matou mais baleias do que eu poderia contar, capitão Peleg.

— Traze-o então.

Depois de ter assinado os papéis, saí pensando que fora de toda dúvida havia ganhado o dia e que o *Pequod* era precisamente o navio que Yojo nos havia destinado, para que déssemos a volta ao Cabo.

Porém não me havia ainda adiantado muito quando me lembrei de que não vira ainda o capitão com quem ia fazer-me ao mar. Na verdade, em muitos casos, um baleeiro pode estar completamente preparado e receber toda a sua tripulação antes que o capitão se faça visível a bordo, para assumir o comando. Porque às vezes essas viagens são tão prolongadas e tão excessivamente breves os intervalos para visitar, uma vez em terra, o lar ou qualquer outro interesse absorvente do mesmo gênero, que é lógico pensar que o capitão se despreocupe do navio, parado no porto, e o deixe inteiramente ao cuidado dos armadores até o momento de se fazer ao mar. Contudo, sempre é bom dar-lhe uma vista de olhos antes de se entregar irrevogavelmente nas mãos de alguém. Voltando pois nos mesmos passos, abordei o capitão Peleg e perguntei-lhe onde poderia encontrar o capitão Ahab.

— E para que queres ver o capitão Ahab? Está tudo resolvido. Estás embarcado.

— Sim, mas gostaria de vê-lo.

— Não penso que possas vê-lo presentemente. Não sei exatamente o que acontece com ele, mas o certo é que se encerra em casa, como se estivesse doente e contudo não está. Na realidade, não está doente, mas também não está bom. Seja como for, nem sempre quer ver-me e muito menos consentirá em ver-te. É um homem curioso o capitão Ahab, assim pensam alguns. Mas é um homem bom. Oh! Gostarás dele, não te preocupes, não te preocupes. É um grande ímpio, um homem que parece um deus. O capitão Ahab não fala muito, mas, quando fala, vale a pena escutá-lo. É bom que fiques prevenido. Ahab é um homem fora do comum. Tanto pode estar entre senhores como entre canibais, está acostumado às maiores profundidades das ondas; cravou a sua lança feroz em inimigos mais estranhos e poderosos do que as baleias. A sua lança! Sim, é a mais pontiaguda e segura de todas as da nossa ilha. Oh! Não é o capitão Bildad, nem o capitão Peleg, é *Ahab,* rapaz, e Ahab no mundo antigo, deves saber, foi um rei!

— E um rei muito mau. Quando esse rei perverso foi morto, os cães não lhe lamberam o sangue?

— Aproxima-te de mim, aproxima-te mais — disse Peleg, com um olhar significativo que quase me assustou. — Ouve, rapaz, nunca digas isso a bordo do *Pequod;* não o digas em parte alguma. O capitão Ahab não escolheu o seu nome. Foi um capricho da sua louca e ignorante mãe, que era viúva e morreu quando ele tinha um ano de idade. E contudo a velha Pele-vermelha Tistig, de Gay Head, disse que de qualquer maneira o nome viria a ser profético. E talvez outras pessoas idiotas, iguais a ela, digam-te o mesmo. Quero prevenir-te. É uma mentira. Conheço bem o capitão Ahab; há anos viajei com ele e fui seu piloto. Sei o que é; um homem bom; não é um homem piedoso como Bildad; e um homem bom gosta de blasfemar, um pouco à minha maneira. Somente há nele algo mais. Sim, sim, sei que nunca foi muito alegre. Sei que na viagem de volta esteve um pouco fora de si, mas isso era devido às dores que sentia na perna amputada, como todo mundo pode ver, pois desde que perdeu a perna na última viagem, por causa daquela maldita baleia, tem modos esquisitos, maneiras que se assemelham às vezes às de um selvagem. Mas isso passa. Uma vez por todas, deixa que te diga que é melhor viajar com um bom capitão austero do que com um mau capitão sorridente. Até logo. Não te enganes com o capitão Ahab, somente porque ele tem um nome mau. Além disso, meu rapaz, tem uma mulher. Casada com ele há apenas três viagens... é uma meiga e resignada rapariga. Pensa nisso, pois com essa doce rapariga, o ancião tem um filho; daí podes inferir que não há malefício algum em Ahab. Não, não, rapaz. Ferido, destroçado como está, Ahab tem seu valor humano.

Enquanto me afastava, sentia-me imensamente preocupado; o que me havia sido revelado incidentemente acerca do capitão Ahab enchia-me de respeito por ele e de uma sincera e vaga compaixão.

De algum modo sentia naquele momento uma certa simpatia por ele, ainda que sem saber por quê, a não ser que fosse pela perda cruel da sua perna. E contudo sentia, ao pensar nele, um estranho medo, porém uma espécie de medo que, uma vez descrito, não era exatamente medo, e conquanto ignore o que era, contudo o sentia; não era fácil desfazer-se dessa impressão; sentia impaciência por desvendar aquilo que segundo a minha ideia havia nele de misterioso, tão imperfeitamente o conhecia. Felizmente os meus pensamentos foram arrastados para outras direções, de maneira que pelo menos no momento o misterioso Ahab desapareceu do meu espírito.

Ramadã

Visto que o ramadã, ou jejum, ou penitência de Queequeg devia continuar todo o dia, preferi não perturbá-lo até o anoitecer. Tenho o maior respeito pelos deveres religiosos dos outros, por mais ridículos que sejam, e não teria coragem para menosprezar uma congregação de formigas venerando um cogumelo, nem também essas outras criaturas que em certas partes da terra, tendo um grau de servilismo quase sem precedentes nos outros planetas, curvam-se diante do busto de um proprietário de terras falecido, apenas porque os bens, contra toda regra de normalidade, continuam existindo e produzindo em seu nome.

Sustento que nós, os bons cristãos presbiterianos, devemos ser tolerantes para com essas questões e não nos considerarmos tão vastamente superiores aos outros mortais, pagãos ou o que quer que sejam, apenas porque têm sobre esses assuntos opiniões próprias de um semilouco. Estava ali Queequeg entretendo-se com as ideias mais absurdas acerca de Yojo e do seu ramadã; mas que tinha eu com isso? Queequeg sabia o que estava fazendo, suponho; parecia contente, e o melhor era deixá-lo em paz. Qualquer argumento que eu apresentasse seria inútil. "Deixá-lo!," pensei. E que o céu tenha misericórdia de nós, presbiterianos e pagãos, porque de uma maneira ou de outra temos todos uma rachadura qualquer na cabeça e precisamos de algum remendo urgente.

Ao cair da noite, quando tive certeza de que Queequeg devia ter terminado as suas cerimônias e ritos, dirigi-me ao seu quarto e bati na porta, mas não obtive resposta. Tentei abrir, mas estava fechada por dentro.

— Queequeg — disse eu, brandamente, através da fechadura. Silêncio completo. — Queequeg, por que não respondes? Sou eu, Ishmael.

Mas tudo permanecia silencioso como dantes. Comecei a ficar alarmado. Tinha-o deixado só durante muito tempo. Cheguei a pensar que tivesse tido um ataque de apoplexia. Olhei pelo buraco da fechadura, mas a porta se abria a um canto do quarto e a vista que oferecia através do buraco era sinistra e burlesca. Eu só podia ver uma parte dos pés da cama e um pedaço de parede, nada mais. Fiquei surpreendido ao ver de encontro à parede o cabo de madeira do arpão de Queequeg, que a estalajadeira lhe havia tomado na noite anterior, antes de subirmos para o quarto. É estranho, pensei, mas já que o arpão está aí e que Queequeg nunca sai sem ele, deve estar aí dentro, também, sem dúvida alguma.

— Queequeg, Queequeg! — Silêncio completo. Devia ter acontecido alguma coisa. Apoplexia! Tentei arrombar a porta, que resistiu obstinadamente. Desci a escada correndo e imediatamente dei parte das minhas suspeitas à primeira pessoa que encontrei, a criada de quarto.

— Realmente! — exclamou ela — Penso mesmo que deve ter acontecido alguma coisa. Fui fazer a cama depois do almoço e a porta estava fechada; não pude ouvir nem um rato mexer. E desde então continua o mesmo silêncio. Mas pensei que os senhores talvez tivessem saído e fechado a porta para maior segurança da bagagem. Realmente! Patroa! Patroa! Assassínio! Mrs. Hussey, apoplexia! — E com tais gritos correu para a cozinha, seguida por mim.

Mrs. Hussey apareceu sem demora, trazendo numa das mãos um boião de mostarda e na outra um vidro de vinagre, pois estivera justamente ocupada em cuidar dos castores e ralhar com o seu criadinho negro.

— Onde é o depósito de lenha? — gritei. — Vão lá pelo amor de Deus e tragam qualquer coisa para arrombar a porta. O machado! O machado! Ele teve um ataque, com certeza. — E assim dizendo eu subia desvairadamente as escadas de mãos vazias, quando Mrs. Hussey se interpôs com o boião de mostarda, o vidro de vinagre e todo o volume da sua pessoa.

— Que lhe aconteceu, rapaz?

— Tragam o machado. E pelo amor de Deus, alguém vá depressa chamar o médico, enquanto arrombo a porta.

— Escute — disse a estalajadeira deixando de lado o vidro de vinagre, a fim de ter uma das mãos livres —, escute: está falando em arrombar uma das minhas portas? — E agarrou-me o braço. — Que foi que lhe aconteceu, marinheiro?

Da maneira mais calma e mais rápida possível, dei-lhe a entender todo o caso. Batendo maquinalmente com o vidro de vinagre, de um lado do nariz, ela refletiu um instante e exclamou afinal:

— Não! Não o tornei a ver desde que o deixei aqui. — E dirigindo-se a um pequeno armário que ficava ao pé da escada, abriu-o, examinou-o e disse-me que o arpão de Queequeg não estava ali. — Matou-se — exclamou. — Repete-se o caso do infortunado Stiggs. Lá se vai outra colcha. Deus tenha piedade da sua pobre mãe! Isso vai arruinar a minha casa! O pobre rapaz teria por acaso uma irmã? Onde estará esta rapariga? Ah! Escuta, Betty, vai imediatamente à casa do pintor Snarles e diz-lhe que me pinte um cartaz com as palavras: "É proibido suicidar-se e fumar na sala de visitas." Assim, de uma cajadada só, matam-se dois coelhos. Matar? Deus tenha misericórdia da sua alma! Mas que barulho é este? Pare com isso, rapaz! — Correu atrás de mim e agarrou-me no momento em que eu tentava forçar a porta.

— Não permito semelhante coisa. Não quero que me estrague a casa. Chame o ferreiro. Há um a cerca de uma milha daqui. Mas acabe com isso! — E levando a mão ao bolso da saia: — Penso que tenho aqui uma chave que serve. Vamos ver. — Com ela deu volta à fechadura, mas, ai! Queequeg correra o ferrolho por dentro.

— Tenho que arrombar a porta — disse eu retrocedendo até o corredor a fim de tomar impulso. Mas a estalajadeira agarrou-me novamente, proibindo-me que lhe estragasse a casa. Porém desprendi-me dela e com um salto repentino arremessei-me contra o meu objetivo.

Com um ruído terrível a porta se abriu de súbito e a maçaneta, batendo de encontro à parede, fez saltar a caliça ao teto. Mas, céus! Ali estava Queequeg acocorado tranquilamente e segurando Yojo no alto da cabeça. Não olhava nem para um lado nem para o outro; dava a impressão de uma imagem esculpida, sem o mais leve sinal de vida ativa.

— Queequeg! — exclamei dirigindo-me a ele. — Que te aconteceu?

— Ele passou o dia inteiro sentado aí? — perguntou a estalajadeira.

Porém, por mais que disséssemos, não conseguimos arrancar-lhe uma palavra. Sentia desejo de dar-lhe um empurrão, a fim de mudar-lhe a posição, que me parecia quase intolerável, pois devia ser dolorosa, tão antinatural parecia, principalmente porque, segundo todas as probabilidades, estivera sentado assim por mais de oito ou dez horas, sem comer coisa alguma.

— Mrs. Hussey — disse eu — seja como for, ele está vivo. Deixe-me a sós com ele e tratarei eu mesmo de resolver este estranho caso.

Fechei a porta atrás da estalajadeira e tratei de convencer Queequeg a sentar-se numa cadeira, mas foi em vão. Continuou ali imóvel, e tudo o que fez, apesar de toda a minha arte diplomática e dos meus rogos, foi não mover-se nem mesmo um centímetro, não dizer uma única palavra, não olhar para mim, nem dar sinal algum de ter notado a minha presença.

"Imagino", disse comigo mesmo, "que isso faça parte do ramadã. Na sua ilha nativa os seus compatriotas jejuarão assim, sentados desta maneira, nas suas choças. Deve ser isso. Sim, é uma parte da sua religião, suponho. Bem. Deixemo-lo em paz. Sem dúvida terá de levantar-se, mais cedo ou mais tarde. Graças a Deus isso não dura para sempre e o ramadã vem apenas uma vez por ano. E seja como for, não creio que seja muito pontual."

Fui cear. Depois de escutar durante muito tempo as longas histórias de alguns marinheiros que acabavam justamente de chegar de uma viagem de "pudim inglês", como dizem eles — isto é, uma rápida viagem para pescar baleias numa escuna ou brigue, uma viagem limitada ao norte da linha, somente no Atlântico — fui deitar-me mais ou menos às onze horas, convencido de que por esse tempo já Queequeg teria terminado o seu ramadã. Mas enganei-me. Ele permanecia na mesma posição em que eu o deixara. Não se movera nem uma polegada. Comecei a sentir-me aflito. Parecia-me loucura rematada ficar assim todo o dia e a metade da noite num quarto frio, segurando sobre a cabeça um pedaço de madeira.

— Pelo amor de Deus, Queequeg! Levanta-te, move-te, levanta-te e come alguma coisa. Vais morrer de fome. Queres matar-te, Queequeg? — Mas não obtive uma única palavra em resposta.

Desenganado, resolvi pois meter-me na cama e dormir. Com certeza, no fim de algum tempo ele havia de seguir o meu exemplo. Mas antes de deitar-me, tirei o meu abrigo de pele de urso e envolvi Queequeg com ele, pois a noite prometia ser muito fria, e ele vestia apenas a sua blusa comum de marinheiro. Durante algum tempo não consegui conciliar o sono, por mais que fizesse. Apagara a vela e a simples ideia de que Queequeg se encontrava ali a quatro pés de distância, sozinho, rígido naquela posição incômoda, no escuro, me fazia estremecer. Imaginem! Dormir toda a noite no mesmo quarto com um pagão completamente desperto, acocorado nesse lúgubre e incrível ramadã!

Afinal acabei por adormecer e não soube de mais nada até amanhecer. Ao acordar, olhando para a borda da cama, vi Queequeg acocorado, como se estivesse pregado no chão. Mas logo que a primeira claridade do sol entrou pela janela, ele levantou-se com as juntas endurecidas, porém, com um ar alegre. Arrastou-se para perto de mim, encostou a sua fronte à minha e disse que o ramadã havia terminado.

Já disse antes que não faço nenhuma objeção à religião de quem quer que seja, enquanto a pessoa em questão não matar ou insultar uma outra, pelo fato apenas de não acreditar na mesma. Mas quando a religião se converte positivamente em fanatismo, quando é um verdadeiro tormento para o crente, quando, em suma, transforma este mundo numa hospedaria desconfortável, acho então que é mais do que tempo de chamar de lado essa pessoa e discutir a questão com ela. Foi o que fiz com Queequeg.

— Queequeg — disse eu —, vem para a cama imediatamente e ouve o que vou dizer.

E comecei a falar-lhe sobre a origem e o desenvolvimento das religiões até chegar aos vários credos de hoje, esforcei-me por mostrar-lhe que todos os jejuns, quaresmas, ramadãs e acocoramentos prolongados no chão, em quartos frios e tristes, eram loucura rematada, prejudiciais para a saúde e inúteis para a alma, opostos, numa palavra, às mais simples leis de higiene e de senso comum. Disse-lhe também que, sendo ele em outros aspectos um selvagem tão sensato e sagaz, penalizava-me muito vê-lo cumprir dessa maneira deplorável aquele ridículo ramadã. Além disso, argumentei que o jejum faz o corpo enfraquecer e, por conseguinte, enfraquece o espírito, e todos os pensamentos que nascem do jejum devem ser necessariamente meio famintos. É por esta razão que tantos dispépticos religiosos têm ideias tão tristes acerca da vida futura.

— Numa palavra, Queequeg — disse eu, um pouco à maneira de digressão —, o inferno foi uma ideia nascida em consequência de uma indigestão de torta de maçãs; e desde então perpetuou-se através de dispepsias hereditárias, nutridas por meio de ramadãs.

Perguntei então a Queequeg se ele algum dia sofrera de indigestão e expressei a ideia de maneira bem simples, ao alcance da sua compreensão. Respondeu-me que apenas uma vez. Foi por ocasião de um grande festim dado pelo rei, seu pai, o qual havia ganhado uma grande batalha. Para esse festim mataram, por volta de duas horas da tarde, cinquenta inimigos, que nessa mesma tarde foram assados e comidos.

— Basta, Queequeg — disse eu estremecendo, pois já ouvira falar naqueles festins. Conheci um marinheiro que visitara essa ilha. Contou-me ele que era costume no lugar, depois de ganha uma batalha, assar todos os mortos no pátio ou jardim do vencedor, e em seguida colocá-los de um a um em grandes travessas de madeira e adorná-los como a uma "pilau",[11] com fruta-pão e cocos, pondo-lhes um pouco de salsa na boca e enviá-los, finalmente, como perus de Natal, a todos os amigos do vencedor, com os seus bons augúrios.

Afinal de contas não creio que as minhas observações sobre religião causassem muita impressão a Queequeg. Em primeiro lugar, ele parecia de certo modo um pouco aborrecido, ouvindo-me falar sobre tão importante assunto sem contemplação pelo seu ponto de vista; depois, porque entendera apenas uma parte do que eu dizia. Finalmente, sem dúvida, porque julgava saber tanto quanto eu acerca da verdadeira religião. Olhava para mim com uma espécie de desprezo condescendente e de compaixão, como se lastimasse muito que um rapaz tão sensato estivesse assim irremediavelmente perdido para a evangélica piedade pagã.

Por fim nos levantamos e nos vestimos; e Queequeg comeu uma porção tão prodigiosa de *chowder* de ambas as espécies que a estalajadeira não saiu lucrando muito com o seu ramadã. Depois nos dirigimos para bordo do *Pequod*, vagarosamente, palitando os dentes com espinhas de halibute.

Quando chegamos à extremidade do cais em direção ao navio, o capitão Peleg, vendo-me com Queequeg, que carregava o seu arpão, disse-nos com voz áspera, de dentro da tenda, que não havia suspeitado de que o meu amigo fosse um canibal e advertiu-nos de que não aceitava canibais a bordo, a menos que apresentassem os seus documentos.

— Que significa isso, capitão Peleg? — perguntei eu saltando a amurada e deixando o meu companheiro plantado no cais.

— Quero dizer que ele tem de mostrar os seus papéis — replicou o capitão.

— Sim — disse o capitão Bildad com a sua voz cava e espichando a cabeça para fora da tenda atrás de Peleg. — Tem de mostrar que é convertido. Filho das trevas — acrescentou voltando-se para Queequeg —, pertences realmente a alguma igreja cristã?

— Ora — disse eu —, ele é membro da Primeira Igreja Congregacional. Devo acrescentar que muitos selvagens tatuados que se fazem ao mar, de Nantucket, acabam por converter-se aos nossos credos.

— Primeira Igreja Congregacional! — exclamou Bildad. — O culto da capela do Diácono Deuteronômio Coleman? — E dizendo isso, tirou os óculos, esfregou-os com um grande lenço amarelo e em seguida, tornando a colocá-los no nariz com todo o cuidado, saiu da tenda, encostou-se à amurada e olhou durante muito tempo para Queequeg.

— Desde quando é ele membro da Primeira Igreja Congregacional? Desconfio que não faz muito tempo. Não é verdade, meu rapaz? — perguntou, voltando-se para mim.

— Não — disse Peleg. — Nem sequer foi batizado. Do contrário teria lavado a cara e tirado dela uma parte dessas manchas infernais.

— Diga-me — gritou Bildad —, esse filisteu é membro regular da capela do Diácono Deuteronômio? Nunca o vi ali; e passo por lá todos os domingos.

— Nada sei a respeito do Diácono Deuteronômio nem da sua congregação — respondi. — Tudo o que posso dizer é que Queequeg é membro por nascimento da Primeira Igreja Congregacional. Ele também é diácono.

— Rapaz — disse Bildad severamente —, estás troçando de mim. Explica-te, jovem hitita. A que igreja te referes? Vamos, responde.

Diante dessa insistência não tive jeito senão responder:

— Quero referir-me à antiga Igreja Católica à qual pertencemos todos, o senhor, eu, o capitão Peleg, aqui e Queequeg, que ali está, todos nós, finalmente, nascidos de mulher, pertencemos-lhe de corpo e alma. A grande, a eterna Primeira Congregação de todo este mundo crente. Todos nós pertencemos a ela. Apenas, alguns de nós apreciam certas raridades que não afetam em nada a grande crença, pois nesta última, todos unimos as mãos.

— Unimos as mãos, na verdade? — gritou Peleg aproximando-se mais. — Rapaz, farias melhor embarcando como missionário do que como marinheiro. Nunca ouvi melhor sermão nem mesmo do Diácono Deuteronômio, ao qual nem o próprio padre Mapple poderia superar, e todos reconhecem que ele vale alguma coisa. Vem para bordo. Vem e não te preocupes. Diz ao Quohog,[12] não foi assim que o chamaste?, diz ao Quohog que suba. Pela grande âncora! Que arpão! Parece muito bom. E ele o empunha muito bem. Quohog, ou como quer que te chames, já estiveste alguma vez na proa de um bote? Já alvejaste um peixe?

Sem dizer palavra, à sua maneira selvagem, Queequeg saltou sobre a amurada e depois para a proa de um dos botes baleeiros que pendiam num costado e dali, firmando-se no pé esquerdo, apontou o arpão e gritou mais ou menos o seguinte:

— Capitão, está vendo aquela gotinha de alcatrão ali na água? Está vendo? Suponha que é o olho de uma baleia, e agora olhe. — E com segura pontaria atirou o ferro justamente por cima do enorme chapéu do velho Bildad. O arpão passou por cima do convés e foi atingir a cintilante mancha de alcatrão, fazendo-a desaparecer. — Agora — disse Queequeg tranquilamente, puxando o cabo ao qual ia preso o arpão. — Supôs o olho baleia? Agora baleia morta.

— Pronto, Bildad — disse Peleg ao seu sócio, que atemorizado pela proximidade do arpão atirado, retrocedera até a escada do seu camarote —, pronto, traze os documentos, digo-te. Temos de levar o Hedgehod[13] quero dizer, o Quohog; ele tem de ir num dos nossos botes. Olha, Quohog, dar-te-emos uma participação de noventa avos, o que é mais do que já se pagou até agora a algum arpoador saído de Nantucket.

Assim, descemos novamente para o camarote e, com grande contentamento da minha parte, Queequeg foi em breve alistado na mesma tripulação à qual eu pertencia.

Terminados os preliminares, tendo Peleg todos os papéis preparados para serem assinados, voltou-se para mim, dizendo:

— Aposto que o Quohog nem ao menos sabe escrever, não é? Com os diabos, Quohog, escreves o teu nome ou apões tua marca?

Ante essa pergunta, Queequeg, que já por duas ou três vezes tomara parte em cerimônias semelhantes, não pareceu de modo algum embaraçado e, pegando na pena que lhe era oferecida, copiou sobre o papel, no lugar apropriado, a reprodução exata de uma estranha cifra que trazia tatuada no braço, de modo que em virtude da obstinada deformação do seu nome, feita pelo capitão Peleg, resultou mais ou menos o seguinte:

Nesse ínterim, o capitão Bildad sentou-se com toda a gravidade, olhando sem pestanejar para Queequeg e finalmente, levantando-se com solenidade e mexendo nos bolsos do seu sobretudo pardacento, tirou um maço de folhetos e, escolhendo um deles, intitulado "Chega o último dia; ou não há tempo a perder", colocou-o nas mãos de Queequeg e em seguida, agarrando nelas e no livro, olhou-o fixamente bem nos olhos e disse:

— Filho das trevas, tenho de cumprir o meu dever para contigo. Sou coproprietário deste navio e sinto-me responsável pelas almas de todos os seus tripulantes; se ainda estás apegado aos hábitos pagãos, o que receio bastante, rogo-te que não permaneças por mais tempo sendo um dos escravos de Belial. Abandona o ídolo Baal e o seu odioso dragão; aparta-te da cólera que há de vir. Cuidado com o que te digo. Oh! pela graça divina, afasta-te do poço infernal.

A linguagem do velho Bildad, que conservava ainda algo do sal marinho, era um composto heterogêneo de frases das Escrituras e de expressões vulgares.

— Basta, Bildad, basta. Não ponhas a perder o nosso arpoador. Nunca se viu dizer que arpoadores religiosos fossem hábeis no ofício. A religião tira-lhes de dentro o tubarão. E um arpoador que não tenha em si um pouco de tubarão não vale um caracol. Lembras-te do jovem Nat Swaine, que foi em tempo o melhor dos tripulantes de bote de Nantucket e de Vineyard? Filiou-se à congregação e nunca mais fez nada de bom. Afligia-se tanto com a sua maldita alma que tremia e fugia das baleias, com medo de uma surpresa no caso em que o bote arrombasse e ele fosse para a casa de Davy Jones.[14]

— Peleg, Peleg — disse Bildad erguendo os olhos e as mãos —, fomos ambos testemunhas de muitos perigos. Sabes, Peleg, o que é temer a morte. Como podes então falar de maneira tão ímpia? Renegas a ti mesmo, Peleg. Dize-me: quando este mesmo *Pequod* teve os três mastros partidos e atirados pela borda durante aquele tufão, no Japão, na mesma viagem em que foste como piloto do capitão Ahab, não pensaste na morte e no juízo final?

— Ouçam-no agora, ouçam-no agora! — gritou Peleg, andando de um lado para outro na cabina, as mãos enfiadas nos bolsos. — Ouçam todos o que ele diz! Imaginem! Quando esperávamos a todo momento que o navio afundasse! Pensar em morte e em juízo final num tal momento! Com três mastros partidos fazendo um ruído inesquecível contra a amurada! E o mar irrompendo sobre nós, de popa a proa! Pensar em morte e em juízo final? *Não*, não havia tempo para pensar na morte. O capitão Ahab e eu pensávamos antes na *vida*, num meio de salvar todos os marinheiros, por meio de bandolas, um meio de chegar ao próximo porto. Era nisso que pensávamos.

Bildad não disse mais nada, mas, abotoando o capote, subiu para o convés, onde o seguimos. Ficou ali muito quieto observando alguns veleiros que se encontravam ocupados em remendar velas. De vez em quando curvava-se para apanhar um retalho ou uma ponta do fio alcatroado, para que se não desperdiçassem.

O profeta

— Embarcaram nesse navio, marinheiros?

Queequeg e eu tínhamos justamente deixado o *Pequod* e saltávamos tranquilamente para terra, ocupados no momento com os nossos próprios pensamentos, quando caiu sobre nós aquela pergunta feita por um estranho, o qual, parando na nossa frente, ergueu o grosso indicador para o navio em questão. Vestia uma velha blusa desbotada e calças remendadas e trazia ao pescoço um farrapo de lenço preto. As varíolas lhe haviam marcado metodicamente o rosto, deixando como que os sulcos de uma torrente, depois que secam as águas.

— Engajaram-se nele?

— Refere-se ao *Pequod*? — perguntei, tentando ganhar um pouco mais de tempo para observá-lo mais demoradamente.

— Sim, o *Pequod*. Aquele navio — disse apontando para o navio com todo o braço estendido, com o dedo indicador como uma baioneta fixa.

— Sim, acabamos de assinar o contrato.

— Havia algo acerca das suas almas?

— Acerca de quê?

— Ou talvez não tenha alma — disse bruscamente. — Não tem importância. Conheço muitos sujeitos que não a tem. E é uma sorte para eles. Passam melhor sem ela. Uma alma é uma espécie de quinta roda para um vagão.

— Que maluquice é esta, camarada? — perguntei.

— *Ele* tem alma bastante para conhecer as deficiências desta ordem nos demais — disse abruptamente, acentuando com nervosismo o pronome *ele*.

— Vamos embora, Queequeg — disse eu. — Este sujeito deve ter fugido de algum hospício. Não sei o que quer dizer, nem a quem se refere.

— Um momento — gritou o estranho. — Disse a verdade. Não viram ainda o velho Trovão, não é?

— Quem é o velho Trovão? — perguntei ainda mais espantado com as suas maneiras absurdas.

— O capitão Ahab.

— O capitão do nosso navio? Do *Pequod*?

— Sim. Entre nós, velhos marinheiros, ninguém ignora este nome. Mas não o viram ainda?

— Não, não o vimos. Dizem que está doente, mas que vai melhorando e dentro em pouco estará completamente restabelecido.

— Está muito bem. Dentro em pouco? — disse o estranho, com uma espécie de riso sardônico. — Ouça: quando o capitão Ahab estiver completamente restabelecido este braço estará também. Antes disso não.

— Que sabes a seu respeito?

— Que lhe *disseram* a respeito dele? Vamos, diga.

— Não me disseram muito. Apenas que é um bom baleeiro e um bom comandante para a sua tripulação.

— Isso é verdade; é a pura verdade. Ele é tudo isso. Porém quando der uma ordem, é preciso saltar, andar, grunhir e ir-se embora. Com o capitão Ahab é assim. Mas não lhe contaram nada acerca do que lhe aconteceu ao largo do Cabo Horn, há tempos, quando ficou como morto durante três dias e três noites? Nada sobre aquele combate mortal com os espanhóis, em Santa? Nada sobre isso? Nada sobre a cabaça de prata na qual cuspiu? Nada a respeito da perna que perdeu na sua última viagem, de acordo com a profecia? Não ouviu nem uma palavra sobre estes assuntos e outros? Não; penso que não ouviu. Como poderia ter ouvido? Quem o sabe? Ninguém em Nantucket, segundo penso. Mas seja como for, talvez tenha ouvido falar acerca da perna, e como ele a perdeu; sim, sim, ouviu falar nisso, suponho. Oh! Sim! *disso* quase todos sabem, quero dizer: sabem que ele tem só uma perna, que um cachalote arrancou-lhe a outra.

— Meu amigo — disse eu —, não sei que absurdo é esse de que está falando. Não sei, nem isso importa, pois parece-me que não está muito bom da cabeça. Mas se fala a respeito do capitão Ahab, comandante deste navio, do *Pequod*, deixe-me então dizer-lhe que sei de tudo o que se refere à perda da sua perna.

— Sabe de tudo? Está bem certo do que diz?

— Tenho absoluta certeza.

Com o dedo esticado e os olhos erguidos para o *Pequod*, *o* estranho, que tinha toda a aparência de um vagabundo, interrompeu-se um momento, como num sonho que tivesse sido perturbado e, em seguida, com um ligeiro sobressalto, voltou-se dizendo:

— Estão para embarcar, não é verdade? Já assinaram os papéis? Bem, o que está assinado está assinado e o que tem de ser será, ou, torno a dizer, também pode ser que não aconteça. De qualquer maneira, tudo está resolvido e arranjado de antemão. Afinal de contas, um ou outro marinheiro terá de ir com ele, seja este ou aquele, e que Deus tenha piedade deles. Bom dia, marinheiros, bom dia. Que o céu inefável os abençoe. Lastimo tê-los detido.

— Escute, amigo — disse eu —, se tem algo de importante para nos contar, conte imediatamente. Mas, se está simplesmente tentando nos enganar, creio que está perdendo tempo com a sua brincadeira. É tudo o que tenho a dizer-lhe.

— Muito bem dito. Gosto de ouvir um sujeito falar assim. É justamente o homem que lhe convém. Gosta de tipos assim. Bom dia, marinheiros, bom dia. Quando chegarem lá, digam aos tripulantes que resolvi não ser um deles.

— Mas, meu caro amigo, o senhor não pode nos fazer assim de bobos. A coisa mais fácil para um homem é fingir que tem algum segredo importante a revelar.

— Bom dia marinheiros, bom dia.

— Já é dia. — disse eu — Vamos, Queequeg, deixemos este velho maluco. Mas, espere um momento. Faz favor de me dizer o seu nome?

— Elias.

"Elias!", pensei enquanto seguíamos juntos, comentando cada qual à sua maneira a estranheza daquele velho marinheiro esfarrapado, e convimos afinal que ele não passava de um charlatão que nos queria fazer medo. Porém não tínhamos ainda feito cem jardas quando, ao dobrar uma esquina, olhando para trás, vi que Elias nos seguia à distância. Senti um certo abalo, mas não disse nada a Queequeg. Continuei a andar com o meu companheiro, ansioso por ver se ele dobraria a mesma esquina que nós. Foi o que fez e pareceu-me que nos seguia como um cão, mas com que intenção é o que eu não podia de modo algum imaginar. Essa circunstância, reunida à sua conversa meio sugestiva, meio reveladora e encoberta, despertou em mim toda sorte de vagas apreensões e conjecturas, todas ligadas ao *Pequod* e ao capitão Ahab, à perna que perdera, à crise ao chegar ao Cabo Horn, à cabaça de prata, e ao que o capitão Peleg dissera a seu respeito, na véspera, no momento em que eu pulava do navio, à predição da índia Tistig e à viagem a que nos havíamos comprometido num barco a vela e a uma centena de outras coisas sombrias.

Estava disposto a satisfazer o meu desejo de saber se o esfarrapado Elias nos seguia ou não, como um cão de caça; e com essa intenção, cruzei a rua com Queequeg, e dali voltamos. Mas Elias passou, sem parecer dar por nós. Isso me tranquilizou e finalmente decidi comigo mesmo que ele não passava de um charlatão.

Em plena atividade

Passaram-se um ou dois dias e houve grande atividade a bordo do *Pequod*. Não somente se haviam remendado as velas velhas, como também chegavam a bordo outras novas, peças de lona e rolos de cabo. Em suma, tudo indicava que os preparativos do navio chegavam rapidamente ao fim. O capitão Peleg quase ou nunca descia à terra; permanecia na sua tenda, vigiando de perto o trabalho dos marinheiros. Bildad fazia todas as compras e tratava dos fornecimentos nos armazéns, ao passo que os homens empregados no porão e nos mastros trabalhavam sempre até muito depois de anoitecer.

No dia seguinte àquele em que Queequeg assinou contrato, recebeu-se em todas as estalagens onde se hospedavam os tripulantes o aviso de que os seus equipamentos deviam ser enviados para bordo antes do anoitecer, pois o navio podia zarpar a qualquer momento. Assim, Queequeg e eu arrumamos as nossas bagagens, resolvendo entretanto dormir em terra até o último instante. Mas parece que em tais casos sempre se dá o aviso com muita antecedência, pois o navio demoraria ainda vários dias. Não era porém de admirar, pois havia ainda muito o que fazer e um mundo de coisas em que pensar, antes que o *Pequod* estivesse inteiramente equipado.

Todo mundo sabe que uma infinidade de coisas — camas, caçarolas, facas e garfos, pinças, colheres, guardanapos, quebra-nozes, e muitos outros objetos — são indispensáveis para o manejo de uma casa. O mesmo se dá com um navio-baleeiro, que necessita de provisões para os três anos que permanecerá no vasto oceano, longe de merceeiros, vendedores ambulantes, médicos, padeiros e banqueiros. E conquanto isso aconteça também quando se trata de navios mercantes, é preciso dizer que os fatos não se passam de modo algum na mesma escala que nos navios baleeiros. Além de ser uma viagem de longa duração, dos numerosos artigos necessários para a prossecução da pesca e da impossibilidade de substituí-los em qualquer dos portos mais afastados habitualmente frequentados, é preciso lembrar que, de todos os navios, os baleeiros são os mais expostos a acidentes de todo o gênero e especialmente à destruição e perda das próprias coisas importantes de que depende em grande parte o êxito da viagem. Daí, os botes a mais, os cabos e arpões de reserva, tudo de reserva, numa palavra, exceto um capitão e um navio em duplicata.

No momento da nossa chegada à ilha, estava quase terminado o grosso dos fornecimentos do *Pequod*, inclusive carne, pão, água, combustível, ganchos de ferro e aduelas. Porém, conforme já foi insinuado antes, durante algum tempo houve a bordo um contínuo carregar de coisas das mais diversas, tanto grandes como pequenas.

Entre os que mais presidiam a esses transportes, encontrava-se a irmã do capitão Bildad, uma senhora idosa, magra, de espírito decidido e infatigável, mas de muito bom coração e que parecia determinada a que, tanto quanto lhe fosse possível, nada havia de faltar a bordo do *Pequod*, uma vez plenamente feito ao mar. Ora levava um vidro de picles para a despensa, ora um molho de penas para a mesa do primeiro piloto, que escrevia o diário de bordo, a seguir, um rolo de flanela para a espádua de algum reumático. Nunca existiu ninguém que mais merecesse o nome que tinha: Caridade. Tia Caridade, como todo mundo a chamava. E como uma irmã de caridade, essa caridosa tia Caridade andava de um lado para outro, pronta para oferecer com a mão e o coração tudo o que pudesse apresentar conforto, segurança e consolo a bordo de um navio no qual o seu querido irmão estava interessado e em que ela própria empregara uns vinte ou trinta dólares bem economizados.

Porém o mais impressionante foi ver essa generosa quacre chegar a bordo no último dia, tendo na mão uma grande colher para alcatrão e na outra uma lança de pesca ainda maior. Mas Bildad e o capitão Peleg também não ficavam atrás. Bildad trazia uma grande lista de artigos que julgava necessários e, quando chegava um desses artigos, punha a sua marca na parte oposta à que o artigo ocupava no papel. E Peleg saía a cada momento da sua tenda de osso de baleia, resmungando contra os homens que trabalhavam no porão, e os que trabalhavam nas gáveas, ou nas enxárcias, e logo voltava praguejando para o *wigwam*.

Durante esses três dias de preparativos, Queequeg e eu visitamos frequentemente a embarcação e sempre perguntávamos pelo capitão Ahab, como ia passando e quando viria para bordo. A essas perguntas nos respondiam invariavelmente que ele estava melhor e a cada momento era esperada a sua chegada a bordo; nesse ínterim, os capitães Peleg e Bildad podiam atender a tudo o que fosse necessário para pôr o navio em condições de fazer a viagem. Se eu tivesse sido sincero comigo mesmo, teria compreendido que não era de todo agradável haver embarcado assim para tão longa viagem sem nem ao menos ter posto os olhos sobre o homem que ia ser o ditador absoluto do navio, logo que este saísse mar afora. Porém, quando um homem suspeita de qualquer erro e quando esse erro o interessa particularmente, luta para ocultá-lo até mesmo a si próprio. Foi o que aconteceu principalmente comigo. Não disse nada. Não pensei em nada.

Finalmente noticiaram que o navio zarparia no dia seguinte, com toda a certeza. De modo que Queequeg e eu nos preparamos para acordar muito cedo.

Indo para bordo

Seriam mais ou menos seis horas da manhã de um dia frio e brumoso, quando nos aproximamos do cais.

— Se não me engano, diante de nós vão alguns marinheiros — disse eu a Queequeg. — Não podem ser sombras. O navio deve sair ao nascer do sol, calculo. Vamos depressa!

— Um momento! — gritou alguém. A pessoa que falara viera atrás de nós; pousou ambas as mãos sobre os nossos ombros e em seguida, insinuando-se entre nós, curvou-se um pouco e, ao crepúsculo indeciso, ficou olhando de modo estranho, ora para mim, ora para Queequeg. Era Elias. — Vão para bordo?

— Faça o favor de tirar as mãos de cima de nós — disse eu.

— Olhe aqui — disse Queequeg sacudindo-se por sua vez —, vá embora.

— Sim. Vamos — disse eu. — Que tem o senhor com isso? Não acha que é um pouco importuno, sr. Elias?

— Não, não, não — respondeu Elias lentamente e olhando de novo para Queequeg e para mim, de modo estranho.

— Elias — disse eu —, você faria um favor ao meu amigo e a mim se se retirasse. Vamos para os oceanos Índico e Pacífico e preferimos que não nos detenha.

— Os senhores voltarão antes do almoço?

— Está maluco, Queequeg. Vamos.

— Até logo — disse Elias que ficara parado, depois que já havíamos dado alguns passos.

— Não faças caso dele, Queequeg. Vamos.

Mas ele aproximou-se outra vez de nós e, sem demora, tocando-me no ombro, disse:

— Viu o senhor alguma coisa parecida com homens que se dirigiam ao navio, faz algum tempo?

— Sim, parece-me que vi quatro ou cinco homens, mas estava muito escuro para se poder enxergar bem — respondi, impressionado com aquela pergunta concreta.

— Muito escuro, muito escuro — disse Elias. — Bom dia, senhores.

Afastamo-nos novamente, porém mais uma vez ele se aproximou de nós, sorrateiramente e batendo-me de novo no ombro disse:

—Veja se pode encontrá-los, por favor.

— Encontrar a quem?

— Bom dia, bom dia, senhores — repetiu ele afastando-se. — Eu ia pô-los de sobreaviso, mas não tem importância. É tudo a mesma coisa e estão em família também. Frio cortante esta manhã, não é verdade? Adeus. Penso que os verei em breve: do contrário só diante do grande Júri.

Com essas palavras de louco, afastou-se afinal, deixando-me não pouco perplexo com a sua impertinência insensata.

Quando afinal subimos para bordo do *Pequod*, encontramos tudo envolto na mais profunda quietude. Não se movia vivalma. A porta do camarote estava fechada por dentro, as escotilhas bem ajustadas e abarrotadas de rolos de cordame. Quando nos aproximamos do castelo de proa, encontramos aberta a vigia. Como avistássemos uma luz, descemos e vimos um velho armador vestido com um jaquetão sarapintado e esfarrapado. Estendido a fio comprido sobre duas arcas, tinha o rosto voltado e oculto, nos braços dobrados. Dormia profundamente.

— Para onde terão ido esses marinheiros que vimos, Queequeg? — disse eu, olhando, receoso, o homem adormecido. Porém como parecia que no cais Queequeg não dera mostras de notar o que eu dizia, pensei que, se não fosse a pergunta inexplicável de Elias, eu poderia julgar ter sido vítima de uma ilusão de ótica. Mas esqueci o assunto e depois sugeri, brincando, a Queequeg que talvez o melhor que tínhamos a fazer era nos sentar no corpo do homem adormecido; disse-lhe pois que ficasse à vontade.

Ele pousou a mão nas nádegas do homem, apalpando para ver se o assento era bastante cômodo e, em seguida, sentou-se tranquilamente.

— Ora bolas! Queequeg, não te sentes aí — disse eu.

— Oh! Assento muito cômodo — respondeu —, costume do meu país. Não estraga o rosto.

— Rosto? Chamas a isso rosto? É então muito benévolo; porém, como lhe custa respirar! Está sentindo o teu peso. Levanta-te, Queequeg, és muito pesado. Estás machucando o "rosto" do pobre. Levanta-te. Daqui a pouco, ele te dará uma sacudidela. Não sei como não desperta.

Queequeg sentou-se então um pouco mais além da cabeça do homem e acendeu o *tomahawk*. Eu sentei-me aos pés. Estivemos assim passando o cachimbo de um para outro por cima do homem adormecido. Nesse ínterim, interrogando-o eu, de acordo com a sua fragmentária maneira de falar, Queequeg deu-me a entender que em seu país, devido à falta de cadeiras e de sofás, os reis chefes e as pessoas importantes têm geralmente o costume de fazer engordar alguns dos seus servos para lhes servirem de otomanas; assim bastava comprar oito ou dez desses preguiçosos e distribuí-los nas salas e alcovas. Além disso, eram muito cômodos em excursões, muito mais do que essas cadeiras de jardins que podem ser transformadas em bastões; e havia casos em que um cacique mandava vir um servo para lhe servir de sofá sob uma grande árvore, possivelmente nalgum lugar úmido e pantanoso.

Enquanto narrava essas coisas, Queequeg cada vez que recebia de mim o *tomahawk* fazia floreios com o lado da boquilha sobre a cabeça do homem adormecido.

— Que é isso, Queequeg? — perguntei.

— É fácil matar. Oh! é fácil matar.

E ia desfiar livremente as reminiscências que lhe trazia o uso do *tomahawk*, o qual, segundo parecia, tinha duas utilidades — cortar a cabeça dos seus inimigos e aplacar a sua alma — quando fomos diretamente atraídos pelo armador adormecido. A fumaça forte enchera completamente a estreita cavidade e começava a fazer efeito sobre ele. Respirou com um som abafado, logo o nariz pareceu incomodá-lo e revolvendo-se uma ou duas vezes, o homem sentou-se finalmente, esfregando os olhos:

— Olá! Quem são os senhores fumantes?

— Marinheiros. Quando saímos?

— Fazem parte da tripulação? O navio sai hoje. O capitão chegou ontem à noite.

— Que capitão? Ahab?

— Quem mais poderia ser?

Estava para fazer-lhe algumas perguntas sobre Ahab, quando ouvi um ruído no convés.

— Olá! Starbuck já se levantou — disse o armador. — É bom piloto, bom homem e muito religioso. Mas preciso levantar-me; tenho que voltar ao trabalho. — Dizendo isso desceu e nós o acompanhamos.

Era já dia claro. Em breve a tripulação começou a chegar. Os homens vinham aos dois e três. Os marinheiros moviam-se, os pilotos estavam em grande atividade. E vinham de terra várias pessoas, que traziam para bordo as coisas que ainda faltavam. Nesse ínterim o capitão Ahab permanecia invisível, oculto na sua cabina.

Finalmente, por volta do meio-dia, depois que os armadores terminaram o seu trabalho, depois que o *Pequod* foi rebocado para fora do cais, e que a infatigável Caridade viera numa baleeira, com seus últimos presentes — um gorro de dormir para Stubb, o segundo piloto, e seu cunhado, e uma Bíblia de reserva para o despenseiro — os dois capitães Bildad e Peleg saíram do camarote, e voltando-se para o primeiro piloto, disse Peleg:

— Está bem certo de que não falta nada, sr. Starbuck? O capitão Ahab está preparado. Falei agora mesmo com ele. Não falta trazer mais nada de terra? Está bem. Chame todos os marinheiros, reúna-os todos aqui! Malditos sejam!

— Não se devem empregar palavras profanas, por maior que seja a pressa, Peleg — disse Bildad —, mas apressa-te, amigo Starbuck, e que cumpras os nossos desejos.

Estávamos no momento de empreender viagem e os capitães Peleg e Bildad continuavam dominando o castelo de proa, como se tencionassem participar do comando em alto-mar, tal como pareciam fazer no porto. Quanto ao capitão Ahab, não havia dele o menor sinal, apenas tinham dito que se encontrava no camarote. Mas podia-se também admitir que a sua presença não era de modo algum necessária para carregar e fazer sair o navio e para que tudo corresse bem até que ele se fizesse de proa para o alto-mar. Na verdade, não era trabalho do capitão, e sim do piloto. E como o capitão Ahab não estava ainda de todo restabelecido — era o que diziam, pelo menos — permanecia embaixo. Ora, tudo isso me parecia muito natural, porque na marinha mercante, especialmente, muitos comandantes não aparecem no convés, senão muito depois de ter sido levantada a âncora; permanecem curvados sobre a mesa da cabina, despedindo-se alegremente dos seus amigos de terra, antes de deixar para sempre o navio com o piloto.

Mas não tive muito tempo para pensar sobre o assunto, porque o capitão Peleg se encontrava então em plena atividade. Dir-se-ia que ele e não Bildad tinha o uso da palavra e a voz de mando.

— Para a popa, desgraçados! — gritava ele para os marinheiros que permaneciam no mastro grande. — Mande-os para a popa, sr. Starbuck.

— Baixem a tenda. — Foi a ordem seguinte. Conforme insinuei antes, aquela tenda de osso de baleia se erguia apenas nos portos. E a bordo do *Pequod*, havia trinta anos, já se sabia que a ordem de desfazer a tenda vinha logo em seguida à ordem de levantar a âncora.

— Marinheiros, ao cabrestante! Sangue e trovão! Saltem! — Foi o próximo comando, e a tripulação pulou para a barra.

Mas, sempre que um navio se faz ao mar, o piloto ocupa geralmente a proa do navio. E Bildad, que, como Peleg, seja dito de passagem, e outros oficiais, era prático de porto — murmurava-se que ele se fizera piloto para evitar pagar um prático todas as vezes que um dos seus navios se encontrava em Nantucket, pois nunca pilotara navios alheios — Bildad, dizia eu, podia ser visto agora curvado sobre a amurada, olhando a âncora que se aproximava e por intervalos cantava uma espécie de lúgubre salmo, para animar os marinheiros que trabalhavam no guindaste e cantavam ruidosamente, com uma alegria sincera, um coro sobre as raparigas de Booble Alley. Contudo, não havia ainda três dias, dissera-lhes Bildad que não era permitido cantar canções profanas a bordo do *Pequod*, principalmente quando se estivesse fazendo de vela. Sua irmã Caridade pusera na maca de cada marinheiro um pequeno exemplar de seleções de Watts.

Nesse ínterim, vigiando a outra parte do navio, o capitão Peleg blasfemava na popa de uma maneira terrível. Cheguei quase a pensar que se continuasse assim, afundaria o navio antes de ser levantada a âncora. Involuntariamente interrompi o meu trabalho e disse a Queequeg que fizesse o mesmo, pensando nos perigos que corríamos, iniciando a viagem com semelhante piloto endiabrado. Confortava-me contudo a ideia de que poderia encontrar a salvação no piedoso Bildad, a despeito dos seus setecentos e setenta e sete avos de participação, quando senti de súbito um violento empurrão na minha parte traseira e fiquei horrorizado vendo o capitão Peleg no ato de retirar a perna da minha vizinhança imediata. Foi o primeiro pontapé que recebi em minha vida.

— É assim que se faz na marinha mercante? — rugiu. — Move-te, medroso. Move-te e quebra o espinhaço. Por que não se movem? Salta também, Quohog! E aquele tipo das suíças vermelhas, por que não salta?

Salta também esse aí, de gorro escocês! E o de calças cinzentas? Salta! Saltem todos, estou dizendo, e façam saltar também os olhos da cara! — Dizendo isso movia-se de um lado para outro do convés, fazendo uso das pernas à vontade, enquanto o imperturbável Bildad continuava a cantar o seu salmo. "O capitão Peleg deve ter bebido alguma coisa", pensei.

Finalmente a âncora foi levantada, içaram-se as velas e deslizamos pelo mar afora. Era um Natal frio e rude, e à medida que o breve dia nórdico surgia da noite, encontramo-nos quase em pleno oceano hibernal, cuja espuma gelada nos encerrava como se fosse uma armadura polida. A longa fileira de dentes da amurada resplandecia ao luar e, à semelhança das brancas presas de marfim de algum elefante gigantesco, imensos flocos de gelo, encurvados, pendiam da popa.

Servindo como piloto, o magro Bildad conduziu a primeira guarda e, a miúdo, enquanto a velha embarcação mergulhava nos verdes mares e fazia subir a espuma gelada que a inundava toda, enquanto o vento uivava e o cordame retinia, ouvia-se a sua voz firme:

Doces campos além da inundação crescente,
Que se erguem vestidos de verde virente,
Assim também ante os hebreus se ergueu a uelha Canaã
Da qual o Jordão os separava...

Jamais aquelas palavras haviam soado tão docemente aos meus ouvidos. Pareciam cheias de esperança e de prazer. A despeito da fria noite de inverno no impetuoso Atlântico, a despeito dos meus pés molhados e da blusa ainda mais ensopada, parecia-me que nos esperavam muitos portos favoráveis e prados e clareiras tão eternamente vernais que a relva, que nasce na primavera, intacta, exuberante, conservava-se até o verão.

Finalmente chegamos a uma tal altura que os dois práticos já não eram necessários. O sólido veleiro que nos havia acompanhado começou a rodear o navio.

Curioso, e de modo algum desagradável, era ver, nessa conjuntura, o quanto Peleg e Bildad estavam afetados, especialmente Bildad. Custava-lhe muito deixar de uma vez por todas um navio prestes a empreender tão longa e perigosa viagem, para além dos dois Cabos tormentosos, um navio no qual havia investido alguns milhares de dólares ganhos com tanta dificuldade, um navio no qual seguia como capitão um velho camarada, quase tão idoso quanto ele, que partia mais uma vez ao encontro de todos os terrores da mandíbula implacável; custava-lhe separar-se de uma coisa tão cheia, em todos os sentidos, de tudo o que o interessava; corria ao convés, nervosamente, ia ao camarote deixar mais uma palavra de despedida, voltava ao convés e olhava para o lado de barlavento, para as águas imensas e infindáveis, limitadas apenas por remotos e desconhecidos continentes orientais, olhava depois para o lado de terra, logo erguia os olhos para o alto, olhava à direita e à esquerda, olhava para toda parte e não olhava para parte alguma, até que afinal, enrolando mecanicamente um cabo no seu eixo, agarrou convulsivamente a mão do vigoroso Peleg e, erguendo uma lanterna, olhou-o por um momento, heroicamente, fixamente, como para dizer: "Apesar de tudo, amigo Peleg, posso suportar isso. Sim, posso suportá-lo."

Quanto a Peleg, aceitava o fato mais filosoficamente, mas apesar de toda a sua filosofia, ao aproximar o outro a lanterna, viu-se uma lágrima cintilando nos seus olhos. Também ele não correra pouco do camarote para o convés, dizendo ora uma palavra embaixo, ora uma outra a Starbuck, o primeiro piloto.

Mas voltou-se afinal para o seu camarada com uma espécie de olhar decisivo:

— Capitão Bildad, meu velho, temos de ir embora. Ali, atrás da verga maior! Olá! Os do bote! Estejam prontos para encostar. Agora! Cuidado, cuidado! Vem, Bildad; rapaz, faze a tua última despedida. Felicidades, Starbuck, felicidades! Felicidades, sr. Stubb! Felicidades, sr. Flask, Adeus! Felicidades a todos! Dentro de três anos, num dia como este, vos esperamos em Nantucket com uma ceia quente, fumaçando! Viva! Vamos embora!

— Deus vos abençoe e vos tenha na sua santa guarda, marinheiros — murmurou o velho Bildad, de maneira quase incoerente. — Espero que encontrareis um ótimo tempo, e que o capitão Ahab esteja em breve andando entre vós. Um bom sol é tudo o que ele precisa e é o que tereis com fartura nesta viagem aos trópicos. Sede prudentes na caça, marinheiros. Não façais arrombar os botes sem necessidade, arpoadores. O preço das boas tábuas de cedro branco elevou-se este ano de três por cento. Não vos esqueçais de rezar as vossas orações, também. Cuidado, sr. Starbuck! Que o tanoeiro não estrague as aduelas de reserva. Sim, as agulhas para as velas estão no armário verde. Evitai fazer muita pesca nos dias santos e domingos, marinheiros, mas também não deveis perder uma boa ocasião, porque seria rejeitar os dons do Senhor! Cuidado com o melado, Stubb. Creio que está vazando um pouco. Se aportar nas ilhas, sr. Flask, evite a fornicação. Até logo. Adeus! Não conserve os queijos muito tempo no porão, sr. Starbuck, do contrário ficam estragados. Tenham cuidado com a manteiga, custou vinte centavos a libra, e olhem se...

— Vamos, vamos, capitão Bildad. Deixe de palavreado. Vamos! — E com isso Peleg empurrou-o para o costado e ambos desceram para o bote.

A fria e úmida brisa noturna soprava entre bote e navio. Uma gaivota passou gritando. Os dois cascos rolaram velozmente. Demos três vivas de coração e mergulhamos, como a fatalidade, no Atlântico solitário.

A costa de sota-vento

Alguns capítulos atrás falou-se num tal Bulkington, um marinheiro alto recentemente desembarcado, encontrado numa estalagem, em New Bedford.

Quando, naquela noite friorenta de inverno, o *Pequod* lançou a sua proa vingativa contra as frias ondas maliciosas, quem havia eu de ver ao leme, senão o Bulkington!? Olhei com um misto de simpatia, de temor e de respeito para o homem que em pleno inverno, tendo acabado de desembarcar de uma perigosa viagem de quatro anos, tinha coragem para engajar-se sem descansar, por um outro período igualmente tempestuoso. Dir-se-ia que a terra lhe queimava os pés. As coisas que mais maravilham são sempre indizíveis. As recordações mais profundas não trazem epitáfio. Este capítulo de seis polegadas é o túmulo sem lousa de Bulkington. Basta dizer que acontecia com ele o mesmo que acontece com o navio lastimavelmente impelido pela tempestade para a costa de sota-vento. O porto pode socorrer. O porto é misericordioso. Há nele segurança, conforto, lareira, ceia, lençóis aquecidos, amigos, tudo o que é agradável à nossa condição mortal. Mas, naquele furacão, o porto e a terra constituem o pior inimigo do navio. Ele deve fugir a toda hospitalidade, o mais leve contato da quilha com a terra fá-lo-ia estremecer de popa a proa. Com toda a sua força, encherá todas as suas velas para chegar em alto-mar. Fazendo assim, terá de lutar contra os próprios ventos que poderiam conduzi-lo para terra; procura novamente os embates do mar, longe de terra. Para encontrar refúgio precisa abandonar-se ao perigo e o seu único amigo é o seu mais acerbo inimigo!

Sabes agora, Bulkington? Dás indícios de ver essa verdade mortalmente intolerável; todo pensamento profundo e angustioso não é mais do que o intrépido esforço da alma para conservar inteira independência nos seus mares, enquanto que os ventos mais terríveis do céu e da terra conspiram para atirá-la à praia traiçoeira e escravizadora?

Porém, como é apenas fora de terra que se encontra a mais elevada verdade — esse algo sem costa e infinito como Deus —, sempre é melhor perecer em tal infinito ululante do que buscar encalhar ingloriamente a sota-vento, ainda mesmo que aí houvesse segurança! Porque assim seríamos como os vermes que se arrastam covardemente na terra.

Oh! horror do terrível! Será inútil toda essa agonia! Coragem, ânimo, Bulkington! Mostra um semblante carregado como um demiurgo. Sobre a espuma do oceano onde pereceste, ergue-se a tua apoteose!

O advogado

Estando Queequeg e eu plenamente embarcados nesse negócio de pesca de baleias e como tal negócio é considerado entre a gente de terra como uma profissão prosaica e sem prestígio, sinto-me desejoso de convencer aos senhores terrestres da injustiça que nos fazem, a nós, os caçadores de baleias.

Em primeiro lugar, parece completamente supérfluo estabelecer o fato de que em geral o negócio da pesca de baleias não é considerado em pé de igualdade com as chamadas profissões liberais. Quando se apresenta um estranho em qualquer sociedade heterogênea metropolitana, apresentar-se como arpoador seria recomendar pouco os seus méritos à opinião geral. E se, imitando os oficiais de marinha, acrescentasse as iniciais S.W.F. (Sperm Whale Fishery)[15] ao seu cartão de visita, semelhante procedimento seria considerado o cúmulo do ridículo e da pretensão.

Sem dúvida, uma das razões pelas quais o mundo recusa honrar os baleeiros é a seguinte: considera-se a nossa profissão como a de um carniceiro, e julga-se que, quando exercemos a nossa atividade, encontramo-nos rodeados por toda sorte de aviltamentos. Somos carniceiros, é verdade, porém igualmente carniceiros e sanguinários da pior espécie são os comandantes militares aos quais, invariavelmente, o mundo concorda em prestar homenagem. E quanto à propalada imundície da nossa profissão, sereis em breve iniciados em certos fatos até agora geralmente desconhecidos, os quais virão colocar a caça da baleia triunfalmente no meio das coisas mais limpas desta asseada terra. Mas admitindo que seja verdade tal acusação, poder-se-á comparar o escorregadio e desarrumado convés do navio-baleeiro com a inenarrável imundície dos campos de batalha, de onde regressam muitos soldados para beber, sob as aclamações das damas? E se a ideia de perigo tanto exalta a profissão de soldado no conceito popular, asseguro-vos de que mais de um veterano que tem marchado resolutamente para uma batalha, retrocederia prontamente, à aparição da vasta cauda da baleia abanando o ar e formando com ele redemoinhos, acima da sua cabeça. Que são os terrores compreensíveis do homem, comparados com os terrores encadeados e as maravilhas de Deus?

Porém, conquanto o mundo nos despreze a nós, caçadores de baleias, presta-nos inconscientemente a mais profunda homenagem. Sim, uma adoração completa, porque quase todas as velas, lâmpadas e círios que ardem em torno do globo, brilham como outros tantos santuários para a nossa glória!

Mas consideraremos este negócio sob outros ângulos; pesemo-lo em toda a espécie de balanças e vejamos o que são e o que têm sido os baleeiros.

Por que motivo a Holanda do tempo de De Witt tinha almirantes tirados da sua frota baleeira? Por que é que na França Luís XVI equipou à sua própria custa os baleeiros em Dunquerque e convidou polidamente cerca de vinte ou quarenta famílias da nossa própria ilha de Nantucket a ir para lá? Por que a Grã-Bretanha entre os anos de 1750 e 1788 pagou aos seus baleeiros em matéria de remunerações, mais de 1.000.000 de libras esterlinas? E finalmente por que motivo os baleeiros da América ultrapassam em número a todo o resto dos baleeiros do mundo? Temos uma frota de mais de setecentos navios tripulados por dezoito mil homens que consomem anualmente 4.000.000 de dólares e o valor dos navios quando se fazem de vela é de 20.000.000 de dólares. Todos os anos importamos em nossos portos uma bela colheita de 7.000.000 de dólares. Como se poderia chegar a este resultado, se não existisse algo de poderoso que anima a pesca baleeira?

Porém isso não é nem a metade. Prestai atenção.

Posso dizer sem rebuços que o filósofo cosmopolita não pode nem uma vez na vida indicar uma única influência pacífica que, nos últimos sessenta anos, tenha exercido maior ação de poder sobre o mundo, em geral, do que a pesca baleeira. De um modo ou de outro, produziu acontecimentos tão notáveis por si mesmos e tão perduravelmente memoráveis em suas consequências, que bem se pode comparar com aquela mãe egípcia que produzia criaturas tais que já no seio matemo estavam grávidas também. Seria tarefa desesperadora e interminável catalogar todas essas coisas. Um punhado bastará. Durante muitos anos foram os baleeiros que esquadrinharam pela primeira vez as partes mais remotas e menos conhecidas da terra. O baleeiro explorou mares e arquipélagos que não estavam marcados em carta alguma, onde nunca haviam navegado Cook nem Vancouver. Se os marinheiros das esquadras americanas e europeias podem atualmente entrar placidamente no que foi outrora um porto selvagem, deixemos que deem salvas em honra e glória do baleeiro que lhes mostrou a rota pela primeira vez e que serviu de intérprete entre eles e os selvagens. Celebrem como quiserem as suas expedições exploradoras os vossos Cookes e Krusensterns; porém eu lhes digo que de Nantucket saíram dezenas e dezenas de capitães anônimos que são tão grandes quanto os vossos Cookes e Krusensterns, ou até mesmo maiores. Porque desamparados e sem armas, em águas pagãs povoadas de tubarões e ao largo das praias de ilhas selvagens não registradas, combateram assombros e terrores virgens que Cooke, com todos os seus marinheiros e todos os seus mosquetes, não teria enfrentado por gosto.

Muitas vezes, aventuras às quais Vancouver dedica três capítulos, esses homens consideram indignas de figurar no diário de bordo. Ah! o mundo! Oh! o mundo!

Enquanto os pescadores de baleia não deram a volta ao Cabo Horn nenhum comércio a não ser o colonial — já que quase não havia nenhum outro intercâmbio exceto este — era realizado entre a Europa e a longa fila de opulentas províncias espanholas do Pacífico. Foi o baleeiro que pela primeira vez rompeu a zelosa polícia da coroa espanhola em relação a essas colônias, e se o espaço me permitisse, eu poderia mostrar claramente como afinal esses baleeiros prepararam a libertação do Peru, do Chile e da Bolívia do jugo da velha Espanha e o estabelecimento da eterna democracia nessas partes.

Essa grande América do outro lado da esfera, a Austrália, foi dada a conhecer ao mundo civilizado pelos baleeiros. Depois do seu descobrimento, devido ao engano de um holandês, os outros navios fugiam dessas costas como se fossem pestiferamente bárbaras; porém os baleeiros paravam nelas. O barco baleeiro é pois a verdadeira mãe dessa colônia hoje poderosa. Além disso, na infância da primeira colonização americana, os emigrantes foram muitas vezes salvos da fome pelos generosos biscoitos dos baleeiros que, felizmente para eles, frequentemente lançavam âncora nas suas águas. As ilhas incontáveis de toda a Polinésia confessam a mesma verdade e rendem homenagem comercial ao baleeiro, ao que abriu o caminho ao comerciante e ao missionário, e que em muitos casos levou os missionários aos seus primeiros destinos. Se essa terra de ferrolho duplo, que é o Japão, chegar algum dia a ser hospitaleira, isso será devido ao navio-baleeiro, que já se encontra no seu umbral.

Mas se diante de tudo isso ainda persistis em declarar que não há associações de ideias estéticas e nobres ligadas a esse ofício da pesca de baleia, estou então disposto a brandir convosco cinquenta lanças e derrubar-vos do cavalo com o elmo partido, sempre que cairdes.

Dizeis que nenhum autor famoso, ou cronista de renome escreveu sobre a pesca de baleia?

E quem escreveu então a primeira narração sobre o leviatã? Quem, senão Jó? Quem escreveu a primeira narração de uma viagem de baleeiros? Quem, senão um príncipe, e nada menos do que Alfredo, o Grande, que com a sua própria pena real recolheu as palavras de Other, o norueguês caçador de baleias daqueles tempos? E quem pronunciou um esplêndido elogio aos baleeiros, no Parlamento, quem, senão Edmund Burke?

Pode ser verdade, mas os baleeiros são, afinal de contas, uns pobres-diabos; não têm sangue-azul nas veias. *Sangue-azul nas veias?* Têm algo melhor do que sangue real. A avó de Benjamim Franklin, Mary Morrel, que se tornou depois, pelo casamento, Mary Folger, foi uma das mais antigas povoadoras de Nantucket e antepassada de uma longa linha de Folgers e de arpoadores — todos parentes e amigos do nobre Benjamim — hoje em dia empenhados em atirar o ferro farpeado de um extremo a outro do mundo.

Muito bem, outra vez: porém o fato é que todos confessam que a pesca de baleia não é respeitável.

A pesca de baleia não é respeitável? A pesca de baleia é imperial. Segundo uma velha lei inglesa, a baleia é um "peixe real".

Oh! Isso é apenas uma fórmula. A baleia jamais figurou em qualquer celebração imponente e grandiosa.

A baleia nunca figurou numa celebração imponente e grandiosa? Numa das maiores homenagens oferecidas a um general romano, no momento em que este entrava triunfante na capital do mundo, os ossos de uma baleia, trazidos diretamente da costa da Síria, constituíram o atrativo mais digno de nota, nessa procissão de címbalos.[16]

Admite, já que o diz; porém, diga o que quiser, não há verdadeira dignidade na pesca da baleia.

Não há dignidade na pesca da baleia? Nossa dignidade apela para o próprio céu. A Baleia é uma constelação austral... Nada mais? Tirai o chapéu diante do czar e tirai-o também diante de Queequeg... Nada mais! Conheço um homem que durante sua vida pescou 350 baleias. Considero esse homem mais digno de ser honrado do que aquele grande general da antiguidade que se gabava de haver tomado o mesmo número de cidades fortificadas.

Pelo que me diz respeito, se por acaso houver na minha pessoa algo de bom que ainda não tenha sido descoberto, se puder razoavelmente cobiçar alguma reputação de valor, se para o futuro fizer alguma dessas coisas que o homem prefere antes ter feito do que ter deixado de fazer, se no momento da minha morte os meus testamenteiros, ou, mais exatamente, os meus credores, encontrarem qualquer manuscrito precioso na minha gaveta, então, desde já, atribuo toda a honra e toda a glória à pesca baleeira, porque um navio-baleeiro foi a minha Universidade de Yale e a minha Harvard.

Pós-escrito

Em favor da dignidade da pesca baleeira não tornarei a apresentar senão fatos substanciais. Contudo, não seria censurável o advogado que, depois de apresentar os fatos desdenhasse inteiramente uma conjectura que, sem ser absurda, fosse capaz de apoiar eloquentemente a sua causa?

É fato bem conhecido que na coroação dos reis e rainhas, mesmo entre os modernos, eles são submetidos a um certo processo curioso que consiste em temperá-los para as suas funções. Há o chamado saleiro de Estado. Por que não haverá também o galheteiro de Estado? Quem poderá saber de que maneira usam exatamente o sal? Contudo, estou certo de que a cabeça de um rei no momento da coroação é solenemente azeitada da mesma maneira que o centro de uma alface. O objetivo disso será fazer o seu interior funcionar bem, como se faz com um maquinismo?

Muitas reflexões poderiam ser feitas aqui, acerca da dignidade essencial desse processo régio, porque na vida comum depreciamos o indivíduo que unta os cabelos e por conseguinte fede a unguento. Na verdade, um homem maduro que unta o cabelo com óleo, a menos que seja por motivos medicinais, tem provavelmente em si algum ponto frouxo, e geralmente falando não pode chegar a ser muita coisa.

Porém a única coisa a considerar aqui é a espécie de óleo que se usa nas coroações. Decerto não se pode usar azeite de oliveira, nem de macassar, nem de rícino, nem óleo mineral, nem óleo de fígado de bacalhau. Que poderá ser então, exceto o óleo de espermacete no seu estado natural, impoluto e o mais doce de todos os azeites?

Pensai bem nisto, leais súditos britânicos! Somos nós, os baleeiros, que fornecemos o óleo para a coroação de vossos reis e rainhas!

Cavaleiros e escudeiros

O primeiro piloto do *Pequod* era Starbuck, natural de Nantucket e descendente de quacres. Era um homem alto, sério e, conquanto nascido numa costa gelada, parecia bem-adaptado para suportar os climas quentes, pois a sua carne era dura como um biscoito duplamente cozido. Transportado para as Índias, o seu sangue vivo não se estragaria como cerveja engarrafada. Nascera decerto em alguma época de seca geral e fome, ou em algum dos dias de jejum, que tornaram famosos aqueles estados. Vira apenas trinta áridos verões e estes tinham feito secar nele tudo o que havia de fisicamente supérfluo. Mas essa magreza, por assim dizer, não parecia indício de ansiedades e cuidados como não parecia também indicar nenhum esgotamento físico. Era simplesmente uma condensação do homem. Não tinha, de maneira alguma, aspecto de doente. Ao contrário, a sua pele lisa e intacta era excelente, e precisamente por estar envolto nessa pele impregnada de saúde e força interior, como um egípcio redivivo, Starbuck parecia preparado para resistir durante longos anos futuros o que suportava agora, porque, como os relógios patenteados, o seu funcionamento interior era garantido para todos os climas, quer se tratasse das neves polares ou do sol da zona tórrida.

Olhando-o bem nos olhos, tinha-se a impressão de ver ali, pairando ainda, as imagens dos mil perigos que ele enfrentara tranquilamente na sua existência. Era um homem sóbrio, firme, cuja vida, na maior parte, era uma eloquente demonstração de ações, e não um suave capítulo de sons. Contudo, apesar de toda essa fortaleza e rude sobriedade, havia nele qualidades que em certas ocasiões pareciam predominar sobre o resto. Extraordinariamente consciente, para um marinheiro, e dotado de um espírito reverente, o estranho isolamento da sua vida, na vastidão dos mares, inclinava-o fortemente para a superstição, que, em algumas constituições, parece antes originar-se da inteligência do que da ignorância. Tinha presságios exteriores e pressentimentos íntimos. E se às vezes essas coisas pareciam dobrar o aço bem fundido da sua alma, as lembranças familiares da sua jovem esposa, que era do Cabo, e do seu filho, tendiam ainda mais para afastá-lo da rudeza natural do seu caráter e o impulsionavam com mais força para essas influências latentes que, em certos homens honestos, reprimem a torrente da temeridade que outros manifestam com tanta frequência, nas mais arriscadas vicissitudes da pesca. "Não quero no meu navio homem que não tenha medo de baleia", dizia Starbuck. Com isso parecia querer dizer não somente que a coragem mais útil e mais segura é a que surge da mais justa estimativa do perigo enfrentado, como também que um homem extremamente temerário é um companheiro mais perigoso do que um covarde.

— Sim, sim — dizia Stubb, o segundo piloto —, o nosso Starbuck é o homem mais prudente que se pode encontrar em qualquer pesca.

Mas em breve veremos o que significa precisamente a palavra "prudente" quando empregada por um homem como Stubb ou por qualquer outro caçador de baleias.

Starbuck não corria atrás de perigos; nele a coragem não era um sentimento, mas simplesmente uma coisa útil e a que recorria em todas as ocasiões que podiam ser praticamente fatais.

Além disso, talvez pensasse que nesse negócio de pesca de baleias a coragem seja um dos artigos principais do equipamento do navio, como a carne e o pão, e que, portanto, não deve ser desperdiçada insensatamente. Por isso, não tinha vontade de baixar à procura de baleias depois do pôr do sol nem também gostava de persistir em lutar com um peixe que tivesse persistido em lutar com ele. "Por que", pensava Starbuck, "estou aqui neste perigoso oceano com o fim de matar baleias e poder viver e não para ser morto por elas, para que vivam por sua vez". Qual fora a sorte de seu pai? Poderia ele encontrar nos abismos sem fundo os membros despedaçados de seu irmão?

Tendo tais recordações e além disso propenso a certas superstições, como dissemos acima, a sua coragem, que podia ainda florescer, devia sem dúvida ter sido extrema. Mas não era natural que tratando-se de um homem de tal constituição e tendo tão terríveis experiências e recordações, não era natural, pois, que tais coisas deixassem de engendrar nele um elemento latente que sob circunstâncias favoráveis irromperia dessa prisão para destruir toda a sua coragem. E por mais valente que fosse, tinha principalmente essa espécie de coragem, visível em certos homens intrépidos, os quais, conquanto permanecendo firmes no conflito com os mares, com os ventos ou com as baleias, ou com qualquer dos horrores irracionais da terra, não podem suportar os horrores mais terríveis — por serem mais espirituais — que às vezes nos ameaçam através da fronte enrugada de um homem poderoso e encolerizado.

Mas, se a narrativa subsequente fosse revelar, de qualquer maneira, o abatimento completo da fortaleza do pobre Starbuck, mal teria eu forças para escrevê-la; porque o que há de mais triste, e mais espantoso, mesmo, é a revelação da falta de valor de uma alma. Os homens podem parecer detestáveis como sociedades anônimas ou como nações; pode haver patifes, loucos e assassinos; muitos homens têm rostos vulgares e magros, mas o homem, como ideal, é tão nobre, tão resplandecente, tão grande e esplêndida criatura, que diante de qualquer mancha ignominiosa que sobre ele caísse, todos os seus semelhantes deveriam correr e cobri-lo com os seus mais custosos trajes. Essa virilidade imaculada nós a sentimos dentro de nós, às vezes, tão dentro de nós, que permanece intacta quando todo o caráter exterior parece ter desaparecido — e é ela que sangra com a mais penetrante angústia, ante o espetáculo oferecido por um homem de coragem arruinada. Diante de tão vergonhoso quadro, nem mesmo a piedade pode sufocar essa sublevação contra as estrelas que tal permitiram. Porém essa dignidade augusta de que falo não é a dignidade dos reis nem das roupagens e sim a dignidade rica que não reside na pompa exterior. Vemo-la brilhar no braço que maneja uma picareta ou que crava um prego; é essa dignidade democrática que irradia incessantemente de Deus, em todas as direções. De Deus, do grande Deus absoluto! O centro e a circunferência de toda a democracia! A sua onipresença, a nossa igualdade divina!

Portanto, se daqui em diante ao mais insignificante marinheiro, aos renegados e párias eu atribuir qualidades elevadas, ainda que obscuras, se tecer em volta deles privilégios trágicos, se aos seres mais lastimáveis e talvez aos mais rebaixados elevar algumas vezes ao cimo da exaltação, se tocar no braço do trabalhador com algo de luz etérea, se espalhar um arco-íris sobre os seus desastrosos pores de sol, então, apoia-me contra todas as críticas mortais, justo espírito da Igualdade que espalhaste um manto real de humanidade sobre todos os meus semelhantes! Apoia-me nessa empresa, grande Deus democrático, que não te recusaste ao obscuro forçado, Bunyan, a pálida e poética pérola; tu que cobriste com folhas do mais belo ouro, duplamente forjado, o braço manco do pobre, do velho Cervantes, tu que ergueste Andrew Jackson de entre os seixos e o colocaste sobre um corcel de guerra, e o elevaste mais alto do que um trono! Tu que em todas as tuas poderosas marchas terrenas, sempre escolheste os teus campeões nas mais vulgares regiões, apoia-me nesta empresa, oh! meu Deus!

Cavaleiros e escudeiros

Stubb era o segundo piloto. Era natural do Cabo Cod; daí, de acordo com o uso local, chamarem-no Cabo Codeano. Um despreocupado, nem covarde nem valente. Aceitava os perigos conforme vinham, com um ar indiferente, e mesmo na iminência dos momentos de maior crise da pesca, mostrava-se calmo e senhor de si como um operário que tivesse sido contratado por um ano. Bem-humorado, acessível e descuidado, presidia o seu bote baleeiro como se o encontro mais arriscado fosse apenas um jantar e os tripulantes os convivas. Preocupava-se tanto com a comodidade, no lado do bote que lhe correspondia, como um velho cocheiro com o conforto da sua boleia. Quando se aproximava do cetáceo, no próprio instante mortal da luta, manejava a lança impiedosa com tanta frieza e desenvoltura como um caldeireiro o seu martelo. Mesmo flanqueando o mais exasperado monstro, era capaz de cantarolar as suas alegres canções. Para Stubb, em virtude de um longo hábito, as queixadas mortíferas se haviam transformado numa cômoda poltrona. Não se poderia dizer o que ele pensava da própria morte. Mas se lhe ocorrera alguma vez semelhante pensamento, depois de um jantar saboroso, sem dúvida, como bom marinheiro tomá-lo-ia como uma espécie de chamada para subir ao mastro grande e montar guarda ali, com o propósito de descobrir algo que compreenderia exatamente ao receber a ordem, mas não antes.

Entre outras coisas, o que fazia de Stubb esse homem despreocupado e destemido, carregando tão alegremente o peso da vida neste mundo tão cheio de bufarinheiros preocupados, curvados sob seus fardos, era talvez o seu cachimbo. Porque, como o seu nariz, o seu cachimbo pequeno, preto, era um dos traços regulares do seu rosto. E tanto se podia esperar ver Stubb sair do camarote sem o nariz como sem o cachimbo. Conservava sempre no camarote uma fileira de cachimbos, cheios, enfiados num estojo bem ao alcance da mão e, para onde quer que se voltasse, fumava-os todos, em sucessão, acendendo um depois do outro, até que, terminada a série, enchia-os de novo para tê-los sempre prontos. Quando se vestia, em vez de pôr primeiro as calças, Stubb punha o cachimbo na boca.

Como ia dizendo, pois, esse contínuo fumar devia ser pelo menos uma das causas da sua disposição peculiar, porque, como todo mundo sabe, o ar primitivo, quer em terra quer no mar, está terrivelmente infeccionado com as inomináveis misérias das incontáveis criaturas humanas que as exalaram ao morrer, e como em tempo de epidemia de cólera há gente que costuma andar com um lenço canforado na boca, assim também, contra todas as tribulações mortais, a fumaça dos cachimbos de Stubb podia agir como uma espécie de desinfetante.

O terceiro piloto era Flask, natural de Tisbury, em Martha's Vineyard. Era um rapaz baixo, vigoroso, rude, corado, muito belicoso no que se referia a baleias, e que de certa maneira parecia pensar que o grande leviatã lhe tivesse feito uma afronta pessoal, hereditária; portanto era para ele uma espécie de ponto de honra destruí-lo onde quer que o encontrasse.

A tal ponto havia Flask perdido o respeito às muitas e variadas maravilhas dessa majestosa massa e seus misteriosos hábitos, tão inconsciente se tornara de tudo o que se assemelhasse à apreensão de encontrá-la que na sua pobre opinião a maravilhosa baleia não era mais do que uma espécie de rato ampliado, ou pelo menos um rato-d'água, e precisava-se apenas de um pouco de habilidade e um ligeiro gasto de tempo e de trabalho, para matá-la e fervê-la. Mas essa temeridade ignorante e inconsciente fazia dele um homem trocista em matéria de baleias. Seguia esses peixes por divertimento, e uma viagem de três anos em torno do Cabo Horn não era mais do que uma boa brincadeira que duraria todo o tempo da viagem.

Assim como os pregos de um carpinteiro dividem-se em pregos grossos e pregos finos, assim também a humanidade pode ser dividida de igual maneira. O pequeno Flask era um dos pregos feitos para fixar-se bem e permanecer muito tempo pregado. A bordo do *Pequod* chamavam-no o Pendural, porque na forma ele bem podia ser comparado aos curtos madeiros quadrados que os baleeiros do Ártico conhecem com esse nome e que mediante vários madeiros laterais que dele se irradiam serve para proteger o navio contra as colisões glaciais daqueles mares demolidores.

Pois esses três pilotos, Starbuck, Stubb e Flask, eram homens para o momento oportuno. Eram eles que por indicação geral comandavam, na qualidade de chefes, três dos botes do *Pequod*. Nessa grande ordem de batalha, na qual o capitão Ahab organizaria as suas forças para as descidas às baleias, esses três chefes equivaliam a comandantes de companhias. Armados de longas lanças de pesca, formavam como que um trio escolhido de lanceiros, assim como os três arpoadores representavam os atiradores de dardos.

E visto que nesta famosa pesca cada piloto ou chefe, à maneira de um cavaleiro godo da antiguidade, vai acompanhado do seu timoneiro ou arpoador, que em certas conjunturas fornece-lhe uma nova lança, quando a outra se entorta no assalto, e além disso, como geralmente subsiste entre os dois uma estreita amizade, é bom dizermos aqui quem eram os arpoadores do *Pequod* e a que chefes pertenciam.

Vem em primeiro lugar Queequeg, a quem Starbuck, o primeiro piloto, escolhera como escudeiro. Mas Queequeg já é conhecido.

Vem em seguida Tashtego, um índio puro de Gay Head, o promontório mais ocidental de Martha's Vineyard, onde existem ainda os últimos remanescentes de uma aldeia de Peles-vermelhas, que durante muito tempo fornecera à vizinha ilha de Nantucket a maioria dos seus mais audaciosos arpoadores. Na pesca são habitualmente conhecidos pelo nome genérico de Gayheadeanos. O cabelo comprido, fino e negro de Tashtego, o seu rosto de maçãs salientes, os olhos negros, redondos — para um índio — e orientais no tamanho, mas antárticos na sua viva expressão, indicavam nele, suficientemente, o herdeiro do sangue puro dos valentes guerreiros que em procura dos grandes alces da Nova Inglaterra haviam abatido, de arco na mão, as florestas virgens do continente. Mas Tashtego, que já não seguia a pista dos animais selvagens na floresta, estava agora na pista das grandes baleias no mar. O arpão certeiro do filho substituía a seta infalível dos antepassados. Olhando os seus membros musculosos, sinuosos, morenos e flexíveis, sentia-se a gente inclinada a dar crédito às superstições de alguns dos antigos puritanos e ficava-se a ponto de admitir que aquele selvagem era o filho do príncipe das potências do ar. Tashtego era o escudeiro de Stubb, o segundo piloto.

O terceiro, entre os arpoadores, era Daggoo, um gigantesco negro retinto, com uma pisada de leão e um ar de Aasvero, dir-se-ia. Pendurados nas orelhas, trazia dois aros de ouro tão grandes que os marinheiros os chamavam de argolas e falavam em prender nelas as cordas da gávea. Na sua mocidade, Daggoo embarcara como voluntário num navio-baleeiro, ancorado numa baía isolada da sua costa nativa. E como nunca estivera em outras partes do mundo senão na África, em Nantucket e nos portos pagãos frequentados na maioria pelos baleeiros, e levando, havia tantos anos, a vida audaciosa das pescarias em navios cujos armadores pouco se preocupavam com a espécie de gente que contratavam, Daggoo conservava todas as suas virtudes bárbaras e, ereto como uma girafa, movia-se em torno do convés, em toda a pompa dos seus seis pés de altura, erguidos sobre tamancos. Olhando-o, sentia-se uma humilhação física, e um homem branco, ao lado dele, parecia um emissário de bandeira branca pedindo armistício a uma fortaleza. Coisa curiosa, esse negro imperial, Daggoo Aasvero, era o escudeiro do pequeno Flask, que ao lado dele parecia uma peça de xadrez. Quanto ao resto da tripulação do *Pequod*, é preciso dizer que, presentemente, menos da metade dos vários milhares de marinheiros empregados na pesca da baleia, na América, é de americanos natos, conquanto quase todos os oficiais o sejam. Aliás, dá-se o mesmo com o exército e a marinha mercante e naval, e com a engenharia empregada na construção dos canais e das estradas de ferro da América. Dá-se o mesmo, digo, porque em todos os casos, os americanos natos fornecem o cérebro e o resto do mundo provê generosamente os músculos. Um número não pequeno desses baleeiros é natural dos Açores, onde os navios que partem de Nantucket tocam frequentemente para aumentar as suas tripulações com os rudes nativos daquelas plagas rochosas. Da mesma maneira, os baleeiros da Groenlândia, que se fazem de vela de Hull ou de Londres, tocam nas ilhas Shetland, a fim de completar a sua tripulação. Na viagem de volta, deixam-nos de novo em suas pátrias. Como acontece isso, não se saberia dizer, mas o fato é que os ilhéus são os melhores caçadores de baleias. A bordo do *Pequod* quase todos eram ilhéus, ou *Isolados*, digo, não pelo continente comum dos homens, mas porque cada *Isolado* vive num continente separado, que só a ele pertence.

Agora, porém, agrupados em torno de uma quilha, que grupo de *Isolados* era aquele! Uma deputação do gênero Anacharsis Clootz, para a qual contribuíram de todas as ilhas do mar e todos os extremos da terra, acompanhando o velho Ahab, no *Pequod*, a esse tribunal do qual não muitos voltariam. O pequeno e negro *Pip* — nunca mais voltou. Este foi o primeiro. Pobre filho do Alabama! No castelo de proa do terrível *Pequod* vê-lo-emos em breve, tocando o seu pandeiro, preludiando o tempo eterno, em que, enviado ao tombadilho do Alto, mandaram-lhe que tocasse pandeiro para os anjos — e o fez, certamente, na glória. Chamado de covarde aqui, e lá saudado como herói.

Ahab

Por vários dias, depois que deixamos Nantucket, acima das escotilhas não se viu o menor indício do capitão Ahab. Os pilotos rendiam-se regularmente nas vigias e, sem que nada indicasse o contrário, pareciam ser os únicos comandantes do navio. Apenas, notava-se que às vezes saíam da cabina tão súbita e peremptoriamente que, afinal de contas, era claro que comandavam apenas como substitutos. Sim, o seu supremo senhor e ditador ali estava, conquanto até então oculto aos olhos de todos os que não tivessem permissão para penetrar no sagrado recinto do camarote.

Todas as vezes que eu subia ao convés, depois das minhas vigias embaixo, olhava imediatamente para a popa, a fim de ver se descobria algum rosto estranho. Porque a minha primeira e vaga inquietação acerca do desconhecido comandante tornara-se agora, na solidão do mar, quase que uma perturbação. Essa perturbação aumentava às vezes de modo estranho, pois as diabólicas incoerências do esfarrapado profeta Elias voltavam-me à memória, contra a minha vontade, com uma energia sutil que eu não havia concebido antes. Mas dificilmente podia eu resistir-lhes, conquanto, em outras disposições de espírito, estivesse decerto pronto para rir das solenes fantasias do estranho profeta do cais. Mas, fosse apreensão ou inquietude — chamemos assim o que eu sentia — sempre que olhava em torno de mim, no navio, parecia de todo descabido nutrir tais emoções. Porque os arpoadores, como todo o corpo da tripulação, formavam um grupo mais bárbaro, mais selvagem e mesclado do que todos os que já havia encontrado em qualquer navio mercante conhecido nas minhas experiências anteriores; eu atribuía isso — e com razão — à singularidade terrível da própria natureza dessa selvagem profissão escandinava na qual havia embarcado tão descuidadamente.

Porém era especialmente o aspecto dos três oficiais do navio, os pilotos, o que parecia mais adequado para reprimir esses receios indecisos e inspirar confiança em todas as peripécias da viagem. Na verdade, dificilmente se poderiam encontrar melhores tripulantes e oficiais, cada qual à sua maneira, e todos os três eram americanos: um natural de Nantucket, outro de Vineyard e o terceiro do Cabo. Ora, como o navio tivesse saído do porto pelo Natal, reinou durante algum tempo um cortante frio polar; mas logo, fugindo dele em direção ao sul, íamos deixando atrás de nós, a cada grau e minuto de latitude que navegávamos, esse implacável inverno e a sua intolerável temperatura. Foi numa dessas manhãs de transição, menos encoberta, mas ainda bastante cinzenta e triste, que, ao subir ao convés, ao apelo da guarda do meio-dia, enquanto o navio cortava as águas com um vento fresco e com uma espécie de rapidez vingativa, saltitante e melancólica, dirigi o olhar para a amurada e senti um calafrio. A realidade ia além da apreensão: o capitão Ahab estava no convés.

Não havia nele indício algum de qualquer enfermidade corporal, nem também de convalescença. Parecia um homem que tivesse sido retirado de um poste, depois de ter o fogo corrido em vão todos os seus membros, sem os consumir ou levar uma partícula sequer da sua compacta robustez anosa. O seu corpo alto e forte parecia feito de sólido bronze e fundido num molde inalterável, como o *Perseu* de Cellini. Abrindo caminho entre os cabelos grisalhos e descendo por uma das faces curtidas de sol, e pelo pescoço, até desaparecer sob a roupa, via-se uma marca delgada e de uma brancura lívida, como feita por uma vara. Lembrava essa marca perpendicular que às vezes perdura nos troncos direitos e altos, quando o raio projeta de cima, sobre eles, os seus dardos, e, sem tocar contudo num único dos seus ramos, descasca-o de alto a baixo; correndo até ao solo, deixando a árvore ainda viva, porém marcada. Não se poderia dizer se aquela marca era de nascença ou se era a cicatriz de algum ferimento cruel. Por uma espécie de acordo tácito, pouca ou nenhuma alusão se fazia a isso, especialmente entre os oficiais. Porém uma vez Tashtego (pai), um índio velho de Gay Head, que fazia parte da tripulação, assegurou que suspeitava de que Ahab não tinha ainda quarenta anos quando fora marcado dessa maneira e que a ferida havia sido produzida não durante a fúria de algum violento combate mortal, e sim numa luta contra os elementos no mar. Contudo, essa sugestão extravagante parecia poder ser negada por inferência à luz do que insinuava um homem do Manx, um velho sepulcral que nunca tendo saído de Nantucket, jamais havia posto os olhos no desequilibrado Ahab. Seja como for, as antigas tradições do mar, as suas credulidades imemoriais e uma popularidade conferiam a esse homem de Manx poderes sobrenaturais de discernimento. Assim, nenhum marinheiro lhe opôs qualquer objeção, ouvindo-o afirmar que, quando Ahab tivesse de ser amortalhado — o que dificilmente poderia acontecer, resmungou — aquele que fosse prestar o último serviço ao morto encontraria nele um sinal de nascença, desde a coroa da cabeça até à planta dos pés.

Tão poderosa foi a impressão produzida em mim pelo terrível aspecto de Ahab e pela lista esbranquiçada que o marcava que, durante os primeiros instantes, mal notei que não pouco da sua fealdade predominante era devido àquela perna branca, exótica, sobre a qual ele se mantinha. Antes de mais nada, já me ocorrera a ideia de que aquela perna de marfim fora fabricada com o osso polido da mandíbula de um cachalote. "Sim. Foi desmastreado certa vez, ao largo do Japão", disse um dia o velho índio de Gay Head. "Mas à maneira de embarcação desmastreada, conseguiu outro mastro sem precisar vir à pátria para isso."

Impressionou-me a posição singular na qual ele se mantinha. De cada lado do convés do *Pequod*, junto ao mastro de mezena, havia um furo de cerca de meia polegada, feito na tábua com uma verruma. A perna postiça fixava-se nesse buraco e com um braço erguido, sustentando um ovém, o capitão Ahab mantinha-se ereto, olhando fixamente além da proa no seu incessante balouçar. Havia uma infinidade da mais firme fortaleza, uma vontade determinada, invencível, na fixa e temerária obstinação daquele olhar. Não pronunciou uma palavra; nem também os seus oficiais lhe disseram coisa alguma, conquanto nos menores gestos e na expressão mostrassem claramente a consciência inquieta se não penosa de que se encontravam sob o olhar perturbador do patrão. E além disso, Ahab, de ânimo sombrio, apresentava-se diante deles com um ar torturado, em toda a dignidade inenarrável e esmagadora de alguma potente aflição.

Demorou pouco naquela primeira visita ao ar livre e retirou-se logo para o seu camarote. Mas depois dessa manhã, aparecia todos os dias à tripulação, ora de pé, com a perna fixa, ora sentado num tamborete de marfim que possuía e às vezes caminhando pesadamente pelo convés. À medida que o tempo se tornava menos encoberto, começou a mostrar-se um pouco mais animado e observava cada vez menos a reclusão. Dava a impressão de que desde que o navio se fizera ao mar, somente a desolação hibernal do oceano o havia mantido assim encerrado. E pouco a pouco aconteceu que se encontrava sempre ao ar livre, por mais que a sua presença no convés, afinal inundado de sol, assumisse um aspecto tão supérfluo e desnecessário quanto um mastro de mais, a julgar pelo que dizia e fazia. Porém o *Pequod* estava realizando apenas uma travessia, e não um cruzeiro regular e, em todos os preparativos de pesca que necessitavam direção, os pilotos eram absolutamente competentes, de modo que pouco ou nada havia, fora dele próprio, que empregasse ou agitasse Ahab então; e assim, no momento, se tinham dissipado as nuvens que camada após camada costumavam aglomerar-se na sua fronte, da mesma maneira que as nuvens procuram sempre os mais altos picos para empilhar-se umas sobre as outras.

Contudo, não se passou muito tempo antes que a cálida e melodiosa persuasão do tempo prazenteiro e festivo que encontráramos o encantasse pouco a pouco, tirando-o do seu humor sombrio. Porque quando as dançarinas de faces rosadas, Abril e Maio, voltam aos hibernais e misantropos bosques, até mesmo no carvalho mais despido, mais rugoso e mais velho, ferido de raios, rebentam alguns verdes brotos para saudar a tão alegres visitantes. Do mesmo modo Ahab correspondeu um pouco à sedução daquele ar com meneios de rapariga. Mais de uma vez, mostrou o débil rebento de um olhar que em qualquer outro homem teria bem depressa florescido em sorriso.

ENTRA AHAB; STUBB DIRIGE-SE A ELE

Passaram-se alguns dias. Deixamos para trás todos os gelos e icebergs e o *Pequod* navegava agora em meio a uma radiosa primavera de Quito, que no mar reina quase perpetuamente no umbral do eterno agosto do trópico. Os dias confortavelmente frios, claros, ressonantes, perfumados e redundantes, eram como taças de cristal cheias de "sherbet"[17] persa, coberto de flocos de neve e água de rosa. As noites estreladas e majestosas pareciam altivas damas vestidas de veludo, consteladas de joias, cultuando, em solitário orgulho, a memória dos seus nobres conquistadores ausentes, os sóis de elmo dourado. Para dormir, era difícil decidir entre dias tão cativantes e noites tão sedutoras. Todos os feitiços desse tempo perene não somente emprestavam novos sortilégios e potências ao mundo exterior, como também invadiam a alma, principalmente durante as horas suaves do crepúsculo; então a memória removia os seus cristais, como o claro gelo as variadas formas de cintilação silenciosa. E todas essas potestades sutis se entreteciam cada vez mais na contextura de Ahab.

Os velhos estão sempre em vigília, como se, quanto mais os homens se ligam à vida insone, menos tenham a ver com algo que se assemelhe à morte. Entre os comandantes de navios, os velhos de barba grisalha são os que com mais frequência deixam o camarote para visitar o convés ainda sob o manto da noite. Era o que acontecia com Ahab; apenas, agora, havia algum tempo, parecia viver tão frequentemente ao ar livre, que para falar a verdade haviam aumentado as suas visitas do camarote ao convés. "Um velho capitão como eu", murmurava Ahab consigo mesmo, "sente a impressão de que desce para o túmulo. Descer essa estreita escotilha é como encerrar-se no túmulo recentemente cavado!"

Assim, de vinte e quatro em vinte e quatro horas, depois de distribuídas as guardas da noite e quando a turma do convés velava o sono da turma que repousava embaixo, quando, se era necessário içar um cabo para o castelo de proa, os marinheiros não o puxavam com tanta violência como de dia, mas antes o deixavam cair com certa cautela, para não perturbar o sono dos companheiros, quando pois começava a prevalecer essa espécie de firme quietude, o timoneiro silencioso observava a escotilha do camarote; não demorava muito e o velho aparecia, agarrando-se ao corrimão de ferro, para ajudar o seu passo trôpego. Contudo havia nele uns toques de consideração humana, pois nessas horas abstinha-se de patrulhar o convés, porque nos seus oficiais cansados, repousando seis polegadas abaixo do calcanhar de marfim, este provocaria, com o estrondo e o retumbar do passo seco, sonhos nos quais figurariam dentes cruéis de tubarões. Uma vez, porém, o humor o penetrou tão a fundo, que não lhe era possível deixar-se levar por tais considerações. E assim aconteceu que enquanto ele media o convés do navio a passos retumbantes desde a amurada até o mastro grande, Stubb, o segundo piloto, subiu e com humorismo pouco seguro, desculpando-se, sugeriu que se o capitão Ahab queria passear no tombadilho, ninguém poderia fazer objeção a isso, mas — hesitando e de maneira confusa — devia procurar um meio de atenuar o ruído: pôr, por exemplo, uma bola de estopa no calcanhar de marfim.

Ah! Stubb, não conhecias Ahab!

— Serei por acaso uma bala de canhão para que me envolvas desta maneira? — disse Ahab. — Mas segue o teu caminho. Eu tinha esquecido. Desce para o teu túmulo noturno, para o túmulo onde a gente da tua espécie dorme entre os lençóis, para se acostumar ao sono final. Desce, cão, e já para o canil.

Estremecendo a essa última e imprevista exclamação do velho que se tornara de súbito tão mordaz, Stubb ficou silencioso por um momento, em seguida disse, exaltado:

— Não estou habituado a que me falem desta maneira, senhor. Nem sequer a metade disso.

— Afasta-te — disse Ahab entre os dentes cerrados e retrocedendo com violência, como para evitar uma tentação apaixonada.

— Não senhor, ainda não — tornou Stubb com ousadia. — Não deixarei que me chamem de cão sem protestar.

— Chamo-te então dez vezes burro, cavalo, jumento... Vai-te embora, antes que eu livre o mundo da tua pessoa.

Dizendo isso, Ahab avançou para ele com um aspecto tão terrível que involuntariamente Stubb retrocedeu.

— Nunca fui tratado dessa maneira sem responder com um forte golpe — resmungava Stubb, surpreendendo-se por descer a escada. — É muito estranho. Pare, Stubb. Seja como for, não sei agora se devo voltar e bater-lhe ou... que é isso? Ajoelhar-me aqui e rogar por ele? Sim, foi a primeira ideia que me veio. Mas seria a primeira vez que rezaria. É estranho, muito estranho mesmo; sim, de popa à proa, parece que é o homem mais estranho com quem o velho Stubb já viajou algum dia. Como os seus olhos chamejaram sobre mim, como caçoletas de pólvora! Estará louco? Seja como for, tem alguma coisa na mente, tão certo como há algo num convés que estala. Também não fica na cama mais do que três, das vinte e quatro horas do dia; e mesmo assim não dorme. Esse "Dough-boy", o despenseiro, não me disse que encontra todas as manhãs, na maca do velho, a roupa toda amarrotada e jogada, e os lençóis no chão, o cobertor quase feito um nó e o travesseiro tão quente como se lhe tivessem posto em cima um tijolo saído do forno? Desconfio que tem o que a gente de terra chama de consciência; é, dizem, pior do que uma dor de dente! Está bem, está bem, não sei o que é, mas Deus me livre de estar no seu lugar. O velho é cheio de enigmas; não sei o que irá fazer todas as noites na despensa da popa, conforme o "Dough-boy" desconfia que o faz. E o que eu desejaria saber. Quem marcará entrevistas com ele na despensa? Não é estranho? Contudo, o truque é conhecido...Vai dormir um pouco. Com os diabos, vale a pena vir ao mundo apenas para adormecer? Mas agora reflito, é a primeira coisa que os recém-nascidos fazem, e isso também é estranho. Com os diabos! pensando bem, todas as coisas são estranhas. Mas isso está contra os meus princípios. "Não pensar" é o meu undécimo mandamento; e "dorme quando puderes" é o duodécimo. Aí vai de novo. Mas que é isso? Ele não me chamou cachorro? Raios! Chamou-me burro dez vezes e pôs por cima um lote de asnos! Podia muito bem me ter dado um pontapé e acabado com a história. Talvez tivesse batido e não desse por isso, impressionado e espantado com a sua carranca! Brilhava como um osso calcinado! Mas que está acontecendo comigo? Não me sustento direito nas pernas. O atrito com o velho fez-me virar às avessas. Por Deus! Devo ter sonhado. Mas como, como? Como? Sim, o sono é o único meio de acabar com a história, de sorte que agora é ir outra vez para a maca e amanhã, à luz do dia, consideraremos essa enfadonha tragicomédia.

O cachimbo

Depois que Stubb saiu, Ahab permaneceu por algum tempo inclinado sobre a amurada e, em seguida, como costumava, havia algum tempo, chamou um marinheiro da vigia e disse-lhe que fosse lá embaixo buscar o seu tamborete de marfim e o seu cachimbo. Depois de acender o cachimbo à luz da bitácula e de colocar o tamborete no convés a barlavento, sentou-se fumando.

Nos antigos tempos nórdicos, os tronos dos reis dinamarqueses que amavam o mar eram fabricados, diz a tradição, com as presas dos narvais. Como se poderia então contemplar Ahab, sentado naquela tripeça de marfim, sem compará-lo com a realeza que ele simbolizava? Ahab era um cã do tombadilho, um rei do mar e um poderoso senhor do leviatã.

Passaram-se alguns momentos durante os quais o espesso fumo saía da sua boca em rápidas e constantes baforadas, tão nervosas que voltavam a soprar-lhe no rosto. "Ora", disse afinal, como em solilóquio e tirando o cachimbo da boca, "fumar já não me acalma. Oh! meu cachimbo, grandes são os meus dissabores, se já não tens encanto para mim! Tenho-me esforçado aqui, inconscientemente, sem me divertir! Sim! Tenho estado fumando contra o vento, sem saber, em baforadas tão nervosas que até me assemelho à baleia moribunda, cujos jorros finais são sempre os mais fortes e os mais agitados! De que serve este cachimbo? Este objeto que significa serenidade deve enviar aos ares vapores brancos e leves, entre cabelos brancos e não entre férreas madeixas grisalhas, como as minhas. Não fumarei mais..."

Atirou ao mar o cachimbo ainda aceso. O fogo silvou entre as ondas e no mesmo instante o navio passou ao longo da borbulha formada pelo cachimbo, que afundava. Com o chapéu descido sobre os olhos, Ahab media o convés a passos vacilantes.

A rainha Mab

Na manhã seguinte Stubb abordou Flask.

— Nunca tive um sonho tão estranho, Pendural. Conheces a perna de marfim do velho? Pois bem: sonhei que ele me dava um pontapé com ela; e quando tentei bater-lhe, por minha alma, rapaz, enviei-lhe a perna direita. E então, "presto"! Ahab tomou a aparência de uma pirâmide e eu, louco furioso, continuei batendo. Mas o que é ainda mais curioso, Flask, você sabe como todos os sonhos são estranhos, apesar de toda a cólera que havia em mim, não sei como, parecia-me estar pensando que, apesar de tudo, aquele pontapé de Ahab não era tão grande insulto! "Porque", pensava eu, "para que tanto barulho? Não era uma perna verdadeira, e sim uma perna postiça." Há grande diferença entre uma pancada viva e uma pancada morta. É isso, Flask, que faz com que um bofetão seja cinquenta vezes mais terrível do que uma bengalada. É o membro vivo que faz o insulto vivo, rapaz. E imagina, pensava comigo mesmo, enquanto batia estupidamente contra a pirâmide maldita — tão confusamente contraditório era tudo aquilo — enquanto isso, dizia comigo mesmo: "que é a sua perna, se não uma bengala, uma bengala feita de osso de baleia? Sim, foi uma cacetada de brinquedo, na realidade, uma bengalada com osso de baleia, e não um vil pontapé." "Além disso", pensava eu, "olha para a extremidade, a parte correspondente ao pé. Que extremidade tão pequena! Pelo contrário, se um rústico de enorme botas me desse um pontapé, então, sim, o insulto seria tremendo. Mas este insulto reduziu-se a um ponto, somente". Porém chegamos agora à parte mais engraçada do sonho, Flask. Enquanto eu batia na pirâmide, uma espécie de sereia masculina, adornada de barba e com uma corcova, agarra-me pelos ombros e me faz dar uma volta: "Que estás fazendo?", dizia-me. "Escapula-se, homem", disse-lhe eu, conquanto estivesse assustado. Que cara! Mas não sei como foi que, um momento depois, passava-me o medo. "Que quer?", disse-lhe afinal. "Por que se intromete? É o que desejo saber, senhor corcunda. Quer também um pontapé?" Por Deus, Flask! Mal havia pronunciado estas palavras quando ele me voltou as costas, inclinou-se e levantando uma porção de algas que trazia à guisa de tanga, que pensas que vi?... Pois, com mil raios! o seu traseiro estava cheio de puas com as pontas para fora, como as de um merlim! "Creio que não vou bater-lhe", disse-lhe eu, pensando melhor. "Sensato Stubb, sensato Stubb", ele me disse. E continuou a resmungar estas palavras, mastigando as gengivas, como uma bruxa. Vendo que não parava de dizer: "Sensato Stubb", pensei que bem podia voltar a bater na pirâmide. Porém mal havia erguido o pé, quando ele rugiu: "Detém este pontapé!" "Olá", disse eu, "que é isso agora, meu velho?" "Ouve", respondeu ele, "vamos discutir este insulto. O capitão Ahab te bateu, não foi?" "Sim", disse eu, "bem *aqui*!" "Muito bem", tornou ele, "bateu com a perna de marfim, não foi?" "Sim", respondi. "Bem, então, sensato Stubb", disse ele, "de que te queixas? Não te bateu com a maior boa vontade? E porventura esse pontapé foi dado com uma perna vulgar de pinho torneado? Não recebeste um pontapé de um grande homem, com uma bela perna de marfim? É uma honra, Stubb. Considera isso como uma honra! Ouve-me, sensato Stubb. Na velha Inglaterra os grandes lordes consideram que a maior das glórias consiste em serem esbofeteados por uma rainha, e desta maneira convertidos em cavaleiros da ordem da Jarreteira; de modo que isso pode ser um motivo de lisonja para ti; recebeste um pontapé de Ahab e foste assim convertido num homem sensato. Recorda o que te digo: receber um pontapé de Ahab é pôr esse pontapé na listas das honras; e de modo algum vás retribuir-lhe o pontapé, pois isso de nada servirá, sensato Stubb. Vês esta pirâmide?" Dizendo isso, de repente pareceu elevar-se nos ares de maneira estranha. Ronquei. Revolvi-me e vi que estava na minha maca. Então Flask, que pensas deste sonho?

— Não sei. Parece-me uma coisa absurda.

— Pode ser, pode ser. Mas fez de mim um homem sensato. Flask, viste Ahab ali em pé, olhando de soslaio por cima da popa? Ouve, Flask, o melhor que podes fazer é deixar este homem em paz. Nunca lhe fales, diga ele o que disser. Olá? Quem é que está gritando? Não ouves?

— Marinheiros, aqui! Olhem atentamente. Há cachalotes por aqui. Se virem um cachalote branco, rebentem os pulmões atrás dele.

— Que pensas agora disso, Flask? Não há aqui algo de estranho? Uma baleia-branca, ouviste? Há algo de especial no vento. Prepara-te para isso, Flask. A mente de Ahab percebe a condição do que é cruento. Silêncio, porém! Vem para cá!

Cetologia

Já nos encontramos audaciosamente lançados no reino da profundidade. Em breve estaremos perdidos nas suas imensidades sem praias e sem portos. Mas antes que isso aconteça, antes que o casco coberto de algas do *Pequod* role lado a lado com o casco do leviatã coberto de mexilhões, antes de tudo isso, pois, convém tratar de um assunto quase indispensável para uma compreensão cabal das revelações mais especiais e de toda a sorte de referências leviatânicas que vão seguir.

De certa maneira, pode-se dizer que o que vou tentar aqui é uma exposição sistematizada da Cetologia. Contudo não é fácil a tarefa. A classificação dos elementos de um caos, eis o que se tem de tentar aqui. Ouçamos o que escreveram a respeito as melhores e mais recentes autoridades.

"Nenhum ramo da Zoologia é mais intrincado do que a Cetologia", diz o capitão Scoresby, no ano de 1820 da era cristã.

"Não é minha intenção, mesmo que isso estivesse em meu poder, entrar aqui em exame quanto ao verdadeiro método de dividir os cetáceos em grupos e famílias... Existe uma confusão absoluta entre os historiadores desse animal (o cachalote)", diz o cirurgião Beale, no ano de 1839 da nossa era.

"Incapacidade para prosseguir nas nossas pesquisas nas águas insondáveis." "Um véu impenetrável cobre os nossos conhecimentos sobre os cetáceos." "Um campo juncado de espinhos." "Todas essas indicações incompletas servem apenas para torturar os naturalistas."

Assim falam da baleia o grande Cuvier, John Hunter e Lesson, esses luzeiros da Zoologia e da Anatomia. Contudo, se os conhecimentos reais são poucos, existe grande cópia de livros, por mais que, em relação a outras especialidades, sejam menos os que versam sobre a Cetologia ou ciência da baleia. Muitos são os homens pequenos e grandes, velhos e moços, homens de terra e marinheiros, que têm escrito amplamente ou em resumo sobre a baleia. Eis aqui alguns: os autores da Bíblia, Aristóteles, Plínio, Aldrovandi, Sir Thomas Browne, Gesner, Ray, Lineu, Rondeletius, Willoughby, Green, Artedi, Sibbald, Brisson, Marten, Lacépède, Bonneterre, Desmarest, Barão Cuvier, Frederico Cuvier, John Hunter, Owen, Scoresby, Beale, Bennett, J. Ross Browne, o autor de Miriam Coffin, Olmstead e o Rev. T. Cheever. Os trechos citados anteriormente mostram com que propósito definitivo e geral escreveram.

De todos aqueles que figuram na lista de autores de obras sobre a baleia, somente Owen viu algum dia baleias vivas, e apenas um era arpoador de profissão e baleeiro. Refiro-me ao capitão Scoresby. Sobre a questão particular da baleia da Groenlândia, ou baleia propriamente dita, é a maior autoridade que existe. Mas Scoresby nada sabia e nada diz acerca do grande cachalote em comparação com o qual a baleia da Groenlândia quase não merece ser mencionada. É preciso dizer aqui — essa baleia da Groenlândia é uma usurpadora do trono dos mares. Não é nem mesmo a maior das baleias. Contudo, devido à longa prioridade das suas pretensões e à profunda ignorância que perdura ainda hoje, exceto em alguns meios científicos ou nos portos baleeiros, essa usurpação continua completa em todos os sentidos. Entretanto, se passarmos em revista todas as alusões sobre o leviatã, feitas pelos grandes poetas da antiguidade, ficareis convencidos de que a baleia da Groenlândia era para eles o monarca sem rival dos mares. Chegou porém o tempo de se fazer nova proclamação. Aqui é Charing Cross! Ouvi todos, bom povo: a baleia da Groenlândia foi deposta. Reina agora o grande cachalote!

Há no mundo apenas dois livros que pretendem apresentar-vos o cachalote vivo e que triunfaram num grau mínimo. Os autores desses livros são Beale e Bennett, que foram ambos cirurgiões nos baleeiros ingleses dos mares do sul, e ambos exatos e dignos de confiança. Nos seus livros, a matéria original acerca do cachalote é inevitavelmente pequena, mas tanto quanto possível de excelente qualidade, conquanto limitada na maior parte às descrições científicas. Mas seja como for, o cachalote, quer do ponto de vista poético quer científico, figura apenas de maneira incompleta em qualquer literatura. De todos os cetáceos caçados é o cachalote o menos descrito.

Como dizia, pois, as várias espécies de baleia necessitam de uma classificação popular, inteligível, mesmo que seja apenas um ligeiro esboço, que poderá ser completado mais tarde em todos os seus aspectos, pelos futuros estudiosos. Como nenhum homem mais qualificado se apresenta para empreender a tarefa, ofereço, pois, os meus insignificantes esforços. Nada prometo de completo, porque qualquer coisa humana que se suponha completa, deve, por isso mesmo, ser inevitavelmente defeituosa. Não pretendo dar uma descrição anatômica minuciosa das várias espécies ou — pelo menos aqui — apresentar uma longa descrição. Meu objetivo é simplesmente traçar o esquema de uma sistematização da Cetologia. Sou arquiteto e não construtor.

É contudo uma tarefa séria; não é a mesma coisa que classificar as cartas no correio. Coisa terrível é sondar o fundo dos mares à procura de dados, pôr a mão sobre a indefinível estrutura, as costelas, a verdadeira pélvis do mundo. Quem sou eu para tentar fisgar o nariz do leviatã? Os terríveis sarcasmos ao livro de Jó deviam infundir-me pavor. "Faria ele (o leviatã) um pacto contigo? Olha que essa esperança pode ser vã!" Contudo, nadei através de bibliotecas e atravessei oceanos; lidei com baleias, com estas mãos que aqui vedes; estou ansioso por fazer a tentativa, e tentarei. Tenho porém de estabelecer preliminares.

Primeiro: as condições inseguras e confusas da Cetologia, que se encontra ainda em seus começos, são atestadas pelo fato de que em alguns setores debate-se ainda a questão de saber se a baleia é ou não um peixe. No seu *Sistema da natureza*, 1776 da era cristã, Lineu declara: "Portanto, separo as baleias dos peixes." Mas pelo que sei, até o presente ano de 1850, os tubarões, os sáveis e os arenques, contra o decreto de Lineu, dividem ainda a posse dos mares com o leviatã.

As razões em que se apoiava Lineu no seu desejo de afastar as baleias das águas são as seguintes: "coração quente, bilocular, pulmões, pálpebras móveis, orelhas ocas, penem intrantem feminam mammis lactantem", e finalmente "ex lege naturae jure meritoque". Submeti tudo isso à consideração de meus amigos Simeon Macey e Charley Coffin, de Nantucket, companheiros ambos em certa viagem, e eles concordaram em que as razões apresentadas eram de todo insuficientes. Charley sugeriu até mesmo, de maneira sacrílega, que isso não passava de charlatanice. Deve-se dizer, evitando toda polêmica, que adoto a antiga tese de que a baleia é um peixe e recorro ao santo Jonas para me apoiar.

Uma vez estabelecido este ponto fundamental, o seguinte consiste em saber em virtude de que características exteriores difere a baleia dos outros peixes. Lineu apresentou acima tais dados, mas, diga-se de passagem, estas características são pulmões e sangue quente, ao passo que todos os outros peixes não têm pulmões e são de sangue frio.

Por outro lado, como poderemos definir claramente a baleia pelo seu aspecto externo, a fim de rotulá-la definitivamente, para sempre?

Resumindo, pois, a baleia é *um peixe com um jato e uma cauda horizontal.* Ainda que condensada, eis aí uma definição que é o resultado de amplas meditações. A morsa lança um jato muito parecido com o da baleia, mas não é um peixe, porque é anfíbio. Mas o último termo da definição é ainda mais convincente, quando comparado com o primeiro. Quase todo mundo deve ter notado que, em geral, os peixes conhecidos dos terrestres não têm cauda achatada, e sim vertical, ou de alto a baixo, ao passo que entre os peixes de jato, a cauda, conquanto tendo forma semelhante, assume invariavelmente uma posição horizontal.

Com a definição acima não quero excluir de modo algum, da fraternidade leviatânica, qualquer criatura do mar até agora catalogada como baleia, pelos habitantes de Nantucket, melhor informados; por outro lado, não a ligo a peixe algum até agora considerado como estranho a elas, pelas autoridades.[18]

Daí, todos os peixes de jato e cauda horizontal, mesmo pequenos, devem ser incluídos na categoria fundamental da Cetologia. Em seguida a essa classificação, cumpre estudar as grandes divisões de todo o rebanho baleeiro.

Primeiro: de acordo com a grandeza, divido as baleias em três LIVROS principais (subdivididos em CAPÍTULOS) que deverão compreender a todas, pequenas e grandes.

I. A baleia do Fólio;
II. A baleia do Octavo;
III. A baleia do Doze.

Como tipo do Fólio apresento o *Cachalote*; do Octavo, a *Orca*; do Doze, a *Masorpa*.

Fólio. Incluo neste livro os seguintes capítulos: I. *Cachalote*; II. *Baleia propriamente dita*; III. *O Rorqual*; IV. *A Baleia corcovada*; V. *Baleia de lombo de navalha*; VI. *Baleia com manchas de enxofre*.

Livro I *(Fólio)*. Capítulo I *(Cachalote)*. Este cetáceo, vagamente conhecido pelos antigos ingleses como baleia de Trompa, ou baleia Physeter, é atualmente o *Cachalot* dos franceses, o *Pottsfich* dos alemães e o *Macrocéfalo* dos povos de palavras longas. É sem dúvida o maior habitante do globo, o cetáceo mais formidável que se pode encontrar, o mais majestoso no aspecto e de há muito o mais valioso no comércio, visto ser o único animal de que é possível obter a valiosa substância que é o espermacete. As suas qualidades podem ser ampliadas em outro parágrafo. Por enquanto referir-me-ei principalmente ao nome. Do ponto de vista filológico a denominação é absurda. Há alguns séculos, quando o cachalote era quase inteiramente desconhecido nas suas características peculiares e quando o seu azeite era obtido apenas acidentalmente de algum peixe encalhado, naquele tempo, segundo parece, havia a crença geral de que o espermacete provinha de um animal idêntico ao que se conhecia então na Inglaterra com o nome de Baleia propriamente dita ou Baleia da Groenlândia.

Existia também a ideia de que esse mesmo espermacete era o humor vivificante da baleia groenlandesa, que a primeira sílaba da palavra[19] expressa literalmente. Naqueles tempos, também o espermacete era excessivamente escasso; não era usado para iluminação, mas apenas para unguentos e remédios. Só era possível obtê-lo na farmácia, da mesma maneira que hoje se compra uma onça de ruibarbo. Quando, na minha opinião, com o decorrer do tempo, chegou-se a conhecer a verdadeira natureza do espermacete, seu nome original continuou sendo usado pelos negociantes, sem dúvida para realçar-lhe o valor mediante uma noção tão singularmente significativa de sua evidente escassez. E assim o nome recaiu sobre o cetáceo do qual deriva o espermacete.

Livro I *(Fólio).* Capítulo II *(Baleia).* De certo modo é o mais venerável de todos os leviatãs, pois foi o primeiro que o homem caçou de maneira regular. Produz o artigo denominado osso da baleia e o azeite especialmente conhecido com o nome de "azeite de baleia", artigo inferior do ponto de vista comercial. Entre os pescadores é designada indeterminadamente com os seguintes nomes: *A Baleia, a Baleia da Groenlândia, a Baleia Negra, a Grande Baleia, a Baleia verdadeira, a Baleia propriamente dita.* Há muitos pontos obscuros concernentes à identidade das espécies batizadas de modo tão variado. Qual é pois a baleia que incluo na segunda espécie dos meus Fólios? É a grande *Mysticetus* dos naturalistas ingleses, da baleia da Groenlândia dos baleeiros ingleses, a *Baleine Ordinaire* dos baleeiros franceses, a Growlands Walfish dos suecos. É a baleia que os pescadores norte-americanos perseguem há muito, pelo oceano Índico, nas costas do Brasil, na costa noroeste e em várias outras partes do mundo designadas como zona de cruzeiro da baleia propriamente dita.

Alguns pretendem encontrar diferença entre a baleia da Groenlândia dos ingleses e a baleia propriamente dita dos norte-americanos. Mas concordam, precisamente, acerca das principais características, pois até agora não foi possível encontrar um único dado que permita estabelecer a base de uma distinção irrefutável. São justamente essas intermináveis subdivisões de algumas seções que explicam por que motivo a História Natural é terrivelmente intricada. A baleia verdadeira será discutida em outra parte, com certa minuciosidade, a fim de se poder elucidar o cachalote.

Livro I *(Fólio).* Capítulo III (*O Rorqual).* Sob esse título refiro-me a um monstro conhecido pelos vários nomes de *Rorqual*, *Jato-Alto* e *Long John*, avistado em quase todos os mares e é geralmente a baleia cujo jorro distante tem sido tão frequentemente descrito pelos passageiros que cruzam o Atlântico, nos paquetes de Nova York. No comprimento e nas barbas, se parece com a baleia propriamente dita, porém o porte é menor e a cor mais clara, com uns tons de azeitona. Os seus grossos lábios apresentam um aspecto semelhante a um cabo, devido às dobras e grandes rugas que aí se entrelaçam. A sua característica, a barbatana, da qual se origina o nome,[20] é quase sempre um objeto conspícuo. Essa barbatana mede três ou quatro pés de comprimento, emerge verticalmente da parte posterior do lombo e é de forma angular, terminando em ponta muito aguda. Conquanto não seja visível nem mesmo a menor parte do resto do corpo, há ocasiões em que se pode ver essa barbatana, claramente, isolada, projetando-se na superfície. Quando o mar está relativamente calmo, e com ondulações ligeiramente redondas, e que essa barbatana, em forma de gnomo, se ergue espalhando sombras sobre a superfície enrugada das águas, dir-se-ia que os círculos líquidos que a rodeiam se assemelham de certo modo a um relógio de sol com o seu ponteiro, tendo gravada uma linha ondulante de horas. Nesse Ahaz a sombra muitas vezes retrocede.

O Rorqual não é gregário. Parece odiar as baleias, assim como muitos homens odeiam outros homens. E muito tímido, anda sempre solitário; de improviso, ergue-se à superfície das águas mais remotas e sombrias; o seu jorro isolado e reto eleva-se como uma alta lança misantropa sobre uma planície nua; é dotado de tão maravilhoso poder e velocidade do nado que pode desafiar todas as perseguições do homem; esse leviatã parece o Caim desterrado e inconquistável da sua raça, levando como estigma o estilete que tem no dorso.

Devido ao fato de ter barbas na boca, o Rorqual é incluído, com a baleia, entre as espécies denominadas *Baleias com barbas de baleia*, isto é, baleias com barbas.[21] Das chamadas *Baleias com barbas de baleia*, existem, segundo parece, algumas variedades, a maioria das quais pouco conhecidas. Os pescadores dão a algumas os nomes de baleias de nariz grande, baleias bicudas, baleias pontiagudas, baleias de mandíbula oculta, baleias rostradas e baleias corcovadas.

Acerca dessa designação de *baleias com barbas de baleia*, é da maior importância dizer que se é certo que tal nomenclatura pode ser conveniente para facilitar as alusões a algumas espécies de baleia, é contudo inútil tratar de fazer uma classificação do leviatã, fundando-se nas suas barbas, corcova, barbatana ou dentes, conquanto tais características pareçam evidentemente mais adequadas para proporcionar a base de um sistema regular de Cetologia do que qualquer outra diferença corporal apresentada pela baleia.

Como é isso, então? É que a barba, a corcova, a barbatana e os dentes são características que estão dispersas indeterminadamente entre toda espécie de baleias, independente da natureza da sua estrutura em outros particulares mais essenciais. Assim, o cachalote e a baleia corcovada têm ambos uma corcova, mas, passando daí, cessa a semelhança. E o mesmo ocorre com as outras partes mencionadas acima. Em várias espécies de baleias as características formam combinações tão irregulares ou então, no caso em que se destaque qualquer uma delas, são tão isoladas que desafiam completamente qualquer metodização geral fundada em semelhante base. É nesse escolho que têm esbarrado todos os naturalistas conhecedores de baleias.

Poder-se-á conceber que nas partes internas da baleia — na sua anatomia — encontraremos afinal de contas o centro de uma classificação correta?

De modo algum. Por exemplo, que haverá na anatomia da baleia da Groenlândia que seja mais impressionante do que as suas barbas? E contudo acabamos de ver que, pelas barbas, é impossível classificar corretamente a groenlandesa. E se descerdes às entranhas dos diversos leviatãs que existem não encontrareis diferenças que tenham a metade da utilidade das características que acabamos de enumerar. Que resta, pois? Nada, senão considerar a baleia em conjunto, em todo o volume comum, e classificá-la ousadamente de acordo com isso. É este o sistema bibliográfico adotado aqui e é o único que pode dar resultado, porque é o único praticável.

Prossigamos:

Livro I *(Fólio)*. Capítulo IV *(Baleia-corcovada)*. Essa baleia é vista frequentemente nas costas da América do Norte. Tem sido muitas vezes caçada ali e rebocada para o porto. Tem uma grande corcova; lembra um bufarinheiro; chamam-na também baleia-elefante ou baleia-castelo. Como quer que seja, o seu nome popular não basta para distingui-la, pois o cachalote ou baleia espermacete tem também uma corcova, conquanto menor. O seu azeite não é muito valioso. Tem barbas. De todas as baleias é a mais brincalhona e alegre. Forma geralmente uma espuma mais viva e água mais branca do que qualquer outro cetáceo.

Livro I *(Fólio)*. Capítulo V *(Baleia-navalha)*. Desta baleia pouco mais se conhece do que o nome. Tenho-a visto à distância, ao largo do Cabo Horn. De natureza retraída, evita tanto os caçadores como os filósofos. Embora não seja covarde, jamais mostrou outra coisa senão o lombo, que se ergue como um fio agudo e cortante. Deixemo-la. Não conheço muito mais a seu respeito. Nem também há outros que conheçam.

Livro I *(Fólio)*. Capítulo VI *(Mancha de enxofre)*. Outra senhora retraída. Tem uma barriga de enxofre, que sem dúvida adquiriu roçando pelos telhados tártaros, em alguns dos seus mergulhos mais profundos. É vista poucas vezes. Eu, pelo menos, nunca a vi senão nos remotos mares austrais, e assim mesmo a distância era demasiada grande para que pudesse estudar o seu aspecto. Nunca foi caçada. Seria capaz de arrastar todo o rolo de cabo. Dela se contam prodígios. *Adieu!* mancha de enxofre, nada mais de verdadeiro posso dizer sobre ti, tampouco o poderia o mais velho dos nantuckeses.

Assim termina o Livro I *(Fólio)* e agora começa o Livro II *(Octavo)*.

Estes livros abrangem as baleias de tamanho médio, entre as quais podem enumerar-se as seguintes: I. *Orca*; II. *Peixe-negro*; III. *Narval*; IV. *Matador;* V. *Flagelador.*

Livro II *(Octavo).*[22]

Capítulo I *(Orca).* Conquanto este peixe, cuja respiração sonora e alta (ou melhor, sopro) inspirou um provérbio aos residentes de terra firme, seja bem conhecido como habitante das profundidades, não foi ainda geralmente classificado entre as baleias. Contudo, como possui integralmente as grandes características do leviatã, a maior parte dos naturalistas o reconhece como pertencente ao grupo. É de um tamanho octavo, moderado, variando de quinze a vinte e cinco pés de comprimento e com dimensões correspondentes no contorno. Nada em cardumes; nunca foi caçado regularmente, ainda que o seu azeite seja de considerável quantidade e muito bom para iluminação. Alguns pescadores consideram a sua vizinhança como um anúncio do avanço de cachalotes.

Livro II *(Octavo).* Capítulo II *(Peixe-negro).* Dou aqui a todos esses peixes os nomes populares entre os pescadores, porque geralmente são os melhores. Quando qualquer nome parecer vago ou inexpressivo, sugiro um outro. É o que faço agora a respeito do Peixe Negro, assim chamado porque a cor negra é a característica que distingue quase todas as baleias. Façam pois o favor de chamá-lo de Baleia hiena. A sua voracidade é bem conhecida, e como os ângulos internos dos seus lábios curvam-se para cima, a baleia hiena traz constantemente no rosto uma careta mefistofélica. Esta baleia tem em média dezesseis ou dezoito pés de comprimento. É encontrada em quase todas as latitudes. Tem uma maneira muito particular de exibir, enquanto nada, a sua barbatana dorsal, em forma de gancho e que parece uma nariz romano. Quando não podem conseguir algo de mais proveitoso, os caçadores de cachalote capturam às vezes a Baleia hiena, a fim de conservar a provisão de azeite barato para usos domésticos tal uma dona de casa econômica que, quando não tem visitas, acende velas de sebo, em vez de cera perfumada. Conquanto a sua capa de espermacete seja muito fina, alguns desses cetáceos produzir para mais de trinta galões de azeite.

Livro II *(Octavo)*. Capítulo III *(Narval)*. Temos aqui outro exemplo de baleia curiosamente designada, assim chamada, segundo penso, em virtude do seu estranho chifre, o qual a princípio se confundiu com um nariz pontudo. O animal tem cerca de dezessete pés de comprimento, ao passo que o chifre tem em média cinco pés, ainda que em alguns casos vá além de dez e às vezes chegue até mesmo a quinze. Falando estritamente, esse chifre não passa de uma presa comprida que se projeta da mandíbula numa linha um pouco mais baixa do que a horizontal. Porém essa presa encontra-se somente do lado esquerdo, o que produz um efeito desagradável, pois dá ao narval um aspecto de pessoa canhota e desajeitada. A que motivo preciso corresponde esse chifre de marfim, ou lança, é o que não se poderia dizer facilmente. Não parece que o narval o utilize como a lâmina do peixe-espada ou do bicudo, ainda que alguns marinheiros me tivessem dito que ele o emprega como ciscador para revolver o fundo dos mares em busca de alimento. Disse-me Charley Coffin que é usado como punção para furar o gelo; pois quando o narval sobe à superfície do oceano polar e o encontra coberto de um lençol de gelo, arremessa contra ele o seu chifre e o rompe. Porém não se poderia dizer qual destas conjecturas é correta. A minha opinião é que, seja qual for a maneira como o narval utiliza esse chifre lateral — seja qual for, pois —, o certo é que lhe seria muito útil como dobradeira se tivesse de ler um folheto. Ouvi dizer que o narval é chamado também baleia de presa, baleia de chifre ou baleia unicórnio. É realmente um exemplo interessante do unicornismo que se encontra em quase todo o reino da natureza animada. Por meio de certos antigos autores enclausurados, cheguei a saber que este mesmo chifre do unicórnio marítimo foi considerado antigamente como um grande antídoto e, portanto, os preparados feitos com ele alcançavam preços fabulosos. Também, destilado até transformar-se num sal volátil, era usado como remédio para os desmaios das damas, da mesma maneira que se transforma o chifre do veado macho em amoníaco. Originariamente, era considerado em si mesmo como um objeto de grande curiosidade. Li num alfarrábio de letra gótica que Sir Martin Frobisher, ao voltar daquela viagem na qual foi enviado pela rainha Bess,[23] que gentilmente lhe acenava com a mão ornada de joias de uma janela do palácio de Greenwich, enquanto o seu audaz navio descia o Tâmisa, "quando Sir Martin

Frobisher voltou dessa viagem", diz-se em letra gótica, "apresentou a sua alteza, de joelho dobrado, o prodigioso e longo chifre de um narval, o qual durante muito tempo esteve pendurado numa das paredes do castelo de Windsor". Um autor irlandês me informa de que o Conde de Leicester, também de joelho em terra, ofereceu igualmente a Sua Alteza outro chifre pertencente a um animal terrestre da espécie do unicórnio.

A baleia narval apresenta uma pitoresca aparência de leopardo; tem como fundo uma cor branca leitosa, e malhas negras, redondas ou oblongas. O seu azeite é de qualidade superior, claro e fino, porém em pequena quantidade, e além disto o narval não é muito caçado. Quase sempre é encontrado nos mares circumpolares.

Livro II *(Octavo)*. Capítulo IV *(Matador)*. Acerca desta baleia, os nantuckeses pouco sabem com precisão e os naturalistas profissionais nada sabem. Pelo que tenho observado, à distância, parece ter o tamanho de uma orca. É extraordinariamente agressiva, uma espécie de peixe de Fiji. Algumas vezes pendura-se no lábio das baleias de grande tamanho como uma sanguessuga e atormenta o poderoso animal até a morte. O Matador nunca foi caçado e não sei que espécie de óleo produz. Pode-se fazer objeção ao nome dado a esta baleia, em virtude da incerteza que reina a seu respeito. Afinal somos todos matadores, tanto em terra como no mar, inclusive Bonapartes e tubarões.

Livro II *(Octavo)*. Capítulo V *(Flagelador)*. Esta baleia é famosa pela cauda, que emprega como um chicote para açoitar os seus inimigos. Trepa no dorso das baleias de grande tamanho e à medida que estas vão nadando abre o seu caminho, açoitando-as. Do Flagelador sabe-se ainda menos do que do Matador. Ambos estão fora da lei, até mesmo nos mares mais fora de lei que possam existir.

Com este livro termina o Livro II *(Octavo)* e começa o Livro III *(Doze)*.

Doze. Inclui as baleias menores. I. *Marsopa hurra*; II. *Marsopa argelina;* III. *Marsopa da boca enfarinhada.*

Àqueles que não tiveram uma oportunidade para estudar o assunto, pode parecer estranho que estes peixes, que habitualmente não excedem quatro ou cinco pés de comprimento, sejam elevados ao grau de baleias, palavra que na acepção popular sempre dá uma ideia de grandeza. Porém as criaturas classificadas acima como *Doze* são indiscutivelmente baleias, de acordo com os termos da minha definição do que é uma baleia, isto é, um peixe com um jato e com uma cauda horizontal.

Livro III *(Doze)*. Capítulo I *(Marsopa Hurra)*. É a marsopa comum que se encontra em quase todo o globo. O nome é dado por mim porque há mais de uma espécie de marsopa e é preciso fazer algo para distingui-las. Chamo-a assim, porque nada sempre em alegres cardumes, que se elevam nos vastos mares, como os manifestantes que atiram os seus gorros numa comemoração de 4 de julho. Cheios de excelente espírito, chegam invariavelmente a barvalento, das ondas movidas pela brisa. São raparigas que vivem sempre diante do vento, consideradas como portadoras de bom augúrio. Se puderdes conter três hurras à aparição desses peixes vivazes, então que o céu vos ajude, o espírito da alegria não está em vós. Uma marsopa roliça e bem alimentada pode produzir um bom galão de azeite. Além disso, o fino e delicado fluido que se extrai das suas mandíbulas é sumamente valioso. É muito procurado pelos joalheiros e fabricantes de relógios. Os marinheiros o põem nas suas pedras de amolar. A carne da marsopa é, como se sabe, boa para comer. Talvez nunca vos tivesse ocorrido pensar que as marsopas têm jato: na verdade, o seu jorro é tão pequeno que não se discerne facilmente. Mas se o encontrardes ainda alguma vez, observai-o bem: vereis então uma miniatura do grande cachalote.

Livro III *(Doze)*. Capítulo II *(Marsopa Argelina)*. Um pirata. Muito selvagem. Segundo penso, encontra-se apenas no Pacífico. É um pouco maior do que uma Marsopa Hurra, ainda que tenha geralmente a mesma conformação. Provocada, lutará como um tubarão. Muitas vezes tenho baixado em sua procura, mas nunca a vi capturada.

Livro III *(Doze)*. Capítulo III *(Marsopa da boca enfarinhada)*. A maior de todas as marsopas, e pelo que se sabe até agora encontrada apenas no Pacífico. O único nome inglês com o qual foi designada até agora é *Right Whale* Porpoise,[24] porque se acha precisamente na vizinhança deste Fólio. Na forma, difere em certo grau da marsopa Hurra, sendo de circunferência menos arredondada e vigorosa. Na verdade, tem uma figura elegante; parece um *gentleman*. Não tem barbatanas dorsais (como acontece com a maioria das marsopas); tem uma cauda admirável e olhos indianos, sentimentais, de cor acastanhada. Porém a sua boca enfarinhada estraga o conjunto. Todo o dorso até as barbatanas laterais é de um negro profundo, mas há uma linha de demarcação — como a que marca um casco de navio — chamada *cintura brilhante*, e essa linha se estende de popa a proa, dividindo-a em duas cores distintas, negro em cima e branco embaixo. O branco compreende parte da cabeça e a totalidade da boca, o que dá a ideia de que a marsopa de boca enfarinhada acabasse de escapar de uma visita desonesta a um saco de farinha. Que aspecto mais vil e enfarinhado! O azeite é muito parecido com o da marsopa comum.

O nosso sistema não prossegue além do *Doze*, tanto mais que as marsopas são as mais pequenas das baleias. Acima, tendes todos os leviatãs dignos de nota. Há contudo uma chusma de baleias incertas, fugitivas, meio fabulosas, que na minha qualidade de baleeiro americano conheço de fama, mas não pessoalmente. Citarei os nomes que se lhes dá no castelo de proa, pois é possível que essa lista venha a ser de algum valor para os investigadores futuros, encarregados de completar o que apenas comecei aqui. Se algumas das baleias seguintes forem um dia caçadas e fichadas, poderão ser prontamente incorporadas neste sistema, de acordo com o tipo Fólio, Octavo ou Doze. Eis os seus nomes: *Baleia de Nariz de Garrafa*, *Baleia Junco*, *Baleia Cabeça de Pudim*, *Baleia Chefe*, *Baleia do Cabo*, *Baleia Canhão*, *Baleia Fraca*, *Baleia Cobre*, *Baleia Elefante*, *Baleia Iceberg*, *Baleia Mexilhão*, *Baleia Azul* etc. As autorizadas fontes islandesas, holandesas e inglesas antigas, podem ter organizado outra lista de baleias incertas, batizadas com toda sorte de nomes estranhos. Omito-as, porém, porque são nomes antiquados e acho difícil deixar de suspeitar de que são meros sons, cheios de leviatanismo e que nada significam.

Finalmente, disse a princípio que este sistema não seria aperfeiçoado aqui imediatamente. Não podeis deixar de ver claramente que cumpri a minha palavra. Porém deixo aqui o meu sistema cetológico, de pé e por terminar, da mesma maneira que a Catedral de Colônia foi deixada com os guindastes ainda elevados sobre a sua torre incompleta. Porque as pequenas construções podem ser terminadas pelos arquitetos que as começaram. As grandes, as verdadeiras, sempre deixam a cúpula para a posteridade. Este livro é um esboço, ou antes, o esboço de um esboço. Oh! Tempo, Força, Dinheiro e Paciência!

Cortador de gordura

Com relação aos oficiais que compõem a tripulação de um navio-baleeiro, parece-me ser este um lugar tão bom como qualquer outro para descrever algumas das íntimas particularidades da vida de bordo, derivadas da existência da classe dos arpoadores, classe desconhecida, como é natural, em qualquer outra marinha, exceto a frota baleeira.

A grande importância atribuída à vocação de arpoador é provada pelo fato que primeiramente, há dois séculos ou mais, na antiga pesca holandesa o comando de um navio-baleeiro não era atribuído somente à personagem oficial, atualmente conhecida como capitão, mas era dividido entre este e um oficial denominado "specksynder". Esta palavra significa literalmente "cortador de gordura", porém com o tempo veio a tornar-se o equivalente de chefe de arpoadores. Naquele tempo a autoridade do capitão limitava-se à navegação e ao manejo geral do navio, enquanto que no que concernia à caça e a tudo o que com ela se relacionava, o "specksynder" ou arpoador-chefe reinava como chefe supremo. Na pesca britânica da Groenlândia, sob a corruptela de "specksioneer", conserva-se ainda esse posto da antiga pesca holandesa, mas a sua dignidade está hoje lamentavelmente reduzida. Presentemente equivale ao decano dos arpoadores e, como tal, não passa de um dos oficiais mais subalternos do capitão. Ainda assim, como o sucesso de uma viagem de pesca de baleias depende em grande parte da conduta dos arpoadores, e como na pesca americana o arpoador é não somente um oficial importante num bote como também, sob certas circunstâncias (por exemplo, em guardas noturnas num campo de pesca) o comando do convés do navio lhe pertence, a grande máxima política do mar exige que ele viva nominalmente à parte dos marinheiros de diante dos mastros e seja distinguido como seu superior profissional, conquanto eles o considerem familiarmente como a um igual.

Mas a grande distinção traçada entre um oficial e um marinheiro consiste em que o primeiro vive na popa e o segundo na proa. Segue-se daí que nos navios baleeiros, como nos navios mercantes, os pilotos são alojados com o capitão; desta maneira, acontece também que na maioria dos baleeiros americanos, os arpoadores têm os seus alojamentos na parte posterior do navio, isto é, fazem as refeições no camarote do comandante e dormem num lugar que comunica indiretamente com ele.

Conquanto o longo período de uma viagem baleeira até ao sul (que ultrapassa de muito as mais longas viagens já empreendidas pelo homem), os grandes perigos relacionados com a pesca e a comunidade de interesses que prevalecem num grupo, no qual todos os componentes, grandes e pequenos, dependem, quanto ao ganho, não de salários fixos mas da sorte comum, reunida à vigilância, intrepidez e árduo trabalho em conjunto; conquanto todas essas coisas tendam, em alguns casos, a criar uma disciplina menos rigorosa do que entre os marinheiros mercantes, em geral; conquanto não seja fácil calcular que grau de semelhança existe em certos casos, entre a maneira de viver desses baleeiros e a de uma antiga família da Mesopotâmia, ainda assim, é justo convir em que muitas poucas vezes eles se descuidam das formalidades em vigor no castelo de proa, que não foram de modo algum abandonadas. É verdade que é grande o número dos barcos de Nantucket nos quais podemos ver o capitão desfilando pelo castelo de proa, com uma majestade maior do que a do comandante de um navio de guerra, mas ainda assim exigindo tanta homenagem como se vestisse a púrpura imperial, em vez de uma surrada blusa de piloto.

E embora o irritável capitão do *Pequod* fosse o homem menos dado a essa espécie de arrogância superficial, e ainda que a única homenagem que sempre exigia fosse uma obediência incondicional e instantânea; ainda que não ordenasse a nenhum homem que tirasse os sapatos antes de pisar no convés; ainda que tivesse havido tempos em que, devido a circunstâncias particulares relacionadas com acontecimentos que serão descritos detalhadamente mais adiante, se dirigisse aos homens em termos desusados, fosse por condescendência, ou *in terrorem*, ou por outra causa, ainda assim, o capitão Ahab de modo algum deixava de observar as mais altas formalidades e costumes do mar. Tampouco deixar-se-ia talvez de observar que atrás desses modos e desse tratamento, por assim dizer, ele se escondia a si mesmo; que usava dessas formalidades incidentalmente para outros fins mais particulares do que aqueles a que pareciam servir legitimamente. Essa espécie de sultanismo do seu cérebro, que de outra maneira teria deixado de manifestar-se em boa parte, através de tais formas, este mesmo sultanismo, pois, chegou a encarnar-se numa ditadura irresistível. Porque, seja qual for a superioridade intelectual de um homem, ele nunca poderá assumir uma supremacia prática e aproveitável sobre outros homens sem o auxílio de alguns artifícios externos e meio solapados, sempre, em si mesmos, mais ou menos vis e baixos. É por isso que os verdadeiros príncipes divinos do império sempre se mantêm afastados dos discursos do mundo e deixam as mais altas honras que tal aparência pode dar a esses homens que chegam a ser famosos antes por mercê da sua infinita inferioridade — a oculta eleição da Divina Inércia — do que por sua indubitável superioridade sobre o nível morto das massas. Tão grandes virtudes se escondem nestas pequenas coisas, quando as extremas superstições políticas as envolvem que, em certos casos régios, até à magna imbecilidade têm conferido poderio. Contudo, quando acontece — como no caso do czar Nicolau — que a coroa circular do império geográfico rodeie um cérebro imperial, então os rebanhos plebeus se agacham esmagados ante a tremenda centralização. Que o dramaturgo trágico que deseja pintar a rebeldia mortal em pleno voo e em direto vaivém não esqueça uma sugestão tão importante, em sua arte, como é a que oferecemos agora aqui.

Porém Ahab, o meu capitão, continua movendo-se diante de mim em todo o seu lúgubre desalinho de Nantucket; e neste episódio acerca de reis e imperadores, não posso ocultar que nada tenho a ver senão com um velho e pobre pescador de baleias como era ele; entretanto, todas as galas e adornos majestosos me foram negados. Oh! Ahab, o que há de grande em ti só se alcançará arrebatando-o aos céus, ou mergulhando na imensidade, ou fazendo esboços no ar incorpóreo.

A MESA DO CAMAROTE

É meio-dia: "Dough-boy", o despenseiro, mostra a cara pálida de bolacha pela escotilha do camarote e anuncia o jantar ao seu senhor e mestre, o qual, sentado no bote de sota-vento, esteve fazendo observações sobre o sol e finalmente em silêncio, calcula a latitude na tabuinha lisa, em forma de medalhão, reservada a essa tarefa cotidiana, e que repousa na parte superior da sua perna de marfim. Poder-se-ia depreender, da completa falta de atenção à notícia, que o caprichoso Ahab não ouvira o chamado do seu subalterno. Porém, agarrando-se às enxárcias de mezena, dirige-se para o convés e com voz calma e séria, exclama:

— Jantar, sr. Starbuck. — E desaparece no camarote.

Depois que se extingue o último eco do seu passo de sultão, Starbuck, o primeiro emir, tendo todas as razões para supor que ele já se encontra sentado à mesa, desperta então da sua quietude e dá algumas voltas pelo convés, e depois de espiar com ar sério pela bitácula, diz com um quê de amabilidade na voz: "Jantar, sr. Stubb", e desce pela escotilha. O segundo emir passeia um pouco em torno do cordame e em seguida, sacudindo de leve o braço principal, para ver se esse importante cabo está perfeitamente em ordem, encarrega-se do anúncio e, com um rápido "Jantar, sr. Flask", segue os seus predecessores.

Porém o terceiro emir, vendo-se agora sozinho no convés, parece como que aliviado de certo constrangimento estranho, porque, prodigalizando em todas as direções caretas de todo o gênero e tirando os sapatos, começa repentinamente um violento mas silencioso número de dança maruja, justamente acima da cabeça do grão-turco: então, com destreza, atirando o gorro no alto do mastro de mezena, como num cabide, desce jovialmente, pelo menos enquanto permanece no tombadilho, invertendo a ordem de todas as outras procissões, pois ia deixando a música na retaguarda. Mas, antes de transpor os umbrais do camarote, para e muda imediatamente de fisionomia, e eis que o independente e alegre pequeno Flask comparece à presença do rei Ahab no papel de abjeto, ou escravo.

Entre as coisas estranhas nascidas na intensa artificialidade dos costumes marítimos, não é a menos singular o fato de que, conquanto certos oficiais possam sentir-se, quando se encontram ao ar livre do convés e quando provocados, bastante ousados e desafiadores para com os seus comandantes, contudo, veremos como logo que descem para a refeição habitual, no camarote desse mesmo comandante, retomam, assim que se sentam à mesa, a sua compostura inofensiva e mesmo humilde e deprecatória. Isso é maravilhoso, e algumas vezes muito cômico. Por que essa diferença? Será um problema? Talvez não. O fato de ter sido Baltazar rei de Babilônia, e de ter sido Baltazar não com altivez e sim cortesmente, traz em si um toque de grandeza mundana. Mas aquele que com um espírito régio e inteligente preside a sua própria mesa, rodeado de convidados, não tem rival nesse momento; ninguém lhe disputa o poder individual e o seu estado régio ultrapassa o de Baltazar, porque Baltazar não foi o maior. Aquele que alguma vez obsequiou seus amigos, experimentou o que é ser César. Isso é um feitiço de czarismo social que não pode ser contestado. Agora, se a essa consideração acrescentarmos a supremacia oficial de um capitão de navio, então, por inferência, pode-se deduzir a causa dessa peculiaridade da vida ao mar, que acabamos de mencionar.

À sua mesa, incrustada de marfim, Ahab presidia a refeição, silencioso como um leão marinho de longa crina, sobre uma praia de coral branco e rodeado dos seus filhotes, belicosos mas respeitosos. Cada oficial esperava a sua vez de ser servido. Diante de Ahab eram como criancinhas e, contudo, Ahab parecia não ocultar em si a mais leve arrogância. Como que dirigidos por uma mente única, todos tinham os olhos fixos na faca com que o velho trinchava a carne. Por coisa alguma deste mundo teriam profanado aquele momento com a mais leve observação, mesmo sobre um assunto tão comum como o tempo. Não! Quando, estendendo entre o garfo e a faca a fatia de bife ali presa, Ahab fez sinal a Starbuck para que aproximasse o seu prato, o piloto recebeu a carne como se fosse uma esmola e cortou-a com cuidado, um pouco assustado, temendo que a faca pudesse arranhar o prato, mastigou-a sem ruído e engoliu-a não sem circunspecção.

Assim como no banquete da Coroação, em Francfort, o imperador da Alemanha jantava solenemente com os sete eleitores imperiais, assim também aquelas refeições no camarote eram até certo ponto refeições solenes, feitas num silêncio reverente. E contudo o velho Ahab não proibia a conversação à mesa; apenas permanecia mudo. Que alívio para o alegre Stubb era o ruído que fazia um rato no porão, embaixo! Quanto ao pequeno Flask, era o filho mais novo, o benjamim dessa tediosa reunião de família. Para ele, os ossos dessa carne salgada seriam os pés dos galináceos, porque para Flask, pretender servir-se a si próprio equivaleria a um roubo em primeiro grau. Se Flask se tivesse servido a si próprio, nunca mais poderia ter erguido a cabeça neste mundo honesto; contudo, por estranho que pareça, Ahab nunca lhe proibiu isso. E se Flask tivesse servido a si próprio, o mais provável era que Ahab nem mesmo o tivesse notado. Ainda menos, Flask teria pretendido servir-se de manteiga. Fosse que ele próprio acreditasse que os donos do navio lhe proibiam isso a fim de conservar a sua tez clara e luzidia, fosse que considerasse que em tão longa viagem em águas sem mercado a manteiga constituía um privilégio e portanto não era para ele, um subalterno, o fato é que Flask, coitado, era um homem sem manteiga!

Outra coisa: Flask era a última pessoa a descer para o jantar, mas era o primeiro homem a subir depois. Consideremos isso: o jantar de Flask era extraordinariamente comprimido em matéria de tempo. Starbuck e Stubb vinham à frente e contudo tinham o privilégio de demorar um pouco mais. Se acontecia que Stubb, que ficava apenas um grau acima de Flask, tinha pouco apetite e dava mostras de que ia terminar a refeição, Flask tinha de se apressar e nesse dia não comia mais de três bocados, porque era contrário aos sagrados costumes que Stubb precedesse Flask no convés. Portanto, sucedia o que Flask confessou uma vez, muito particularmente, isto é: desde que fora elevado à categoria de oficial, vivera sempre mais ou menos esfaimado. Porque o que comia não lhe saciava a fome: pelo contrário, conservava-a imortal. "A paz e a satisfação fugiram para sempre do meu estômago", pensava Flask. "Sou oficial, mas desejaria poder agarrar um bife como fazia antigamente, no castelo de proa, quando era marinheiro!" São os frutos da promoção, as vaidades da glória, a insensatez da vida! Ademais, caso algum marinheiro tivesse qualquer queixa de Flask, como oficial, não precisaria mais, para obter ampla vingança, do que ir para a popa à hora do jantar, espiar pela claraboia do camarote, e ver Flask sentado estupidamente, confuso, diante do terrível Ahab. Ahab e os seus três pilotos formavam pois o que se poderia chamar a primeira mesa do camarote do *Pequod*. Depois que eles se retiravam, partindo em ordem inversa à da chegada, a toalha de mesa era retirada, ou antes, posta novamente às pressas pelo pálido despenseiro.

Então os três arpoadores eram chamados ao festim, herdeiros que eram dos restos. Faziam provisoriamente do alto e poderoso camarote uma espécie de sala de criados.

Em amplo contraste com a inibição quase intolerável e com as exigências invisíveis e incontáveis que havia na mesa do capitão, sobressaía a completa, despreocupada e fácil liberdade, a quase frenética democracia desses seres inferiores, os arpoadores. Enquanto os seus superiores, os pilotos, pareciam atemorizados diante do ruído das próprias mandíbulas na mastigação, os arpoadores mastigavam a comida com tanto prazer que ela se anunciava por si mesma. Comiam como senhores feudais, enchiam a barriga como navios hindus que carregam especiarias o dia inteiro. Era prodigioso o apetite de Queequeg e de Tashtego, e muitas vezes, para preencher os vazios produzidos pelas refeições anteriores, o pálido "Dough Boy" dispunha-se a trazer um grande traçalho de carne que parecia arrancado ao quarto de um sólido boi. E se não andava com rapidez, se não saltava e não marchava com um passo ágil, Tashtego tinha a maneira pouco amável de apressá-lo atirando-lhe um garfo nos ombros, à maneira de arpão. E uma vez, Daggoo, num acesso repentino, avivou a memória de "Dough Boy", agarrando-o e colocando a sua cabeça no fundo de uma travessa de madeira, que estava vazia, enquanto Tashtego, de faca na mão, começava a traçar o círculo preliminar do escalpelamento. Era naturalmente um homenzinho trêmulo, nervosíssimo, esse mordomo de cara de bolacha, produto de um padeiro falido e de uma enfermeira de hospital. E com o imponente espetáculo do sombrio e terrível Ahab, e a visita tumultuosa e periódica desses três selvagens, a vida inteira de "Dough Boy" era um contínuo tremor de lábios. Em geral, depois de se ter certificado de que os arpoadores tinham tudo o que desejavam, escapava-se das suas garras e ia para a pequena despensa contígua e dali espiava timidamente, através do estore da porta, até que tudo estivesse terminado.

Era um verdadeiro espetáculo, ver Queequeg junto a Tashtego, opondo os seus dentes limados aos do índio; diante deles, Daggoo sentado no chão, porque se se sentasse num banco, a sua cabeça chegaria até à carlinga. A cada movimento dos seus membros colossais, a baixa estrutura do camarote estremecia, dando a ideia de um elefante africano que fosse passageiro dum navio. Mas, apesar de tudo, o grande negro era extraordinariamente sóbrio, para não dizer requintado.

Parecia incrível que com bocados relativamente tão pequenos pudesse manter a vitalidade repartida por um corpo tão amplo, soberbo e viril. Sem dúvida, o nobre selvagem sorvia amplamente o farto elemento do ar e através das narinas dilatadas respirava a sublime vida dos mundos. Nem só de carne e de pão são feitos e nutridos os gigantes. Queequeg, porém, fazia, ao comer, um ruído violento e bárbaro com os lábios — um ruído bastante feio decerto — de modo que o trêmulo "Dough Boy" quase dava a impressão de que observava os seus braços magros, para ver se encontrava neles marcas dos dentes de Queequeg. E quando ouvia Tashtego gritar-lhe que se apresentasse para que ele lhe partisse os ossos, o simplório do despenseiro quase quebrava, com o seu tremor, a louça que o rodeava na despensa. Nem também contribuíam para tranquilizá-lo as pedras de amolar que os arpoadores traziam nos bolsos e com as quais amolavam ostensivamente as facas do jantar. Nem ele poderia esquecer que Queequeg, pelo menos, nos seus tempos de ilha, cometera decerto algumas indiscrições criminosas em matéria de banquetes. Pobre "Dough Boy"! Tal é a sorte do camaroteiro que serve a canibais. Não deveria trazer no braço um guardanapo, e sim um escudo. Finalmente, para seu grande contentamento, os três guerreiros da água salgada levantavam-se e partiam. Aos seus ouvidos crédulos às fábulas, os ossos marciais dos três arpoadores tilintavam a cada passo, como cimitarras mouriscas nas bainhas.

Mas conquanto jantassem no camarote e vivessem nele, teoricamente, os três bárbaros, que eram tudo menos sedentários nos hábitos, raramente entravam ali, exceto nas horas das refeições e quando iam dormir, ao passar em direção aos seus alojamentos particulares.

Nisto Ahab não parecia constituir exceção à maioria dos comandantes dos baleeiros americanos, que, em regra geral, creem que o camarote do navio lhes pertence de direito e que apenas por cortesia se permite que outra coisa entre ali. Assim pode-se dizer na verdade que os pilotos e arpoadores do *Pequod* viviam mais propriamente fora do camarote do que dentro dele. Pois de certo modo, quando ali entravam, pareciam com a porta da rua de uma casa, que por um momento se volta para dentro, porém é só para voltar para fora no momento seguinte e reside de modo permanente ao ar livre. Mas não perdiam grande coisa com isso. Na cabina não havia companheirismo. Socialmente falando, Ahab era inacessível. Ainda que incluído nominalmente no seio da cristandade, vivia alheio a ela. Vivia no mundo como o último dos ursos terríveis do colonizado Missouri. E assim como depois que partem a primavera e o verão, esse selvagem Logan dos bosques se enterra no oco de uma árvore para passar o inverno, sugando a própria pata, a inclemente e ululante velhice da alma de Ahab se encerrava no tronco escavado do seu corpo, lambendo a pata da sua melancolia.

O MASTRO

Foi por um tempo dos mais agradáveis que chegou a minha vez de fazer a primeira guarda no mastro, de acordo com o sistema de turnos, adotado entre os marinheiros.

Na maioria dos baleeiros americanos a guarda começa quase simultaneamente com a saída do porto, ainda mesmo que o navio tenha de fazer quinze mil milhas ou mais, antes de alcançar a sua zona de pesca. E se acontece que depois de uma viagem de três, quatro ou cinco anos, volta à pátria com algo vazio a bordo — mesmo que seja um frasco vazio — a guarda dos mastros é mantida até o fim. E somente depois que o mastro grande passeia entre os capitéis do porto, perde-se a esperança de capturar mais uma baleia.

Mas, como o ofício de montar guarda, tanto em terra como no mar, é muito antigo e interessante, façamos aqui algumas considerações a esse respeito. Afianço que os primeiros vigias que existiram foram os antigos egípcios, porque em todas as investigações que tenho feito, jamais achei quem os precedesse. Conquanto os seus pais, os construtores de Babel, tivessem procurado, sem dúvida alguma, construir o mais elevado mastro de toda a Ásia ou África — sem consegui-lo, decerto, porque antes de terminado, esse grande mastro de pedra foi, por assim dizer, arremessado pela borda, levado pelo furacão da cólera divina — não podemos dar aos construtores de Babel prioridade sobre os egípcios. A asserção de que o Egito formava uma nação de sentinelas é fundada na crença geral, entre os arqueólogos, de que as primeiras pirâmides foram construídas para fins astronômicos. Essa teoria é apoiada de maneira especial pela forma singular de escada, que têm os quatro lados desses edifícios, mediante os quais, e graças a uma prodigiosa capacidade de ascensão, esses antigos astrônomos atingiam o vértice da pirâmide e de lá anunciavam as novas estrelas, da mesma maneira que os vigias de um navio moderno anunciam uma vela ou uma baleia que se apresenta à vista. Em S. Simeão o Estelita, o famoso eremita cristão da antiguidade, que construiu no deserto um alto pilar de pedra e passou no seu ápice toda a última parte da sua existência, içando do solo o seu alimento por meio de uma polé, encontramos um exemplo notável dos intrépidos vigias de mastro que nem mesmo os nevoeiros, geadas e chuvas, granizos e saraivas conseguem afastar do seu posto. Quanto a vigias modernos, temos uma porção deles, mas inanimados, meros homens de pedra, de ferro ou de bronze e que, conquanto capazes de suportar um rude furacão, são absolutamente incompetentes para anunciar o descobrimento de qualquer novidade à vista.

Eis Napoleão, que no alto da coluna Vendôme, permanece de pé, com os braços cruzados, a uns cento e cinquenta pés de altura, indiferente agora a quem manda rio tombadilho, embaixo, seja Luís Filipe, Luís Blanc ou Luís, o Diabo. O grande Washington também se ergue bem elevado no seu altaneiro mastro grande, em Baltimore, e como uma das colunas de Hércules, o seu pilar marca esse ponto da grandeza humana, além da qual poucos mortais atingem. Da mesma maneira o almirante Nelson, no cabrestante de bronze de um canhão, monta guarda em Trafalgar Square, em Londres, e ainda que às vezes inteiramente oculto pela fumaça londrina, pode-se adivinhar que ali há um herói escondido, porque onde há fumaça deve haver fogo. Porém nem o grande Washington, nem Napoleão, nem Nelson responderão a um único clamor de baixo, por mais desesperadamente que sejam invocados para proteger com os seus conselhos as cobertas desvairadas que veem a seus pés, por mais que se imagine que os seus espíritos penetram o nevoeiro espesso do futuro e descobrem os baixios e rochedos que é necessário evitar.

Poderá parecer injusto comparar em qualquer sentido os vigias de terra com os vigias do mar, porém, que tal não é o caso, é o que se infere claramente do que diz com autoridade Obed Macey. Conta-nos o digno Obed que nos primeiros tempos da pesca de baleia, antes que os navios fossem regularmente lançados em perseguição da caça, o povo daquela ilha erigia postes elevados ao longo de toda a costa. A esses postes as sentinelas subiam por meio de pranchinhas de madeira, como fazem as galinhas num poleiro. Há alguns anos, este mesmo sistema foi adotado pelos baleeiros da Baía de Nova Zelândia, que, ao avistar a caça, davam notícias aos botes de prontidão, perto da costa. Mas esse costume é hoje obsoleto; voltemo-nos pois para a verdadeira vigia, a de um navio-baleeiro, no mar. Os três mastros são tripulados, do nascer ao pôr do sol; os marinheiros fazem turnos regulares (como no timão) de duas em duas horas. No tempo sereno dos trópicos, a guarda é extremamente agradável e até mesmo deliciosa para um homem sonhador.

Fica-se ali, cem pés acima do tombadilho silencioso, cruzando a grandes passos as águas profundas, como se os mastros fossem ondas gigantescas, enquanto que embaixo, entre as nossas pernas, por assim dizer, nadam os maiores monstros marinhos, da mesma maneira que os navios navegavam outrora entre as botas do famoso colosso da velha Rodes. Fica-se ali, perdido na extensão infinita dos mares, numa calma perfeita, onde apenas as ondas se agitam. O navio enfeitiçado rola indolentemente, os ventos alísios sopram sonolentos e tudo nos converte em languidez. Em geral, nesta vida de pesca, nos trópicos, uma sublime tranquilidade nos acomete: não se ouvem notícias; não se leem jornais, nem as edições extras, com narrativas sensacionais de fatos comuns, nos alucinam com emoções desnecessárias; não se ouve falar em infelicidades domésticas, nem em falências, nem também em quedas de valores; a gente não se preocupa com o que terá para jantar, porque, pelo espaço de três anos ou mais, suas refeições estão comodamente guardadas em barricas e o cardápio é invariável.

Num desses baleeiros do sul, durante uma longa viagem de três ou quatro anos, como acontece com frequência, a soma das várias horas que se passa no mastro equivaleria a meses inteiros. E é na verdade lastimável que esse lugar, ao qual se dedica uma parte tão considerável dentro do termo da nossa vida natural, seja tão desprovido de tudo o que possa aproximar-se de uma hospitalidade amável, ou adaptado para produzir uma sensação de lugar confortável, como se dá com uma cama, uma rede, um ataúde, uma guarita, um púlpito, uma carruagem ou qualquer dessas cômodas invenções adequadas, nas quais o homem se isola temporariamente. O ponto que mais frequentemente serve de poleiro é o joanete, onde a gente estaciona sobre duas delgadas varas paralelas, exclusivas dos baleeiros, a que se dá o nome de curvatões. Ali, agitado pelas ondas, o principiante se sente quase tão comodamente como nos chifres de um touro. É verdade que, quando faz frio, pode-se levar a casa nas costas, na forma de um capote de vigia, porém, falando com propriedade, o mais espesso capote de vigia serve tanto de casa como o corpo despido, porque assim como a alma está pregada dentro do seu tabernáculo de carne, e não pode mover-se livremente nele nem também deixá-lo, sem correr o risco de perecer (como um peregrino ignorante que cruzasse no inverno os Alpes nevados), assim também um capote de vigia não é uma casa, pois é um mero envoltório ou pele adicional que nos encerra. Não podemos pôr uma estante ou uma cômoda em torno do nosso corpo, não podemos também fazer de um capote de vigia um compartimento de todo conveniente.

Desse ponto de vista é deveras lastimável que os mastros dos baleeiros meridionais sejam desprovidos das invejáveis pequenas tendas ou púlpitos, chamados "ninhos de corvo", por meio dos quais os vigias dos baleeiros groenlandeses protegem-se contra o tempo inclemente dos mares gelados. Na narrativa ao pé do fogo, feita pelo capitão Sleet e intitulada "Viagem entre os icebergs, em busca da baleia groenlandesa e incidentemente para a redescoberta das colônias islandesas perdidas na antiga Groenlândia", nesse admirável volume, pois, todos os vigias de mastro encontram o invento, então recente, do ninho de corvo da *Glacier*, tal era o nome da excelente embarcação do capitão Sleet que a chamava o "ninho de corvo de Sleet", em honra de si próprio, visto ser o inventor e dono da patente. Livre de falsa modéstia, ele sustentava que, se damos aos nossos filhos os nossos próprios nomes (nós, os pais, somos os inventores e donos da patente) podemos muito bem denominar assim qualquer outro aparelho que venhamos a construir.

Na forma, o ninho de corvo de Sleet se assemelha um tanto a um grande barril; é, contudo, aberto na parte de cima, no ponto onde é provido de uma tela movediça, lateral, para proteger a cabeça do lado de barlavento, durante rudes furacões. Como é fixo no topo do mastro, sobe-se para ele, através de uma pequena escotilha que há embaixo. No lado de trás ou lado próximo à popa, há um banco confortável com um compartimento para guardar capotes, guarda-chuvas e abrigos. Em frente há um cabide de couro, onde pendurar o megafone, o cachimbo, o telescópio e outros artigos de conveniência náutica.

Quando o capitão Sleet em pessoa ocupava o alto do mastro, no seu ninho de corvo — é ele próprio quem nos conta — tinha sempre consigo um rifle (também colocado no cabide) e um frasco de pólvora e munições com o fim de liquidar os narvais erradios ou os vagabundos unicórnios do mar que infestam aquelas águas, pois não se pode atirar com êxito do tombadilho, devido à resistência da água: porém atirar para baixo, sobre eles, é coisa muito diferente. Assim, para o capitão Sleet era evidentemente um trabalho que o entusiasmava, descrever, como o fez com todos os detalhes, as pequenas vantagens do seu ninho de corvo. Porém, conquanto amplie assim muitos desses detalhes e nos apresente uma informação muito científica das suas experiências nesse ninho de corvo, com uma pequena bússola que conservava ali com o propósito de evitar os erros resultantes do que se chama "atração local", de todas as agulhas magnéticas da bitácula, erros atribuíveis à vizinhança horizontal de todas as lâminas de ferro nas pranchas do navio, e que, no caso do *Glacier*, talvez fossem devidas ao fato de haver na tripulação tantos ferreiros fracassados; julgo que, conquanto o capitão fosse muito discreto e científico neste ponto, apesar de tudo o que aprendeu sobre "desvios de binóculo", e de "observações da bússola de azimute" e de "erros aproximativos", o capitão Sleet, digo, sabia muito bem que nunca esteve tão profundamente imerso nas suas meditações magnéticas, a ponto de deixar de sentir-se atraído uma vez por outra para o pequeno frasco tão cuidadosamente guardado a um lado do ninho de corvo e bem ao alcance da mão. Por mais que eu admire, e até mesmo queira bem ao bravo, honesto e erudito capitão, não posso deixar de censurá-lo por ter esquecido de modo tão completo esse frasco, sabendo que amigo fiel e reconfortante ele teria sido, quando, com os dedos em "mitaines" e a carapuça na cabeça, estudava matemática no seu ninho, três ou quatro poleiros abaixo do topo do mastro.

Porém se nós, os baleeiros do sul, não vivemos tão comodamente instalados no alto como viviam o capitão Sleet e os seus groenlandeses, essa desvantagem é grandemente contrabalançada pelo imenso contraste da serenidade dos mares sedutores sobre os quais navega a maioria dos baleeiros do sul.

Pelo que me diz respeito, posso afirmar que costumava subir demoradamente pelo cordame, recostando-me no alto para uma prosa com Queequeg ou qualquer outro que encontrasse ali, fora da guarda; subindo então um pouco mais, e passando preguiçosamente a perna sobre a verga das gáveas, dava uma viste de olhos preliminar à planície aquática, e finalmente subia para o meu destino.

Deixai que me confesse aqui francamente; fazia as minhas guardas de modo bastante deficiente. Com o problema do universo revolvendo-se dentro de mim, como poderia — completamente entregue a mim mesmo, em tal altitude criadora de pensamentos — como poderia, pois, observar, se não de maneira imperfeita, a regra dominante em todos os baleeiros: "Presta atenção e grita de vez em quando."

Deixai que vos faça aqui uma advertência patética, oh! armadores de Nantucket. Evitai alistar, para o serviço de vigilância durante uma viagem de pesca, os jovens de rosto fino e olhos fundos, dados a meditações inoportunas e que se oferecem para embarcar, levando na cabeça o *Fedon*, em vez do *Bowditch*. Cuidado com os tais, porque as vossas baleias precisam ser avistadas, antes de poderem ser mortas, e esses jovens platonistas, melancólicos e distraídos, vos rebocarão dez vezes em torno do mundo e nem por isso ficareis mais ricos de uma pinta de espermacete que seja. Essas advertências não são inúteis, porque hoje em dia, a pesca de baleia fornece um asilo para muitos rapazes românticos, melancólicos e distraídos, desgostosos dos cuidados terrestres e que procuram consolo no alcatrão e no espermacete. Não é raro que Childe Harold se empoleire no topo do mastro de algum baleeiro infeliz e sem sorte, e em frases extravagantes, exclame:

"Rola, profundo oceano azul escuro, rola!
Dez mil caçadores de espermacete resvalam sobre ti em vão!"

A miúdo os capitães desses navios procuram chamar à tarefa esses jovens filósofos distraídos, censurando-os por não terem "interesse" suficiente pela viagem; sugerem-lhes que são tão irremediavelmente perdidos para toda e qualquer ambição honrosa que, bem no segredo dos seus corações, prefeririam não ver baleia alguma. Mas tudo isso é em vão: os jovens platonistas adotam a teoria de que a sua visão é imperfeita; são míopes. Que lhes adianta então forçar o nervo ótico? Deixaram em casa os binóculos de teatro.

"Como é possível isso?", disse um arpoador a um desses rapazes. "Viajamos já há três anos e ainda não foste capaz de anunciar uma baleia. Depois que vieste para cá, as baleias são mais escassas do que os dentes de galinha." Talvez fossem escassas ou pode ser que houvesse cardumes delas no horizonte longínquo; porém tão enlevado se encontra o jovem distraído, nas suas fantasmagorias semelhantes a um sonho de ópio, produzido pelo entrelaçamento da cadência das ondas com a cadência dos seus pensamentos, que afinal perde a personalidade. Toma o misterioso oceano aos seus pés pela imagem visível dessa alma profunda, azul e insondável que domina a humanidade e a natureza, e cada coisa estranha, fugidia, meio avistada e bela que se esfuma, tudo o que é apenas descoberto em matéria de barbatana flutuante, de indefinível forma, parece-lhe a concretização desses pensamentos que povoam a alma com um contínuo fluir através dela. Nesse humor enfeitiçado, o espírito desce para o lugar de onde veio: torna-se difuso através do tempo e do espaço, como as cinzas panteístas de Cranmer, que afinal chegaram a formar uma parte de todas as praias do globo.

Não há atividade em ti, exceto essa vida oscilante, conferida pelo rolar do navio que flutua brandamente, vida que este tomou emprestado ao mar, o qual por sua vez a tirou das inescrutáveis marés de Deus! Porém, enquanto esta ilusão, este sonho está em ti, move o pé ou a mão de uma polegada, descuida-te um pouco, e verás que a tua própria identidade volve horrorizada. Pairas sobre vórtices cartesianos. E talvez ao meio-dia, pelo mais belo tempo, com um grito entrecortado na garganta, deslize através desse ar transparente, caindo no mar de verão, para nunca mais tornar a surgir. Prestai bem atenção a isso, panteístas!

O castelo de proa

[Entra Ahab; depois entram todos.]

Não passara muito tempo depois do caso do cachimbo quando, uma manhã, logo após o almoço, como de costume, Ahab subiu para o convés pela escada do seu camarote. Muitos comandantes de navio têm o hábito de passear no tombadilho a essa hora, assim como os fidalgos rurais, depois da mesma refeição, costumam dar algumas voltas pelo jardim.

Ouviu-se em breve o seu passo de marfim, para cá e para lá, nas rondas habituais sobre as tábuas, tão acostumadas ao seu passo que já estavam inteiramente marcadas como pedras geológicas, com os sinais peculiares daqueles passeios. Olhando também fixamente para a sua fronte devastada e sulcada de rugas, julgaríeis ver ali pegadas ainda mais estranhas — as pegadas de um pensamento insone, sempre em movimento.

Mas no momento a que nos referimos, aquelas marcas pareciam mais profundas, assim como o seu passo nervoso, naquela manhã, deixava uma marca mais funda nas tábuas. E tão possuído dos seus pensamentos estava Ahab que a cada volta uniforme que dava, ora até o mastro grande, ora até a bitácula, poderíeis ver esse pensamento voltar, quando ele se voltava, passear, quando ele passeava, dando a impressão de absorvê-lo tão completamente, na verdade, que parecia ser apenas o molde interior de cada movimento exterior.

— Reparaste nele, Flask? — murmurou Stubb. — O pintinho que tem dentro começa a picar a casca do ovo e em breve sairá.

Passaram-se as horas; Ahab continuava, ora encerrado no seu camarote, ora correndo a coberta, sempre com a mesma expressão de intenso fanatismo no rosto.

Aproximava-se o fim do dia. Subitamente ele parou ao lado da amurada e inserindo a perna de osso no buraco de verruma que havia ali e agarrando-se a um ovém, ordenou a Starbuck que mandasse todo mundo para a popa.

— Senhor! — disse o piloto, espantado com uma ordem tão raramente ou jamais dada a bordo de um navio, exceto em casos extraordinários.

— Mande todo mundo para a popa — repetiu Ahab. — Olá! Os do mastro! Desçam todos!

Depois que a tripulação inteira se reuniu e com rostos curiosos e não sem apreensão olharam todos para ele — que no momento não deixava de assemelhar-se ao horizonte carregado quando se aproxima uma tempestade —, Ahab, depois de lançar um rápido olhar além da amurada e de dardejar os olhos sobre a tripulação, moveu-se no seu ponto de apoio e como se não visse vivalma junto a si, recomeçou o passeio, a passos pesados no convés. Com a cabeça curvada e o chapéu meio caído sobre os olhos, continuou a andar sem dar atenção aos murmúrios espantados que corriam entre os marinheiros. Finalmente, Stubb murmurou cautelosamente para Flask que Ahab os teria reunido ali com o intuito de fazê-los testemunhar uma proeza de pedestrianismo. Isso porém não durou muito. Parando com certa veemência, ele exclamou:

— Que fazeis quando avistais uma baleia, marinheiros?

— Anunciamo-la! — Foi a resposta impulsiva de umas vinte vozes em coro.

— Muito bem! — exclamou Ahab num tom de aprovação desvairada, observando a sincera animação em que a sua inesperada pergunta mergulhara a todos, de maneira tão magnética.

— E que fazeis em seguida, marinheiros?

— Descer e ir atrás dela.

— E qual é o estribilho?

— Uma baleia morta ou um bote arrombado.

A cada resposta, a fisionomia do velho adquiria uma expressão mais estranha de alegria e de aprovação, enquanto que os marinheiros começavam a olhar curiosamente uns para os outros, como que maravilhados de se sentirem tão exaltados àquelas perguntas evidentemente fora de propósito.

Mas redobraram a atenção, quando Ahab, dando meia-volta no eixo, com a perna de marfim, e erguendo a mão bem alto, agarrou com força um ovém e, quase convulsivamente, assim se dirigiu aos homens:

— Todos vós, vigias, já me tendes ouvido dar ordens acerca de um cachalote branco. Prestai atenção: estais vendo esta onça de ouro espanhola? — E assim dizendo, ergueu para o sol uma grande moeda brilhante. — É uma peça de dezesseis dólares, marinheiros. Estais vendo? sr. Starbuck, alcance-me aquele martelo.

Enquanto o piloto ia buscar o martelo, Ahab, em silêncio, esfregava vagarosamente a moeda de ouro na manga da sua jaqueta, como para aumentar-lhe o brilho e, sem dizer palavra, ia murmurando baixinho algo para si mesmo, produzindo um ruído tão estranho, abafado e inarticulado, que se diria o zumbido mecânico das rodas da vitalidade que havia nele.

Recebendo o martelo que Starbuck trouxera, avançou até o mastro grande e, erguendo-o com uma das mãos e tendo na outra a moeda de ouro, exclamou em voz alta:

— Aquele que dentre vós anunciar uma baleia-branca, de fronte enrugada e queixada retorcida, qualquer de vós que me levantar esse cachalote de cabeça branca, com três furos na parte de estibordo da cauda, prestai atenção!, aquele que levantar esse cachalote, terá esta onça de ouro!

— Hurra! Hurra! — gritaram os marinheiros agitando os panos alcatroados, enquanto aclamavam o capitão Ahab, o qual pregava a moeda ao mastro.

— Digo que é um cachalote branco — continuou Ahab, atirando ao chão o martelo. — Um cachalote branco. Rebentai os olhos por ele, procurai atentamente água branca; se a avistardes, uma borbulha que seja, dai o aviso!

Nesse ínterim, Tashtego, Daggoo e Queequeg olhavam com mais interesse e surpresa do que os outros, e à menção da testa enrugada e da queixada retorcida, estremeceram como se cada qual por sua vez tivesse sido tocado de uma recordação especial.

— Capitão Ahab — disse Tashtego —, esse cachalote branco deve ser o mesmo que algumas pessoas chamam de Moby Dick.

— Moby Dick? — gritou Ahab. — Conheces então a baleia-branca, Tash?

— Abana a cauda de um modo curioso antes de descer, não é, capitão? — exclamou o gayheadeano.

— E tem também um jato muito raro — disse Daggoo —, muito aberto e muito rápido para um cachalote, capitão Ahab?

— E tem também um, dois, três, oh!... muitos aços dentro da pele, capitão? — gritou Queequeg desconjuntadamente. — Todos retorcidos, retorcidos como um... — e gaguejava, sem encontrar a palavra, retorcendo as mãos com o gesto de alguém que desarrolhasse uma garrafa — como um...

— Saca-rolhas — gritou Ahab. — Sim, Queequeg, os arpões ficam todos retorcidos e cravados nela. Sim, Daggoo, o seu jorro é enorme como um feixe de trigo, branco como uma pilha da nossa lã de Nantucket, depois da grande tosquia anual. É verdade, Tashtego, a sua cauda em forma de leque é como uma vela no meio de um vendaval. Morte e inferno, marinheiros! Vós vistes Moby Dick! Moby Dick! Moby Dick!

— Capitão Ahab — disse Starbuck, que com Stubb e Flask estivera observando o seu superior com surpresa crescente e parecia assaltado afinal por uma ideia que explicava até certo ponto aquele espanto. — Capitão Ahab, tenho ouvido falar em Moby Dick... mas não foi Moby Dick que lhe cortou a perna?

— Quem te disse isso? — gritou Ahab, mas deteve-se logo. — Sim, Starbuck, sim, meus queridos: escutai todos. Foi Moby Dick que me desmastreou. Foi Moby Dick que me obrigou a apoiar-me sobre este cepo morto onde me ergo agora. Sim, sim — gritou ele com um soluço alto, terrível como o de um alce mal ferido. — Sim, sim, foi essa maldita baleia-branca que me destruiu, que fez de mim um pobre perna de pau para toda a vida! — Depois, agitando ambos os braços com imprecações desmedidas, gritou: — Sim, sim! Vou persegui-la em torno do Cabo da Boa Esperança, em torno do Cabo Horn, em torno do Maelstrom norueguês, em torno das chamas do inferno, antes de me dar por vencido. E foi para isso que embarcamos, marinheiros! Para caçar o cachalote branco de ambos os lados da terra e de todos os lados do globo, até que lance um jato de sangue negro e role com a barbatana de fora. Que dizeis, marinheiros! Selaremos agora o pacto com um aperto de mão? Penso que sois valentes!

— Sim, sim! — gritaram todos os arpoadores e marinheiros, aproximando-se mais do exaltado velho. — Olho vivo para Moby Dick; uma lança aguda para Moby Dick!

— Deus vos abençoe — disse ele, meio em soluços, meio aos gritos. — Deus vos abençoe, marinheiros. Despenseiro! Vai buscar a grande medida de grogue. Mas por que razão está com a cara deste tamanho, sr. Starbuck? Não caçará a baleia-branca? Não tem coragem para caçar Moby Dick?

— Tenho coragem para afrontar a sua queixada torcida, como tenho coragem para afrontar também as queixadas da morte, capitão Ahab, sempre que se apresentar um motivo justo para isso, no negócio que seguimos. Mas vim aqui com o propósito de caçar baleias e não para vingar o meu comandante. Quantos barris de óleo te renderá essa vingança, no caso em que a realizes, capitão Ahab? Não ganhas muito com ela no nosso mercado de Nantucket.

— Mercado de Nantucket! Fora! Mas aproxima-te, Starbuck, precisamos aprofundar isso. Se vamos medir pelo dinheiro, homem, e os contabilistas têm considerado o globo como o seu grande escritório, cercando-o de guinéus, separados uns dos outros por uma terça parte de polegada, então deixa que te diga: a minha vingança conquistará aqui um grande prêmio!

— Ele bate no peito — murmurou Stubb. — Para quê? Parece-me que repercute amplamente, mas é oco.

—Vingar-se de um pobre bruto! — gritou Starbuck. — Deixar-se dominar pelo mais cego instinto! Loucura! Enfurecer-se com um animal, capitão Ahab, parece-me uma blasfêmia.

— Ouve ainda: discutiremos um pouco mais. Todos os objetos visíveis, homem, não são mais do que máscaras de papelão. Mas em cada acontecimento, o ato vivo, o feito indubitável, há sempre algo desconhecido. mas ainda assim racional, que projeta os seus contornos detrás da máscara que não raciocina. Se o homem quer bater, que o faça através da máscara. Como pode o prisioneiro alcançar o lado de fora, se não arremessando-se através da parede? Para mim o cachalote branco é a parede. Às vezes penso que apenas ele existe. Porém é bastante: atarefa-me, avassala-me. Vejo a sua força atroz unida com a imperscrutável malícia que o reforça. Essa coisa imperscrutável é o que odeio principalmente e quer seja o cachalote branco o agente, quer atue por sua própria conta, o certo é que descarrego sobre ele o meu ódio. Não me fales de blasfêmia, homem. Eu desafiaria até o sol, se ele me insultasse. Porque se o sol pudesse fazer isso, eu podia cumprir o que disse, desde que há em tudo isso uma espécie de justiça, a inveja presidindo a toda criação. Nunca tive senhor, em matéria de justiça. Quem é superior a mim? A verdade não tem limites. Aparta os teus olhos. Mais intolerável que os olhares das fúrias é o olhar da estupidez. Que é isso? Coras e empalideces? O meu calor acendeu em ti a chispa da cólera. Porém olha, Starbuck, aquilo que se diz na cólera logo se desdiz por si mesmo. Há homens cujas palavras violentas não significam grande insulto. Não quero provocar-te. Deixemos isso. Olha: contempla aquelas faces turcas, curtidas e cheias de manchas, figuras vivas que respiram, pintadas pelo sol. Os leopardos pagãos, essas criaturas insensatas: vivem e procuram, e não apresentarão razões que justifiquem a vida tórrida que há neles. A tripulação, homem, a tripulação. Não está unida com Ahab, nessa questão da baleia? Olha para Stubb! Está rindo. Olha para aquele chileno além! Ruge ao pensar na baleia. Ergues-te em meio do furacão geral, como um único frágil arbusto, Starbuck. E de que se trata? Imagina! Simplesmente de ferir uma barbatana, o que não é façanha miraculosa para vós. E que mais? Ante essa insignificante pesca, a melhor lança de toda Nantucket não hesitará decerto, quando cada marinheiro do mastro de trinquete agarra uma pedra de amolar. Ah! o arrependimento se apodera de ti, bem vejo. A onda te alcança! Fala, fala! Sim, sim, o teu silêncio, esse é o que fala por ti. *(À parte)*. As minhas narinas dilatadas expeliram algo que os seus pulmões aspiraram. Starbuck me pertence agora; não se pode opor a mim sem rebelião.

— Deus me guarde, guarde a todos nós! — murmurou Starbuck consigo mesmo.

Porém, na sua alegria, com a aquiescência tática e fascinante do piloto, Ahab não ouviu a sua invocação pressaga, nem ouviu o riso abafado que partia do porão, nem ainda as agoureiras vibrações dos ventos no cordame, nem também o bater seco das velas de encontro aos mastros, como se por um momento os seus corações tivessem parado de súbito. Porque novamente, os olhos baixos de Starbuck se iluminaram com a obstinação da vida; o riso subterrâneo morreu, o vento começou a soprar, as velas se encheram, o navio se ergueu e rolou como antes. Ah! advertências e presságios! Por que não vos detemos quando chegais? Porém sois antes predições e sombras do que advertências. Contudo não eram tanto predições de coisas exteriores como verificações das coisas precedentes, de dentro. Porque havendo bem poucas coisas exteriores para nos impelir, as necessidades recônditas do nosso ser são as que nos dirigem silenciosamente.

— A medida! A medida! — gritou Ahab.

Recebendo a vasilha de estanho cheia até as bordas e voltando-se para os arpoadores, ordenou-lhes que apresentassem as suas armas. Em seguida, enfileirando-os diante de si, perto do cabrestante, com os arpões nas mãos, enquanto os três pilotos permaneciam de pé ao lado, com as lanças em punho, e o resto da tripulação formando um grupo em torno, ficou por um momento olhando fixamente para cada homem de equipagem. Mas aqueles olhos desvairados encontravam os seus assim como os olhos injetados de sangue dos lobos, nos prados, encontram os olhos do guia, antes que ele corra à frente da alcata, no rastro de um bisão. Mas ai deles! Apenas para cair na oculta armadilha lançada pelo índio.

— Bebei e passai! — exclamou ele, entregando o frasco cheio e pesado ao marinheiro que lhe ficava mais próximo. — Somente a tripulação bebe agora! Passai-a. passai-a. Sorvos pequenos! Tragos demorados, marinheiros! É quente como os cascos de Satanás. Assim, assim! A ronda vai indo de maneira excelente. Faz espirais em vós; brilha em vossos olhos vorazes! Muito bem, está quase esgotado. Volta pelo mesmo caminho que seguiu. Dai-ma. Há aqui um oco. Marinheiros, vós vos assemelhais aos anos. Assim, a vida transbordante é tragada e se esvai. Despenseiro, enche outra vez! Escutai agora, meus bravos. Reuni-vos aqui a todos, em torno do cabrestante. E vós, pilotos, flanqueai-me com as vossas lanças e vós também, arpoadores, ficai aí com os vossos aços; vós, fortes marinheiros, rodeai-me, para que eu possa de certo modo fazer reviver um nobre costume dos meus antepassados pescadores. Marinheiros, ainda vereis isso!... Olá, rapaz, voltas? As moedas falsas não voltam mais depressa! Já que esse frasco reapareceu cheio, que não se faça de dança de São Vito. Fora, calafrio! Adiante, oficiais! Cruzai as lanças bem na minha frente. Muito bem! Deixai-me tocar no ponto de união. Dizendo isso, com os braços estendidos, tomou as três lanças iguais, irradiantes, no ponto em que se entrecruzavam, e enquanto assim fazia, sacudiu-as subitamente. nervosamente, lançando olhares de Starbuck a Stubb, e de Stubb a Flask. Parecia que por uma espécie de volição interior, indescritível, desejasse comunicar-lhes a mesma emoção acumulada dentro da garrafa de Leyden da sua própria vida magnética. Os três pilotos desviaram os olhos diante do aspecto forte, firme e místico de Ahab. Stubb e Flask olharam para um lado e o olhar honesto de Starbuck desceu até o solo.

— E em vão! — gritou Ahab. — Mas talvez seja bom. Porque se os três recebessem ao mesmo tempo em plena força a descarga do que agora é o meu próprio dínamo, talvez este expirasse dentro de mim mesmo. Podiam ter caído mortos. Talvez não necessitem dele. Abaixo as lanças! E agora, oficiais, eu vos nomeio copeiros dos meus três parentes pagãos, que tenho ali, aqueles três cavaleiros, dos mais nobres e dignos, os meus valentes arpoadores. Desdenhais a tarefa? Como? Quando o grande Papa lava os pés dos homens usando a sua grande tiara como um cântaro? Oh! meus doces cardeais, ante a vossa condescendência é que me inclinarei. Cortai as ligaduras e tirai os cabos, arpoadores.

Os três arpoadores, obedecendo silenciosamente à ordem, puseram-se a desprender a parte de aço dos seus arpões, que tinha três metros de comprimento, e seguraram-na com as farpas para cima, diante de Ahab.

— Não me apunhaleis com este aço pontiagudo. Dai-lhe voltas, dai-lhe voltas. Náo sabeis onde está o fundo da taça? A concavidade para cima! Assim! Aproximai-vos, copeiros. Pegai os aços, segurai-os enquanto os encho. — Sem demora, dirigindo-se vagarosamente de um para outro piloto, encheu os ocos dos arpões, com a aguardente do jarro de estanho.

— Agora são três contra três. Entregai os cálices matadores. Entregai-os, vós que passastes a fazer parte dessa liga indissolúvel. Olá, Starbuck! O fato está consumado. O sol, que o ratifica, espera para se pôr sobre ele. Bebei, arpoadores, bebei e jurai, homens que tripulais a mortífera proa do navio-baleeiro. Morte a Moby Dick! Que Deus nos persiga, se não perseguirmos Moby Dick até conseguir a sua morte!

Ergueram-se as longas e barbadas taças de ferro; entre gritos e maldições contra o cachalote branco, o líquido foi simultaneamente tragado com um silvo. Starbuck empalideceu, voltou-se e estremeceu. Uma vez mais, a última, o jarro cheio deu a volta entre a tripulação desvairada. Quando Ahab agitou para os tripulantes a sua mão livre, dispersaram-se todos e ele se retirou para o seu camarote.

Crepúsculo

[O *camarote; junto às janelas da popa. Ahab sentado sozinho e olhando fixamente para fora.*]

Deixo uma esteira branca e turva, águas pálidas e faces ainda mais pálidas por onde navego. As ondas invejosas passam ao meu lado, engrossando, tratando de impedir-me a passagem: porém primeiro passo eu.

Além, pela borda da taça sempre transbordante, as cálidas ondas coram como o vinho. A face de ouro afunda-se no azul. O sol que desce vagarosamente desde o meio-dia — desaparece; minha alma que se eleva se cansa subindo a sua colina sem fim. Será então muito pesada a coroa que trago na cabeça, esta coroa de ferro da Lombardia? Contudo, refulge mais do que muitas gemas. Eu, que a levo, não posso ver o seu resplendor longínquo mas sinto obscuramente que levo esse deslumbramento ofuscante. É ferro, bem sei, e não ouro. Está rompida, também o sinto; as bordas dentadas apertam-me tanto que o meu cérebro parece palpitar de encontro ao sólido metal. Sim, é de aço o meu cérebro; é dos que não precisam de elmo para a peleja onde se exige o maior choque de cérebros.

Sinto uma secura na fronte? Oh! Houve tempo em que do mesmo modo que o nascer do sol me estimulava nobremente, o crepúsculo me aplacava. Não é mais assim. Essa luz adorável já não me ilumina. Toda beleza é para mim uma angústia, desde que não a posso gozar. Tenho o privilégio da alta percepção; falta-me a humilde capacidade de gozar. Sou maldito da maneira mais sutil, maldito no meio do paraíso. Boa noite, boa noite!

[*Agitando a mão, encaminha-se para a janela.*]

Não foi tarefa tão dura. Pensava encontrar um obstinado, pelo menos; porém a minha máquina ajusta-se em todas as suas várias rodas, que se revolvem. Ou se se prefere, são todos montículos de pólvora que estão diante de mim: sou um fósforo. Oh! É injusto que para incendiar os outros seja preciso gastar primeiro a si próprio. O que ousei, o que desejei, realizei! Pensam que sou louco. Starbuck acredita. Mas sou demoníaco, sou a loucura enlouquecida. Essa loucura selvagem que se acalma somente para se compreender a si mesma. Segundo a profecia, eu seria mutilado. E na verdade perdi uma perna! Agora profetizo que desmembrarei o meu desmembrador: agora o profeta e o realizador são uma única pessoa. É ser maior do que já fostes algum dia, grandes deuses. Eu rio de vós e vos apupo, jogadores de críquete, a vós, pugilistas, a vós, surdos Burkes e cegos Bendigoes. Não falarei como escolares durante as pelejas: procura um do teu tamanho, e não *me* atormentes! Derrubaste-me e estou novamente de pé: porém *tu* correste e te escondeste. Sai detrás dos teus fardos de algodão. Não tenho uma arma de longo alcance. Vem, Ahab te dá as boas-vindas! Vem e trata de desviar-me. Desviar-me? Não podes desviar-me. a menos que te desvies. Tens diante de ti um homem. Desviar-me?... O caminho do meu propósito fixo passa sobre trilhos de ferro aos quais minha alma está presa. Sobre desfiladeiros sem fundo, ao largo de gargantas de montanhas, sob o leito de torrentes, corro sem desvios. Não tenho um obstáculo! Não temo um ângulo deste caminho de ferro!

Anoitecer

[*Starbuck apoiando-se ao mastro grande.*]

Minha alma não somente encontrou a sua igual, como foi também avassalada; está mais do que tripulada, e por um louco! Aguilhão insuportável! A razão depõe as armas em semelhante campo! Porém ele me domou inteiramente e destruiu a minha razão! Compreendo o seu propósito ímpio, mas sinto que devo ajudá-lo a alcançar o seu objetivo. Queira ou não queira, algo de inefável, que não posso evitar, ligou-me a ele. Reboca-me com o seu calabrote e não tenho faca para cortá-lo. "Horrendo velho! Quem há acima de mim?", exclama. Sim, ainda que fosse um democrata, estaria acima de todos nós. Vede como domina todos os que estão abaixo! Oh! Vejo claramente o meu miserável ofício. Obedecer, rebelando-me, e pior ainda, odiar sem deixar de ter piedade! Porque em seus olhos leio uma terrível dor que também me enrugaria se me assaltasse. Contudo há esperança. O tempo e a maré se estendem amplos. A baleia odiada tem em torno de si todo o mundo líquido onde nadar, assim como os peixinhos dourados têm o seu globo de vidro. Deus bem pode desviá-lo do seu propósito que ofende o céu. Um tal pensamento levantaria o meu coração, se ele não estivesse pesado como o chumbo. Mas este meu relógio vai parando junto com o meu coração, e não tenho chave para lhe dar corda e movê-lo de novo.

[*Uma súbita hilaridade no castelo de proa.*]

Oh, Deus! Navegar com semelhante tripulação que tem tão pouco de mães humanas! Gerados por este mar cheio de tubarões! A baleia branca é a sua górgona. Ouvi que orgia infernal! O tumulto que vem da proa contrasta com o silêncio absoluto da popa. Na verdade, parece a imagem da vida. Na frente o mar resplandecente arremessa-se contra o gurupés, alegre, oscilante, fortificado, mas apenas para arrastar consigo o sombrio Ahab, e o camarote de popa onde ele medita, o camarote construído sobre as águas tranquilas da esteira do navio. E além disso, povoado pelo feroz barulho. O longo ulular me faz estremecer. Silêncio, dissolutos. Montai a guarda. Oh! A vida! É numa hora como esta, com a alma abatida e presa à razão, assim como as coisas selvagens e incultas são forçadas a sentir. Oh, vida! é numa hora como esta que sinto o horror oculto que há em ti. Mas não sou eu! Este horror está fora de mim e com os suaves sentimentos humanos tentarei contudo lutar contra vós, lúgubres fantasmas do futuro. Ficai a meu lado, apoiai-me, guiai-me, potestades benditas!

Gávea do traquete

[*Stubb sozinho, remendando uma braçadeira.*]

Ah! ah! ah! ah! Hein! Clareei a minha voz. Tenho pensado nisso desde então e esse riso, ah, ah! é a consequência final. Por quê? Porque o riso é a resposta mais sensata e mais oportuna para tudo o que é estranho. E aconteça o que acontecer, o único consolo que fica — consolo infalível — é que tudo foi predestinado. Não ouvi toda a sua conversa com Starbuck, mas na minha opinião Starbuck parecia então passar pelo que passei na outra noite. Com certeza o velho Mogol também ajustou contas com ele. Pesquei o caso; soube-o depois, porém se tivesse o dom da profecia, poderia tê-lo facilmente profetizado. Contudo, mal pus os olhos nele, compreendi. Bem, Stubb, *sensato* Stubb — é este o meu título — bem, Stubb, que achas? É uma carcaça! Ignoro o que pode sobreviver, mas seja o que for, receberei rindo. Quanto riso oblíquo se embosca em todos os horrores! Acho engraçado! Fa, la lirra, skirra! Que estará fazendo agora em casa a minha perinha sumarenta? Chorando até rebentar os olhos? Dará uma festa aos arpoadores recém-chegados, alegre, ouso dizer, como uma flâmula de fragata? Assim estou eu também... Fa, la lirra, skirra! oh!...

Bebamos esta noite com o coração tão leve,
Para o amor, tão alegre e leviano
Como as bolhas que nadam na borda da taça
E quebram-se de encontro aos lábios.

Bonita canção! Quem chama? O sr. Starbuck? Sim, sim senhor — (*à parte*) é meu superior, mas se não me engano, também tem senhor. Sim, acabemos com isto... Vou indo.

Meia-noite no castelo de proa

Arpoadores e marinheiros

[*À vela do trinquete se ergue e descobre a guarda, de pé, passeando, recostada ou deitada em várias atitudes; todos cantam em coro.*]

Até logo! adeus! damas espanholas,
Até logo! adeus! damas da Espanha,
    Manda o nosso capitão.

Primeiro marinheiro de Nantucket

Rapazes, não sejam sentimentais. Faz mal à digestão. Tomem um tônico e sigam-me!

[*Canta e todos acompanham.*]

Nosso capitão está no convés
Com um binóculo na mão,
Lançando uma vista de olhos às grandes baleias
Que sopram em todas as direções.
Ocupem os seus postos nos botes, rapazes,
E teremos uma dessas formosas baleias!
Mão após mão, rapazes!
Sejam alegres e que a coragem não lhes falte
Quando o valente arpoador ferir a baleia!

A voz do piloto no castelo de Proa

Oito campainhadas na proa!

Segundo marinheiro de Nantucket

Basta de coro! Oito campainhadas ali! Ouviste, companheiro? Bate o sino oito vezes, Pip hipócrita! E deixa que eu chame a guarda. Tenho boca própria para isso, uma boca de tonel! Assim, assim! *(Introduz a cabeça na escotilha*). Guarda! Os rapazes de bo-li-na! Oito campainhadas aqui. Corram para cima!

Marinheiro holandês

Grande festa esta noite, marinheiros: noite gorda. Por isso marco-a com o vinho do nosso velho Mogol; é tão mortal para alguns, como estimulante para outros; nós cantamos e eles dormem; bem, são como pedaços de dormentes estendidos no solo. A eles de novo! Toma este megafone de bronze e fala através dele. Dize-lhes que deixem de sonhar com as suas pequenas. Fala-lhes da ressurreição, que beijem pela última vez e se apresentem a juízo. É este o processo; é *este*! Tua garganta não está estragada pela manteiga de Amsterdã.

Marinheiro francês

Silêncio, rapazes! Dancemos uma vez ou duas, antes de ir ancorar na baía dos cobertores. Que dizes? Aí vem outra guarda. De pé! Pip! Pequeno Pip! Hurra! com o teu pandeiro!

Pip

[*De mau humor e sonolento*]

Não sei onde está!

Marinheiro francês

Bate na barriga, então, e aguça o ouvido. Dancem, homens, digo-lhes. Alegria é a palavra de ordem! Hurra! que eu seja maldito! Não querem dançar? Formem agora fila indiana e entrem no sapateado. Dancem! Pernas! pernas!

Marinheiro islandês

Não gosto do teu soalho, companheiro; é muito polido para o meu gosto. Estou acostumado aos soalhos de gelo. Sinto ter de despejar água fria sobre o assunto. Desculpem-me.

Marinheiro maltês

Eu também: onde estão as raparigas? Aquele que não for estúpido será capaz de tomar a mão direita com a esquerda para dizer: como está? Par, quero ter um par!

Marinheiro siciliano

Sim, raparigas e um prado; então eu saltaria como gafanhoto. Ouçam... Seria um gafanhoto!

Marinheiro de Long Island

Está bem, está bem. Estamos aqui. É preciso colher o milho quando se pode. Todas as pernas irão em breve à colheita. Aí vem a música! A ela!

Marinheiro dos Açores

[*Sobe e toca o pandeiro fora da escotilha*]

Aqui estás, Pip. E aqui está o bolinete. Sobe. Todos a ele! *(A metade dos marinheiros dança ao som do pandeiro; alguns descem; outros dormem ou deitam-se entre os rolos de cabos. Pragas a granel).*

Marinheiro dos Açores

[Dançando]

Dá-lhe, Pip! Sacode-a, sineiro! Aparelha-a, afunda-a, ergue-a, cala-a, sineiro. Faz jogo de luzes! Rompe as rimas!

Pip

Falaste em canções? Eis aqui outra: eu a toco assim.

Marinheiro chinês

Toca então castanheta com os dentes: toca outra vez; faze de ti mesmo um pagode.

Marinheiro francês

Estou louco de alegria. Ergue o teu aro, Pip! Para que eu salte por ele. Rebentem-se todos.

Tashtego

[*Fumando tranquilamente*]

Este é o homem branco! E chama isso de divertimento! Hum! Poupo o meu suor.

Velho marinheiro da Ilha de Man

Saberão esses rapazes sobre que estão dançando? Eu dançaria sobre os seus túmulos — dançarei — esta é a mais cruel ameaça das suas mulheres noturnas que batem na esquina. Oh! Cristo, pensar nas verdes frotas e nas tripulações de crânios verdes! Bem, bem, consideremos o mundo como uma bola[25] como as dos colegiais; assim é direito fazer dele um salão de baile. Continuem a dançar, rapazes, vocês são jovens. Eu também já fui!

Terceiro marinheiro de Nantucket

Um momento! Ufa! Isso é pior do que perseguir uma baleia com mar em calma. Dá-me uma pitada, Tashtego.

[*Deixam de dançar: reúnem-se os grupos. Entretanto, o céu escurece e o vento se levanta.*]

Marinheiro lascar

Por Brama! Rapazes, em breve teremos de recolher as velas. O celeste Ganges, transbordante, voltou-se para o vento! Mostraste o teu sobrolho carregado, Shiva!

Marinheiro maltês

[*Reclinando-se e sacudindo o seu gorro.*]

São as ondas. Os gorros da neve começam a dançar a jiga. Bem depressa agitarão as borlas. Se todas as ondas fossem mulheres, eu me afogaria e brincaria com elas para sempre. Não há nada tão doce no mundo — nem mesmo o céu pode igualar a isso — como esses rápidos olhares aos seios cálidos e selvagens na dança, quando os braços como parras ocultam uvas maduras que rebentam.

Marinheiro siciliano

[*Reclinando-se*]

Não me falem nisso. Escutem, rapazes; rápido entrelaçamento de membros, balanços suaves, carícias, sussurros, lábios, coração, quadris! Rocem por tudo isso, toquem incessantemente e passem, sem experimentá-lo. Vejam bem! Porque vem então a saciedade. Não é verdade, pagão? *(Recosta-se).*

Marinheiro de Taiti

[*Recostado numa esteira.*]

Salve, nudez sagrada das nossas bailarinas! Ah! Hiva-Hiva! Ah! Taiti, a do véu descido e da palmeira alta! Deito-me ainda nessa esteira, porém o brando solo deslizou. Vi como foste tecida nos bosques, oh, minha esteira; eras verde, quando te trouxe comigo no primeiro dia; agora vejo-te rota e gasta. Ai de mim! Nem tu nem eu podemos suportar as mudanças. Quem me dera ser transportado aos teus céus distantes! Ouço os arroios que rugem descendo como flechas dos picos do Pirohitee, e se precipitam pelos desfiladeiros e afogam as aldeias... A avalancha, a avalancha! De pé, espinhaço, e enfrenta-o. [*Põe-se de pé, num salto.*]

Marinheiro português

Como balança o mar, batendo no costado! Preparem-se para os baixios, meus coraçõezinhos, os ventos estão agora cruzando as suas espadas, misturados. Estarão agora dando estocadas.

Marinheiro dinamarquês

Estala, estala, velho navio! Enquanto estalas é porque vais durando. Bem-feito! O piloto te conservará sujeito ao teu estalido. Tem tanto medo como o forte da Ilha de Kattegat, que luta no Báltico com os canhões atados para que a tormenta não os carregue, e sobre eles faz pães o sal marinho.

Quarto marinheiro de Nantucket

Ele deu as ordens, lembrem-se. Ouvi o velho Ahab dizer que é preciso matar os furacões, como se faz rebentar um jorro com uma pistola: disparando-lhe o navio em cima.

Marinheiro inglês

Sangue! Este velho é magnífico! Nós somos os mais indicados para caçar o seu cachalote.

Todos

Bravo! Bravo!

Velho marinheiro da Ilha de Man

Como estremecem os três pinheiros! Os pinheiros são as árvores que vivem com mais dificuldade quando transplantados para um solo estranho. E aqui não há mais do que a maldita argila da tripulação. Firmes, timoneiros, firmes! Chegou o tempo em que os bravos corações estalam em terra e em que os cascos de uma quilha se quebram no mar. Nosso capitão tem a sua marca de nascença; olhem para além, rapazes, no céu há outra, um tanto lúgubre. Veem? E tudo o mais é de um negro de alcatrão.

Daggoo

Que tem isso? Quem teme o que é negro teme também a mim! Tiraram-me dessa pedreira!

Marinheiro espanhol

(*À parte*) Julgo que quer brigar. Ah! O velho briguento me irrita. (*Adianta-se.*) Sim, arpoador, a tua raça é inegavelmente a parte escura da humanidade — diabolicamente negra — nisso não há insulto.

Daggoo [*Sombrio.*]

Não; nenhum.

Marinheiro de São Tiago

Este espanhol está louco ou bêbado. Porém não é possível, a menos que a aguardente do nosso grão Mogol tenha produzido efeito um tanto demorado.

Quinto marinheiro de Nantucket

Que vi? Um relâmpago? Sim.

Marinheiro espanhol

Não. É Daggoo que está mostrando os dentes.

Daggoo [*saltando*]

Para engolir-te, manequim branco, pele branca, fígado branco!

Marinheiro espanhol [*enfrentando-o.*]

Gostaria de dar-te uma punhalada. Grande corpo, espírito pequeno!

Todos

Uma briga!... Uma briga!... Uma briga!...

Tashtego [*bufando.*]

Uma briga embaixo e uma briga em cima. Deuses e homens, todos lutadores. Hum!

Marinheiro de Belfast

Um conflito! Viva, um conflito! Virgem santa! Um conflito! Mete--te nele!

Marinheiro inglês

Jogo limpo. Tirem a faca do espanhol. Um *ring*, um *ring*!

Velho marinheiro da Ilha de Man

Está formado. Aí o tens! É o horizonte. Nesse *ring* Caim feriu Abel. Doce trabalho. Trabalho justo! Não? Mas então por que motivo fizeste o *ring*, oh! Deus!?

Voz do piloto, no castelo de proa

Às ostagas! Para dentro os joanetes! Preparem-se para riçar as gáveas!

Todos

A borrasca, a borrasca! Saltem, marinheiros. (*Dispersam-se.*)

Pip

[*Encolhendo-se sob o cabrestante.*]

Marinheiros? Que Deus ajude a tais marinheiros! Crih, crash! Aí vão as bujarronas. Bang, bang! Deus! Baixa a cabeça que aí vem a verga do sobrejoanete! É pior do que estar nos bosques durante um redemoinho no último dia do ano. Quem treparia então em busca de castanhas? Contudo, todos estão praguejando. Não eu! Bonita perspectiva para todos eles, a caminho do céu! Firma-te! Benze-te! Que tempestade! Porém esses sujeitos são ainda piores... São as borrascas brancas? Baleia branca? Brr! Brr! ouvi até agora a conversa deles e também o que se disse sobre o cachalote branco. Brr! Brr! Só ouvi falar nele uma vez. E foi precisamente hoje de noite. E isso me faz tamborilar todo, como o faço com o meu pandeiro. Que anaconda de velho! Obrigou-os a jurar que o caçariam. Oh! grande Deus branco, que estás por cima desta escuridão, tem piedade deste negrinho que está aqui. Preserva-o de todos os homens que não têm entranhas para sentir medo!

Eu, Ishmael, fui um dos membros dessa tripulação; meus gritos se ergueram com os dos outros; meu juramento casou-se com os deles; e quanto mais alto eu gritava, com mais força martelava e pregava o meu juramento, em virtude do temor de minha alma. Havia dentro de mim um sentimento estranho e místico de solidariedade: a vingança insaciável de Ahab parecia ser minha. Com ouvidos ansiosos escutei a história do monstro assassino contra o qual eu e todos os outros havíamos formulado o juramento de vingança e violência. Havia algum tempo, se bem que apenas com intervalos, o cachalote branco, isolado, solitário, frequentara aqueles mares selvagens visitados unicamente pelos pescadores de cachalotes. Mas nem todos eles sabiam da sua existência. Sabia-se que um número relativamente pequeno, dentre eles, o tinha visto, ao passo que o número dos que o haviam realmente combatido era na verdade diminuto. Porque, devido ao grande número de cruzeiros de pesca de baleia, devido também à maneira desordenada com que se dispersavam sobre toda a circunferência das águas, e ao fato de que muitos deles iam procurar a presa em latitudes solitárias, acontecendo, portanto, que durante um ano inteiro, ou mais, raramente ou nunca encontravam uma única vela. de qualquer espécie, para lhes dar alguma novidade, a irregularidade das datas de saída dos portos, tudo isso, juntamente com outras circunstâncias, diretas ou indiretas, tornara impossível que se difundissem notícias concernentes a Moby Dick entre a frota baleeira do mundo inteiro. Quase não se podia pôr em dúvida que os vários navios que, segundo se dizia, haviam encontrado de vez em quando, neste ou naquele meridiano, um cachalote de ferocidade e tamanho incomuns, o qual, depois de ter feito o maior mal aos seus assaltantes, lhes havia escapado das mãos sem deixar vestígios, haviam dado combate ao próprio Moby Dick. Contudo, como ultimamente a pesca do cachalote se havia assinalado por diversos e não raros casos, de grande ferocidade, astúcia e malícia da parte do monstro atacado, ocorrre que a maioria dos pescadores que assaltara Moby Dick, por acaso, sem o saber, atribuía o terror peculiar que ele produzira, antes aos perigos inerentes à pesca do cachalote, em geral, do que a uma causa particular. Era sob esse aspecto, principalmente, que se considerava o assunto, até que sobreveio o desastroso encontro entre Ahab e a baleia. Quanto àqueles que, tendo ouvido falar antes sobre o cachalote branco, chegaram por acaso a avistá-lo, haviam a princípio, todos eles, descido em sua perseguição, com ousadia e destemor, como teriam feito com outra baleia dessa espécie. Contudo, como surgiram finalmente muitas calamidades — que não se limitavam a pulsos e artelhos torcidos, pernas e braços amputados ou devorados, mas atingiam o último grau de fatalidade — tais desastres foram acumulando esses terrores à conta de Moby Dick. Tudo isso contribuíra para abalar de muito o ânimo de vários bravos caçadores a cujos ouvidos chegara a história do cachalote branco.

Esses rumores dispersos, de toda a sorte, não deixaram de aumentar e tornar mais horrível o que havia de verdadeiro em relação aos encontros mortais. Porque não somente os rumores fabulosos surgem naturalmente do tronco de todos os acontecimentos terríveis e surpreendentes — assim como acontece com as árvores carcomidas que dão nascimento aos fungos — também na vida marítima muito mais do que na vida em terra firme, abundam os rumores exagerados, onde aparece qualquer realidade a que se possam apegar. E assim como o mar ultrapassa a terra, a este respeito, assim também a pesca baleeira ultrapassa a qualquer outra espécie de vida marítima, na maravilhosa e terrível qualidade dos rumores que costumam circular nos seus domínios, porque os baleeiros, como classe, não somente não estão isentos da ignorância e superstição hereditárias dos marinheiros em geral, como também, entre os marinheiros, são os que vivem mais em contato com as empresas apavorantes do mar: não somente enfrentam as suas maiores maravilhas como também, mão contra mandíbulas, lhes dão combate, sozinhos, em águas tão remotas, nas quais, ainda que navegásseis milhares de milhas e passásseis por milhares de praias, não encontraríeis nenhuma chaminé de pedra lavrada ou algo de hospitaleiro sob essa parte do sol: em tais latitudes e longitudes, pois, perseguindo semelhante presa como o faz, o baleeiro está envolto em influências que tendem a tornar a sua imaginação grávida de mais de um portento.

Não admira pois que, crescendo o volume do que se ia acumulando incessantemente, graças ao simples trânsito sobre as vastidões mais selvagens das águas, os rumores dispersos sobre a baleia-branca reunissem afinal toda sorte de insinuações mórbidas, de sugestões fetais semiformadas sobre agentes sobrenaturais, e assim, a seu tempo, chegou-se a rodear Moby Dick com novas lendas apavorantes, que não provinham certamente de coisa alguma que tivesse aparência visível. Deste modo, produziu-se afinal um tal pânico que poucos, dentre os que tiveram conhecimento de Moby Dick, graças a esses rumores, sentiram--se dispostos a afrontar o perigo da sua mandíbula; além disso, havia uma influência positiva ainda mais vital. E ainda hoje não se extinguiu na mente dos baleeiros, em geral, o prestígio original do cachalote, classificado especialmente pelo terror, entre todas as outras espécies de leviatãs. Há ainda hoje entre eles, os que, conquanto inteligentes e corajosos o bastante para dar combate à baleia da Groenlândia ou baleia propriamente dita, recusariam — talvez por inexperiência profissional, timidez ou incompetência — um combate com o cachalote; como quer que seja, há muitos baleeiros, especialmente os que não navegam sob o pavilhão americano, que nunca se encontraram em transe de luta com o cachalote e cujo único conhecimento sobre o leviatã limita-se ao monstro ignóbil, primitivamente perseguido ao norte; sentados sobre as escotilhas, é certo que esses homens escutarão, com espanto de crianças junto ao fogo, as selvagens e estranhas narrativas sobre a pesca de baleia nos mares do sul. Porém em parte alguma do mundo se compreende com mais emoção o caráter tremendo do grande cachalote do que a bordo desses navios que investem contra ele. E como se aquilo que é agora uma realidade comprovada se projetasse do fundo dos tempos lendários, será bom dizer aqui que encontramos alguns livros de naturalistas — Olassen e Povelson, por exemplo — nos quais se declara que o cachalote não somente constitui uma consternação para todas as outras criaturas do mar, como também é de uma ferocidade tão incrível que vive constantemente sedento de sangue humano. Nem mesmo em tempos tão modernos como os de Cuvier, apagaram-se essas e outras impressões. Na sua História Natural, o próprio Barão Cuvier afirma que à vista de um cachalote, todos os peixes, inclusive os tubarões, são assaltados do mais vivo terror e "frequentemente, na precipitação da fuga, arremessam-se contra as rochas com uma violência tal que lhes causa morte instantânea". E conquanto a experiência geral da pesca possa amenizar narrativas tais, ainda assim, no seu imenso terror, inclusive a sede de sangue referida por Povelson, a crença supersticiosa em todas elas revive no espírito dos caçadores, em algumas vicissitudes da sua carreira. Desta maneira, no excessivo pavor que lhes causavam os rumores e portentos concernentes a Moby Dick, não poucos pescadores recordavam, a esse respeito, os primeiros tempos da pesca do cachalote, quando era muitas vezes difícil induzir os baleeiros experimentados na pesca da baleia verdadeira, a embarcar nos perigos dessa nova e temerária guerra: esses homens protestavam que, embora os outros leviatãs pudessem ser perseguidos com êxito, apontar a lança a uma aparição tal como a do cachalote não era tarefa para um homem mortal; tentar fazer isso equivalia inevitavelmente a ser despedaçado e atirado de súbito na eternidade. Sobre esse ponto podem-se consultar documentos notáveis.

Ainda assim, havia alguns que, mesmo em vista de tais coisas, estavam prontos para dar caça a Moby Dick e era ainda maior o número dos que, tendo ouvido falar nele por acaso, ou de maneira vaga, sem os detalhes específicos de qualquer calamidade e sem a sequência das superstições, eram suficientemente ousados para não fugir do combate, caso se apresentasse. Uma das mais estranhas sugestões que acabou por associar-se definitivamente com a baleia-branca, nos espíritos inclinados à superstição, era a ideia sobrenatural de que Moby Dick tinha o dom da ubiquidade, e que fora realmente encontrado em latitudes opostas, simultaneamente. Contudo, por mais crédulos que fossem essas pessoas, um tal conceito, em geral, não era isento de um débil toque de probabilidade. Porque, assim como os segredos das correntes marítimas nunca puderam ser divulgados, mesmo pelas pesquisas mais eruditas, assim também os costumes desconhecidos do cachalote, debaixo da água. permaneciam em grande parte inexplicáveis aos seus perseguidores e havia tempos que davam origem às mais curiosas e contraditórias conjecturas acerca da misteriosa maneira com que depois de mergulhar em grande profundidade, transportava-se com imensa velocidade aos pontos mais distantes.

É fato bem conhecido, tanto dos baleeiros americanos como dos ingleses (registrado numa autorizada informação de Scoresby, há anos), que têm havido casos de captura de baleias no longínquo Pacífico norte, em cujos corpos foram encontrados as linguetas de arpões atirados nos mares da Groenlândia. Nem também se pode negar que em muitos desses casos, o intervalo entre os dois assaltos não pode ter sido de muitos dias. Pode-se inferir daí que a passagem do noroeste, que foi durante tanto tempo um problema para o homem, nunca o foi para a baleia.

Desta maneira, o que é realidade para os baleeiros, quase iguala, dentro da experiência de viventes, os prodígios que se contavam antigamente sobre a Serra da Estrela em Portugal (em cujo topo — dizia-se — existia um lago à superfície do qual flutuavam destroços de navio) e a história ainda mais portentosa da fonte de Aretusa, perto de Siracusa (cujas águas, segundo se julgava, procediam da Terra Santa por meio de uma passagem subterrânea): essas narrativas fabulosas eram quase inteiramente igualadas pela realidade às dos baleeiros. Forçados pois à familiaridade com semelhantes prodígios, e sabendo que depois de vários e intrépidos assaltos, a baleia-branca escapara com vida, não é pois motivo de grande surpresa o fato de que alguns baleeiros se extremassem nas suas superstições e declarassem que Moby Dick era não somente ubíquo como também imortal (porque a imortalidade não é mais do que a ubiquidade no tempo) e que, conquanto se pudesse plantar nos seus flancos uma floresta de dardos, ele continuaria a nadar e desaparecia ileso, ou mesmo que se conseguisse fazê-lo lançar um jato de sangue espesso, essa vista não seria mais do que um engano espectral, porque se tornava a ver o seu jorro límpido entre ondas sem sangue, centenas de léguas mais longe.

Porém, mesmo despojado dessas conjecturas sobrenaturais, havia na forma terrestre e no caráter incontestável do monstro o bastante para impressionar a imaginação com a ideia de um poder excepcional. Porque, o que o distinguia dos outros cachalotes não era tanto o seu tamanho descomunal, mas, conforme se sugeria por toda a parte, a sua fronte característica, branca como a neve, toda enrugada, e uma corcova igualmente branca, alta, piramidal; tais eram as suas características mais salientes, os indícios por meio dos quais, mesmo nos mares sem limites e não cartografados, ele revelava a sua identidade, a uma longa distância, a todos aqueles que o conheciam. O resto do seu corpo era tão rajado e manchado, tão cheio de tonalidades lunares de mortalha, que finalmente adquirira o apelido que o distinguia, "baleia-branca", nome que na verdade se justifica plenamente, pelo vívido aspecto que apresenta quando avistado a deslizar em pleno meio-dia, através de um mar azul profundo e deixando atrás de si uma esteira leitosa de espuma, resplandecente de lantejoulas douradas. Também não era o tamanho descomunal, nem a tonalidade notável, nem ainda a mandíbula inferior deformada o que tanto terror causava ao baleeiro; era antes a sua malícia inteligente e sem exemplo que, de acordo com narrativas precisas, teria demonstrado repetidas vezes nos ataques. As suas traiçoeiras retiradas produziam uma confusão que superava a tudo o mais. Porque, enquanto nadava diante dos seus perseguidores entusiasmados, com todos os sintomas de alarme, mais de uma vez, segundo se sabia, o monstro voltava de súbito e, caindo sobre eles, fazia o bote em pedaços, ou forçava-os a voltar consternados para o navio. Durante a sua caça já haviam ocorrido vários acidentes. Porém, ainda que pouco propalados em terra, tais desastres não eram de modo algum fato raro na pesca; contudo, em muitos casos a tal ponto impressionava a infernal ferocidade premeditada da baleia-branca, que cada amputação ou morte que causava não era totalmente considerada como sendo infligida por um agente sem inteligência. Julgue-se pois a que auge de fúria apaixonada e insensata eram impelidas as mentes dos seus desesperados caçadores, quando entre restos de botes mastigados e membros dilacerados de camaradas, os sobreviventes nadavam nos brancos coágulos do furioso cachalote, à serena e exasperante luz solar que sorria sobre eles, como o faz sobre um nascimento, ou uma festa de bodas. Com os seus três botes arrombados em torno, remos e homens girando no torvelinho, uma vez um capitão agarrando a faca para cortar a linha do inimigo, arremessou-se contra a baleia, como um duelista de Arkansas que avançasse procurando loucamente, com uma lâmina de seis polegadas, chegar até à profundidade da vida do cachalote. Esse capitão era Ahab. E foi então que, subitamente, fazendo deslizar a sua mandíbula inferior em forma de foice, Moby Dick ceifou a perna de Ahab, assim como um segador corta a relva num pasto. Nenhum turco de turbante, nenhum veneziano ou malaio de aluguel, poderia tê-lo mutilado com uma malícia mais autêntica. Havia assim pouca razão para se duvidar de que desde aquele encontro quase fatal, Ahab nutria um sentimento selvagem de vingança contra o cetáceo, deixando-se dominar cada vez mais por ele e caindo na monotonia desvairada que o levou a identificar com o cachalote branco tanto os seus males corpóreos como as suas exasperações intelectuais.

A baleia-branca nadava diante dele como a encarnação exclusiva de todas essas potências maléficas pelas quais alguns homens se sentem devorados até que ficam vivendo com meio coração ou um pulmão pela metade. À malignidade infatigável que existiu desde o começo e cujo domínio até mesmo os cristãos modernos atribuem uma metade do mundo, e a qual os antigos ofitas do Oriente reverenciavam na sua estátua do demônio, Ahab não rendia culto nem se inclinava, à maneira deles, pelo contrário, transferia desvairadamente essa ideia ao odiado cachalote branco e, mesmo mutilado, desafiava-o a combate. Para o velho Ahab, tudo o que mais enlouquece e atormenta, tudo o que remove o sota-vento das coisas, tudo o que elas contêm de malícia, tudo o que faz rebentar os músculos e empastar o cérebro, tudo o que há de sutil demonismo na vida e no pensamento, estava encarnado e era possível assaltar em Moby Dick. Acumulava sobre a corcova branca a soma da iniquidade geral e do ódio sentido por toda a raça humana, a partir de Adão, e como se o seu peito fosse um morteiro, fazia explodir sobre ela todos os projéteis ardentes do seu coração.

Não é provável que essa monomania tivesse surgido nele no instante preciso do desmembramento corporal. Então, quando se lançou sobre o monstro, de punhal na mão, não fizera mais do que dar expansão a uma súbita animosidade apaixonada e corporal, e quando recebeu o golpe que o destroçou, possivelmente não experimentou mais do que a agonia do dilaceramento físico. Contudo, quando, depois desse encontro, se viu forçado a voltar para casa, e durante longos meses de dias e semanas, Ahab e a loucura permaneceram juntos, estirados na maca, rodeando em pleno inverno o sombrio e ululante cabo patagônico, chegou o momento em que o seu corpo desfeito e a sua alma espantada sangraram um sobre a outra, e essa fusão o enlouqueceu. Que foi somente então, na viagem de volta à terra natal, depois do encontro, que a monomania final o acometeu, é o que quase não se pode pôr em dúvida, porque a intervalos, durante a travessia, foi um louco delirante e é preciso dizer que, conquanto privado de uma perna, escondia-se no seu corpo egípcio uma tal força, intensificada a tal ponto pelo delírio que os pilotos, em plena navegação, eram obrigados a atá-lo com força, ali mesmo, na maca em que se debatia. Com uma camisa de força, balançava-se ao louco embate dos furacões. E quando, navegando em latitudes mais amenas, o navio com as velas desdobradas, batidas por vento brando, flutuava ao longo dos trópicos tranquilos, e quando, de acordo com todas as aparências, o delírio do velho parecia ter sido deixado para trás, com as ondas do Cabo Horn, e ele saiu do seu escuro covil para os elementos do ar e da luz, mesmo então, quando mostrou aquela fronte firme e composta, ainda que pálida, e quando deu novamente as suas ordens tranquilas, e os oficiais deram graças a Deus por se ter dissipado a terrível loucura, ainda assim, Ahab, no seu foro íntimo, continuava delirando. A loucura humana é frequentemente a coisa mais astuta e felina que existe. Quando se pensa que desapareceu, pode muito bem ser que não tenha feito mais do que disfarçar-se numa outra forma ainda mais sutil. A loucura completa de Ahab não desaparecera; apenas contraíra-se, afundara-se: era semelhante a esse nobre nórdico que é o digno Hudson, o qual flui estreito, mas muito profundamente, nos desfiladeiros de Highland. Porém, assim como naquela monomania de estreito curso nem um átomo da loucura de Ahab era deixado para trás, da mesma maneira, nessa loucura, nem um átomo do seu intelecto, grande por natureza, havia perecido. O intelecto que fora anteriormente o agente vivo tornara-se agora o instrumento vivo. Se é possível admitir essa violenta metáfora, diremos então que a sua loucura peculiar tomou de assalto toda a sua saúde, conquistou-a e pôs todos os seus canhões a serviço do louco propósito, de modo que longe de ter perdido a força, a esse respeito, Ahab possuía agora uma potência mil vezes maior do que poderia ter aplicado antes, quando tinha saúde, sobre qualquer objeto razoável. E isso é suficiente. A parte mais ampla, mais sombria e mais profunda de Ahab fica por descrever. Mas é inútil pretender popularizar profundezas, e toda verdade é profunda. Afastemo-nos do interior do coração, esse hotel de Cluny onde nos encontramos — por mais elevado e maravilhoso que seja — deixemo-lo agora, e encaminhai-vos ó nobres almas tristes, para as vastas câmaras das termas romanas, onde, bem abaixo das torres fantásticas do homem que habita a superfície, prende-se a raiz da sua grandeza, a raiz da sua essência tremenda; uma antiguidade enterrada sob antiguidades, entronizada sobre torsos! Assim, como um trono despedaçado, os grandes deuses zombam desse rei cativo; assim, semelhante a uma cariátide, ele se senta paciente, sustentando sobre a fronte gelada o sedimento acumulado das idades. Vinde para baixo, ó almas tristes e orgulhosas, interrogai esse rei orgulhoso e triste! É uma semelhança de família. Sim, ele gerou a vós, jovens realezas exiladas, e pensai que somente do vosso sombrio progenitor emanará o velho segredo de Estado. Mas dentro do seu coração, Ahab tinha alguma suspeita disso e pensava: "Todos os meus meios estão sãos: o meu motivo e o meu objetivo são loucos." Contudo, não tinha poder para matar, mudar ou dominar esse pensamento. Sabia além disso que desde há muito vinha dissimulando ante os humanos, e que continuava a dissimular. Mas esse fato estava submetido ao seu instinto e não à subordinação da sua vontade. Todavia, tão bem-sucedido foi nessa tarefa que, quando desembarcou afinal com a sua perna de marfim, não houve habitante de Nantucket que pensasse outra coisa senão que o afligia profundamente, e de modo natural, o terrível desastre que se abatera sobre ele.

A notícia do seu inegável delírio durante a travessia foi também atribuída à mesma causa. E também se atribuía a isso a melancolia que se acumulou sobre a sua fronte até ao dia em que o *Pequod* zarpou para fazer a viagem de que falo. Tampouco é improvável que longe de duvidar da sua capacidade para outra viagem baleeira, em virtude de sintomas tão estranhos, o povo calculista dessa ilha prudente se sentisse inclinado a aceitar a opinião de que, justamente por essas razões, ele estava ainda melhor qualificado e disposto para uma perseguição tão furiosa e selvagem como a sangrenta pesca de baleias. Roído por dentro e dorido por fora, com as garras fixas e inexoráveis de alguma ideia incurável, um tal homem, se fosse encontrado, estava indicado para arremessar o arpão e esgrimir a lança contra as mais terríveis de todas as feras. Assim, se por qualquer razão fosse considerado fisicamente incapacitado para isso, ainda assim, um tal homem parecia mais do que competente para gritar, estimulando os seus subordinados ao assalto. Como quer que seja, porém, o certo é que tendo encerrado dentro de si o desatinado segredo da sua fúria intacta, Ahab embarcara na presente viagem com o único objetivo, sempre crescente, de caçar o cachalote branco. Tivesse algum dos seus velhos amigos de terra suspeitado sequer do que se emboscava dentro dele, com que presteza a sua alma reta e aterrorizada teria arrebatado o navio às mãos de um homem tão diabólico! Eles estavam interessados antes pelos cruzeiros proveitosos, que se traduzem em dólares sonantes. E Ahab tinha em mente apenas uma vingança audaciosa, insaciável e sobrenatural.

Aqui, pois, encontrava-se esse velho grisalho, abandonado por Deus, perseguindo no meio de maldições, em torno do mundo, uma baleia de Jó, à frente de uma tripulação composta na maioria de mestiços renegados, párias e canibais, enfraquecidos também moralmente pela ineficácia da mera virtude, entregue a si mesma — a honradez em Starbuck, a invulnerável alegria da indiferença em Stubb e a persistente mediocridade em Flask. Semelhante tripulação, comandada desta maneira, parecia ter sido escolhida de propósito, e reunida por alguma fatalidade infernal para ajudar Ahab na monomania da sua vingança. Como aconteceu que correspondessem tão generosamente à ira do velho? De que magia diabólica estavam possuídas as suas almas? De que maneira o ódio de Ahab parecia quase confundir-se com o deles? Como foi que a baleia-branca se tornou para eles um inimigo tão irreconciliável como para Ahab? Como veio a acontecer tudo isso? Que representava para eles o cachalote branco? Ou então, de que maneira pouco clara e incompreensível a baleia chegou a ser para eles a encarnação de um grande e deslizante demônio nos mares da vida? São coisas que para explicar, seria preciso mergulhar mais profundamente do que o poderia fazer Ishmael. Uma vez metido no socavão da mina que cada um de nós traz dentro de si, poder-se-á saber até onde conduz a sua galeria, pelo som abafado e sempre diverso da picareta? Quem não sente a irresistível atração? Qual é o caíque que rebocado por um 74 pode permanecer quieto? Finalmente abandonei-me ao tempo e ao lugar, mas enquanto permanecia em viagem, ao encontro do cachalote branco, não pude descobrir nessa fera coisa alguma que não fosse um presságio dos infortúnios mais amargos.

A BRANCURA DO CACHALOTE

Já indiquei aqui o que significa o cachalote branco para Ahab, mas o que significava para mim, algumas vezes, é o que ficou ainda por dizer.

Além dessas considerações mais evidentes acerca de Moby Dick e que não poderiam deixar de despertar um vez por outra um certo terror na alma de qualquer homem, havia ainda, relacionada com ele, uma outra ideia, ou antes, um vago e indizível horror que, às vezes, pela sua intensidade, superava tudo mais. Esse horror era contudo tão misterioso e inefável que chego a desesperar de conseguir descrevê-lo de maneira clara. O que me atemorizava sobretudo era a brancura do cachalote. Porém como poderia esperar explicar-me aqui? E contudo tenho de explicar-me de qualquer maneira, por obscura e desordenada que seja, pois do contrário, todos estes capítulos poderiam ser considerados supérfluos.

Conquanto em muitos objetos naturais a brancura enalteça requintadamente a beleza, como que conferindo-lhes alguma virtude especial, onde lhe é própria, como acontece com o mármore, as camélias, e as pérolas; conquanto várias nações tenham de uma maneira ou de outra reconhecido uma certa preeminência régia nessa cor, como por exemplo os magníficos reis bárbaros do antigo Pegu que colocavam o título de "senhor do Elefante Branco" acima de todos os outros títulos grandiloquentes, atributos de seu domínio, e os modernos reis de Sião, que ostentam o mesmo quadrúpede branco de neve no seu estandarte real, ou ainda a bandeira de Hannover, também ornada com a figura de um corcel de brancura nívea e o do grande império austríaco, cesáreo, herdeiro de Roma dominadora cuja cor tem o mesmo matiz imperial; conquanto essa preeminência se aplique também à raça humana, dando ao homem branco um domínio ideal sobre todas as tribos de cor, e além disso, ainda que a brancura se tornasse um símbolo de alegria — entre os romanos uma pedra branca marcava um dia festivo —; conquanto em outras simpatias e símbolos dos mortais o branco tivesse sido transformado no emblema das coisas mais nobres e mais comoventes — a inocência das noivas e a benevolência da idade; conquanto entre os Peles-vermelhas da América a concessão do branco cinturão de "wampum" constituísse o mais elevado penhor de honra, e ainda que em muitas regiões a brancura simbolize a majestade e a justiça, no arminho do juiz, e contribua todos os dias para a pompa de reis e rainhas, conduzidos por corcéis brancos como leite; conquanto, mesmo nos mais elevados mistérios das mais augustas religiões se tenha tornado o símbolo do poder e da divindade imaculada — entre os persas adoradores do fogo, por exemplo, a chama branca bifurcada é mantida no altar mais sagrado, e na mitologia grega o grande Júpiter, em pessoa, se tenha encarnado num touro branco de neve; e ainda que entre os nobres iroqueses o sacrifício do cão branco, no meio do inverno, seja a cerimônia mais sagrada da sua teologia — pois essa criatura imaculada e fiel é a oferenda mais pura que poderiam enviar ao Grande Espírito, com os votos anuais da fidelidade dos seus adoradores; conquanto da palavra latina que equivale a branco tirem os sacerdotes cristãos os nomes de uma parte das suas sagradas vestes, a alva ou túnica que usam sob a sotaina, ainda que na sagrada pompa da fé romana o branco seja empregado especialmente na celebração da Paixão de Nosso Senhor, e nas visões de S. João se deem vestes brancas aos redimidos, e 24 anciões estejam de pé, vestidos de branco ante o grande trono branco onde se senta o Santo dos Santos, branco como algodão, ainda assim, apesar dessas associações de tudo o que é suave, honroso e sublime, há, emboscado na mais recôndita ideia desse matiz, algo que infunde à alma um pavor maior do que aquele que nos causa o vermelho terrível do sangue.

Essa qualidade evasiva é que faz com que a ideia da brancura, quando divorciada de qualquer associação mais amável e unida a algum objeto terrível em si mesmo, aumente esse terror, conduzindo-o aos mais extremos limites. Vede o urso-polar e o tubarão-branco dos trópicos. Que é que faz deles uma fonte de terror sobrenatural, se não a sua brancura lisa e resplandecente? Essa brancura espectral é que confere a suavidade abominável, ainda mais repulsiva do que terrível, à crueldade silenciosa do seu aspecto. Assim, nem mesmo o tigre de garras ferozes, na sua túnica heráldica, pode fazer vacilar tanto a coragem como o urso ou o tubarão, sob a sua branca mortalha.[26]

Lembrai-vos do albatroz. De onde provém os acúmulos de maravilha espiritual e de pálido terror em meio dos quais esse branco fantasma cruza todas as imaginações. Não foi Coleridge o primeiro a revelar o seu sortilégio e sim a grande e veraz laureada de Deus, a Natureza.[27]

A mais famosa das tradições indígenas dos nossos anais do Oeste é a do Cavalo Branco das Pradarias, magnífico corcel, branco como o leite, de grandes olhos, cabeça pequena e peito amplo, com a dignidade de mil monarcas no seu elevado e desdenhoso porte. Era o Xerxes eleito de uma vasta manada de cavalos selvagens, cujos pastos, naqueles dias, eram cercados apenas pelas Montanhas Rochosas e os montes Alleghanys. À frente do ardoroso rebanho, conduzia-o rumo a oeste, como a estrela escolhida que em cada anoitecer conduz as hostes da luz. A cascata resplandecente das suas crinas, o curvo cometa da sua cauda vestiam-no mais ricamente do que o poderiam ter feito os que trabalhavam o ouro e a prata. Era uma das aparições mais imperiais e arcangélicas desse mundo do Oeste, que aos olhos dos velhos caçadores e armadores de laço, fazia reviver a glória dos tempos primitivos em que Adão caminhava majestoso como um Deus, com a fronte erguida e impávida como esse poderoso corcel. Quer marchando no meio dos seus ajudantes de ordens e de seus marechais, à frente de coortes incontáveis que se espalhavam infinitamente sobre as planícies, como o Ohio, quer rodeado dos seus súditos, pastando pelo horizonte, o Corcel Branco passava-os em revista, galopando com as narinas ardentes, que se avermelhavam em meio à sua fria brancura de leite; em qualquer dos aspectos em que se apresentasse, era sempre, mesmo para os índios mais valentes, um objeto de reverência e de pavor. É inegável que a julgar pelos dados que a lenda divulga sobre esse nobre cavalo, foi a sua brancura espiritual que lhe conferiu principalmente a divindade, e é inegável também que essa divindade tinha algo que embora impelisse à veneração, impunha ao mesmo tempo um certo terror indizível.

Mas há outros casos em que se pode ver como a brancura perde toda essa glória estranha e pomposa que confere ao Corcel Branco e ao albatroz.

No homem albino, que haverá de tão repulsivo e horrendo a ponto de inspirar muitas vezes aversão aos seus próprios parentes? Apenas a brancura que o reveste e que é expressa pelo nome que lhe é dado. O albino é tão bem-conformado como os outros homens, não tem nenhuma deformação substancial e, contudo, esse simples aspecto de brancura predominante o torna mais horrendo e estranho do que o mais feio dos abortos. A que se deve tal coisa?

Em qualquer dos outros aspectos inteiramente diversos, a natureza não deixa também de alistar entre as suas potências menores, porém não menos malvadas, esse atributo terrível. Por seu aspecto níveo, o espectro enluvado dos mares do sul foi chamado de borrasca branca. Tampouco, de acordo com certos exemplos históricos, a arte da maldade humana omitiu um auxiliar tão poderoso. Com que violência se eleva o efeito dessa passagem de Froissard, quando, mascarados com o branco símbolo de sua facção, os desesperados Capuzes Brancos de Gand assassinam o seu bailio, na praça do mercado!

Nem também em algumas oportunidades a experiência comum e hereditária de toda a humanidade deixa de apresentar o testemunho do caráter sobrenatural desta cor. É fora de dúvida que a qualidade visível que mais nos impressiona, quando contemplamos um cadáver, é a palidez marmórea que se estende sobre ele: como se essa palidez fosse tanto a prova da consternação, no mundo de além, como símbolo da mortal aflição deste mundo. E dessa palidez do morto, copiamos o matiz da mortalha em que o envolvemos. Nem também, nas nossas superstições, deixamos de atirar o mesmo manto nevado sobre os nossos fantasmas: todos os espectros se erguem de um nevoeiro de brancura látea, enquanto esperamos que esses terrores se apoderem de nós; acrescentemos que até mesmo o rei dos terrores, quando personificado pelo evangelista, monta um pálido corcel.

Portanto, deduz-se de tudo isso que embora seja possível tomar a brancura em seus aspectos distintos, para representar tudo o que há de grande e gracioso, também é certo — e ninguém o poderia negar — que o branco, em sua significação ideológica mais recôndita, evoca à alma fantasmas extraordinários. Mas, conquanto se aceite esse ponto sem discussão, cabe perguntar: Que vale isso para o homem mortal? Analisar o caso seria impossível. Poderemos, então, enumerando alguns exemplos que se referem ao tema da brancura — ainda que de vez em quando o conjunto, ou boa parte dele, seja despojado de todas as associações de ideias com o propósito de reduzir ao mínimo a sua tremenda condição, embora, apesar de todas as modificações possíveis, ela produza sobre nós o mesmo efeito — poderemos fazer luz sobre algum indício que nos conduza à causa oculta que buscamos? Experimentemos: é preciso dizer antes que, num caso como este, a sutileza pede a sutileza, e sem imaginação, nenhum homem pode seguir outro nesses labirintos. E conquanto, indubitavelmente, algumas das impressões da imaginação que vamos apresentar aqui possam ter sido compartilhadas por muitos homens, contudo, talvez sejam poucos os que tiveram consciência disso, no momento devido, e portanto talvez não estejam em condições de evocá-las.

Por que motivo, no homem de mentalidade rude, que tem apenas uma ideia vaga do caráter específico desse dia, a simples menção da festa de Pentecostes evoca a ideia das longas, lúgubres e silenciosas procissões de peregrinos encapuzados caminhando lentamente de olhos baixos, sobre a neve recentemente caída? Ou então, por que, no caso dos protestantes iletrados e rudes dos estados americanos do centro, a alusão passageira a um frade ou a uma freira carmelita, evoca à alma uma tal estátua sem olhos?

Por que será, excetuando a tradição dos guerreiros e reis encarcerados, (o que não explica inteiramente o fato) que a *White Tower* [Torre Branca] de Londres chama tanto mais a atenção do americano que nunca viajou do que esses outros edifícios históricos que lhe ficam próximos, como a *Byward Tower* ou mesmo a *Bloody Tower*? E essas torres sublimes, as Montanhas Brancas de New Hampshire, cuja simples menção, quando a alma se encontra num estado de espírito peculiar, nos invade com uma fantasmagoria gigantesca, ao passo que a Cordilheira Azul da Virgínia nos mergulha num sonho suave, orvalhado e distante? Por que motivo, sem levar em conta a sua latitude e longitude, o nome do Mar Branco exerce uma influência tão espectral sobre a alma, ao passo que o Mar Amarelo nos embala com pensamentos humanos de longas tardes de uma suavidade de laca, seguidas dos mais pomposos e embaladores pores do sol? Ou, para escolher um exemplo inteiramente imaterial e puramente ligado à imaginação, por que, à leitura dos velhos contos de fada da Europa Central, o "homem alto e pálido" das florestas de Hartz, cujo palor inalterável desliza silenciosamente através da verdura dos bosques, parece um fantasma muito mais terrível do que todos os diabinhos ruidosos do Blocksburg?

Nem também é a lembrança dos seus terremotos demolidores de catedrais, nem o embate dos seus mares desvairados, nem ainda a aridez dos seus céus sem lágrimas, que nunca produzem a chuva, nem também o espetáculo dos vastos espaços onde se erguem botaréus inclinados, cumeeiras e cruzes encurvadas (como os estaleiros das frotas ancoradas) ou as suas avenidas suburbanas de paredes que se apoiam umas sobre as outras, à semelhança de maços de cartas revolvidos que fazem de Lima, a sem lágrimas, a cidade mais estranha e mais triste que se pode encontrar. Isso é devido ao fato de que Lima tomou o véu branco e há o maior horror nessa brancura que define a sua desgraça. Velha como Pizarro, essa brancura conserva as suas ruínas eternamente novas: não admite a verdura alegre da decadência completa; espalha sobre as suas fortificações destruídas o rígido palor de uma apoplexia que fixa as suas próprias contorções.

Bem sei que em geral esse fenômeno da brancura não se revela como o primeiro fator que exagera o terror dos objetos que em si já são terríveis, nem também para o espírito sem imaginação há algo de terror nessas aparências cujo pavor, para outras mentes, consiste nesse único fenômeno quando se apresenta sob qualquer forma que se aproxime por completo do silêncio ou do universal. O que quero dizer com essas duas afirmativas talvez seja respectivamente elucidado pelos seguintes exemplos:

Primeiro: o marinheiro, quando se aproxima da costa de uma região desconhecida, se ouve à noite o rugido das ondas, torna-se vigilante e sente apenas um estremecimento necessário para aguçar todas as suas faculdades; porém, em circunstâncias semelhantes, se for chamado da sua maca para contemplar o navio navegando à meia-noite, num mar de brancura leitosa como se dos promontórios circundantes chegassem bandos de ursos brancos e lisos para nadar em torno dele, sentiria um terror mudo e supersticioso; o fantasma amortalhado dos mares embranquecidos será para ele tão terrível como um verdadeiro fantasma; em vão o prumo lhe assegura que ainda está longe de baixar: o coração e o leme descerão e ele não sossega enquanto não se vê novamente sobre a água azul. Contudo, onde está o marinheiro que dirá: "O que me abalou dessa maneira não foi tanto o temor de bater em rochas ocultas como o pavor causado por essa horrível brancura."

Segundo: também, aos índios do Peru, a visão constante dos Andes coroados de neve nada significa de terrível, exceto a mera fantasia sobre as desolações eternamente geladas que reinam em tais altitudes e a ideia muito natural de que seria terrível perder-se em tão inumana solidão. O mesmo se dá com o filho do Oeste que contempla com igual indiferença uma planície sem limites, amortalhada na neve, sem sombra de árvore ou galho para quebrar o êxtase invisível da brancura. Tal, porém, não acontece com o marinheiro que tem diante de si o cenário dos mares antárticos, onde às vezes por algum truque infernal de prestidigitação das potências da geada e do ar, tiritando e meio náufrago, avista, em vez do arco-íris que fala de esperança e de alívio à sua miséria, um cemitério infindável, que o aterroriza, com os seus esguios monumentos de gelo e as suas cruzes partidas.

Mas, direis, parece-nos que esse capítulo sobre a brancura não passa de uma bandeira branca projetada de dentro de uma alma covarde. Cedeste à hipocondria, Ishmael?

Dizei-me, porém: por que será que este vigoroso poldro nascido em algum vale tranquilo de Vermont, longe de todos os animais de presa, por que será que nos dias mais ensolarados, basta agitar um couro fresco de búfalo atrás dele, de modo que não o possa ver, mas possa sentir-lhe o cheiro selvagem, por que será que ele escarva o chão e bufa, com os olhos saltando das órbitas, num frenesi de pavor?

Não há nele a lembrança de animais selvagens e cruéis que não existe na sua verde região natal; portanto o estranho cheiro animal não lhe pode trazer noção alguma de perigos passados. Que saberá o poldro da Nova Inglaterra acerca dos bisões do longínquo Oregon?

Aqui, neste animal, podemos descobrir o instinto que leva ao conhecimento do demonismo que existe no mundo. Conquanto a milhares de milhas de distância do Oregon, quando sente esse cheiro selvagem de almíscar, encontram-se tão presentes nele as manadas cruéis de bisões como os selvagens cavalos dos prados, que neste momento marcham sobre o pó.

Assim, as ondas sossegadas de um mar cor de leite, o murmúrio dos festões de geada nas montanhas, o mover da neve impelida pelo vento, nos prados, tudo isso, para Ishmael, equivale ao agitar de um couro de bisão atrás do poldro assustado.

Conquanto nenhum dos dois saiba onde se escondem as coisas indizíveis das quais surgem tais insinuações, tanto o poldro como eu sabemos que tais coisas devem existir em qualquer parte. Se é certo que em muitos dos seus aspectos o mundo visível parece feito de amor, as esferas invisíveis parecem ter sido formadas de espanto.

Porém não resolvemos ainda o problema da magia da cor branca nem descobrimos por que razão ela atrai a alma com tal força, e o que é ainda mais estranho e prodigioso, por que razão é ao mesmo tempo o símbolo das coisas espirituais, o verdadeiro véu da divindade cristã e contudo é o agente que dá maior relevo às coisas que mais atemorizam a humanidade.

Será porque, pelo que tem de indefinido, projeta a sombra sem coração dos vazios e imensidades do universo e assim nos apunhala pelas costas com a ideia de aniquilamento, no momento em que contemplamos as brancas dobras da Via Láctea? Ou será antes porque em essência o branco não é tanto uma cor visível como a ausência de cor e ao mesmo tempo a concreção de todas as cores? Será por essa razão que existe um silêncio ermo cheio de significação numa ampla paisagem de neve — a completa ausência de cor do ateísmo, que nos apavora? E quando consideramos essa outra teoria dos filósofos da Natureza, segundo a qual todas as outras cores terrestres, cada esmalte magnífico e encantador, as tintas suaves dos céus crepusculares e dos bosques, os veludos brilhantes das borboletas e as faces de borboleta das donzelas não são mais do que ilusões sutis de modo algum inerentes à substância e sim meras exterioridades, chegamos à conclusão de que a divina Natureza pinta-se como uma cortesã, cujas atrações nada cobrem senão o sepulcro que leva dentro de si. E ainda mais, quando consideramos que o mistério cromático, ou seja o grande princípio da luz, permanece para sempre branco ou incolor, em si mesmo, e que se atuasse sem ter ponto de apoio na matéria, tocaria todos os objetos, fossem tulipas ou rosas, com a sua própria tonalidade vazia, chegamos à conclusão de que afinal de contas o universo é como um leproso; e como os bisonhos viajantes da Lapônia que não querem usar óculos de cor, o viajante descrente sente-se cegar diante da mortalha monumental que envolve todas as perspectivas que o rodeiam. E de todas essas coisas a baleia-branca constitui o símbolo.

Escuta!

— Sciu! Ouviste aquele barulho, Cabaco?

Era durante a primeira vigia e fazia um lindo luar. Os marinheiros despertos formavam um cordão que se estendia desde um dos tonéis de água fresca, até o tonel da escotilha, perto da amurada. De pé, na maioria, no recinto côncavo do convés, evitavam falar ou fazer ruído com os pés. De mão em mão os baldes passavam no meio do mais profundo silêncio, quebrado apenas pelo bater ocasional de uma vela e o ruído incessante da quilha avançando inexoravelmente.

Foi no meio desse repouso que Archy, um dos que formavam a fila e que estava colocado perto das escotilhas, murmurou ao seu vizinho, um cholo, as palavras que mencionamos acima.

— Pst! Ouviste aquele ruído, Cabaco?

— Toma o balde, Archy. Que ruído?

— Outra vez, sob a escotilha... Não ouviste? Parece uma tosse...

— Vai para o diabo com essa história de tosse! Passa o balde que vem de volta.

— Outra vez! Agora é um ruído como que de duas ou três pessoas que roncam e se revolvem dormindo.

— Caramba! Acaba com isso, camarada. São as bolachas ensopadas que comeste à ceia, que se revolvem dentro de ti. Não há nada. Olha o balde.

— Diga o que quiser, contramestre. Tenho o ouvido agudo.

— Ah! És então aquele sujeito que ouvia no mar o ruído das agulhas das velhas quacres fazendo tricô em Nantucket, a cinquenta milhas de distância?

— Pode rir; depois veremos. Escuta, Cabaco, há embaixo, no porão, alguém que não foi visto ainda no convés. E desconfio que o nosso velho Mogol também sabe de alguma coisa. Numa manhã de guarda ouvi Stubb dizer a Flask que havia algo no ar.

— Sciu! Olha o balde.

O mapa

Tivésseis seguido o capitão Ahab ao seu camarote, depois da borrasca que sobreveio na noite seguinte à estranha ratificação do seu propósito diante da tripulação, tê-lo-ieis visto dirigir-se a um armário no pranchão, tirar de lá um grande e enrugado rolo de amarelentas cartas marítimas e espalhá-las sobre a mesa parafusada no soalho. Tê-lo-ieis visto sentar--se e estudar atentamente as várias linhas e sombras que os seus olhos encontravam, e, com um lápis vagaroso mas firme, traçar itinerários adicionais sobre os espaços até então em branco. Por vezes consultava pilhas de velhos diários de navegação, que conservava ao seu lado, e nos quais estavam registradas as estações e os lugares onde, em várias viagens anteriores, em diversos navios, tinham-se avistado e capturado cachalotes. Enquanto Ahab se encontrava assim ocupado, a pesada lâmpada de estanho suspensa em correntes, sobre a sua cabeça, oscilava continuamente com o movimento do navio, espalhando incessantemente raios de luz e sombras de linhas sobre a sua fronte sulcada e dir-se-ia que, enquanto ele marcava as linhas e direções naquelas cartas enrugadas, algum lápis invisível traçava também linhas e direções, sobre a carta ainda mais profundamente marcada da sua fronte.

Mas não era aquela a única noite em particular, em que, na solidão do seu camarote, Ahab meditava assim sobre os seus mapas. Quase todas as noites eles saíam da gaveta, quase todas as noites algumas marcas de lápis eram apagadas e substituídas por outras, pois, tendo diante de si os mapas dos quatro oceanos, Ahab seguia um labirinto de correntes e redemoinhos, com o propósito de realizar com mais certeza aquela ideia monomaníaca da sua alma.

Mas, a todos aqueles que não estão plenamente familiarizados com os costumes dos leviatãs, pode parecer uma tarefa absurdamente inútil procurar uma criatura solitária nos mares ilimitados deste planeta. Porém assim não pensava Ahab, que conhecia todos os lugares dos mares e correntes e portanto, calculando o movimento dos peixes que servem de alimento ao cachalote e recordando também de maneira segura as estações em que ele pode ser caçado em determinadas latitudes, estava em condições de chegar a conjecturas razoáveis, muito próximas da certeza, acerca da melhor oportunidade, para se apresentar nesta ou naquela zona, em busca da caça. Tão decisivo, na verdade, é o fato concernente à maneira periódica com que o cachalote visita determinadas águas, que muitos baleeiros julgam que se ele pudesse ser observado e estudado de perto no mundo inteiro, se os diários de navegação de uma única viagem de toda a frota baleeira fossem cuidadosamente comparados, verificar-se-ia que as migrações do cachalote igualam em invariabilidade às dos cardumes de arenques ou à fuga das andorinhas. De acordo com tal sugestão têm-se feito tentativas para elaborar cartas sobre a migração do cachalote.[28]

Além disso, quando passa de uma para outra zona de alimentação, o cachalote, guiado por um certo instinto infalível — dir-se-ia uma inteligência inata emanada da divindade — nada continuamente em *veias*, conforme se diz, e continua o seu caminho ao longo de determinada rota marítima, com tal exatidão, tão sem desvio, que navio algum neste mundo já seguiu algum dia a sua rota, por um mapa, de maneira que se aproxime mesmo de longe da sua maravilhosa precisão. Conquanto em tais casos a direção tomada por um cachalote seja paralela à vista do observador e a linha de avanço seja estritamente limitada à sua iniciativa, pode-se dizer, essa *veia* arbitrária em que o cachalote nada diante dele abrange em geral apenas algumas milhas de largura (mais ou menos, pois presume-se que a *veia* ora se expande ora se contrai); mas de qualquer maneira jamais excede a curva visual do homem que se encontra no mastro do baleeiro, quando desliza cautelosamente ao longo dessa zona mágica. O resultado é que em determinadas estações, dentro dessa extensão e ao longo dessa rota, pode-se confiar grandemente num encontro de cachalotes imigrantes. Daí, não somente em ocasiões determinadas, em zonas de alimentação perfeitamente delimitadas, Ahab poderia esperar encontrar a sua presa, como também, cruzando os mais largos trechos de água entre essas zonas, podia, por sua perícia, colocar-se tão oportunamente no seu caminho que nem mesmo assim perdia inteiramente a possibilidade de um encontro. Havia uma circunstância que à primeira vista parecia complicar de certa maneira o sistema delirante, embora metódico, do capitão Ahab. Ainda que o gregário cachalote frequente em estações regulares determinadas zonas de alimentação, não se pode concluir em geral que a manada que aparece em tal ou qual longitude, em determinado ano, venha a ser a mesma que foi encontrada ali, na estação precedente, conquanto, em exemplos particulares e indiscutíveis, tenha ficado provado justamente o contrário. Em geral, a mesma observação, apenas dentro de limites menos vastos, aplica-se também aos cachalotes solitários e adultos.

Desta maneira, embora Moby Dick tivesse sido visto um ano antes, por exemplo, na zona denominada das Seicheles, no Oceano Índico, ou na Baía do Vulcão, na costa japonesa, isso não significa de modo algum que o *Pequod*, visitando um desses dois lugares em qualquer estação correspondente, viesse a encontrá-lo ali de modo infalível. O mesmo se dá com outras zonas de alimentação onde ele tivesse podido aparecer algumas vezes. Todos esses lugares, porém, pareciam ser para o cachalote apenas pontos ocasionais de parada, verdadeiras hospedarias no oceano, por assim dizer, e não lugares de permanência demorada. E do lugar onde poderia Ahab realizar o seu objetivo já termos falado aqui, ainda que somente em alusões a determinadas rotas antecedentes, perspectivas particulares suas, antes de alcançar o tempo e lugar precisos para que todas as possibilidades se tornassem probabilidades e, conforme Ahab se aprazia em pensar, onde cada possibilidade fosse o próximo passo para uma certeza. Esse tempo e esse lugar especialmente estabelecidos eram definidos juntos numa expressão técnica — a "estação na linha". Pois ali, durante vários anos consecutivos, Moby Dick fora periodicamente assinalado, rondando nessas águas por algum tempo, assim como o sol, na sua ronda anual, demora, por um tempo preestabelecido, num dos signos do zodíaco. Era também ali que se havia registrado a maioria dos encontros fatais com a baleia-branca; ali as águas contavam a história dos seus feitos; era também ali o trágico local onde o monomaníaco velho encontrara o tremento motivo da sua vingança. Mas apesar de tudo, conquanto seja certo que Ahab vigiava continuamente, e arrojava a sua alma meditativa contra a presa que perseguia, evitava colocar todas as suas esperanças sobre o fato principal que referimos acima (por mais lisonjeiras que fossem essas esperanças), nem também, nas insônias durante as quais ratificava os seus propósitos, chegava a ponto de tranquilizar o seu inquieto coração, afastando qualquer outra eventual conjectura favorável. Mas o *Pequod* tinha saído de Nantucket justamente no início da estação na linha. Nenhum fator poderia habilitar o seu comandante a realizar o cruzeiro para o sul, dobrar o Cabo Horn e, em seguida, descendo sessenta graus de latitude, chegar ao Pacífico equatorial em tempo de cruzá-lo. Portanto, devia esperar pela estação seguinte. Contudo, a data antecipada da saída do *Pequod* talvez tivesse sido corretamente escolhida por Ahab, justamente em vista do conjunto de circunstâncias. Porque ele tinha dessa maneira, diante de si, um intervalo de 365 dias e noites, intervalo que em vez de ser suportado com impaciência, em terra, seria empregado numa caçada mista, se por acaso a baleia-branca, passando as suas férias em mares muito distantes das suas zonas de alimentação habituais, pudesse erguer a sua fronte enrugada na superfície do Golfo Pérsico ou do Mar da China ou em quaisquer das outras águas habitadas pela sua raça. Assim, as monções, os pampas, os ventos de noroeste, o "harmattan", os ventos alísios, todos os ventos, em suma, exceto o do Levante e o simum, podiam arremessá-la na esteira do *Pequod*, que realizava uma navegação em torno do mundo. Porém mesmo admitindo tudo isso, considerando-se o fato friamente, de maneira razoável, não se podia deixar de julgar uma ideia louca, essa de pretender reconhecer no vasto oceano sem fronteiras uma baleia solitária, e admitindo que fosse encontrada, julgar que o seu perseguidor a pudesse identificar com a perspicácia daquele que identificasse nas ruas congestionadas de Constantinopla um mufti de barba branca. Sim, porque a fronte branca de Moby Dick e sua nívea corcova não podiam deixar de ser inconfundíveis. "Poderá ele escapar, depois de eu o haver marcado?", dizia Ahab, consigo mesmo, depois de meditar sobre as cartas até muito depois da meia-noite, quando a sua atenção recaía sobre os seus sonhos. "As suas amplas barbatanas são furadas e recortadas como as de uma ovelha perdida." E aqui o seu cérebro louco se lançava numa carreira desabalada até que o venciam o cansaço e a fraqueza. E sem poder continuar a meditação, procurava recobrar as forças ao ar livre do convés. Oh! Deus! Que transes tem de suportar o homem que se deixa consumir por um desejo insatisfeito de vingança! Dorme com as mãos crispadas e desperta com as próprias unhas cravadas nas palmas ensanguentadas.

Às vezes, quando o expulsavam da maca os pesadelos intoleravelmente vívidos da noite, que, resumindo os pensamentos intensos do dia inteiro, o levavam a uma multidão de frenesis que se encontravam e redemoinhavam incessantemente em torno de seu cérebro em brasa, até que o propósito essencial da sua vida se tornava angústia insuportável, e quando, como acontecia às vezes, essa agonia espiritual abalava totalmente o seu ser, levando-o a um estado tal que dir-se-ia ter se aberto diante dele um abismo do qual saíam chamas bifurcadas e relâmpagos e em que os demônios lhe acenavam para que saltasse, e se reunisse a eles, quando esse inferno interior se abria a seus pés, ouvia-se ecoar um grito selvagem em todo o navio e, com os olhos fora das órbitas, Ahab se arremessava do seu camarote como se fugisse de um leito de chamas. Essas manifestações, contudo, em vez de serem os sintomas irreprimíveis de alguma fraqueza oculta de medo, ante o seu próprio desígnio, eram, pelo contrário, as mais evidentes provas da intensidade deste. Porque nessas ocasiões o desvairado Ahab, o engenhoso, o firme caçador do cachalote branco não era o agente que o punha fora de si, transido de horror. Esse agente era o princípio eterno e vivo, a alma que vivia nele e que no sono, dissociado da mente diretora do caráter (que em outras oportunidades era empregada por ele como veículo externo e agente), procurava espontaneamente escapar-se da vizinhança abrasadora daquele frenesi, do qual, no momento, não fazia parte integrante. Porém assim como a mente não pode existir senão ligada com a alma, pode ter acontecido que no caso de Ahab, reunindo ele todos os seus pensamentos e projetos em vista de um único propósito, a própria exclusiva tenacidade da vontade o forçasse, contra deuses e demônios, a forjar uma espécie de ser próprio independente, que atuava por sua própria conta, e então, como a alma não podia de modo algum viver em pleno espanto e queimar-se ao mesmo tempo que a vitalidade usual a que estava ligada, fugia possuída de horror, da ideia intrusa e descarnada. Portanto o espírito atormentado que relampejava nos olhos carnais, quando aquilo que parecia ser Ahab saía do seu camarote, era então algo de vazio, um ser informe e sonâmbulo, um raio de luz viva, é verdade, mas sem colorir objeto algum, e portanto um fracasso em si mesmo. Que Deus te proteja, ancião, os teus pensamentos criaram uma criatura em ti, e és daqueles que pelo intenso pensamento se convertem em Prometeu; um abutre se alimenta para sempre desse coração e esse abutre é a própria criatura que ele cria.

No que se refere à parte narrativa deste livro e, na verdade, pelo que se refere indiretamente a um ou dois pontos muito importantes concernentes aos hábitos dos cachalotes, é preciso dizer que o capítulo que se segue, na sua primeira parte, é tão importante como qualquer outro dos que compõem este volume, ainda que o seu assunto principal precise ser ampliado e elaborado de maneira a ser compreendido adequadamente e, além disso, para afastar qualquer incredulidade que uma profunda ignorância na matéria possa provocar em alguns espíritos, quanto à veracidade dos principais pontos desse tema.

A mim não importa realizar metodicamente esta parte da tarefa, mas contentar-me-ei em produzir a desejada impressão mediante a citação de casos praticamente confirmados, ou investigados por mim, na qualidade de baleeiro, e dessas citações as conclusões que se têm em mira seguirão por si mesmas.

Primeiro: conheci pessoalmente três casos nos quais uma baleia, depois de receber um arpão, conseguiu escapar-se e em seguida a um intervalo (que num desses exemplos foi de três anos) foi novamente atingida e morta pela mesma pessoa e, ao serem retirados os dois aços, viu-se que ambos estavam marcados com o mesmo monograma — três anos depois de ter sido atacada pela primeira vez — é preciso notar que o homem que lançou o arpão certeiramente esteve nesse intervalo na África, onde chegou num navio mercante e reuniu-se depois a uma expedição, penetrando bem no interior, por um período de cerca de dois anos, suportando frequentemente os perigos de serpentes, selvagens, tigres, miasmas venenosos e todos os riscos habituais numa excursão por regiões desconhecidas. Nesse ínterim, a baleia atingida seguiu o seu caminho, e não há dúvida de que deve ter dado três vezes a volta ao globo, tocando com os seus flancos todas as costas da África, mas sem nenhum propósito. Homem e baleia tornaram a encontrar-se e um venceu o outro. Posso afirmar que conheci três exemplos semelhantes e posso dizer também que em dois deles vi as baleias atacadas, e no caso da segunda pude examinar, no momento em que eram retirados do peixe morto, os dois ferros com as respectivas marcas.

Nesse caso de três anos aconteceu que eu me encontrasse no bote nas duas vezes, na primeira e na última e posso afirmar que quando acometemos a última, reconheci uma mancha gigantesca e muito característica sob os olhos, e que já havia observado três anos antes.

Digo três anos, mas tenho absoluta certeza de que foi mais do que isso. São pois três casos cuja autenticidade conheço pessoalmente, mas sei de vários outros exemplos, por pessoas cuja veracidade é de todo inatacável.

Segundo: por mais que a gente de terra o ignore, sabe-se, nas pescarias de cachalote, de vários exemplos memoráveis e históricos nos quais um mesmo cachalote tem sido visto várias vezes em lugares amplamente conhecidos e em períodos afastados. O fato de que o animal tenha sido identificado não se deve a quaisquer características físicas que o distinguissem do resto dos seus congêneres, porque, por mais avultadas que fossem essas características, os caçadores em breve teriam destruído esses sinais peculiares, matando e fervendo a baleia, a fim de transformá-la num óleo de valor especial. Não. A razão é a seguinte: as fatais experiências das pescas dotaram este animal de um prestígio tão terrível de perigo que ele é tratado como Rinaldo Rinaldini, a quem a maioria dos pescadores contenta-se com reconhecer de longe e saudar tocando simplesmente nos bonés, quando o encontram errando pelo mar, e evitam cultivar relações mais íntimas. O mesmo acontece com os pobres-diabos de terra, que quando conhecem um grande homem irascível limitam-se a fazer-lhe uma saudação discreta e rápida, pois sabem que se tentassem levar mais longe as relações, talvez viessem a receber inesperadamente algumas pancadas pelo seu atrevimento.

Porém não somente cada um desses famosos cetáceos goza de grande fama individual — uma fama, digamos, difundida em todos os oceanos — não somente foram famosos em vida, como também agora, depois de mortos, são imortais e vivem nas histórias do castelo de proa, e se lhes conferem todos os direitos, privilégios e distinções que correspondem a um ser com nome próprio, pois na realidade têm um nome, como tiveram Cambises ou César. É assim ou não é, Tom de Timor, leviatã de vasta fama, coberto de cicatrizes como um iceberg que durante tanto tempo te escondeste nos estreitos orientais deste nome e cujo jato era visto a miúdo nas praias de Ombay, cobertas de palmeiras? É assim ou não é, Jack neozelandês, terror de todos os navios que cruzam as suas esteiras na vizinhança da terra de Tattoo? Não era assim, ó Morquan, rei do Japão, cujo jorro elevado, diz-se, assemelhava-se às vezes a uma cruz de brancura nevada, erguendo-se contra o céu? Não era assim, ó Dom Miguel, cachalote chileno, marcado nas costas com velhos hieróglifos místicos como uma velha tartaruga? Na verdade podemos dizer que temos aqui quatro cachalotes tão conhecidos dos estudantes de Cetologia como são Mário e Sila dos estudantes de humanidades.

Porém isso ainda não é tudo. Tom de Timor e Dom Miguel, depois de terem feito várias vezes grandes catástrofes entre os botes de diversos navios, foram finalmente submetidos a uma rigorosa pesquisa sistemática, procurados, caçados e mortos por valentes capitães baleeiros que haviam levantado as âncoras com esse objetivo único, assim como se internou antigamente nos bosques de Narragansett o capitão Butler, cujo único propósito era capturar o notório selvagem criminoso, Annawon, o guerreiro caudilho do rei índio Filipe.

Não sei onde poderia encontrar melhor lugar do que este para fazer menção a uma ou duas coisas mais que me parecem importantes, pois, segundo creio, estabelecidas aqui em letra de imprensa, darão base razoável à história do cachalote branco, mais especialmente à catástrofe que produziu. Referir-me-ei a um desses casos desconcertantes nos quais a verdade precisa de uma justificação tão perfeita quanto o exigiria a explicação do erro. Tão ignorante é a maioria da gente de terra firme a respeito das maravilhas mais elementares e palpáveis do mundo que se não se prestam alguns esclarecimentos sobre fatos que são verdadeiros, históricos ou não, ligados à vida nas pescarias, é fácil chegar a considerar Moby Dick como um monstro fabuloso, ou o que ainda é pior e mais detestável, uma odiosa e intolerável alegoria.

Primeiro: conquanto a maioria das pessoas tenha algumas ideias vagas e indecisas acerca dos perigos da grande pesca em geral, falta-lhes contudo uma concepção fixa e vívida de tais perigos e da frequência com a qual eles ocorrem. Uma das razões que explicam isso talvez seja o fato de que nem mesmo cinquenta por cento dos desastres e mortes em consequência de acidentes na pesca encontram eco entre a gente de terra, a tal ponto efêmeras são as menções que deles se fazem. Julgais que o nome desse pobre rapaz apanhado pela linha que se lança sobre as baleias, ao largo da costa da Nova Guiné e que foi carregado para o fundo do mar pelo leviatã, nos seus mergulhos, julgais que o nome desse pobre diabo aparecerá nas notícias fúnebres do jornal que ireis ler amanhã ao almoço? Não. Porque é muito irregular o serviço de correios entre a Nova Guiné e a pátria. Na verdade, já ouvistes falar em algo que se pudesse chamar notícias regulares da Nova Guiné, quer diretas quer indiretas? Contudo posso dizer-vos que em determinada viagem que fiz pelo Pacífico tivemos a oportunidade de falar com trinta navios diferentes e cada um deles tinha a lamentar uma morte ocasionada por uma baleia, alguns mais de uma, ao passo que três dentre eles haviam perdido a tripulação de um bote. Pelo amor de Deus! economizai as vossas lâmpadas e velas. Do óleo que consumis não há um galão que seja que não tivesse custado pelo menos uma gota de sangue de um homem.

Em seguida: A gente de terra tem geralmente uma ideia bastante vaga sobre o enorme poder da baleia: mas verifiquei já que, quando narro algum exemplo específico relativo a essa enormidade, recebo cumprimentos pelo meu espírito, quando na realidade declaro, por minha alma, que não tinha mais intenção de gracejar do que Moisés, quando escreveu a história das pragas do Egito.

Felizmente, porém, o ponto especial de que procuro tratar aqui pode ser estabelecido sobre um testemunho inteiramente independente do meu. O caso é o seguinte: o cachalote é em certas ocasiões suficientemente poderoso, metodicamente astuto e dotado de uma inegável capacidade de premeditação para arrombar e em seguida destruir e afundar um navio grande, e o que é mais, o cachalote já fez isso.

Primeiro: no ano de 1820, o navio *Essex* de Nantucket, comandado pelo capitão Pollard, fazia um cruzeiro pelo oceano Pacífico. Um dia avistaram-se jorros; baixaram-se os botes e deu-se caça a um cardume de cachalotes. Em breve vários deles foram feridos, mas, subitamente, um cachalote de enorme tamanho, escapando-se de entre os botes, saiu do cardume e arremessou-se contra o navio. Batendo a cabeça contra o casco, arrombou-o e em menos de "dez minutos", o navio parou e afundou, não ficando nem mesmo uma tábua a flutuar. Depois dos mais graves perigos, parte da tripulação alcançou a terra nos botes. O capitão Pollard voltou a navegar pelo Pacífico, comandando outro navio, mas os deuses fizeram-no naufragar novamente em rochas e ondas desconhecidas. Pela segunda vez, o seu navio soçobrou completamente, e em vista disso, fazendo um juramento de renunciar ao mar, nunca mais tornou a afrontá-lo. Atualmente o capitão Pollard reside em Nantucket. Estive com Owen Chace, primeiro piloto do *Essex* ao tempo da tragédia: li a sua simples e fiel narrativa do caso; conversei com seu filho, a poucas milhas do lugar da catástrofe.[29]

Segundo: no ano de 1807 o navio *Union*, também de Nantucket, perdeu-se totalmente ao largo dos Açores, em consequência de um incidente semelhante, mas nunca consegui apurar os detalhes autênticos dessa catástrofe, conquanto tenha ouvido, entre os caçadores de baleia, alusões acidentais a esse fato.

Terceiro: há cerca de vinte anos, aconteceu que o comodoro J... então no comando de uma chalupa de guerra americana, de primeira classe, jantasse um dia com um grupo de capitães de baleeiros, a bordo de um navio de Nantucket, no porto de Oahu, nas ilhas Sandwich. A conversação recaiu sobre as baleias e o comodoro achou que devia mostrar-se cético acerca da prodigiosa força atribuída a esses cetáceos, pelos profissionais presentes. Negou assim categoricamente que alguma baleia ou cachalote fosse capaz de destroçar a rija coberta do seu navio e fazer-lhe uma ruptura mesmo do tamanho de um guarda-cabo. Muito bem. Porém isso não é tudo. Algumas semanas mais tarde o comodoro fez-se de vela na sua invulnerável corveta com destino a Valparaíso. Mas foi detido no caminho por um alentado cachalote que lhe pediu alguns minutos para tratar de um assunto confidencial. O assunto foi o seguinte: o cachalote aplicou um tal golpe ao navio que este, com todas as bombas trabalhando, teve de dirigir-se ao porto mais próximo a fim de ser submetido a reparos. Não sou supersticioso, mas considero providencial a entrevista do comodoro com o cachalote. Por acaso Paulo de Tarso não se converteu da sua incredulidade em consequência de um susto semelhante? Digo-vos, que o cachalote não suporta ouvir absurdos.

Remeterei agora os leitores às viagens de Langsdorff por uma pequena circunstância que interessa o autor citado: Langsdorff, conforme devem ter ouvido dizer, foi adido à famosa expedição de descoberta do almirante russo Kruzenstern, no começo do presente século. O capitão Langsdorff inicia assim o seu décimo sétimo capítulo:

"A treze de maio o nosso navio estava pronto para zarpar e no dia seguinte nos encontrávamos em alto-mar, em direção ao Mar de Octotsk. Fazia um belo tempo, claro, mas com um frio tão intolerável que éramos obrigados a vestir os nossos abrigos de peles. Durante alguns dias tivemos muito pouco vento: foi apenas depois do décimo dia que se ergueu de noroeste uma brisa forte. Uma baleia de tamanho descomunal, cujo corpo era mais largo do que o próprio navio, jazia quase à flor da água, mas não fora percebida por pessoa alguma de bordo, até o momento em que o navio, com todas as velas desdobradas, aproximou-se tanto dela que foi impossível deixar de atropelá-la. Estávamos assim colocados ante o mais iminente perigo, pois o gigantesco animal, erguendo o dorso, levantou o navio pelo menos à altura de três pés sobre a superfície da água. Os mastros vacilaram e as velas caíram inteiramente, ao passo que todos nós, que nos encontrávamos embaixo, subimos imediatamente para o convés, concluindo que havíamos batido em alguma rocha; em vez disso, porém, vimos o monstro que se afastava solene e com a maior gravidade. O capitão D'Wolf foi imediatamente até as bombas para examinar se o navio sofrera ou não alguma avaria com o choque, mas verificamos que, felizmente, havia escapado completamente ileso."

Pois bem, o capitão D'Wolf, a que se alude aqui como o comandante do navio em questão, era natural da Nova Inglaterra e depois de uma longa vida de aventuras extraordinárias como capitão de navio, reside atualmente na aldeia de Dorchester, perto de Boston. Tenho a honra de ser seu sobrinho. Interroguei-o acerca dessa passagem no livro de Langsdorff. Ele a confirmou em todas as palavras. Não se tratava contudo de um grande navio; era uma embarcação russa, construída nas costas da Sibéria e comprada por meu tio, depois que vendera o navio em que navegara do porto de partida.

Entre os episódios desse viril livro de aventuras, cheio de verdadeiras maravilhas — a viagem de Lionel Wafer, um antigo camarada do velho Dampier — encontro um pequeno episódio tão semelhante ao que acabo de narrar do referido Langsdorff, que não posso resistir à tentação de citá-lo aqui, como confirmação, se tal for necessário.

Parece que Lionel estava a caminho de "John Ferdinando", como chamava ele à moderna Juan Fernandez. "De caminho para lá", diz ele, "mais ou menos às quatro horas da manhã, quando estávamos a cerca de 150 léguas do continente da América, o nosso navio deu um terrível encontrão que produziu em nossos homens uma tal consternação que eles não podiam saber onde estavam nem o que pensar; e cada qual começou a preparar-se para a morte. Na verdade, o choque fora tão súbito e violento que ficamos todos convencidos de que o navio batera contra uma pedra. Porém o maior assombro foi pouco depois, quando baixamos o prumo e não encontramos fundo... O imprevisto do choque fez os canhões saltarem nas suas bases e vários homens foram atirados das macas. O capitão Davis, que estava deitado junto a um canhão, foi arremessado do seu lugar". Lionel atribuiu então o abalo a um terremoto e parece querer confirmar essa opinião dizendo que naquele instante um grande terremoto estaria produzindo grandes danos em algum ponto ao longo da terra espanhola. A mim, porém, não parecia estranho que na escuridão das primeiras horas da manhã, o choque tivesse sido causado por uma baleia invisível, que tivesse batido verticalmente na quilha do barco com grande força.

Poderia narrar mais vários exemplos que chegaram ao meu conhecimento de uma maneira ou de outra, sobre o grande poder e a malícia que às vezes mostra o cachalote. Sabe-se de mais de uma ocasião em que não somente fez retroceder os botes assaltantes até os seus respectivos navios, como também perseguiu o próprio navio, resistindo durante muito tempo a todas as lanças que lhe arremessavam do convés. A este respeito, o navio inglês *Pussie Hall* pode nos contar certa história e, quanto à sua grande força, deixai que vos diga que se têm registrado casos em que os cabos fixados numa baleia que foge com o mar em calma têm ficado presos no navio e asseguram-nos que a baleia reboca então o grande casco como um cavalo puxa um carro. Tem-se observado também frequentemente que, quando se deixa um cachalote ferido refazer-se dos golpes, ele age então não somente com uma fúria cega, como também com propósito deliberado e obstinado de destruir os seus perseguidores; nem também deixa de ser um certo indício eloquente do seu caráter o fato de que ao ser atacado abre frequentemente a boca e conserva assim essa terrível cavidade, durante vários minutos. Porém devo limitar-me a citar apenas mais um exemplo concludente, notável e dos mais significativos, o qual não deixará de mostrar-vos que não somente as maravilhas contidas neste livro são confirmadas por fatos verídicos de hoje, como também estas maravilhas (como todas as maravilhas) são repetições do que aconteceu em outros tempos, de modo que pela milionésima vez podemos dizer amém às palavras de Salomão: "Na verdade, nada há de novo sob o sol."

No sexto século da era cristã vivia Procópio, um magistrado cristão de Constantinopla, nos dias em que Justiniano era imperador e Belisário general. Conforme muitos sabem, ele escreveu a história da sua própria época e o seu trabalho tem um valor extraordinário; junto às melhores autoridades foi sempre considerado como um historiador fiel e isento de exageros, exceto em um ou dois casos que não afetam de modo algum a matéria que apresentamos aqui.

Pois bem; nessa história, Procópio diz que durante o período da sua prefeitura em Constantinopla, foi capturado no vizinho Propôndite, ou Mar de Mármara, um monstro marinho, que durante um período de cinquenta anos ou mais, com intervalos, havia destruído navios naquelas águas. Esse fato estabelecido numa história tão substancial não pode ser desdenhado. E não há razão para que o seja. Não se diz a que espécie pertencia esse monstro marinho. Mas, pelos navios destruídos e ainda por outras razões, sinto-me fortemente inclinado a pensar que era um cachalote. E direi por quê. Durante muito tempo supus que o cachalote não fosse conhecido no Mediterrâneo ou nas águas profundas que lhe ficam adjacentes. Ainda hoje estou convencido de que esses mares não são e talvez nunca possam vir a ser, no presente estado de coisas, um lugar próprio para as reuniões gregárias de cachalotes. Porém ulterior investigações provaram-me recentemente que nos tempos modernos tem havido casos isolados de presença do cachalote no Mediterrâneo. Pessoas autorizadas disseram-me que na costa da Berberia um certo Comodoro Davis, da marinha britânica, encontrou o esqueleto de um cachalote. Ora, se um navio de guerra pode passar através dos Dardanelos, um cachalote também poderia muito bem fazê-lo pela mesma rota e ir ao Mar de Mármara.

Neste mar. que eu saiba, não se encontram vestígios dessa substância especial chamada *brit* que é o alimento da baleia propriamente dita.

Mas tenho todas as razões para crer que o alimento do cachalote, a lula ou siba, se esconde no fundo desses mares, porque, grandes animais desse tipo, ainda que não os maiores, têm sido encontrados no seu seio. Se reunirmos então todas essas declarações e raciocinarmos um pouco sobre elas, perceberemos claramente que, de acordo com todas as inferências humanas, o monstro marinho de Procópio, que durante meio século arrombou os navios de um imperador romano, deve ter sido, com todas as probabilidades, um cachalote.

Conjecturas

Conquanto, consumido pela chama ardente do seu propósito, Ahab tivesse sempre presente, em todos os seus pensamentos e ações, a captura final de Moby Dick, conquanto parecesse disposto a sacrificar a essa paixão única todos os interesses mortais, talvez estivesse tanto por natureza como por hábito demasiadamente afeito à rude profissão de baleeiro, para abandonar a prossecução dos objetivos secundários da viagem. Ou pelo menos, se tal não acontecesse, não faltariam outros motivos que o influenciassem muito mais. Seria talvez exagero, mesmo considerando a sua monomania, insinuar que o seu sentimento de vingança em relação ao cachalote branco se tivesse podido estender em certo grau a todas as baleias e que, se as destruía, seria unicamente porque quanto mais monstros matasse mais multiplicava as possibilidades de que o próximo que encontrasse viesse a ser aquele que odiava e perseguia. Porém, mesmo afastando uma tal hipótese, restavam ainda considerações adicionais as quais, embora não estivessem estritamente ligadas à selvageria da sua paixão dominante, não eram de modo algum incapazes de distraí-lo da sua monomania. Ahab tinha de fazer uso de instrumentos, e, de todos os instrumentos que se usam sob a luz da lua, os homens são os mais fáceis de falhar. Sabia perfeitamente, por exemplo, que por magnética que fosse a certos respeitos a ascendência que exercia sobre Starbuck, essa autoridade não abrangia inteiramente o homem espiritual, da mesma maneira que a simples superioridade física não implica o domínio intelectual sobre alguém, porque, a respeito do que é puramente espiritual, o intelecto mantém uma relação semelhante à que o separa do corpóreo. O corpo de Starbuck e a sua vontade oprimida pertenceriam a Ahab enquanto este conservasse o seu magnetismo sobre o cérebro de Starbuck, porém ele sabia também que, apesar disso, o primeiro piloto, no íntimo da sua alma, detestava tanto o propósito do capitão que, se pudesse, furtar-se-ia alegremente a ele e até mesmo o faria fracassar. Podia decorrer ainda muito tempo antes de se avistar Moby Dick. Durante esse longo intervalo Starbuck podia cair em francas reincidências de rebelião contra a chefia do capitão, a menos que sofresse algumas influências prudentes e circunstanciais. E não era somente isso. Acontecia também que a loucura sutil de Ahab em relação a Moby Dick não se manifestava de maneira significativa senão nos momentos críticos. Porém a astúcia de homem dizia-lhe que enquanto não chegasse o momento oportuno a caça devia ser despojada de certo modo de toda sensação de crueldade, e além disso, que o terror pleno que a viagem poderia produzir devia ser desterrado para uma distância obscura (poucos homens têm a coragem de resistir a uma prolongada meditação não alternada pela ação) e que era preciso que os oficiais e tripulantes, durante as longas noites de vigia, tivessem coisas mais próximas em que pensar do que Moby Dick. Porque, por maiores que tivessem sido o ímpeto e a vivacidade com que a sua bravia tripulação aclamara o anúncio da caça, é indubitável que todos os marinheiros são mais ou menos caprichosos e irresponsáveis — vivem em intempéries variantes e respiram a sua vacilação — e quando retidos por qualquer objetivo remoto e indeciso, por mais promissor que este seja afinal de vida e paixão, torna-se necessário, acima de tudo, que intervenham interesses temporais e esforços que os mantenham saudáveis e prontos para a arremetida final.

Nem também Ahab deixava de pensar em outra coisa: em tempos de forte emoção a humanidade desdenha todas as considerações de ordem inferior, e tais tempos são evanescentes. "A condição permanente constitutiva do homem, moldado pela sociedade, é a sordidez", pensava Ahab. Supondo que o cachalote incite plenamente os corações desta selvagem tripulação e que explorando a sua selvageria chegue-se a criar nela um certo sentimento paladínico, generoso; ainda assim, mesmo que em virtude desse sentimento deem caça a Moby Dick, devem sempre encontrar algo que alimente os seus apetites diários e mais comuns. Porque nem mesmo os elevados e cavalheirescos cruzados dos tempos antigos consentiam em atravessar duas mil milhas de terra para pelejar pelo Santo Sepulcro, sem cometer roubos, pilhagens e ir ganhando outras gratificações piedosas. Se se tivessem limitado ao seu romântico objetivo final muitos deles ter-se-iam separado com desgosto desse objetivo romântico. "Não tirarei desses homens", pensava pois Ahab, "a esperança de dinheiro contado e sonante; sim, dinheiro contado e sonante. Eles podem rir agora do dinheiro, mas deixemos que se passem vários meses sem nenhuma perspectiva de ganhá-lo e este próprio dinheiro, de que não cuidam agora, sublevar-se-ia dentro deles e seria a causa de que se revoltassem contra mim".

Havia ainda um outro motivo de precaução, este, porém, relacionado pessoalmente com Ahab. Tendo revelado, talvez de maneira impulsiva e de certo modo prematura, qual era o propósito principal e contudo particular da viagem do *Pequod*, Ahab tinha agora consciência plena de que, ao fazer isso, expusera-se indireta porém abertamente à acusação incontestável de usurpação, e com perfeita impunidade, tanto moral como legal, a sua tripulação, se quisesse, tendo em vista este fim, podia recusar-se mais tarde à obediência e, além disso, despojá-lo violentamente do comando. Como é natural, em sua própria defesa, Ahab devia estar muito interessado em evitar que ganhasse terreno a menor sugestão acerca de uma tal acusação, ou então que surgisse qualquer possível consequência de uma impressão reprimida e que de repente fosse libertada. Essa proteção só poderia provir do predomínio do seu cérebro, do seu coração e da sua mão, apoiado por uma atenção vigilante, estreita e calculista sobre as menores influências atmosféricas a que pudesse estar sujeita a tripulação.

Por todas essas razões, pois, e talvez por outras demasiadamente analíticas para poderem ser desenvolvidas aqui, Ahab viu claramente que devia continuar fiel, em grande medida, ao propósito natural e aparente da viagem do *Pequod*, que era necessário observar todos os costumes, e o que é mais, esforçar-se por mostrar que tinha um interesse apaixonado pela profissão.

Seja como for, ouvia-se frequentemente a sua voz chamando os vigias dos mastros e recomendando-lhes que tivessem olho vivo e que não deixassem de anunciar animal algum, mesmo que fosse uma marsopa.

Essa vigilância não tardaria a encontrar a sua recompensa.

O fabricante de esteira

Era uma tarde nublada e quente; os marinheiros vagavam preguiçosamente pela coberta ou olhavam distraidamente a água cor de chumbo. Queequeg e eu estávamos ocupados tranquilamente em tecer o que se chama uma esteira de espada[30] para uma arreatadura adicional no nosso bote.

Tão quieta e subjugadora e contudo tão eloquente era toda a cena e tanto encanto de sonho se escondia no ar que cada marinheiro silencioso parecia dissolver-se dentro do seu próprio ser invisível.

Eu era o ajudante e pajem de Queequeg enquanto trabalhávamos na esteira. Nos momentos em que ia passando e repassando a trama de merlim entre os longos fios de tecido, usando a minha própria mão como lançadeira, e enquanto, ao meu lado, Queequeg uma e outra vez passava a sua pesada espada de roble entre os fios, olhando preguiçosamente ao longe sobre as águas, enquanto colocava, despreocupado e sem pensar, cada fio em seu lugar, posso afirmar que reinava ali no navio e sobre o mar inteiro tão estranha sugestão de sonho, interrompida pelo intermitente e triste ruído da espada, que me parecia estar diante do *tear do tempo*, como se eu fosse em pessoa uma lançadeira que tecesse incessantemente para Fados. Ali estavam os fios fixos da trama, submetidos a um único vaivém incessante e esse vaivém era bastante para permitir o entrecruzar-se de outros fios com o seu próprio. Essa tela me parecia a necessidade: e — pensei eu — com a minha própria mão manejo a minha própria lançadeira e teço o meu destino. Entretanto, a espada impulsiva e indiferente de Queequeg batia no tecido, ora obliquamente, ora diretamente, ora com força, ora fracamente, conforme exigiam as circunstâncias, e com essa diferença do golpe final produzia-se uma variedade na tessitura definitiva do tecido. "Esta espada selvagem", pensei eu, "que de tal maneira dá forma e estilo à trama e urdidura, esta espada tranquila e indiferente pode ser o acaso; sim, o acaso, a livre vontade e a necessidade — de modo algum incompatíveis — se entrelaçam trabalhando juntos. Existem pois a rude urdidura da necessidade, que não é feita para ser desviada do seu caminho definitivo — seus próprios vaivéns alternados, na verdade, tendem somente a isso —, a vontade livre que aplica a sua lançadeira entre fios determinados, e o acaso, o qual, ainda que limitado em sua ação pelas rígidas linhas da necessidade e desviado dos seus movimentos pela livre vontade e ainda que pareça governado por ambas, é, na realidade, o que à força de rodeios governa as entidades anteriores e tem a última palavra nos acontecimentos."

Estávamos assim, sempre tecendo, quando estremeci ouvindo um grito tão estranho e prolongado, musicalmente selvagem e extraterrestre, que deixei cair o novelo do livre-arbítrio e me pus de pé, olhando para as nuvens de onde havia caído a voz, como uma asa. Lá em cima, na verga, estava o gayheadeano Tashtego. Tinha o corpo pronunciadamente inclinado para diante e a mão estendida como uma varinha; com breves e contínuos intervalos, continuava gritando. Decerto este mesmo grito estaria sendo ouvido no mesmo instante sobre o mar, emitido por centenas de vigias empoleirados na mesma altura, no ar, porém poucos deles poderiam ter emitido o velho grito conhecido com a maravilhosa cadência de Tashtego, o índio.

Se ele estivesse suspenso sobre vós, olhando com ansiedade tão selvagem para o horizonte, talvez o tivésseis tomado por um profeta ou vidente, divisando as sombras do Destino e anunciando a sua vinda com aqueles gritos selvagens.

— Ali... ela sopra!... Ali!... Ali!... Ali!... Ela sopra!... Ela sopra!...

— Onde?

— No vau de sota-vento, a duas milhas, mais ou menos. É uma manada inteira.

Imediatamente se soube de tudo.

O cachalote sopra com o ritmo do tique-taque de um relógio, com a mesma regularidade segura e sem desvio. Por isso os baleeiros distinguem esse peixe dos demais do mesmo gênero.

— Lá se vão as caudas! — gritou Tashtego. E as baleias desapareceram.

— Rápido, despenseiro! — gritou Ahab. — A hora! A hora!

"Dough Boy" desceu, olhou o relógio e disse a hora certa a Ahab.

O navio foi posto a coberto do vento e avançou, rolando suavemente diante dele. Como Tashtego havia anunciado que as baleias tinham afundado, assinalando o lado de sota-vento, confiamos em vê-las avançar diretamente para a nossa proa. A singular astúcia que ocasionalmente mostra o cachalote faz com que ele afunde com a cabeça, indicando uma direção, e que logo depois, oculto debaixo da água, de volta, nade rapidamente em sentido contrário; esse estratagema, contudo, poderia não estar sendo usado então. Não havia razão para crer que o peixe visto por Tashtego estivesse de modo algum alarmado, ou que se tivesse ao menos inteirado da nossa vizinhança. Um dos homens selecionados para guarda-cabos — os que não tinham sido contratados para os botes — rendeu o índio na vigia. Os marinheiros da proa e do mastro de mezena haviam baixado: as bobinas dos cabos no seu lugar, os guindastes projetados para fora, a verga grande retirada, os três botes balançaram-se sobre o mar, como três canastras de junco marinho sobre um alto alcantilado. Fora das amuradas esta tripulação ansiosa segurava-se com uma mão na borda do bote e um pé no parapeito. Parecia a fileira de homens de uma nave de guerra, antes de abordar um navio inimigo.

Porém neste momento crítico ouviu-se uma exclamação repentina que fez com que todos os olhos se desviassem do cachalote. Com surpresa geral o sombrio Ahab apareceu rodeado de cinco fantasmas obscuros que pareciam ter-se formado recentemente no ar.

Os fantasmas — pois pareciam fantasmas naquele momento — deslizavam sobre o lado oposto da coberta e com silenciosa rapidez soltavam os cabos e desatavam as cordas do bote que ali se balançavam. Aquele bote, considerado sempre como reserva, era conhecido tecnicamente por *bote do capitão*, em virtude de achar-se suspenso da quadra da popa, a estibordo. A figura que estava de pé no costado era alta e morena e tinha um dente branco que sobressaía de modo sinistro entre os lábios de aço. Vestia uma blusa chinesa de algodão, amarrotada, e umas calças largas da mesma fazenda, ambas negras, e que lhe davam uma aparência fúnebre. Mas essa negrura de ébano era coroada magnificamente por um cintilante turbante branco prateado e pelo cabelo lustroso, trançado, enrolado e passado em volta da cabeça. De tez menos escura, os companheiros dessa figura tinham a pele amarelo-tigre, própria de alguns indígenas das Manilhas, raça notável por certa sutileza diabólica e que alguns marinheiros brancos e dignos julgavam constituída por espiões do mar, pagos pelo demônio, seu dono e senhor, agentes secretos e confidenciais do mesmo, cujas oficinas — supunham — encontravam-se nalgum outro lugar.

Enquanto a tripulação contemplava, ainda maravilhada, esses seres estranhos, Ahab gritou ao homem de turbante branco, que os chefiava:

— Tudo pronto, Fedallah?

— Tudo pronto! — respondeu o outro com um sussurro.

— Desçam então. Ouviram? — gritou Ahab, do convés. — Para baixo, já disse.

Tão trovejante era a voz que apesar do seu assombro os homens saltaram por cima do corrimão. As roldanas rodaram nas garruchas e, espojando-se, os três botes caíram no mar, ao passo que com destreza e ousadia nunca vistas em qualquer outra profissão, os marinheiros saltaram como cabras por cima do costado bamboleante do navio, para os botes agitados pelas ondas.

Nem bem se haviam afastado do lado de sota-vento, quando apareceu, dando voltas na popa, uma quarta quilha que vinha do lado de barlavento; destacavam-se nela os cinco desconhecidos que conduziam Ahab, o qual, erguido na popa, ordenou em voz alta a Starbuck, Stubb e Flask que se separassem muito, a fim de cobrir a maior extensão possível de água. Porém, sem poder tirar os olhos do moreno Fedallah e dos homens, os tripulantes dos outros botes não obedeceram à ordem.

— Capitão Ahab... — disse Starbuck.

— Separem-se — gritou Ahab. — Afastem-se!... os quatro botes! Tu, Flask, puxa mais a sota-vento!

— Muito bem, senhor, muito bem — respondeu alegremente o pequeno Pendural, fazendo girar o seu grande remo timoneiro. — Para trás! — gritou dirigindo-se à sua tripulação. — Assim... Outra vez! Ali está, rapazes, soprando precisamente diante de nós!

— Não faças caso desses sujeitos amarelos, Archy.

— Não me importo com eles, senhor. Já sabia de tudo antes. Não os ouvi no porão? Não o disse a Cabaco? Que dizes, Cabaco? São clandestinos, sr. Flask.

— Remem, remem, meus coraçõezinhos! Remem, meus filhos, remem, pequenos — dizia Stubb docemente, suspirando, arrastando as palavras. Alguns dos seus homens manifestavam ainda sinais de ansiedade. — Por que não arrebentam o espinhaço, rapazes? Para onde olham? Para os sujeitos do bote? Basta. Não são mais cinco homens que nos vieram ajudar? Que importa de onde tenham vindo? Quanto mais gente, melhor! Remem, pois! Remem. Não se preocupem com o enxofre... Os demônios são muito bons sujeitos. Isto, isto. Assim!... Esta remada vale mil dólares. Esta é a remada que faz saltar o banco. Pela taça de ouro do espermacete, meus heróis. Viva, rapazes! Viva três vezes, meus coraçõezinhos! Calma! Calma... Não se aflijam, não se aflijam. Por que não movem esses remos, patifes? Apertem um pouco, cães. Assim, assim. Isso, devagarinho, devagarinho. Isso, longo e com força. Mais depressa. Que o demônio os leve, velhacos, canalhas. Estão todos dormindo? Deixem de roncar, dorminhocos, e puxem. Querem puxar? Podem puxar? Puxem. Puxam ou não? Em nome do diabo e da torta de gengibre! Por que não puxam? Remem e rompam algo! Remem e que os olhos lhes saltem. — E tirando do cinturão um afiado punhal: — Atenção, trovejou. Cada filho da mãe tire o seu punhal e reme com a lâmina entre os dentes. Isso! Agora vamos melhor, agora parece que fazem alguma coisa, pedacinhos das minhas costelas. Movam-se, movam-se, minhas colherinhas de prata. Movam-se, passadores!

Damos aqui em extenso o exórdio de Stubb aos seus homens, porque em geral ele tinha uma maneira um tanto estranha de falar-lhes, especialmente quando queria inculcar-lhes a religião de remar. Porém este modo de pregar não deve fazer supor que se encolerizasse realmente contra os seus acólitos. De modo algum — e isso constituía precisamente o seu traço característico. Sabia dizer as coisas mais terríveis com um tom no qual o furor e o gracejo se casavam singularmente, sendo o primeiro tão bem calculado que não parecia mais do que um condimento da brincadeira: e nenhum deles podia ouvir essas estranhas invectivas sem remar com alma e vida, e não obstante de maneira insensível, ao simples influxo exercido pela exortação. Aliás, era tal a indolência que ele deixava transparecer a todo momento, tamanha a preguiça com que movia o seu remo do leme com desmesurados bocejos às vezes, que a vista de um chefe tão sonolento agia como um feitiço sobre a tripulação, pelo efeito do mero contraste. Por outro lado, Stubb era um desses humoristas estranhos cuja jovialidade possui às vezes uma ambiguidade tão curiosa que induz todos os seus subordinados a se guardarem de não lhe mostrar submissão.

Obedecendo a um sinal de Ahab, Starbuck dirigia agora o seu bote para cortar obliquamente a popa de Stubb, e quando as duas embarcações se encontraram, por um instante, próximas uma da outra, Stubb chamou o piloto.

— Olá! sr. Starbuck! Olá, o bote de bombordo! Olá! Permite-me uma palavra, senhor?

— Olá — respondeu Starbuck sem se voltar sequer, ao mesmo tempo que exortava severamente, conquanto em voz baixa, a sua tripulação.

— Que pensa desses tipos amarelos, senhor?

— Embarcaram clandestinamente, de qualquer maneira, antes de zarparmos. (Força, rapazes, força) — murmurou dirigindo-se aos seus homens e novamente em voz alta: — Mau negócio, sr. Stubb! (Agitem-se, agitem-se!...) Porém não tem importância, tudo há de correr bem. Que os seus homens remem de rijo, aconteça o que acontecer. (Ânimo, rapazes, ânimo). Há muito espermacete por aí, sr. Stubb, e foi para isso que viemos. (Remem, rapazes!) Trata-se de espermacete! É só o que importa e o que dá proveito!

— Sim, sim, já me parecia — disse Stubb consigo mesmo, enquanto os dois botes se separavam. — Assim que pus os olhos neles, vi logo. Por isso descia tão a miúdo ao porão, como "Dough Boy" suspeitava já há algum tempo. Ocultavam-se ali. A baleia-branca está no fundo de tudo isso. Que vamos fazer? Não há mais remédio. Muito bem!... Adiante, rapazes, adiante! Por hoje não há baleia-branca! Adiante.

Então, o aparecimento desses exóticos forasteiros, no momento crítico da descida dos botes, suscitou não sem razão uma estranha apreensão em alguns dos tripulantes, conquanto estivessem de certo modo prevenidos pela revelação gratuita de Archy, que lhes havia falado às vezes, sem contudo lhes merecer confiança. Este fato e mais a maneira otimista com a qual Stubb explicava a sua aparição, libertaram-nos num momento de todo temor supersticioso, embora permanecesse ainda um vasto campo para as mais atrevidas conjecturas, em vista da intervenção decisiva de Ahab no assunto, desde o início. Por minha parte recordei em silêncio as misteriosas sombras que vira deslizar a bordo do *Pequod* naquele opaco amanhecer em Nantucket, bem como as enigmáticas insinuações do ambíguo Elias.

Nesse ínterim, Ahab, sem dar ouvido aos seus oficiais, virara o mais possível a barlavento, mantendo o seu bote a grande distância dos outros, circunstância esta que bem mostrava a força da sua esquadrilha. Os seus sequazes de cor amarelo-tigre pareciam forjados de aço flexível. À semelhança de cinco martelos inclinavam-se e erguiam-se em ímpetos sincrônicos de força, impulsionando com intervalos regulares o bote que cortava as águas como se fosse movido não por remos, mas por uma caldeira de vapor que com toda a sua pressão atravessasse o Mississippi. Quanto a Fedallah, que dirigia o remo do arpoador, despira a sua blusa negra e exibia por cima da amurada do bote o seu tórax nu e a metade do corpo nitidamente recortado contra o incerto vaivém do horizonte aquoso, enquanto que do lado oposto do bote, Ahab, à semelhança de um esgrimista, com um braço voltado para trás como para evitar qualquer tentação de saltar, dirigia o remo do timão com a mesma força com que o havia feito em várias descidas, antes de ter sido mutilado pelo cachalote branco. De repente, o braço estendido executou um movimento estranho e volveu à sua fixidez, seguindo-se imediatamente a queda simultânea e a paralisação dos cinco remos. Homens e botes quedaram imóveis. Os três da retaguarda pararam também. Por sua maior proximidade das baleias Ahab havia observado que estas se iam ocultando paulatinamente sob a espuma azulada, e disso os outros, que se encontravam à distância, não podiam ter o menor indício.

— Cada qual atento aos seus remos! — gritou Starbuck.

— Levanta-te, Queequeg!

Saltando como um macaco sobre a empinada caixa triangular da popa, o selvagem ergueu-se e, com um olhar de ansiedade intensa, fixou o ponto onde a presa fora localizada pela última vez. Da mesma maneira, no extremo da proa em plataforma, em nível triangular com a amurada, via-se Starbuck, balançando-se, fria e destramente, às sacudidelas da sua mesquinha embarcação, e fixando silenciosamente o imenso azul do mar.

Não muito longe o bote de Flask permanecia também imóvel. Seu comandante, de pé, bamboleava-se no topo de um enorme poste, que, cravado na quilha, se erguia dois pés acima da plataforma da popa. Serve esse poste para enrolar a linha do arpão e a sua parte superior é do tamanho da palma da mão. Imóvel, sobre semelhante pedestal, Flask parecia como que pendurado na ponta do mastro grande de um navio completamente submerso, exceto os mastros. Porém, se o Pendural era de pequena estatura, em compensação era grande na ambição, e a perspectiva que avistava do poste decerto não o satisfazia.

— Não posso ver nada; puxem um remo para cá e ajudem-me a subir.

A isso, Daggoo, fixando-se com ambas as mãos na amurada para assegurar o salto, subiu para ela brincando e ofereceu os seus largos ombros como pedestal.

— É um mastro grande e dos melhores, senhor. Quer subir?

— Não quero outra coisa, e muito agradecido, meu bom camarada. Apenas desejaria que fosses cinquenta pés mais alto.

Então, o gigantesco negro, fixando os pés contra as tábuas do bote, colocadas em sentido oposto, e curvando-se um pouco, pôs, sob os pés de Flask, a sua grande palma aberta e, em seguida, pondo uma das suas mãos sobre a lúgubre pluma da sua própria cabeça e convidando-o a saltar, ao mesmo tempo que se preparava num destro impulso, colocou o homenzinho exata e definitivamente nos seus ombros. E eis Flask de pé, enquanto Daggoo com um braço erguido oferecia-lhe um parapeito onde recostar-se e firmar-se.

Em qualquer ocasião é um espetáculo estranho para o profano ver com que maravilhosa, inconsciente e habitual destreza o pescador de baleias mantém-se sempre erguido no seu bote, mesmo durante as mais terríveis e inclementes borrascas; e mais surpreendente ainda é contemplá-lo em transes tais, balançando-se como presa de vertigem mesmo no alto do poste. Porém o espetáculo oferecido pelo pequeno Flask, nos ombros de Daggoo, era mais singular ainda. Sustendo-se com fria e tranquila indiferença, barbaramente majestoso, o nobre negro movia num acordo harmonioso a grácil estrutura de Flask a cada movimento do mar. No alto daqueles ombros, o pequeno e louro Pendural parecia um floco de neve. Mais belo porém revelava-se o que sustinha do que o que era sustido. De natureza tumultuosa, vivaz e presunçosa, não podia o rapaz resistir de vez em quando a um impulso de impaciência, porém isso não perturbava por um momento que fosse o equilíbrio daquele magnífico tórax. Tenho visto assim a ira e a vaidade assolarem a viva e magnânima terra, mas nem por isso a terra altera as suas marés nem as suas estações.

Nesse ínterim, Stubb, o terceiro piloto, não demonstrava tão extrema solicitude. Visto que o desaparecimento das baleias podia ser devido não ao temor, mas a um hábito que lhes é peculiar, decidiu, como era seu costume em tais casos, segundo parece, entreter a espera com o seu cachimbo. Retirou-o pois da fita do chapéu, onde o conservava sempre oblíquo como uma pluma, encheu-o e encalcou o conteúdo com a ponta do polegar. Porém nem bem havia acendido o fósforo na rugosa lixa da mão, quando Tashtego, o seu arpoador, cujos olhos haviam permanecido imóveis na direção do vento, como estrelas fixas, gritou como que possuído por um irresistível frenesi:

— Quietos!... Quietos todos!... Adiante!... Lá estão elas!...

Um homem de terra não teria podido perceber neste momento o menor vislumbre de baleia, nem de arenque; teria visto apenas um inquieto círculo de água branco-esverdeado, e eflúvios de vapor flutuantes sobre ele, desvanecendo-se até o lado de sota-vento, como espumas turvas desprendidas de um branco óleo. Subitamente, o ar ambiente vibrou e zumbiu como se as suas camadas superiores tivessem sido calcinadas por pranchas de ferro em brasa. Envoltas nessa atmosfera multicolorida e ondulante e parcialmente submersas numa delgada toalha de água, nadavam as baleias. As baforadas que exalavam, precedendo-as, pareciam os seus mensageiros antecipados ou arautos alados.

Os quatro botes lançavam-se agora em desenfreada perseguição a esse flutuante turbilhão de água e ar, porém era muito difícil interceptá-lo;

corria sempre para diante, sempre para diante, como uma massa de borbulhas mescladas arrastada por uma torrente do alto de montanhas.

— Remem, remem, meus bons rapazes! — dizia Starbuck aos seus homens, com um sussurro que mal se ouvia, cheio porém da maior intensidade, enquanto que os seus olhos, fixos e agudos, como flechas retilíneas lançadas à proa, evocavam um pouco as agulhas de duas bússolas infalíveis. Piloto e tripulação mal falavam. Apenas rompiam inesperadamente o silêncio do bote alguns murmúrios do primeiro, ora rudes de mando, ora brandos de súplica.

Em compensação, que diferença o ruidoso e pequeno Pendural!

— Cantem ou digam alguma coisa, meus coraçõezinhos!... Berrem e remem, meus trovões! Desembarquem-me nos lombos negros, rapazes, e vos transmitirei por escritura toda a minha plantação de Martha's Vineyard, inclusive mulher e filhos, rapazes. Deitem-me lá. Deitem-me lá! Oh! Senhor! fico completamente louco, louco varrido. Vejam, vejam essa água branca.

E enquanto gritava assim, puxou o chapéu da cabeça, pisou-o e atirou-o longe, sobre a água. Finalmente começou a saltar na proa do bote, como um poldro furioso num prado.

— Observem esse sujeito — dizia Stubb filosoficamente, com voz lenta, enquanto que com o cachimbo apagado entre os dentes, mecanicamente, seguia os outros a pouca distância. — Flask tem acessos. Sim, acessos, é a palavra. E passa aos outros esses acessos. Ânimo, ânimo, meus queridos. Isso é pudim para a ceia, vocês bem sabem... Causa alegria. Puxem, crianças, puxem meus pequenos. Força, força. Mas que diabo têm vocês? Devagar, devagar, e com firmeza, meus rapazes! Força, força sempre. Só isso. Rebentem os espinhaços e partam as facas em duas... Isso. Tenham calma, calma... Mas por que se afligem?... Rebentem o fígado, os pulmões!

Julgamos mais conveniente omitir aqui o que disse naquela ocasião o imperscrutável Ahab à sua amarela tripulação, pois viveis à luz das benditas terras evangelizadas e somente os bárbaros tubarões, filhos dos mares audazes, podem ouvir palavras que profere quando com a fronte tempestuosa, o olhar sangrento de assassino, os lábios cobertos de espuma pegajosa, lança-se atrás da sua presa.

Entretanto os botes se separaram. As repetidas e claras alusões de Flask a essa *baleia*, como chamava o monstro fictício que segundo dizia tantalizava incessantemente o seu bote com a cauda, eram às vezes tão vívidas e reais que um ou dois dos seus marinheiros não puderam resistir ao desejo de lançar um olhar furtivo por sobre os homens, o que é uma infração à regra, pois o remador deve prescindir dos olhos e torcer o pescoço para não ser senão braços e ouvidos, nesses momentos críticos.

Era uma visão cheia de rápido assombro e pavor. Os imensos redemoinhos lançados pelo mar onipotente, com o seu surdo e trêmulo ruído, rolando ao longo das oito bordas, como bolas gigantescas correndo sobre uma pista incomensurável, a fugaz e suspensa agonia do bote ao roçar por um segundo o fio das aguçadas ondas que pareciam querer parti-lo em dois, as súbitas e profundas imersões nos remansos e cavidades da água, os empurrões agudos e os aguilhões para alcançar a altura oposta, o deslizar precipitado, como o de um trenó, para o outro lado, tudo isso de mistura com os gritos dos arpoadores e pilotos, o ofegar dos remadores e o prodigioso espetáculo do ebúrneo *Pequod* conduzindo a toda vela os seus botes, como uma galinha desvairada guiando a sua estridente filharada, tudo aquilo era sensacional. Nem mesmo o recruta que do seio da esposa passa ao ardor febril da primeira batalha, nem o espírito de um morto que se encontra no outro mundo com o primeiro fantasma desconhecido, podem sentir emoções mais raras e mais fortes do que o homem que pela primeira vez se vê remando no enfeitiçado e violento círculo da caça da baleia.

A escuridão crescente da sombra das nuvens que pendiam sobre o mar tornava ainda mais visível a brancura da espuma que dançava, erguida pela carreira. Os jorros de vapor não se misturavam mais: erravam por toda parte, à direita e à esquerda. As baleias pareciam separar as suas esteiras. Nossos botes se haviam apartado também um pouco. Starbuck perseguia três baleias que corriam desvairadas a sota-vento. Tínhamos desdobrado a vela e, como o vento enrijara continuamente, o bote atravessava a água com uma fúria tão louca que mal se conseguia manejar os remos de sota-vento com a rapidez necessária para evitar que eles fossem arrebatados das forquetas.

Dentro em pouco corríamos através de um espesso véu de bruma. Já não se via nem o navio nem os botes.

— Remem, rapazes — murmurou Starbuck, puxando a vela um pouco mais para a popa. — Há ainda tempo de matar um peixe antes que venha o temporal. A água está outra vez branca. Apertem! Para a frente!

Logo em seguida dois gritos proferidos de ambos os lados do nosso bote nos deram a entender que os outros se haviam adiantado. Mal ouvimos a voz, Starbuck, num murmúrio precipitado, com rapidez de relâmpago, ordenou:

— De pé!

Queequeg, empunhando o arpão, ergueu-se de um salto.

Conquanto nenhum dos remeiros visse qualquer iminência de perigo mortal, o olhar e a fisionomia do seu piloto lhes davam a entender que chegara o momento decisivo de arriscar a vida. Ouviram também um imenso chapinhar como que de cinquenta elefantes revolvendo-se em confusão. O bote continuava nadando na névoa e as ondas se entrelaçavam silvando em torno de nós como cabeças erguidas de serpentes furiosas.

— Lá está a corcova!... Ali, ali! Deem-lhe com força — murmurava Starbuck.

Um som breve e sibilante se estendeu pelo espaço, erguendo-se do bote. Queequeg tinha disparado o arpão. Imediatamente um puxão inesperado, partindo da popa, fez estremecer o nosso bote, ao passo que a parte dianteira parecia ter esbarrado num recife. A vela arriou e estalou; uma onda de vapor escaldante explodiu bem perto e qualquer coisa rolou trepidando debaixo do bote, como um terremoto. A tripulação aos trambolhões e envolta em brancos coágulos de espuma, parecia meio asfixiada. Temporal, baleia e arpão fundiram-se num instante, porém a baleia, apenas arranhada pelo arpão, escapou-se.

Embora inteiramente alagado, o bote não sofreu quase nenhum dano. Nadando em torno dele, apanhamos os remos que flutuavam na água e os atiramos pela borda; aos tropeços voltamos aos nossos lugares. E assim ficamos com água até aos joelhos, os olhos fixos para a embarcação que meio submergida e imóvel parecia um bote de coral que se tivesse desprendido e chegado até nós do fundo do mar.

Então o vento, que aumentara, começou a uivar; as ondas arremessavam juntas os seus escudos; a tempestade desencadeada ziguezagueava e estalava em torno de nós, como as brancas chamas de um incêndio lavrando num prado e nas quais, indestrutíveis, nos queimávamos, imortais, nessas queixadas da morte! Em vão gritávamos para os outros botes; era o mesmo que gritar diante das brasas crepitantes, na chaminé de uma fornalha ardente. Nesse ínterim as sombras da noite obscureciam ainda mais as pesadas nuvens, a névoa e a espuma fugidia. Do navio nem sinal. O mar, levantado, impedia qualquer tentativa de esvaziar o bote. Os remos, inúteis agora como propulsores, faziam as vezes de salva-vidas. Assim, cortando a amarra do barrilzinho impermeável de mechas, depois de muitos insucessos. Starbuck conseguiu fazer uma torcida, para a lâmpada, acendeu-a e, encostando-a a um pedaço de pau qualquer, entregou-a a Queequeg, porta-estandarte dessa esperança perdida. E Queequeg, sentado, erguendo bem alto aquela luz irrisória, era o símbolo do homem sem fé, que conquanto nada mais espera, conserva ainda viva a esperança no meio do desespero.

Encharcados até os ossos, tremendo de frio, desesperando de encontrar navio ou bote, erguemos os olhos ao raiar da alvorada. A bruma flutuava ainda, espalhada sobre o mar; a lâmpada apagada jazia no fundo do bote. Subitamente Queequeg ergueu-se de um salto e levou as mãos aos ouvidos. E todos nós distinguimos então um débil ruído de cordas e de cabos, até então afogado pela tormenta. O som aproximava-se cada vez mais e uma forma vaga e enorme ia rasgando a espessura da névoa. Espantados nos atiramos à água, ao tempo que o navio se erguia à nossa vista, à distância não muito maior do que a sua própria extensão.

Vimos então que o bote, abandonado à mercê das ondas, meteu-se, vacilando, sob a proa do navio; era como um cavaco na base de uma catarata; então o vasto casco o cobriu e o vimos, momentos depois, voltando à popa. Nadamos ao encontro do *Pequod* e, arremessados para ele pelas ondas, fomos afinal recolhidos, encontrando-nos mais uma vez salvos, a bordo. Antes de se ter desencadeado a borrasca, os outros botes, abandonando a caça, alcançaram a tempo o navio. Este, embora nos tivesse abandonado à sorte, continuava navegando lentamente, à procura de algum vestígio do nosso naufrágio, trazido pelo acaso: algum remo flutuando ou uma tábua.

A hiena

Há, neste estrambótico e complicado negócio, que é a vida, certos períodos estranhos em que o homem considera o universo inteiro como uma simples e enorme farsa, ainda que mal vislumbre em que pode consistir a brincadeira e tenha bastante desconfiança de que esta se realiza à sua custa. Entretanto, nada o desalenta e nada parece valer a pena enquanto está lutando. Engole todos os acontecimentos, ideias, credos e opiniões e todas as coisas duras, visíveis ou invisíveis, por mais encaroçadas que sejam; como um avestruz de poderosa digestão engole balas e pedaços de pedras. E quanto às pequenas dificuldades, preocupações, perspectivas de desastres imediatos, perigos, grandes e pequenos, tudo isso, e até a própria morte, aparecem apenas como dissimuladas, benévolas e graciosas palmadinhas nas costas, dadas pelo velho e misterioso trocista. Essa espécie de humor estranho e rebelde se apodera do homem apenas em momentos de extrema angústia e surge no meio da própria ansiedade; de modo que, o que até então parecia da maior importância torna-se uma alternativa a mais da enorme farsa. Nada como os perigos da caça de baleias para criar essa espécie de filosofia caprichosa e temerária; e vejo agora que o seu influxo presidia a tudo o que se relacionava com a minha viagem no *Pequod* e com a sua causa: a baleia-branca.

— Queequeg — perguntei logo que fui arrastado, por último, para o convés, enquanto me sacudia para tirar a água da blusa — Queequeg, meu bom amigo, ocorrem com frequência coisas como estas? — E ele, sem grande inquietação, ainda que estivesse tão encharcado como eu, respondeu que sim, que ocorriam com frequência.

— Sr. Stubb — perguntei, dirigindo-me a esse valente que, tendo bem abotoada a blusa impermeável, fumava tranquilamente o seu cachimbo, sob a chuva —, sr. Stubb, julgo tê-lo ouvido dizer que de todos os baleeiros que conhecia, o sr. Starbuck, nosso primeiro piloto, é o mais cauto e o mais prudente. Devo pois acreditar que atirar-se a todo o pano, em perseguição a uma baleia veloz no meio de um turbilhão de névoa, constitui a maior prudência de um baleeiro?

— É verdade. Por mim, de um bote que fazia água em plena borrasca, tomei parte numa descida em frente ao Cabo Horn.

— Sr. Flask — perguntei pela terceira vez, voltando-me para o pequeno Pendural que se encontrava de pé, não muito longe. — O senhor é perito nestes assuntos e eu não. Quererá pois dizer-me se é lei invariável, nesta pesca, rebentarem os remadores os ombros arremessando-se de bruços a fim de irem remando para as garras da morte?

— O senhor não poderia dizer isso sem fazer tantos rodeios? — replicou Flask. — Sim, é lei. Gostaria de ver a tripulação de um baleeiro retrocedendo para alcançar uma baleia que corre para a frente? Ah, ah! Bem que ela lhes retribuiria todas as guinadas que lhe fizeram dar, fique certo.

Assim, mediante esses três testemunhos imparciais, contava com três informações dignas de crédito sobre toda a questão. Considerando portanto que borrascas e voltas, com os consequentes bivaques nas profundidades, eram moeda corrente neste meio e que no momento culminante da perseguição a uma baleia minha vida dependeria das mãos do timoneiro — em geral um sujeito cujas pancadas e ímpetos ameaçariam, precisamente naquele instante, lançar a pique a embarcação — e não obstante a fama de Starbuck por sua extraordinária cautela na caça, o desastre do nosso bote se devia ao fato de termos seguido atrás da sua baleia nos dentes de uma borrasca e que eu mesmo pertencia ao bote desse extraordinariamente cauto Starbuck, e, por último, a endiabrada aventura em que me havia metido, reuni todas essas razões e concluí que talvez não me restasse outra coisa senão escrever o meu testamento.

— Queequeg — disse eu —, vem, serás meu advogado, meu executor testamentário e meu legatário.

Talvez seja surpreendente o fato de que, de todos os homens, sejam precisamente os marinheiros os mais prontos para garatujaras suas últimas vontades e testamentos, porém a verdade é que essa diversão agrada sobremaneira a todos eles. Por mim, era a quarta vez, na minha vida de marinheiro, que fazia o mesmo. Uma vez concluída a cerimônia, senti-me mais tranquilo e como se me tivessem tirado do coração um grande peso; porque os dias que teria de viver agora seriam como os de Lázaro depois da ressurreição: semanas e meses de lucro líquido. Sobrevivia a mim mesmo, levava comigo minha morte e enterro. Olhava em torno, tranquilo e feliz, como um pacífico fantasma de consciência límpida, repousando atrás das grades de um confortável sepulcro familiar.

"Agora", disse comigo mesmo, arregaçando as mangas do casaco, "já podemos dar despreocupadamente um franco e tranquilo mergulho na morte e no aniquilamento, e que o diabo leve a todos os que ficam".

O bote e a tripulação de Ahab. Fedallah

— Quem teria pensado, Flask! — exclamou Stubb. — Se eu tivesse somente uma perna perfeita, você não me veria num bote, a não ser para tapar a boeira com a perna de pau. Oh! É um velho maravilhoso!

— Afinal de contas não me parece tão extraordinário — respondeu Flask. — Se lhe faltasse a perna desde o quadril seria outra coisa. Isso o inutilizaria, porém, ora essa! tem o joelho e algo do resto.

— Isso é o que não sei, meu amigo. Seja como for, não o vi ainda ajoelhar-se.

Entre os conhecedores de baleias se tem discutido com frequência se em vista da suprema importância da sua vida para o êxito da viagem, é razoável que o comandante do navio-baleeiro a exponha nos múltiplos riscos da caça. Do mesmo modo, os soldados de Tamerlão consideravam, com lágrimas nos olhos, se a sua inestimável vida devia ser exposta aos azares da batalha.

Com referência a Ahab, porém, a questão mudava de aspecto. Visto que mesmo com as duas pernas, em qualquer momento de perigo, todo homem é coxo, que a caça de baleia apresenta grandes e extraordinárias dificuldades, que cada uma das suas alternativas implica na verdade um perigo, é razoável que um estropiado se meta numa baleeira em ação? É fácil compreender que os proprietários do *Pequod* teriam pensado que não.

Ahab sabia muito bem que embora os seus compatriotas e amigos pouca ou nenhuma objeção fizessem à sua entrada num bote relativamente isento das vicissitudes da caça, apenas para participar dela de qualquer forma e intervir na direção, não lhes passaria pela cabeça a ideia generosa de considerá-lo como um chefe de bote e designar-lhe uma esquadrilha, portanto não pedira isso nem fizera qualquer insinuação neste sentido. Até à propalada descoberta de Cabaco os marinheiros não haviam imaginado isso. Porém, quando pouco depois da saída do porto e no momento em que foram concluídos os diferentes preparativos das baleeiras, viram Ahab ocupado em fabricar, com as suas próprias mãos, toletes para um certo bote de reserva e confeccionando cuidadosamente os ganchos de madeira que se vão encaixando nos entalhes da proa, à medida que corre a linha, o esmero especial com que estendia um duplo revestimento no fundo do bote como que para fazê-lo resistir melhor à pressão aguda da sua extremidade de marfim, bem como a sua evidente ansiedade por modelar com exatidão a braçadeira (como se denomina às vezes a peça horizontal da proa contra a qual se apoia o joelho ao lançar o arpão ou apunhalar a baleia); quando se observava a frequência com que permanecia naquele bote com o seu único joelho fixo na depressão semicircular, arranhando aqui, endireitando ali, com o cepilho, experimentava-se sem dúvida o maior interesse e curiosidade. Quase todos acreditavam que esses cuidadosos preparativos de Ahab não tinham em mira senão a captura de Moby Dick, pois ele já havia revelado a sua intenção de liquidar em pessoa o monstro sinistro. Tal suposição, porém, não envolvia a mais leve suspeita de que uma tripulação qualquer fosse designada àquele bote.

Mas a intervenção dos misteriosos auxiliares não tardou a desvanecer a pouca dúvida que restava ainda: todos os assombros passam depressa num navio-baleeiro. Além disso, de vez em quando, de ignorados recantos e desaguadouros da terra surge a indescritível ressaca destinada a tripular esses refúgios flutuantes que são os navios baleeiros e encontram-se tão estranhas pátrias balouçando-se em alto-mar, sobre barcos naufragados, tábuas, remos, baleeiras, canoas, juncos japoneses rebentados, que sei eu! que se o próprio Belzebu saltasse pela amurada e se metesse na cabina de um capitão para conversar com ele, não provocaria nenhum temor extraordinário no castelo de proa.

Seja como for, o certo é que, ao passo que os fantasmas adventícios não tardaram a incorporar-se à tripulação, ainda que sem perder de todo as suas características, aquele Fedallah de turbante felpudo continuou sendo um mistério. Como se introduziu neste mundo polido, e por que espécie de inexplicável vínculo, cuja existência era evidente, estava ligado à sorte de Ahab a ponto de possuir sobre ele uma influência bastante clara que talvez pudesse até mesmo transformar-se em autoridade efetiva, somente Deus o poderia saber. Mas, no que se refere a Fedallah, a indiferença era impossível. Tratava-se de um desses seres que as pessoas civilizadas e caseiras da zona temperada veem apenas em sonhos, e isso mesmo vagamente, porém aparecem de vez em quando entre as imutáveis comunidades asiáticas, especialmente as das ilhas orientais a leste do continente, regiões isoladas, de antiguidade imemorial, inalteráveis, que ainda nestes tempos modernos conservam muito da espectral naturalidade das primitivas gerações humanas — quando a recordação do primeiro homem era ainda distinta — e cujos descendentes, desconhecendo a própria origem, contemplavam-se uns aos outros como fantasmas e perguntavam ao sol e à lua por que motivo e com que fim haviam sido criados. Época na qual, segundo o Gênese, se os anjos se uniam às filhas dos homens, também os demônios, acrescentam rabinos não canônicos, se entregavam a amores mundanos.

A tromba fantasma

Passaram-se dias, semanas, e com bom vento o ebúrneo *Pequod* atravessou quatro zonas de pesca: a dos Açores, a do Cabo Verde, a chamada do Prata, em frente à embocadura do rio deste nome, e a tranquila e profunda zona de Carrol, ao sul de Santa Helena.

Por uma serena noite de lua, enquanto deslizávamos sobre essas águas, e as ondas passavam diante de nós como rolos de prata, dando com o seu brando e sufocado murmúrio uma sensação, não de soledade, e sim de argênteo silêncio, vimos de repente, bem distanciada das brancas borbulhas, na proa, uma coluna prateada. Iluminada pela lua, parecia celestial. Dir-se-ia uma deidade esplendente e emplumada surgindo do mar. Fedallah foi o primeiro a descobri-la, porque em noites semelhantes tinha por hábito trepar no topo do mastro grande e permanecer como atalaia, com tanta precisão como durante o dia. Mas como nem mesmo um entre cem pescadores se aventuraria a afrontar as baleias durante a noite, conquanto elas sejam vistas então com frequência e em manadas, pode-se bem imaginar com que emoção contemplavam sempre os marinheiros aquele velho oriental encarapitado no alto a horas tão desusadas, turbante e lua companheiros num mesmo céu. Assim, quando depois de cumprida várias vezes a sua bem regulada vigília notuma, em mutismo absoluto, ele rompeu o longo silêncio para anunciar com voz como que sobrenatural aquela coluna prateada de água banhada pela lua, todos os marinheiros saltaram das macas como ao chamado de um espírito alado que tivesse pousado sobre o cordame, convocando a tripulação mortal.

— Lá está!

O som repentino da trombeta do juízo final não teria produzido maior estremecimento e, contudo, não se sentia terror, antes prazer. Porque apesar da hora insólita, o grito foi tão impressionante e de tão delirante incitação que não houve alma a bordo que não desejasse instintivamente uma descida.

Atravessando a coberta com rápidas pancadas oblíquas, como estocadas, Ahab ordenou que fossem içados todos os joanetes e desdobradas as varredouras. O homem mais destro tomou conta do leme e então, equipados todos os mastros, a embarcação apinhada avançou rápida, de popa ao vento. A brisa, com a sua propensão peculiar para elevar-se e ondular, enchendo desde o coroamento da popa tão grande número de velas, transformava o convés em algo de flutuante, dando a impressão de que nos encontrávamos no vácuo; no seu rápido avanço duas forças antagônicas pareciam lutar: uma para levá-lo até ao céu e a outra conduzindo até um ponto do horizonte. E se tivésseis podido observar naquela noite o rosto de Ahab, teríeis decerto descoberto que também nele dois sentimentos opostos disputavam o predomínio. Enquanto andava pelo convés, os passos da sua perna viva despertavam ecos humanos, ao passo que os da perna morta pareciam golpes dados sobre um ataúde. E aquele velho marchava sobre a vida e a morte. Mas apesar da grande velocidade com que o navio corria, e conquanto cada homem lançasse olhares ansiosos, a coluna prateada não tornou a ser vista naquela noite. E todos juraram tê-la visto uma vez apenas.

Transcorreram vários dias e aquela tromba noturna havia sido já quase esquecida, quando eis que de novo, numa hora silenciosa, foi outra vez anunciada; e foi novamente avistada por todos, porém, desdobrando-se as velas para alcançá-la, desapareceu, sem deixar vestígios. Noite após noite aparecia diante de nós e já não fazíamos mais do que contemplá-la, assombrados. Lançados misteriosamente ao clarão da lua ou das estrelas, desvancendo-se logo por um ou vários dias para aparecer novamente, cada vez mais longínquo, aquele jato solitário parecia nos atrair eternamente.

E mais de um marinheiro, seja por superstição atávica ou pela atmosfera sobrenatural que em tantos sentidos parecia rodear o *Pequod*, jurara onde quer que fosse avistada, por mais remota que fosse a época e afastada a latitude, essa tromba inatingível era lançada por um único cachalote, e esse cachalote era Moby Dick. Durante algum tempo a aparição furtiva provocou um sentimento de terror singular: era como se o monstro nos estivesse atraindo traiçoeiramente, levando-nos cada vez mais longe para voltar-se afinal contra nós e nos destroçar nos mares mais remotos e mais bravios.

Essas apreensões passageiras, que por serem vagas não eram menos torturantes, adquiriam maior poder em virtude do contraste com a serenidade do tempo, em cuja azul suavidade, julgavam alguns, devia emboscar-se um malefício diabólico, pois navegando durante dias inteiros em águas tão tediosas, de uma suavidade tão desoladora, o espaço todo, como que hostil aos nossos propósitos de vingança, parecia querer paralisar a vida, diante da urna da nossa proa.

Finalmente, quando voltamos para leste e os ventos do Cabo começaram a ulular em torno de nós e nos erguemos e caímos sobre as vastas e turbulentas águas, quando o *Pequod* inclinou a sua presa de marfim contra as rajadas, fendendo, na sua fúria, as águas escuras, fazendo voar os flocos de espumas, como uma chuva de cavacos de prata por cima da amurada, todo aquele vazio de vida desapareceu para dar lugar a visões ainda mais tristes do que antes.

Junto aos costados da nossa nave, formas estranhas emergiam da água, subitamente, aqui e ali, enquanto que atrás de nós voavam tenebrosos e fatídicos, os corvos marinhos. Todas as manhãs víamos bandos deles empoleirados nos estais, e apesar dos gritos que soltávamos para afugentá-los, permaneciam por muito tempo obstinadamente pegados nos cordames, como se julgassem que o *Pequod* era uma nave desabitada, desnorteada, algo de condenado à desolação e portanto um refúgio adequado para o seu eterno voejar. E o negro mar ondulava incessantemente como se as vagas fossem uma consciência e a imensa alma do mundo sentisse angústia e remorso por todos os pecados e sofrimentos que havia produzido.

Chamam-te Cabo da Boa Esperança? Melhor seria que te chamassem, como antigamente, Cabo Tormentoso, porque, atraídos pela infinita e pérfida calma que havia tanto tempo nos acompanhava, vimo-nos arrojados a esse mar atormentado no qual seres culpados, transformados em aves e peixes, pareciam condenados a nadar eternamente sem encontrar jamais um porto, ou a bater para sempre aquele ar negro, privado de horizonte. E silente, nevada, imutável, elevando sempre ao céu a sua fonte de plumas, acenando para nós, aparecia de vez em quando a solitária tromba.

Enquanto durou esse negror dos elementos, Ahab, que assumia quase ininterruptamente o comando no inundado e perigoso convés, guardava a mais lúgubre reserva e dirigia cada vez menos a palavra aos seus companheiros. Em tempo de tempestade, como aquele, uma vez assegurado tudo o que é importante, não resta mais do que esperar passivamente a evolução da borrasca. Então comandante e tripulação se tomam praticamente fatalistas. Assim, Ahab, metida a perna de marfim no lugar costumeiro, agarrando-se com uma das mãos a um ovém, permanecia horas e horas, olhando fixamente a barlavento, sem que os redemoinhos de neve ou de saraiva conseguissem congelar ou unir as suas pestanas. Nesse ínterim a tripulação, corrida da parte dianteira do navio pelas ondas perigosas que irrompiam contra o costado, enfileirava-se ao longo da amurada, no convés, e, para proteger-se melhor, cada homem deslizava numa espécie de bolina presa à grade, na qual se balançava, como sustido por um folgado cinturão. Mal se falava, e a nave silenciosa, como que tripulada por marinheiros de cera, rompia e atravessava, dia após dia, a vertiginosa loucura regozijante das ondas demoníacas. Durante a noite prevalecia o mesmo silêncio humano diante dos uivos do oceano; sempre taciturnos os homens se balançavam nas suas bolinas; sempre mudo, resistia Ahab aos embates do vento. Mesmo quando a natureza fatigada exigia repouso, ele não ia procurá-lo em sua maca.

Nunca Starbuck conseguiu esquecer o aspecto do velho, uma noite em que descendo à cabina para observar o barômetro, viu-o com os olhos fechados, sentado na cadeira parafusada ao soalho; a chuva, o granizo derretido com que a tempestade acabava de açoitá-lo, gotejavam do seu chapéu e do casaco, que vestia ainda. Na mesa próxima jazia desenrolado um daqueles mapas de mares e correntes a que já nos referimos. Na mão fortemente crispada balançava-se uma lanterna. Com o corpo ereto, a cabeça voltada para trás, os olhos fechados dirigiam-se para a agulha do axiômetro que se movia pendurado numa viga do teto.

"Terrível ancião!", pensou Starbuck estremecendo, "dormindo, no meio da borrasca, tens ainda os olhos sempre fixos no teu propósito!"

O Albatroz

A sudeste do Cabo, diante das longínquas ilhas Crozetts, excelente zona de pesca para baleeiros de lei, apareceu diante de nós um navio chamado *Goney* (*Albatroz*). À medida que se aproximava lentamente, pude observá-lo muito bem, do alto do mirante que me proporcionava o mastro do trinquete: espetáculo extraordinário para aquele que não conhece ainda as características das longínquas pescas marítimas: um navio-baleeiro em alto-mar, há muito tempo ausente do seu país.

As ondas, semelhantes a pioneiros, haviam desbotado o navio, dando-lhe a aparência de um esqueleto de morsa encalhada. Grandes estrias de ferrugem avermelhada sulcavam completamente os flancos daquela aparição espectral e toda a sua mastreação, bem como o cordame, pareciam grandes ramos de árvores revestidos de pontas de geada. Somente as velas inferiores haviam sido desdobradas. O navio oferecia uma bárbara visão, com os seus vigias barbudos no topo daqueles três mastros. Tão usadas e remendadas estavam as suas roupas, depois de quatro anos de navegação, que davam antes a impressão de peles de animais. Com os pés metidos em anéis de ferro presos aos mastros, balançavam-se sobre o mar insondável. E apesar do desamparo em que pareciam viver, aqueles pescadores que nos observavam, com o olhar manso, não dirigiam nem uma palavra aos nossos vigias, quando o *Goney*, ao deslizar lentamente sob a nossa popa, aproximou-se tanto de nós que as sentinelas de cada navio, no alto dos mastros, poderiam ter saltado de um para outro. Do nosso castelo de proa, pelo contrário, partiu o grito:

— Olá, os do navio! Viram o Cachalote Branco?

Porém quando o estranho capitão, inclinando-se sobre a descolorida amurada, dispunha a levar a trombeta aos lábios para nos responder, esta caiu inopinadamente das suas mãos, sobre o mar, e como o vento se levantasse então com violência, ele fez inúteis esforços para se fazer ouvir sem ela. Entretanto, o seu navio distanciava-se cada vez mais, e enquanto que os tripulantes do *Pequod* davam provas evidentes, ainda que silenciosas, de ter notado o fatídico incidente à simples menção do nome da baleia-branca a um outro navio, Ahab refletia; parecia quase disposto a descer um bote para correr atrás dos desconhecidos, se não o houvesse impedido a violência do vento. Porém aproveitando a sua posição de barlavento, e vendo que o navio desconhecido era de Nantucket e que logo voltaria, chamou outra vez:

— Olá, senhores! Este é o *Pequod*, que pretende dar a volta ao mundo! Digam lá que daqui por diante nos enviem a correspondência para o oceano Pacífico! E se daqui a três anos não estivermos de volta, que a dirijam para...

Neste momento, as esteiras dos dois navios se entrecruzaram e imediatamente, seguindo os seus hábitos singulares, certos cardumes de pequenos peixes inofensivos, que por espaço de vários dias haviam nadado placidamente junto ao nosso, fugiram como flechas com as barbatanas agitadas como que por um tremor, e se espalharam ao largo de ambos os flancos do baleeiro desconhecido. Ainda que no curso das suas contínuas viagens Ahab tivesse muitas vezes observado cenas semelhantes, o fato é que para qualquer homem dominado por uma ideia fixa, como acontecia com ele, os fatos mais insignificantes encerravam um sentido, fosse mesmo o mais caprichoso.

— Fogem de mim? — murmurou com o olhar fixo na água.

Embora essas palavras parecessem sem importância, o tom com que foram pronunciadas implicava um sentimento de tristeza e impotência maior e mais profundo do que já havia antes revelado o monomaníaco ancião. E volvendo-se para o timoneiro, que até aquele momento mantivera o navio contra o vento, para diminuir-lhe a marcha, gritou com a sua voz de velho leão:

— Acima com o timão! Até dar a volta ao mundo.

A volta ao mundo! Que sentimento de orgulho podem inspirar essas palavras! Porém, aonde conduzirá toda essa circunavegação? Através de inúmeros perigos, apenas ao mesmo ponto de partida, onde, aqueles a quem deixamos atrás, seguros, apesar de tudo, vão sempre adiante de nós.

Se este mundo fosse uma planície ilimitada e se ao navegarmos para leste pudéssemos descobrir sempre novas distâncias e panoramas mais belos e estranhos do que as Cíclades ou ilhas Salomão, nossa viagem seria promissora. Porém, lançados em busca dos nossos mais remotos e vagos sonhos e na caça torturante desse fantasma demoníaco que, de tempos em tempos, se infiltra vagaroso em todo o coração humano, não chegaríamos, nesta caça através do globo, senão a inóspitas enseadas, ou a naufrágios, no meio do caminho.

O *Gam*

A razão evidente pela qual Ahab não foi a bordo do referido baleeiro era unicamente devida ao fato de que o vento e o mar anunciavam borrasca. Mas, ainda mesmo que não tivesse sido este o caso, e a julgar por seu comportamento ulterior em ocasiões semelhantes, o mais provável é que não o tivesse feito, se tivesse obtido uma resposta negativa à sua interpelação. Porque, segundo foi revelado por acontecimentos posteriores, Ahab não gostava de entrar em contato, nem por cinco minutos, com qualquer capitão desconhecido, a não ser no caso em que este pudesse fornecer-lhe alguma informação sobre o que buscava com tanta obstinação. A fim de ser compreendida com exatidão, uma tal atitude exige aqui alguns comentários sobre os hábitos peculiares dos navios-baleeiros, quando se encontram em mares estranhos e, especialmente, sobre uma mesma zona de pesca.

Se dois desconhecidos, atravessando os ermos e inóspitos Pine Barrens do estado de Nova York ou a planície de Salisbury, igualmente desolada, na Inglaterra, se cruzam, por acaso, não poderão deixar de trocar um cumprimento, deter-se talvez um momento para conversar, ou, quem sabe? sentar-se e descansar um pouco em companhia um do outro. Quanto mais natural, pois, que encontrando-se dois navios-baleeiros nos Pine Barrens ou planícies de Salisbury do oceano — ao largo da solitária ilha de Fanning, ou das remotas Kings Mills, isto é, nos extremos da terra — quanto mais natural, pois, dizia eu, que em tais circunstâncias os homens desses navios não somente se saúdem, como também estabeleçam entre si um contato mais cordial, amistoso e humano, ainda mais quando se trata de dois navios procedentes do mesmo porto, cujos capitães, oficiais e não poucos dos marinheiros conhecem-se pessoalmente e há tanto tempo e têm uma infinidade de interesses em comum e assuntos de que falar!

O navio que se fez ao mar em data mais recente, talvez leve algumas cartas a bordo ou pelo menos levará com toda a certeza periódicos de maior atualidade do que os jornais manuseados e quase apagados dos marinheiros do navio que primeiro partiu; estes, em compensação, podem ministrar aos homens do navio recém-chegado informações de maior importância sobre a pesca da baleia e as condições da zona a que se dirigem. O mesmo pode acontecer em certa medida e no caso dos baleeiros que entrecruzam a sua rota no mesmo campo de pesca e encontram-se igualmente há muito ausentes do porto. Um deles poderia ter recebido uma transferência de cartas de um terceiro navio, então muito afastado desse local, e algumas dessas cartas poderiam ser destinadas à tripulação do navio encontrado. Além disso, teriam oportunidade para um intercâmbio de notícias relacionadas com o seu objetivo comum e também para uma conversa agradável, o que não somente contribuiria para despertar mútua simpatia entre os marinheiros, como também para a conservação dos traços e afinidades inerentes a um grupo de homens que perseguem uma mesma finalidade e partilham idênticos perigos e privações.

Nem também a diferença de nacionalidade poderia ser um obstáculo a isso, uma vez que as tripulações dos dois navios que se encontram falem um mesmo idioma, como acontece por exemplo com ingleses e americanos. Dado o escasso número de baleeiros ingleses, estes encontros não ocorrem frequentemente, e quando ocorrem, não seria de estranhar que surgisse uma espécie de prevenção entre ambas as tripulações; porque os ingleses são um tanto retraídos e entretanto os americanos julgam que isso é privilégio seu. Por outro lado, os baleeiros ingleses adotam às vezes certo ar de superioridade metropolitana em relação aos americanos, e consideram o comprido e magro filho de Nantucket, com o seu incrível provincianismo, como uma espécie de aldeão do mar. Mas, torna-se difícil precisar em que consiste tal superioridade, visto que os ianques matam dez baleias mais, em um dia, do que todos os ingleses juntos, em dez anos. De qualquer maneira isso se deve apenas a uma fraqueza inocente dos baleeiros ingleses, que o natural de Nantucket não toma muito a peito, provavelmente porque sabe que também tem os seus fracos.

É portanto compreensível que, dentre todos os navios solitários que atravessam os mares, os baleeiros tenham muitas e especiais razões para ser sociáveis, e o são, ao passo que alguns navios mercantes que entrecruzam as suas esteiras no meio do Atlântico continuam o seu caminho muitas vezes sem trocar uma saudação, evitando-se mutuamente em alto-mar, como um par de dândis na Broadway, e durante todo o tempo em que se mantêm à vista, as respectivas tripulações se comprazem, talvez, em delicada crítica à mastreação um do outro. Se são navios de guerra, dão-se a uma tal exibição de estúpidas reverências, salamaleques e desdobrar de bandeiras, que em tudo isso não parece haver grande dose de cordial simpatia e boa vontade da parte das tripulações. Se se trata de navios negreiros, então, manifestam eles uma pressa vertiginosa, e se distanciam um do outro o mais depressa possível, logo que se encontram. Se são piratas, quando aproximam mutuamente as suas tíbias cruzadas, perguntam antes de tudo: "Quantas abordagens?" da mesma maneira que os baleeiros perguntam: "Quantos barris?" E uma vez obtida a resposta, separam-se quanto antes, porque como são ambos patifes incorrigíveis, não lhes agrada muito observar a gente da mesma laia.

Observai porém o piedoso, honesto, discreto, hospitaleiro, sociável e desinteressado pescador de baleias. Que fazem as tripulações de dois baleeiros que se encontram no mar? Realizam, se o tempo o permite, um *Gam*, coisa tão absolutamente desconhecida para os marinheiros de qualquer outro navio que não seja o baleeiro, que nenhum deles ouviu jamais pronunciar uma tal palavra, e se por acaso a ouviu, ela não lhe inspirará mais do que desprezo e as costumadas brincadeiras estúpidas acerca de "cuspidas de baleias", "fervedores de espermacete", e outras expressões igualmente agradáveis. Seria difícil encontrar a causa do desdém com que os marinheiros dos navios mercantes, à semelhança dos piratas, dos da marinha de guerra e dos navios negreiros, consideram os pescadores de baleias, visto que no caso dos piratas, por exemplo, gostaria eu de saber qual é a glória de tal profissão. É certo que com frequência conduz a grande altura: a da forca. E o homem que atingiu a semelhante elevação estranha, não tem base própria para apoiar uma eminente superioridade sobre o baleeiro.

Mas que é o *Gam*? Em vão gastaríeis vós o indicador, percorrendo de cima a baixo as colunas dos dicionários: jamais encontraríeis esta palavra. O dr. Johnson jamais alcançou tamanha erudição, nem também a arca de Noé de Webster a inclui. E contudo essa palavra, tão rica de sentido, vem sendo usada há muitos anos, por quinze mil ianques genuínos. Certamente, precisa ser definida e incorporada aos léxicos. Com esse fim permitam-me que a defina aqui:

GAM: substantivo — *Reunião social entre os homens de dois ou mais navios-baleeiros, geralmente sobre uma zona de pesca, consistindo numa troca prévia de cumprimentos, visitas recíprocas da parte das tripulações de cada navio, e durante as quais, enquanto os comandantes permanecem a bordo de um deles, os dois primeiros pilotos devem encontrar-se no outro.*

Há ainda, relacionado com o *Gam*, um outro detalhe que não podemos deixar de mencionar aqui. Como toda profissão, a pesca da baleia tem também as suas peculiaridades. Quando o capitão de um navio pirata, de guerra, ou negreiro, vai a qualquer parte no seu bote, coloca-se sempre no camarote de popa, num assento confortável, provido muitas vezes de cômodas almofadas e frequentemente ele próprio toma a linda e elegante barra do timão, ornada de cordões e fitas de cores alegres. O baleeiro, pelo contrário, não tem assento algum na popa, nem sofá de qualquer espécie, nem sequer timão. Bem estariam os capitães de baleeiros, se fossem andar de um lado para outro em sofás elegantes, como velhos magistrados gotosos. Quanto ao timão, um baleeiro jamais admite semelhante objeto efeminado. Por conseguinte, quando a tripulação de um baleeiro se vê obrigada a deixar o navio durante um *Gam*, achando-se portanto o timoneiro ou arpoador incluído no grupo, a ele cabe dirigir o bote em tal oportunidade, ao passo que o capitão, que não dispõe de assento algum onde acomodar-se, é conduzido de pé, e direito como um fuso. E consciente de que as tripulações de ambos os barcos, isto é, de todo o mundo visível, têm os olhos fixos sobre ele, não é de estranhar que não poucas vezes o capitão ponha o maior cuidado em conservar a dignidade que naquele momento representa para ele o fato de conservar-se bem firme sobre os pés, o que na verdade não é muito fácil, pois ao passo que o enorme remo do timoneiro bate de modo intermitente na sua espádua, o remo que o segue lhe responde, dando-lhe nos joelhos. Assim atenazado, só lhe é possível mover-se para os lados, firmando-se sobre as pemas estiradas. Muitas vezes, por um triz que não é derrubado por alguma sacudidela súbita do bote, pois de nada vale o comprimento de base sem a largura correspondente. Colocai dois paus em ângulo obtuso e vereis como não podem manter-se fixos. Por outro lado, bem pouco edificante seria o espetáculo oferecido por um capitão que escarranchado se agarrasse a cada movimento do bote, ao objeto mais próximo da sua mão, quando todos os olhares estivessem fixos na sua pessoa. Pelo contrário, para provar o seu fácil e completo domínio da situação, leva em geral as mãos metidas nos bolsos das calças, ainda que geralmente por serem mãos grandes e pesadas, ele as deixe pregadas para servirem de lastro. Não obstante, têm-se visto casos (alguns deles bem confirmados) em que em momentos de perigo iminente — algum furacão, digamos — um comandante se tem agarrado aos cabelos do remador mais próximo, conservando-se seguro a ele, com toda a sua alma e vida.

História do *Town-Ho*

[*Tal como foi contada na* Hospedaria do Ouro]

O Cabo da Boa Esperança e os seus alagadiços arredores não estão muito longe de parecer com as encruzilhadas de uma dessas importantes estradas atravessadas em todas as direções por um número maior de viajantes do que qualquer outro lugar. Pouco depois do nosso encontro com o *Goney*, avistamos outro baleeiro rumo ao porto: o *Town-Ho*.[31] A tripulação, na sua quase totalidade, era composta de homens da Polinésia. Durante o breve *Gam* que se seguiu, deram-nos sensacionais notícias sobre Moby Dick, e uma circunstância veio aumentar enormemente o interesse geral pela baleia-branca, pois alguns quiseram ver aí o cetáceo como instrumento misterioso de uma dessas chamados divinas, maravilhosas e clementes visitas de Deus, que, segundo dizem, recebem em dados momentos certos homens. Esta circunstância que, com os seus detalhes especiais, constitui o que poderíamos considerar como o aspecto secreto da tragédia que se vai narrar, jamais chegou aos ouvidos do capitão Ahab, ou dos seus pilotos, e nem mesmo o comandante do *Town-Ho* a conhecia. Era do exclusivo domínio de três coparticipantes apenas, marinheiros brancos dessa tripulação, um dos quais, sob promessa do mais hermético sigilo, comunicou-a a Tashtego, o qual, durante a noite que se seguiu, falando em sonhos, deixou transparecer tanto dela que ao despertar não pôde impedir-se de dar a conhecer o resto da história. A narrativa exerceu tão poderosa influência e regulou com tão estranha sutileza, por assim dizer, a conduta dos marinheiros do *Pequod* que a haviam escutado que eles a conservaram como um segredo mútuo, que jamais transpirou pelos mastros abaixo. Procurarei agora registrar aqui esse estranho acontecimento, entretecendo na trama da narrativa, tornada pública, no navio, esta malha mais sombria.

Para salvaguardar o meu humor, conservarei o estilo com que uma vez a referi em Lima, numa véspera de dia santo, a um grupo de amigos espanhóis, desocupados, fumando sob as grossas e douradas telhas do terraço da *Hospedaria do Ouro*. Dois desses amáveis cavalheiros, os jovens Dom Pedro e Dom Sebastian, se haviam tornado meus íntimos. Daí, as perguntas com que de vez em quando interrompiam a narrativa e que foram a seu tempo devidamente satisfeitas.

"Cerca de dois anos antes de chegarem ao meu conhecimento os fatos que lhes vou repetir, o *Town-Ho*, navio-baleeiro de Nantucket, navegava pelo vosso Pacífico, não muito longe daqui, a poucos dias de vela, a leste das telhas desta amável *Hospedaria do Ouro.* Encontrava-se em qualquer parte, ao norte da linha. Uma manhã, ao revistar as bombas, segundo o costume diário, notou-se que o porão fazia mais água que de ordinário. Julgou-se que tivesse sido avariado por um peixe-espada. Mas, tendo o capitão algumas razões particulares para esperar uma boa sorte inopinada nessas latitudes, mostrando-se portanto contrário a abandoná-las, e como no momento não se tivesse dado importância à avaria — ainda que na verdade não tivesse sido possível localizá-la apesar de se ter examinado o porão tão profundamente quanto podia permiti-lo um mar um pouco forte —, o navio continuou a sua rota, trabalhando os marinheiros nas bombas com amplos e cômodos intervalos. Porém a boa sorte não chegou; passaram-se os dias e não se descobriu o rombo, que foi aumentando a olhos vistos, de modo que, já um pouco alarmado, o capitão se fez de vela em direção ao porto mais próximo entre as ilhas, para revistar completamente a quilha e repará-la.

"A travessia que o navio tinha diante de si estava muito longe de ser pequena e contudo, se a fortuna o favorecesse um pouco, não havia nenhuma razão de temer que naufragasse no caminho, pois as bombas eram das melhores que se podiam encontrar e os trinta e seis tripulantes, rendendo-se sem interrupção, tê-lo-iam conservado sempre flutuando por mais que fizesse água. Na verdade, como o vento fosse favorável, apesar de tudo, o navio teria alcançado o porto em perfeito estado, e sem o menor incidente, se não fosse o comportamento de Radney, o piloto, natural de Vineyard, que provocou o excesso de cólera de Steelkilt, um lagoenho desordeiro de Buffalo.

"— Um lagoenho! Buffalo! Por favor, diga-me o que é um lagoenho e onde fica Buffalo? — perguntou Dom Sebastian, endireitando-se na sua mole esteira de junco.

"— A leste do nosso lago Erie, Dom Sebastian. Porém apelo humildemente para a sua paciência; espero que muito em breve terá ocasião de saber algo mais sobre tudo isso.

"Pois bem, senhores, ainda que encerrado no próprio coração desta terra americana, esse lagoenho, sulcando incessantemente as suas águas em briques de velas quadradas, ou em navios de três mastros, tão grandes e fortes como qualquer que tenha algum dia zarpado do vosso velho porto de Callao, com destino a Manilha, esse lagoenho, pois, nutria o seu espírito com toda as ideias agrestes, livres e práticas relacionadas com o mar aberto. Pois, devido aos constantes entrecruzamentos, essas enormes extensões de água — o Erie, o Ontário, o Huron, o Superior e o Michigan — têm muito da imensidade do oceano com muitas das suas mais nobres características e muitas das suas variedades de raças e de climas. Banham mais arquipélagos redondos e ilhas românticas do que a própria Polinésia; separam também, em grande parte, como o Atlântico, duas poderosas e antagônicas nações; permitem uma extensa rede de comunicações marítimas com as nossas colônias de leste, ao longo das suas margens, aqui e ali eriçadas de baterias e canhoneiras capriformes, atravessando as anfractuosidades elevadas de Mackinaw; ouviram o estrondo das batalhas navais, e a intervalos proporcionaram as suas margens a selvagens cujos rostos pintados de vermelho surgem dos *wigwams* cobertos de peles; por léguas e léguas rodeiam-nos primitivas florestas virgens, onde os pinheiros espectrais se erguem como linhas cerradas de reis de genealogias góticas, e abrigam também os animais ferozes da África e os seres sedosos cujas peles fornecem túnicas aos imperadores tártaros; assim, espelham as pavimentadas capitais de Buffalo e Cleveland, bem como as aldeias de Winnebago; são sulcados tanto pelos navios mercantes, completamente aparelhados, como pelos cruzadores armados do estado, pelo navio a vapor ou a canoa praieira; são açoitados pelos ventos boreais e furacões tão terríveis como os que fustigam os mares salgados; sabem também o que é um naufrágio, pois muito longe de terra e não obstante estarem rodeados por ela, têm afundado em alta noite mais de um navio com a sua tripulação desesperada. Assim, meus senhores, embora do interior, Steelkilt era um verdadeiro filho do oceano, nutrido por ele, e um marinheiro tão ousado como qualquer outro. Quanto a Radney, embora na infância se tivesse talvez deitado nas praias solitárias de Nantucket, nutrindo-se do oceano natal, conquanto tivesse percorrido mais tarde o nosso austero Atlântico e o vosso contemplativo Pacífico, era tão vingativo e tão rebelde quanto o marinheiro da selva, apenas saído das regiões onde se maneja o "bowie", punhal com o cabo de chifre. Contudo, o filho de Nantucket tinha em si algo de generoso, e o lagoenho, um marinheiro que, sendo embora um verdadeiro demônio, era tratado, como o foi, a princípio, com inflexível autoridade, temperada apenas por esse respeito natural que inspira a compreensão de que se está diante de um ser humano — direito elementar concedido até ao mais mesquinho escravo — teria podido conservar-se, por longo tempo, inteiramente submisso e dócil. Porém Radney era um louco de nascença e Steelkilt... mas, senhores, é o que ides ver agora...

"Um dia, ou dois, quando muito — depois de ter o *Town-Ho* apontado a proa rumo ao seu porto de destino, notou-se que o rombo parecia aumentar ainda, mas não tanto que exigisse mais do que uma hora ou duas de trabalho suplementar diário das bombas. Deveis saber que num oceano calmo e civilizado como o nosso Atlântico, por exemplo, alguns capitães pensam muito pouco em dar às bombas durante toda a travessia, ainda que, se em alguma noite silenciosa e sonolenta o oficial de quarto esquece o seu dever a este respeito, haja todas as probabilidades de que ele e os seus companheiros nunca mais venham a lembrar-se disso, porque irão repousar tranquilamente no fundo dos mares. E mesmo nas zonas marítimas selvagens e tempestuosas do oeste, muito distante do vosso país, meus senhores, é absolutamente raro que as bombas trabalhem constantemente, quando se trata de viagens bastante longas e no caso em que a costa, mais ou menos acessível, possa oferecer algum refúgio razoável. Somente quando se produz uma avaria, encontrando-se o navio em zonas muito afastadas de terra ou em alguma latitude inteiramente em alto-mar, é que o comandante começa a sentir-se um pouco inquieto.

"Foi o que aconteceu mais ou menos ao *Town-Ho*. Quando se verificou que a fenda ia ganhando cada vez maior espaço, não faltaram entre a tripulação aqueles que manifestaram alguma ansiedade, especialmente Radney, o piloto, que mandou içar, enfocar e dar todo o pano às velas superiores. Pois bem, senhores, na minha opinião, Radney era o homem menos covarde e o menos propenso a qualquer espécie de apreensão nervosa no que se referia à sua pessoa, e tão impávido como qualquer dos seres mais destemidos e intrépidos que se possa imaginar, entre os habitantes de mar ou de terra. Daí, ao notar a sua preocupação com a segurança do navio, alguns dos seus companheiros a atribuíram em parte ao fato de ser ele um dos proprietários. Assim, naquela noite, quando trabalhavam nas bombas com os pés na água múrmura e clara — clara, meus senhores, como a de qualquer manancial da montanha — que fluía das bicas para correr através do convés e precipitar-se em jorros pelas escotilhas de sota-vento, não escassearam entre os marinheiros os gracejos e as troças a este respeito.

"Pois bem: sem dúvida tereis verificado, senhores, e não raramente, que neste nosso mundo convencional, quer no mar, quer em terra, quando um homem que tem autoridade sobre os seus semelhantes encontra alguém que se lhe avantaje em orgulho ou amor-próprio, concebe imediatamente para com essa pessoa uma aversão e um ódio irresistíveis, e se encontra uma oportunidade para deitar-lhe a mão, derrubará a torre subalterna e a transformará num punhado de areia. Porém, seja qual for o valor desta minha asserção, o certo é que Steelkilt era um belo e nobre espécime humano: alto, de cabeça romana e espessa barba dourada e flutuante, como as gualdrapas ornadas de borlas do fogoso corcel do vosso último vice-rei, e um cérebro, um coração e uma alma, meus senhores, que teriam feito dele um Carlos Magno, se tivesse nascido filho do pai de Carlos Magno. Mas Radney, o piloto, era feio como um burro e, como esse animal, também obstinado, rude e maligno. Não gostava de Steelkilt, e Steelkilt sabia disso.

"Vendo o piloto aproximar-se enquanto trabalhava com os outros nas bombas, o lagoenho fez de conta que não o via e continuou com as suas alegres troças.

"— Sim, sim, meus rapazes. Temos aqui uma linda goteira; um de vocês tome uma latinha e vamos provar a água. Valha-me Deus! Merece ser engarrafada. Uma coisa lhes digo, marinheiros, os rendimentos do Rad irão aqui de água abaixo. Mais valia que ele cortasse já a sua parte da quilha e a rebocasse para casa. O fato, rapazes, é que o peixe-espada não fez mais do que começar o serviço. Agora voltou com um bando de carpinteiros navais, peixes-serras, peixes-polidores, e não sei mais o quê... E aí os têm a todos em plena tarefa, cortando e talhando, introduzindo melhoramentos, suponho. Se o velho Rad estivesse agora aqui, eu o aconselharia a saltar pela amurada e dispersá-los. Dir-lhe-ia que eles estão fazendo o diabo com os seus bens. Porém esse Radney é um pobre de Cristo. Ah!... E é também uma beleza. Dizem por aí, rapazes, que uma boa parte do que ganha gasta em espelhos. Emprestaria ele a um pobre diabo como eu o seu nariz como modelo?

"— Onde tem os olhos? Com os diabos! Por que parou a bomba? — rugiu Radney, fingindo não ter ouvido as troças dos marinheiros. — Força!

"— Sim, senhor — exclamou Steelkilt, alegre como um grilo. — Depressa, rapazes, depressa!

"A isso a bomba soou como cinquenta máquinas de bombeiros e os marinheiros atiraram o chapéu para um lado e em breve se ouviu esse ofegar característico que é o desgaste da máxima tensão e energia da vida.

"Terminado o trabalho, o lagoenho afastou-se com a sua turma e foi sentar-se no molinete. Tinha o rosto em fogo, os olhos avermelhados e enxugava o suor que lhe banhava profusamente a fronte.

"Ignoro, senhores, que maligno duende impeliu Radney a meter-se com esse homem em tal estado de exasperação orgânica. O fato é que, atravessando o convés, com ar de arrogância intolerável, o piloto mandou-lhe que fosse buscar uma vassoura, varresse o convés e trouxesse também uma pá a fim de remover certos refugos desagradáveis — resultado de se ter deixado um porco andar por ali às soltas.

"Pois bem, senhores, varrer a coberta do navio é uma espécie de trabalho doméstico que não se deixa de fazer regularmente todas as tardes, a não ser que açoitem as mais furiosas borrascas; e conhecem-se casos em que já se realizou esse trabalho, no próprio momento em que o navio afundava. Tal, meus senhores, a inflexibilidade dos costumes marítimos e o amor instintivo dos homens do mar pela limpeza.

"Porém, em todas as embarcações essa tarefa é reservada aos meninos, se é que os há a bordo. Além disso, no caso do *Town-Ho*, tinham sido escolhidos os homens mais fortes para formar as turmas que se revezavam nas bombas, e sendo Steelkilt o mais atlético de todos, designaram-lhe o comando regular de uma, e por conseguinte, tanto ele como seus camaradas estavam isentos de todo trabalho que não tivesse relação direta com os deveres navais. Detenho-me nesse detalhe a fim de que compreendais de forma cabal a situação em que se encontravam os dois homens.

"Porém havia mais: a rude ordem de Radney envolvia uma provocação e um insulto para Steelkilt; era como se lhe tivessem cuspido no rosto. Todo aquele que já foi tripulante de um navio-baleeiro compreenderá plenamente o que significa este fato e nele, é indubitável que o lagoenho viu ainda muito mais. Permaneceu sentado e imóvel por um instante, olhando firmemente para os olhos rancorosos do piloto, em cujas profundidades parecia ver uma fileira de barris de explosivos, dos quais se aproximava lentamente um fósforo, e ao perceber isso sentiu um estranho desdém, um desprezo — alguma coisa capaz de levar à exasperação mais funda outro homem já possuído pela cólera — repugnância e paciência que só podem sentir os homens realmente valorosos, instintivamente, quando são ofendidos — um tal sentimento, pois, senhores, apoderou-se de Steelkilt.

"Portanto, com a sua voz habitual, apenas um pouco quebrada pelo cansaço físico que o dominava no momento, respondeu que varrer o convés não fazia parte das suas atribuições e que portanto não o varreria; ao mesmo tempo apontou para três rapazes que de ordinário se encarregavam desse trabalho e que, não tendo sido destacados para o serviço das bombas, pouco ou nada haviam feito durante o dia. A isso Radney respondeu com uma praga, e, apanhando um martelo de tanoeiro, que haviam deixado sobre um barril próximo, repetiu a ordem, num tom dos mais ultrajantes. E avançou para Steelkilt que se havia sentado tranquilamente.

"Afogueado, irritado em consequência do trabalho espasmódico nas bombas, aguilhoado ainda mais pelo sentimento inexplicável que o havia dominado alguns momentos antes, o suado Steelkilt mal conteve os seus impulsos ante um tal comportamento do piloto. Contudo, afogando como pôde a tempestade que se desencadeava dentro dele, conservou-se mudo e obstinadamente sentado em seu lugar. Finalmente, o insensato Radney, agitando o martelo a algumas polegadas do seu rosto, repetiu-lhe a ordem.

"Steelkilt ergueu-se e, retrocedendo devagar em torno do molinete, sempre seguido pelo piloto, que empunhava o martelo, expressou mais uma vez, com toda a clareza, a sua intenção de não obedecer. Porém convencido de que a sua atitude não surtia o menor efeito, com um sinistro e indescritível movimento da mão encurvada, disse ao insensato que se afastasse. Também isso foi inútil. Desta maneira, os dois contornaram o molinete. Steelkilt resolveu então não continuar a retroceder: e considerando que a sua prudência já havia ultrapassado os limites permitidos por sua idiossincrasia, falou ao oficial:

"— Não estou disposto a obedecer-lhe sr. Radney. Afaste esse martelo e tenha cuidado.

"Porém o malfadado piloto, aproximando-se ainda mais do lagoenho que se detivera, brandiu o martelo a uma polegada do seu queixo, ao mesmo tempo que soltava uma série de palavrões insuportáveis. Sem mover-se um milésimo sequer de polegada e traspassando-o com o punhal implacável do seu olhar, Steelkilt, cerrando convulsivamente a mão direita e levando-a lentamente para trás, disse ao seu perseguidor que se o martelo chegasse a lhe roçar o rosto, ele, Steelkilt, o mataria. Porém, senhores, o insensato estava condenado pelos deuses. Tocou com o martelo nas faces de Steelkilt e um momento depois o seu maxilar inferior afundava na cabeça com o murro que recebera. Caiu sobre a escotilha expelindo um jorro de sangue, como uma baleia.

"Antes que o grito repercutisse na popa, já Steelkilt sacudia as enxárcias que conduziam ao mastro e que no momento eram guardadas por dois dos seus camaradas. Ambos eram canalenses.

"— Canalenses? — exclamou Dom Pedro. — Temos visto muitos baleeiros ancorados em nossos portos, porém nunca ouvimos essa expressão. Desculpe o senhor, mas quem são esses canalenses?

"— Canalenses, Dom Pedro, são os barqueiros do nosso grande canal Erie, do qual decerto terá ouvido falar.

"— Oh, não senhor! Aqui nestas nossas pedregosas, cálidas e tradicionais regiões conhecemos muito pouca coisa a respeito do vosso vigoroso norte.

"— Ah! Realmente? Está bem, está bem. Porém, Dom Pedro, torne a encher-me o copo. A sua chicha é saborosíssima. Antes de prosseguir dir-lhe-ei quem são os canalenses, o que contribuirá talvez para esclarecer certos pontos da minha narrativa.

"Numa extensão de 360 milhas através de todo o estado de Nova York, através de uma infinidade de cidades populosas e aldeias muito prósperas, de extensos e solitários pântanos margeados de campos cultivados de fertilidade sem par, através de salas de bilhar e de bares, através da mais grandiosa e sacrossanta das selvas, entre arcos romanos, sobre ribeiras índias, entre sol e sombra, em corações felizes ou partidos, através de tudo o que constitui o áspero e contrastante cenário dos condados desse magnífico Mohawak, e sobretudo, dessas fieiras de alvas capelas, cujas torres se elevam como marcos de pedra, flui uma incessante corrente de vida lacustre, veneziana, corrompida e às vezes bárbara. É um verdadeiro Achanti, meus senhores. Ali, sob a ampla sombra e sob a suave e paternal égide das igrejas, uivam os vossos pagãos roçando os cotovelos na gente, todos os dias. E como é notório que por estranha fatalidade os flibusteiros metropolitanos sempre acampam nos arredores dos palácios de justiça, assim também os pecadores, meus senhores, se encontram mais do que em qualquer outra parte, nos lugares santificados.

"— Não passará algum frade? — interrompeu Dom Pedro, olhando um tanto risonho para a praça atestada de gente.

"— Felizmente para o nosso amigo do norte — riu Dom Sebastian — a inquisição de Dona Isabel já não existe em Lima... Continue, senhor.

"— Um momento. Por favor... — exclamou outro membro do grupo. — É-me impossível resistir ao desejo de expressar-lhe, senhor marinheiro, em nome de todos nós, limenhos, que não deixamos de reparar na sua delicadeza, ao substituir a Lima de hoje pela remota Veneza, na comparação que fez sobre a corrupção. Oh, não faça cerimônia nem se surpreenda! Deve forçosamente conhecer o dito generalizado por essas plagas: 'corrompido como Lima' e que por certo vem confirmar a sua asseveração: mais igrejas abertas, dia e noite, do que salas de bilhar e contudo... corrompido como Lima... O mesmo se dá em Veneza, a santa cidade do bem-aventurado evangelista São Marcos. São Domingos a purgue! Eu também lá estive... Porém venha esse copo. Obrigado. Vou enchê-lo. Agora continue.

"Descrito, meus senhores, no seu meio ambiente, o canalense podia constituir um excelente herói dramático, tantas e tão pitorescas e várias são as facetas da sua astúcia. Como Marco Antônio sulcando durante dias inteiros o Nilo de margens verdejantes e floridas, vai ele livremente ao sabor da corrente divertindo-se descuidado com a sua Cleópatra de faces vermelhas, enquanto se vai deixando tostar ao sol do convés que lhe dá uns tons de damasco. Em terra, porém, nada deste ar efeminado. Usa, orgulhoso, a indumentária de bandido e traz na cabeça um chapéu desabado, com fitas vistosas. O seu olhar aterroriza a sorridente inocência aldeã; e as cidades também não desconhecem o seu rosto escuro e seu ar atrevido. Durante algum tempo vagabundeando em um dos canais, recebi de um deles auxílio precioso. Agradeço-o de coração. Tudo, menos ser ingrato. Porém a qualidade essencial desses homens violentos é que com a mesma decisão esforçada com que livram um pobre de um transe, saqueiam também a um rico. Finalmente, senhores, demonstrará em toda sua plenitude o primitivismo desta vida o fato de que, apesar de existirem em grande número em nossas arriscadíssimas pescas de baleia os seus mais acabados e típicos exemplares, gente alguma, a não ser a de Sidney, inspira aos nossos capitães baleeiros maior desconfiança e receio. E não deixa de ser curioso pensar que a tantos milhares de adolescentes e jovens camponeses nascidos nessa região, ela não ofereça uma alternativa, exceto segar tranquilamente um milharal cristão ou cortar com ousadia as águas dos mais terríveis mares.

"— Já vejo, já vejo — exclamou impetuoso Dom Pedro salpicando de chicha os punhos prateados da sua camisa. — Não é preciso viajar. O mundo inteiro é uma réplica de Lima... Eu havia pensado até agora que no vosso temperado norte as pessoas eram frias e santas como as colinas... Porém... e a história?

"Pois senhores, como dizia, apenas o lagoenho começou a sacudir os brandais, acudiram os três pilotos mais jovens, e os quatro arpoadores, os quais, rodeando-o, o foram levando aos empurrões para o convés. Porém os dois canalenses, deixando-se resvalar pelas cordas como bólides funestos, irromperam por entre o tumulto e lutaram para arrebatar o seu camarada e arrastá-lo para o castelo de proa. Outros marinheiros uniram-se a eles nessa tentativa e formou-se um tumulto infernal, à margem do qual, a salvo de perigo, o valente capitão, correndo de um lado para outro e brandindo uma lança de pesca, incitava os seus oficiais a manietarem aquele horrível bandido e a levá-lo aos empurrões até o tombadilho. De vez em quando, aproximava-se da margem da terrível confusão e impelindo a lança, tratava de cravá-la no objeto da sua cólera. Porém, Steelkilt e o seu bando eram mais fortes do que os outros; conseguiram todos alcançar o castelo de proa e derribando três ou quatro grandes tonéis que encostaram rentes ao molinete, esses parisienses marítimos construíram uma barricada atrás da qual se entrincheiraram.

"— Fora daí, piratas! — rugiu o capitão, ameaçando-os com duas pistolas que lhe haviam sido entregues naquele momento mesmo pelo despenseiro. — Fora daí, degoladores.

"Steelkilt saltou sobre a barricada e passeando por cima dela desafiou as pistolas e o que de pior elas poderiam fazer; porém deu a entender claramente ao capitão que a sua morte seria o sinal de um sangrento motim a bordo. Este, temendo no seu foro íntimo que o aviso viesse a dar demasiado certo, desistiu pelo momento, sem deixar contudo de intimar os rebeldes a que voltassem imediatamente ao trabalho.

"— Promete que não nos tocará, se obedecermos? — perguntou o cabeça do motim.

"— Ao trabalho! Ao trabalho! Não prometo nada!... Ao trabalho!... Querem pôr o navio a pique, aproveitando para insurreições um tempo como este?... Voltem aos seus afazeres! — E ergueu outra vez as pistolas.

"— Pôr o navio a pique? — gritou Steelkilt. — Deixe que vá a pique. Nenhum de nós se afastará daqui, se não nos jurar antes que não levantará nem um dedo contra nós. — E dirigindo-se aos seus homens: — Que opinam vocês?

"Um prolongado grito de aprovação foi a resposta.

"O lagoenho, patrulhando então a barricada e com os olhos sempre fixos nos do capitão, começou a argumentar com frases como estas:

"— A culpa não é nossa. Nós não queríamos isso. Eu lhe disse que afastasse o martelo. Era trabalho dos rapazes. Ele devia saber quem era eu. Preveni-o de que não beliscasse o búfalo. Julgo que quebrei um dedo de encontro à sua maldita queixada. Ouçam-me todos: as facas de corte estão aí no castelo de proa, não é? Porque... olhem essas lanças, meus queridos... Capitão, em nome de Deus, pense na sua pessoa... Dê-nos a sua palavra. Não seja insensato! Esqueça tudo isso. Estamos dispostos a voltar ao trabalho. Trate-nos decentemente e seremos seus homens. Porém por nada deste mundo permitiremos que nos açoite.

"— Ao trabalho! Ao trabalho! Eu não faço promessas. Ao trabalho, ordeno!...

"— Pois então escute — disse Steelkilt agitando os braços: — o senhor sabe que alguns de nós fomos contratados para esta viagem: portanto, poderíamos pedir, se quiséssemos, as nossas contas, assim que baixarmos a âncora. Contudo estamos prontos para continuar trabalhando. Não somos rebeldes. Porém não tomaremos um remo, nem teremos nada a ver com eles, se não tivermos a certeza de que não seremos castigados.

"— Ao trabalho! Ao trabalho! — rugiu o capitão.

"Steelkilt olhou por um momento em torno de si e disse em seguida:

"— Então, capitão, saiba o seguinte: se o senhor não nos provocar não irei matá-lo. Não quero que me enforquem por causa de um patife ordinário. Porém se não nos prometer que não nos castigará, nenhum de nós moverá um dedo para trabalhar.

"— Neste caso, desçam ao porão de proa! E depressa! Ficarão lá até se fartarem! Para dentro! Estou dizendo!...

"— Aceitamos? — perguntou o caudilho aos seus homens.

"Alguns protestaram, porém obedecendo-lhe, em última instância, seguiram-no, descendo a lúgubre caverna em cujo seio iam desaparecendo, grunhindo como ursos numa cova.

"No momento em que a cabeça de Steelkilt se encontrava justamente ao nível das tábuas, o capitão, seguido dos seus, saltou sobre a barricada, correu com rapidez a porta do alçapão da escotilha grande, firmaram-na todos com as mãos, e chamando em voz alta o despenseiro, ordenaram-lhe que trouxesse o pesado cadeado de bronze, correspondente ao ferrolho. Em seguida, abrindo um pouco o alçapão, o capitão murmurou para dentro qualquer coisa, pela abertura, e fechou-a de novo, dando volta à chave sobre os homens, dez ao todo, deixando na coberta uns vinte que até então tinham permanecido neutros.

"Durante a noite, todos os oficiais exerceram estrita vigilância, correndo o navio em todas as direções, cuidando especialmente da vigia do castelo da proa e da escotilha da proa, por onde se receava que pudessem escapar os insurretos, passando pelo tabique embaixo. Porém as horas de escuridão transcorreram em calma: os homens remanescentes trabalhavam duramente nas bombas, cujo rangido intermitente rompia o silêncio noturno e ressoava tristemente através de todo o navio.

"Ao nascer do sol o capitão encaminhou-se para a proa e batendo no convés convocou os prisioneiros ao trabalho. Um grito unânime de recusa foi a resposta. Desceram-lhes então um pouco de água e jogaram-lhes um punhado de bolachas: logo depois o capitão fechou-os de novo, guardou a chave no bolso e voltou à coberta. O mesmo aconteceu duas vezes diariamente, por espaço de três dias. Porém na manhã do quarto dia, ao chamado habitual, seguiu-se um ruído confuso de disputa e em seguida de conflito e bem depressa quatro homens lançaram-se para fora do castelo de proa, declarando que estavam prontos para retornar ao trabalho. O mau cheiro do ar confinado, a fome, reunidos talvez ao receio de algum castigo severíssimo, forçaram-nos a se renderem incondicionalmente. Um tanto animado por tais resultados, o capitão reiterou a sua solicitação, porém Steelkilt respondeu-lhe, com uma insinuação terrível, para que cessasse o seu palavreado e tratasse do que lhe dizia respeito. Na manhã seguinte outros três amotinados saltaram para o ar livre, desprendendo-se dos braços que embaixo lutavam desesperadamente para retê-los. Agora ficavam apenas três.

"— Não será melhor voltarem ao trabalho? — perguntou o capitão, em tom de cruel zombaria.

"— Encerre-nos de novo — bradou Steelkilt.

"— Decerto — tornou o capitão.

"E a chave rangeu.

"Foi neste ponto, senhores, que Steelkilt, enfurecido pela defecção de sete dos seus antigos partidários, irritado pela voz zombeteira do capitão e transtornado por tão prolongado sepultamento num lugar mais lôbrego do que as próprias entranhas da desesperação, propôs aos dois canalenses, que até então pareciam concordar totalmente com ele, a ideia de se arremessarem ao próximo chamado para fora daquele buraco e, armados com as facas de cortar carne (grandes e pesados instrumentos em forma de meia-lua, com um cabo em cada extremidade), irromperem desenfreados, dos gurupés até a amurada da popa, e, a qualquer preço, num gesto desesperado, apoderarem-se do barco. Por sua parte, acrescentou, haveria de tentá-lo de qualquer maneira, com ou sem a participação dos amigos. Aquela noite havia de ser a última que passaria em semelhante caverna. Porém o plano não encontrou oposição da parte dos outros dois. Pelo contrário, juraram que não somente estavam dispostos àquilo como também a qualquer outra loucura. Tudo, menos render-se. Ainda mais: cada qual insistiu para ser o primeiro a pisar o convés, uma vez chegado o momento: mas como a escadinha não permitia a passagem de mais de um homem de cada vez e nenhum queria ceder o lugar ao outro, o chefe com igual firmeza reclamou para si a prioridade. E aqui, senhores, é necessário revelar o jogo infame desses malvados.

"Ao inteirar-se do projeto de Steelkilt, ambos conceberam instantaneamente, ao que parece, ainda que mantendo-o no recôndito do seu ser, a mesma ideia de traição, isto é, ser o primeiro a sair, a fim de ser o primeiro dos três, ainda que o último dos dez, a entregar-se, garantindo assim a menor probabilidade de perdão que uma tal conduta pudesse merecer. Mas quando Steelkilt lhes deu a conhecer o seu propósito de conduzi-los até o fim, de certa forma, eles, por meio de alguma sutil alquimia de infâmia, misturaram os seus pensamentos antes secretos, se interpenetraram e num momento em que o cabeça adormeceu, confessaram de viva voz e em três frases as suas intenções. Ataram o homem adormecido, por meio de cordas, amordaçaram-no e à meia-noite gritaram pelo capitão.

"Prevendo que iria encontrar um assassinato e sentindo desde logo o cheiro de sangue no escuro, precipitou-se o capitão, seguido de seus pilotos e arpoadores bem armados, para o castelo de proa. No fim de alguns instantes, abrindo-se a escotilha grande, Steelkilt, que apesar de se encontrar amarrado de pés e mãos, lutava ainda, foi atirado para fora por seus pérfidos aliados que reclamavam a honra de haver dominado um homem pronto para cometer um crime. Contudo, os três foram agarrados e arrastados para o convés, como gado morto, e um ao lado do outro, como três reses, içados ao mastro de mezena, onde ficaram pendurados até a manhã seguinte.

"— Malditos sejam! — gritou o capitão, caminhando de um lado para outro diante deles. — Nem os abutres tocariam em vocês, patifes!

"Ao amanhecer, reuniu toda a tripulação e, separando os insurretos dos que não haviam tomado parte na revolta, comunicou-lhes que de boa vontade os mandaria açoitar, e que talvez o fizesse mais tarde: devia fazê-lo: era justiça... Porém, no momento, em vista da sua rendição incondicional, deixou-os ir, apenas com uma reprimenda que foi logo ministrada em bom vernáculo.

"— Quanto a vocês, patifes — disse dirigindo-se aos três pendurados —, vou afiná-los até poderem passar por um alambique. — E tomando uma corda aplicou-a com toda a força sobre as costas dos dois traidores até que eles pararam de gritar, com as cabeças descaídas para um lado, na atitude em que se costuma representar os ladrões da Crucificação.

"— Torci o pulso por causa de vocês — disse afinal —, porém ainda resta corda para ti, meu lindo galo de briga, que não quiseste ceder. Tirem-lhe essa mordaça e vejamos o que diz em sua defesa.

"O exausto amotinado fez um movimento trêmulo com os maxilares, por um instante, e voltando a cabeça com esforço, respondeu imediatamente num murmúrio:

"— O que digo é o seguinte, tenha-o bem presente: se me açoitar, mato-o.

"— Então é assim?... Pois bem: olha como tenho medo. — E o capitão levantou a corda.

"— É melhor que não o faça — sussurrou o lagoenho.

"— É meu dever. — E o capitão levantou a corda, disposto a bater.

"Porém neste momento Steelkilt segredou algo que somente o capitão podia ouvir, e este, de repente, no meio do assombro geral, retrocedeu, correu rapidamente o convés duas ou três vezes, e deixando cair a corda disse de repente:

"— Não, não o farei. Desçam-no! Soltem-no!

"Os três pilotos mais jovens dispunham-se a executar a ordem quando foram impedidos por um homem pálido, com a cabeça em ataduras: era Radney, o primeiro piloto. Desde que recebera o golpe havia permanecido deitado no seu camarote, mas naquela manhã, ouvindo o tumulto no convés, arrastou-se para fora e presenciou tudo. Achava-se em tal estado que mal podia falar. Porém gaguejou dando a entender que se sentia capaz de realizar o que o capitão não ousara, e até mesmo desejava fazê-lo. E agarrando um pedaço de corda avançou para o inimigo manietado.

"— Covarde! — silvou o lagoenho.

"— Sim, sou covarde. Mas toma!

"Ia o piloto bater quando outro silvo de Steelkilt deteve-lhe o braço erguido. Parou, mas decidido finalmente, cumpriu a sua palavra, a despeito das ameaças do lagoenho, o que quer que significassem. Os três homens foram então desprendidos dos postes, cada qual voltou à sua tarefa e, furiosamente impulsionadas pelos irritados marinheiros, as bombas começaram a trabalhar, com o mesmo rangido de antes.

"Nesse dia, justamente depois de anoitecer e mal se havia tirado uma turma de guarda, ouviu-se um grande clamor provindo do castelo de proa: em seguida os dois traidores chegaram correndo, junto à porta do camarote do comandante, e tremendo, declararam que lhes era de todo impossível entrar em acordo com o resto da tripulação. Nem ameaças, nem socos, nem pontapés conseguiram afastá-los dali e por essa razão, atendendo-se às suas súplicas, foram eles transferidos para a popa a fim de ficarem a salvo. Excetuado esse incidente não se produziram mais distúrbios. Pelo contrário, seguindo principalmente, ao que parecia, as instâncias de Steelkilt, os homens resolveram manter uma paz inalterável e obedecer estritamente a todas as ordens, até que o navio tocasse no porto e então desertariam em massa. Concordaram ainda, a fim de apressar o tempo da viagem, em não anunciar, no caso em que o descobrissem, o aparecimento de baleia alguma, porque apesar do rombo e dos outros perigos o *Town-Ho* mantinha ainda bem erguidos os seus mastros e o capitão sentia-se tão disposto a uma descida como no primeiro dia em que a nave começara a sulcar a zona de pesca, e Radney, o piloto, estava igualmente disposto a trocar imediatamente a sua maca por um bote e com a venda a cobrir-lhe a boca, amordaçar até a morte as fauces de uma baleia.

"Mas, conquanto o lagoenho tivesse sabido inspirar aos marinheiros essa passividade de conduta, reservou para si o direito — pelo menos até que tudo estivesse terminado — de proceder segundo exigia o cumprimento do seu exclusivo e particular objetivo: tirar vingança do homem que o havia ferido no mais íntimo dos seus sentimentos. Pertencia Steelkilt, precisamente, à turma de guarda comandada por Radney, o qual, possesso e como que procurando aplainar por si mesmo o caminho que o conduziria à perda, depois da cena do mastro, insistiu, contra a vontade expressa do capitão, em reassumir o seu comando. De acordo com isso, e com outras circunstâncias, traçou Steelkilt um plano sistemático de vingança.

"Durante a noite Radney costumava adotar uma posição nada comum num homem do mar. Sentado numa das amuradas do convés, reclinava o corpo sobre os braços apoiados na borda de um bote amarrado um pouco acima do costado do navio. Nesta posição — era bem sabido — cochilava de vez em quando. Havia entre o navio e o bote um espaço considerável; e entre os dois corria o mar. Calculando Steelkilt o tempo que ainda faltava para o seu turno ao leme, verificou que cairia justamente por volta das duas horas da manhã do terceiro dia, a partir daquele em que fora traído. Durante as suas horas de lazer ocupava-se em tecer algo muito cuidadosamente, embaixo.

"— Que está fazendo aí? — perguntou-lhe um marinheiro.

"— Que julga que seja? Com que parece?

"— Podia ser um cordão para a sua bolsa: mas parece-me muito estranho.

"— Sim, é muito estranho — disse o lagoenho conservando reto o cordão e com o braço estendido em todo o seu comprimento. — Porém, creio que me falta o fio. Não teria aí um pouco?

"Mas não havia fio no castelo de proa.

"— Então vou ver se consigo algum com o velho Rad. — E ergueu--se para subir.

"— Não creio que lhe vás *pedir* alguma coisa! — disse um marinheiro.

"— E por que não? Não achas que ele me favorecerá em algo que acabará por beneficiá-lo?

"E aproximando-se do piloto olhou-o tranquilamente e pediu-lhe um pouco de fio para consertar a sua rede. Obteve-o. Porém ninguém soube em que o empregou nem o que fez do cordão. Contudo, na noite seguinte, enquanto dobrava a sua blusa para servir de travesseiro, viu-se aparecer no bolso da jaqueta parte de uma bola de ferro.

"Vinte e quatro horas mais tarde chegaria o seu turno junto ao leme silencioso. Estaria então próximo ao homem que costumava cochilar diante dessa tumba sempre aberta aos marinheiros. Ia chegar o momento fatal e Steelkilt via já em espírito o cadáver do piloto, teso, rígido, com a fronte esmigalhada.

"Porém, senhores, um imbecil impediu Steelkilt de se tornar assassino, de levar a cabo o seu sanguinário projeto. Contudo, obteve, sem ter tido aí a menor intervenção, uma vingança completa. Segundo parece, a Providência quis reservar para si o cumprimento dessa execrável ação.

"Entre o alvorecer e o romper do sol no dia seguinte, enquanto os homens estavam lavando o convés, um idiota, natural de Tenerife, que se ocupava de puxar água, gritou de súbito:

— Aí vem! Aí vem! Jesus! Que baleia!

"Era Moby Dick.

"— Moby Dick? — exclamou Dom Sebastian. — Por São Domingos! Senhor marinheiro, batizam-se também as baleias? A quem chama o senhor de Moby Dick?

"— A um monstro branquíssimo, famoso, terrível e imortal, Dom... Mas seria muito longo de explicar...

"— Como é isso? Como é isso? — gritaram em coro todos aqueles jovens espanhóis que me rodeavam.

"— Não, não, senhores, não... Não posso contar isso agora... Por favor... Preciso respirar um pouco...

"— A chicha! A chicha! — gritou Dom Pedro. — Nosso valoroso amigo marinheiro parece que vai desmaiar... Encham-lhe de novo o copo...

"— Não é preciso, senhores: esperai um momento e prosseguirei.

"— Pois, senhores, a súbita aparição do níveo cachalote aos olhos do homem de Tenerife impressionou-o a tal ponto que esquecendo por completo o acordo estabelecido entre a tripulação, elevou instintiva e involuntariamente a voz para anunciá-la, conquanto o monstro já tivesse sido observado havia um momento dos três mastros silenciosos. Daí por diante foi um desvario! — A baleia-branca! A baleia-branca! — era o grito do capitão, dos pilotos e arpoadores. Estes últimos, esquecendo certos rumores fatídicos, só ansiavam por capturar um animal tão afamado e raro. Entretanto a obstinada tripulação olhava irada e lançando imprecações à deslumbrante beleza da massa leitosa que, iluminada por um sol horizontal e implacável, ondulava, reverberando, como uma opala vívida no azul matinal do oceano.

"Uma inexorável fatalidade, senhores, invade todo o curso desses acontecimentos: como se tivessem sido previstos já antes de ser traçada a carta do mundo. O amotinado era precisamente o primeiro remador de Radney e o seu dever, em transe de caça, era dar e puxar a linha sentado junto ao piloto, segundo as ordens deste que ficava de pé na proa, de lança em riste. Assim, pois, uma vez descidos os botes, os pilotos deram voz de partida; e ninguém, nessa ocasião, puxava o remo com maior força, firmeza e prazer do que Steelkilt. Depois de uma violenta investida o arpoador conseguiu fixar um arpão, e de lança em punho Radney saltou sobre a proa. Radney, num bote, era sempre um homem terrível. Seu grito, afogado pela venda, incitava o bote a aproximar-se do cachalote e a atingi-lo na parte mais protuberante do dorso. O ativo remador puxava, puxava sempre para diante, para diante, através de uma espuma ofuscante na qual fundiam-se duas brancuras, até que de súbito o bote deu um encontrão como que num arrecife submerso, e virando de quilha, fez tropeçar o piloto que de pé, no arco da proa, foi cair sobre o lombo escorregadio da baleia. A onda seguinte endireitou o bote, puxando-o para a elevação do mar e Radney foi precipitado na água do outro lado do monstro. Ao choque a espuma se elevou como um véu finíssimo e por um instante distinguiu-se o piloto lutando, como que desvairado, para escapar aos olhos de Moby Dick. Este, porém, girando de súbito, com a fúria de um *maelstrom*, agarrou o nadador entre as queixadas, retrocedeu violentamente um longo trecho e, mergulhando de repente, desapareceu.

"Entretanto, o lagoenho, que ao primeiro choque do bote soltara imediatamente a linha a fim de cair para trás, evitando assim ser arrastado no torvelinho, olhava impassível, para a frente, imerso nos seus pensamentos. Porém um repentino e tremendo puxão do bote o fez levar rapidamente a mão à faca. Cortou a linha e a baleia ficou livre. Viram-na aparecer mais uma vez, a alguma distância, sustendo entre os dentes destruidores alguns farrapos da camisa de lã vermelha de Radney. Os quatro botes empreenderam de novo a perseguição, porém o monstro lhes escapou e desapareceu afinal.

"A seu tempo o *Town-Ho* alcançou o porto, situado numa paragem erma e solitária onde não habitava nenhum ser civilizado. Ali, encabeçados pelo lagoenho, os marinheiros, exceto cinco ou seis homens dos mastros, abandonaram o navio e desertaram, refugiando-se entre as palmeiras. Mais tarde, encontrando por acaso à mão uma dupla canoa de guerra dos selvagens, apoderaram-se dela e fizeram-se de vela rumo a outro porto.

"O capitão do *Town-Ho*, querendo consertar o rombo e não contando senão com um punhado de homens, pediu aos nativos que o auxiliassem na dura tarefa de erguer o barco. Porém a vigilância ininterrupta que esse pequeno grupo de brancos precisava manter dia e noite sobre os seus perigosos ajudantes e o trabalho excessivo a que foram submetidos reduziram-nos, uma vez concluído o trabalho, a um tal estado de fraqueza que o capitão não se atreveu a zarpar num barco tão pesado com uma tripulação em tais condições. Por isso, depois de consultar os seus pilotos, ancorou o mais longe possível da praia, mandou subir para a proa os dois canhões, carregou-os, amontoou os mosquetes na popa e preveniu os nativos que não se aproximassem se não quisessem correr perigo: escolheu logo um homem para que o acompanhasse de vento em popa, em direção ao Taiti, ao 500 milhas de distância, e foi em busca de reforço para a sua tripulação.

"Ao quarto dia de viagem divisou uma grande canoa, que segundo parecia, tocara numa ilha de coral. O capitão virou o bote, para afastar--se dela, mas a selvagem embarcação o perseguiu e Steelkilt gritou-lhe, ordenando-lhe que fizesse alto, ou, em caso contrário, precipitá-lo-ia na água. O capitão puxou uma pistola. O lagoenho, com um pé em cada proa das canoas conjugadas, assegurou-lhe então, com um riso desdenhoso, que se puxasse o gatilho, seria sepultado entre a espuma e as borbulhas da água.

"— Que quer o senhor de mim? — gritou o capitão.

"— Quero saber onde vai e que vai fazer — respondeu Steelkilt. — Mas não minta.

"—Vou ao Taiti buscar tripulantes.

"— Muito bem. Deixe-me abordá-lo um momento. Sou de paz.

"E dizendo isso saltou da canoa, nadou até o barco e, subindo pela borda, foi postar-se em frente do capitão.

"— Cruze os braços e volte a cabeça para trás. Agora repita comigo: 'Logo que Steelkilt me deixar, juro levar este barco àquela ilha e permanecer ali por espaço de seis dias. Se não fizer isso que um raio me parta...' "— Bem. O senhor é um bom aluno — disse rindo o lagoenho. — *Adiós, señor...*

"E atirando-se de novo na água nadou para junto de seus camaradas.

"Depois de vigiar o barco, até ter a certeza de que fora levado à terra e que estava bem firmado entre as raízes dos coqueiros, Steelkilt fez-se novamente de vela, chegando em tempo devido ao Taiti, que era o lugar do seu destino. Ali a sorte o acompanhou. Dois navios se encontravam prontos para zarpar rumo à França, e como se tivesse sido dispostos pela Providência, exigiam precisamente o mesmo número de homens que Steelkilt trazia sob o seu comando. Embarcaram, pois, escapando assim de qualquer ação legal que o seu ex-chefe pudesse intentar contra eles.

"Uns dez dias após a partida dos navios franceses, chegava também ao Taiti a baleeira, e o capitão viu-se forçado a contratar como tripulantes os taitianos mais civilizados que pôde encontrar e que tivessem alguma experiência no mar. Aparelhando logo uma escuna nativa, voltou ao lugar onde havia deixado o seu navio e, encontrando tudo em perfeitas condições, reiniciou mais uma vez as suas pescarias.

"Ninguém sabe, senhores, onde se encontra agora Steelkilt. Mas, além, na ilha de Nantucket, a viúva de Radney volta ainda os seus olhos para o mar — que se recusa a devolver aqueles a quem mata — e costuma ver ainda em sonhos o cachalote que o destruiu.

"— Acabou? — perguntou tranquilamente Dom Sebastian.

"— Sim, Dom.

"— Então, rogo-lhe que me diga com a maior sinceridade se esta sua narrativa é, em substância, verdadeira, pois ultrapassa o maravilhoso. Soube-a de alguma fonte indiscutível? E desculpe, se pareço insistir demasiado.

"— Desculpe-nos, senhor marinheiro. Todos nós pedimos o mesmo que Dom Sebastian — exclamaram os outros ouvintes.

"— Haverá na *Hospedaria do Ouro* algum exemplar dos Santos Evangelhos?

"— Não — respondeu Dom Sebastian —, mas aqui nas imediações vive um sacerdote de grande merecimento, que conheço e que pode dar-me um sem demora. Vou agora mesmo procurá-lo. Está o senhor bem seguro do que vai fazer? Pense que o caso pode tornar-se muito sério.

"— O senhor teria a amabilidade de trazer também o sacerdote?

"— Ainda que não haja mais autos de fé em Lima, não seria difícil que o nosso amigo marinheiro corresse algum risco da parte do arcebispado — disse um dos presentes a outro. — Afastemo-nos um pouco mais da luz da lua. Não vejo necessidade disto...

"— Desculpe correr atrás do senhor, Dom Sebastian, porém, queria rogar-lhe que insistisse principalmente em procurar a maior Bíblia possível.

"— Aqui está o sacerdote com os evangelhos — disse Dom Sebastian gravemente, voltando seguido de um homem alto e solene.

"— Deixe-me tirar o chapéu. Agora, venerado padre, aproxime-se mais da luz e mantenha o santo livro diante de mim, a fim de que eu possa tocá-lo. Que o céu me proteja! Por minha honra, juro, senhores, que tudo que contei aqui é, em todas as partes e detalhes, absolutamente verídico. Sei que aconteceu neste globo terrestre. Fui ao navio. Conheci a tripulação. Vi Steelkilt e conversei com ele, em seguida à morte de Radney."

Mistificações pictóricas da baleia

Dentro em pouco pintarei aqui para vós — tanto quanto é possível com a palavra, já que não conto com a tela — a forma mais ou menos aproximada com que a baleia se apresenta aos olhos do baleeiro, nos momentos em que retida em sua integridade, pela amarra do bote, se encontra por completo ao seu alcance. Antes disso, porém, não deixa de ser valiosa uma análise das reproduções extravagantes e imaginárias que dela se fazem e que ainda hoje se desafiam incessantemente a boa-fé do profano, pois é tempo de retificar a opinião geral iludida sobre esse particular e de dar a conhecer o que há de errôneo em todas essas pinturas.

As esculturas hindus, egípcias e gregas constituem talvez o ponto de partida de todas essas mistificações pictóricas. Pois desde aquelas épocas criadoras — ainda que um tanto inescrupulosas — nas quais sobre o frontispício de mármore dos templos, nos pedestais das estátuas, nos escudos, nos medalhões, vasos e moedas, desenhava-se o delfim, em cota de malha, como Saladino, e de elmo, como São Jorge, até os nossos dias tem prevalecido incessantemente algo dessa espécie de licença não somente nas mais populares reproduções da baleia como também em muitas das suas representações científicas.

Pois bem, pode-se afirmar sem exagero que a mais antiga das ilustrações existentes que pretendem bem ou mal representar a baleia é a que se encontra na famosa caverna-pagode de Elefanta, na Índia. Os brâmanes sustentam que as inumeráveis esculturas desse pagode imemorial prefiguravam já todos os ofícios, vocações e trabalhos concebíveis do homem, antes que fossem criados. Não é pois de estranhar que também a nossa profissão de baleeiro estivesse ali, de alguma maneira, vagamente representada. A referida baleia hindu se encontra numa das secções da parede em que está pintada a encarnação de Vixenu em forma de leviatã, que os eruditos conhecem por Matse Avatar. Porém ainda que essa escultura reproduza apenas meio homem e meia baleia, apresentando somente a cauda desta última, mesmo esta pequena parte constitui um erro, pois lembra antes a cauda fusiforme de uma anaconda do que as amplas e planiformes barbatanas da baleia verdadeira.

Recorramos, porém, às antigas galerias e observemos agora a reprodução desse peixe por um grande pintor cristão e veremos que não obteve melhor êxito do que o antediluviano hindu. Referimo-nos ao quadro do Guido. que representa Perseu salvando Andrômeda das fauces do monstro marinho. De onde teria Guido tirado o modelo para tão estranho ente? Hogarth, por sua vez, ao pintar a mesma cena na sua *Descida de Perseu*, também não conseguiu melhorá-la nem um pouco. A enorme corpulência do monstro hogarthiano ondula na superfície, mal arrastando uma polegada de água; carrega no dorso uma espécie de *howdah*[32] e a sua boca distendida, provida de presas entre as quais passam as ondas, dir-se-ia a Traitors' Gate[33] que conduz, através da água, do Tâmisa até a Torre de Londres. Vêm em seguida as baleias de Prodromus, do velho escocês Sibbald e a de Jonas, tal como é apresentada nas antigas edições da Bíblia e nas gravuras das primitivas cartilhas escolares. Que dizer sobre elas? Quanto às das gravuras bibliográficas que ondulam como sarmentos de vinha em torno do cepo de uma âncora em descida — tal se apresentam em estampas douradas nos lombos e capas de muitos livros antigos e modernos — são criaturas muito pitorescas mas absolutamente fabulosas, imitação, segundo presumo, de figuras semelhantes que aparecem sobre os vasos antigos. Ainda que se denominem sempre delfins, suponho que essas gravuras tencionam reproduzir a baleia, pois era assim considerada, quando foi introduzido o desenho, por algum velho editor italiano, por volta do século XV, durante a Renascença. Naqueles dias e até mesmo muito mais recentemente, era corrente imaginar o delfim como uma espécie de leviatã.

Nas vinhetas e noutras gravuras de livros antigos, encontram-se às vezes traços bem curiosos da baleia, em toda a sorte de repuxos, *jets d'eau*, mananciais quentes e frios: Baden-Badens e Saratogas surgem da sua cabeça inexaurível. Na capa da edição original do *Advancement of Learning*, aparecem algumas baleias extravagantes.

Porém, deixando de lado todas essas tentativas não profissionais, deitemos uma vista de olhos sobre os esboços de leviatãs, presumidamente sóbrios, desenhos científicos feitos pelos conhecedores. Na antiga coleção das viagens de Harris existem algumas pranchas sobre a baleia, tiradas de um livro holandês do ano de 1671 e intitulado *Viagem baleeira a Spitzberg a bordo do* "Jonas na Baleia", *comandado pelo capitão Peterson de Friesland*. Numa delas as baleias em cujos lombos movediços perambulam ursos-brancos, jazem como balsas sobre ilhotas de gelo. Em outra, comete-se o prodigioso disparate de representar a baleia com barbatanas perpendiculares.

Existe além disso um imponente in-quarto, da autoria de um certo capitão Colnett da marinha inglesa e intitulado *Viagem em redor do Cabo Horn, nos mares do sul, com o propósito de estender as zonas de pesca do cachalote*. Encontra-se nele um esboço que aspira a ser o "retrato de uma baleia physeter ou espermacete, copiado, segundo proporção, de um exemplar morto na costa do México, em agosto de 1793 e içado para o convés". Não duvido de que o capitão tenha realizado essa veracíssima pintura com o objetivo único de divertir os seus marinheiros; porém — citemos somente uma das suas características — tem um olho que aplicado, segundo a escala adjunta, a um cachalote completamente desenvolvido, transformar-se-ia numa janela de uns cinco pés de comprimento. Ah, meu bravo capitão! Por que motivo não representou Jonas saindo por esse olho?

E nem mesmo as mais cuidadosas compilações de História Natural para uso dos jovens e crianças estão isentas de semelhantes atrocidades. Consideremos agora a popular obra de Goldsmith, *Natureza animada*. Na edição londrina abreviada, de 1807, encontram-se lâminas representando uma pretensa "baleia" e um "narval". Não quero parecer indelicado, porém, esta indiscernível baleia parece muito com uma marrã amputada, e uma vista de olhos lançada ao narval basta para nos deixar atônitos com o fato de que semelhante hipogrifo possa embair, passando por genuíno, um grupo de estudantes inteligentes.

Por outro lado, Bernard Germain, Conde de Lacépède, grande naturalista, publicou em 1825 um livro sistemático e científico acerca da baleia no qual figuram várias ilustrações de distintas espécies do leviatã, porém tão incorretas que Scoresby, homem de grande experiência nessas coisas, afirma que a ilustração da Mysticetus ou baleia da Groenlândia (isto é, verdadeira), é puramente imaginária.

Mas estava reservado ao naturalista Frederico Cuvier, irmão do famoso barão, fechar com chave de ouro todo esse acervo de disparates. Publicou em 1836, na sua *História natural da baleia*, uma ilustração da baleia espermacete; porém se por acaso pensais em mandá-la examinar por algum filho de Nantucket, seria de aconselhar que preparásseis uma rápida retirada daquela cidade. Numa palavra, o cachalote de Frederico

Cuvier não é realmente cachalote, e sim uma abóbora. Para começar, Cuvier, como tantos outros, jamais gozou das vantagens que oferece uma viagem experimental de pesca à baleia. Quem poderia pois precisar a procedência dessa ilustração? Talvez provenha da mesma fonte que um dos autênticos absurdos do seu predecessor, o naturalista Demarest: um desenho chinês. E um grande número de taças estranhas e de pratos raros nos informam de que maneira, sob a influência do lápis, muitos chineses se transformam em jovens fantasistas.

Que dizer das reproduções dos pintores de brocha cujos cartazes pendem em frente dos estabelecimentos dos negociantes de óleo? São na sua maioria baleias à Ricardo III, com corcovas de dromedário, ferozes, que comem ao almoço três ou quatro tortas de marinheiros, ou uma baleeira cheia de homens e cujos corpos disformes nadam em mares de tinta azul e cor de sangue.

Esses múltiplos erros na descrição da baleia não devem, afinal de contas, causar muita surpresa, pois é preciso considerar que tais desenhos científicos foram tirados do peixe atingido pelo arpão: seria o mesmo que desenhar um navio naufragado, com a quilha quebrada, pretendendo representá-lo na imponente nobreza do casco e dos mastros. Até mesmo os elefantes puderam ser retratados em corpo inteiro, porém nenhum leviatã vivo até hoje flutuou de maneira a se deixar retratar. A baleia viva, em toda a sua majestade e grandeza, só pode ser vista na incomensurabilidade dos mares, enquanto flutua: a sua forma desmesurada é invisível como o porão de um navio de guerra e jamais o homem conseguirá tirá-la do seu elemento a fim de içá-la para terra, conservando ainda os seus potentes redemoinhos e ondulações. E nem falemos na mais que provável diferença de contornos que deve existir entre um baleote e um leviatã platônico completamente desenvolvido. Ainda assim, mesmo que uma dessas baleias de mama pudesse ser içada para o convés, tão extravagante, escorregadia, exótica e variável é a sua forma que nem mesmo o demônio poderia captar a sua expressão precisa.

Porém seria erro crasso supor que do esqueleto de uma baleia se pudessem deduzir noções exatas a respeito da sua verdadeira forma, pois um dos fatos mais curiosos acerca desse leviatã é que o seu esqueleto dá uma ideia muito sumária da sua verdadeira forma. A caveira de Jeremy Bentham, que pende à guisa de candelabro na biblioteca de um dos seus executores testamentários, transmite francamente a ideia de um velho senhor utilitarista, de sobrancelhas espessas e com todas as características pessoais mais acentuadas de Bentham; pelo contrário, nenhuma ideia dessa espécie poderia ser depreendida de qualquer dos ossos articulados do leviatã. De fato, como diz o grande Hunter, o simples esqueleto da baleia tem com o animal inteiramente coberto repleto, a mesma relação que tem o inseto com a crisálida que o envolve tão completamente. Essa particularidade é especialmente notável, conforme veremos em outra parte deste livro. Ostenta-se também de modo muito curioso na barbatana lateral, cujos ossos, com exceção do polegar, constituem uma réplica quase exata da mão humana. Compõem essa barbatana os quatro dedos regulares: o indicador, o médio, o anular e o mínimo, cujas falanges se alojam na sua coberta de carne, da mesma maneira que a do homem numa luva.

"Por mais peças que nos pregue a baleia", disse um dia o alegre Stubb, "não podemos dizer na verdade que trate conosco sem mitenes".

Por todas essas razões, pois, e de qualquer modo que o consideremos, devemos concluir que o leviatã será, entre todos os seres deste mundo, o único cuja reprodução fiel desafiará para sempre as possibilidades do homem. É certo que um retrato pode refletir mais do que outros os verdadeiros traços do modelo, porém nenhum deles alcançará qualquer grau, mesmo discreto, de exatidão. Não existe na terra maneira alguma de captar a verdadeira conformação da baleia. E o único meio de consegui-lo, de maneira mais ou menos passável, seria meter-se a baleeiro, mas isso implica o risco não pequeno de ser despedaçado e afogado para toda a eternidade. Portanto, parece-me, mais vale não nos mostrarmos muito curiosos acerca do leviatã.

Representações menos errôneas de baleias; descrições fiéis de cenas baleeiras

Sempre em relação com as monstruosas mistificações nas pinturas representando baleias, sinto-me tentado a referir-me aqui às narrativas ainda mais monstruosas que se podem ler sobre elas, em certos livros antigos e modernos, especialmente em Plínio, Purchas, Hackluyt, Harris, Cuvier, etc. Porém deixemos isso de parte.

Conheço apenas quatro obras que contêm esboços do grande cachalote: as de Colnett e Cuvier, mencionadas no capítulo anterior, a de Huggins, muito superior aquelas, e a de Beale, que ultrapassa de muito as outras. Todos os seus desenhos da baleia espermacete são bons, exceto a figura central da prancha, que representa três baleias em várias atitudes e que encerra o segundo capítulo. Os da capa representam botes no momento de investir contra uns cachalotes, os quais, ainda que destinados sem dúvida a suscitar o amável ceticismo de certas pessoas elegantes, são de admirável correção e muito cheios de vida no seu efeito geral. Alguns desenhos de cachalote de J. Ross Browne são igualmente de contornos bastante acertados, e conquanto a gravação seja péssima, disso, na verdade, não se pode culpar o autor.

Quanto aos esboços de baleias verdadeiras, os melhores são os de Scoresby, porém estão desenhados numa escala demasiado reduzida, para que possam produzir uma impressão desejável. A única cena de caça registrada na sua obra revela uma lastimável deficiência porque somente quando bem aperfeiçoados podem esses desenhos dar uma ideia aproximada do que é na realidade uma baleia viva, tal como é vista por seus perseguidores em ação.

Todavia, sem considerar pormenores, as mais belas — ainda que em certos detalhes não sejam as mais corretas — das reproduções de baleias e de cenas de caça que se podem encontrar em qualquer parte, são decididamente as das grandes gravuras francesas, bem executadas e tiradas dos quadros de um certo Garnery. Representam, respectivamente, ataques ao cachalote e à baleia. A primeira gravura representa um cachalote em toda a majestade da sua força, no ato de surgir diante do bote, das profundidades do oceano, lançando para o alto, sobre o lombo, de maneira espantosa, os restos de uma baleeira destroçada. A proa, parcialmente intacta, aparece no momento em que se mantém em precário equilíbrio, sobre o espinhaço do monstro, ao tempo em que de pé, sobre ela, e aproveitando essa única e fugacíssima trégua, vê-se um remador em meio da furiosa e borbulhante mangueira lançada pela baleia, que o envolve à maneira de sudário, no ato de saltar como de um despenhadeiro. O dinamismo de toda a cena é de um realismo maravilhoso. O cubo, meio vazio, flutua no mar esbranquiçado: ziguezagueiam os cabos de madeira dos arpões e as cabeças dos tripulantes se espalham em torno da baleia, refletindo as mais diversas expressões de terror, enquanto na sombria e tempestuosa distância vê-se o navio avançar sobre a cena. Do ponto de vista anatômico, podem-se descobrir graves falhas nesse desenho; porém passemos por cima delas. Por mim, juro que não faria melhor.

Na segunda gravura aparece o bote movendo-se pesadamente ao longo de uma enorme baleia, cujo corpo negro, coberto de aves marinhas e ervas aquáticas, rola pelo mar, semelhante a um pedaço musgoso de rochedo que rolasse de um despenhadeiro patagônio. Os seus jatos são retos, pretos como a fuligem. Se víssemos a fumaça elevar-se em igual quantidade de qualquer chaminé, bem poderíamos imaginar que se estivesse preparando uma esplêndida ceia na fornalha principal. As aves marinhas beliscam os pequenos caranguejos, mariscos e demais gulodices e macarrões marítimos que a baleia costuma carregar no seu lombo pestilento. E ao mesmo tempo, o leviatã de grossos lábios corre velozmente através das profundidades, deixando na sua esteira um imenso sulco de brancos e tumultuosos coágulos de espuma, cuja ondulação faz balançar o leve bote, como um caíque apanhado nas rodas de um barco a vapor. Assim, pois, enquanto no primeiro plano tudo é veemência e comoção, o fundo, em admirável contraste artístico, apresenta a cristalina superfície do mar em calma, as frouxas e enrugadas velas do navio e a massa inerte da baleia morta — fortaleza conquistada — com a bandeira da captura pendendo indolentemente da haste inserida no seu espiráculo.

Ignoro quem seja ou quem tenha sido Garnery, o autor desses desenhos, porém juro que ou estava bem compenetrado do seu assunto ou então completamente dirigido por algum baleeiro experiente. Os franceses são excelentes nas pinturas de ação. Contemplemos e comparemos os seus quadros com os de todos os outros pintores europeus. Onde se poderá encontrar maior plenitude de vida palpitante e de dinamismo do que nessa triunfante galeria de Versalhes? Onde, se não ali, o espectador entra na luta e na confusão de todas as batalhas que são outros tantos marcos da história da França? Onde, se não ali, assemelha-se cada espada a uma cintilação de aurora boreal e as séries de reis e imperadores investem armadas como uma carga de centauros coroados? Pois bem: as batalhas de Garnery não são indignas de ocupar um lugar nessa galeria.

A aptidão natural dos franceses para apreender o pitoresco em todas as coisas parece revelar-se especialmente nos seus quadros e gravuras de cenas baleeiras. Apesar de não contarem nem com a décima parte da experiência dos ingleses nessa pesca, nem também com a milésima parte, sequer, da experiência que possuem os americanos, forneceram contudo a essas duas nações os únicos esboços perfeitamente realizados e susceptíveis de transmitir o verdadeiro espírito da caça. A maioria dos desenhistas de baleias ingleses e americanos parece contentar-se plenamente em apresentar esboços mecânicos e o vago contorno da baleia, e isso quanto ao efeito pitoresco vem a ser o mesmo que desenhar o simples perfil de uma pirâmide. O próprio Scoresby, cetólogo de fama justamente merecida, depois de nos oferecer um rígido retrato de corpo inteiro da baleia da Groenlândia e três ou quatro delicadas miniaturas de narvais e marsopas, nos presenteia com uma série de gravuras clássicas de garfos, facas de carniceiro e ganchos de ferro e com diligência microscópica, digna de um Leuwenhoek, submete à inspeção de um mundo trêmulo, 96 fac-símiles ampliados de cristais de neve do Ártico. Sem querer desfazer do excelente viajante (a quem honro como a um perito veterano) em questão de tal importância, foi certamente um descuido da sua parte não ter procurado, a respeito da autenticidade, a opinião de um juiz de paz groenlandês.

Além desses belos Garnery, existem outras duas gravuras francesas também dignas de menção, assinadas por um certo H. Durand. Uma delas, ainda que não se enquadre precisamente no assunto que nos interessa agora, merece contudo, por outros motivos, uma referência. Representa uma paisagem aprazível nas ilhas do Pacífico. É meio-dia. Na calma ambiente aparece um baleeiro francês ancorado perto da praia e provendo-se indolentemente de água. As frouxas velas e as largas folhas de palmeira, no fundo, descaem ao mesmo tempo no ar quase imóvel. O efeito produzido é realmente belo, pois o quadro apresenta os intrépidos pescadores num dos seus raros momentos de repouso oriental.

A outra gravura é de gênero completamente distinto. O navio aparece aqui no próprio centro dessa vida leviatânica: pairando em alto-mar e flanqueado por uma baleia, volta-se para ela como se se dirigisse a um cais, ao passo que o bote, abandonando precipitadamente esse plano de atividade, encontra-se quase na iminência de dar caça a outras baleias. Os arpões e lanças estão colocados na altura devida: três remadores acabam de encaixar o mastro no seu orifício, ao passo que, devido a uma súbita vaga, a pequena embarcação mantém-se semivertical, quase fora da água, como um cavalo empinado. Do navio eleva-se o vapor fervente que exala a torturada baleia, semelhante a uma nuvem negra e ameaçadora de borrascas e chuvas e que parece apressar a atividade dos agitados marinheiros.

Baleias pintadas; baleias esculpidas em madeira, em osso, em pedra e em pranchas de ferro; baleias nas montanhas e nas estrelas

Em Tower-Hill, no caminho que conduz às docas de Londres, encontra-se um mendigo estropiado (ou "ancorado", como dizem os marinheiros) sustentando diante de si um cartaz pintado representando o trágico acontecimento que causou a perda da sua perna. Aparecem nessa pintura três baleias e três botes; e um desses botes (presume-se que nele se encontrava o dono da perna desaparecida) está sendo mastigado pela queixada da baleia. Contaram-me que durante esses dez últimos anos o homem tem continuado a exibir o quadro e a perna amputada perante um mundo incrédulo. Porém chegou afinal o momento da sua reabilitação. Essas três baleias são, segundo tudo indica, tão autênticas como as que mais o sejam, dentre as que foram pintadas em Wapping, e o toco de perna tão incontestável como qualquer dos registrados nos anais do Ocidente. Contudo, ainda que obrigado a viver perpetuamente trepado sobre esse toco, o pobre baleeiro nunca o escolhe como tema de discursos, mas, de olhos baixos, entrega-se à triste contemplação da sua própria desventura.

Em toda a extremidade do Pacífico, bem como em Nantucket, New Bedford e Sag Harbor, é comum encontrar elegantes desenhos de baleias e cenas baleeiras cinzeladas pelos próprios caçadores em dentes de cachalote, ou em espartilhos de senhoras feitos de pedaços de barbatanas e em outras inúmeras e pequenas invenções que elaboram primorosamente com o material bruto durante as suas horas de lazer, no oceano. Alguns possuem pequenas caixas contendo instrumentos que lembram os de dentista, especialmente destinados à confecção dessas bagatelas, ainda que em geral sirvam-se apenas das suas navalhas, o instrumento quase onipotente imprescindível a todo marinheiro, e com o qual podem fabricar tudo o que lhes dita a fantasia.

Um longo afastamento do Cristianismo e da civilização faz inevitavelmente o homem voltar ao estado em que Deus o criou, isto é, o que se conhece por selvageria. O verdadeiro caçador de baleias é tão selvagem como um iroquês. Eu próprio sou selvagem; só devo fidelidade ao rei dos canibais, conquanto esteja disposto a rebelar-me contra ele a qualquer momento.

Pois bem, uma das características peculiares do selvagem, sobretudo na sua vida doméstica, é a sua maravilhosa e paciente vocação para a indústria. Como prova brilhante da perseverança humana, tanto vale a profusa variedade e a elaboração do entalhe de uma antiga clava de guerra havaiana ou de um cabo de lança, como a feitura de um dicionário latino, pois a intrincada trama que ostentam aquelas armas é forjada com simples pedacinhos de conchas quebradas ou dentes de tubarão, e custa anos inteiros de constante trabalho e dedicação.

Acontece com o marinheiro branco o mesmo que com o selvagem havaiano. Com a paciência maravilhosa e o mesmo simples dente de tubarão e a sua humilde navalha entalha uma peça de escultura em osso, não com a mesma perfeição, porém com a mesma prodigalidade de ornamentos com que aquele selvagem grego fez o escudo de Aquiles e com espírito de bárbara sugestão igual ao das estampas desse outro esplêndido selvagem alemão que foi Albrecht Dürer.

Nos castelos de proa dos baleeiros americanos, veem-se frequentemente baleias esculpidas em madeira, ou perfis de baleias, feitos em pequenas pranchas dessa nobre madeira dos mares do sul. Algumas delas não primam pela exatidão.

Nas portas de algumas velhas casas de campo em forma de pombal podem-se ver baleias de bronze, suspensas pela cauda e que são usadas como martelos. Nada melhor do que essas baleias de cabeças de martelo, para despertar porteiros sonolentos. Sobre as flechas de certas igrejas antigas veem-se também reproduções de baleias em lâminas de ferro que servem de cata-vento, mas estão colocadas em tal altura e tão rodeadas por todos os lados de cartazes e avisos de que "é proibido tocar" que não é possível examiná-las em proximidade suficiente para poder julgar dos seus méritos.

Em certas regiões da terra, em cujo plano e base de alcantilados abruptos jazem massas de rochas em grupos fantásticos, descobrem-se muitas vezes imagens de formas petrificadas, em parte submergidas nas ervas que as envolvem e que nos dias em que o vento sopra com mais força envolvem-nas como que numa verde maré.

Além disso, nas regiões montanhosas onde o viajante se encontra continuamente rodeado por alturas em forma de anfiteatro, pode-se, ora aqui, ora ali, de algum ponto mais feliz de observação, vislumbrar representações passageiras de contornos de baleias, recortando-se ao longo de serranias ondulantes. Mas para poder apreendê-las é preciso ser um baleeiro genuíno, da mesma maneira que para tornar a encontrá-las com segurança seria necessário tomar a interseção exata da latitude e longitude do primeiro ponto de observação. Acresce que tão incertas e casuais são essas visões que seria muito difícil tornar a descobrir o lugar exato em que se precisou a primeira. O mesmo acontece com as ilhas Salomão, que mesmo depois de percorridas uma vez por Mendana, com a sua gola alta, e historiadas pelo velho Figuera, permanecem ainda ignotas.

E elevados pela sugestão do assunto até os céus estrelados, podemos vislumbrar ali baleias e botes que as perseguem, da mesma maneira que os povos do Oriente, nutridos com ideias de guerra, viam entre as nuvens exércitos empenhados em luta. Assim também, no norte, à medida que as revoluções das estrelas lhes iam dando forma pela primeira vez, cacei leviatãs, contornando o Polo Norte, e sob os refulgentes céus antárticos abordei o *Argus* e tomei parte na caça à resplandecente *Cetus*, muito além dos extremos limites da Hidra e dos Peixes.

Quem me dera que com uma âncora de fragata por brida e feixezinhos de arpões por espora eu pudesse montar nessa baleia e lançar-me no mais alto do céu, a fim de verificar se mais além do meu olhar mortal existem realmente esses céus fabulosos com as suas tendas inumeráveis!

O *BRIT*

Navegando para o noroeste das ilhas Crozetts, penetramos de súbito nos vastos prados de *brit*, aglomerado de minúsculos e amarelados animálculos marinhos que constituem o principal alimento da baleia propriamente dita, e que se estendiam ondulantes por léguas e léguas em torno de nós, a tal ponto que julgaríamos navegar por entre campos ilimitados de trigo maduro e dourado.

No segundo dia, distinguimos numerosas baleias, as quais, seguras de que o *Pequod*, destinado à caça de cachalotes, não as atacaria, nadavam preguiçosamente, com as queixadas abertas no meio do *brit* que aderia às franjas aveludadas dessas maravilhosas venezianas das suas bocas, separando-as assim da água que corria ao longo dos seus lábios.

Como ceifeiros madrugadores, que lado a lado, vagarosamente, agitados, afundam as suas foices entre a alta e úmida erva dos pantanosos prados, assim também com ruído estranho, cortante e herbáceo, flutuavam esses monstros, deixando atrás de si intermináveis traços azuis nas águas amarelas.[34]

Porém o que realmente fazia recordar o ruído da sega era o rumor que produziam ao partir o *brit*, pois vistas do alto dos mastaréus, sobretudo quando se detinham por alguns instantes, suas enormes massas negras pareciam antes imóveis massas rochosas. E assim como o forasteiro que atravessando a planície de uma dessas imensas regiões de caça, na Índia, confunde com desnudas e enegrecidas elevações do terreno os grupos afastados de elefantes em repouso, assim também, aquele que pela primeira vez contempla esses leviatãs, ainda mesmo reconhecendo-os, afinal, acha difícil acreditar que essas imensas massas de carne possam ser animadas em todas as suas partes, com uma vida semelhante à que anima um cão ou um cavalo.

Como quer que seja, a outros respeitos, dificilmente se pode experimentar, em relação a qualquer criatura do oceano, os mesmos sentimentos que nos inspiram as de terra firme. Pois conquanto alguns velhos naturalistas sustentem que todos os seres terrestres são semelhantes aos do mar e ainda que isso seja verdade, de um ponto de vista geral, se aprofundássemos a questão, encontraríamos algum peixe cujas características correspondessem, por exemplo, à inteligente bondade do cão? Apenas o abominado tubarão pode ser comparado com ele, em certo sentido.

E ainda que nós, os habitantes da terra, observemos sempre com sentimento de indizível horror e repulsa todos os seres originários dos mares, ainda que saibamos que o mar é e será sempre uma terra *incógnita* — a tal ponto que Colombo teve de atravessar inumeráveis mundos oceânicos ignorados para descobrir um só, o seu superficial Ocidente; ainda que os mais terríveis desastres e as mais espantosas mortes surpreendam dezenas e centenas de milhares de homens das mais diversas condições, que desde tempos imemoriais têm enfrentado os mares; ainda que baste um momento de reflexão para nos convencer de que o homem-criança faz demasiado alarde de sua sabedoria e habilidade, e por mais que essa ciência possa aumentar num futuro lisonjeiro, ainda assim, pelos séculos dos séculos, até o dia de juízo, não poderá o homem evitar que o mar o degrade e assassine, pulverizando os navios mais imponentes e invulneráveis que ele possa construir; apesar de tudo isso, e justamente devido à repetição incessante desses feitos, o homem acabou por perder o justo sentido da devastadora majestade essencial do mar.

A primeira nave de que temos notícia flutuou sobre um oceano que com sanha portuguesa inundou a terra toda, sem deixar nenhum ser vivo, nem mesmo uma viúva. É o mesmo oceano de hoje, o mesmo que destruiu os navios afundados no ano passado. Oh! sim, estultos mortais, o Dilúvio de Noé persiste ainda hoje; cobre ainda as duas terças partes deste bonito mundo!

Por que motivo o que é milagre na terra não o é no mar? O terror do sobrenatural dominou os hebreus quando o solo se abriu sob os pés de Coré e de seus companheiros, tragando-os. Contudo, nunca em nossos dias o sol se oculta sem que, de igual maneira, trague o mar navios e tripulações.

Porém o mar é não somente inimigo do homem, um ser estranho para ele, é também um demônio para a sua própria progênie; pior ainda do que o anfitrião persa que assassinou os seus próprios hóspedes, não perdoa as criaturas que ele mesmo gerou; como a tigresa enfurecida, que revolvendo-se no emaranhado da selva estrangula seus próprios filhotes, assim também o mar arremessa contra as rochas as mais poderosas baleias, abandonando-as junto aos destroços dos navios naufragados. Somente ele controla a sua própria fúria ou a sua bonança. Ofegante, resfolegando como um corcel de batalha enlouquecido, que perdeu o seu cavaleiro, o indômito oceano domina o globo.

Considerai pois a sutileza do mar: as suas mais temíveis criaturas deslizam na maioria imperceptíveis, sob a água, traiçoeiramente ocultas entre os mais encantadores tons azuis; o fulgor diabólico e a formosura de suas espécies mais ferozes (as formas esquisitamente modeladas de muitos tubarões, por exemplo); considerai, por outro lado, o universal canibalismo do mar, canibalismo a cujo influxo todos os seus seres se devoram mutuamente e estão empenhados numa guerra perpétua, desde o princípio do mundo.

Considerai tudo isto e voltai logo o olhar para esta verde, benigna e docílima terra e comparai: não vos dita o sentimento uma estranha analogia? Porque do mesmo modo que o oceano terrível circunda a amável terra, existe também, na alma humana, uma ilha do Taiti cheia de paz e alegria, mas rodeada por todos os horrores da vida meio conhecida. Deus vos guarde de perder de vista essa ilha, pois jamais poderíeis tornar a encontrá-la.

O calamar

Singrando lentamente por entre os prados de *brit, o Pequod* continuava o seu caminho na direção de nordeste, até a ilha de Java. Um ar brando o impulsionava e, na serenidade do ambiente, os seus mastros elevados e pontiagudos oscilavam lentamente ao sopro daquela lânguida brisa, como três indolentes palmeiras numa planície. E sempre, com amplos intervalos, aparecia em noites prateadas a solitária e fascinante tromba.

Uma manhã, porém, de azul transparente, em que uma quase sobrenatural quietude, que não era contudo a imobilidade, se estendia sobre o mar, em que longa e brunida faixa de luz solar, semelhante a um áureo dedo, separava as águas como obedecendo a alguma ordem misteriosa, em que as ondas resvalavam e corriam mansamente entre murmúrios, em meio à mais profunda calma que envolvia tudo o que era visível, Daggoo, postado no alto do mastro grande, avistou um estranho espectro.

Uma enorme massa branca, surgindo preguiçosamente à distância e elevando-se cada vez mais, desprendendo-se pouco a pouco do azul, resplandeceu finalmente diante da nossa proa, como uma avalancha que acabasse de rolar de uma montanha. Brilhou um instante para descer lentamente de novo e submergir. Surgiu uma vez mais e fulgurou silenciosa. Não se assemelhava a um cachalote, e contudo, Daggoo pensou: "Não será Moby Dick?" O fantasma tornou a mergulhar; mas quando reapareceu, soltando um grito cortante como um golpe de estilete, que sacudiu os marinheiros da sua modorra, o negro clamou:

— Ali! Ali! Saltou outra vez. Ali adiante! A baleia-branca! A baleia-branca!

A esse grito os marinheiros correram até os penóis das vergas, como abelhas aos ramos em época de enxames. A cabeça descoberta sob o sol ardente, de pé sobre o gurupés, com uma mão estirada para trás, prestes a dar ordens ao timoneiro, Ahab dirigia o olhar ansioso para o ponto que indicava, do alto, o braço estendido e imóvel de Daggoo.

Fosse porque a fugaz aparição da silenciosa e solitária tromba tivesse influenciado Ahab no sentido de prepará-lo gradualmente para conservar toda a sua calma e sensatez, no momento em que divisasse a única baleia que perseguia ou que, pelo contrário, a sua ansiedade o tivesse traído, o fato é que nem bem distinguira claramente aquela branca massa, ordenou com rapidez e decisão uma descida imediata.

Em breve os botes se encontravam na água, o de Ahab na frente de todos, remando com rapidez em direção à presa. Esta não tardou a submergir. Dentro em pouco, porém, eis que se eleva de novo lentamente no mesmo lugar. No momento, esquecidos quase de Moby Dick, nos embebíamos na contemplação do mais maravilhoso fenômeno que os misteriosos mares revelaram até agora à humanidade. Uma vasta massa polposa de vários estádios de comprimento e largura, de uma cor refulgente, flutuava à superfície da água: inúmeros tentáculos irradiavam do seu centro, enroscando-se e retorcendo-se como um enxame de anacondas prontas a agarrar às cegas qualquer ser desventurado que encontrassem ao seu alcance. Não se distinguia face nem fronte; não havia ali indício algum de sensação ou de instinto; somente uma massa informe, extraterrestre, como vitalizada pelo acaso, ondulava nas vagas.

Quando com ruídos de água sugada tornou a desaparecer, Starbuck, com os olhos fixos nas ondas revoltas, exclamou com voz rude:

— Quase teria preferido ver Moby Dick e desafiá-lo a combate em vez de enfrentar-te, oh, monstro branco!

— Que é isso, sr. Starbuck? — perguntou Flask.

— É o grande calamar vivo que, segundo dizem, poucos baleeiros podem contemplar e voltar ao porto para contar a história.

Ahab, pelo contrário, nada disse; fez virar o seu bote e dirigiu-o para o navio. Os outros o seguiram em igual silêncio.

Sejam ou não superstições os acontecimentos que os pescadores ligam geralmente ao aparecimento deste monstro, o fato é que devido à raridade com que ele é avistado tem-se chegado ao extremo de rodeá-lo com uma auréola de mistério. E ainda que todos os baleeiros, sem exceção, assegurem que é a maior massa animada que existe no oceano, em vista de ser raramente encontrado, acontece que poucos deles têm alguma ideia, ainda que vaga, acerca da sua verdadeira forma e natureza; a única coisa que julgam saber é que ela constitui o alimento exclusivo do cachalote. As outras espécies de baleia encontram o seu sustento na superfície e o homem pode observá-las no ato de alimentar-se. A baleia espermacete, pelo contrário, encontra o seu sustento nas regiões desconhecidas das profundidades e, portanto, apenas na base de inferências poderia alguém asseverar com precisão em que consiste esse alimento.

Ocorre às vezes que vendo-se perseguido muito de perto, o cachalote vomite o que se supõe serem tentáculos arrancados ao calamar; alguns desses tentáculos excedem a vinte e até mesmo trinta pés de comprimento. Acreditam os baleeiros que o monstro a que pertencem se agarra com eles ao leito do oceano e que o cachalote, ao contrário do que acontece com as outras espécies de baleias, é provido de dentes a fim de poder atacá-lo e despedaçá-lo.

Parece existir algum fundamento para se supor que o enorme Kraken do Bispo Pontoppodan venha a ser, afinal de contas, nem mais nem menos do que o calamar. A descrição feita pelo bispo, que cita, entre outros detalhes, a faculdade que ele possui de elevar-se e descer alternadamente, etc., faz sem dúvida lembrar o calamar. Porém é preciso reduzir de muito as incríveis dimensões que o bispo lhe confere na sua narrativa.

Alguns naturalistas, a cujos ouvidos chegaram vagos rumores acerca do misterioso animal de que falamos, o incluem na classe dos polvos, a que parece pertencer realmente, se nos ativermos ao seu aspecto exterior. Mas, se ele pertence a essa classe, será unicamente na qualidade de Anaquim da tribo.

A linha

A fim de que se possa apreciar com maior clareza a cena baleeira que se vai descrever em seguida, bem como para melhor compreensão de todas as cenas semelhantes que aparecerão daqui em diante, precisamos dizer algo acerca da mágica e às vezes terrível linha do arpão.

A linha empregada antigamente nessas pescarias era feita de cânhamo da melhor qualidade, porém não impregnada de breu, como acontece com a linha comum, e apenas ligeiramente vaporizada. Porque se é verdade que o breu, tal como se aplica em geral, torna o cânhamo mais maleável e flexível para aquele que o trabalha e a corda mais adequada para os empregos comuns a bordo, uma impregnação excessiva daria demasiada rigidez à linha, o que tornaria difícil enrolá-la em bobina bem compacta; por outro lado — segundo começam a verificar vários marinheiros — o breu não confere em geral maior duração ou resistência à corda, ainda que lhe dê mais brilho e consistência.

Nos últimos anos, a corda de Manilha tem substituído quase por completo o cânhamo nas pescarias americanas, como material para o fabrico de linhas baleeiras, porque, conquanto não tenha a duração deste último, é mais firme e ultrapassa-o de muito em brandura e elasticidade; e ousarei ainda acrescentar (pois em todas as coisas há alguma estética), é mais elegante e apropriada para a baleeira. O cânhamo sugere a ideia de algo escuro e sombrio, a personificação de uma espécie de índio, diria eu; a corda de Manilha, pelo contrário, lembra um circassiano louro.

A linha baleeira tem apenas dois terços de polegada de espessura. À primeira vista não parece tão forte como é, na realidade, mas posta à prova, cada um dos cinquenta fios que a formam resiste ao peso de 120 libras; a corda pode pois suportar um peso de três toneladas, aproximadamente. Mede em geral duzentas braças. É enrolada num tubo próximo à popa, à maneira de serpentina de alambique, formando porém uma única massa redonda, semelhante a um queijo, com roldanas firmemente encaixadas ou camadas de espirais concêntricas, sem outra abertura exceto o *coração*, tubo vertical que se forma no centro da massa e que é como o seu eixo. Quando se pratica essa operação, é preciso tomar as maiores precauções, pois o mais pequeno nó ou emaranhado que se formasse no rolo traria como consequência inevitável a amputação de uma perna ou o arrastar de um corpo inteiro, no momento de desenrolar a linha. Alguns arpoadores costumam empregar toda uma manhã nessa tarefa, erguendo muito alto a linha e fazendo-a descer sobre um cilindro colocado em direção ao tubo, a fim de evitar que no ato de enrolar venha a formar-se a mínima prega ou enroscado.

Nos baleeiros ingleses empregam-se dois tubos em vez de um; a linha é enrolada em ambos ao mesmo tempo, o que proporciona uma certa vantagem, pois como são menores, os dois tubos podem ser colocados com mais facilidade e rapidez e o seu peso se torna mais leve para o bote; o tubo americano, pelo contrário, de cerca de três pés de diâmetro e outros tantos de profundidade, constitui uma carga considerável para um bote cujo tabuado tenha apenas meia polegada de espessura. O fundo de uma baleeira parece uma perigosa capa de gelo capaz de resistir a um peso considerável em extensão, porém não em espaço reduzido. Coberto com a sua lona colorida o tubo americano dá a ideia de um enorme bolo de noiva que o bote levasse de presente às baleias.

As duas extremidades da linha ficam expostas; o cabo inferior termina em laço que pende completamente solto no fundo do bote. Essa disposição é necessária por duas razões: em primeiro lugar para prender ao laço uma linha adicional de um bote próximo, no caso em que a baleia ferida, afundando em grande profundidade, ameace levar consigo toda a linha cujo cabo superior está preso ao arpão. Em tais circunstâncias a baleia passa por assim dizer como uma caneca de cerveja de um bote a outro, visto que cada um deles tem sempre um auxiliar na retaguarda para o caso de necessidade. Além disso, representa uma medida indispensável para a segurança comum, pois se a extremidade inferior do cabo se encontrasse fixa no bote, de qualquer maneira, ao desenrolá-lo, num abrir e fechar de olhos, a baleia, como acontece frequentemente, não deteria por certo a sua carreira e a embarcação, irremediavelmente condenada, seria arrastada para as profundidades do oceano e nenhum pregoeiro público jamais conseguiria encontrá-la.

Antes da descida, tira-se do tubo o extremo superior da linha, estendendo-a até a popa, e depois de passado em torno da dobadoura, é levado novamente à proa, de modo que abrange toda a extensão do bote e atravessa perpendicularmente o braço ou asa de cada remo: desta maneira, roça continuamente nos pulsos dos remadores, e passando entre os homens que se sentam alternadamente nas amuradas opostas, alcança as ranhuras de chumbo que partem da extremidade pontuda da proa do bote, onde um pino de madeira ou espeto do tamanho de uma esquila comum impede-o de escorregar. Pende então em festões sobre a água para passar de novo ao interior do bote e, uma vez enrolada até dez ou vinte braças na caixa, (que se chama caixa da linha) na proa, passa para a amurada da popa, onde se fixa finalmente na sirga, corda unida ao arpão mediante inúmeras operações cuja descrição detalhada seria por demais enfadonha.

Deste modo a linha baleeira envolve todo o bote em suas complicadas espirais, enroscando-se e entrelaçando-se em torno dele, em todas as direções. Os remeiros envoltos em suas perigosas contorções dariam também a um tímido habitante de terra que os contemplasse, a ideia de prestidigitadores hindus em cujos braços e pernas serpentes mortíferas brincassem formando festões. A verdade é que não há homem nascido de mulher que, sentando-se pela primeira vez entre esse dédalo de cânhamo, remando com todas as suas forças, e pensando que no instante quase sempre inopinado em que se arremessa o arpão entrarão em jogo, como anéis de raios, todas essas terríveis espirais, deixe de sentir um terror que o sacode todo até a medula dos ossos, como quando se agita uma geleia. Contudo — coisa estranha — como é grande a força do hábito! Jamais podereis escutar, às vossas mesas de jantar, graças mais alegres, brincadeiras mais divertidas, melhores chistes e réplicas mais brilhantes do que os que se ouvem entre esses marinheiros sobre as frágeis tábuas de cedro da sua baleeira, presas pelos laços do verdugo. E bem se pode dizer que à semelhança dos seis burgueses de Calais ante o rei Eduardo, os seis homens que compõem a tripulação remam para as fauces da morte com uma corda de enforcar no pescoço.

Talvez compreendam agora, com pouco esforço, por que razão ocorrem com tanta frequência esses desastres (poucos são registrados em crônicas de periódicos) nos quais este ou aquele homem perece arrastado pela linha; porque estar sentado no bote nos momentos em que esta se desenrola com a velocidade do relâmpago, é o mesmo que se encontrar no meio dos mil estridores e zumbidos e uma máquina a vapor em plena marcha e cujas vertiginosas traves, cilindros e polés roçassem a nossa pele. Além disso, visto que não lhes seria possível permanecer imóveis no centro dessa voragem, porque o bote, balançando como um berço, os arroja sem distinção de um lado a outro, e somente por meio de uma combinação muito difícil de agilidade, adaptação e vontade podereis escapar de ver-vos transformados em outros tantos Mazepas, fugindo para regiões nas quais nem mesmo o onividente sol poderia localizá-los.

E assim como a profunda calma — que é apenas o presságio visível que antecede a tormenta — produz talvez mais angústia do que a própria tormenta, pois não representa mais do que o seu manto e envoltório e a oculta em seu seio como o rifle em aparência inofensivo esconde a pólvora, a bala e a explosão fatais — assim também a quietude graciosa da linha nas suas silenciosas ondulações em torno dos marinheiros prevê a ação e terrores mais verdadeiros do que qualquer outro aspecto desse temerário ofício. Mas para que dizer mais? Todos os homens vivem rodeados de linhas baleeiras. Todos nascem com uma corda no pescoço: porém, somente quando se sentem presos pela súbita e vertiginosa roda da morte, os mortais compreendem os sutis e onipresentes perigos da vida. E se fôsseis um filósofo não sentiríeis uma isca a mais de terror, sentado numa baleeira, do que ao entardecer quando repousais junto à lareira familiar, manejando não um arpão e sim um atiçador.

Stubb mata um cachalote

Se para Starbuck a aparição do calamar constituiu um agouro, para Queequeg, pelo contrário, representou algo de muito diferente.

— Visto o calamar — disse o selvagem assentando o arpão na proa do seu bote empinado —, visto depressa o cachalote.

O dia seguinte foi extremamente tranquilo e quente e, na falta de qualquer ocupação imediata, a tripulação do *Pequod* resistia com dificuldade ao domínio do sono propagado por uma tal letargia no mar. Porque a região do oceano Índico, que então sulcávamos, não é uma dessas que os marinheiros chamam de zonas animadas; visto que as marsopas, delfins, peixes voadores e outros habitantes vivazes das águas mais agitadas são ali menos habituais do que fora do rio da Prata ou nas costas do Peru.

Cabia-me ocupar o mastro do trinquete. Apoiando as espáduas contra os frouxos ovéns, balançava-me preguiçosamente num ar como que encantado. Era inútil qualquer intenção de resistir-lhe: invadido por essa modorra e perdendo pouco a pouco toda a sensibilidade, minha alma abandonou o meu corpo, ainda que este continuasse o seu vaivém, à maneira de um pêndulo que continua oscilando muito tempo depois de retirada a força propulsora.

Antes de cair em completo olvido, havia observado já cochilando os marinheiros dos mastros grandes e de mezena. Assim, finalmente, nós os três vigias, nos balançávamos sem vida nos mastros e a cada um dos nossos vaivéns respondia debaixo com um aceno de cabeça o sonolento timoneiro. Acenavam também as ondas com as suas cristas indolentes e, no iluminado torpor do mar, o leste acenava para o oeste e o sol para tudo o mais.

Subitamente entrevi como que borbulhas saltando através dos meus olhos fechados; como dois torniquetes, minhas mãos agarraram os ovéns; fui salvo por alguma providência misteriosa e gentil e com um estremecimento voltei à vida. E eis que muito perto, a sota-vento, a menos de quarenta braças de distância, rolava na superfície da água um gigantesco cachalote que parecia um casco invertido de fragata soçobrada; seu amplo e lustroso lombo de matiz etíope resplendia aos raios do sol, como um espelho. Ou antes, observando a maneira como ondulava preguiçosamente em meio à cava de uma vaga, lançando a intervalos a sua vaporosa coluna, dir-se-ia um fidalgo de grave aspecto, fumando num dia enevoado a sua cachimbada da tarde. Porém, pobre baleia! havia de ser essa a tua última cachimbada. Como tocados por uma varinha mágica, o navio entorpecido e todos os que nele dormiam despertaram como que de um salto, e, ao mesmo tempo, nós, os três vigias, dávamos os sinais costumados e mais de vinte vozes procedentes de todos os cantos do *Pequod* proferiram o grito habitual, enquanto o enorme peixe atirava para o ar, regularmente, lentamente, salmoura resplandecente.

— Prontos os botes? Orçar! — gritou Ahab. E cumprindo a sua própria ordem, fez girar bruscamente o leme, antes que o timoneiro tivesse tempo de pôr a mão nos travões.

A exclamação repentina da tripulação alarmou decerto o cachalote, pois os botes ainda não haviam tocado a água quando ele se voltou, majestoso, afastando-se para sota-vento, porém com uma tranquilidade tão imperturbável, e encrespando tão de leve as águas que Ahab, talvez considerando o contrário, ordenou que não se fizesse uso dos remos e não se falasse senão em sussurros. Sentados pois sobre a amurada, como índios do Ontário, puxamos rapidamente, mas em silêncio, com as pás, já que a calma não permitia que fossem içadas as silenciosas velas. Momentos depois e enquanto nos acercávamos assim para lhe dar caça, o monstro elevou perpendicularmente a sua cauda a quarenta pés de altura, fustigou o ar e afundou como uma torre caindo num precipício.

— Lá se vão as barbatanas! — Foi o grito. A esse anúncio Stubb tirou fósforos e acendeu o seu cachimbo, pois aquilo indicava um momento de trégua. Uma vez decorrido o tempo do mergulho, a baleia apareceu de novo diante do bote de Stubb, que ao ver-se mais próximo dela do que os outros, contou com a honra de capturá-la. Era já evidente que o cetáceo tivera consciência de que era perseguido. Portanto, toda precaução de silêncio e cautela tornara-se desnecessária. Deixamos pois cair as pás, e os remos entraram ruidosos em ação; e sem deixar de tirar fumaçadas do seu cachimbo, Stubb exortou a sua tripulação ao assalto.

Na verdade, produzira-se uma enorme mudança no cachalote. Todo atento ao perigo, fugia com a cabeça de fora, projetando-se sobre a espuma que produzia.[35]

— Levantai-o, levantai-o, rapazes! Não vos apresseis, devagar. Há muito tempo, mas levantai-o. Com força, tirai faíscas! — exclamava Stubb entre as fumaçadas do seu cachimbo. — Agora! Uma remada longa, forte, Tashtego. Levanta-o, Tash, meu rapaz... Dai-lhe todos, mas tende calma. Isso é pepino! Calma, calma, mas dai-lhe, apenas isso, dai-lhe até matá-lo, como demônios, furiosos, até tirar os mortos de pé dos seus túmulos, rapazes... isto. Levantai-o!

— Woo-hoo! Wa-heee! — uivou o índio de Gay Head. Era um grito de guerra lançado aos céus, e todos os remadores, no bote entesado, se arremessaram involuntariamente, ao tremendo golpe do remo diretor, dado pelo impetuoso índio.

Porém os alaridos selvagens do índio eram respondidos dignamente pelos outros botes.

— Kee-hee! Kee-hee! — bramia Daggoo, movendo-se, curvando-se para a frente e para trás, no seu banco, como um tigre enjaulado.

— Ka-la! Koo-loo! — rugiu Queequeg como que lambendo os beiços ao sabor de uma costela de granadeiro. E assim, aos gritos e remadas, as quilhas sulcavam o mar. Entretanto, Stubb, conservando-se na vanguarda, incitava continuamente os seus homens ao assalto sem deixar nem por um momento de soltar as suas nuvens de fumaça. Os marinheiros investiam e remavam como facínoras até que se ouviu a desejada ordem:

— Ergue-te. Tashtego, dá-lhe.

O arpão foi disparado.

— Todos à popa!

Os remadores se endireitaram e imediatamente sentiram que algo de quente e sibilante passava, roçando-lhes os pulsos. Era a linha mágica. Momentos antes, Stubb dera-lhe duas voltas adicionais rapidíssimas, em torno da dobadoura, e devido ao repentino aumento de velocidade no desenrolar, o cânhamo desprendeu um fumo azul que se confundiu com a espessa fumaça do cachimbo de Stubb. À medida que a corda ia rodeando a dobadoura, e mesmo antes, passava cortante por entre as mãos de Stubb, cujas luvas protetoras (pedaços quadrados de lona acolchoada, empregados para essa circunstância) haviam caído acidentalmente, o que equivalia a segurar nas mãos a lâmina de uma espada de dois gumes que um inimigo lutasse incessantemente por arrancar.

— Molha a linha! Molha a linha! — gritou Stubb ao remador que atendia à dobadoura, o qual, tirando o chapéu, encheu-o de salmoura e despejou o conteúdo no tubo.[36] Tomaram-se todas as providências necessárias até que finalmente a linha foi colocada na posição devida. Voava agora o bote entre a água borbulhante como um tubarão que fosse todo de barbatanas. Stubb e Tashtego mudaram de lugar — proa por popa — ato na verdade temerário para ser realizado naquela comoção.

Vendo a vibrante corda mais entesada que a de uma harpa, estendida em todo o comprimento da parte superior do bote, dir-se-ia que a embarcação tinha duas quilhas — uma cortando a água, a outra o ar — em corrida louca através de ambos os elementos. Uma cascata brincava continuamente sob a proa, tendo por esteira um incessante e vertiginoso torvelinho; e ao menor movimento no interior, mesmo o mover de um dedo, a trepidante embarcação, estalando, inclinava as suas bordas espasmódicas até ao mar. E assim precipitavam-se desenfreados esses homens, cada qual aferrado com alma e vida ao seu banco, para evitar serem lançados ao redemoinho. A alta silhueta de Tashtego junto ao remo do timão, curvava-se, dobrando-se quase para fazer descer o seu centro de gravidade. Esse bote desesperado parecia capaz de atravessar Atlânticos e Pacíficos, atirado como uma bala, até que afinal o cachalote diminuiu um pouco a sua carreira.

— A ele! A ele! — gritou Stubb ao remador de proa. Enfrentando-o então, impulsionaram a todo remo, e em sua direção, o bote, que ainda continuava rebocado. Depressa o alcançaram e Stubb, cravando um joelho no pesado suporte, começou a assestar sobre o corpo móvel, lançada após lançada. De acordo com as ordens, o bote retrocedia ou avançava de novo para outro arremesso sobre o cetáceo, que se revolvia de maneira espantosa.

Golfadas escarlates surgiram então dos flancos do monstro, como arroios das vertentes de uma montanha. O seu corpo torturado já não rodava entre salmoura, e sim no seu próprio sangue, que borbulhava fervente por milhas atrás na esteira do bote. Os raios oblíquos do sol brincando naquele tanque carmesim, no mar, refletiam-se sobre os rostos dos homens que por sua vez pareciam resplandecer uns para os outros, como se fossem todos peles-vermelhas. O espiráculo do cachalote moribundo lançava jato após jato de fumo branco, sopros veementes se exalavam ao mesmo tempo da boca do agitado verdugo, enquanto retirava depois de cada golpe a sua lança curva, por meio da corda que a sujeitava, e a endireitava de novo com rápidas pancadas contra a amurada, para afundá-la novamente, uma e outra vez, na sua presa.

— Adiante! Adiante! — gritava agora ao primeiro remador, advertindo-o de que o animal agonizante havia diminuído a sua fúria. — Mais perto! Mais perto! Mais ainda. — E o bote margeou os flancos do cetáceo. No momento preciso, Stubb, estirando-se por cima da proa, afundou lentamente a sua longa e cortante lança naquele corpo, e ali a conservou, revolvendo-a, revolvendo-a cuidadosamente na carne, como se procurasse nela algum relógio de ouro de inestimável valor, que o cachalote tivesse tragado, e temesse rompê-lo antes de poder tirá-lo enganchado no arpão. Mas o relógio que ele buscava era a própria vida do peixe. E finalmente deu com ela: depois, volvendo de seu êxtase e passando a esse estado indestrutível de "comoção", como se diz, o monstro, revolvendo-se no sangue, envolveu-se numa impenetrável, fervente e desvairada espuma: a embarcação ameaçada retrocedeu então para sair com grande esforço, e às cegas, daquele frenético crepúsculo, para o ar claro do dia.

Decorrido um momento, diminuiu a agitação do cachalote que foi visto de novo, rolando, lançando-se com violência de um lado para outro e contraindo e dilatando os respiradouros, com resfolegos ruidosos, agudos e agoniados. Finalmente, jorro após jorro de coágulos vermelhos semelhantes a purpúreas borras de vinho tinto se elevaram a altura terrível para rolar outra vez ao longo de seus flancos até cair no mar. O coração fora atingido.

— Está morto, sr. Stubb — disse Daggoo.

— Sim; terminaram as duas cachimbadas — respondeu Stubb, tirando o seu cachimbo da boca: espalhou a cinza sobre a água e ficou por um momento contemplando o enorme cadáver.

O tiro

Alguns comentários referentes a um ponto do capítulo anterior.

De acordo com hábitos invariáveis dos pescadores, a baleeira parte do navio com o carrasco ou matador, como timoneiro provisório, ao passo que o arpoador se encarrega do remo da frente que se denomina remo do arpão. Pois bem, o homem que tem de ferir primeiro a baleia deve possuir uma musculatura vigorosa e elástica, pois ocorre com frequência, no que se chama um longo arremesso, que o pesado instrumento deve ser atirado a uma distância de vinte ou trinta pés. E por mais prolongada e exaustiva que seja a perseguição, o arpoador é obrigado a manejar durante todo o tempo o seu remo com o máximo de força. Ainda mais: espera-se sempre que essa atividade sobre-humana sirva de exemplo aos outros homens; ele deve pois remar de forma prodigiosa e ainda animar os outros, com exclamações intrépidas e em voz alta. E somente aquele que já o experimentou, sabe o que é gritar até esganiçar-se, com todos os músculos tensos e meio deslocados. Por minha parte, não posso berrar com animação e trabalhar intensivamente ao mesmo tempo. Nesse estado de tensão constante e total, e de costas para o cetáceo, o arpoador já exausto, ouve prontamente a ordem imperiosa: "Levanta e dá-lhe." Tem pois de saltar e segurar o remo, dar meia-volta sobre si mesmo, tirar o arpão da forquilha e com as forças que lhe restam fincá-lo como puder na baleia. Não é pois de estranhar que — tomada em conjunto toda a frota baleeira — de cinquenta oportunidades favoráveis para um bom tiro somente cinco tenham êxito; que muitos arpoadores (pobres deles!) atraiam a si as maiores maldições e o rebaixamento; que as artérias de alguns rebentem mesmo no bote: que mais de um navio-baleeiro passe quatro anos no mar para conseguir somente quatro barris de espermacete, e que para muitos proprietários de navios a pesca da baleia resulte um negócio perdido, pois do arpoador depende o seu rendimento, e quando se perdem inutilmente todas as energias, como se pode pedir que sejam empregadas nos momentos de verdadeira necessidade?

Por outro lado, se o tiro é certeiro apresenta-se a segunda fase crítica, isto é, quando a baleia empreende a sua carreira, e o arrais e o arpoador se lançam então ao mesmo tempo em sentido contrário, com perigo iminente para eles próprios e para todos os mais. É então que ambos trocam de posto; e o arrais, que é o comandante da pequena embarcação, assume a sua verdadeira posição na proa do barco.

Sem me importar absolutamente com os que sustentam o contrário, considero tudo isso tão estúpido quanto inútil. O carrasco deveria estar sempre na proa e manejar tanto o arpão como a lança, sem tocar de modo algum nos remos, a não ser em circunstâncias muito especiais. Não ignoro que desse procedimento resultaria alguma diminuição na velocidade da perseguição, porém uma longa experiência com muitos baleeiros de diversas nacionalidades convenceu-me de que a grande maioria dos fracassos na pesca não são devidos, de modo algum, tanto à corrida da baleia como à exaustão do arpoador, que descrevi acima.

Para assegurar a maior eficácia no tiro, todos os arpoadores deste mundo devem saltar, cansados de descanso, e não exaustos de trabalho.

A FORQUILHA

Do tronco nascem os galhos; destes as vergônteas. Assim também, do produto dos pensamentos surgem os capítulos.

A forquilha a que já aludimos no capítulo anterior merece um comentário à parte. Trata-se de um pau entalhado de forma especial, de uns dois pés de comprimento, inserido perpendicularmente na amurada exterior de estibordo, próximo à proa, que serve de apoio ao cabo do arpão, do qual outro extremo despido e farpado se projeta obliquamente. Deste modo se encontra ao alcance do atirador que o arranca do seu suporte com a mesma rapidez com que um habitante do Oeste puxa o seu rifle da parede. Usam-se geralmente dois arpões, chamados respectivamente o primeiro e o segundo arpão. Ambos vão unidos à linha por sua própria corda: são lançados ambos sucessivamente, a fim de que, se no próximo arrastão um deles escorrega, o outro pode muito bem conservar-se fixo. Porém ocorre frequentemente que devido à repentina, violenta e convulsiva corrida do cetáceo, torna-se impossível para o arpoador, por mais rápidos que sejam os seus movimentos, atirar o segundo, que achando-se já amarrado à linha que se está desenrolando, não deve ficar aí de modo algum; do contrário, correria perigo a vida de toda a tripulação. Por conseguinte, em tais casos, é ele atirado à água, ação que em geral se pode realizar de forma satisfatória, graças às voltas adicionais da caixa da linha, a que nos referimos antes. O que não impede que ocorram, durante esses arriscadíssimos lances, acidentes lastimáveis e até mesmo fatais.

Ademais, deveis saber que, quando arrojado à água, o segundo arpão começa a saltar e a curvar-se, cortante e terrível, em torno do bote e da baleia, enredando-se nas cordas ou cortando-as e provocando uma espantosa comoção em todas as direções; em regra geral torna-se impossvel recolhê-lo, enquanto a baleia não é capturada e morta.

Imagine-se então o que acontece quando são quatro os botes que atacam uma baleia, vigorosa, ágil e consciente de que está sendo perseguida, e quando por esta razão e por outros mil acidentes naturais em tão árdua empresa são oito ou dez os segundos arpões suspensos em torno dela, visto que desde o começo cada bote conta com vários para amarrar à linha, se o primeiro que se atirou foi ineficaz e não é possível recuperá-lo. Damos aqui esses detalhes *in extenso* a fim de facilitar a compreensão exata de algumas passagens muito importantes, ainda que intrincadas, de cenas subsequentes.

A ceia de Stubb

O cachalote de Stubb foi morto a alguma distância do navio. Como houvesse calmaria, pusemos os três botes em fila, assumindo a tarefa vagarosa de rebocar o troféu para o *Pequod*. Trabalhando assim hora após hora, compassadamente, dezoito homens, com os nossos 36 braços e 180 polegares e dedos no transporte daquele cadáver pesado que apenas com longos intervalos dava a sensação de avançar um pouco, pudemos apreciar com calma a enormidade da massa que movíamos. Bem podem, quatro ou cinco trabalhadores, no canal de Hang-Ho, ou como quer que se chame na China, arrastar pelas veredas um junco carregado até o topo e à velocidade de uma milha por hora, mas aquele pesado galeão que arrastávamos dificilmente, aos puxões, parecia atestado de barras de chumbo.

Quando nos aproximamos, já a noite caía; éramos guiados no caminho pelo vago resplendor de três luzes postas nas enxárcias do *Pequod*. Vimos Ahab colocando sobre a amurada uma outra luz, junto às várias lanternas que já havia ali. Olhou logo com indiferença para o cachalote, deu as ordens habituais para que o prendessem durante a noite e, entregando a lanterna a um marinheiro, retirou-se para o seu camarote, de onde não saiu, até a manhã seguinte.

Ainda que durante a perseguição daquele cetáceo o capitão tivesse dado mostras de sua costumada atividade é preciso dizer que agora que o via morto parecia invadido por um certo descontentamento, impaciência ou desespero, como se a vista daquele cadáver lhe recordasse que Moby Dick ficara ainda por matar. E nem mesmo a entrega de mil baleias mais significaria o menor progresso no cumprimento do seu propósito inexorável e monomaníaco.

A julgar pelo ruído que se escutou de repente na coberta, dir-se-ia que o *Pequod* se dispunha a lançar as âncoras nas profundidades do oceano; rangiam pesadas cadeias, arrastadas e atiradas com estrépito pelas vigias; mas eram para amarrar o cachalote, e não o navio. Ligada pela cabeça à popa e pela cauda à proa, a baleia jaz agora com o seu negro casco encostado ao casco do navio; e vistos ambos através da obscuridade da noite que oculta acima vergas e cordames, navio e cachalote se assemelham a dois bois descomunais, jungidos na mesma canga, um reclinado e o outro de pé.[37]

Se o irascível Ahab se mostrava agora tranquilo — pelo menos tanto quanto se podia saber no convés — Stubb, o segundo piloto, ébrio de triunfo, revelava uma agitação pouco usual, ainda que como sempre de bom humor. Estava possuído de uma tal efervescência que o circunspecto Starbuck, seu superior hierárquico, decidiu ceder-lhe tranquilamente, no momento, a direção de tudo o que dizia respeito aos negócios. Um leve motivo que contribuía para a sua animação não tardou a manifestar-se de modo inconfundível. Stubb gostava de viver bem e gostava um pouco demais de carne de baleia, que constituía para o seu paladar uma saborosa iguaria.

— Um filé, um filé antes de dormir! Daggoo, inclina-te na amurada e corta-me uma talhada da ponta da cauda.

Convém notar aqui que, conquanto em regra geral e de acordo com o grande axioma militar, os incultos pescadores não obriguem o inimigo a cobrir as despesas de guerra (pelo menos antes de realizar o produto da expedição), não deixareis de verificar que de vez em quando alguns desses nantuckeses sentem uma verdadeira predileção pela parte da baleia a que aludiu Stubb.

Por volta da meia-noite o filé cortado e preparado, e, à luz de duas lanternas alimentadas com azeite de espermacete, Stubb, firmemente plantado no cabrestante, como diante de um aparador, entregou-se à sua ceia espermacética. Porém não foi ele o único a banquetear-se naquela noite com a carne da baleia. Com as suas dentadas confundiam-se as de milhares de tubarões que pululavam em torno do leviatã morto, em ruidoso festim de gordura. Os poucos homens que dormiam em suas macas na coberta, foram a miúdo despertados pelos açoites das caudas dos tubarões no casco do *Pequod*, a poucas polegadas das suas cabeças. Olhando pela amurada, podia-se ver (e também ouvir) os animais revolvendo-se naquelas águas escuras e tétricas e em seguida, firmando-se nos dorsos, arrancarem ao cachalote enormes pedaços redondos, do tamanho de uma cabeça humana. A singular habilidade do tubarão para extrair bocados tão simétricos de uma superfície em aparência inexpugnável toca às raias do prodígio e a maneira como a realiza faz parte do mistério que envolve todas as coisas neste mundo. Deixa na parte atacada um sinal absolutamente semelhante à cavidade feita por um carpinteiro, para introduzir um parafuso.

Conquanto os tubarões sejam vistos no meio do horror fumaçante e diabólico de uma batalha naval, cravando as pupilas ansiosas no convés dos navios, como cães esfaimados em torno de uma mesa onde se trincha carne vermelha, e prontos para saltar no primeiro morto que se lhes atire, e ainda que enquanto os valentes carniceiros cortam uns os outros, como canibais, as cames vivas sobre a mesa do convés, com os seus trinchantes dourados e ornados de borlas, os tubarões trincham raivosos a carne morta debaixo da mesa, com as fauces engastadas de gemas, e quer a história seja posta pelo direito ou pelo avesso, é sempre um caso terrível de tubarões, de ambos os lados. E embora os tubarões formem a invariável vanguarda dos navios negreiros que sulcam o Atlântico, e trotem sistematicamente ao longo deles a fim de estar sempre a postos no caso de haver algum fardo a transportar ou algum escravo a enterrar com decência, e ainda que se possam citar um ou dois exemplos de tempo e lugar em que os tubarões costumam reunir-se de modo sociabilíssimo e banquetear-se animadamente, contudo nunca os encontrareis em tão grande número e em disposição mais alegre e jovial do que quando se reúnem em torno de um cachalote morto, amarrado durante a noite a um navio-baleeiro em alto-mar. Enquanto não presenciardes esse espetáculo podeis estar certos de que não conheceis a verdadeira forma de render culto ao diabo nem os meios de atrair-lhe a simpatia.

Porém tanto se preocupava Stubb com as ruidosas mastigações dos tubarões, tão próximo dele, como estes últimos com o ruído dos lábios epicuristas de Stubb.

— Cozinheiro, cozinheiro!... Onde está o velho Fleece? — gritou finalmente, escarranchando-se ainda mais, como para se acomodar melhor para a ceia, ao mesmo tempo que fincava o garfo no prato como se lhe cravasse a lança. — Cozinheiro, navega para cá, cozinheiro.

O velho, pouco satisfeito por ter sido tirado tão imprevistamente da sua confortável maca antes da hora regulamentar, subiu, cambaleando, da cozinha, pois como acontece com muitos outros negros velhos da sua condição, não tinha as juntas em tão bom estado como as caçarolas. Aproximou-se afinal o velho Fleece, como o chamavam, arrastando os pés, coxeando e apoiando-se para andar nas tenazes feitas de maneira tosca com arpões endireitados; e à voz de mando, o velho de ébano atravessou o convés em zigue-zague, deteve-se bruscamente ao lado da mesa de Stubb e, curvando-se com as mãos cruzadas, apoiando-se no bastão bípede, inclinou a cabeça de lado, como para pôr em ação o seu melhor ouvido.

— Cozinheiro — disse Stubb enquanto levava à boca um pedaço bem sangrento. — Não te parece que este bife está malfeito? Bateste-lhe muito, cozinheiro. Está muito mole. Não te disse já que para ser bom, um filé de cachalote deve ser duro? Observa os tubarões: vê se não o preferem duro e suculento. Ouve o tumulto que fazem; anda, dize-lhes algo; podem comer tudo o que quiserem, porém com decência e moderação e sem tamanha algazarra. Com os diabos, se posso ouvir a minha própria voz. Vai, pois, cozinheiro, vai andando e dá o recado. Toma esta lanterna (tirou uma das que pendiam do seu aparador improvisado) e faze-lhes um sermão.

Segurando a lanterna, carrancudo, o velho Fleece atravessou o convés coxeando em direção à amurada, estendeu uma das mãos sobre a grade, curvou-se o mais que pôde a fim de enxergar melhor os seus paroquianos, brandiu com a outra mão as tenazes e começou a perorar, resmungando, enquanto Stubb se aproximava furtivamente para escutá-lo.

— Irmãos em Deus: recebi ordem para vir preveni-los de que acabem com esse maldito barulho. Estão ouvindo? Acabem com este mastigado! Seu Stubb está dizendo que podem encher as suas malditas barrigas até rebentar, mas por Deus, acabem com esta maldita algazarra!

— Cozinheiro — interveio Stubb, dando-lhe uma súbita palmada no ombro. — Ouve, cozinheiro, maldito sejas! Não deves praguejar assim, se estás pregando. É deste modo que se convertem pecadores?

— Quem é que está blasfemando? — replicou Fleece com mau humor e dando meia volta para se ir embora. — Pregue então o senhor mesmo.

— Não, cozinheiro. Continua, continua.

— Pois bem, queridíssimos irmãos em Deus...

— Assim, assim — exclamou Stubb, aprovando. — Lisonjeia-os... Experimenta.

E Fleece continuou:

— Todos vocês são tubarões e muito vorazes por natureza, não os censuro, porém lhes digo que essa voracidade... Mas acabem com essa pancadaria! Como querem ouvir se continuam a fazer um barulho tão infernal?

— Cozinheiro — exclamou Stubb agarrando-o pelo colarinho da blusa. — Não quero essas blasfêmias. Fala-lhes com delicadeza.

E Fleece começou mais uma vez:

—Vocês são vorazes, irmãos em Deus, e não os culpo muito disso. Está na sua natureza e não pode se dar jeito. Porém é preciso dominar esta natureza, é o que é.Vocês são tubarões, é certo, mas se conseguissem dominar o tubarão que trazem dentro de si, então seriam anjos, porque um anjo não é mais do que um tubarão que se domina. Escutem, irmãos, procurem ser educados uma vez na vida, ao comer essa baleia. Não tirem o espermacete da boca do seu vizinho. Por acaso não têm os outros tanto direito a esta baleia como vocês, tubarões? E por Deus, nenhum de vocês, a falar a verdade, têm direito a ela, que é propriedade de outros. Já sei que alguns dentre vocês têm a boca muito grande... maior que a dos outros; mas muitas vezes as bocas grandes têm estômagos pequenos, de modo que a boca grande não é para engolir e sim para tirar o espermacete para as pequenas crias dos tubarões, que não podem meter-se no aperto e servir-se por si mesmas.

— Muito bem, velho Fleece — exclamou Stubb. — Isso é cristianismo. Adiante.

— É inútil prosseguir. Essa maldita canalha não deixará de perseguir-se mutuamente e fazer barulho, seu Stubb. Não atendem a nada: de nada serve pregar a tão desesperados gulosos, como os chama o senhor, antes que eles encham a barriga; e as suas barrigas não têm fundo. E quando estiverem com elas cheias, também não farão caso, porque afundam no mar e vão dormir sobre o coral e não poderão ouvir mais nada, nunca mais, nunca mais.

— Por Deus, acredito no que dizes. Por isso. Fleece, dá-lhes a benção, e eu volto à minha ceia.

A isso, o negro velho, erguendo ambas as mãos sobre aquele bando de monstros, gritou com a sua voz aguda:

— Malditos irmãos em Deus! Façam o barulho mais infernal que quiserem, encham essas malditas barrigas até rebentarem... e morram.

— Agora, cozinheiro — disse Stubb voltando à sua ceia no cabrestante. — Coloca-te no mesmo lugar onde estavas antes; voltemos à questão do filé. Em primeiro lugar, quantos anos tens?

— Que tem isso a ver com o filé? — perguntou o negro mal-humorado.

— Silêncio! Que idade tens?

— Uns noventa anos, dizem — resmungou Fleece.

— Queres dizer que vives no mundo há cerca de cem anos e ainda não sabes cozinhar um pedaço de baleia? — disse o piloto engolindo depois da última palavra um outro bocado, como se fosse a continuação da pergunta. — Onde nasceste, cozinheiro?

— No porão de um barco que navegava sobre o Roanoke.

— Num barco? É estranho! Porém quero saber em que região nasceste.

— Não lhe disse que foi na região de Roanoke? — resmungou Fleece.

— Não, não o disseste; mas digo-te eu, cozinheiro. Precisas voltar à tua terra e nascer de novo. Ainda não sabes como se prepara um bife de baleia.

— Que diabo me leve se chego a preparar-lhe outro — grunhiu o negro enfurecido, fazendo menção de ir embora.

—Vem cá, cozinheiro... Ouve, dá-me essas tenazes. — E agarrando com elas um pedaço de carne: —Toma este pedaço, e dize-me se está bem cozido... Vamos, prova-o.

Assim o fez o negro e chupando lentamente os lábios fanados, murmurou: — Nunca provei um bife mais bem-feito. Muito gostoso, muito gostoso.

— Cozinheiro — disse Stubb escarranchando-se ainda mais —, pertences a alguma igreja?

— Uma vez estive numa, na cidade do Cabo — respondeu o velho com mau humor.

— Assim, estiveste uma vez na vida numa santa igreja, na cidade do Cabo, e foi aí sem dúvida que ouviste um santo pároco chamar os seus ouvintes irmãos em Deus. E contudo vens dizer-me uma mentira tão terrível como a que acabas de dizer. Para onde esperas ir depois de tudo isso, cozinheiro?

— Para a cama, o mais depressa possível — resmungou ele dando meia-volta.

— Esta é boa! Basta! Pergunto aonde esperas ir depois de morto. É uma pergunta terrível. Que resposta podes dar a ela?

— Quando este negro velho morrer — disse Fleece lentamente, mudando de expressão — não irá a parte alguma sozinho. Algum anjo bendito virá buscá-lo.

— Buscá-lo? Como? Num carro de quatro cavalos como a Elias? E para onde o levará?

— Lá para cima — respondeu o negro erguendo solenemente as tenazes acima da cabeça.

— Assim, quando morreres, esperas subir ao nosso mastro da gávea, cozinheiro?

— Eu não disse tal coisa — respondeu Fleece, novamente mal-humorado.

— Disseste lá para cima, não foi? Olha bem para onde apontam as tuas tenazes. Mas esperas acaso ir para o céu, passando pela boca do lobo? Não, cozinheiro, não chegarás lá senão pelo caminho habitual, trepando pelas enxárcias. É coisa arriscada, está claro, porém não há remédio. Não há outro jeito. Solta pois essas tenazes, cozinheiro, e atende às minhas ordens. Ouves? Segura o chapéu numa das mãos e põe a outra no coração, enquanto me ouves. Como? É aí que tens o coração? Aí é o estômago! Mais acima, mais acima. Agora, sim... Conserva-a aí e presta atenção ao que mando.

— Presto toda a atenção — disse o negro, levando as mãos aos lugares indicados e torcendo em vão a cabeça grisalha, como para colocá-la de modo que as orelhas ficassem bem na frente.

— Pois bem, cozinheiro. Como vês, este bife que me trouxeste estava tão ruim que o fiz desaparecer da minha vista o mais depressa possível. Compreendes ou não? Assim, para o futuro, quando fores preparar um bife de cachalote para a minha mesa particular do cabrestante, dir-te-ei como deves fazê-lo, para que não o estragues, amolecendo-o demasiado. Toma um pedaço na mão e com a outra mostra-lhe uma brasa. Feito isto podes pô-lo no prato, entendes? E amanhã, cozinheiro, quando estivermos cortando o peixe, não deixes de estar por perto para recolher as pontas das barbatanas, que depois prepararás em escabeche. Quanto às extremidades da cauda, põe-nas em picles. Está bem, agora podes ir.

Mas apenas havia dado três passos quando foi chamado de novo.

— Cozinheiro, para a ceia de amanhã no quarto de guarda quero que me sirvas costeletas. Ouves? Bem, faze-te de vela, pois... Olá,

Âncora! Faze uma reverência antes de ir. Vai-te embora, pois. E almôndegas de cachalote para o almoço... não esqueças.

— Prouvera a Deus que o cachalote o tivesse comido e não ele ao cachalote. Maldito seja eu, se não é mais tubarão do que o próprio senhor dos tubarões — resmungava o velho, enquanto se afastava coxeando; até que, com outras frases judiciosas do mesmo teor, chegou à sua maca.

A baleia como manjar

O fato de nutrir-se um homem com um ser que lhe alimenta a lanterna e, como fez Stubb, comendo à luz projetada por esse mesmo ser, é algo tão singular que reclama um pouco de história e de filosofia.

Existem provas de que há três séculos a língua da baleia era considerada como iguaria esquisita na França, onde alcançou um preço bastante elevado, assim como é certo também que em tempos de Henrique VIII um cozinheiro obteve uma bela recompensa por haver inventado um molho magnífico para acompanhar as marsopas assadas inteiras. (Conforme estamos lembrados, a marsopa é uma espécie de baleia.) Decerto, a sua carne constitui ainda hoje um prato excelente. É preparada em almôndegas do tamanho de bolas de bilhar, que, uma vez bem condimentadas e endurecidas, não se distinguem das de tartaruga ou de terneiro. Os antigos monges de Dunfermline gostavam muito delas. A Coroa os distinguia com grandes concessões na pesca da marsopa.

O fato é que a baleia poderia ser considerada, pelo menos entre os que se dedicam à sua caça, como um prato esquisito, se não existisse em tanta abundância, pois quando alguém se senta diante de uma empada de quase cem pés de comprimento, decerto perderá o apetite. Nos nossos dias, somente as pessoas absolutamente isentas de preconceito, como Stubb, costumam comer carne de baleia. Porém os esquimós têm muito pouco fastio. Todos nós sabemos quão útil é este cetáceo para a sua subsistência e as reservas que possuem do mais raro, antigo e insuperável azeite de peixe. Zogranda, um dos seus mais famosos médicos, recomenda que se deem às crianças, como alimento, talhadas de espermacete, por sua suculência e poder nutritivo. A este propósito recordo-me de certo inglês, o qual, abandonado acidentalmente nas costas da Groenlândia, por um navio-baleeiro, alimentou-se durante vários meses de sobras mofadas de baleia, atiradas na praia, depois de lhes ter sido extraído o espermacete. Os baleeiros holandeses chamam a esses restos *frituras*, por se assemelharem muito a estas últimas, pelo aspecto tostado e escuro. Têm além disso, quando frescos, um odor que recorda os gordurosos filhós preparados pelas mulheres de Amsterdã. Ao vê-los, sente-se um tal desejo de levá-los à boca que nenhum viajante, por mais indiferente que seja, resiste à tentação de apanhá-los, ainda que à custa de grandes dificuldades.

O que mais contribuiu, contudo, para que não se incluísse a carne de baleia entre os manjares correntes no mundo civilizado foi a sua extrema abundância de gordura. O touro campeão do mar é demasiado gordo para poder proporcionar um prato delicioso. Observemos a corcova, que forneceria uma carne tão delicada como a do búfalo (manjar incomparável para alguns), se não se tratasse de uma sólida pirâmide de sebo. Por outro lado, o espermacete, mesmo brando e espumoso como a transparente e semigelatinosa polpa de côco no terceiro mês de desenvolvimento, é demasiado denso para substituir a manteiga. Muitos baleeiros valem-se, contudo, de um método especial para dissolvê-lo em outra substância e comê-lo sem demora. Durante as prolongadas e exaustivas guardas noturnas, costumam eles mergulhar as bolachas marítimas nas grandes panelas de azeite, deixando-as de molho um pouco, para que absorvam bem o óleo. Com esse prato ceei muito bem, mais de uma vez.

Quanto ao cachalote, os seus miolos fornecem um prato saboroso. Parte-se com um machado os ossos do crânio, e extraem-se os dois roliços e esbranquiçados lóbulos (semelhantes a dois enormes pudins), os quais se cobrem de farinha; depois de cozidos, obtém-se com eles um manjar finíssimo, cujo gosto recorda o da cabeça de terneiro, apreciada por muitos sibaritas; e ninguém ignora que alguns desses janotas, à força de se alimentarem com miolos de terneiro, chegam a obter também, pouco a pouco, um pouco de miolo, até o ponto de poderem distinguir uma cabeça de terneiro de sua própria cabeça, o que sem dúvida requer um discernimento nada comum. Daí, a impressão produzida por um desses jovens elegantes quando tem diante de si uma inteligente cabeça de terneiro, é, de certo modo, uma das mais tristes. A cabeça parece olhá-lo com um ar de censura, como se quisesse dizer: "*Et tu, Brute!*"

A evidente repugnância com que os terrícolas consideram a baleia como alimento, não se funda aliás inteiramente na excessiva gordura da carne. Talvez provenha muito mais da observação feita acima, isto é, o homem não se resigna a comer a carne de um ser marítimo recentemente morto e a iluminar-se ao mesmo tempo com ele. Mas não há dúvida de que o primeiro homem que matou um boi foi considerado como um assassino e talvez tivesse sido enforcado; e se os bois o tivessem julgado, teria sido condenado à forca com toda a certeza e sem dúvida merecia isso, se é que um assassino o merece. Ide uma noite de sábado a um açougue e observai as multidões de bípedes vivos com os olhos cravados nas grandes filas de quadrúpedes mortos. Cada um desses canibais não sente que a água lhe vem à boca? Canibais? Qual de nós não o é? Asseguro-vos que o juízo final será mais leve para um indígena de Fiji que salga um magro missionário na sua cela, na iminência de uma fome próxima, do que para ti, civilizado e sábio gastrônomo, que abates os gansos no solo e te regozijas com o seu fígado inchado, no *paté de foie gras*.

Porém — dir-me-ão —, Stubb come a baleia, iluminado pela própria luz que ela fornece, não é verdade? Não acrescenta pois um insulto à profanação? Mas observai, senhores civilizados e sábios gastrônomos, os cabos das vossas facas, quando vos encontrardes diante de um bife. De que material são feitos, se não dos mesmos ossos do irmão do boi que estais comendo? E com que limpais os dentes, depois de engolir aquele ganso cevado? Com uma pena da mesma ave. E de onde provinham as penas com que o secretário da Sociedade Pró Repressão da Crueldade para com os Patos escrevia as suas circulares? Pois há apenas um ou dois meses que essa entidade resolveu fomentar o emprego exclusivo das penas de aço.

Massacre de tubarões

Quando se captura um cachalote nas pescas do sul, se a tarefa sempre longa e fatigante de rebocá-lo para o navio e amarrá-lo ao seu costado é terminada a uma hora avançada da noite, não é habitual proceder imediatamente ao seu corte, visto tratar-se de um trabalho muito árduo, que toma bastante tempo e exige o emprego de toda a tripulação. Daí, é corrente recolher todas as velas, prender o leme a sota-vento e em seguida enviar todo o mundo para as macas até o alvorecer, com exceção das guardas do convés, composta dos homens que até esse momento se vão revezando de hora em hora.

Todavia, acontece às vezes, sobretudo nas águas do Pacífico, que este processo não dá o menor resultado, pois os tubarões acodem em quantidade tão inalculável em torno do cetáceo amarrado que, se fossem deixados à vontade durante seis horas seguidas, mais ou menos, na manhã seguinte restaria pouco mais do que o esqueleto da baleia. Contudo, em muitas outras zonas do oceano, nas quais estes peixes não existem em quantidades demasiadas, consegue-se às vezes refrear a sua prodigiosa voracidade, afugentando-os mediante rudes golpes com as afiadas lanças baleeiras, ainda que algumas vezes, com este processo, não se consiga senão esporear ainda mais a sua atividade. E conquanto tal não tivesse acontecido com os tubarões que rodeavam o *Pequod*, naquela noite, o certo é que se um homem não habituado a semelhantes espetáculos se aproximasse da amurada, acreditaria facilmente que o mar era um queijo enorme e redondo e os tubarões os gusanos.

Entretanto, depois que Stubb terminou a sua guarda e a sua ceia, e que de acordo com o hábito Queequeg e outro marinheiro do castelo de proa vieram substituí-lo, não foi pequeno o alvoroço que despertaram entre os tubarões, pois não tardaram em baixar e fixar na parte média da amurada a plataforma de cortar e, baixando três lanternas que lançaram longas cintilações no escuro mar, deram início a um interminável massacre, empregando para isso as suas grandes pás baleeiras, cujo aço agudo mergulhava profundamente no crânio dos tubarões, ao que parece a sua região vital.[38] Porém, na espumosa confusão das suas mescladas e bravas hostes, os marinheiros nem sempre acertavam no alvo, o que produzia novas revelações da ferocidade do inimigo. Não somente lutavam perversamente por engolir as vísceras penduradas uns dos outros como também, curvando-se como arcos flexíveis, mordiam as suas próprias, a tal ponto que as suas entranhas pareciam tragadas repetidas vezes pelas mesmas bocas, para serem evacuadas através das brechas das feridas. Além disso, constituía um perigo qualquer ingerência com os próprios cadáveres e espíritos desses animais. Uma espécie de vitalidade genérica e panteísta parecia ocultar-se nas suas articulações e ossos, depois de haver desaparecido o que se podia chamar de sua vida individual. Um deles, morto e içado para bordo para ser esfolado, por pouco não arrancou a mão do pobre Queequeg, quando este tentou fechar a sua queixada assassina.

— A Queequeg não importa saber qual foi o deus que fez o tubarão — disse o selvagem aflito com a dor e sacudindo a mão — se foi um deus de Fiji ou um deus de Nantucket, porém o deus que fez o tubarão deve ser uma máquina danada.

O CORTE

Era uma noite de sábado; e que domingo, o seguinte! Os baleeiros são mestres *ex-officio* em infringir os dias santos. O ebúrneo *Pequod* transformou-se numa espécie de açougue e cada tripulante era um açougueiro. Dir-se-ia que estávamos sacrificando dez mil bois sanguinolentos aos deuses do mar.

Em primeiro lugar, os enormes aparelhos de cortar, que entre tantos outros objetos pesadíssimos incluem uma grande quantidade de blocos em geral pintados de verde e que nenhum homem poderia levantar sozinho, foram içados — imenso cacho de uvas — até o topo do mastro grande e presos firmemente ao mastro inferior, que constitui a parte mais resistente de todo o navio. Passou-se uma corda que parecia um cabo através de toda aquela embrulhada e a sua extremidade foi presa ao bolinete, suspendendo-se o enorme bloco inferior ao qual foi amarrado, sobre o cetáceo, o grande gancho de extrair espermacete. De pé sobre plataformas presas nos costados do navio, Starbuck e Stubb, os pilotos, munidos das suas longas pás, começaram a abrir um orifício por cima da barbatana lateral mais próxima, para a inserção do gancho e em seguida praticaram um longo corte semicircular em torno do orifício. Introduziram depois o gancho e o grosso da tripulação, formando um denso grupo junto ao bolinete, começou a puxá-lo, irrompendo num coro selvagem. Imediatamente o navio se vai inclinando sobre um costado e cada um dos seus pernos aparece pouco a pouco, como as cabeças dos pregos numa casa velha, quando cai a geada; o navio estremece, agita-se e os mastros sobrecarregados acenam para o céu. O navio inclina-se cada vez mais sobre o cachalote e cada ofegar do bolinete é respondido pelas vagas que sobem. Finalmente ouve-se um ruído breve e assustador e o navio balanceia com violência, aproximando-se e afastando-se da baleia, ao passo que o aparelho eleva como em triunfo o extremo semicircular da primeira talhada de espermacete. Essa substância envolve o cachalote como a casca à laranja, e é separada do corpo do animal em cortes em espiral — como se costuma às vezes descascar a laranja. A constante tensão mantida pelo bolinete imprime à baleia um movimento de rotação sobre a água e à medida que o espermacete se vai desprendendo uniformemente ao longo da região chamada a "faixa", graças às incisões simultâneas de Starbuck e Stubb, o gancho a eleva cada vez mais, até que o seu extremo superior roça o mastro; nesse momento os homens do bolinete deixam de levantar o gancho e por uns instantes a enorme massa como que desprendida do céu remexe-se para lá e para cá, com o sangue jorrando e cada um dos presentes deve ter bastante cuidado para afastar-se da sua trajetória, sob pena de levar uma pancada nas orelhas ou ser arremessado pela amurada.

Um dos arpoadores se adianta então com uma arma muito longa e afiada, denominada sabre de abordagem, e em ocasião favorável abre com destreza um orifício na parte baixa e oscilante da massa, na qual se introduz o gancho do segundo aparelho com o fim de segurá-la; em seguida, depois de prevenir a tripulação para que se conserve à distância, o hábil esgrimista efetua outro arremesso científico contra a massa, com várias estocadas oblíquas, furiosas e bem fundas, parte-a em duas, de modo que, retida firmemente a parte inferior, a larga faixa superior chamada "manta" oscila livremente, pronta para ser arriada. Os marinheiros do bolinete reiniciam então o seu coro; ao passo que um dos aparelhos se vai desprendendo e içando a outra tira, o outro é afrouxado e leva a primeira, passando pela escotilha, até o quarto vazio que se denomina a *câmara de espermacete.* Ali na penumbra, numerosas e ágeis mãos esperam o momento de enrolar a manta numa enorme massa que parece formada por um imenso rolo de serpentes. E assim, com os aparelhos subindo e descendo alternadamente, suspendendo-se o bolinete e o cachalote, os marinheiros cantando, os homens da câmara formando os rolos, os pilotos cortando faixas, o navio balouçando e todos praguejando de vez em quando para distrair-se da fadiga geral, prossegue o trabalho.

A MANTA

A tão debatida questão da pele do cachalote sempre me preocupou sobremaneira. Discuti a esse respeito com peritos baleeiros em alto mar e com sábios naturalistas, em terra firme. Porém minha opinião permanece invariável.

O problema consiste em saber o que é e onde está oculta a pele do cachalote. Sabeis já que o espermacete é uma substância que possui a consistência e a firmeza da carne de vaca, conquanto mais dura, mais compacta e elástica do que esta, de uma espessura que vai de oito ou dez a doze e quinze polegadas.

Pois bem, ainda que pareça absurdo afirmar *a priori* que uma pele de animal possa ter uma tal consistência e grossura, todo argumento ficará inteiramente destruído quando se considerar que é impossível encontrar na baleia outro envoltório senão o que é formado pela densa capa de espermacete, e que poderá representar o envoltório externo de espessura razoável de um animal, se não a sua pele? É verdade que do seu corpo intacto pode-se desprender com a mão uma substância sumamente fina e transparente, um tanto semelhante a tenuíssimas lâminas de mica, ainda que quase tão flexíveis e suaves como o cetim, isto é, antes de secar, pois neste caso, não somente se contrai e engrossa, como também se torna dura e quebradiça.

Possuo vários pedaços assim secos que utilizo como marcadores dos meus livros sobre baleias. São, como disse, transparentes e, ao colocá-los sobre a página impressa, muitas vezes senti prazer em imaginar que serviam de lentes. Seja como for, é agradável ler algo acerca de baleias com óculos que elas próprias fornecem, por assim dizer. Mas o que pretendo estabelecer aqui é o seguinte: essa mesma substância finíssima e micácea que, segundo referi, reveste todo o corpo do cachalote, antes da pele propriamente dita, é como se disséssemos a pele da sua pele, porque seria simplesmente ridículo afirmar que a epiderme do formidável cachalote é mais fina e mais branda do que a de uma criança recém-nascida. Porém deixemos isso de lado.

Admitindo que o espermacete constitui a pele do cachalote, consideremos agora que quando este é muito grande, fornece o volume de cem barris de azeite, e que essa quantidade, ou antes, peso, representa apenas as três quartas partes do seu envoltório, e teremos uma ideia da enormidade dessa massa animada da qual somente o tegumento é capaz de fornecer semelhante lago de óleo. Calculando dez barris por tonelada, o peso líquido de três quartas partes apenas da substância que forma a pele do cachalote é de dez toneladas.

Em vida, a superfície visível do cachalote não é a menor dentre as muitas maravilhas que ele apresenta. É quase sempre sulcada obliquamente por inumeráveis linhas retas formando fileiras compactas semelhantes às vezes às linhas das mais belas gravuras italianas. Mas não parecem traçadas sobre a capa de mica, acima referida, e sim transparecendo através dela, como se estivessem estampadas no próprio corpo. Ainda mais: a um olhar penetrante e observador, constituem às vezes, como acontece com as gravuras, um motivo de outros desenhos. E se chamamos de hieróglifos os misteriosos sinais que cobrem as paredes das pirâmides, no caso presente podemos também empregar o mesmo nome. Observando certa vez uma reprodução impressa dos antigos caracteres índios esculpidos sobre uma parede rochosa nas marges do Alto Mississippi, fiquei muito admirado com a semelhança entre eles e os hieróglifos que observara uma vez num cachalote e cuja recordação perdurava de modo especial na minha memória. E tão indecifráveis são os sinais gravados naquelas rochas sagradas como as místicas riscas traçadas sobre o cachalote. Essa referência aos penhascos índios me traz algo mais à memória. Além de todos os aspectos singulares que apresenta o seu exterior, o cachalote ostenta frequentemente no lombo, e especialmente nos flancos, grandes borrões que interrompem a rede das suas linhas, devidos a inúmeros riscos de forma imprecisa, dispostos ao acaso. Não vacilaria em acreditar que essas raspaduras devem assemelhar-me muito àquelas que, segundo Agassiz, exibem as costas da Nova Inglaterra, devido aos violentos contatos com os bancos de gelo; assim, tenho também para mim que as raspaduras observadas nos cachalotes são a consequência provável de choques hostis com outros animais da sua espécie, pois encontrei-os principalmente nos enormes machos adultos em completo desenvolvimento.

Uma palavra mais acerca da pele ou gordura do cachalote. Dissemos já que ela é separada do animal na forma de longas faixas chamadas mantas. Segundo acontece com a maior parte dos termos marítimos, este é também muito feliz e significativo, pois a gordura recobre o cachalote como uma verdadeira cobertura ou invólucro, ou melhor, como um poncho índio que, passado sobre a cabeça, lhe envolve todo o corpo. A este reconfortante abrigo se deve precisamente o fato de que o animal se sinta a cômodo sob qualquer temperatura e em todos os mares, épocas e estações. Que seria da baleia da Groenlândia, por exemplo, naqueles mares do norte, gélidos e friorentos, se não fosse protegida por esse confortável sobretudo? A verdade é que nessas águas hiperbóreas se encontram peixes vivacíssimos, porém o seu sangue é frio; faltam-lhes pulmões e os seus ventres não são mais do que refrigeradores; são seres que se aquecem a sota-vento de um iceberg, como um viajante, no inverno, junto à lareira de uma hospedaria; a baleia, pelo contrário, é igual ao homem: tem pulmões e sangue quente; gelando-se-lhe o sangue, morrerá. Em vista do exposto, não pode pois causar surpresa o fato de que esses monstros enormes, aos quais o calor é tão indispensável como aos seres humanos, sintam-se à vontade, imersos durante a vida inteira, naqueles mares árticos nos quais se encontram habitualmente marinheiros caídos na água, congelados, depois de vários meses na mesma posição em que caíram, presos nos bancos de gelo, como moscas no âmbar. Mais surpreendente ainda é saber que, segundo provas experimentais, o sangue de uma baleia polar é até mesmo mais quente do que o de um negro de Bornéu, no verão.

Eis, na minha opinião, um raro exemplo de magnífica vitalidade, de forte estrutura exterior e vastidão interna. Ó homem, admira e imita a baleia! Vive também neste mundo como se não pertencesses a ele. Conserva o teu calor no meio do gelo. Sê frio no equador; faze com que o teu sangue flua nos polos. À semelhança da cúpula de S. Pedro e da grande baleia, conserva sempre, ó homem, a tua temperatura própria em todas as estações!

Porém quão fácil e inútil é pregar essas belas coisas! Como são poucos os monumentos que possuem cúpulas como a de São Pedro e como são poucas as criaturas que possuem a vastidão da baleia!

Funeral

"Puxai as correntes! Lançai a carcaça pela popa!" Os grandes aparelhos cumpriram já a sua tarefa. O branco corpo do cachalote, esfolado e sem cabeça, resplandece como um sepulcro de mármore, e, conquanto tenha mudado de cor, parece nada haver perdido da sua magnitude. É ainda colossal. Afasta-se vagarosamente, flutuando; a água que o rodeia é sulcada e revolvida pelos insaciáveis tubarões e o ar é perturbado por aves estridentes e rapaces cujos bicos cravam-se nele como punhais furiosos. O imenso fantasma branco e acéfalo vai se distanciando ainda mais do navio e, a cada vara que percorre, dir-se-ia que aumentam em varas quadradas os tubarões e em varas cúbicas as aves que o rodeiam, o que vem aumentar o cruel alarido. Durante horas e horas, avista-se do navio quase imóvel aquele horrendo espetáculo. Sob o amplo céu de um azul suave e sobre a face lisa do mar bonançoso, roçado por brisas alegres, aquela enorme massa de morte se afasta cada vez mais, até perder-se nas perspectivas infinitas.

Que funerais desoladores e irrisórios! Os corvos marinhos, esses tubarões dos ares, vestidos tristemente de luto rigoroso ou de meio luto! Durante a vida do cachalote, imagino que bem poucos dentre eles ter-lhe-iam prestado algum auxílio, se por acaso necessitasse. Contudo, agora, no banquete das suas exéquias, agarram-se a ele devotadamente! Oh! a terrível ferocidade do mundo! Nem mesmo as mais poderosas baleias podem escapar a ela!

Mas isso não é ainda o fim. Ao corpo profanado sobrevive um espírito vingativo, pairando em torno, como um espantalho. Quando a gente tímida de algum navio de guerra ou de uma errante nau de exploração divisa ao longe a branca massa resplandecente ao sol e a espuma branca saltando a grande altura em torno dela, enquanto à distância enxameiam as aves, escurecendo os ares, dedos trêmulos anotam imediatamente no diário de bordo: "Baixios, rochas e correntes. Cuidado!" E durante muitos anos talvez, os navios evitarão esse lugar, saltando sobre ele, como as estúpidas ovelhas saltam sobre um ponto no terreno, porque assim o fez um dia o seu guia, a fim de evitar uma estaca que já não existe. Eis aí a vossa lei dos precedentes; eis aí a utilidade das vossas tradições;

eis aí a história do vosso pertinaz apego aos antigos credos, que jamais criaram raízes na terra e atualmente nem sequer flutuam no ar! Eis aí a ortodoxia!

Assim, enquanto que em vida o enorme corpo do cachalote pôde representar um terror verdadeiro para os seus inimigos, morto, o seu espectro se converte no fraco espantalho de todo um mundo.

Acredita em espíritos, meu amigo? Existem outros que não são os de Cock-Lane, e homens mais profundos que o dr. Johnson que acreditam neles.

A esfinge

Não se poderia ter deixado de anotar que antes do esfolamento, o leviatã havia sido decapitado. Pois bem: essa operação constitui uma proeza anatômica de que se orgulham, não sem razão, os peritos cirurgiões baleeiros.

Consideremos que o cetáceo carece completamente do que se poderia chamar propriamente de pescoço; pelo contrário, no lugar onde parecem unir-se o corpo e a cabeça, encontra-se a sua região mais protuberante. Lembremos também que o cirurgião deve operar, colocado no alto, a distância de oito ou dez pés do paciente, e que este se acha quase oculto num mar incolor e movediço, frequentemente encrespado e tumultuoso, e que é preciso praticar na sua carne um corte de vários pés, e, dessa maneira subterrânea, sem poder distinguir absolutamente nada no fundo da incisão que junta continuamente por fechar-se, tem de guiar o bisturi com muita destreza, a fim de não tocar nas partes adjacentes que é obrigado a respeitar, e dividir a coluna vertebral às cegas, num ponto fixo próximo à sua inserção no crânio. Isso posto, causaria agora admiração o fato de que Stubb se gabasse de que não precisava mais de dez minutos para decapitar o cachalote?

Uma vez separada, a cabeça é arrastada até a popa e deixada ali, amarrada com um cabo, até que se esfola o cetáceo. Em seguida, se se trata de um animal jovem e não muito grande, é içada para bordo a fim de ser cortada. É porém impossível proceder assim com um leviatã adulto e muito corpulento, pois a cabeça do cachalote abrange quase a terça parte da sua extensão; e tão incongruente seria a tentativa de levantar até o barco semelhante massa, mesmo por meio dos grandes aparelhos de um baleeiro, como pesar um celeiro holandês na balança de um joalheiro.

Depois de decapitado e esfolado o cachalote do *Pequod*, a sua cabeça foi içada a meio, deixando-se assim que a maior parte ficasse flutuando no seu elemento nativo e junto a um costado do navio. E assim suspensa — com o sangue jorrando do convés do navio, inclinado abruptamente sobre ela, em consequência do tremendo esforço do mastro inferior e cada um dos penóis projetados como guindastes, sobre as ondas — parecia a cabeça do gigante Holofernes, pendendo do cinto de Judite.

Ao meio-dia, terminada a tarefa, os marinheiros desceram para almoçar. No convés, antes tumultuoso e agora deserto, reinava o silêncio. Uma intensa calma de cobre, como um lótus amarelo e universal, ia deixando cair cada vez mais as suas silenciosas e incomensuráveis folhas, sobre o mar.

Decorrido um curto lapso, apareceu sozinho, no meio daquela quietude e vindo do seu camarote, o capitão Ahab. Depois de dar algumas voltas pela coberta, deteve-se uns instantes, olhou pela amurada, e metendo-se entre as cadeias, agarrou a longa pá de Stubb, que o piloto, depois de decapitar o cachalote, havia deixado fincada na parte inferior da massa que ali pendia, pôs o cabo sob o braço, à maneira de muleta, e reclinando-se assim sobre a cabeça do cetáceo, ficou a contemplá-la fixamente.

Era uma cabeça negra e encapuzada; e, suspensa ali, naquela profunda calma, recordava a da esfinge no deserto.

— Fala, ó grandiosa e venerável cabeça — murmurou Ahab. — Não tens barbas que te adornem, mas o musgo te fornece cãs. Fala, cabeça potente! Dize-nos os segredos que encerras. Não existe mergulhador que tenha afundado tão profundamente como tu. Essa cabeça, agora iluminada pelo sol, moveu-se outrora entre os alicerces deste mundo, lá onde apodrecem âncoras, nomes e frotas não registradas nos anais da história e também esperanças ignoradas; ali onde, no seu mortífero porão, essa fragata que é a terra leva como latro os ossos de milhões de afogados; esse espantoso reino áqueo era a tua morada mais habitual. Estiveste nos lugares onde nunca chegaram sinos nem mergulhadores; dormiste ao lado de mais de um marinheiro cuja mãe insone teria dado de bom grado a vida para ocupar o teu lugar; viste amantes abraçados saltarem do navio em chamas: coração de encontro a coração, afundavam sob as ondas triunfantes, fiéis um ao outro, quando o céu parecia havê-los traído. Viste, à meia-noite, piratas que assassinavam e atiravam pela borda o piloto que ia caindo, caindo, na noite ainda mais lôbrega do insaciável sorvedouro, e enquanto os criminosos prosseguiam incólumes na sua viagem, raios súbitos transformavam em lascas o navio vizinho que conduziria um esposo fiel aos braços abertos e anelantes da esposa. Ó cabeça, viste o que seria bastante para fazer estremecer os planetas e causar a infidelidade do próprio Abraão, e contudo não pronuncias uma sílaba.

— Navio à vista! — gritou uma voz forte, do alto do mastro grande.

— Sim? Está bem: isso alegra um pouco — exclamou Ahab, erguendo-se de súbito enquanto fugiam da sua fronte as nuvens sombrias. Esse anúncio de vida, no meio desta calma de morte, poderia até mesmo converter um homem melhor. — Em que ponto?

— Três pontos a estibordo, senhor, e trazendo-nos as suas brisas!

— Melhor ainda, rapaz! Se fosse São Paulo que viesse agora por esse caminho e trouxesse a sua brisa para a minha desolação. Ó Natureza! Ó alma humana! Quão indizivelmente análogas sois! Nem o mais pequeno átomo se move e palpita na matéria sem ter a sua duplicata sutil, no espírito!

A história do Jeroboão

A brisa e o navio andavam a par; porém a brisa andou mais depressa do que o navio e não tardou que o *Pequod* começasse a balançar-se.

Bem depressa foi possível verificar, através dos óculos, pelos botes e os mastros tripulados, que se tratava ali de um navio-baleeiro. Mas como se encontrava muito distante, a barlavento, e como a sua intenção parecesse ser passar ao largo, a toda a vela, rumo a outra zona de pesca, o *Pequod* não podia esperar alcançá-lo. Assim, fez-se o sinal de costume, para ver que resposta se obtinha.

Diga-se aqui, de passagem, que à semelhança dos navios da marinha de guerra, os navios da Frota Baleeira Americana possuem cada um o seu sinal característico, os quais, juntos com os nomes dos respectivos navios, foram reunidos num livro que todos os capitães possuem. Desta maneira, os comandantes dos baleeiros podem reconhecer-se uns aos outros no oceano, mesmo a distâncias consideráveis, com grande facilidade.

Ao sinal do *Pequod, o* navio desconhecido respondeu finalmente com o seu. Verificou-se que se tratava do *Jeroboão*, de Nantucket. Em seguida, o navio braceou as vergas, virou de través a sota-vento do *Pequod*, proa a leste, e desceu um bote, que não tardou a aproximar-se; porém à ordem de Starbuck, para que fosse desprendida a escada lateral, pela qual devia subir o capitão do outro navio, este agitou a mão, da popa, indicando que aquilo era inteiramente desnecessário. Acontece que a bordo do *Jeroboão* se havia declarado uma epidemia e Mayhew, o capitão, temia contagiar os homens do *Pequod*. E conquanto ele e a tripulação do seu bote estivessem ainda isentos, ainda que o seu navio se achasse à distância de um tiro de fuzil do *Pequod*, separado pelo incorruptível e ondulante mar e pelas correntes de ar, recusou de maneira terminante — ajustando-se escrupulosamente à prudente quarentena de terra firme — a pôr-se em contato conosco.

Contudo, isso não impediu de maneira alguma toda e qualquer comunicação. Guardando a distância de algumas jardas entre o seu bote e o nosso navio, os tripulantes do *Jeroboão*, empregando por momentos o remo, lutaram por manter-se paralelos ao *Pequod*, que, com as velas de mezena para trás, avançava devagar, aos impulsos da brisa que agora refrescara. Por espaços, a investida de alguma onda grande e balouçante obrigava o navio a adiantar-se, mas, conduzido com habilidade, ele não tardava a recuperar a posição anterior. Porém essas interrupções e outras do mesmo gênero não impediram que os marinheiros de ambas as partes mantivessem uma conversação.

Manejava um dos remos do bote do *Jeroboão* um homem de tão estranha aparência que chegava até mesmo a distinguir-se naquele selvagem ambiente baleeiro, onde as singularidades individuais formam a totalidade. Era um homem baixo e miúdo, ainda jovem; tinha o rosto completamente salpicado de sardas e uma farta cabeleira amarela. Vestia um paletó de abas largas, de corte cabalístico e cor de nogueira, cujas mangas demasiado longas estavam enroladas sobre os pulsos. O seu olhar refletia o delírio profundo e fixo de um fanático.

Nem bem se distinguia ainda essa figura, e Starbuck exclamou:

— É ele! É ele!... O bufão de abas largas de que nos falaram os tripulantes do *Town-Ho*!

Referia-se a uma história estranha acerca do *Jeroboão*, relacionada com certo marinheiro da sua tripulação e contada havia algum tempo, durante o encontro do *Pequod* com o *Town-Ho*. De acordo com essa história e pelo que se soube mais tarde, o bufão de abas largas ganhara, segundo parecia, um ascendente prodigioso entre quase todos os homens do *Jeroboão*. A história é a seguinte:

Imbuído havia tempos das extravagantes doutrinas dos "shakers"[39] de Neskyeuna, ganhara entre eles fama de profeta. Nas reuniões secretas e lunáticas descera várias vezes do céu, por uma tradeira, para anunciar a imediata abertura do sétimo frasco que trazia no bolso da jaqueta, e que, segundo se supunha, em vez de pólvora, continha láudano. Dominado depois por uma estranha mania apostólica, deixou Neskyeuna, indo para Nantucket, onde, adotando com a astúcia peculiar aos loucos um ar tranquilo de pessoa normal, ofereceu-se na qualidade de noviço para embarcar no *Jeroboão*. Aceitaram-no; porém, quando se perdeu de vista a terra firme, a sua loucura declarou-se de novo. Anuanciou-se como sendo o anjo Gabriel e ordenou ao capitão que se atirasse pela amurada. Publicou um "manifesto" segundo o qual se apresentava como o libertador de todas as ilhas e vigário-geral de todos os oceanos. A imperturbável serenidade com que fez essas declarações, o jogo sombrio e audaz da sua imaginação exaltada e sempre alerta, depois os terrores sobrenaturais que o verdadeiro delírio inspira em mentes ignorantes como as da maioria da tripulação rodearam esse Gabriel de uma atmosfera de santidade e, além disso, de temor. Contudo, como um tal homem era de pouca utilidade prática a bordo, sobretudo depois de declarar que só trabalharia quando tivesse vontade, o incrédulo capitão ter-se-ia desembaraçado dele de boa vontade; porém, instruído o arcanjo de que o comandante pensava em desembarcá-lo no primeiro porto, abriu imediatamente os seus selos e frascos, condenando o navio e todos os seus tripulantes a uma perdição irremissível, se o comandante realizasse a sua intenção. E tão forte foi a sua influência sobre os seus discípulos do *Jeroboão* que estes acabaram por dirigir-se em massa ao capitão, advertindo-o de que, se obrigasse o Gabriel a abandonar o navio, nenhum deles continuaria a viagem. Por isso, o capitão se viu forçado a desistir do seu propósito. Nem também permitiriam que se molestasse de qualquer modo ao Gabriel por mais que dissesse ou fizesse, de modo que a sua liberdade a bordo era absoluta. O resultado de tudo isso foi que o arcanjo pouco ou nenhum caso fazia do capitão, nem dos pilotos; mas desde que rebentou a epidemia, o seu poder atingiu o auge. Declarou que a praga — como chamava — estava sob o seu domínio exclusivo e que só teria um fim quando ele bem quisesse. Os marinheiros — pobres diabos na maioria — adulavam-no e alguns chegavam a humilhar-se diante dele, obedecendo às suas instruções e rendiam-lhe culto, por vezes, como a um deus. Tudo isso pode parecer incrível, mas por mais assombroso que seja, é a pura verdade. Na história dos fanáticos surpreende menos o engano em que eles próprios vivem do que o seu imenso poder para embair e enfeitiçar tão grande número de pessoas. Porém é tempo de voltarmos ao *Pequod*.

— Não temo a tua epidemia, amigo — disse Ahab, da amurada, ao capitão Mayhew, que se encontrava de pé na popa do bote. — Sobe.

Mas Gabriel pôs-se de pé subitamente.

— Pensa nas febres amarelas e biliosas. Cuidado com essa horrível peste!

— Gabriel, Gabriel — gritou o capitão Mayhew.

Porém uma onda súbita precipitou o bote muito adiante, submergindo na sua fúria o resto da frase.

— Viste a baleia-branca? — perguntou Ahab, quando o bote voltou atrás.

— Pensa na tua baleeira arrombada e afundada. Cuidado com a horrível cauda.

— Gabriel, repito que... — Novamente o bote foi arrojado para diante, como que impulsionado por demônios. Uma sucessão de ondas convulsionadas por um desses momentâneos caprichos do mar fazia-o tombar, em vez de levantá-lo. Ninguém disse uma palavra, até que as ondas passaram. Entretanto a cabeça semierguida do cachalote agitava-se com violência e notou-se que Gabriel a observava com uma apreensão um tanto excessiva para uma natureza angélica como a sua.

Logo depois desse prelúdio, o capitão Mayhew iniciou uma narrativa bastante obscura sobre Moby Dick — narrativa frequentemente interrompida por Gabriel à simples menção desse nome e pelo mar diabólico que parecia ser o seu aliado.

Segundo se deduzia da narrativa, o *Jeroboão*, pouco depois de abandonar o seu porto, pusera-se em comunicação com um navio-baleeiro cujos homens estavam muito bem informados acerca da existência de Moby Dick e das destruições que causara. E Gabriel absorvia com avidez essas notícias e advertia somente ao capitão de que se abstivesse de atacar a baleia-branca, no caso de descobri-la, declarando, além disso, na sua delirante insensatez, que aquele cachalote era nada menos do que a encarnação do deus dos "shakers", do qual estes haviam recebido a sua Bíblia. Porém, quando um ou dois anos depois Moby Dick foi divisado claramente do alto dos mastros, Macey, o primeiro piloto, ardeu num desejo de enfrentá-lo; e como o capitão não visse nenhum inconveniente de permitir-lhe que aproveitasse aquela oportunidade apesar de todas as ameaças e advertências do arcanjo, Macey conseguiu persuadir cinco homens a que tripulassem o seu bote, o qual, uma vez pronto, afastou-se do navio. Depois de muitas e exaustivas manobras e de numerosos ataques perigosos e fracassados, o piloto conseguiu por fim fixar um arpão. Entretanto, Gabriel, do alto do mastro grande, agitava um braço em gestos frenéticos, lançando profecias sobre o próximo castigo dos sacrílegos agressores da sua divindade. E eis que no instante em que Macey se erguia na proa do bote e com toda a energia temerária dos homens da sua classe desafogava-se em selvagens exclamações contra o cachalote, procurando um momento favorável para assestar-lhe a lança que conservava erguida, uma vasta sombra surgiu subitamente do mar e o seu rápido abanar de barbatanas susteve a respiração aos remeiros. No momento seguinte, o desventurado piloto, que mostrava tão furiosa bravura, foi arrebatado do bote e, descrevendo um amplo arco nos ares, caiu no mar a uma distância de cinquenta jardas. Nenhuma tábua do bote, nem um cabelo dos remadores sofreu o menor dano, mas o piloto afundou para sempre.

É bom advertir de passagem que esses acidentes fatais sobrevêm frequentemente na pesca do cachalote. Às vezes acontece que um homem é aniquilado sem que os restantes sofram o menor dano, ainda que o mais comum seja ver saltar a proa do bote ou a tábua onde se coloca de pé o matador, as quais acompanham o seu corpo, arremessado no ar. O mais estranho, contudo, é que os cadáveres, retirados com frequência, não apresentam o menor sinal de violência.

Os tripulantes do *Jeroboão* presenciaram claramente o desastre, inclusive a queda espetacular do Macey. Com um grito penetrante: "O frasco, o frasco!" Gabriel deteve a tripulação aterrorizada, que tentava prosseguir na caça ao cetáceo. Aquele pavoroso acontecimento contribuiu para aumentar a influência do arcanjo, pois os seus ingênuos discípulos acreditaram que as suas predições se referiam a essa desgraça, em particular, e não a profecias gerais para o futuro, e que qualquer pessoa poderia fazer, com grandes probabilidades de acertar, entre os inúmeros acontecimentos que cabiam numa esfera tão ampla. Desta maneira, o arcanjo produzia no navio um terror indizível.

Quando Mayhew concluiu a sua narrativa. Ahab dirigiu-lhe tais perguntas que o capitão não pôde deixar de perguntar-lhe se tencionava dar caça à baleia-branca, caso se apresentasse uma oportunidade.

— Sim — foi a resposta de Ahab.

Imediatamente Gabriel tornou a pôr-se de pé e, cravando no velho o seu olhar ardente, exclamou com veemência, enquanto apontava com o dedo para baixo:

— Lembra-te do blasfemo que afundou além. Lembra-te do fim que teve o blasfemo.

Ahab, impassível, voltou-lhe as costas e disse em seguida a Mayhew:

— Capitão, lembrei-me agora de que tenho na minha mala de correspondência uma carta para um dos teus oficiais. Por favor, Starbuck, procure na mala.

Todo navio-baleeiro leva um bom número de cartas destinadas a vários navios e cuja entrega depende do mero acaso de encontrar os destinatários em qualquer ponto dos quatro oceanos. Por esta razão, a maioria dessas cartas jamais chega ao seu destino e muitas alcançam os destinatários apenas no fim de dois ou três anos, ou mais ainda.

Starbuck não tardou a voltar com uma carta na mão. Estava lamentavelmente amarrotada e úmida, coberta de manchas de mofo verde-escuro, em consequência de ter passado muito tempo encerrada num sombrio caixão no camarote. Uma carta, enfim, cujo mensageiro bem podia ser a própria morte.

— Não a pode ler? — gritou Ahab. — Dê-ma então, homem. Sim, sim, são garatujas quase ilegíveis... porém, que é isso?

Enquanto se esforçava por decifrá-la, Starbuck pegou numa longa lança em cuja extremidade fez com a faca um pequeno corte, a fim de inserir ali a carta e fazê-la passar dessa maneira ao bote, sem que este precisasse aproximar-se mais do navio.

Nesse ínterim, Ahab, com a carta na mão, murmurava:

— Sr. Har... sim... Sr. Harry (uma pequena mão de mulher... a esposa do marinheiro, apostaria). Sim... Sr. Harry Macey, navio *Jeroboão*... Bem, é para Macey... E ele está morto!

— Pobre diabo! Pobre diabo! É de sua esposa... — suspirou Mayhew. — Mas dê-ma.

— Não; guarda-a tu mesmo — gritou Gabriel a Ahab. — Bem depressa seguirás o mesmo caminho.

— Que as tuas maldições te estrangulem! — rugiu Ahab. — Capitão Mayhew, aproxima-te para receber a carta.

Tomando a fatal missiva das mãos de Starbuck, Ahab prendeu-a no talho da lança e empurrou-a para o bote. Este deslizou um pouco até a popa do *Pequod* de modo que a carta foi parar subitamente, como por obra de magia, nas mãos de Gabriel, o qual se apoderou dela prontamente. Agarrando a sua faca, espetou a carta na ponta e com o peso atirou-a para dentro do navio. Caiu aos pés de Ahab. Gabriel gritou então aos seus camaradas que puxassem os remos e, deste modo, o amotinado bote se afastou do *Pequod*.

Em seguida a essa interrupção, os marinheiros reiniciaram o trabalho no preparo da baleia, e fizeram-se estranhos comentários acerca daquele extraordinário acontecimento

A corda do macaco

O tumultuoso trabalho de cortar um cachalote obriga a uma série de correrias de um lado e de outro. Ora se precisa de gente aqui, ora ali. Não há lugar nenhum a bordo onde reine um pouco de tranquilidade, pois é necessário efetuar as mais diversas tarefas por toda parte e ao mesmo tempo. Algo de semelhante acontece com a pessoa que se propõe a descrever esse trabalho; retrocedamos pois um pouco. Já foi dito que ao iniciar-se o corte do lombo do cetáceo, foi inserido o gancho do espermacete na primeira abertura ali feita pelas pás dos pilotos. Cabe perguntar como é possível fixar naquele orifício um ferro tão grosseiro e pesado. Foi Queequeg, o meu grande amigo, quem realizou essa tarefa, pois na sua qualidade de arpoador cabia-lhe descer sobre o lombo do animal e inserir o gancho. Acontece frequentemente que, em vista de certas circunstâncias, o arpoador é obrigado a permanecer em cima do cachalote durante toda a operação de esfolamento. É preciso dizer que, exceto a parte do lombo onde se trabalha, todo o resto do cetáceo está completamente submerso. Ali, pois, a uns dez pés abaixo do nível do convés, o pobre arpoador se esforça, em parte sobre o cachalote e em parte sobre a água, enquanto o vasto corpo se revolve debaixo, como um moinho de tortura. No caso a que nos referimos, Queequeg aparecia com o seu traje de montanhês — uma camisa e calções — que pelo menos na minha opinião, ficava-lhe às mil maravilhas, e segundo veremos depois, ninguém teve melhor oportunidade para observá-lo do que eu.

Na minha qualidade de primeiro remador do selvagem, isto é, o que manejava o remo de proa, no seu bote, ajudá-lo constituía para mim uma agradável obrigação, enquanto ele trepava com dificuldade sobre o cadáver do cachalote. Decerto já vistes alguns desses tocadores de realejo italianos que seguram, presos a uma longa corda, um macaco que dança. Pois de igual maneira sustentava eu Queequeg, ali embaixo do costado abruptamente inclinado no navio, por meio do que, tecnicamente, nas pescarias, se chama a *corda do macaco*, presa a um forte cinturão de lona que lhe cingia o talhe.

Era para ambos um lance cômico e ao mesmo tempo arriscado. Pois é preciso observar aqui, antes de prosseguir, que a corda do macaco era presa por um extremo ao largo do cinturão de lona de Queequeg e pelo outro ao meu estreito cinto de couro. Assim, para bem ou para mal, estávamos temporariamente casados. Se o pobre Queequeg tivesse de afundar para não tornar a aparecer, o costume e a honra exigiam que em vez de cortar a corda, eu seguisse o seu caminho. Estávamos assim unidos como os irmão siameses, porém unidos por uma ligadura muito maior. Queequeg era o meu inseparável irmão gêmeo, e eu não podia livrar-me da perigosa responsabilidade que me impunha aquele laço de cânhamo.

Tão séria e metafisicamente considerava eu a minha situação que, ao passo que observava atento os seus movimentos, parecia-me sentir com absoluta nitidez que a minha própria personalidade se fundia em outra, como se dois membros formassem uma sociedade por ações, que o meu livre-arbítrio recebera um golpe mortal e que um erro ou má sorte de outra pessoa poderia precipitar-me inocente para um desastre imerecido ou até mesmo para a morte. Portanto, compreendi que se tratava de uma espécie de interregno da Providência: porque a sua justiça equitativa jamais poderia sancionar tão grande iniquidade. E submergindo ainda mais nos meus pensamentos — ao passo que de vez em quando puxava Queequeg, para tirá-lo de entre o cachalote e o navio, que ameaçavam imprensá-lo, levando ainda mais longe as minhas meditações, cheguei a compreender que a minha situação era precisamente a de todo ser humano que respira: somente, na maioria dos casos, cada qual está unido de uma maneira ou de outra por meio de ligaduras siamesas a um grande número de indivíduos. Se o vosso banqueiro quebra, estais arruinado; se o vosso farmacêutico põe cianureto nas pílulas, morrereis. Dir-me-eis que, por meio de estremas precauções, é possível evitar estes e muitos outros infaustos azares da vida; mas, por maior que fosse a cautela com que eu manejava a corda do macaco de Queequeg, ele dava às vezes um puxão que por pouco não me precipitava pela borda. Não podia esquecer além disso que, fizesse o que fizesse, só podia dominar uma das extremidades.[40]

Já indiquei aqui que muitas vezes tive de tirar Queequeg de entre o navio e o cachalote, onde ele caía por momentos, em virtude dos balanços e da agitação incessante de ambos. Porém o risco de morrer esmagado não era o único que ele corria. Sem se deixar atemorizar com o massacre da noite anterior, os ferozes tubarões, atraídos de novo e com mais força ainda pelo sangue, que, antes oculto, manava agora do cadáver, pululavam em redor deste como abelhas em torno da colmeia. Queequeg movia-se precisamente no meio desses monstros, que afastava às vezes por meio de golpes enviados ao acaso, quando escorregava. Parece incrível que os tubarões, tão afeiçoados a toda espécie de carne, raramente ataquem o homem, exceto quando são atraídos por uma presa tão cobiçada como o cadáver de uma baleia.

Seja como for, é fácil compreender que, enquanto aquelas feras vorazes metiam a colher na onda, era mais prudente não lhes tirar os olhos de cima. Por isso, além da corda do macaco com que eu subtraía de vez em quando o meu pobre amigo da vizinhança por demais estreita do sorvedouro de algum tubarão com indícios de ferocidade pouco comum, ele tinha ainda uma outra proteção. Suspensos sobre plataformas, Tashtego e Daggoo brandiam sem cessar, por cima da sua cabeça, um par de àgudas lanças baleeiras, com as quais estripavam todos os tubarões que se atravessavam no seu caminho. Fazendo assim, tinham decerto as melhores intenções e não queriam senão a felicidade de Queequeg; porém, no excessivo zelo que punham em protegê-lo e devido à circunstância de que a água limosa de sangue ocultava às vezes, ao mesmo tempo, tanto o homem como os tubarões, não era nada difícil que as suas lanças imprudentes cortassem uma perna em vez de uma cauda. Mas suponho que o pobre Queequeg, esforçando-se ofegante junto ao enorme gancho de ferro, o pobre Queequeg, digo, não faria mais do que rogar ao seu Yojo e pôr a vida nas mãos dos seus deuses.

"Está bem, está bem, querido camarada e irmão gêmeo", pensei enquanto puxava e afrouxava a corda a cada vaga mais elevada. Mas que importa isso, afinal de contas? Não és por acaso o precioso símbolo deste nosso mundo baleeiro? Este oceano insondável onde te esforças é a Vida, os tubarões teus inimigos, as pás, os teus amigos, e entre tubarões e pás afiadas eis que te encontras num sombrio e perigoso tremedal, pobre rapaz.

"Ânimo, porém, amigo Queequeg! Um agradável conforto te espera como recompensa." Trepando finalmente para bordo, subindo pelas correntes, o exausto selvagem, com os lábios azulados e os olhos injetados de sangue, escorrendo água, para no convés, dominado por um tremor involuntário. O despenseiro se aproxima e com um olhar benévolo e consolador, oferece-lhe um copo de... de que, imaginem! De algum conhaque quente? Não. Oferece-lhe um copo de... oh! deuses! um copo de gengibre com água.

— Gengibre? Gengibre? Estou sentindo cheiro de gengibre? — perguntou Stubb aproximando-se. — Sim, deve ser gengibre — acrescentou olhando para o copo ainda intacto. Ficou um momento como que em dúvida. Porém em seguida, aproximando-se devagar do assombrado despenseiro, disse-lhe em voz lenta: — Gengibre? Gengibre? Quer ter a bondade de dizer-me para que serve isso? Gengibre? É o combustível que emprega, sr. Dough Boy, para aquecer este canibal trêmulo? Gengibre? Que diabo é isso? Carvão para marinheiros? Lenha de queimar? Fósforo de Lúcifer? Isqueiro? Pólvora?... Que diabo é gengibre, pergunto eu, para que se ofereça agora uma taça dele ao nosso pobre Queequeg? — E dirigindo-se prontamente a Starbuck, que acabava de chegar à proa, acrescentou: — Deve trabalhar aqui alguma oculta Sociedade de Temperança. Veja esta vasilha. Cheire-a, por favor.

E observando o rosto do piloto, acrescentou:

— Sr. Starbuck, o despenseiro tem a desfaçatez de oferecer esta mistura de calomelano com jalapa a Queequeg, que acaba de cortar o cachalote. O despenseiro será boticário? É com esta espécie de beberagem que pretende devolver a vida a um homem meio afogado?

— Não creio. É uma bebida bem fraca — disse Starbuck.

— Sim, sim, despenseiro — gritou Stubb. — Vamos ensinar-te a dar remédios a um arpoador. Fora com teus xaropes de botica. Quererás envenenar-nos? Fizeste seguros de vida sobre todos nós e deseja matar-nos para receber o produto?

— A culpa não é minha — gemeu o Dough Boy. — Foi tia Caridade quem trouxe o gengibre para bordo e me preveniu de que não desse aos arpoadores outra bebida senão o reconfortante gengibre. Foi o que ela me disse.

— Reconfortante! Gengibre! Patife gengibreiro! Toma, leva isto e vai procurar na tua despensa uma coisa melhor! Julgo que é justo, sr. Starbuck.

O capitão ordenou que se desse um bom grogue ao arpoador que trabalha na baleia.

— Basta — replicou Starbuck —, não lhe bata, mas...

— Oh! eu nunca faço mal a ninguém, exceto quando pego um cachalote ou algo semelhante. E este sujeito é uma mulherzinha. Que dizia o senhor?

— Apenas ia dizer-lhe que desça com ele e traga o que melhor lhe parecer.

Ao voltar ao convés, Stubb trazia na mão uma garrafa de cor escura e na outra uma espécie de bule para chá. A primeira continha uma bebida forte e foi oferecida a Queequeg, e o outro, o presente da tia Caridade, que bem depressa foi dado às ondas.

Stubb e Flask matam uma baleia e em seguida conversam sobre o assunto

Entretanto, conforme estamos lembrados, a extraordinária cabeça do cachalote continuava pendurada no costado do *Pequod*; temos porém de abandoná-la por um momento até que se nos apresente outra oportunidade de lhe prestar atenção. Por enquanto há outros assuntos que reclamam o nosso interesse, e quanto a essa cabeça, a única coisa que podemos fazer é rogar aos céus para que os cabos continuem a sustentá-la.

Pois bem, durante a última noite e a manhã seguinte, o *Pequod* se fora internando pouco a pouco em águas nas quais intermitentes manchas amarelas de *brit* constituíam um sinal inequívoco da vizinhança da baleia propriamente dita, espécie de leviatã que poucos supunham pudesse rondar não longe dali, justamente naquele momento. Conquanto a tripulação desdenhasse em geral a captura de seres tão insignificantes, e ainda que sem dúvida a finalidade do *Pequod* não fosse percorrer os mares em procura deles, e por mais que os tivesse encontrado em grande número perto das ilhas Crozetts, sem descer sequer uma baleeira, agora que um cachalote fora amarrado ao flanco do navio, e decapitado, anunciou-se nesse dia, com surpresa de todos, que, caso se apresentasse ocasião, capturar-se-ia também uma baleia.

E tal oportunidade não se fez esperar. Avistaram-se a sotavento jorros elevados, e dois botes, os de Stubb e Flask, foram destacados em procura deles. As baleias, nadando sempre, tornaram-se afinal quase invisíveis para os homens dos mastros.

Porém subitamente divisou-se à distância uma grande massa de turbulentas e esbranquiçadas águas, e imediatamente chegou acima a notícia de que um ou talvez os dois botes deviam ter fixado arpões. Passado um momento, pôde-se ver claramente que a baleia alcançada rebocava sempre em linha reta os dois botes até o navio. Tanto se aproximou o monstro que a princípio, do navio, julgou-se que abrigasse intenções malignas. Porém, irrompendo por entre três tábuas, mergulhou de súbito e desapareceu completamente de vista, como se tivesse se escondido sob a quilha; "Cortem, cortem!", gritaram do navio aos botes, que por um momento pareceram a ponto de lançar-se em mortal arremetida contra o costado, porém, como havia ainda uma grande quantidade de linhas nos tubos e a baleia não afundara com muita rapidez, os caçadores soltaram corda, ao mesmo tempo que remavam com toda a força, como que para passar na frente do navio. Durante alguns minutos a luta foi intensíssima, pois enquanto eles continuavam afrouxando a linha numa direção e manobravam ainda os remos na outra, os dois esforços diversos ameaçavam lançá-los a pique. Mas depois de avançar somente alguns pés mais, decidiram vencer, e por isso se esforçaram até conseguir. Um tremor violento e súbito percorreu a quilha com rapidez de relâmpago, enquanto que a linha esticada, raspando o fundo do navio, surgia por baixo da proa, lançando seus salpicos de tal maneira que as gotas caíam sobre a água como pedaços de vidro. Mais longe apareceu também a baleia, e os botes, livres afinal, puderam correr novamente. Porém a desfalecida baleia diminuiu a velocidade e, modificando às cegas o seu curso, deu volta completa ao navio, rebocando os dois botes até a popa.

Entretanto os baleeiros puxavam cada vez mais as linhas, a fim de flanqueá-la de ambos os lados. A cada golpe de lança de Flask, respondia um de Stubb, e assim continuou a batalha em torno do *Pequod*, enquanto as multidões de tubarões que dantes nadavam em torno da baleia, se arremessavam para o sangue fresco que se ia derramando e bebiam sofregamente em cada nova incisão, como os israelitas ansiosos bebiam em cada nova fonte borbulhante que surgia da rocha.

Por fim o jorro se tornou mais espesso, e com um tombo espantoso e um vômito tremendo, a baleia deitou-se de costas e morreu.

Enquanto os matadores iam cumprindo a tarefa de segurar firmemente as barbatanas, e preparando tudo o que era necessário para o reboque da massa, travaram uma conversação.

— Para que quererá o velho este imundo montão de toucinho? — disse Stubb com certa repulsa por se ver obrigado a lidar com tão ignóbil leviatã.

— Para quê? — perguntou Flask enrolando um resto da linha à proa da baleeira. — Nunca ouviste contar que o navio que uma vez ostenta juntas a cabeça de um cachalote e a de uma baleia, a primeira a estibordo e a segunda a bombordo, jamais naufraga? Nunca ouviste dizer isso, Stubb?

— Por que não naufraga?

— Não sei, mas ouvi-o de Fedallah, esse fantasma de gutapercha que, segundo parece, é muito entendido nessa questão de sortilégios dos navios. Mas parece-me às vezes que é ele quem acabará por enfeitiçar o nosso navio, e sem nenhuma vantagem. Não gosto nem um pouquinho desse sujeito. Stubb, reparaste alguma vez na sua presa? Nunca notaste que parece muito com a cabeça de uma serpente?

— É preciso lançá-lo ao mar. Eu, por meu lado, nunca lhe dirijo o olhar, porém, previno-te. Flask, se alguma vez o encontrar por uma noite escura, parado, teso, junto à amurada, sem que ninguém nos veja... Olha para baixo — disse apontando para o mar com um movimento especial das duas mãos. — Ora, se o faço! Tenho para mim que esse Fedallah é Satanás disfarçado. Acreditas nessa estranha história que contam? Que ele esteve escondido no porão? Digo-te que é o próprio demônio e se não lhe vemos a cauda é porque ele a recolhe para ocultá-la e julgo que a terá guardado enrolada no bolso, o maldito. Agora me lembro: sempre precisa de estopa para encher as pontas das botas.

— Dorme calçado de botas, não é? Nem sequer tem maca. Vi-o jogar-se sobre um rolo de cordas.

— Naturalmente!... E a razão disso é a sua maldita cauda. Não acreditas que a enrosca em torno dos mastros?

— Que será que o velho tem tanto a ver com ele?

— Suponho que estarão tratando de algum truque ou negócio.

— Que negócio?

— Ora, sabes que o velho está muito empenhado em encontrar a baleia-branca e o diabo está tratando de adulá-lo para ver se pode conseguir o seu relógio de prata, sua alma, ou algo do mesmo gênero, para entregar-lhe Moby Dick em troca.

— Ora essa! estás gracejando. Como é que Fedallah poderia fazer isso?

— Não sei, Flask, porém tu sabes que o diabo é um sujeito estranho e malvado. Contam que uma vez, rodeando um velho navio-capitânia, sacudindo para todos os lados a sua cauda, com agilidade diabólica, perguntou com refinamento cavalheiresco se o patrão estava. Estava, sim, e perguntou ao demônio o que desejava. Então, sacudindo os cascos, o demônio responde: "Quero John!" "Para quê?", pergunta o velho. "Que tens com isso?", responde o demônio enfurecendo-se. "Preciso dele."

“Leva-o”, disse o patrão... Por Deus, Flask, se o diabo não pespegou a cólera a John antes de soltá-lo, engulo essa baleia de um só bocado. Porém, cuidado. Estás pronto? Muito bem. Então puxa agora para colocar a baleia no costado do navio.

— Parece que já ouvi contar uma história semelhante — disse Flask, quando afinal os dois botes começaram a avançar com a sua carga, lentamente, até o *Pequod* —, porém não posso recordar-me onde foi.

— Ah! O caso dos três espanhóis? As aventuras daqueles três sanguinários soldados? Leste-o, Flask, por acaso?

— Não, nunca vi esse livro. Porém ouvi falar nele. Mas dize-me, Stubb, supões que o demônio de que falavas há pouco seja o mesmo que está agora a bordo do *Pequod*?

— Não sou eu o mesmo homem que ajudou a matar essa baleia? O demônio não vive eternamente? Quem ouviu dizer algum dia que o demônio pudesse morrer? Já viste algum padre de luto pelo diabo? E se o diabo tem uma chave para entrar na cabina do comandante, julgas que não seja capaz de arrastar-se e introduzir-se pela abertura de uma canhoneira? Responde, Flask.

— Quantos anos calculas que tenha Fedallah?

— Vês este mastro? — disse Stubb apontando para o navio. — Pega-o primeiro; depois leva para o porão todas as argolas do *Pequod*, em seguida enfileira as velas ao longo do mastro, e vai contando, sabes? Tudo isso apenas começaria a dar uma ideia da idade de Fedallah. Nem todos os aros dos tanoeiros da criação seriam suficientes para dar uma ideia da sua idade.

— Porém escuta, Stubb, pelo que me dizias há pouco, pareceu-me que te julgavas capaz de lançar Fedallah ao mar, com um empurrão, caso se apresentasse uma boa oportunidade. Mas se os seus anos somam todos esses aros de que me falas e ele tem de viver eternamente, dize-me, que lucrarias atirando-o pela amurada?

— De qualquer maneira não seria mal fazê-lo dar um bom mergulho.

— Mas ele voltaria.

— Pois era só fazê-lo mergulhar de novo e continuar.

— Imagina que lhe venha a ideia de dar-te um mergulho, de afogar-te? Então?

— Queria que experimentasse. Far-lhe-ia nos olhos manchas tão negras que durante muito tempo ele não se atreveria a mostrar a cara na cabina do almirante, e muito menos andaria por onde tanto gosta de rondar. Julgas, Flask, que tenho medo desse demônio? Quem é que tem medo dele, se não o velho patrão que não se atreve a agarrá-lo e a pôr-lhe um par de algemas, conforme merece, em vez de deixá-lo por aí a sequestrar gente? Ah! E firmaram um pacto segundo o qual todas as pessoas que o diabo raptar serão assadas para ele. Isso é que é um patrão!

— E julgas que Fedallah queira sequestrar o capitão Ahab?

— Se acredito? Dentro em pouco o saberás. Por enquanto vou vigiá- lo de perto e se noto algo de suspeito agarro-o simplesmente pelo pescoço e lhe digo: "Olha. Belzebu, não faças isso." E se ele armar bochinche, por Deus!, meto-lhe a mão no bolso para agarrar-lhe a cauda, levo-o ao cabrestante e dou-lhe um tal puxão que lhe restará apenas um toco. Sabes? E depois imagino que quando estiver assim sem rabo, em tão estranha situação, correrá sem ter nem mesmo a triste satisfação de sentir a cauda entre as pernas.

— Que vai fazer com ela?

— Vendê-la para servir de chicote aos bois, logo que estivermos de volta. Para que mais poderia servir?

— E acreditas em tudo o que me tens dito, Stubb?

— Quer acredite, quer não, chegamos ao navio.

Em seguida ordenou-se aos botes que pusessem a baleia no costado de bombordo, onde já estavam preparadas as correntes para as barbatanas, e os outros aparelhos.

— Não te disse. Flask? Pois sim. Bem depressa vais ver a cabeça desta baleia içada em frente à do cachalote.

A seu tempo verificaram-se as palavras de Flask. O *Pequod*, que antes se inclinava para o lado da cabeça da baleia espermacete, recobrara, devido ao contrapeso, o seu equilíbrio — equilíbrio bastante forçado, acreditai. Assim, se içais de um lado a cabeça de Locke, ficareis inclinado para ela; levantai porém do outro a cabeça de Kant e retrocedereis, ficando assim em situação comprometedora. E contudo há espíritos que gostam sempre de manter-se navegando entre duas águas. Que loucos! Atirai pela borda essas danadas cabeças e vereis com que leveza e retidão flutuareis.

Uma vez presa a baleia ao costado do navio, começou a operação de corte, mediante os mesmos processos descritos no caso do cachalote, com a única diferença de que antes de cortar completamente a cabeça, extraem-se os lábios e a língua, os quais juntamente com o conhecido osso enegrecido que se chama *coroa*, são transportados para a coberta. Contudo, no que se refere à ocasião presente, não se fez nada disso. As ossadas de ambos os cetáceos caíram na popa, e o barco, com o seu carregamento de cabeças, parecia uma mula transportando um par de cestos pesadíssimos.

Entretanto, Fedallah olhava tranquilamente ora as rugas da cabeça da baleia, ora as linhas da sua própria mão, e Ahab, de pé, colocava-se em tal posição que o parse,[41] que era Fedallah, parecia ocupar a sua sombra, ao passo que a deste último, se é que a tinha, parecia apenas fundir-se com a de Ahab, ampliando-a. À medida que ia cortando a baleia, a tripulação trocava ideias próprias da Lapônia acerca de todos esses acontecimentos.

A CABEÇA DO CACHALOTE; ANÁLISE COMPARATIVA

Eis aqui, emparelhadas, as cabeças dos dois grandes cetáceos; aproximemo-nos delas e apliquemos-lhes um pouco as nossas próprias cabeças.

O cachalote e a baleia propriamente dita constituem, na grandiosa ordem dos leviatãs do Fólio, os dois exemplares mais notáveis, os dois únicos a cuja pesca o homem se dedica com regularidade. Para os nantuckeses, representam os dois extremos de todas as variedades conhecidas de baleias. Como as suas diferenças externas podem ser observadas principalmente nas cabeças, e visto que, de cada lado do *Pequod*, pende agora a cabeça de um dos cetáceos em questão, bastando somente atravessar o convés, para passar de uma a outra, onde poderíeis encontrar melhor oportunidade para realizar um estudo de Cetologia prática?

O que atrai primeiramente a atenção é o contraste que em geral apresentam essas duas cabeças. Ambas são sem dúvida bastante maciças, porém a do cachalote oferece certa simetria matemática de que infelizmente carece a da baleia. A primeira possui mais caráter. Ao contemplá-la, somos involuntariamente levados a considerá-la muito superior à outra, pela dignidade que a cerca. No presente caso, esta dignidade é realçada além disso pelas cores de sal e pimenta que ostenta no alto da cabeça, testemunho de avançada idade e grande experiência. Trata-se finalmente do que os pescadores chamam tecnicamente um *cachalote encanecido.*

Observemos agora quais são as maiores semelhanças que apresentam essas duas cabeças: seus órgãos mais importantes, isto é, os olhos e os ouvidos, são quase iguais. Nos extremos bordos laterais, muito abaixo, junto ao vértice das mandíbulas, descobrireis por fim, se procurardes com cuidado, um olho sem pestana que vos dará ideia do olho de um poldrinho, tão desproporcionado é ao tamanho da cabeça.

Pois bem, devido a esta situação peculiar dos olhos, é natural que o cachalote pouco possa ver, tanto um objeto que tenha exatamente diante de si, como um que lhe fica bem atrás. Numa palavra, a posição que os seus olhos ocupam corresponde à dos ouvidos do homem, e bem podeis imaginar a dificuldade em que vos encontraríeis, se tivésseis de enxergar os objetos por meio das orelhas. Descobriríeis então que o vosso campo visual alcançaria apenas uns trinta graus adiante, a partir da reta traçada perpendicularmente a esse olho lateral, e outros trinta graus aproximadamente, atrás da mesma linha. O mais acerbo inimigo poderia aproximar-se de vós de frente, de punhal na mão, em plena luz do dia, sem que o descobrísseis mais do que se vos tivesse assaltado à traição. Em suma, teríeis dois dorsos por assim dizer, e também duas frontes (laterais); pois que é que determina a fronte humana, se não os olhos?

Ademais, enquanto que na maior parte dos animais de que me posso lembrar agora os olhos se acham colocados de maneira a poder fundir perfeitamente os dois campos visuais, para enviar uma única imagem ao cérebro, a posição excepcional dos olhos do cachalote, distanciados pela ampla protuberância cúbica da parte anterior da cabeça, sobressaindo como uma alta montanha que entre vales divide dois lagos, deve oferecer ao cérebro impressões inteiramente separadas e independentes. Portanto, o animal deve ter perspectivas distintas de cada lado, e tudo o que existe entre essas perspectivas constituirá para ele a escuridão completa e o nada. Com efeito, pode-se dizer que o homem olha para o mundo de uma guarita de sentinela, através de duas janelas cujos caixilhos são unidos; no cachalote, pelo contrário, estes se acham separados, formando duas janelas distintas, o que lhes obstrui de maneira lamentável a visão. É preciso levar sempre em conta, na pesca, esta posição peculiar dos olhos da baleia; nem também o leitor deve esquecê-la a fim de poder apreciar melhor as cenas subsequentes.

Caberia ainda colocar um problema muito curioso e interessante a respeito da vista do leviatã, porém devo limitar-me aqui a insinuá-lo. Enquanto os olhos humanos recebem luz, o ato da visão é involuntário, isto é, o homem não pode deixar de ver espontaneamente todos os objetos que encontra na sua frente. Mas todos nós sabemos que embora se possa observar indistintamente um grande número de objetos com um olhar rápido, é absolutamente impossível examinar atentamente e inteiramente dois objetos quaisquer, ao mesmo tempo, quer sejam grandes ou pequenos, mesmo que se achem um ao lado do outro, em contato. Mas, se separarmos esses dois objetos e tomarmos um deles, rodeando-o num círculo de profunda obscuridade a fim de examiná-lo com atenção concentrada, o outro permanecerá inteiramente excluído da nossa consciência atual. Que acontece, pois, no caso do cetáceo? Os seus dois olhos devem trabalhar sem dúvida de forma simultânea; mas, será o seu cérebro dotado de uma capacidade de associação e de uma sutileza a tal ponto maiores do que as do homem que lhe seja possível observar detidamente e ao mesmo tempo duas áreas distintas e diametralmente opostas? Se o consegue, é isso algo de tão maravilhoso como seria o homem capaz de seguir ao mesmo tempo as demonstrações de dois teoremas diferentes de Euclides. Essa comparação não deixa de ser justa, ainda mesmo que seja examinada com estrito espírito científico.

Talvez isso não seja mais do que uma ideia minha, porém sempre me pareceu que a extraordinária vacilação nos movimentos de algumas baleias, quando se veem acossadas por três ou quatro botes, bem como a sua timidez e a propensão para temores infundados que as caracterizam, procedem indiretamente da irremediável perplexidade volitiva em que as lançam os seus poderes de visão, dimetralmente opostos.

Não menos curioso do que o olho é o ouvido desses cetáceos. Se desconheceis inteiramente a espécie das baleias, em vão percorreríeis com a vista, durante horas e horas, as duas cabeças, em busca dos ouvidos. O pavilhão da orelha falta completamente, e o orifício que comunica com o exterior é tão diminuto que dificilmente se poderia introduzir nele uma pluma. Acha-se alojado um pouco mais atrás do olho. Devemos anotar imediatamente a seguinte diferença importante entre o ouvido do cachalote e o da baleia: ao passo que o do primeiro possui uma abertura externa, o da última é inteiramente coberto por uma membrana que o torna quase imperceptível.

Não é curioso que um ser tão enorme como a baleia veja o mundo através de olhos tão pequenos e ouça o trovão por um ouvido mais estreito do que o de uma lebre? Porém, julgais que se a baleia tivesse os olhos tão grandes como as lentes do grande telescópio de Herschel e se os seus ouvidos fossem da largura de um pórtico de catedral, ela enxergaria mais, por isso, ou teria o ouvido mais aguçado?

De modo algum. Por que, pois, empenho em *ampliar* as vossas faculdades mentais? Deveríeis antes diminuí-las.

Fazendo uso de todas as alavancas e máquinas a vapor de que dispomos voltemos a cabeça do cachalote de modo que a parte inferior fique para cima. Trepando em seguida, por uma escada, até ao alto, passemos em revista o interior da boca; e se não ficasse tão longe, poderíamos descer por ela, de lanterna na mão, até a grande Caverna de Mamutes de Kentucky que é o seu estômago. Mas fiquemos aqui nos seus dentes e observemos um pouco. Que boca tão formosa e casta! Uma membrana branca e brilhante, lustrosa como um cetim nupcial, reveste-a, ou antes, forra-a como um papel desde o solo até a abóbada.

Retrocedamos agora e vejamos a prodigiosa mandíbula inferior, semelhante à longa e estreita tampa de uma caixa de rapé descomunal cujo gonzo fosse colocado numa extremidade, em vez de o ser a um lado, e se a levantarmos por meio de uma alçaprema, descobriremos as suas duas filas de dentes semelhantes a horrendas pontes levadiças, e o são com certeza, para os desventurados pescadores, ai deles!, cujas carnes são rasgadas por esses ganchos com a força de uma empalação. Porém maior ainda é o terror inspirado pela visão da baleia a muitas braças de profundidade, abrindo mal-humorada a portentosa queixada de uns quinze pés de comprimento, formando ângulo reto com o seu corpo, exatamente como a bujarrona de um navio. Não está morta; apenas abatida, doente, talvez hipocondríaca, e tão indiferente que a frouxidão dos gonzos da sua mandíbula a deixa numa espécie de atitude desalinhada: censura, talvez, aos restantes indivíduos da sua espécie, que lhe devem ter atraído a maldição do trismo, ou imobilidade da mandíbula inferior.

Em muitos casos essa mandíbula inferior — facilmente despreendida por um operador experiente — é separada e içada para bordo como se fosse uma âncora: e no caso presente, em tempo devido — poucos dias do corte — Queequeg, Daggoo e Tashtego, dentistas consumados, aplicaram-se em realizar extrações. Com uma aguda lança baleeira. Queequeg cortou a gengiva e, em seguida, atou a queixada a uns gatos de ferro e, por meio de um aparelho colocado no alto, foram arrancados os dentes exatamente da mesma maneira como os bois de Michigan desenraízam tocos de carvalhos anosos nas selvas virgens. Geralmente são ao todo quarenta e dois dentes. Se o cachalote é velho, muitos deles estão gastos, porém sem cáries nem obturações, segundo a nossa moda artificial. A queixada foi logo serrada à maneira de tábua e em seguida amontoada, como vigas para construção de casas.

A cabeça da baleia; análise comparativa

Atravessemos agora o convés e deitemos uma vista de olhos à cabeça da baleia.

Se, por sua forma geral, a nobre cabeça do cachalote pode ser comparada a um carro de guerra romano, principalmente em virtude da sua fronte ampla e redonda, o da baleia, em conjunto apresenta o aspecto pouco elegante de um sapato gigantesco tendo por sola uma quilha de galeota. Há duzentos anos um antigo viajante holandês comparou o seu molde com o de uma forma de sapateiro. Só que nessa forma poder-se-ia alojar, com a maior comodidade, a velha de que fala o conto para crianças, com toda a sua progênie.

Porém, a uma observação mais demorada, essa cabeça vai adquirindo novos aspectos de acordo com o ponto de observação. Se nos colocarmos de pé, sobre ela, observaremos esses dois orifícios em forma de *f* que constituem os seus respiradouros; a cabeça nos parecerá um enorme violoncelo e os dois orifícios a abertura da sua caixa harmônica. Se, pelo contrário, fixarmos o olhar na estranha e proeminente incrustação semelhante a uma crista no cimo da massa — essa coisa verde com aparência de barnacle que os groenlandeses chamam a *coroa e* os pescadores do sul o *gorro* da baleia — dir-se-ia o tronco de um carvalho colossal, com um ninho na bifurcação, principalmente verificando-se a quantidade de caranguejos vivos que contém esse gorro, a não ser que nos tenha impressionado sobremaneira a ideia de que o monstro poderoso, rei efetivo dos mares ornado de diadema, ostente essa coroa verde, criada para ele por algum prodígio. Porém a baleia é um indivíduo demasiado sisudo, para que lhe assentem diademas reais. Vejamos esse pendente lábio inferior! Mostra apenas mau humor e amuo, que medidos com a esquadria do carpinteiro, abrangem uns vinte pés de comprimento e cinco de profundidade; mau humor e amuo de que se extraem muitas vezes quinhentos galões de azeite.

Por outro lado, é de lastimar que a desventurada baleia tenha lábio leporino. A fenda tem mais ou menos um pé de largura.

É provável que a mãe dessa baleia tenha navegado durante muito tempo perto da costa peruana, na época em que os terremotos faziam a praia bocejar. Atravessemos agora o umbral escorregadio do seu lábio, deslizemos para a sua boca. Julgo que se estivesse em Mackinaw tomaria o seu interior pelo de um *wigwam* índio. Por Deus! Teria sido este o caminho pelo qual passou Jonas? O teto fica à altura de uns doze pés e termina em ângulo agudo, como que formando uma cumeeira regular, ao passo que as duas paredes estriadas, arquejadas e peludas, nos oferecem essas tábuas de barba de baleia maravilhosas, semiverticais, e semelhantes a cimitarras, cerca de trezentas de cada lado que, suspensas da parte superior, ou osso da coroa, constituem as venezianas a que já nos referimos de passagem. Ornam os extremos desses ossos fibras peludas, por meio das quais a baleia coa água e em cujo emaranhado aprisiona os peixinhos, quando atravessa o mar coberto de *brit*, de boca aberta, em busca de alimento. A parte central desses biombos ósseos mostra um certo número de sinais curiosos: curvaturas, orifícios e protuberâncias que, quando em perfeita ordem, permitem a alguns baleeiros calcular a idade do animal, da mesma maneira que se avalia a idade de um carvalho por seus anéis concêntricos. Ainda que a exatidão de um tal cômputo esteja longe de parecer ser demonstrada, possui, contudo, certas probabilidades analógicas. Seja como for, levando isso em conta, seríamos obrigados a designar à baleia uma idade muito mais avançada do que à primeira vista parece razoável atribuir-lhe.

Ao que parece, os antigos tinham ideias muito curiosas acerca dessas venezianas. Um viajante, em Purchas, considera-as como as maravilhosas suíças[42] do interior da boca da baleia; outro as chama de *cerdas*; um terceiro, um senhor idoso, em Hackluyt, emprega, referindo-se a elas, esta lingagem elegante: "Contêm umas duzentas e cinquenta barbatanas que crescem de cada lado da sua *costela* inferior, arqueadas sobre a língua e de cada lado da boca."

Como todos sabem, essas *cerdas*, *barbatanas*, *bigodes*, ou como quer que se chamem, fornecem às senhoras as barbatanas de coletes e outros dispositivos de elegância, ainda que, desde há algum tempo, venha declinando a procura do artigo para esse fim. Era usado principalmente no tempo da Rainha Ana, quando as anquinhas constituíam a moda. E da mesma maneira que por assim dizer, as damas antigas caminhavam alegres entre as queixadas de uma baleia, assim também, hoje em dia, nos entregamos sem receio, durante um aguaceiro, à proteção dessas mesmas queixadas, pois um guarda-chuva não é mais do que uma coberta estendida sobre aqueles ossos.

Mas deixando de lado por um momento tudo o que se refere a venezianas e bigodes, coloquemo-nos de novo em pé na boca da baleia e olhemos outra vez em torno. Contemplando todas essas colunatas de osso, metodicamente dispostas, não vos ocorre a ideia de que vos encontrais no interior de um órgão de Harlem, observando seus milhares de tubos? O tapete é a língua, suavíssimo tapete turco pregado por assim dizer no solo da boca. Gordurosa e mole, se desfaz às vezes em pedaços ao ser içada para bordo. Já que falamos nisso acrescentarei que essa língua rende uns seis barris de azeite.

Conforme vimos, as cabeças da baleia e do cachalote apresentam muitas diferenças. Recapitulemos, pois: a da baleia não contém espermacete em abundância, carece de dentes de marfim e falta-lhe a longa e delicada mandíbula inferior do cachalote. A deste último, pelo contrário, é desprovida das venezianas ósseas, do imenso lábio inferior e falta-lhe quase inteiramente a língua. Ademais, a baleia possui dois espiráculos externos e o cachalote apenas um.

Contemplemos agora pela última vez, enquanto elas se encontram juntas, essas veneráveis cabeças encapuzadas, pois uma vai afundar sem demora no mar, sem deixar vestígio, e a outra não tardará a segui-la.

Notaste a expressão do cachalote? É a mesma que ele mostrava ao morrer, exceto que algumas longas rugas da fronte parecem ter-se apagado. Parece-me que a bucólica placidez dessa fronte ampla é filha de uma indiferença filosófica em relação à morte. Todavia, observemos a atitude da outra cabeça. Olhemos esse terrível lábio inferior, comprimido acidentalmente contra o flanco da nave, como para abraçar com firmeza a queixada. Toda essa cabeça não vos fala de uma grandiosa e real decisão de afrontar a morte. Tenho para mim que essa baleia representa um estoico, e o cachalote é um platônico que nos últimos anos da sua vida tivesse adotado o sistema de Spinoza.

O aríete

Antes de abandonar até outra oportunidade a cabeça do cachalote, exigiria de vós que observásseis tranquilamente, com a maior atenção e como um fisiologista criterioso, a sua compacta e repousada fronte. Quisera que a analisásseis agora com o objetivo único de formar uma ideia aproximada e razoável da força enorme desse aríete.

É esse um ponto essencial: ou formais uma opinião satisfatória sobre este assunto ou permanecereis para sempre uma dessas pessoas que não acreditam num dos fatos mais assombrosos, conquanto não menos verdadeiros, dentre todos os que são registrados na História.

Observareis pois que devido à posição em que nada o cachalote, a sua fronte apresenta na água um plano quase vertical; que a parte inferior dessa região corre em declive pronunciado para trás, como para dar lugar a um retrocesso maior da ampla abertura em que se encaixa a mandíbula inferior, semelhante a um botaló, e que a boca se encontra totalmente debaixo da cabeça, isto é, como se a vossa estivesse debaixo do queixo. Vereis ainda que a baleia não tem nariz aparente, e o que faz as vezes de nariz é o seu espiráculo, que fica por cima da cabeça; observareis que os seus olhos e ouvidos ficam dos lados da cabeça, a uma distância considerável da fronte. Portanto, vereis que essa fronte é uma parede cerrada e maciça, completamente desprovida de órgãos e contornos delicados. Ademais, deveis saber que não existem vestígios ósseos fora da extremidade inferior e abruptamente puxada para trás a partir da fronte: e é preciso penetrar cerca de vinte pés no interior desta última para descobrir em sua plenitude a conformação craniana. De modo que toda essa massa sem ossos constitui como que uma espécie de acolchoado. Finalmente devo acrescentar que além de conter o seu interior o mais delicado óleo, conforme veremos imediatamente, existe também uma substância de natureza especial, que rodeia toda essa aparente moleza, dando-lhe consistência. Disse já, em outra parte, que o espermacete envolve o corpo do cachalote como a casca à laranja; mas com referência à cabeça, este envoltório, ainda que menos denso, é de uma dureza extraordinária, que dificilmente poderá ser avaliada por aqueles que não a estudaram. O arpão mais pontiagudo, a mais aguçada lança, assestados pelo braço mais vigoroso, são impotentes contra ele. Dir-se-ia que a sua fronte é pavimentada de cascos de cavalo. Não creio que haja ali qualquer sensação.

Pensai também um pouco nisto: de que maneira agem os marinheiros, quando num molhe na Índia, dois navios carregados se apertam com o risco de esmagar-se mutuamente? Não se interpõe entre eles, para evitar o possível choque, nenhuma substância dura como o ferro ou a madeira; não: emprega-se um acolchoado grande e redondo, do mais grosso e firme couro de boi, cheio de estopa e cortiça, que resiste perfeitamente, sem nenhum prejuízo, ao encontro que teria feito estalar todas as alavancas de carvalho e barras de ferro. Este exemplo basta por si só para fazer compreender o que me proponho demonstrar. À maneira de complemento, ocorreu-me a hipótese de que, assim como os peixes comuns possuem a chamada bexiga natatória que contraem e distendem à vontade, e como o cachalote, pelo que sabemos, não a possui, tendo em conta além disso a maneira estranha com que subitamente baixa a cabeça até afundá-la por completo e dentro em pouco a eleva muito alto, sobre a superfície, considerando também a perfeita elasticidade do seu envoltório e a rara estrutura alveolar do interior da sua fronte, ocorreu-me, digo, que essas misteriosas células semelhantes às que formam os pulmões testemunham talvez a existência de uma comunicação até agora desconhecida com o ar exterior e uma sensibilidade à contração e distenção atmosférica. E se tal acontece, imagine-se o que há de irresistível num poder ao qual o mais impalpável e destruidor dos elementos empresta a sua contribuição.

Pois bem: este muro fechado inexpugnável, invulnerável e cheio dessa substância maleável, é impelido por uma massa flutuante, pletórica, de vida tremenda, que só pode ser medida por uma corda, como acontece com a lenha empilhada, e contudo é submetida inteiramente a uma única vontade, como se se tratasse do corpo do mais ínfimo inseto. Desta maneira, quando descrever, a seu tempo, todas as características e a concentrada potência que transparece por toda parte, nesse enorme monstro, e ao apresentar algumas das suas façanhas intelectuais, ainda que as menos notáveis, confio que deixareis de lado inteiramente essa incredulidade originada da ignorância e estareis dispostos a não mover nem um cabelo das sobrancelhas, se vos disser que o cachalote abre passagem através do istmo de Darien e mistura o Atlântico ao Pacífico. Enquanto desconhecerdes o leviatã, não sereis mais do que um provinciano sentimental, no reino da Verdade, pois se a Verdade nua é patrimônio apenas de gigantescas salamandras, que probabilidade haveria então para os provincianos? Que aconteceu àquele ingênuo rapaz de Laíz, que ousou erguer o temível véu da deusa?

O grande tonel de Heidelburgh

Cabe agora tratar do *esvaziamento do tonel*. Porém para ter sobre isso uma noção exata, convém conhecer antes a estrutura interna do órgão em que operamos.

Considerando a cabeça do cachalote como um paralelepípedo, poder-se-ia dividi-la mediante um corte lateral e seguindo um plano inclinado, formando dois *quoins*[43] (cunhas marinhas); a cunha inferior representaria a sua estrutura óssea, crânio e mandíbulas, e a superior uma massa gordurosa completamente desprovida de ossos cuja base anterior formaria a ampla fronte vertical aparente do cetáceo. Se subdividirmos agora horizontalmente a cunha superior, na sua parte média, obteremos duas metades quase iguais, antes já separadas naturalmente por uma parede de tecido tendinoso.

A inferior, chamada *junco*, constitui um imenso favo de óleo, formado na sua totalidade pelo cruzamento e entrecruzamento de brancas fibras rijas e elásticas, que enchem milhares de células. A superior é conhecida pelo nome de grande Tonel de Heidelburgh do cachalote. Pois assim como aquele grande e famoso barril ostenta na sua parte dianteira gravuras místicas, a vasta fronte enrugada do cetáceo forma inúmeros desenhos estranhos, adornos emblemáticos desse maravilhoso tonel. Além disso, assim como o de Heidelburgh estava sempre cheio dos mais excelentes vinhos fornecidos pelos vales do Reno, o do cachalote contém a flor e nata dos seus oliveirais, isto é, o valioso espermacete no seu estado mais puro, límpido e odorífero, que não se encontra sem mescla em nenhuma outra região do seu corpo. Perfeitamente líquida em vida do animal, essa substância preciosa, apenas exposta ao ar, depois da morte do cachalote, começa a condensar-se imediatamente em formosos brotos cristalinos, como quando o primeiro gelo, fino e delicado, começa a formar-se à superfície da água. Uma grande caixa de cachalote proporciona em geral uns quinhentos galões de espermacete. ainda que devido a certas circunstâncias inevitáveis — extravasamentos, rombos, gotejamento — na difícil tarefa de recolhê-lo, perca-se grande parte dele.

Ignoro que material rico e custoso revestiria por dentro o Tonel de Heidelburgh, porém duvido muito que, fosse qual fosse o seu fausto, resistisse ele à comparação com a membrana sedosa e cor de pérola que, como um forro de magnífica peliça recobre a face interna da caixa do cachalote.

Vimos que este Tonel de Heidelburgh compreende toda a longitude do cimo craniano e, uma vez que a cabeça — segundo explicamos em outro lugar — abrange uma terça parte do corpo, que pode ser calculado em oitenta pés, tratando-se de um cachalote bem desenvolvido — vemos que a profundidade desse tonel alcança, quando se encontra içado e balouçando ao longo do costado de um navio, mais de vinte e seis pés.

Durante a decapitação do cachalote, o instrumento do operador passa muito perto de um lugar que mais tarde há de servir de entrada ao depósito de espermacete; portanto, ele deve agir com suma cautela, pois uma incisão descuidada e prematura neste ponto deixaria descoberto o santuário e o seu inapreciável conteúdo se derramaria irremediavelmente. Essa região da cabeça é logo tirada da água e mantida no alto, graças aos enormes aparelhos de cortar, cujas numerosas cordas formam um emaranhado de cânhamo nesse ponto do navio.

Dito isso, rogo ao leitor que acompanhe agora com atenção essa maravilhosa operação — quase fatal no nosso caso — e que se refere ao esvaziamento do grande Tonel de Heidelburgh do cachalote.

Agil como um gato, Tashtego trepa no alto das enxárcias, e sempre ereto, corre em direção ao braço da verga maior, que se projeta exatamente por cima do tonel suspenso. Traz consigo um aparelho leve, chamado *chicote*, que consiste numa corda que passa por uma simples roldana. Suspendendo-se e segurando-se esta ao cabo da verga, desprende-se logo uma parte cuja extremidade agarra e sustém firmemente um marinheiro na coberta. Lançando-se em seguida para o ar, agarrando a outra metade, o índio desce vagarosamente até postar-se com destreza no alto da cabeça. Ali — bem acima do resto da tripulação ao qual se dirige em altos gritos — parece um almuadem chamando os fiéis à oração, do alto de uma torre. Uma vez de posse da afiada pá de cabo curto que lhe enviam debaixo, procura diligente o lugar designado para iniciar a abertura do tonel. Procede com extremo cuidado, tal como se estivesse procurando um tesouro em alguma casa velha e batesse nas paredes a fim de verificar onde se oculta o ouro. Encontrado o lugar, entregam-lhe um forte balde de ferro, em tudo semelhante a um balde de poço, e preso numa das extremidades do chicote, ficando a outra estendida no convés sustida por dois ou três marinheiros vigilantes. Junto com o balde, içado até o meio da corda, outro tripulante lhe entrega um longo pau. Tashtego o introduz no balde, e afunda este último no tonel, até fazê-lo desaparecer; em seguida, faz o sinal aos que seguram a corda e o balde torna a subir borbulhante como um jarro de leite recentemente tirado. Depois, com extrema cautela, baixa-se o recipiente cheio, que é recolhido por um homem designado para esse fim, o qual verte rapidamente o conteúdo num grande barril. O balde é então elevado de novo e a operação se repete até que a funda cisterna fica vazia. À medida que o trabalho prossegue o índio tem de afundar cada vez mais e com mais força o pau, até que afinal uns vinte pés penetram no tonel.

Pois bem, depois que os homens do *Pequod* trabalharam desta maneira durante muito tempo, enchendo vários barris de espermacete fragrante, sobreveio de súbito um estranho acidente. Fosse que Tashtego, o índio selvagem, se descuidara a ponto de soltar temerariamente a mão com que se segurava aos grandes cabos do aparelho que sustinha a cabeça, fosse devido ao fato de ser escorregadio e traiçoeiro o lugar onde se mantinha de pé, ou então porque o próprio demônio tivesse decidido assim, sem nos dar conta das razões que o moveram a isso, o caso é que ao erguer-se o décimo oitavo ou décimo nono balde cheio de espermacete, meu Deus!, o pobre Tashtego caiu subitamente de cabeça para baixo no grande Tonel de Heidelburgh e o perdemos de vista no meio de um horrível marulhar oleaginoso.

— Homem à água! — gritou Daggoo, que no meio da perplexidade geral foi o primeiro a recobrar o sangue frio. — Puxem o balde para cá.

E metendo um pé no interior do balde, para firmar-se melhor no apoio escorregadio que lhe oferecia a corda, foi levado até acima da cabeça, quase antes de ter o índio podido tocar no fundo. Entretanto, começou um tumulto terrível. Recostando-se na amurada, os marinheiros viram a cabeça, antes imóvel, agitar-se e balançar-se como se alguma ideia transcendente o assaltasse de súbito; porém tudo isso era devido apenas ao fato de que o pobre índio se debatia lá dentro, revelando também dessa forma, inconscientemente, a perigosa profundidade em que havia caído.

Enquanto Daggoo de pé, no cimo da cabeça, ocupava-se em desembaraçar o chicote que se prendera, não se sabe como, nos cabos do grande aparelho, ouviu-se de súbito, um estalido agudo. Com indizível horror de todos os presentes, soltou-se um dos grandes garfos que prendiam a cabeça: a enorme massa rolou para um costado, com imensa trepidação, e o navio, como que embriagado, trepidou e cambaleou como se tivesse batido num iceberg. O único gancho que ainda se conservava fixo e resistia agora a toda a tensão parecia também a ponto de ceder a cada instante, principalmente por causa da violenta agitação da cabeça.

— Desce, desce! — gritaram todos os marinheiros a Daggoo. Porém o negro, depois de ter libertado a corda embaraçada, agarrando-se com uma das mãos ao pesado aparelho, a fim de permanecer no seu lugar, quando a cabeça se desprendesse completamente, meteu com força o balde no poço agora desmoronado, com intenção de fornecer um ponto de apoio ao arpoador sepultado e içá-lo para fora dessa maneira.

— Em nome do céu, homem! — gritou Stubb. — Pensas que estás metendo um cartucho numa pistola? Basta! Como é que esperas socorrê-lo, lançando-lhe esse cubo de ferro na cabeça? Basta! Puxa-o!

— Cuidado com o aparelho! — gritou uma voz que parecia o estalar de um foguete.

Quase ao mesmo tempo, como uma lájea na voragem do Niágara, a enorme massa caiu no mar com um ribombar de trovão: subitamente libertado, o casco do *Pequod* inclinou-se tanto em sentido oposto que os seus revestimentos de cobre roçaram a água e todos sustiveram a respiração, ao ver Daggoo oscilar como um pêndulo — ora por cima das cabeças dos marinheiros, ora sobre a água — através de uma densa e obscura névoa de espuma, pendendo no aparelho enquanto que o pobre Tashtego, enterrado vivo, afundava irremediavelmente. Porém nem bem se havia dissipado a ofuscante neblina, uma figura despida, de sabre na mão, pareceu agitar-se durante um breve instante sobre a amurada: imediatamente um ruidoso esparrinhar anunciou que o meu valente Queequeg havia mergulhado para salvar o índio. Todos os homens precipitaram-se ao mesmo tempo para a amurada e todos os olhos contavam cada ondulação da água, de momento em momento, sem que se descobrisse sinal algum do afogado nem do que se lançara para salvá-lo. Alguns marinheiros saltaram para um bote e se afastaram um pouco do navio.

— Ah! Ah! — gritou de repente Daggoo, do alto do seu poleiro, que no momento oscilava tranquilamente. Estendendo o olhar, divisamos um braço que parecia surgir, reto, das ondas azuladas; visão estranha: dir-se-ia que surgia por cima da relva de um túmulo.

— Os dois! Os dois! São os dois!... — anunciou novamente Daggoo, com gritos de alegria. E dentro em pouco vimos Queequeg lutando valentemente contra as ondas, com uma das mãos, ao mesmo tempo que com a outra puxava o longo cabelo do índio. Não tardaram a ser recolhidos pelos homens do bote e levados rapidamente para bordo; porém Tashtego não voltou a si tão rapidamente, nem tampouco Queequeg parecia muito animado.

De que maneira pois se realizara aquele salvamento heroico? Foi o seguinte: mergulhando em busca da cabeça que ia descendo lentamente, Queequeg, por meio de estocadas no fundo da massa, abriu um amplo batoque; em seguida, largando a arma, meteu o longo braço no interior e esquadrinhando de todos os lados deu como o nosso pobre Tashtego, ao qual conseguiu finalmente puxar pela cabeça. Disse-nos ele que primeiro conseguira agarrar uma perna, porém sabendo muito bem que não era aquela a maneira própria de extraí-lo, pois poderiam apresentar-se muitos inconvenientes, deixou-a outra vez lá dentro e por meio de um hábil puxão, fez o índio dar um salto mortal, de modo que na tentativa seguinte, ele saiu conforme o velho natural sistema, isto é, de cabeça. Quanto à do cachalote, sucedeu o que era de esperar.

E assim, graças à coragem e grande habilidade obstetra de Queequeg, a libertação, ou antes, o nascimento de Tashtego verificou-se com felicidade, a despeito dos mais irremediáveis obstáculos; isso constitui uma lição que convém não esquecer. A arte de partejar devia ser ensinada juntamente com o boxe, a esgrima, a arte de remar e a equitação.

Sei que essa estranha aventura do índio de Gay-Head parecerá inverossímil a mais de um terrícola, por mais que se tenha ouvido dizer que alguém caiu numa cisterna, acidente, por outro lado, bastante comum e menos raro ainda no caso do índio, em vista de ser excessivamente escorregadia a borda da cisterna do cachalote.

Contudo, alguém perguntará, e talvez com razão: Como é isso? Pensávamos que a cabeça tecida e infiltrada do cachalote fosse a sua parte mais leve e encolhida... E agora dizeis que ela afundou num elemento de peso específico muito maior do que o seu. Apanhamo-vos agora! Nada disso. Pelo contrário, sou eu que vos apanho. Quando Tashtego caiu, a cabeça já estava quase completamente esvaziada da matéria que a tornava leve, não restando mais do que a densa parede tendinosa do poço, substância que, como já disse, é forjada e soldada, e cujo peso ultrapassa de muito o da água do mar, pois um pedaço desse tegumento se afunda nela quase com a mesma facilidade que um pedaço de chumbo. Somente, no nosso caso, a tendência para afundar rapidamente foi contrabalançada pelas outras partes da cabeça, ainda por separar, o que a impediu de afundar com rapidez, dando assim a Queequeg o tempo necessário para efetuar com rapidez o arriscado parto, por assim dizer. Sim, sim, foi sem dúvida alguma um parto arriscado.

Quanto ao mais, se Tashtego tivesse morrido dentro daquela cabeça, teria sem dúvida perecido de maneira bem luxuosa, coberto pelo mais alvo, esquisito e fragrante espermacete e inumado num ataúde encerrado na mais recôndita e secreta câmara, a *sancta sanctorum* do cachalote. Neste momento recordo-me somente de um fim mais suave: a morte deliciosa daquele homem do Ohio, que procurando mel no oco de uma árvore, encontrou-o em tal quantidade que, inclinando-se demasiadamente para o interior, foi absorvido e morreu no meio do néctar. Quantas pessoas terão caído assim na melíflua cabeça de Platão, finando-se ali docemente?

O PRADO

Nenhum fisionomista ou frenologista tentou até agora estudar as linhas que sulcam o rosto do leviatã nem examinar as bossas da sua testa. Contudo, uma tal empresa seria tão interessante como a de um Lavater esquadrinhando as rugosidades de Gibraltar ou a de um Gall trepando com o auxílio de uma escada a cúpula do Panteão, a fim de estudá-la. Pois na sua famosa obra, Lavater não somente trata de diversos rostos humanos como também analisa atentamente as feições de cavalos, pássaros, serpentes e peixes, detendo-se em detalhes sobre as variedades de expressões que é possível distinguir nelas. E Gall e o seu discípulo Spurzheim não deixaram de aventurar também uma ou outra insinuação no que se refere às características frenológicas de outros seres distintos do homem. Portanto, ainda que esteja pouco qualificado para ser o primeiro a iniciá-lo, tentarei aqui uma aplicação dos princípios dessas duas meias ciências em relação ao cachalote. Experimento tudo; realizarei o que puder.

Fisionomicamente considerado, o cachalote é um ser anômalo. Falta-lhe o nariz propriamente dito. E visto que o nariz é o ponto mais central e saliente das feições, a tal ponto que modifica e caracteriza a expressão geral, é de imaginar que a sua ausência total em forma de apêndice externo deve afetar em grande medida do cetáceo. Pois assim como em toda boa paisagem uma espiral, uma cúpula, um monumento ou torre de qualquer espécie é absolutamente indispensável para remate e acabamento, assim também, todo o rosto exige, para ter harmonia fisionômica, esse campanário elevado que é o nariz. Tire-se o nariz ao *Júpiter*, de Fídias, e veremos que aspecto deplorável nos apresentará o resto! Contudo, tão grande é o poder que irradia do grandioso leviatã, e tão soberbas são as suas proporções que a deficiência que prejudicaria enormemente a estátua de Júpiter, não o afeta de modo algum; pelo contrário, realça ainda mais a sua majestade. No cachalote, um nariz seria impertinente. Correndo num pequeno bote os contornos da sua cabeça, em travessia fisionômica, não turvaremos os nobres pensamentos que ele nos inspira com a malfadada tentação de puxar-lhe o nariz — essa maldita tentação que frequentemente nos assalta de modo irresistível, quando contemplamos, por exemplo, o mais poderoso rei sentado em seu trono.

Em certo sentido, a visão fisionômica mais imponente que o cachalote oferece é a da sua ampla fronte, cujo aspecto é sublime.

Quando imersa em pensamentos, uma magnífica fronte humana se assemelha ao oriente perturbado pela alvorada. A fronte do touro, quando pasta repousado, irradia magnificência. A do elefante, puxando por altos desfiladeiros pesados canhões de campanha, é simplesmente majestosa.

Humana ou animal, a mística fronte é como aquele grande selo de ouro afixado nos decretos dos imperadores alemães. Significa: "Deus: feito neste dia por minha mão." Porém na maioria dos seres, inclusive o homem, quase sempre a fronte não representa senão uma mera franja de terra alpina rodeada de neve. Poucas como a de Shakespeare e a de Melanchthon são tão altas e ao mesmo tempo tão profundas e dão aos olhos a aparência de claros, eternos e sereníssimos lagos da montanha, enquanto que acima, entre as rugas, parece que vislumbramos pensamentos que são como cervos baixando para beber neles, enquanto os caçadores montanheses seguem na neve o seu rastro. Porém a imponente, poderosa, deífica dignidade impressa na fronte do grande cachalote apresenta uma grandeza tanto mais imensa visto que, quando a contemplamos plenamente, da frente, sentimos com maior força a existência da divindade e das potências do mal do que em qualquer outra criatura da natureza animada. E isso precisamente porque não se distingue em nenhum ponto especial, nem revela traço algum distintivo: nada de nariz, nem de olhos, nem de ouvidos, nem de boca, nada de rosto propriamente dito, nada senão esse amplíssimo firmamento da fronte sulcada de enigmas, que quando se abate, muda, já estão sentenciados à morte os botes, navios e tripulações. Nem também, quando a contemplamos de perfil, diminui essa prodigiosa fronte, nem se atenua um pouco a sua irresistível sugestão de domínio: pelo contrário, na parte média percebe-se com toda a nitidez a depressão horizontal e semicircular que, segundo Lavater, constitui no homem o sinal do gênio.

Mas como? Gênio no cachalote? Escreveu este algum dia um livro? Pronunciou alguma vez um discurso? Não: a sua grande genialidade manifesta-se precisamente no fato de jamais haver realizado algo para o provar: e isso é confirmado ainda mais pelo seu silêncio piramidal. E ocorre-me aqui que se o primitivo mundo oriental o tivesse conhecido, a infantil inteligência dos seus magos teria feito dele um deus. Divinizaram o crocodilo egípcio, por não ter língua, porém o cachalote tampouco a possui, ou pelo menos a sua é tão prodigiosamente curta que não consegue projetar-se fora da boca. Se no futuro alguma nação altamente culta e poética se sentir ansiosa por voltar ao estado primitivo e aos alegres deuses primaveris de antanho, entronizando-os de novo, ressuscitados, no céu egoísta do presente e nas montanhas agora abandonadas, decerto que, elevado ao alto trono de Júpiter, o grande cachalote devia ser o seu senhor.

Champollion decifrou os traços hieroglíficos no granito. Porém não existe Champollion capaz de decifrar o Egito esculpido no rosto de cada homem e de cada ser vivente. Como toda ciência humana, a ciência fisionômica é também uma fábula efêmera. Se Sir William Jones, que lia em trinta idiomas, jamais pôde soletrar o rosto do mais simples aldeão nas suas expressões um tanto mais profundas e sutis, como poderia o iletrado Ishmael esperar poder traduzir o terrível caldeu da fronte do cachalote? Não faço mais do que colocá-la diante de vós. Interpretai-a, se sois capazes disso.

A noz

Se, fisionomicamente, o cachalote é uma esfinge, para o frenologista o seu cérebro apresenta um problema análogo ao da quadratura do círculo.

Quando bem desenvolvido, o crânio do cachalote mede pelo menos vinte pés de comprimento. Despregada a mandíbula inferior, o seu aspecto, visto de perfil, é semelhante ao que oferece um plano moderadamente inclinado, descansando sobre uma base horizontal. Porém em vida — conforme vimos noutra parte — enche os ângulos deste plano a massa superposta pelo junco e o espermacete, o que lhe dá a aparência de quadrado. Na extremidade superior, o crânio apresenta uma cratera na qual se alojam essas protuberâncias. Sob o solo desta cratera — em outra cavidade que raramente excede a dez polegadas de comprimento e outro tanto de profundidade — acha-se o punhado de miolos que constitui o cérebro do monstro. Alojado a uma distância de vinte pés da fronte aparente do animal, este cérebro se encontra oculto detrás das suas paredes externas, como a recôndita cidadela nas amplas fortificações de Quebec. Como se fosse um cofre de joias, encontra-se nele tão secretamente escondido que alguns baleeiros têm já contestado peremptoriamente que o cachalote tenha outro cérebro que não a massa, uniforme em aparência, onde armazena o seu espermacete. Na sua opinião, parece mais de acordo com a ideia de poderio, sugerida pelo conjunto, considerar essa região — cheia de estranhas e místicas dobras, condutos e circunvoluções — como a verdadeira base da sua inteligência.

É evidente, pois, que do ponto de vista frenológico, a cabeça do leviatã, no seu estado natural e intacto, induz a um erro completo, pois do seu verdadeiro cérebro não há indício algum. O grande cetáceo, como todos os seres poderosos, usa sempre, diante do comum dos homens, uma falsa fronte.

Esvaziado o crânio do espermacete e observado por trás, a sua parte posterior, bem no alto, impressiona pela semelhança com o crânio do homem, visto da mesma forma e do mesmo ponto de observação. Na verdade, coloque-se esse crânio invertido numa bandeja entre crânios humanos (em escala adequada ao tamanho humano) e involuntariamente o confundiríamos com um deles. Reparando nas depressões da sua sumidade diríeis: "Este homem não possuía o mínimo grau de amor-próprio ou de qualquer sentimento altruísta." E diante, desse juízo duplamente negativo unido à afirmação da sua prodigiosa pujança e corpulência, obteríeis o conceito mais verdadeiro, ainda que não dos mais animadores — do supremo poder.

Porém, se não é possível analisar de modo algum o verdadeiro cérebro de um cachalote, vou sugerir-vos uma ideia. Se observardes atentamente a espinha dorsal de um quadrúpede qualquer, ficareis surpreendidos com a semelhança mais ou menos pronunciada de cada vértebra com um crânio, e todas elas em conjunto parecem um colar de caveiras diminutas. Procede da Alemanha o conceito de que as vértebras não são mais do que crânios por desenvolver. Porém não creio que tenham sido os alemães os primeiros a reparar nesta curiosa analogia externa; uma vez um amigo meu, estrangeiro, apontou-me isso, no esqueleto de um adversário que havia morto e com cujas vértebras ia esculpindo, numa espécie de baixo-relevo, a proa pontuda do seu bote. Pois bem, por minha parte, julgo que os frenologistas omitiram algo de grande importância, deixando de estender as suas investigações do cerebelo à coluna vertebral, pois julgo que grande parte do caráter do homem se revelaria na espinha dorsal. Quem quer que sejais, eu preferiria apalpar-vos o espinhaço a apalpar-vos o crânio. Uma estreita coluna vertebral jamais terá podido sustentar alma plena e nobre. Regozijo-me com o meu espinhaço como com o firme e audacioso pau da bandeira que vou desdobrando parcialmente ante o mundo.

Aplicai pois ao cachalote este ramo de Frenologia. A sua cavidade craniana continua na primeira vértebra cervical, onde o conduto vertebral alcança dez polegadas de diâmetro, oito de altura e tem a forma de triângulo com a base para baixo. A medida que se vai internando nas vértebras seguintes, este canal, ainda que conservando uma largura considerável, vai-se estreitando pouco a pouco. A medula espinhal, em comunicação direta com o cérebro, é formada da mesma substância estranha e fibrosa daquele. Ainda mais: a faixa medular, por muitos pés de comprimento, ao sair da cavidade craniana permanece quase da mesma largura. Em vista de tudo isso não seria razoável inspecionar e analisar de um ponto de vista frenológico, a coluna vertebral do cachalote? Porque, encarada assim a questão, a estranha pequenez do seu cérebro propriamente dito fica mais do que compensada pela prodigiosa grandeza da sua medula espinhal.

Porém, remetendo tal sugestão aos frenologistas, aplicai essa teoria apenas à corcova do cetáceo. Se não estou enganado, essa soberba protuberância se eleva sobre uma das vértebras maiores e representa, portanto, de certo modo, a sua configuração convexa exterior. Dada a sua situação, pois, consideraria eu essa enorme giba como o órgão representativo da firmeza e indomabilidade do cachalote; e em breve tereis ocasião de verificar que o grande monstro é na verdade indomável.

O Pequod encontra o Virgem

No dia indicado avistamos, segundo se esperava, o *Jungfrau*, de Bremen, sendo Derick De Deer o comandante.

Em outros tempos os melhores baleeiros do mundo, os holandeses e alemães ocupam hoje um lugar muito secundário. Mas, ainda assim, uma vez por outra, com grandes intervalos, nesta ou naquela latitude do Pacífico, encontram-se ainda as suas bandeiras.

Por uma razão qualquer, a tripulação do *Jungfrau* parecia ansiosa por nos apresentar os seus cumprimentos. Apesar de encontrar-se ainda a distância bastante grande do *Pequod*, o navio alemão rodeou-o e, deixando cair um bote, dirigiu-se até nós o capitão que, impaciente, conservava-se na proa, em vez de ficar na popa.

— Que terá ele na mão? — exclamou Starbuck, indicando algo que se balançava, seguro na sua mão. — Parece impossível, mas é um candeeiro.

— Não, não — disse Stubb. — É uma cafeteira. Sr. Starbuck. O alemão vem fazer café para nós... Não vê esse grande jarro de folha de flandres que traz ao lado?... É a água fervendo. Oh! Muito bem. Ótimo alemão!

— Sai daí — interveio Flask —, é um candeeiro e uma lata de azeite. Falta-lhe azeite e ele o vem pedir.

Por mais curioso que pareça o fato de que um navio-baleeiro, em zona de pesca, fique sem azeite, e por mais que isso contradiga o velho provérbio: *levar carvão a Newcastle*, o fato é que assim acontece na realidade mais de uma vez; no caso presente, o capitão Derick De Deer levava realmente consigo, conforme disse Flask, um candeeiro.

No momento em que pisou no convés, Ahab, sem notar o que ele trazia na mão, acostou-se dele e assaltou-o com perguntas. O alemão, porém; depois de revelar na sua meia língua uma ignorância completa em relação a Moby Dick, voltou imediatamente a conversação para o candeeiro e a lata de óleo e, com alguns comentários sobre o fato de ter de voltar para a sua maca durante a noite em plena escuridão, por não ter mais nem uma gota do azeite que trouxera de Bremen, e não tendo capturado nem ao menos um peixe voador que o fornecesse, acabou por dar a entender que o seu navio podia ser considerado com justiça como um desses de linguagem técnica de pesca se denominam *limpos* (vazios), e que bem merecia o nome de *Jungfrau* ou *Virgem*.

Satisfeito o seu pedido, Derick afastou-se. Porém nem havia alcançado ainda o flanco do navio, quando, do mastro das duas embarcações, simultaneamente, foi anunciado o aparecimento de um grupo de baleias. Tão ansioso estava Derick por persegui-las que, sem sequer se deter para deixar a bordo o candeeiro e o depósito, voltou de um golpe para o seu bote para correr atrás do azeite que os leviatãs ofereciam.

Como a caça tivesse começado a sota-vento, ele e os seus três botes, que o seguiram imediatamente, adiantaram-se de muito ao *Pequod*. As baleias eram oito, número corrente numa manada. Conscientes do perigo, corriam velocíssimas, sem desviar-se um ápice da direção do vento, roçando pelos flancos umas das outras como cavalos de corrida ajaezados. Deixavam atrás de si uma imensa e ampla esteira, como se estivessem desdobrando um interminável pergaminho sobre a superfície do mar.

Seguindo precisamente essa esteira, nadava um baleão velho e corcovado, cujo avanço relativamente lento, bem como as insólitas incrustações amarelentas que salpicavam a sua pele por toda parte, davam a ideia de que o monstro sofria de icterícia ou de qualquer outra doença. Podia-se afirmar que não pertencia à manada, já que esses veneráveis leviatãs vivem, sem exceção, em completa soledade. Contudo, marchava através do rastro, ainda que o seu passo tivesse de ser muito retardado pelo refluxo produzido pela fuga das outras baleias, as quais iam de encontro a essa espécie de escolho formado pelo osso saliente ou inchaço do seu focinho, e redemoinhavam como acontece ao encontro de duas correntes antagônicas. O seu jorro era breve, lento, difícil. Elevava-se com um ruído de esguicho e era sacudido por uma estranha e subterrânea convulsão que, saindo da sua extremidade oculta, fazia borbulhar a água atrás.

— Quem tem um pouco de elixir paregórico? — perguntou Stubb. — Receio que essa baleia esteja com dor de estômago... Santo Deus! Pensar que se possa ter uma dor de estômago de meio acre de extensão!... Os ventos adversos fazem-na passar um Natal desastroso, rapazes. É o primeiro vento mau que veio soprar da popa. É o primeiro... Porém, olhem. Já viram uma baleia guinar dessa maneira? Na minha opinião, perdeu a barra do leme.

À semelhança de uma barca hindu com o convés sobrecarregado de cavalos espantados, que vai baixando pela costa indostânica, abrindo caminho, espojando-se, rolando e carenando, assim também o vetusto leviatã erguia a sua idosa estrutura e, apoiando-se de vez em quando sobre a borda das costelas, exibia a causa da sua esteira desviada num coto anormal da barbatana de estibordo. Se a perdera em algum encontro ou se nascera sem ela, é difícil precisar.

— Espera um momento, meu velho, e porei uma atadura nesse braço ferido — gritou o cruel Flask, indicando a linha baleeira que lhe ficava próxima.

— Olha lá, não seja a baleia quem te vai pôr uma venda com o seu braço — disse-lhe Stubb. — E puxa, senão ela será do alemão.

Com intenção unânime os botes rivais foram apontados para o cetáceo, não somente por ser ele o maior e o mais valioso, como também por achar-se mais próximo, visto que as outras baleias corriam em tal velocidade que desafiavam qualquer perseguição, pelo menos no momento. Nessa conjuntura, os botes do *Pequod* ultrapassaram os três botes alemães que haviam descido por último, mas o de Derick, em virtude do poderoso impulso que tivera no início levava a dianteira, conquanto os seus competidores estrangeiros se fossem aproximando sempre mais, a cada momento. A única coisa que temiam era que, achando-se Derick tão próximo do alvo, arrojasse os seus arpões, antes de que eles tivessem tempo de alcançá-lo e ultrapassá-lo. E tão grande era a confiança do alemão em que tal aconteceria, que de vez em quando fazia sinais aos outros botes, sacudindo com um gesto zombeteiro o candeeiro.

— Olhem o cão ingrato e descortês — gritou Starbuck. — Zombando de mim e fazendo caretas, e não faz ainda cinco minutos que lhe enchi o maldito depósito de óleo!... — E imediatamente com o seu habitual e intenso sussurro: — Força, meus galgos, cacem-no!...

— Direi a vocês o que penso, rapazes — gritou Stubb aos seus homens. — Enlouquecer é contrário à minha religião, porém eu gostaria de comer esse velhaco de alemão... Olá!... Não querem? Vão deixar que esse patife os vença? Não gostam de "brandy"?... Pois o melhor de todos terá uma garrafa de "brandy"... Por que é que um de vocês não rompe uma veia?... Quem é que está descendo uma âncora pela borda?... Pois não nos movemos nem uma polegada!... Que calma! Mas já está crescendo relva no fundo do bote!... E... Oh! Por Deus!... e esse mastro já está florescendo! Assim não vai, rapazes!... Olhem para o alemão!... E afinal de contas, vão cuspir fogo ou não?

— Oh! Olhem a espuma que levanta! — exclamava Flask dançando de um lado para outro. Que corcova! Oh! Lancem-se sobre o bife!... Jaz como um cepo... Avante, rapazes!... Já sabem, panquecas e ostras para a ceia... mexilhões assados e bolos!... Ânimo! Vamos!... São cem barris! Não o deixem escapar!... Não!... Oh!... Não!... Veem esse alemão? Não se esforçarão pelo que lhes pertence, rapazes?... O hipócrita! O hipócrita!... Grande hipócrita!... Então vocês não gostam de espermacete? São três mil dólares, gente!... Um banco!... Um banco inteiro!... O Banco de Inglaterra!... Oh!... Vamos, vamos!... Rema!... Rema!... Mas olhem: que está fazendo agora o alemão?...

Nesse momento Derick se ocupava em atirar aos botes, que se adiantavam, o candeeiro e a lata de azeite, talvez com o duplo propósito de evitar o avanço dos seus rivais pela momentânea confusão que lhes infligia, e de acelerar ao mesmo tempo o seu bote.

— Veja o cachorro do alemão! Que estúpido! — exclamou Stubb. — Força, gente, força! Como cinquenta mil navios de guerra carregados de demônios de cabelos vermelhos! Dize-me, Tashtego, não serias capaz de quebrar o espinhaço em vinte e dois pedaços, em honra do teu velho Gay Head?... Que dizes?

— Digo: força, como danados! — respondeu o índio.

Ferozmente, incitados ainda mais pelas zombeteiras provações do alemão, os homens do *Pequod* adiantaram os seus botes, chegando quase a alcançá-lo. e nessa atitude desprendida e cavalheiresca do carrasco ao aproximar-se da presa, os três pilotos, de pé, orgulhosos, estimulavam de vez em quando os marinheiros com gritos alegres:

— Lá vai! Ânimo!... Viva a nadadeira da brisa! Abaixo o alemão!... Atropelem-no!...

Porém tão decisiva foi a investida final de Derick que apesar dessas amabilidades ele teria decerto triunfado na peleja, se não intervisse um justo castigo que desceu sobre ele na forma de um caranguejo marinho que agarrou a pá do seu remador central. Enquanto o desajeitado lutava por libertar o remo, arriscando-se a fazer virar o bote, e ao passo que Derick atroava os ares com os gritos furiosos que lançava aos seus homens, Starbuck, Stubb e Flask, aproveitando a ocasião que lhes era oferecida, bradando e com um arremesso mortal, levaram o bote obliquamente até a linha do alemão. Um momento depois, os quatro botes, em diagonal, sulcavam a esteira da baleia. Diante deles, de ambos os lados, estendiam-se os espumosos redemoinhos formados por sua marcha.

Era o espetáculo mais terrível, mais enlouquecedor e triste que se pode imaginar. A baleia nadava então com a cabeça de fora, expelindo diante de si jorros contínuos e atormentados, ao passo que a sua única e miserável barbatana batia-lhe ao flanco, como num paroxismo de terror. Ora de um lado ora de outro, ia ziguezagueando em fuga desordenada. Ora ocultava-se sob cada onda que irrompia, ora elevava oblíqua, para o céu, a sua trêmula barbatana. Era como um passarinho que com as asas cortadas, espavorido, traçasse no ar círculos quebrados, lutando em vão por escapar à voracidade de falcões. Porém o pássaro tem voz: e com lastimosos piados manifesta o seu terror. O medo sentido pela potente fera do mar, ao contrário, encontrava-se acorrentado dentro dela, como que por um sortilégio. O seu terror era expressado apenas pelo ruído de estertor do espiráculo, o que provocava um sentimento de indizível compaixão. E contudo a espantosa massa das queixadas e a cauda onipotente eram já suficientes para encher de assombro o homem mais forte que a lastimasse.

Considerando pois Derick que uns momentos mais dariam vantagem aos botes do *Pequod*, antes de se ver privado da sua prioridade e de perder toda perspectiva de triunfo, decidiu arriscar o que considerava decerto o seu tiro mais longo.

Porém, nem bem o seu arpoador se pusera de pé para dispará-lo, e já os três tigres, Queequeg, Tashtego e Daggoo, se erguiam também como que por instinto. E colocados em diagonal apontaram simultaneamente. Lançados por cima da cabeça do arpoador alemão, os três ferros de Nantucket penetraram na baleia. Espuma ofuscante... Fumaça... Ao primeiro impulso furioso do animal, os três botes bateram com tal violência no do alemão que este e o arpoador malogrado foram precipitados na água e atropelados pelas quilhas que voaram.

— Não se assustem, manteigueirinhas — gritou Stubb, lançando-lhes um rápido olhar, de passagem. — Não tardarão a ser recolhidos... Muito bem: vi na proa alguns tubarões... Cães de São Bernardo, sabem... Alívio de viajantes em aflição... Viva! Isso é que é remar... Cada quilha é um raio de sol!... Viva!... Aqui vamos como três caçarolas atadas à cauda de um puma desvairado... Isso me faz pensar! Como seria bom atar um elefante a um "tilbury" para percorrer uma planície! As rodas voariam, rapazes!... E haveria o perigo de ser atirado fora, caso se tropeçasse numa colina...Viva! Assim é que uma pessoa se sente quando vai visitar Davy Jones. Corre-se, corre-se por uma coisa interminável...Viva!... Essa baleia vai carregar o eterno correio.

Porém, a carreira do monstro foi de curta duração. Baqueou de repente e mergulhou com tumulto. Com ruído cortante, as linhas voavam em torno do poste com uma força tal que lhe produziam sulcos profundos. E os arpoadores, muito receosos de que aquela rápida submersão consumisse em breve as linhas, deram repetidas voltas na corda esfumaçante. Finalmente a baleia foi detida; como que devido à tensão perpendicular desde os calços de chumbo do bote, de onde partem as três cordas, até que estas se perdem retas na profundidade azul, a amurada da proa se encontrava quase ao nível da água, ao passo que as popas se balançavam no alto em situação nada agradável, decerto, e na qual se mantiveram contudo durante algum tempo, receando gastar linha demais. Se bem que esse processo dê muitas vezes em resultado o naufrágio e a perda de mais de um bote, é contudo essa "resistência", como se chama o tormento a que se submete, por meio do gancho, a carne viva do dorso, que, força o leviatã a aparecer de novo a fim de ir ao encontro da aguçada lança dos seus perseguidores. Todavia, sem falar dos perigos que apresenta, é de duvidar que tal sistema seja o melhor a adotar, pois é perfeitamente lógico presumir que quanto mais tempo permanecer afundada a baleia atingida, tanto maior será a sua exaustão. A pressão da água sobre a sua enorme superfície (uns dois mil pés quadrados num cachalote plenamente desenvolvido) é imensa. Todos nós sabemos que assombroso peso atmosférico suporta cada um de nós, ainda aqui, sobre a terra e no ar. Que enorme peso não suportará pois uma baleia sobre o seu lombo, nessa coluna de duzentas toesas de líquido! Deve ser pelo menos igual ao de cinquenta atmosferas. Um baleeiro já o comparou ao de vinte navios de guerra, com os seus canhões, equipagens e homens a bordo.

Ao contemplar esses três botes quietos, no meio das ondulações suaves do mar de azul infinito, no qual nem um queixume, nem um grito, que digo? — nem mesmo o mais imperceptível murmúrio se elevava das profundezas — que homem de terra firme teria podido pensar que sob um tal silêncio e uma placidez semelhante, se retorcia e deslocava agonizante o supremo monstro marinho? Na proa viam-se apenas oito polegadas de corda em posição perpendicular. Não é incrível que o grandioso leviatã pudesse estar suspenso desses três fios, como o grande pêndulo de um relógio que tivesse corda para oito dias? E retido por quê? Por três paus. E é este o ser do qual outrora se pode dizer: Poderás encher a sua pele de ganchos de arame farpado? Poderás encher a sua cabeça com lanças de pesca? Nem a espada, nem a lança, nem a cota, nem o dardo daquele que o assaltar poderão resistir. Ele toma o ferro por palha, as setas não o fazem fugir, os dardos são para ele folhas secas. Zomba ao brandir da lança! É pois essa criatura? Oh! Acusemos os profetas dessa profecia errada. Apesar dos mil músculos da sua cauda, o leviatã teve de ocultar a cabeça sob as montanhas do mar para escapar aos arpões do *Pequod*.

A luz oblíqua do sol do meio da tarde, refletindo-se sobre a superfície, dava uma tal extensão à sombra projetada pelos três botes que bem se poderia ter escondido nela a metade do exército de Xerxes. Quem poderia dizer a que ponto deviam parecer espantosos à baleia ferida esses três imensos fantasmas que singravam as águas, indo ao seu encontro?...

— De pé, homens! Movam-se! — gritou Starbuck a uma súbita vibração das linhas, que como arames magnéticos revelam a cada remador, no seu posto, os menores indícios de vida ou morte do cetáceo. De súbito o afrouxamento considerável da tensão mantida a partir da proa impeliu os botes para cima, num inopinado empurrão. Assim rebenta uma capa de gelo, quando dela se arremessa, em direção ao mar, uma grande manada de ursos brancos.

— Enrolar!... Enrolar!... — ordenou Starbuck. — Está subindo!

As linhas, das quais um momento antes não se teria podido recolher nem mesmo um palmo, retrocediam agora, caindo no bote em rápidas e longas dobras e de repente a baleia rompeu a água a uma distância que atinga o comprimento de dois navios.

Seus movimentos demonstravam claramente uma extrema fadiga. A maioria dos animais de terra possuem nas veias certas válvulas ou comportas que lhes tornam possível, quando feridos, deter o sangue no momento, até certo grau, em tal ou qual direção. O mesmo não se dá com a baleia, pois uma das suas particularidades consiste precisamente na absoluta carência de válvulas em toda a estrutura vascular, de modo que a simples lesão produzida por um objeto tão diminuto como a ponta de um arpão provoca uma hemorragia mortal que se vai estendendo por todo o sistema arterial; acrescentando-se a isso a extraordinária pressão da água, a uma grande distância da superfície, pode-se afirmar que a vida lhe escapa aos jorros. Contudo, tão enorme é o seu conteúdo sanguíneo, e tão numerosas e distantes as suas fontes internas, que lhe é possível conservar-se assim perdendo sangue incessantemente, por um tempo bastante considerável; da mesma maneira corre, nas épocas de seca, um rio cujas origens distantes estavam ocultas por montanhas invisíveis. Agora que os botes se aproximavam rapidamente da baleia, cujas barbatanas se agitavam perigosamente apesar dos grossos e ininterruptos jorros de sangue, que manavam de cada ferida aberta pelos arpões, os espiráculos continuavam a expelir embora apenas por intervalos, o seu trêmulo vapor. Não sangrava por eles, pois nenhum desses centros vitais fora atingido. A sua vida, como dizem os marinheiros de maneira tão significativa, continuava intacta.

Agora que os botes a encurralavam, ia mostrando mais a parte superior do corpo, que em geral mantém submersa. À maneira dessas estranhas excrescências que se formam nos magníficos carvalhos, quando derrubados, dos seus olhos, ou antes das concavidades que eles deviam ocupar, irrompiam dois bulbos mortiços cuja vista produzia uma horripilante compaixão. Mas ali já não havia piedade. Apesar da velhice, da barbatana única e dos olhos cegos, a baleia devia morrer, e morrer assassinada, para iluminar alegres núpcias e outros divertimentos humanos e iluminar ainda as solenes catedrais nas quais se prega a bondade sem limites para com todos. Nadando sempre no seu próprio sangue, revelou afinal, porém muito abaixo do flanco, uma espécie de bolo ou protuberância do tamanho de uma fanga.

— Que bonito! — disse Flask. — Gostaria de dar-lhe ao menos um beliscão.

— Nada disso. — interveio Starbuck. — Não há necessidade.

Porém o seu sentimento humanitário foi tardio. Mal se havia disparado o arpão, um jorro ulceroso irrompeu da cruel ferida, a cuja tortura mais do que insuportável a baleia com fúria cega e louca investiu contra as embarcações, cobrindo-as, bem como aos orgulhosos tripulantes, com uma chuva de sangue. O bote de Flask, assaltado pela proa, virou. Foi o último golpe do animal: esgotado ao extremo pela perda de sangue, afastou-se, indefeso, do desastre que havia causado. Inclinou-se para o flanco onde batia impotente a nadadeira mutilada e se ia imobilizando, imobilizando lentamente, como um mundo em declínio. Voltou para a luz os brancos segredos do seu abdome, estendeu-se rígida como um tronco, e morreu. Como foi comovente esse último jorro da baleia ao expirar! É assim que mãos invisíveis esgotam gradualmente um manancial cujas colunas de espuma, aos borbotões, num murmúrio sufocado e melancólico, vão descendo pouco a pouco até perder-se no solo.

Enquanto os baleeiros aguardavam a chegada do navio, o corpo deu mostras de afundar, levando consigo os tesouros inviolados. Por isso, cumprindo ordens de Starbuck, seguraram-no por meio de cordas em diferentes pontos, ficando a baleia submersa, suspensa algumas polegadas sob os botes, que bem depressa assumiram a aparência de boias. Aproximando-se o navio, com as maiores precauções foi a baleia transportada para o costado ao qual foi amarrada firmemente por meio das mais fortes correntes baleeiras, pois era absolutamente fora de dúvida que, caso não se apelasse para todos os recursos mecânicos, afundaria imediatamente.

Mal se começou a abrir o corpo com as pás, descobriu-se na parte inferior da protuberância a que aludimos um arpão corroído inteiramente engastado na carne. Porém, uma vez que, conforme demonstra o exame das baleias capturadas, os arpões cravados não deram marcas nem proeminências visíveis de espécie alguma e que os tecidos em torno se apresentam perfeitamente sãos, deviam ter intervindo no presente caso outros motivos que provocaram as ulcerações a que nos referimos. O mais curioso é que se encontrou também, não longe do arpão e rodeada ainda de carne sã, uma flecha de pedra. Quem a teria lançado? É provável que algum índio do Noroeste, muito antes de se descobrir a América.

As outras maravilhas, que esse monstruoso cofre poderia ainda encerrar, ficam para sempre ignoradas, pois as nossas explorações foram detidas pelo fato de verificar-se que devido à tendência cada vez mais pronunciada da baleia para afundar, o *Pequod* ia-se inclinando para um lado, de maneira demasiado perigosa. Apesar disso, Starbuck, que tinha voz de comando no assunto, lutou, lutou resolutamente até ao fim, tentando reter a presa, de modo que o navio esteve a ponto de virar. Assim, quando se deu ordem para soltá-la, tal era a trepidante pressão exercida no madeiramento a que eram presos os cabos e as correntes que foi inteiramente impossível desprendê-los. Entretanto, o *Pequod* inclinava-se totalmente. Ao atravessar o convés, tinha-se a sensação de deslizar pelo declive de um telhado de empena. O navio gemia e ofegava. Várias das ebúrneas grades da amurada e das cabinas saltavam aos pedaços, em virtude da violentíssima deslocação. Foram inúteis as estacas e as barras de ferro de que se lançou mão para afrouxar as cadeias inamovíveis, cujos cabos inferiores, por outro lado, já eram inacessíveis, tanto havia afundado a baleia. A cada instante a pressão parecia aumentar toneladas e toneladas, e o navio corria cada vez maior risco de virar.

— Sustenta-te, sustenta-te! — dizia Stubb ao corpo. — Que diabo de pressa tens para afundar! Com os demônios! É preciso fazer alguma coisa... É inútil estar espiando! Basta... Um de vocês corra e vá buscar um livro de orações e um canivete e corte as cadeias principais.

— Canivete? — gritou Queequeg. — Sim, sim. — E pegando num pesado machado de carpinteiro, passou o braço por uma vigia e, aço contra ferro, bateu na maior das correntes. Alguns golpes carregados de chispas foram suficientes. Com um estalido terrível, as ligaduras caíram e a excessiva tensão realizou o resto. O navio endireitou-se e a carcaça afundou.

Pois bem: esses afundamentos ocasionais e inevitáveis de cachalotes recém-capturados constituem um fenômeno na verdade curioso, cuja causa os pescadores não puderam ainda estabelecer com precisão. Em geral, esses animais, depois de mortos, continuam boiando, com os flancos e o abdome bastante elevados sobre a superfície. Se afundassem apenas os cachalotes velhos, magros, doentes e fracos ou inteiramente reumáticos, poder-se-ia com alguma razão atribuir esse fato a uma tendência rara e peculiar do peixe para submergir, devido talvez à ausência da matéria flutuante. Porém tal não acontece. Cachalotes jovens, em plena saúde, estuantes de nobres aspirações, aniquilados prematuramente no mais florido e luminoso da vida e ainda exuberantes de gordura, esses heróis musculosos, pois, afundam também.

É preciso acrescentar, porém, que dentre todos os balenídeos, os cachalotes são os menos expostos a esses acidentes. Por um cachalote afundam vinte baleias, o que em grande parte é devido, sem dúvida, à enorme ossatura destas últimas e ao peso — mais de uma tonelada — das suas venezianas, estorvo de que está completamente isento o cachalote. Há ainda casos em que depois de muitas horas e até mesmo dias de submersão, a baleia torna a aparecer, flutuando com mais elasticidade do que em vida. A razão disso é evidente: os gases que se geram na baleia a fazem inchar de maneira tão prodigiosa que ela se converte numa espécie de balão animal, que mal caberia sob a quilha de um navio de guerra. Os baleeiros das baías neozelandesas, durante as suas pescarias de praia ou sondagens, quando veem que uma baleia verdadeira apresenta indícios de afundar, prendem-lhe um certo número de boias, atadas em cordas muito longas, mostrando assim o lugar onde o corpo deve subir de novo.

Pouco tempo depois de ter afundado definitivamente a baleia, anunciou-se dos mastros do *Pequod* que o *Jungfrau* baixava novamente os botes, conquanto o único jorro à vista fosse o de um rorqual, espécie de baleia inacessível, em virtude do seu extraordinário poder de natação. Mas o seu jorro é tão semelhante ao do cachalote que os pescadores inexperientes os confundem com muita facilidade. Daí, Derick e os seus se encontrarem outra vez correndo atrás desse animal inacessível. O *jungfrau*, forçando todas as velas, pôs-se em marcha atrás das quatro quilhas dos seus botes, desaparecendo todos a barlavento, numa caça ousada e cheia de esperanças.

Oh!, meus amigos, há neste mundo inúmeros rorquais e Dericks!

Honra e glória do baleeiro

Para a realização de certos empreendimentos humanos uma desordem bem meditada constitui o verdadeiro método.

À medida que mergulho neste negócio de pesca baleeira e me aprofundo nas suas origens, mais me impressiona a sua grandeza e antiguidade. E quando considero a auréola que de qualquer maneira lhe emprestam tantos semideuses, heróis e profetas de todas as classes, sinto-me enlevado com a ideia de que eu próprio pertenço também, ainda que como subordinado, a essa exaltada associação dos baleeiros.

O galante Perseu, filho de Júpiter, foi o primeiro de todos e — seja dito para eterna honra da nossa associação — a primeira baleia não foi atacada com um fim mesquinho. Eram aqueles os tempos cavalheirescos da nossa profissão, quando só utilizávamos as armas para socorrer oprimidos, e não com o fim de prover azeite para lâmpadas. Todos conhecem a bela história de Perseu e Andrômeda. A adorável Andrômeda, filha de rei, atada a um rochedo, estava a ponto de ser arrastada por um leviatã, quando Perseu, príncipe dos baleeiros, avançou intrépido e, arpoando o monstro, salvou a donzela e desposou-a. Foi esta uma façanha artística admirável que os nossos melhores arpoadores realizam raramente, hoje em dia, tanto mais que a baleia foi morta ao primeiro dardo. E ninguém pode duvidar da veracidade dessa narrativa, pois na antiga Jope, hoje Jafa, na costa síria, exibiu-se durante séculos, num templo pagão, o enorme esqueleto de um leviatã que, de acordo com todas as tradições e as pessoas do lugar, pertenceu ao monstro morto por Perseu. Quando os romanos tomaram a cidade, transportaram o esqueleto para a Itália, como troféu. Porém o mais interessante e sugestivo em tudo isso, é o fato de que Jonas também zarpou de Jope.

Muito semelhante à aventura de Perseu e Andrômeda — e decerto, segundo alguns, indiretamente derivada dela — é a famosa lenda de São Jorge e o Dragão. Por mim, sustento que este último deve ter sido uma baleia, porque em muitas velhas crônicas, baleias e dragões são confundidos da maneira mais estranha. *És como um leão da água e um dragão do mar*, diz Ezequiel; com isso, alude, sem dúvida, a uma baleia e, na verdade, em algumas versões da Bíblia se emprega o próprio vocábulo.

Acresce que bem pequena glória podia ter cabido a São Jorge, se tivesse dado combate a uma rastejante alimária terrestre, em vez de lutar com o monstro das profundidades. Qualquer homem pode matar uma víbora, porém somente um Perseu, um São Jorge ou um Coffin possuem a valentia necessária para marchar, impávidos, ao encontro de uma baleia.

Mas não nos deixemos induzir em erro, levados pelas modernas pinturas que ilustram o fato, pois, se bem que o animal enfrentado por aquele baleeiro da antiguidade assuma sempre uma vaga forma de hipogrifo, e o santo se apresente a cavalo, pelejando em terra firme, em vista da grande ignorância que reinava naqueles tempos, em que a verdadeira estrutura da baleia era inteiramente desconhecida dos artistas, e considerando ainda que, como no caso de Perseu, a baleia de São Jorge poderia também haver deslizado do mar para a praia, e que o animal que ele cavalgava bem podia ter sido uma grande foca ou um cavalo-marinho, tanto a lenda sacra como os esboços primitivos contribuem, sem contradições, para confirmar a conjectura de que o chamado dragão era apenas o grande leviatã. Com efeito, à luz de uma verdade rigorosa, toda essa história não é mais nem menos do que o do ídolo dos filisteus, de nome Dagon, e que colocado diante da Arca de Israel, caíram-lhe a cabeça de cavalo e as palmas das mãos, restando-lhe apenas a cauda de peixe. Assim, pois, um dos nossos mais gloriosos antecessores, um baleeiro, é o guarda tutelar da Inglaterra, por isso, nós, os baleeiros de Nantucket, podemos também reclamar, com plenos direitos, uma participação na nobilíssima Ordem de São Jorge. E que os cavaleiros que a constituem — nenhum dos quais, ouso dizer, teve jamais de lutar com uma baleia como a que o seu patrono enfrentou — nenhum deles, pois, olhe algum dia com desdém para um filho de Nantucket, pois, apesar das nossas blusas de lã e das nossas calças alcatroadas, possuímos melhores títulos do que eles, para ostentar a insígnia de São Jorge.

Durante muito tempo hesitei quanto a incluir Hércules na nossa confraria, pois ainda que, segundo a mitologia grega, esse fortíssimo Crockett e Kit Carson primitivo, esse vigoroso autor de tantas façanhas alegres e benéficas tivesse sido engolido e vomitado por uma baleia, cabia ainda discutir se se poderia considerá-lo desde logo um baleeiro, pois, na verdade, não poderia ter arpoado o peixe, uma vez que este o engoliu. Contudo, pode ser considerado como uma espécie de baleeiro involuntário, por isso reclamo a sua inclusão na nossa irmandade.

Para os melhores e mais autorizados comentaristas de todas as tendências, a narrativa mitológica de Hércules e da baleia se origina da história hebraica de Jonas, ainda mais antiga e à qual com certeza, se assemelha grandemente. E se reclamo Hércules, o semideus, para a nossa irmandade, por que não reclamaria também o profeta?

Porém a nossa Ordem não é formada apenas de heróis, semideuses e profetas. É preciso mencionar ainda o seu Grão-Mestre, pois tal como os antigos monarcas, encontramos à testa da nossa irmandade nada menos do que os próprios deuses.

Se duvidam, recordemos o maravilhoso episódio oriental, em que, segundo o Sutra, nos aparece Vixenu, o tremendo, o divino Vixenu, uma das três principais divindades hindus, como sendo o nosso rei. Com a primeira das suas décimas encarnações na terra, Vixenu distinguiu a baleia e santificou-a para sempre. Quando Brama, o deus dos deuses — reza o Sutra — resolveu criar novamente o universo depois de uma das suas destruições periódicas, fez nascer Vixenu para presidir aos trabalhos. Porém os livros místicos, os Vedas, cuja consulta seria indispensável a Vixenu, antes de começar a criação — de onde se conclui que deviam conter alguns conselhos práticos para os jovens arquitetos — jaziam submersos nas profundidades; e Vixenu, encarnando-se numa baleia, mergulhou nas profundezas mais recônditas, em busca dos volumes sagrados. Assim, Vixenu não foi realmente tão baleeiro, como aquele que monta um cavalo é um cavaleiro?

Perseu, Hércules, Jonas, São Jorge e Vixenu! Que sociedade, como a nossa, poderá orgulhar-se de tal grupo?

Jonas do ponto de vista histórico

Pois bem: alguns habitantes de Nantucket desconfiam muito da veracidade da narrativa de Jonas da baleia a que se aludiu de passagem no capítulo anterior. Porém houve igualmente vários gregos e romanos, céticos, afastados da ortodoxia pagã da sua época, os quais consideraram também inverídicas as histórias de Hércules e de Arion e o delfim; e contudo as suas dúvidas não diminuem em nada a realidade dessas tradições.

O principal argumento com que um velho baleeiro de Sag-Harbor refutava a narrativa hebraica era o seguinte: de acordo com a sua Bíblia — um desses livros estranhos e antiquados, formados de gravuras errôneas e curiosas — a baleia de Jonas se apresentava com dois jatos, o que acontece unicamente com as baleias verdadeiras e variedades da espécie cujo sorvedouro é tão diminuto que os pescadores a elas se referem, dizendo que, "um pãozinho de pêni as entope". Mas a isso o Bispo Jebbs responde prontamente. Não somos obrigados a considerar, diz o bispo, Jonas sepultado no ventre da baleia e sim provisoriamente alojado nalgum ponto da sua boca. Fato que desde o início deve ter parecido perfeitamente razoável ao digno bispo, pois na boca da baleia podem caber facilmente uma mesa de jogo e todos os que jogam, sentados à vontade. Assim existe a possibilidade de que Jonas se tenha refugiado no oco de um dente: ainda que afinal de contas a baleia autêntica seja desdentada.

Sag-Harbor (davam-lhe este nome) defendia também os seus princípios, aludindo a algo de vago acerca do corpo encarcerado e dos sucos gástricos da baleia. Mas essa objeção arguta é também destruída pela hipótese de um exegeta alemão, segundo a qual o profeta ter-se-ia alojado no interior de uma baleia *morta* — como os franceses na campanha da Rússia transformavam em tenda os corpos dos seus cavalos mortos, introduzindo-se neles de rastros. Por outro lado, outros comentaristas europeus sugerem que quando Jonas foi arremessado pela amurada do navio, de Jope, passou em seguida a outro navio próximo, que ostentava como insígnia, na proa, a figura de uma baleia e que, ouso acrescentar, chamar-se-ia possivelmente *A Baleia*, visto que ainda hoje há tantas embarcações que se chamam *O Tubarão*, *A Gaivota*, *A Águia*. Não faltaram tampouco eruditos para os quais o cetáceo mencionado no Livro de Jonas não é mais do que uma espécie de salva-vidas, uma bexiga cheia de ar, com a qual se sustinha o profeta ameaçado, a fim de livrar-se de morrer afogado. Como se vê, o pobre Sag-Harbor vai de mal a pior. Tinha, contudo, em defesa da sua tese, um outro argumento que, se bem me lembro, era o seguinte: como se explica que, encontrando--se no Mediterrâneo, a baleia que tragou Jonas o depositasse três dias depois, num lugar próximo de Nínive, cidade ribeirinha do Tigre, rio cujo ponto mais próximo da costa mediterrânea fica a muito mais de três dias de distância?

Será porque não existe outro caminho pelo qual a baleia tivesse podido transportar o profeta até as imediações de Nínive? Sim, existe: ela poderia transportá-lo atravessando o Cabo da Boa Esperança. Porém isso faria supor, além de uma completa travessia do Mediterrâneo, também a do Golfo Pérsico e do Mar Vermelho, a circunavegação da África em três dias, sem contar que as águas próximas de Nínive têm muito pouca profundidade para que uma baleia possa nadar nelas. Além disso, a consideração de que Jonas tivesse cruzado o Cabo da Boa Esperança, numa época tão remota, tiraria desde já a honra desse descobrimento a Bartolomeu Dias, afamado como sendo o seu descobridor, e, portanto, a história moderna mostraria ser falsa.

Porém todos esses argumentos absurdos do velho Sag-Harbor não são mais do que manifestações da sua ímpia soberba e abominável e diabólica rebelião contra o reverendo clero, pois para um sacerdote católico português a ideia de que tivesse Jonas ido a Nínive, via Cabo da Boa Esperança, teria constituído um indício a mais do grande milagre. E assim é. Por outro lado, os turcos mais esclarecidos acreditam piamente na veracidade histórica do Livro de Jonas. E, há cerca de três séculos, um viajante inglês, nas *Viagens de Harris*, fala de uma mesquita turca construída em honra de Jonas, na qual ardia uma lâmpada miraculosa, que não era alimentada por azeite.

O alanceamento

É costume lubrificar os eixos dos veículos, a fim de que rodem com mais rapidez e facilidade: com o mesmo propósito alguns baleeiros realizam operação igual no fundo do seu bote: engraxam a quilha. Não há dúvida de que esse procedimento, além de não envolver prejuízo algum, dá em resultado, possivelmente, diversas vantagens, visto que a água e o azeite são elementos hostis: este último é escorregadio e o objetivo que se tem em vista é o deslizar perfeito do bote. Queequeg acreditava com firmeza nos benefícios da lubrificação e uma manhã, pouco depois de ter desaparecido o navio alemão *Jungfrau*, aplicou--se com mais afinco que de costume à tarefa de engraxar o seu bote; arrastando-se sob este último, preso a um costado do navio, começou a esfregar com força a quilha calva, como que ansioso para que brotasse nela uma abundante cabeleira. Dir-se-ia que trabalhava movido por algum pressentimento, singular, que, aliás, os acontecimentos não tardaram a confirmar.

Por volta do meio-dia, avistaram-se baleias: porém, enquanto o barco singrava em sua direção, elas se voltaram e fugiram precipitadamente: era uma fuga desordenada, como a das embarcações de Cleópatra, depois da batalha de Actium.

Contudo, os botes as perseguiram, com Stubb à frente. Depois de muitos esforços. Tashtego conseguiu afinal fincar um arpão, porém a baleia ferida, sem afundar o mínimo, continuava a sua fuga horizontal, redobrando de velocidade. A forte e incessante tensão exercida pela linha sobre o ferro cravado não podia deixar de arrancá-lo inevitavelmente, mais cedo ou mais tarde. Era pois urgente cravar a lança no peixe fugidio, ou resignar-se a perdê-lo. Porém era impossível aproximar-se do flanco com o bote, tão veloz e furiosamente corria a baleia. Que fazer?

Entre todas as habilidades, recursos maravilhosos e inumeráveis artifícios e malabarismos que os baleeiros veteranos se veem obrigados a desempenhar com frequência, nenhum é superior à manobra agilíssima que se chama o "alanceamento". Nenhum esgrimista ou espadachim poderá jactar-se de tamanha proeza. Torna-se indispensável somente nos casos de baleias que fogem incansavelmente: a sua feição característica é a assombrosa pontaria com que se arroja a longa lança a grande distância do bote vacilante, violentamente sacudido pela vertiginosa carreira. A arma tem um comprimento de dez a doze pés, inclusive o cabo e o aço. Pesa muito menos do que o arpão, pois o material de que é feito o seu cabo — o pinho — é muito leve. É provida de uma corda delgada, bastante longa, graças à qual é puxada para o bote, depois de lançada.

Antes de prosseguir, todavia, convém observar que, conquanto o arpão possa ser utilizado da mesma forma que a lança, não é empregado senão muito raramente, e em tais casos muito poucas vezes se obtém êxito, pois sendo mais pesado e mais curto, apresenta uma série de inconvenientes. Portanto, como regra geral, é preciso encontrar-se bem perto da baleia, antes de começar o alanceamento.

Reparai agora em Stubb: é um homem que por seu temperamento alegre, o seu sangue frio deliberado e a sua equanimidade nas mais terríveis circunstâncias, é sempre chamado a distinguir-se especialmente neste feito. Vêde-o: de pé, erguido sobre a trepidante proa do bote em voo, envolto na espuma ofuscante a uma distância de quarenta pés do cetáceo rebocador. Agarrando com habilidade a longa lança, examina-a várias vezes em toda a sua extensão a fim de assegurar-se de que tudo está em ordem; em seguida, em silêncio, enrola a corda em torno de uma das mãos, para agarrar a extremidade livre no punho, deixando solto o restante. Ato contínuo, coloca horizontalmente a lança à altura do cinto e aponta para a baleia; como que cobrindo-o, inclina o cabo e com esse gesto eleva a ponta, até que a arma fique em posição vertical na palma da mão, a quinze pés de altura. Dir-se-ia um prestidigitador sustendo no queixo uma vara oscilante. De repente, com ímpeto veloz e indizível, o brilhante aço salta a distância espumejante, num arco altíssimo e soberbo, e estremece fincado no centro vital da baleia, que em vez de rutilante água, expele agora sangue vermelho.

— Agora está espichado! — grita Stubb. — Isso é o imortal Quatro de Julho! Hoje deve brotar vinho de todas as fontes! Oxalá fosse o antigo uísque de Orleans, ou o de Ohio ou o velho e inefável Monongahela! Então, Tashtego, dar-te-ia uma vasilha e iríamos beber no jorro! Sim, na verdade, meus coracõezinhos, bom ponche havíamos de preparar com o que sai desse respiradouro e beberíamos na grande taça viva a bebida vivificante!

E ao mesmo tempo que assim fala animado, repete uma e outra vez o destro tiro, voltando sempre o venábulo ao exímio lançador, como um galgo retido habilmente por um laço. A baleia agonizante entra em fúria, e, afrouxando a corda, Stubb retrocede até a popa, cruza os braços e contempla, mudo, o expirar do monstro.

A fonte

O fato de que durante seis mil anos — e ninguém sabe quantos milhões de séculos antes — as grandes baleias tenham lançado jorros por todo o mar, orvalhando e mistificando os jardins das profundidades, como outros tantos regadores enganosos e que, por alguns séculos, milhares de caçadores se tenham aproximado da fonte da baleia, e observado esses jorros e borrifos; o fato de que tudo isso tenha acontecido e, contudo, até este bendito instante (uma hora, quinze minutos e quinze segundos deste décimo sexto dia de dezembro do ano de 1851), continue a ser um problema saber se esses jorros são realmente de água ou apenas vapor — tudo isto, pois, constitui decerto uma coisa notável.

Estudemos pois o assunto junto com outros detalhes interessantes e contingentes. Todos sabem que graças à habilidade particular das suas guelras, as tribos armadas de barbatanas, em geral, respiram o ar combinado a todo o instante com o elemento em que nadam; portanto, um arenque ou um bacalhau poderá viver um século sem levantar a cabeça uma vez sequer acima da superfície. Contudo, devido à sua estrutura interna especial, dotada de pulmões semelhantes aos de um ser humano, a baleia só pode viver, inalando o ar livre da atmosfera. Daí, a necessidade das suas visitas periódicas ao mundo superior. Mas não pode de modo algum respirar pela boca, visto que na sua posição habitual, a boca da baleia está pelo menos uns dois metros e meio por baixo da superfície, e, o que é ainda mais importante, a traqueia não tem ligação alguma com a boca. Não: a baleia respira exclusivamente por meio do espiráculo, situado na parte superior da cabeça.

Se afirmo que a respiração não é mais do que uma função indispensável à vida de toda criatura, que tira assim do ar um certo elemento, o qual, entrando em contato com o sangue, confere a este o seu princípio vital, não acredito que erre, ainda que para o fazer utilize algumas palavras científicas supérfluas. Tenhamos por certo, pois, e deduziremos que se pudesse oxigenar todo o sangue de uma pessoa com uma única inspiração, poderia ela cerrar então as janelas do nariz e deixar de respirar por um tempo considerável, isto é, viveria sem respirar. Por estranho que pareça, tal é, precisamente, o caso do cachalote, que vive sistematicamente, por intervalos, uma hora e mais ainda (quando está submerso), sem respirar uma única vez, ou seja, sem receber de modo algum uma única partícula de ar, porque, lembrai-vos, não tem pulmões. Como? Entre as costelas e de cada lado da espinha dorsal, o cachalote tem um labirinto de Creta sumamente complicado de vasos, semelhantes à aletria, e quando o animal abandona a superfície, esses vasos se dilatam completamente, com sangue oxigenado. Desta maneira, durante uma hora ou mais, a mil braças sob a superfície do mar, armazena dentro de si uma reserva de vitalidade, assim como o camelo que cruza o deserto leva uma reserva de água para consumo futuro, nos seus quatro estômagos suplementares. O fato anatômico da existência desse labirinto é indiscutível; e parece-me convincente que seja razoável e certa a suposição fundada sobre isso, quando considero a obstinação, de outra maneira inexplicável, deste leviatã, para sair e lançar *jorros* como dizem os pescadores. Quando sobe à superfície, se não é molestado, o cachalote permanecerá ali durante um período de tempo exatamente igual ao de todas as outras vezes que sobe sem ser perturbado. Digamos que permaneça onze minutos e lance jorros setenta vezes, ou seja, que efetue setenta inalações e exalações; então, de cada vez que torna a subir, assegurará as suas setenta respirações exatas. Porém, se depois de algumas inalações, qualquer coisa o assusta, obrigando-o a submergir, sempre reaparecerá na superfície, para procurar completar a sua reserva normal de ar. Enquanto não tiver respirado essas setenta vezes, não realizará afinal a descida, para permanecer embaixo o prazo costumado. Observem contudo que os números variam segundo os indivíduos; diferem em todos eles, sem exceção. Pois bem: por que razão insistirá assim o cachalote em sair à superfície, se não para encher o seu depósito de ar, antes de afundar definitivamente? Também é evidente que essa necessidade que tem o cachalote de sair para a superfície, o expõe a todos os fatais perigos da caça. Nem com o anzol nem com a rede poderia ser aprisionado este enorme leviatã, quando navega mil braças abaixo da luz do sol. Não é tanto por tua habilidade, caçador, como pelas grandes necessidades que obténs a vitória.

No homem a respiração continua sem cessar; uma inspiração só serve para duas ou três pulsações, de modo que seja qual for o negócio a que deve atender, esteja dormindo ou acordado, tem de respirar, ou morrer. Porém o cachalote não respira mais de que uma sétima parte ou domingo do seu tempo.

Disse-se que o cachalote só respira pelo espiráculo; poder-se-ia acrescentar com certeza que os seus jorros estão misturados com água, e teríamos então, segundo creio, a explicação do fato de não ter ele o sentido do olfato, visto que a única coisa que lhe serve de nariz é este espiráculo, por meio do qual, por estar tão ocupado com os elementos, não se poderia esperar que sentisse cheiro. Mas devido ao mistério do jato — saber se é água ou vapor — não podemos ainda atingir uma certeza absoluta a este respeito. Uma coisa porém é certa: o cachalote não tem nervos olfativos propriamente ditos. E para que precisaria deles? No mar não há rosas, nem violetas, nem águas-de-colônia.

Além disso, como a traqueia desemboca unicamente no tubo do canal que conduz aos orifícios nasais, e com este canal — da mesma maneira que o grande canal Erie — é provido de uma espécie de ferrolho (que se abre e se fecha) para reter o ar embaixo ou para evitar a entrada da água, o cachalote, por conseguinte, não tem voz. Porém, ainda uma vez, para que desejaria ter voz? Raramente tenho conhecido algum ser profundo que tenha tido algo para comunicar a este mundo, a menos que seja forçado a balbuciar qualquer coisa para ganhar a vida. Oh! É uma felicidade que o mundo seja tão bom ouvinte.

Pois bem, o canal respiratório do cachalote, destinado principalmente à passagem do ar, estende-se horizontalmente por varios pés, justamente debaixo da superfície superior da sua cabeça e um tanto para um lado; esse curioso canal é muito parecido com um cano de gás, colocado numa cidade a um lado de uma rua. Porém surge outra questão: saber se o cano de gás é também um cano de água. Por outras palavras, esse jorro arremessado pelo cachalote é somente o vapor da respiração ou será o ar exalado que se mistura na boca com água, antes de ser descarregado pelo espiráculo? Sabe-se que a boca comunica indiretamente com o canal respiratório: mas não se pode provar se é com o propósito de descarregar a água através do espiráculo. Porque a maior necessidade de fazer isso devia sobrevir no momento em que, ao alimentar-se, toma água acidentalmente. Porém o cachalote encontra o seu alimento muito abaixo da superfície e nessa profundidade não pode lançar jorro, ainda que o queira. Ademais, se o observarmos muito de perto, marcando o tempo com um relógio, verificaremos a existência de um ritmo regular entre os períodos dos jorros e os períodos ordinários de respiração.

Mas por que nos incomoda com todo esse arrazoado? Fale claro! Já o viu lançar jorros? Então diga como são. Não pode por acaso distinguir a água do ar? Meu caro senhor, neste mundo não é tão fácil resolver as coisas simples. Sempre me pareceu que as coisas simples são as mais difíceis de todas. E no que se refere ao jorro do cachalote, poderia uma pessoa encontrar-se bem debaixo dele, que nem mesmo assim iria estabelecer exatamente de que se compõe.

O corpo central do jorro permanece oculto entre a neblina branca e espumosa que o envolve: como poderia alguém afirmar com segurança se a água cai ou não dele, se sempre que alguém se aproxima do cachalote o bastante para ter uma vista de primeiro plano, o animal se agita perigosamente e a água cai em cascatas em torno dele? E ainda mesmo que em tais ocasiões alguém pudesse perceber realmente gotas de umidade no jorro, como seria possível saber se essas gotas não se teriam condensado do vapor? Ou se não jaziam na superfície dos orifícios nasais que formam uma cavidade na parte superior da cabeça do cachalote? Porque até mesmo quando nada tranquilamente na calma do mar, ao meio dia, com a elevada corcova ressequida pelo sol, como a de um dromedário no meio do deserto, mesmo então o cachalote leva sempre na cabeça uma pequena taça de água, assim como é habitual ver numa rocha, sob um sol abrasador, uma cavidade cheia de água da chuva.

Não é muito prudente demonstrar o caçador demasiada curiosidade acerca da natureza exata do jorro. Não convém examiná-lo nem aproximar demais o rosto. Não se pode ir a essa fonte com um cântaro e regressar com ele cheio. Porque até mesmo o contato mais superficial tão frequente com os fragmentos exteriores e vaporosos do jorro produzirá um forte prurido, provocado pela aspereza da substância que toca a pele. Sei de uma pessoa que ao entrar em contato mais íntimo com o jorro — ignoro se em vista de algum propósito científico ou de outra coisa — teve a pele do rosto e dos braços inteiramente descascada. Portanto os baleeiros o consideram venenoso e tratam de evitá-lo. Ouvi dizer também — e não ponho em dúvida — que, se cai diretamente nos olhos, pode produzir cegueira completa. A minha opinião é que nada de melhor poderá fazer o estudioso de que deixar em paz esse jorro mortal.

Ainda que não possamos provar nem estabelecer nada de concreto, podemos, contudo, formular hipóteses. A minha é a seguinte: o jorro não é mais do que o ar saturado de vapor aquoso. Além disso, cheguei a essa conclusão também por outras razões e considerações acerca da dignidade e da sublimidade inerentes ao cachalote: não o julgo um ser comum, inferior, tanto mais porque — fato indiscutível — ele nunca é encontrado com sondas ou perto da costa, como acontece com os outros cetáceos. É ao mesmo tempo pesado e profundo. Estou convencido de que das cabeças de todos os seres tais como Platão, Pirro, o Demônio, Júpiter, Dante e muitos outros, se escapa um certo vapor semivisível, principalmente quando meditam pensamentos profundos. Numa ocasião em que escrevia um pequeno tratado acerca da eternidade, tive a ideia de colocar um espelho na minha frente e dentro em pouco vi refletida nele uma curiosa e complicada ondulação da atmosfera, acima da minha cabeça. A umidade invariável do meu cabelo, enquanto me encontrava afundado em pensamentos profundos, depois de ter bebido seis xícaras de chá quente, no meu sótão coberto de ripas, parece-me um argumento a mais para a hipótese que levantei acima.

E de que nobre maneira aumenta a nossa concepção de monstro poderoso e rodeado de bruma, quando o vemos navegar solenemente, em tranquilo mar tropical, com a enorme e mansa cabeça nimbada por um dossel de vapor, gerado por suas contemplações incomunicáveis, e esse vapor — como se pode ver algumas vezes — glorificado como um arco-íris, como se o próprio céu impusesse um selo nos seus pensamentos. Porque, é preciso saber, os arco-íris não visitam o ar claro; apenas irradiam vapor. E assim, através de todas as espessas neblinas das dúvidas confusas da minha imaginação, surgem de vez em quando intuições divinas que iluminam minha perplexidade como um raio celestial e por isso dou graças a Deus, porque todos duvidam e muitos negam, porém, duvidando ou negando, são muito poucos os que delas têm intuições. Dúvidas de todas as coisas terrestres e intuições de algumas coisas celestiais, eis uma combinação que não faz de ninguém crente ou descrente e sim uma criatura que observa tudo isso com um olhar imparcial.

A cauda

Outros poetas têm cantado louvores ao meigo olhar do antílope e à formosa plumagem do pássaro que jamais baixa à terra; quanto a mim, que sou menos celestial, exalto uma cauda.

Considerando a maior dimensão da barbatana caudal do cachalote a começar no ponto em que o tronco se adelgaça até igualar a circunferência de um homem, aproximadamente, somente a superfície superior compreende uma área de cinco metros quadrados pelo menos. O corpo redondo e compacto da sua raiz expande-se em duas palmas ou largas barbatanas, firmes e planas, que diminuem pouco a pouco de espessura até chegarem a quase dois centímentros. Na bifurcação ou o ponto de união, essas barbatanas se sobrepõem levemente e logo se afastam uma da outra, deixando um grande espaço entre si. Em nenhuma coisa viva as linhas de beleza estão definidas de maneira mais esquisita do que nas bordas semicirculares dessas barbatanas. A largura da cauda do cachalote, quando o animal alcança o seu maior desenvolvimento, ultrapassa seis metros.

Todo o membro parece uma densa trama de fibras ligadas, mas, se lhe fizermos uma incisão, veremos que é composto de três camadas distintas: superior, média e inferior. As fibras da camada superior e inferior são largas e horizontais, as da camada média são muito curtas e correm em sentido transversal entre as camadas exteriores. Essa estrutura tríplice e una, mais do que qualquer outra coisa, confere poder à cauda. Ao estudioso dos antigos muros romanos, a camada média proporciona uma curiosa semelhança com a bela camada de telhas sempre alternadas com a pedra, nessas relíquias maravilhosas da antiguidade, e que sem dúvida tanto contribuem para a grande resistência da alvenaria.

Porém como se não bastasse esse enorme poder local na barbatana caudal tendinosa, todo o corpo do leviatã é formado de uma urdidura de fibras e filamentos musculares que, passando aos dois lados do lombo e chegando até às barbatanas, mistura-se insensivelmente com elas e contribui em grande parte para a sua força, de maneira que na cauda parece concentrar-se toda a força confluente e incomensurável do cachalote. Se a matéria fosse susceptível de aniquilamento, seria possível aniquilá-la com esse instrumento.

Nem também uma tal força prodigiosa tende a prejudicar a flexibilidade cheia de graça dos seus movimentos nos quais a despreocupação infantil ondula através desse poder titânico. Pelo contrário, é justamente essa força que confere à cauda do cachalote a sua mais surpreendente *beleza*.

A verdadeira força nunca estraga a beleza ou a harmonia; pelo contrário, outorga-as muitas vezes. Em todas as coisas de beleza imponente a força tem muito de magia. Tirem-se os tendões entrelaçados que parecem estalar em toda parte no mármore esculpido do Hércules, e o seu encanto desaparecerá. Quando o abnegado Eckerman ergueu o lençol que cobria o corpo nu de Goethe, ficou assombrado ante o aspecto do peito maciço do poeta, semelhante a um arco de triunfo romano. Até mesmo quando Miguel Ângelo pinta Deus Padre em forma humana, vejamos que robustez! E o que quer que revelem do amor divino do Filho os suaves quadros italianos, ondulados e hermafroditas, nos quais a sua ideia está sintetizada com maior acerto, esses quadros, tão desprovidos de toda musculatura, nada insinuam do poder, senão aquele que é meramente negativo, feminino, poder de submissão e resistência que, segundo todos concordam, constituem as virtudes práticas e particulares dos seus ensinamentos.

Tal é a elasticidade sutil do órgão de que tratamos aqui, que, quer o animal o mova por brincadeira, com ansiedade, ou em cólera, seja qual for a sua disposição, as flexões acusam invariavelmente uma graça extraordinária. Nisso, nenhum braço de fada poderia superá-lo.

Cinco grandes movimentos lhe são peculiares: primeiro, quando o emprega como barbatana, para avançar; segundo quando o utiliza como maça de guerra; terceiro, quando varre tudo o que encontra; quarto, quando brinca com ele; quinto, quando levanta as barbatanas.

Primeiro: A cauda do leviatã, devido à sua posição horizontal, age de maneira distinta das caudas de todas as outras criaturas marinhas. Nunca se agita. No homem ou no peixe, agitar-se é indício de inferioridade. Para a baleia a cauda é o único meio de propulsão. À maneira de hélice, arremessada para diante, debaixo do corpo, e em seguida arrojada velozmente para trás, dá ao monstro esse movimento singular de seta que salta, quando ele nada furiosamente. As barbatanas laterais lhe servem apenas para dirigir-se.

Segundo: Não deixa de ter importância o fato de que o cachalote, quando luta com outro cachalote, emprega a cabeça e a queixada, ao passo que nos seus conflitos com o homem serve-se principal e desdenhosamente da cauda. Ao atacar um bote, executa velozmente uma curva com as barbatanas e o golpe só é desfechado com a retirada. Se é executado no ar livre, e especialmente se atinge o alvo, o golpe é então simplesmente irresistível. Não há costela de homem ou de embarcação que seja capaz de suportá-lo. A única salvação será evitá-lo; mas se vem de lado, através da água que lhe oferece resistência, devido em parte à ligeira flutuação do bote baleeiro e à elasticidade dos seus materiais, uma costela rebentada, uma ou duas tábuas quebradas ou uma espécie de pontada do lado representam em geral o resultado mais grave. Esses golpes de costado ocorrem com tanta frequência na pesca que são considerados como simples brincadeiras de criança. Então algum dos tripulantes despe uma peça de roupa e tapa-se o furo.

Terceiro: Não posso demonstrá-lo, mas parece-me que na baleia o sentido do tato está concentrado na cauda; porque deste ponto de vista, tem uma delicadeza que só pode comparar à delicadeza da tromba do elefante. Essa delicadeza manifesta-se sobretudo no ato de deslizar, quando o cachalote, com doçura quase feminina e certa lentidão suave, move as suas imensas barbatanas de um lado para outro, sobre a superfície do mar e, se sente algo, ainda que não seja mais do que as suíças de um marinheiro, ai do marinheiro, com suíças e tudo! Quanta ternura nesse toque preliminar! Se a cauda tivesse alguma faculdade de preensão, lembraria o elefante de Darmonodes, que tão frequentemente acorria ao mercado de flores e com leves saudações oferecia ramalhetes às jovens e em seguida lhes acariciava o talhe. Por mais de uma razão, pois, é pena que o cachalote não possua esta faculdade de preensão na cauda, porque ouvi contar que um outro elefante, quando saía ferido numa luta, fazia voltear a tromba e extraía o dardo.

Quarto: Se um cachalote é apanhado de surpresa no meio da segurança imaginária dos mares solitários, poderemos vê-lo descer da vastidão da sua dignidade e brincar no oceano como um gatinho num canto da lareira. Mas até mesmo na brincadeira manifesta-se a sua força. As amplas palmas da sua barbatana caudal se elevam muito alto no ar e logo ferem a superfície com golpes atroadores, que ressoam por milhas e milhas. Quase nos sentimos tentados a pensar na descarga de um grande canhão e se observarmos a ligeira auréola de vapor que se ergue do espiráculo, situado no outro extremo, poderíamos supor que se trata da fumaça que sai do ouvido do canhão.

Quinto: Como na posição habitual de flutuação, as barbatanas do leviatã se encontram muito por baixo do lombo, ficam inteiramente fora do alcance da vista, sob a superfície, mas, quando está a ponto de submergir nas profundidades, as barbatanas e pelo menos nove metros do seu corpo sobressaem eretos no ar e ficam assim vibrando por um momento, até que se arremessam para baixo e desaparecem. Com exceção do *salto* sublime — descrito noutra parte — julgo que esta elevação das barbatanas do cachalote oferece provavelmente o mais grandioso espetáculo que se pode contemplar na natureza animada. Parece que das profundidades insondáveis a gigantesca cauda anela agarrar espasmodicamente o céu mais elevado. Da mesma maneira, em sonhos, vi o majestoso Satanás estender para a frente, do Báltico chamejante do inferno, a sua colossal garra atormentada. Porém, para a contemplação de tais cenas, tudo depende do estado de espírito em que se encontra a pessoa; em estado dantesco, avistará o demônio, mas, se se encontra no humor de Isaías, verá arcanjos. Uma vez, encontrando-me eu no topo do mastro do meu navio, por um nascer de sol que tingia de carmesim o céu e o mar, percebi em direção de leste uma grande manada de cachalotes; todos voltados para o sol, vibravam por um momento em uníssono com as barbatanas muito elevadas sobre a superfície. Ocorreu-me então que jamais se teria visto uma personificação igual da adoração aos deuses, nem mesmo na Pérsia, residência dos adoradores do fogo. Assim como Ptolomeu Filópator testemunhou do elefante africano, assim também eu testemunho do cachalote, declarando que ele é o mais religioso de todos os seres. Porque, segundo o Rei Juba, os elefantes militares da antiguidade muitas vezes saudavam a manhã, com as trombas erguidas e no mais profundo silêncio.

A comparação casual neste capítulo, entre o cachalote e o elefante, no que diz respeito a alguns aspectos da cauda de um e da tromba do outro, não deveria tender a colocar em pé de igualdade esses dois órgãos opostos e muito menos as criaturas a que pertencem. Porque assim como o elefante mais formidável não representa senão um susto para o leviatã, a sua tromba, comparada com a cauda do cachalote, é apenas a haste de um lírio. O golpe mais terrível assestado pela tromba do elefante não seria mais do que uma sacudidela de brinquedo, comparado com o estrondo e o choque da barbatana lateral do cachalote, que em várias ocasiões tem arremessado para o ar botes inteiros com todos os remos e tripulações, de modo muito semelhante ao de um jogral hindu, executando jogos malabares.[44]

Quanto mais considero esse apêndice poderoso, mais lamento a minha inabilidade para descrevê-lo. Por momentos tem atitudes que conquanto pudessem conferir muita graça à mão do homem, permanecem contudo inexplicáveis. Numa manada numerosa, esses gestos místicos são às vezes tão notáveis que alguns caçadores os comparam com os símbolos e signos dos maçons e dizem que o cachalote, na realidade, por meio de tais gestos, conversa de modo inteligente com o mundo. Também não faltam no corpo do cachalote outros movimentos estranhos e inexplicáveis, mesmo ao agressor mais experimentado. Por mais que o disseque, pois, não passo da superfície. Não o conheço e jamais o conhecerei. E se conheço apenas a cauda desse cetáceo, como poderei compreender a sua cabeça? Ademais, como compreenderei o seu rosto, se não o tem? "Verás as minhas partes posteriores, a minha cauda", parece dizer, "mas não o meu rosto." Porém não consegui decifrar totalmente as suas partes posteriores e sugira ele o que sugerir acerca do seu rosto, torno a dizer que não o tem.

A grande armada

A estreita e longa península de Malaca, que se estende ao sudeste dos territórios da Birmânia, constitui o ponto mais meridional de toda a Ásia. Em linha contínua, desde essa península, estendem-se as longas ilhas de Sumatra, Java, Bali e Timor; essas ilhas, juntamente com muitas outras, formam uma vasta mole ou baluarte que une longitudinalmente os arquipélagos orientais densamente constelados. Esse baluarte é atravessado por vários portos de saída para conveniência dos navios e baleias; os mais conhecidos, dentre eles são os estreitos de Sonda e Malaca. Pelo estreito de Sonda, principalmente, os navios que se dirigem à China, procedentes do Ocidente, penetram no Mar da China.

O apertado estreito de Sonda separa Sumatra de Java e visto ficar situado a meio caminho nesse enorme baluarte de ilhas, que tem como contraforte o audaz promontório verde conhecido pelos marinheiros como Cabeça de Java, é muito semelhante ao portão central de algum império de vastas muralhas. E se considerarmos o tesouro notável em especiarias, sedas, joias, ouro e marfim que enriquecem as mil ilhas desse mar oriental, parece uma importante previdência da natureza o fato de que esses tesouros, pela própria formação da terra, tenham pelo menos a aparência, por mais ineficaz que seja, de estar protegidos contra o açambarcador do mundo ocidental. As costas do estreito de Sonda não são providas dessas fortalezas dominantes que protegem as entradas do Mediterrâneo, do Báltico e do Mar de Mármara. À diferença dos dinamarqueses, esses orientais não exigem a homenagem obsequiosa das velas arriadas, nas intermináveis procissões de navios que durante séculos, noite e dia, passaram entre as ilhas de Sumatra e Java, abarrotados com os carregamentos mais preciosos do Oriente. E, conquanto declinem livremente um cerimonial semelhante, de maneira alguma renunciam aos seus direitos a um tributo mais sólido.

Desde tempos imemoriais as proas piratas dos malaios, escondidas entre as enseadas e as pequenas ilhas de Sumatra, têm saído ao encontro dos navios que atravessam os estreitos e têm reclamado ferozmente um tributo, à ponta de lança. Ainda que devido aos castigos repetidos e sangrentos que têm recebido das mãos dos navegantes europeus, a audácia desses corsários tem sido ultimamente contida; todavia, ainda hoje, ouvimos falar de vez em quando em navios ingleses e americanos abordados nessas águas e saqueados impiedosamente.

Com uma brisa fresca e favorável o *Pequod* se aproximava agora desses estreitos: Ahab tencionava atravessá-los para chegar ao Mar de Java, e dali, navegando para o norte, por águas frequentadas aqui e ali pelo cachalote, costear as ilhas Filipinas e alcançar a costa extrema do Japão, a tempo para a grande temporada de pesca baleeira nessas regiões. Empregando esses meios, o circunavegante *Pequod* correria quase todos os territórios conhecidos, pelos quais navega o cachalote, antes de descer para o Equador, no Pacífico, onde Ahab, conquanto frustrado por toda parte na sua pesquisa, contava firmemente dar combate a Moby Dick num mar que se sabia ser o mais frequentado por ele e numa temporada em que se poderia supor com muita razão que se encontraria por aquelas águas.

Mas como acontecia que naquela pesquisa Ahab não tocasse em terra? A sua tripulação beberia ar? Decerto ele pararia para se abastecer de água. Mas nada. Por um longo tempo, o sol na sua carreira circular, tem corrido dentro do seu anel de fogo, sem necessitar de mais sustento do que o que leva dentro de si. Assim também Ahab. Observemos isso e observemos igualmente o navio-baleeiro. Ao passo que outros cascos são carregados com produtos estranhos para serem transportados a molhes estrangeiros, o navio-baleeiro não leva, na sua corrida pelo mundo, outro carregamento exceto a sua tripulação, as suas armas e o necessário para suprir a sua subsistência. Em seu amplo porão leva engarrafados o conteúdo de um lago inteiro. Tem um lastro de coisas úteis, não se limita a levar chumbo inútil em lingotes. Leva água bastante para muitos anos. Água de Nantucket, clara e excelente, a que, depois de três anos de navegação no Pacífico, o natural de Nantucket dá preferência, sobre o líquido salobro, guardado na véspera em tonéis e procedente dos rios do Peru ou da Índia. Por conseguinte, acontece que ao passo que muitos outros navios têm ido da China a Nova York e voltado, fazendo escala em muitos portos, o baleeiro, durante todo esse intervalo, não viu provavelmente um grão de terra, sua tripulação não terá visto talvez outros homens, exceto marinheiros, iguais a eles. Dessa maneira, se lhes fossem comunicar a notícia de um novo dilúvio, limitar-se-iam a dizer: "Bem, rapazes, aqui está a arca."

Pois bem, visto terem sido capturados muitos cachalotes ao largo da costa ocidental de Java, nas proximidades do estreito de Sonda, visto que a maior parte da região em torno tem sido reconhecida geralmente pelos pescadores como um excelente lugar para a pesca, por conseguinte, à medida que o *Pequod* se aproximava cada vez mais da Cabeça de Java, os vigias recebiam ordens continuamente e eram sempre prevenidos para que se mantivessem alertas. Porém, embora os verdes penhascos cobertos de palmeiras aparecessem em breve a estibordo e o perfume da canela fresca se misturasse ao ar para deleite do olfato, não se descobriu contudo um único jorro. Renunciando quase a qualquer ideia de encontrar alguma caça nos arredores, o navio estava pronto para penetrar no estreito, quando chegou do alto o costumeiro grito animador e dentro em pouco fomos saudados com um espetáculo de magnificência singular.

Mas — notemos aqui — os cachalotes, devido à infatigável atividade com que têm sido caçados nestes últimos tempos, nos quatro oceanos, em vez de navegarem quase invariavelmente em pequenos grupos separados, como outrora, nadam agora frequentemente em bandos numerosos, constituídos às vezes por uma tal multidão que parecem quase compreender nações inteiras que tivessem firmado um pacto solene de proteção e auxílio mútuo. A essa congregação de cachalotes em caravanas imensas deve-se atribuir a circunstância de decorrerem agora, mesmo nas regiões mais propícias, semanas inteiras e até mesmo meses sem que se veja um único jorro, e em seguida, recebe-se de repente a saudação de um bando que parece composto de milhares e milhares.

A bombordo e a estibordo, a uma distância de duas ou três milhas e formando um grande semicírculo que abrangia a metade do horizonte, avistava-se numa cadeia ininterrupta de jorros que se elevavam orvalhando o ar do meio-dia. A diferença dos dois jorros perpendiculares da baleia, que se dividem na parte superior e caem em dois braços como os ramos partidos e inclinados de um salgueiro, o jorro único e oblíquo do cachalote apresenta um todo compacto e densamente encrespado de vapor branco, o qual se eleva continuamente e cai a sota-vento.

Essa multidão de jorros vaporosos, cada um dos quais se encrespava no ar, vista do convés do *Pequod*, quando este se erguia sobre uma elevada colina marítima e a contemplava através de uma atmosfera de névoa azulada, recordava os milhares de alegres chaminés de uma metrópole densa, divisada de alguma eminência por um cavaleiro, numa manhã de outono.

Assim como os exércitos em marcha, quando se aproximam de um desfiladeiro pouco favorável, entre as montanhas, aceleram o passo, ansiosos por deixar para trás essa passagem perigosa, e se expandem uma vez mais com relativa segurança numa planície, assim também essa vasta frota de cachalotes parecia avançar às pressas para o estreito, contraindo gradualmente as asas do semicírculo e nadando num grupo sólido, conquanto ainda em forma de meia-lua.

O *Pequod* corria no seu encalço a toda vela; os arpoadores de armas na mão clamavam ruidosos dos botes ainda suspensos. Se o vento se mantivesse, quase não duvidavam de que a enorme hoste perseguida no estreito de Sonda não se espalharia nos mares orientais senão para presenciar a captura de não poucos dentre os seus membros. E quem poderia garantir que Moby Dick não fizesse parte dessa caravana, como o venerado elefante branco que aparece sempre no desfile de coroação dos siameses? Navegávamos assim, vela sobre vela, impelindo diante de nós os leviatãs, quando se ouviu de súbito a voz de Tashtego, que aos gritos, chamava a atenção sobre algo que seguia em nossa esteira.

Vimos na retaguarda uma meia-lua semelhante à que tínhamos pela frente. Parecia formada de vapores brancos, separados, que se elevavam e caíam às vezes como jorros das baleias; apenas não surgiam e desapareciam tão totalmente, pois suspendiam-se constantemente, sem desaparecer por completo. Ahab levantou o binóculo e, girando rapidamente no eixo da sua perna de pau, gritou:

— Todos acima, aparelhos e baldes para umedecer as velas... São malaios, senhores, e nos perseguem.

Como tivessem esperado demais, emboscados atrás dos promontórios, até que o *Pequod* se encontrasse em pleno estreito, os bandidos asiáticos empreendiam agora uma perseguição violenta, como para desforrar-se da demora excessivamente cauta. Mas como o veloz *Pequod*, com vento favorável, se encontrava por sua vez em perseguição intrépida, que bondade, da parte daqueles filantropos morenos, ajudá-lo a apressar a sua carreira, dando-lhe, por assim dizer, chicotes e esporas! Quando Ahab, com o binóculo sob o braço, corria o convés de um extremo a outro, contemplando de um lado os monstros que perseguia e do outro os piratas sedentos de sangue, que o perseguiam, devia ter-lhe ocorrido qualquer fantasia, como a que mencionamos acima. E quando olhava as verdes muralhas do desfiladeiro aquático que o navio cruzava então, pensava que além dessa porta estava o caminho para a sua vingança e que, através da mesma porta, perseguia e era perseguido até o seu fim mortal; e não era somente isso; também um bando de piratas selvagens e cruéis e de demônios inumanos e ateus o animavam infernalmente, com as suas blasfêmias.

Porém os pensamentos dessa ordem incomodavam muito pouco a tripulação intrépida, quando o *Pequod*, depois de afastar-se cada vez mais dos piratas, conseguiu afinal divisar o verde vívido do Cabo Cockattoo, do lado de Sumatra, e emergiu depois nas vastas águas além; os arpoadores pareciam antes lamentar que os velozes cachalotes tivessem ganhado terreno sobre o navio do que se regozijar por ter o *Pequod* triunfado dos malaios. Mas o navio continuou a avançar pela esteira dos cachalotes, até que finalmente estes deram a impressão de que diminuíam a velocidade. O barco se aproximou deles gradualmente, e como o vento começasse a acalmar-se, deu-se ordem de saltar para os botes. Porém, quando a manada, graças a algum instinto maravilhoso do cachalote, deu pelas três quilhas que a perseguiam, ainda que a uma milha de distância, tornou a reunir-se e a formar filas estreitas e batalhões, de modo que os jorros pareciam as linhas chamejantes de baionetas, e os cachalotes apressaram a marcha, redobrando de velocidade.

Vestindo apenas camisas e calções, saltamos para a espuma, e depois de várias horas de remo, estávamos quase dispostos a renunciar à caça, quando uma comoção geral, que se processou entre os cachalotes, nos deu mostras animadoras de que eles se encontravam afinal sob a influência dessa perplexidade estranha, essa irresolução inerte que uma vez percebida pelo pescador, o faz dizer que o animal está atribulado. As compactas colunas marciais da sua marcha rápida e contínua até então, romperam-se desordenadamente e, como os elefantes do rei Poro, na batalha hindu contra Alexandre, os cachalotes pareciam enlouquecer de consternação. Estenderam-se em grandes círculos irregulares por todas as direções, nadando ao acaso, de um lado para outro. Tanto este fato, como os jorros curtos e espessos que desprendiam, nos deram indícios claros do pânico em que se encontravam. Este se tornou claro de maneira ainda mais estranha naqueles que, segundo parecia, completamente paralisados, flutuavam sem força como navios desmastreados sobre o mar.

Se se tratasse de um rebanho de ovelhas perseguidas no campo por três lobos ferozes, não poderiam ter dado provas de maior desalento. Porém essa timidez ocasional é a característica de todos os animais que andam em manadas. Ainda que em manadas de milhares, os búfalos de melena de leão do Oeste dos Estados Unidos já têm fugido diante de um cavaleiro sozinho. Isso é também provado pelos seres humanos, quando, reunidos num teatro, correm como loucos ao menor alarme de incêndio, em busca das saídas, amontoando-se, empurrando-se, e arrastando-se implacavelmente para a morte. É pois melhor que contenhamos o nosso assombro diante do pânico do cachalote, visto que não há desvario, em qualquer animal da terra, que não seja infinitamente superado pela loucura dos homens.

Ainda que muitos cachalotes, conforme eu disse, se movessem violentamente é preciso observar contudo que a manada em conjunto não avançava nem retrocedia, mas permanecia coletivamente no mesmo lugar. Os botes, como é costume em tais casos, se separaram em seguida e cada qual se dirigiu a algum cachalote isolado em torno do cardume. Quase três minutos depois. Queequeg arremessou o seu arpão, e o animal ferido nos lançou no rosto o líquido ofuscante e logo, correndo como a luz, e seguido por nós, encaminhou-se diretamente para o centro do cardume. Conquanto esse movimento do cachalote ferido não deixe de ter precedentes e seja mais ou menos de prever, oferece contudo uma das vivissitudes mais perigosas da pesca. Porque à medida que o monstro veloz o conduz cada vez mais profundamente para o interior do cardume desvairado, o pescador se despede da vida circunspecta e passa a viver apenas numa espécie de palpitação delirante.

Enquanto o cachalote se lançava para diante, cego e surdo, e como se pretendesse, pelo simples poder da velocidade, desprender-se da sanguessuga de ferro que levava em si, enquanto abriamos assim uma branca incisão no oceano, ameaçados de todos os lados, em nossa carreira, pelas criaturas enlouquecidas que nadavam agitadas em torno de nós, de um lado para outro, a nossa embarcação acossada parecia uma nave rodeada de ilhas de gelo em meio à tempestade, esforçando-se por dirigir o seu rumo através de canais estreitos e complicados, ignorando em que momento iria ser encerrada e esmagada.

Mas Queequeg, que não se atemorizara nem um pouco, guiou-nos virilmente, ora desviando-se do monstro que se colocava diretamente diante de nós ora afastando outro que suspendia as barbatanas colossais sobre as nossas cabeças, enquanto que Starbuck conservava-se durante todo o tempo em pé na popa, de lança em punho, afastando da nossa rota todos os cachalotes que podia alcançar com arremessos breves, visto que não havia tempo para fazê-los de longo alcance. Também os remeiros não tinham estado inativos, embora já dispensados da sua tarefa habitual. Encarregavam-se principalmente da parte ruidosa da profissão.

— Fora do caminho, comodoro! — gritou um deles a um enorme dromedário que de repente subira com audácia para a superfície, ameaçando fazer-nos soçobrar.

— Olá, muito cuidado com essa cauda! — gritou um segundo a outro cachalote que perto da borda do nosso bote parecia abanar-se com a sua própria extremidade em forma de leque.

Todos os navios baleeiros levam certos aparelhos curiosos, invenção dos índios de Nantucket e chamados *druggs.* Dois quadrados de madeira grossa, de igual tamanho, unem-se tão firmemente que as duas secções se cruzam em ângulo reto. Ao centro desse bloco prende-se uma linha de extensão considerável, em cujo extremo oposto pode-se ajustar um arpão a qualquer momento. Esse aparelho é empregado principalmente contra as baleias assaltadas pelo pânico. Porque, então, o caçador tem em torno de si um número muito maior de animais do que poderia caçar de uma vez. Mas nem todos os dias se encontram cachalotes, portanto, tanto quanto possível, é preciso matar o maior número deles. E se é impossível matar a todos de uma vez, é preciso incapacitá-los, a fim de poder liquidá-los no momento oportuno. Por isso é que em momentos tais como o que descrevemos aqui, os *druggs* são de grande utilidade. Nosso bote tinha três desses aparelhos. Os dois primeiros foram atirados com êxito e vimos dois cachalotes que se afastavam vacilantes, aprisionados pela enorme resistência do aparelho a reboque. Como criminosos, ficaram presos por bolas e correntes. Porém ao arremessar o terceiro, no momento de lançar à água o rude bloco de madeira, este ficou preso debaixo de um dos bancos, que arrancou num instante e carregou, caindo o remador no fundo do bote. De ambos os lados, o mar chegou até as tábuas quebradas, porém conseguimos tapar os furos, provisoriamente, com duas ou três calças e camisas.

Teria sido quase impossível atirar esses arpões, se não tivesse diminuído, à medida que nos internávamos no cardume, o campo de ação do cachalote. Por outro lado, à medida que nos afastávamos do agitado círculo, parecia diminuir a horrível desordem. De maneira que, quando o arpão se desprendeu afinal e o cachalote rebocador desapareceu de um lado, então, com a força do seu impulso de partida, deslizamos entre dois outros lotes, no próprio centro do cardume, como se de alguma torrente na montanha tivéssemos deslizado no lago sereno de algum vale. Ouviam-se ali mas não se sentiam os rugidos da tormenta entre os cachalotes mais distantes. Nesse espaço central, o mar apresentava essa superfície suave, lisa como cetim, a que se dá o nome de remanso, produzida pela umidade sutil arremessada pela baleia nos seus momentos de tranquilidade. Sim, encontrávamo-nos então no meio dessa calma, encantada que dizem emboscar-se no centro de toda comoção. E contudo, na distância perturbada, discerníamos o tumulto dos círculos concêntricos exteriores e víamos as manadas sucessivas de cachalotes, compostas de oito a dez animais cada uma, que davam voltas e mais voltas rápidas como múltiplas parelhas de cavalos num circo e tão perto uns dos outros que um cavaleiro titânico poderia facilmente ter formado um arco sobre os do meio e dado voltas sobre os seus lombos. Devido à densidade da multidão de cachalotes em repouso, que rodeavam imediatamente o eixo encurralado do cardume, não encontrávamos possibilidade alguma de escapar. Tínhamos de procurar uma brecha no muro vivo que nos rodeava, muro que não nos admitira senão para encerrar. Ficamos no centro do lago, recebendo ocasionalmente a visita de vacas e bezerros mansos — as mulheres e os filhos da hoste desbaratada.

Pois bem: incluindo os espaços frequentemente extensos entre os círculos giratórios exteriores e os espaços entre as distintas manadas de qualquer desses círculos, a extensão da zona ocupada então pela multidão compreendia pelo menos duas ou três milhas quadradas. Seja como for, ainda que uma prova semelhante, num tal momento, possa ser ilusória, do nosso bote podíamos discernir jorros que pareciam elevar-se quase à margem do horizonte. Menciono essa circunstância porque prevaleceu entre nós a impressão de que as vacas e bezerros haviam sido encerrados de propósito nesse espaço mais interno, como se a grande extensão do cardume os impedisse de conhecer a causa exata daquela parada, ou simplesmente pelo fato de se tratar de seres tão jovens, tão ingênuos e absolutamente inocentes e inexperientes. Seja como for, os cachalotes menores se aproximavam do nosso bote, já tranquilo, vindos das margens do lago, demonstrando uma falta de medo e uma confiança tão maravilhosa (ou então um pânico mudo e encantado) que era impossível deixar de sentir grande assombro. À maneira de cães domésticos, aproximavam-se farejando da borda do nosso bote e tocavam nela, como se algum feitiço os tivesse amansado repentinamente. Queequeg lhes acariciava a cabeça. Starbuck arranhava-lhes os ombros com a lança, mas, receoso das consequências, se abstinha de feri-los.

Muito mais abaixo desse mundo maravilhoso da superfície, um outro mundo ainda mais estranho surpreendeu a nossa vista, quando olhamos pela borda. Suspensa naquelas abóbadas aquáticas, flutuavam as formas de mães que amamentavam os seus pequeninos e de outras baleias, que a julgar por sua enorme circunferência, pareciam estar prestes a ser mães, por sua vez. Conforme sugeri antes, o lago, até uma profundidade considerável, era de uma extraordinária transparência; e do mesmo modo que os filhos dos homens, quando mamam, fixam a vista longe do peito da mãe, como se vivessem duas vidas diversas no mesmo momento; e mesmo quando recebem alimento mortal parecem regozijar-se espiritualmente com alguma experiência sobrenatural, assim também os filhotes daqueles cachalotes pareciam olhar em nossa direção, mas não para nós, como se fôssemos algum pedacinho de alga para a sua vista de recém-nascidos. As mães que flutuavam ao lado deles pareciam também olhar para nós. Um daqueles pequenos, que em vista de certos indícios parecia não ter mais de um dia de nascido, teria aproximadamente quatro metros e meio de comprimento e um metro e oitenta de circunferência. Mostrava-se vivaz, conquanto parecesse que o seu corpo mal se havia reposto da incômoda posição em que estivera na retícula materna, onde da cabeça à cauda, já pronto para o salto final, o cachalote nascituro jaz encurvado como o arco de um tártaro. As barbatanas dos costados e da cauda conservavam ainda esse aspecto achatado que apresentam as orelhas de uma criancinha recentemente chegada de país estrangeiro.

— Linha, linha! — gritou Queequeg que olhava pela borda. — A ele, depressa, a ele! Quem o atingiu? Quem o feriu? Dois cachalotes! Um grande e outro pequeno.

— Que aconteceu, homem? — exclamou Starbuck.

— Olha ali! — disse Queequeg, ao mesmo tempo que apontava.

Da mesma maneira que o cachalote ferido desenrola do tubo centenas de braços de cabo, e, depois de sondar profundamente, volta a flutuar e deixa ver a linha frouxa e solta que surge como boia e forma espirais para cima, assim também viu Starbuck grandes fragmentos do cordão umbilical de madame leviatã, por meio do qual o filhote parecia ainda preso à mãe. Não é raro que entre as rápidas vicissitudes da caça, essa linha natural desprendida do extremo matemo, se emaranhe com o cânhamo de tal maneira que o baleote fica aprisionado. Alguns dos mais sutis segredos do mar pareciam revelar-se aos nossos olhos nesse lago encantador. Víamos os amores de jovens leviatãs, nas profundidades.[45]

Deste modo, conquanto rodeadas, círculo após círculo, de consternação e sustos, as criaturas misteriosas do seio do mar se entregavam despreocupadamente e sem temor a toda sorte de ocupações pacíficas. Entregavam-se tranquilamente às suas brincadeiras e distrações. Assim também, no meio do Atlântico assaltado dos furacões da minha existência, sempre me divirto interiormente, com muita calma. E enquanto evolucionam em torno de mim planetas nefastos de inesgotável tristeza, no mais recôndito do meu ser banho-me numa doçura eterna de alegria.

Entretanto, enquanto nos encontrávamos assim nesse transe, os espetáculos ocasionais e repentinamente desvairados à distância nos demonstravam a atividade dos outros botes dedicados ainda à tarefa de arpoar os cachalotes na frente da manada ou de levar a guerra provavelmente até dentro do primeiro círculo, onde tinham abundância de espaço e retiradas apropriadas. Porém o espetáculo de alguns cachalotes furiosos, ao serem arpoados, e que de vez em quando se lançavam cegamente de um círculo a outro, nada foi em comparação com aquele que surpreendeu finalmente a nossa vista. Às vezes, quando um bote se encontra unido a um cachalote extraordinariamente poderoso e alerta, é costume procurar jarretá-lo, dividindo ou mutilando a sua gigantesca barbatana caudal. Consegue-se isso, atirando um espadim curto, preso a uma corda, a fim de poder puxá-lo novamente para trás. Um cachalote ferido (conforme soubemos depois) nesse membro, conquanto não de modo eficiente, como parecia, conseguira separar-se do bote, arrastando consigo a metade da linha do arpão, e no sofrimento imenso causado pela ferida, corria desesperadamente entre os círculos giratórios, como o solitário e desesperado Arnold durante a batalha de Saratoga, levando o desânimo para onde quer que fosse.

Por mais aflitivo que fosse o ferimento do cachalote, e o espetáculo bastante horrível, ainda assim o horror especial que parecia inspirar ao resto da manada era devido a uma causa que a distância intermediária nos impediu de reconhecer a princípio. Porém, no fim de algum tempo, notamos que por um desses acidentes inimagináveis na pesca, o cachalote em questão se havia enredado na linha do arpão que levava de reboque e também que carregara o espadim que lhe haviam cravado, e se bem que a extremidade livre da linha unida à arma se tivesse emaranhado de modo permanentemente entre os laços da linha do arpão, em torno da cauda, o próprio espadim se havia desprendido da carne, de maneira que o animal, atormentado até à loucura, revolvia-se então na água, sacudindo violentamente a cauda flexível e agitando a afiada arma com a qual feria e assassinava os seus companheiros.

Esse fato horrível pareceu arrancar a toda a turba o medo que a paralisava. Em primeiro lugar, os cachalotes que formavam a borda do nosso lago começaram a aglomerar-se e a esbarrar uns nos outros, como que erguidos por ondas meio extintas que tivessem chegado de longe; em seguida, o próprio lago começou debilmente a erguer-se e a encrespar-se; desapareceram as câmaras nupciais submarinas, assim como as *nurseries* dos pequenos; os cachalotes dos círculos mais centrais começaram a nadar em órbitas cada vez mais reduzidas e formando grupos muito compactos. Sim, a calma se afastava. Bem depressa se ouviu um zumbido que avançava lentamente e logo, à maneira das tumultuosas massas de blocos de gelo do grande rio Hudson, quando se derretem na primavera, toda a multidão de cachalotes avançou desordenadamente até o próprio centro, como se pretendesse empilhar-se e formar uma montanha. Queequeg e Starbuck mudaram de lugar instantaneamente; Starbuck ocupou a popa.

— Remos, remos! — murmurou intensamente este último, ao tomar o leme. — Agarrem os remos e segurem as almas! Agora! Por Deus, homens, mantenham-se firmes! Tu, Queequeg, empurra esse cachalote, ali! Aguilhoa-o! Pega-o! De pé, de pé, e fiquem assim. Força, homens, puxem! Não se preocupem com os lombos. Arranhem-nos, arranhem-nos!

O bote estava agora imprensado entre duas vastas massas negras, deixando um apertado estreito dos Dardanelos entre os dois imensos volumes. Com um esforço desesperado, conseguimos finalmente sair numa abertura provisória; em seguida retrocedemos rapidamente, ao mesmo tempo que buscávamos com ansiedade outra saída. Depois de escapar muitas vezes, com dificuldade, deslizamos para o que havia sido até bem pouco um dos círculos exteriores e que estava agora cruzado por cachalotes dispersos, os quais se dirigiam todos para um centro único. Saiu-nos muito barata essa feliz salvação, pois perdeu-se apenas o chapéu de Queequeg. Com efeito, quando este se encontrava de pé na proa, aguilhoando os cachalotes fugitivos, um pequeno redemoinho de vento, produzido pelo agitar repentino das enormes barbatanas próximas, arrebatou-lhe agilmente o chapéu da cabeça.

Conquanto desenfreada e desordenada, a agitação geral bem depressa se transformou no que parecia ser um movimento sistemático; os cachalotes aglomerados finalmente num conjunto compacto, reiniciaram a fuga com velocidade muito maior. Toda perseguição foi então inútil; mas os botes permaneceram arrastando-se na sua esteira, procurando capturar todos os cachalotes incapacitados que encontraram, tratando também de apoderar-se de um que Flask havia matado e assinalado. Esse sinal consistia numa pequena haste com um pendão na extremidade — todos os botes levam sempre duas ou três dessas marcas — que se inserem, quando há caça adicional nos arredores, no corpo da baleia morta, tanto para assinalar o seu lugar no mar, como para indicar direito anterior de posse, no caso em que se aproximem botes de outro navio.

O resultado dessa incursão foi em parte uma ilustração do adágio sagaz da pesca, segundo o qual, quanto mais numerosos são os leviatãs, menor é a caça. De todos os cachalotes incapacitados capturamos apenas um. O resto conseguiu escapar provisoriamente, ainda que apenas para ser capturado, conforme veremos depois, pela tripulação de algum outro navio.

Escolas e mestres

No capítulo anterior falei sobre um conjunto imenso ou manada de cachalotes e também sobre a causa provável que dava origem a essas grandes multidões.

Pois bem, ainda que às vezes se encontrem esses vastos conjuntos, conforme já nos foi dado ver, observam-se ainda hoje pequenos grupos separados, compreendendo de vinte a cinquenta indivíduos, cada qual. Esses grupos, conhecidos pelo nome de escolas, são de duas espécies, em geral: há os que são compostos exclusivamente de fêmeas e os que se compõem unicamente de machos jovens e vigorosos — *touros*, como são vulgarmente designados.

Como protetor cavalheiresco dessas escolas de fêmeas, vê-se invariavelmente um macho de completo desenvolvimento, conquanto não seja velho, o qual, diante de qualquer alarma, manifesta a sua galanteria, colocando-se na retaguarda e cobrindo a fuga das suas damas. Na realidade esse cavalheiro é um sibarita otomano que nada pelo mundo aquático, rodeado e acompanhado por todas as distrações e prazeres de um harém.

É surpreendente o contraste entre esse turco e as suas concubinas, pois, ao passo que ele tem sempre as proporções mais gigantescas, as damas, mesmo no seu maior desenvolvimento, não alcançam a terça parte do tamanho de um macho mediano. São relativamente delicadas, decerto; poder-se-ia assegurar que a sua cintura não mede mais de cinco metros e meio. Contudo não se pode negar que em geral estão destinadas hereditariamente ao *embonpoint*.

É curioso observar este harém e o seu dono, nos seus passeios indolentes. Como pessoas da moda, estão sempre em movimento, em busca ociosa de distração. São encontrados no Equador, justamente a tempo para o auge da temporada equatorial de alimentação, e de volta, provavelmente, de uma temporada de verão nos mares do norte, onde conseguem zombar do estio, de todo o seu calor e dos seus inconvenientes. Depois de terem corrido por algum tempo, de um extremo a outro, a *promenade* do Equador, partem para as águas orientais, esperando a estação fria, e escapam desta maneira a outra temperatura excessiva do ano.

Se, enquanto avançam serenamente numa dessas viagens, descobrem algo de suspeito e estranho, os senhores cachalotes vigiam com precaução a sua interessante família. Se algum jovem leviatã desprevenido e impertinente, que encontram no caminho, se atreve a aproximar-se confidencialmente de uma das damas, com que fúria prodigiosa o ataca o sultão, expulsando-o! Maus pedaços hão de passar sem dúvida os jovens libertinos e sem princípios, que invadem a santidade da paz doméstica. Mas, faça o sultão o que fizer, não poderá manter fora do seu leito nem mesmo o mais notório Dom Juan, porque, infelizmente, os peixes habitam em comum. Da mesma maneira que em terra as damas são frequentemente a causa dos mais terríveis duelos entre os seus admiradores rivais, o mesmo acontece entre os cachalotes, que às vezes travam combates mortais, e tudo por amor. Defendem-se com as suas grandes queixadas enlaçando-as hermeticamente, e lutam assim pela supremacia como os cervos, quando entrelaçam belicosamente os seus chifres. Não são poucos os cachalotes capturados que mostram cicatrizes profundas resultantes desses combates: cabeças estriadas, dentes quebrados, barbatanas recortadas e, em alguns casos, bocas retorcidas ou deslocadas.

Porém, supondo que o invasor da felicidade doméstica se afaste logo depois do primeiro ataque do senhor do harém, é divertido observar este último. Insinua novamente o seu imenso volume entre as damas e ali fica, divertindo-se um pouco, ainda na vizinhança atormentada do alegre Lotário, como o piedoso Salomão em adoração no meio das suas mil concubinas. Sempre que se encontram outros cachalotes nas imediações, o pescador raramente tenciona caçar um desses grão-turcos, porque são excessivamente pródigos da sua força e, por conseguinte, a sua gordura é menor. Quanto aos seus filhos e filhas, pois bem, esses filhos e filhas têm de cuidar de si mesmos, ou, quando muito, têm exclusivamente o auxílio materno. Porque, como outros amantes onívoros e inconstantes, que poderíamos citar, o senhor cachalote não sente inclinação alguma pelas crianças, por mais que goste das mães, e, como é um grande viajante, deixa filhos anônimos em todo o mundo, e cada um deles é um estranho. Entretanto, com o decorrer do tempo, à medida que se esvai o ímpeto da juventude, à medida que aumentam os anos e os achaques, à medida que a reflexão lhe empresta as suas pausas solenes, em suma, à medida que um cansaço geral se apodera do saciado paxá, o amor à comodidade e à virtude ocupa o lugar do amor às donzelas: o nosso otomano entra na idade da impotência, do arrependimento e da prudência; abjura, deserta do harém e, transformado em ancião exemplar e mal-humorado, corre solitário os meridianos e paralelos, rezando as suas orações e aconselhando todos os jovens leviatãs contra os erros amorosos.

Pois bem, assim como o harém desses animais recebe do pescador o nome de escolas, assim também o dono e senhor dessa escola é conhecido tecnicamente por mestre. Por conseguinte parece um tanto contraditório, ainda que admiravelmente satírico, o fato de que, depois de ter estado nessa escola, saia dali, não para ensinar o que aprendeu, e sim para mostrar a loucura que há em tudo aquilo. O seu título de mestre-escola pareceria assim derivar-se naturalmente da denominação dada ao harém, porém, alguns sugeriram que a pessoa que deu primeiramente tal nome a esse cachalote, devia ter lido as memórias de Vidocq e sabido a que classe de mestre-escola camponês pertencia esse famoso francês, nos seus anos de juventude, e de que natureza eram as lições ocultas que inculcou a alguns dos seus discípulos.

Todos os cachalotes anciãos gostam da mesma reclusão e do mesmo isolamento a que se entrega o referido mestre-escola, à medida que os anos passam. Verifica-se quase geralmente que um cachalote solitário é sempre velho. Como o venerável Daniel Boone, de barbas musgosas, não quer em torno de si senão a natureza e a ela toma por esposa na solidão das águas. E não há melhor esposa, ainda que oculte em si tantos segredos fantásticos.

As escolas que acabamos de mencionar, compostas de machos jovens e vigorosos, oferecem um contraste marcante com as outras. Porque, ao passo que as fêmeas são pronunciadamente tímidas, os machos jovens, ou touros, como se lhes chamam, são em grande medida os mais belicosos de todos os leviatãs e, segundo é proverbialmente conhecido, os mais perigosos de enfrentar, com exceção desses maravilhosos cachalotes de cabeça grisalha, que se encontram às vezes e que lutam como fúrias, exasperados por um artritismo que os castiga.

As escolas de touros são maiores que as de harém. À maneira de um bando de jovens colegiais, os seus componentes são cheios de espírito combativo, de alegria e de maldade, e dão voltas em torno do mundo com um ritmo tão ousado e travesso que nenhum agente sensato se atreveria a segurá-los, como não seguraria um estudante turbulento das Universidades de Vale ou de Harvard. Contudo, bem depressa renunciam a essa turbulência e quando atingem a três quartas partes do seu desenvolvimento normal, separam-se e lançam-se individualmente em busca de um estabelecimento, isto é, de um harém.

Há ainda outra diferença entre as escolas masculina e feminina e que caracteriza ainda mais os sexos. Se atacarmos um touro, por exemplo, pobre diabo!, todos os seus companheiros o abandonarão. Pelo contrário, se atacarmos uma representante da escola-harém, as suas companheiras nadarão junto dela, dando todos os indícios de interesse: algumas vezes permanecem tanto tempo ao seu lado, que se tornam também fácil presa.

Peixes presos e peixes livres

A alusão que fizemos no penúltimo capítulo aos pendões e hastes exige uma explicação das leis e regulamentos da pesca de baleias, da qual o pendão pode ser considerado como o grande símbolo e divisa.

Ocorre frequentemente, quando vários navios fazem juntos um cruzeiro, que uma baleia atingida por um deles escape para ser morta e capturada finalmente por outra tripulação. Seguem-se daí muitas contingências menos importantes, todas derivadas desse fato principal. Por exemplo, depois de uma longa e perigosa caça, em seguida à captura de uma baleia, acontece às vezes que o corpo se desprende do barco, em virtude de violenta tempestade e, arrastado pela corrente, é recapturado por um segundo baleeiro que o reboca tranquilamente em plena calma, sem perigo de perder cabos ou vidas. Portanto, surgiriam a miúdo, entre os pescadores, as disputas mais mortificantes e mais violentas, se não existissem leis universais e indiscutíveis, escritas ou não, aplicáveis a todos os casos.

O único código baleeiro oficial, aprovado por uma legislatura, é talvez o da Holanda, decretado pelos Estados Gerais em 1695. Ainda que nenhuma outra nação tenha possuído jamais uma legislação baleeira escrita, os baleeiros americanos têm sido contudo os seus próprios legisladores e advogados neste assunto. Criaram um sistema que supera, quanto à concisão, as Pandectas de Justiniano e os estatutos da "Sociedade Chinesa para Abolir a Intromissão em Negócios Alheios". Sim. Essas leis poderiam ser gravadas num *farthing* dos tempos da rainha Ana ou na lingueta de um arpão, a tal ponto são breves.

— Um peixe preso pertence à parte à qual está fixo.

— Um peixe solto está à disposição da parte que puder capturá-lo primeiro.

Porém, a malícia desse código universal está justamente na sua admirável brevidade, pois exige um enorme volume de comentários para ser exposto com precisão.

Primeiro: Que é um peixe preso? Um peixe, vivo ou morto, está preso, do ponto de vista técnico, quando se encontra unido a um navio ou bote ocupado, por qualquer meio, ou de uma maneira possível de controlar, pelo ocupante ou ocupantes: um mastro, um remo, um cabo, um fio telegráfico ou um fio de teia de aranha, pouco importa. Da mesma maneira, um peixe está consideravelmente preso, quando leva um pendão ou qualquer outro símbolo de posse reconhecido, sempre que a parte que cravou o pendão demonstre a qualquer momento a sua capacidade de levar o peixe consigo, ou o propósito de fazê-lo.

São esses os comentários científicos, porém os comentários dos próprios baleeiros consistem a miúdo em palavras violentas e golpes ainda mais violentos: o código universal do punho. É certo que entre os baleeiros mais justos e mais honrados fazem-se sempre concessões para casos particulares, nos quais seria uma ultrajosa injustiça moral o fato de uma das partes reclamar a posse de uma baleia caçada e morta previamente pela outra. Porém há outros baleeiros que não mostram de modo algum o mesmo escrúpulo.

Há uns cinquenta anos, produziu-se na Inglaterra um curioso caso de litígio, no qual os demandistas declararam que, depois de uma caça difícil no mar do norte, quando haviam conseguido realmente arpoar o cetáceo, viram-se finalmente obrigados — por se encontrarem em perigo de vida — a abandonar não somente os cabos, como também o bote. Em seguida, os acusados (tripulação do outro navio) aproximaram-se da baleia, feriram-na, mataram-na, e finalmente se apoderaram dela, ante os olhos dos queixosos. Como estes últimos protestassem, o capitão do outro navio encolheu os ombros e assegurou que como recompensa da façanha ficaria com a linha, o arpão e o bote, presos à baleia no momento da captura. Por isso os demandistas se apresentaram à justiça para cobrar o valor da sua baleia, linha e bote.

Mr. Erskine era o advogado dos acusados, e Lorde Ellenborough o juiz. Durante a defesa, o astuto Erskine expôs a situação, referindo-se a um recente caso criminal, no qual um homem, depois de tentar em vão reprimir a má conduta de sua mulher, abandonou-a finalmente nos mares da vida: porém, com o decorrer dos anos, arrependido daquele passo, intentou uma ação para recuperar a posse da esposa. Erskine prosseguiu, dizendo que, conquanto o demandista tivesse arpoado primeiro a mulher, e a tivesse conservado sujeita, tendo-a abandonado apenas porque ela mergulhava cada vez mais profundamente no vício, ainda assim a tinha abandonado, de modo que ela voltou a ser um peixe solto. Desta maneira, quando um outro cavalheiro lhe atirou novo arpão, a dama passou a ser propriedade deste último, juntamente com qualquer arpão que se encontrasse preso a ela.

No caso em litígio, Erskine sustentou que os exemplos da baleia e da mulher ilustravam perfeitamente um ao outro.

Ouvindo, como era do seu dever, essas alegações e contra-alegações, o erudito juiz decidiu, com os termos estabelecidos, o seguinte: que o bote devia ser devolvido aos demandistas, visto que estes o haviam abandonado unicamente com o fim de salvar as suas vidas, porém a baleia, os arpões e as cordas pertenciam aos acusados: a baleia, porque era um peixe solto, no momento da captura final, e os arpões e a linha porque a baleia, levando-os consigo, adquirira a sua propriedade e, por conseguinte, quem quer que se apoderasse depois do peixe, tinha direito a eles. Pois bem, os acusados capturaram depois a baleia: *ergo, os* artigos mencionados lhes pertenciam.

É provável que o profano, ao examinar essa decisão de juiz tão erudito, encontre mais de uma objeção a fazer. Porém, escavando até a rocha fundamental do assunto, os dois grandes princípios estabelecidos nas leis baleeiras que referimos acima e aplicados e elucidados por Lord Ellenborough no caso mencionado, essas duas leis relativas aos peixes soltos e aos peixes presos serão consideradas, se bem refletirmos, como os fundamentos de toda a jurisprudência humana, porque, apesar do seu complicado traçado, o templo da Lei, como o templo dos Filisteus, tem apenas duas colunas onde apoiar-se.

Não anda por acaso na boca de todos o adágio, segundo o qual a posse é meio direito, isto é, independente da maneira como se adquiriu essa posse? Porém, frequentemente a posse é o direito absoluto. Que são os músculos e as almas dos servos russos e dos escravos republicanos, se não peixes presos, cuja posse significa todo o direito? Que será para o proprietário a última migalha de uma viúva, se não um peixe preso? Que é a mansão de mármore de um vilão encoberto que tem como haste uma placa na porta, se não um peixe preso? Que é o exorbitante juro que Mordecai, o agiota, cobra ao pobre e infeliz falido, sobre o empréstimo solicitado para evitar que a família do pobre morra de fome? Que é isso, se não um peixe preso? Que são os salários de 100 mil libras do arcebispo de Save Souls[46] tirados do pouco de pão e queijo de centenas de milhares de lavradores curvados (todos certos de ganhar o céu com o auxílio de Save Souls), que é esse total de 100 mil libras, se não um peixe preso? Que são as cidades e os povoados hereditários do Duque de Dunder, se não peixes presos? Que é para o temível arpoador John Buli a pobre Irlanda, se não um peixe preso? Que é o Texas para esse lanceiro apostólico, o irmão Jônatas. se não um peixe preso? E em todos estes casos, não representará por acaso a posse todo o direito?

Porém, se a doutrina do peixe preso é aplicada muito geralmente, a do peixe solto o é ainda mais. Aplica-se internacional e universalmente.

Que era a América, em 1492, se não um peixe solto no qual Colombo cravou o estandarte espanhol, marcando-o para os seus reais senhores? Que é a Polônia para o czar? Que é a Grécia para o turco? Que é a Índia para a Inglaterra? Que virá a ser, com o tempo, o México para os Estados Unidos? Todos estes são peixes soltos.

Que são os Direitos do Homem e as Liberdades do mundo, se não peixes soltos? Que são as mentes e as opiniões dos homens, se não peixes soltos? Que é o princípio da crença religiosa nessas opiniões, se não peixe solto? Que são as ideias dos pensadores para os charlatães gabolas, se não peixes soltos? Que é o próprio globo, se não um peixe solto? E que serás tu, leitor, se não um peixe solto e um peixe preso, ao mesmo tempo?

Cabeças ou caudas

(*De balena vero sufficit, si rex habeat caput, et regina caudam.* — Bracton, 1. 3, c. 3.)

Esta frase latina, tirada dos livros das Leis de Inglaterra, interpretada com o resto do texto, significa que de todas as baleias capturadas na costa daquele país, ao rei, como grande arpoador honorário, dar-se-á a cabeça e à rainha se oferecerá respeitosamente a cauda, divisão que, no caso da baleia, muito se parece com o ato de partir uma maçã em duas metades: não fica nenhum resto intermediário. Pois bem, visto que essa lei, com modificações, continua a vigorar na Inglaterra e como em muitos aspectos apresenta uma estranha anomalia com a lei dos peixes presos e dos peixes soltos, trataremos dela aqui em capítulo à parte, segundo o mesmo princípio cortês que leva a ferrovias britânicas a incorrerem na despesa com um vagão especial, destinado exclusivamente à comodidade dos soberanos. Em primeiro lugar, como prova curiosa de que a mencionada lei continua em vigor, procedo à narrativa de um caso que ocorreu nestes dois últimos anos.

Ao que parece, alguns honestos marinheiros de Dover ou de Sandwich, ou de Cinq Ports, conseguiram, depois de uma caça difícil, matar e levar à costa uma esplêndida baleia a qual fora primeiramente descoberta muito longe dali. Pois bem, Cinq Ports está sob a jurisdição parcial ou total de uma espécie de guarda ou bedel chamado Lorde Guardião. Como recebe o cargo diretamente da Coroa, segundo creio, todos os emolumentos reais cobrados nos territórios de Cinq Ports pertencem-lhe por cessão. Alguns escritores chamam a este cargo uma sinecura. Mas não é assim, porque o Lorde Guardião ocupa-se incessantemente em cobrar as suas gratificações, que lhe pertencem unicamente porque ele se ocupa em embolsá-las.

Pois bem, quando os pobres marinheiros, descalços, tostados pelo sol e com as calças enroladas tão no alto das pernas que pareciam enguias, conseguiram afinal colocar a sua grande baleia em lugar alto e seco, esperando já um lucro de 150 libras, com a venda do óleo e dos ossos, e bebendo em imaginação um ótimo chá, em companhia de suas esposas, e uma boa cerveja com os amigos, confiados em cobrar suas respectivas porções, eis que se adianta um cavalheiro muito erudito, muito cristão e caritativo, trazendo um exemplar de Blackstone debaixo do braço. Coloca o livro sobre a cabeça da baleia e diz:

— Tirem as mãos, senhores. Este animal é um peixe solto. Tomo posse dele, em nome do Lorde Guardião.

Ouvindo isso, os pobres marinheiros, sem saber o que dizer e em respeitosa consternação — tão inglesa — começaram a coçar a cabeça vigorosamente, ao mesmo tempo que os seus olhares iam e vinham tristemente, da baleia ao desconhecido. Porém isso de nada servia para resolver o assunto ou abrandar o duro coração do erudito cavalheiro que trazia o exemplar de Blackstone. Finalmente, um deles, depois de coçar a cabeça durante muito tempo, em busca de ideias, tem a audácia de falar:

— Desculpe, senhor, quem é o Lorde Guardião?

— O duque.

— Mas o duque nada tem a ver com a captura deste peixe.

— O peixe lhe pertence.

— Passamos por grandes trabalhos e perigos e fizemos também algumas despesas, tudo isso para favorecer o duque; nós não vamos receber nenhuma recompensa por nossos trabalhos, senão ferimentos?

— Assim é.

— O duque é assim tão pobre, a ponto de recorrer a essa maneira desesperada de ganhar a vida?

— O peixe lhe pertence.

— Esperava ajudar minha velha mãe enferma, com a parte que tenho nesta baleia.

— O peixe lhe pertence.

— Não se contentaria o duque com a quarta parte ou a metade?

— O peixe lhe pertence.

Numa palavra, a baleia foi apreendida e vendida, e sua Graça, o Duque de Wellington, recebeu o dinheiro. Visto julgar que de algum ponto de vista especial poder-se-ia considerar o caso até certo ponto bastante injusto, dadas as circunstâncias, um honesto eclesiástico da cidade dirigiu respeitosamente uma nota ao duque, rogando-lhe que considerasse atentamente a situação dos infelizes marinheiros. A isso o duque respondeu em substância (ambas as cartas foram publicadas) que já o havia feito e recebido o dinheiro e que ficaria muito obrigado ao reverendo senhor, se para o futuro se abstivesse de intrometer-se nos assuntos alheios. Será este o ancião ainda militante que para nas esquinas dos três reinos para obrigar os mendigos a lhe entregarem as esmolas?

Veremos facilmente que neste caso o suposto direito do duque à baleia era um direito que lhe fora delegado pelo soberano. Devemos investigar, pois, de acordo com que princípio foi outorgado ao rei esse direito, originariamente. A lei já foi exposta. Porém, Plowdon nos dá as razões. Diz Plowdon que a baleia assim caçada pertence ao rei e à rainha, "devido à sua excelência superior". E os comentaristas mais sensatos apoiaram sempre o argumento como convincente em tais assuntos.

Porém, por que motivo o rei há de receber a cabeça e a rainha a cauda? Vamos ver. Deve haver uma razão para isso, advogados.

No seu tratado sobre o "Ouro da Rainha", ou o dinheiro para gastos particulares da soberana, um antigo conselheiro, William Prynne, diz o seguinte: "A cauda pertence à rainha a fim de que o seu guarda-roupa esteja sempre provido de barbatanas." Pois bem, isso foi escrito numa época em que o osso negro e flexível da baleia da Groenlândia era usado especialmente nos corpinhos das damas. Porém esse osso não se encontra na cauda, e sim na cabeça. Lamentável equívoco de um advogado tão sagaz como Prynne! Mas, acaso será a rainha uma sereia, para que lhe seja oferecida uma cauda? Talvez se encontre aí escondido algum significado alegórico.

Dois são os peixes reais classificados assim pelos escritores ingleses competentes: a baleia e o esturjão, ambos de propriedade real, com certas limitações e que fornecem nominalmente o décimo ramo dos rendimentos ordinários da Coroa. Não conheço outro autor que tenha aludido a essa questão, porém, por inferência, parece-me que o esturjão teria de ser dividido do mesmo modo que a baleia, dando-se ao rei a cabeça excessivamente elástica do peixe, e isso, considerado de maneira simbólica, poderia basear-se de modo humorístico em alguma pretensa semelhança. Assim parece que tudo tem a sua razão de ser, até mesmo a lei.

O Pequod encontra o Bouton de Rose

(*"In vain it was to rake for Ambergriese in the paunch of this Leviathan. insufferable fetor denying not inquiry"*'[47] — Sir T. Browne, V. E.)

Uma ou duas semanas depois da última cena de pesca que descrevemos, e quando navegávamos lentamente num mar sonolento e vaporoso do meio-dia, os muitos narizes que se encontravam na coberta do *Pequod* provaram ser vigias mais alertas do que os três pares de olhos em cima dos mastros. Sentiu-se no mar um cheiro peculiar e não muito agradável.

— Apostaria agora mesmo qualquer coisa, como se encontram aí por perto alguns dos cachalotes incapacitados que atacamos no outro dia — disse Stubb. — E penso que aparecerão dentro em pouco.

Daí a pouco dissiparam-se os vapores que rodeavam e avistamos à distância um navio cujas velas dobradas indicavam que havia ao seu lado qualquer espécie de cetáceo. À medida que nos aproximávamos, podíamos verificar que o navio estrangeiro ostentava no seu penol as cores francesas e a julgar pela nuvem de abutres marinhos que redemoinhavam em torno dele, rondando e descendo sobre a presa, pareceu evidente que a baleia devia ser daquelas que os pescadores chamam de baleias fenecidas, isto é, uma baleia que morreu no mar, sem ser molestada e que fica flutuando como um cadáver sem dono. Não é difícil imaginar o mau cheiro que exala semelhante massa: é pior do que uma cidade assíria, em tempo de praga, quando os vivos não podem sequer enterrar os seus mortos. Alguns o consideram na verdade tão intolerável que nem mesmo a maior cobiça os induzia a ancorar o seu navio junto ao cetáceo. Há entretanto quem se decida a isso, conquanto o azeite obtido com esses cadáveres seja de qualidade muito inferior e de natureza nada parecida com a do óleo fabricado com essência de rosas.

Entretanto, quando nos aproximamos mais, com o auxílio da brisa agonizante, vimos que o francês tinha ao seu lado uma segunda baleia e esta parecia desprender um "perfume" ainda mais forte do que a outra. Na verdade, verificamos que se tratava de uma dessas baleias problemáticas que parecem secar e morrer com uma espécie de dispepsia prodigiosa, ou indigestão, que deixa os corpos totalmente desprovidos de tudo o que se pareça com azeite. Contudo, veremos em tempo oportuno que nenhum pescador abandona um desses cetáceos, por mais que despreze em geral as baleias fenecidas.

Nesse momento o *Pequod* se encontrava tão perto do navio desconhecido que Stubb garantiu ter reconhecido a sua haste, enredada nas cordas atadas em torno da cauda de uma das baleias.

— Aí têm os senhores um sujeito magnífico — exclamou zombeteiramente, de pé na proa. — Vejam que chacal! Eu bem sabia que esses sapos franceses são uns pobres diabos, na pesca; às vezes fazem descer os botes em grandes ondas, tomando-os por jorros de baleias. Sim, e às vezes saem do porto de partida, com o porão repleto de velas de sebo e de caixotes de espevitadeiras, calculando que todo o óleo que obtiverem não bastará nem mesmo para molhar o pavio do capitão. E todos nós sabemos disso: mas prestem atenção. Temos aqui um sapo que se contenta com as nossas sobras, esse cachalote incapacitado que aí está. Contenta-se também com recolher os ossos secos do precioso animal que tem ao lado. Pobre diabo! Vamos. Que alguém passe um chapéu e vamos dar-lhe um pouquinho de azeite, por simples caridade. Porque o azeite que obterá com esse cachalote não servirá nem mesmo para arder num cárcere, ou mesmo numa cela maldita. E quanto ao outro cachalote, bem, eu acredito que tiraria mais azeite desses três mastros do que estrairá ele de um tal montão de ossos. Mas agora que penso nisso, poderia conter alguma coisa que vale muito mais do que o azeite, isto é, o âmbar gris. Penso: não terá ocorrido isso ao velho? Vale a pena experimentar. Sim, estou decidido.

Dizendo isso, encaminhou-se até o castelo de proa.

Já então a calma era completa: de maneira que, quisesse ou não, o *Pequod* estava preso naquele mau cheiro, sem a menor probabilidade de escapar a ele, até que se erguesse uma brisa. Stubb saiu do camarote e chamou a tripulação do seu bote, com a qual se dirigiu até o navio estrangeiro. Ao passar diante da proa, notou que, segundo o imaginoso gosto francês, a parte superior da roda era esculpida à maneira de imensa haste, inclinada e pintada de verde, e que em vez de espinhos, tinha cravos de cobre que sobressaíam aqui e ali, coroando o conjunto um bulbo de pregas simétricas de um vermelho vivo. Nos dois costados, em grandes letras douradas, lia-se: *Bouton de Rose* (Botão de rosa). Era este o nome romântico do aromático navio!

Ainda que Stubb não entendesse o *bouton* da inscrição mesmo assim a palavra *rose*, junto com a roda da proa, bastaram para explicar-lhe tudo.

— Um botão de rosa de madeira? — gritou, levando uma das mãos ao nariz. — Muito bem! Porém, com os diabos, como cheira mal!

Mas, para entrar em comunicação direta com a gente do convés, tinha de rodear a proa e passar para o lado de estibordo, aproximando-se assim da baleia fenecida e falando por cima dela.

Chegando a esse ponto, sempre com a mão no nariz, gritou:

— *Bouton de Rose*! Olá! Os do navio. Algum de vocês fala inglês, "botões de rosa"?

— Sim — respondeu da amurada um marinheiro de Guernesey, que verificamos depois ser o primeiro piloto.

— Bem. Neste caso, meu "botão de rosa", teriam por acaso visto a baleia-branca?

— *Que* baleia?

— A baleia-*branca*, um cachalote, Moby Dick. Viram-na?

— Nunca ouvi falar dela. *Cachalot Blanche*! baleia-branca? Não.

— Bom. então adeus, por enquanto. Voltarei dentro de um minuto.

Voltou logo rapidamente para o *Pequod* e ao ver Ahab apoiado na borda do convés, formou uma trompa com as mãos e gritou:

— Não, senhor, não.

Em seguida Ahab retirou-se e Stubb voltou ao navio francês.

Viu então que o homem de Guernesey, o qual acabava de chegar junto às correntes, fazia uso de uma pá cortante e tinha o nariz metido numa espécie de bolsa.

— Que tem no nariz? — perguntou Stubb. — Quebrou-o?

— Antes o tivesse quebrado ou não o tivesse de modo algum — respondeu o homem de Guernesey, o qual não parecia muito contente com a tarefa que tinha em mãos. — Mas por que aperta o seu?

— Oh! Por nada. É de cera e preciso sustentá-lo. Lindo dia, não é? Dir-se-ia que estamos num jardim, não lhe parece? Vamos ver, colhamos um ramo de flores. Não quer, "botão de rosa"?

— Que diabo vem buscar aqui? — berrou o homem de Guernesey, encolerizando-se de súbito.

— Eh! Eh! Mantenha-se calmo e frio. Frio? Sim, é bem a palavra! Por que não embalam esses cachalotes com gelo, enquanto trabalham com eles? Porém, deixando de brincadeiras, sabe, "botão de rosa", que é inútil tentar obter algum azeite desse cachalote? Quanto ao que está seco não tem nem mesmo a oitava parte de um litro.

— Bem sei: porém, o nosso capitão não quer acreditar nisso. É esta a sua primeira viagem. Antes fabricava água-de-colônia. Suba a bordo e pode ser que ele acredite no senhor, já que não acredita em mim. Assim eu poderia sair dessa imundície.

— Farei qualquer coisa para servi-lo, meu bom e encantador amigo — replicou Stubb, e logo subiu para a coberta.

Uma cena estranha se lhe apresentou à vista. Os marinheiros, com os gorros de borlas vermelhas, preparavam os aparelhos a fim de estar de prontidão para as baleias. Mas trabalhavam com bastante lentidão e falavam muito depressa: pareciam estar em todas as disposições, menos de bom humor. Todos com os narizes projetados para cima, como outras tantas bujarronas; de vez em quando abandonavam o trabalho aos pares e subiam ao topo dos mastros para respirar um pouco de ar fresco. Alguns, temendo apanhar uma peste, empapavam uma estopa em alcatrão e a levavam ao nariz. Outros, cujos cachimbos se haviam quebrado quase junto da boquilha, tiravam fumaçadas desesperadas, para que a fumaça do tabaco lhes enchesse continuamente os condutos do olfato.

Stubb foi surpreendido por uma avalancha de gritos e anátemas procedentes do toldo do capitão, e olhando nessa direção, viu um rosto furibundo que assomava pela porta entreaberta. Era o rosto do atormentado médico de bordo, o qual, depois de protestar em vão contra os acontecimentos do dia, se refugiara no toldo (*cabinet*, dizia ele) para evitar a peste, porém, sem deixar de expressar de vez em quando a sua indignação e suas súplicas.

Observando tudo isso, Stubb disse consigo mesmo que o seu projeto daria um resultado maravilhoso e voltando-se para o marinheiro de Guernesey, conversou com ele um instante. Durante essa conversação, o oficial estrangeiro manifestou o seu ódio pelo capitão, que considerava um ignorante, convencido, que os havia arrastado àquela embrulhada tão hedionda como improdutiva. Sondando-o cuidadosamente, Stubb compreendeu também que o homem de Guernesey não tinha a menor suspeita, no que se referia ao âmbar gris. Dessa maneira, absteve-se de mencionar um tal assunto, porém, quanto ao mais mostrou-se muito franco e confiante para com ele, a tal ponto que combinaram um pequeno plano para iludir o capitão e zombar dele, sem suspeitas da sua parte quanto à sinceridade de ambos. De acordo com o plano, o marinheiro de Guernesey, valendo-se do seu ofício de intérprete, contaria ao capitão o que quer que lhe ocorresse, como se tivesse sabido por Stubb, e este diria todas as loucuras que lhe passassem pela cabeça durante a entrevista.

Já então a futura vítima saía do camarote. Homem baixo e moreno, porém de aspecto um tanto delicado para um capitão de alto mar, ostentando um enorme bigode e grandes suíças, vestia um colete de veludo vermelho, sobre o qual luzia de um lado uma corrente com berloques de ouro. O marinheiro de Guernesey apresentou cortesmente Stubb ao capitão e assumiu logo cerimoniosamente o papel de intérprete entre os dois.

— Que direi em primeiro lugar? — perguntou.

— Vejamos — disse Stubb estudando o colete de veludo e os berloques de ouro —, poderia começar dizendo que ele me parece um tanto ameninado, ainda que não pretenda ser bom conhecedor.

— Está dizendo, monsieur — disse em francês o homem de Guernesey — que ontem mesmo o seu navio esteve em comunicação com outro, cujo comandante assim como o contramestre e mais seis marinheiros tinham morrido de febre produzida por uma baleia fenecida, amarrada ao lado da embarcação.

Ouvindo isso o capitão estremeceu e mostrou-se ansioso por saber algo mais.

— E agora? — perguntou o de Guernesey a Stubb.

— Bem, já que recebe tudo assim de bom humor, diga-lhe que agora que o examinei detidamente, julgo que está tão indicado para dirigir um baleeiro como um macaco de São Tiago. Diga-lhe da minha parte que ele é um mandril.

— Jura e declara, monsieur, que o outro cachalote é muito mais mortífero do que o fenecido; numa palavra, senhor, suplica-nos encarecidamente que, se temos amor às nossas vidas, soltemos esses cadáveres.

Imediatamente o capitão correu e com voz de trovão deu ordens à tripulação para desistir da tarefa de preparar os mastros e para desprender os cabos e as correntes que prendiam os cachalotes aos botes.

— E agora, que mais? — disse o homem de Guernesey, quando o capitão regressou até onde eles estavam.

— Bem, deixe-me pensar... sim, o melhor seria que lhe dissesse que... que... na realidade, o estive enganando... e (à parte) talvez também a outro.

— Diz, monsieur, que está muito contente por lhe ter podido ser de utilidade em alguma coisa.

Ouvindo isso, o capitão assegurou que eles é que deviam estar agradecidos, e terminou convidando Stubb para descer ao seu camarote e beber uma garrafa de Bordeaux em sua companhia.

— Deseja — disse o intérprete — que o senhor beba um copo de vinho com ele.

— Agradeço-lhe de todo o coração, porém, diga-lhe que é contra os meus princípios beber com uma pessoa a quem enganei. Na verdade, diga-lhe que tenho de ir embora.

— Diz, monsieur, que os seus princípios não lhe permitem beber, porém, se o senhor deseja viver mais um dia para beber, o melhor que tem a fazer é descer os quatro botes e afastar o navio dos cachalotes, pois a calma é tão grande que não há corrente que os leve.

Já então Stubb se encontrava sobre o costado e, enquanto descia para o bote, chamou o marinheiro de Guernesey para dizer-lhe que, como tinha um longo cabo de reboque, propunha-se a fazer todo o possível para ajudá-los, arrastando o mais leve dos cachalotes para longe do costado do navio. Enquanto os botes do francês se ocupavam em rebocar o navio num sentido, Stubb rebocava com benevolência o seu cachalote no sentido oposto, puxando ostensivamente um cabo de reboque, desusadamente longo.

Pouco depois ergueu-se uma brisa; Stubb fingiu que abandonava o cachalote, enquanto o *Bouton de Rose*, içando os seus botes, aumentou em breve a distância que os separava e ao mesmo tempo o *Pequod* deslizou entre ele e a presa de Stubb. Este se aproximou então da massa flutuante e chamando os tripulantes do *Pequod*, a fim de comunicar-lhes os seus propósitos, procedeu a tempo à colheita do fruto da sua iníqua astúcia.

Pegou uma afiada pá e iniciou uma escavação no corpo, um pouco mais atrás de uma das barbatanas laterais. Poder-se-ia julgar que estivesse cavando um subterrâneo no mar, e quando a pá esbarrou afinal nas finas costelas, deu a impressão de que desenterrava mosaicos e telhas romanas sepultadas em espesso barro inglês. A tripulação do seu bote, em grande agitação, ajudava ansiosamente o chefe; todos pareciam tão ávidos como cavadores de ouro.

Durante todo o tempo, pássaros inumeráveis desciam com a cabeça para baixo e gritavam, piavam e lutavam uns com os outros. Stubb começou a ficar desapontado especialmente à medida que o horrível mau cheiro tornava-se mais intenso, quando de repente, do próprio centro da praga, surgiu uma débil onda de perfume que fluía pela corrente de maus odores, sem ser absorvida por eles, do mesmo modo que um rio entra em confluência com outro sem que, por algum tempo, as suas águas se misturem.

— Encontrei-a! Encontrei-a — gritou Stubb entusiasmado. — Uma bolsa, uma bolsa!

Pôs de lado a pá e, metendo as duas mãos, tirou aos punhados, uma substância parecida com sabão de Windsor ou com um velho queijo suculento e manchado. Muito gordurosa e aromática, é fácil machucá-la com o polegar e tem uma cor entre amarelo e cinzento. E isso, meus caros amigos, é o âmbar gris, do qual uma onça custa um guinéu de ouro, em qualquer drogaria. Obtiveram-se seis grandes punhados, porém uma quantidade muito maior perdeu-se no mar, o que era inevitável. Provavelmente teriam conseguido ainda mais, se não fosse a ordem impaciente e ruidosa de Ahab, para que desistissem e regressassem para bordo, pois, do contrário, o navio lhes diria adeus.

Pois bem: esse âmbar gris é uma substância muito curiosa e de tanta importância no comércio que, em 1791, um certo capitão Coffin, natural de Nantucket, foi interrogado a respeito dele no recinto da Câmara dos Comuns, na Inglaterra. Porque nessa época e, na verdade, até uma época relativamente recente, a origem do precioso âmbar gris. bem como a do próprio âmbar, apresentava um problema aos eruditos. Ainda que a palavra francesa, *ambergris*, sugira uma relação entre este e o âmbar, as duas substâncias são contudo muito diferentes, visto que o âmbar, ainda que seja às vezes encontrado na costa do mar, é também escavado em certas terras do interior, ao passo que o âmbar gris nunca é encontrado senão no mar. Além disso o âmbar é uma substância dura, transparente, frágil e inodora, empregada para boquilhas de cachimbo, contas e adornos, ao passo que o âmbar gris é branco, plástico e tão aromático que é largamente utilizado em perfumarias e na fabricação de pastilhas, círios preciosos, pós para o cabelo e pomadas. Os turcos o usam para a cozinha e também o levam a Meca com o mesmo propósito com que se leva incenso a São Pedro, em Roma. Certos fabricantes de vinho deitam alguns grãos de âmbar gris no vinho tinto, para temperá-lo.

Quem haveria de supor que damas e cavalheiros tão distintos se deleitariam com essa essência encontrada nas entranhas ignominiosas de um cachalote enfermo? Contudo, é verdade. Alguns supõem que o âmbar gris é a causa da dispepsia do cachalote. Seria difícil dizer como se cura essa dispepsia, a não ser que obriguemos o animal a ingerir o carregamento de três ou quatro botes de pílulas de Brandreth, tendo porém o cuidado de correr para evitar o perigo, como os operários que fazem voar rochedos a dinamite.

Esqueci de dizer que neste âmbar gris encontram-se pequenas placas redondas e duras, que Stubb tomou a princípio por botões de calças dos marinheiros, mas que logo se verificou serem pequenos ossos de calamar, assim embalsamados.

Pois bem: não terá algum significado o fato de que a incorruptibilidade desse âmbar gris tão perfumado se encontre no centro de tamanha corrupção? Lembremos as palavras de S. Paulo aos Coríntios, sobre a corrupção e a incorruptibilidade; como somos semeados na desonra, mas elevados à glória. E lembremos igualmente o dito de Paracelso, sobre o que constitui o melhor almíscar. Não esqueçamos também que de todas as coisas hediondas, a água-de-colônia, nas fases rudimentares da fabricação, é a pior.

Desejaria terminar o capítulo com essas meditações, mas isso não é possível, devido à minha ansiedade para repelir uma acusação que a miúdo se formula contra os baleeiros e que na opinião de alguns espíritos predispostos, poderia ser considerada como confirmada indiretamente pelo que se disse acerca dos cachalotes do navio francês. Em outra parte deste volume refutou-se essa calúnia infamante, isto é, que a profissão de baleeiro seja um ofício desalinhado e sujo. Porém há ainda o que refutar. Insinua-se também que todas as baleias cheiram mal. Como se originou essa afronta odiosa?

Na minha opinião, ela remonta evidentemente à primeira chegada de navios baleeiros da Groenlândia a Londres, há mais de dois séculos. Como esses baleeiros não extraíam então, nem extraem ainda hoje, o azeite no meio do mar, como sempre fizeram os navios do sul, cortavam a gordura fresca em pequenos pedaços que guardavam em grandes barricas para levá-la assim aos portos. E a rapidez de temporada nesses mares de gelo, as tormentas bruscas e violentas a que estão expostos os navios, impedem qualquer outro processo. Por conseguinte, nos molhes da Groenlândia, quando se abre o porão e se começa a descarregar um desses cemitérios de baleia, desprende-se um odor um tanto semelhante ao que emanam, quando se escava um antigo cemitério, para lançar os alicerces de uma Maternidade.

Suponho também que essa acusação perversa contra os baleeiros possa ser atribuída em parte ao fato de que existia em outros tempos, na costa da Groenlândia, uma aldeia chamada Schmerenburgh ou Smeerenberg, nome este usado pelo erudito Fogo Von Slack, no seu tratado sobre odores, obra de consulta, nessa matéria. Conforme indica o seu nome (*smeer*, gordura; *berg*, acumular), fundou-se essa aldeia com o fim de dispor de um lugar onde extrair o azeite da gordura transportada pela frota baleeira holandesa, sem necessidade de levá-la à Holanda para este fim. Era uma coleção de fornos, caldeiras e filtros e quando se começava o trabalho, o odor que se desprendia não era nada agradável, decerto.

Porém tudo isso é muito diferente, quando se trata de um baleeiro dos mares do sul, que, numa viagem de quatro anos, talvez, depois de encher totalmente o porão de óleo, quase nunca emprega mais de cinquenta dias na tarefa da fervura, e o azeite, no estado em que é depositado nas barricas, quase não tem cheiro. O certo é que as baleias, vivas ou mortas, se são tratadas de maneira decente, não são criaturas que cheirem mal, nem tampouco se pode conhecer um baleeiro como a gente da Idade Média presumia descobrir um judeu, pelo cheiro, no meio de uma multidão. Nem também, na realidade, poderia ser de outra maneira, visto que em geral a baleia desfruta de muito boa saúde, faz muito exercício, vive sempre fora, é verdade, ainda que raramente ao ar livre. Afirmo que do movimento das barbatanas de um cachalote emana perfume como de uma dama quando faz farfalhar as suas saias numa sala aquecida. Neste caso, considerando a magnitude do cachalote, com que poderia eu compará-lo quanto à fragrância? Não será com os famosos elefantes persas, ornados de joias e perfumados de mirra, conduzidos para fora das portas de uma cidade hindu, a fim de honrar Alexandre o Grande?

O náufrago

Poucos dias depois do encontro com o navio francês, ocorreu um fato muito significativo para o mais insignificante dos membros da tripulação do *Pequod*; foi um caso muito lamentável e que terminou por fornecer à embarcação predestinada, e às vezes loucamente alegre, uma profecia viva e sempre presente de qualquer consequência adversa que lhe poderia sobrevir também.

Nem todos os membros da tripulação do navio-baleeiro descem em lotes. Ficam de reserva alguns marinheiros que são chamados de zeladores do navio e encarregados das coisas de bordo, enquanto os botes perseguem a caça. Esses zeladores são em geral tão robustos e intrépidos como os homens que formam as tripulações dos botes. Porém se existe a bordo algum indivíduo excessivamente fraco, desajeitado ou tímido, com certeza será escolhido para zelador. Assim se passou no *Pequod* com o negrinho que respondia pelo nome de Pippin, ou Pip, por abreviatura. Pobre Pip! Os leitores já ouviram falar nele; lembram-se sem dúvida do seu pandeiro naquela noite dramática, tão tristemente alegre.

No seu aspecto exterior, Pip e Dough Boy formavam um par, como um petiço negro e outro branco, ainda que do mesmo tamanho. Mas ao passo que o infeliz Dough Boy era por natureza de inteligência embotada e inerte, Pip, embora imensamente brando, era muito vivo; tinha essa vivacidade agradável e alegre peculiar à sua raça, que aproveita sempre todas as festas e feriados com uma satisfação mais íntima, mais livre do que qualquer outro povo. Para os homens de cor o calendário não devia estar marcado senão com quatros de julho e dias de Ano Bom. Não deveis sorrir se afirmo que esse negrinho era brilhante, porque até o preto brilha conforme prova o ébano lustroso dos gabinetes dos reis. Mas Pip amava a vida e todas as suas comodidades pacíficas, de modo que ao ver-se inexplicavelmente encarregado de uma missão tão espantosa, o seu brilho se empanou tristemente. Conquanto, conforme veremos mais tarde, aquilo que assim se apagou nele, por algum tempo, estivesse destinado finalmente a ser iluminado com fogos-fátuos estranhos, os quais lhe comunicaram um brilho fictício, dez vezes maior do que o que tinha em Tolland County, seu povoado natal, no Connecticut, onde era a animação e a vida das festas campestres, e quando em noites melodiosas, com os seus alegres "ah! ah!" transformava o horizonte num imenso pandeiro estrelado. Assim, ainda que no ar claro do dia, suspenso de um colo de veias azuis, brilhe o diamante da mais pura água, contudo, quando o joalheiro astuto quer mostrar a joia com o seu brilho mais impressionante, coloca-se sobre um fundo escuro e o ilumina, não com a luz solar e sim com gases artificiais. Então surgem esses resplendores ardentes com infernal soberba, e a cintilante pedra, outrora símbolo divino do cristal dos céus, parece uma joia roubada à coroa do Rei dos infernos. Mas voltemos à nossa história.

Ocorreu no caso do âmbar gris que um dos remadores de Stubb torceu de tal maneira o pulso que ficou inutilizado durante algum tempo e Pip foi nomeado para substituí-lo provisoriamente.

A primeira vez que Stubb desceu com Pip este mostrou nervosismo, porém felizmente, por essa vez, livrou-se de entrar em contato com o cachalote. Não se comportou portanto de maneira vergonhosa, conquanto Stubb, que o vigiava, tratasse de exortá-lo a dar mais importância à sua coragem do que a tudo no mundo, pois poderia ser-lhe necessária a miúdo.

Mas na segunda descida, o bote, vogando, aproximou-se de um cachalote, o qual, ao receber o dardo, deu com a cauda uma forte pancada que esbarrou justamente debaixo do lugar onde estava sentado o pobre Pip. A consternação involuntária do momento obrigou-o a saltar fora do bote, de remo na mão, de maneira tal que ficou preso na parte frouxa da linha e caiu na água. Nesse instante o cachalote ferido iniciou uma corrida veloz e a corda se ergueu; então, bem depressa, o pobre Pip, deitando espuma, chegou à borda do bote, arrastado pela corda, que lhe dava várias voltas em torno do pescoço e do peito.

Tashtego estava de pé na proa, invadido dos pés à cabeça pela febre da caça. Odiava Pip, por considerá-lo pusilânime. Tirou a faca da bainha e, suspendendo o fio sobre a corda, voltou-se para Stubb, perguntando:

— Corto?

Entretanto, o rosto arroxeado e sufocado de Pip parecia dizer: "Faça-o pelo amor de Deus!" Tudo se passou com uma rapidez de relâmpago. A cena decorreu em menos de meio minuto.

— Maldito seja! Corta! — rugiu Stubb.

E assim se perdeu o cachalote e Pip foi salvo.

Logo que conseguiu restabelecer-se, o pobre negrinho foi assaltado pelos gritos e imprecações da tripulação. Deixando que se evaporassem aquelas blasfêmias irregulares, Stubb, de maneira clara, precisa, ainda que meio humorística, convocou Pip oficialmente e, em seguida, deu-lhe, não oficialmente, muitos conselhos edificantes. Todos se resumiam em substância, ao seguinte: "Nunca saltes do bote, Pip, salvo se..." Porém o resto ficou indefinido, como ocorre sempre no caso dos conselhos mais sensatos, pois bem, em geral o lema da pesca da baleia é, *agarre-se ao bote*, mas podem apresentar-se casos em que, *salte do bote* é ainda maior. Por outro lado, como que compreendendo que se desse a Pip um conselho por demais consciente e amistoso, deixar-lhe-ia uma margem muito ampla para saltar do bote, no futuro, Stubb interrompeu-se de súbito e concluiu com uma ordem peremptória.

— Agarra-te ao bote, Pip, do contrário não tornarei a recolher-te. Tem isso em mente. Não podemos nos permitir o luxo de perder cachalotes por causa de negrinhos como tu; um cachalote é vendido por um preço muito acima do que pagariam por ti em Alabama. Tem isso sempre em mente e não tornes a saltar.

Com isso Stubb insinuou talvez que o homem, ainda que ame o seu próximo, ama muito mais o dinheiro, propensão que amiudadas vezes entra em conflito com a benevolência.

Todavia, estamos todos nas mãos dos deuses e Pip tornou a saltar. Aconteceu em circunstâncias muito semelhantes às da primeira vez, mas nessa ocasião não se prendeu na corda e, portanto, quando o cachalote iniciou a corrida, Pip foi deixado para trás, na água, como a mala de um viajante apressado. Ai! Stubb mostrou-se fiel à sua palavra. Era um dia azul, magnífico, generoso; o mar tranquilo e calmo se estendia liso em todo o seu contorno, até o horizonte, como o couro de um batedor de ouro martelado ao extremo. Flutuando nesse mar, a cabeça de ébano de Pip parecia uma cabeça de cravo-da-índia. Ninguém levantou a faca, quando ele caiu tão rapidamente pela popa. Stubb voltou-lhe as costas, inexoravelmente. O cachalote parecia ter asas. Em três minutos, uma milha inteira de oceanos sem praia se interpôs entre Pip e Stubb. Do meio do mar, o pobre Pip voltou a cabeça negra e crespa para o sol, outro náufrago solitário, ainda que mais excelso e brilhante.

Pois bem, com tempo calmo, para o nadador experimentado, é tão fácil nadar em mar aberto como andar pela praia numa carruagem de molas. Porém a solidão espantosa se torna intolerável. Meu Deus! Quem poderia descrever essa concentração intensa em meio de uma imensidão tão desapiedada? Observem como os marinheiros, quando se banham em mar aberto, numa grande calma, estão sempre muito perto do navio e nadam apenas junto ao seu costado.

Porém teria Stubb abandonado realmente o pobre negrinho à sua sorte? Não; ou pelo menos não era esta a sua intenção. Como os outros botes seguiam atrás, supôs, sem dúvida, que se aproximariam de Pip quanto antes, ainda que na realidade os caçadores nem sempre mostrem, em casos semelhantes, tanta consideração para com os remeiros que se encontram em aperto, em virtude de sua própria timidez, e esses casos sucedem com bastante frequência. Na pesca, quase invariavelmente, aquele que é considerado covarde fica marcado com o mesmo ódio implacável que se nota no exército e na marinha de guerra.

Mas os botes em questão, sem ver Pip, distinguiram outros cachalotes nas imediações e, dando volta, lançaram-se em sua perseguição. O bote de Stubb se achava então a tal distância que o horizonte em torno de Pip começou a alargar-se de maneira horrível. Mas, por um simples acaso, o próprio navio o salvou afinal. Contudo, desde aquele momento, o pobre negrinho ficou idiota. Pelo menos, assim diziam. O mar conservara em cima o seu corpo finito, porém afogara o infinito da sua alma. Não estava contudo completamente afogado, mas antes transportado vivo a profundezas maravilhosas, onde formas estranhas do mundo primitivo deslizavam de um lado para outro, diante dos seus olhos passivos, e a sereia avara chamada Sabedoria revelava-lhe os seus tesouros amontoados, e entre as eternidades joviais, sem coração, sempre jovens, Pip viu os incontáveis insetos de coral que do firmamento das águas levantavam as órbitas colossais. Viu o pé de Deus sobre o pedal do tear, e falou-lhe, e em consequência disso os seus companheiros o chamaram de louco. Assim a loucura do homem é a sensatez do céu, e o homem apartando-se de toda razão mortal, alcança finalmente este pensamento celestial que para a razão é absurdo e louco, e tanto na prosperidade como na miséria sente-se firme, tão indiferente como seu Deus.

Quanto ao mais, não censurem Stubb com muita aspereza. O fato é comum na pesca e, no decurso desta narrativa, veremos como fui também vítima de um abandono semelhante.

Um aperto de mão

Esse cachalote de Stubb, pelo qual se pagou tão elevado preço, foi conduzido depois ao costado do *Pequod*, onde foram realizadas regularmente todas as operações de corte e levantamento descritas com todos os detalhes, em capítulo anterior, inclusive a embalagem do caixão ou tonel de Heidelburgh.

Ao passo que uns estavam ocupados nesta última tarefa, outros se empenhavam em transportar as grandes cubas, logo que ficavam cheias de espermacete; e quando chegou o momento oportuno, o espermacete foi manipulado cuidadosamente antes de passar às refinarias, e a essa tarefa referir-me-ei imediatamente.

O espermacete esfriara e cristalizara-se a tal ponto que quando me sentei, junto com outros, diante de uma grande banheira de Constantino cheia da substância, encontrei-a estranhamente condensada em torrões que flutuavam aqui e ali, na parte líquida. A nossa tarefa consistia em desfazer esses torrões para que se transformassem novamente em fluido. Tarefa agradável e gordurosa! Não admira que na antiguidade esse espermacete fosse um cosmético tão apreciado. Como aclara! Como é suavizador, como adoça! Como mitiga deliciosamente! Depois de ter mergulhado nele as mãos durante alguns minutos, os meus dedos pareciam enguias e começaram por assim dizer a serpear, a fazer espirais.

Enquanto me encontrava comodamente sentado, no convés, com as pernas cruzadas, depois de rude tarefa no cabrestante, sob um céu azul tranquilo, o navio com as velas indolentes e deslizando serenamente; enquanto eu banhava as mãos nos glóbulos suaves dos tecidos infiltrados (tecidos quase na hora); enquanto se quebravam entre meus dedos e descarregavam toda a sua opulência como as uvas muito maduras soltam o vinho; enquanto aspirava esse aroma puro, semelhante, literalmente, ao das violetas na primavera, declaro-vos que vivi por algum tempo num prado perfumado, esqueci tudo o que se referia ao nosso horrível juramento, lavei minhas mãos e o meu coração nesse espermacete indizível e quase comecei a dar crédito à antiga superstição de Paracelso, o qual afirma que o espermacete possui uma rara virtude para apaziguar o calor da ira. Enquanto me sumia nesse banho, senti-me divinamente livre de toda má vontade, ou petulância, ou malícia, de qualquer espécie que fosse.

Esmagar, esmagar, esmagar! Durante a manhã inteira esmaguei o espermacete, até que quase me dissolvi nele; esmaguei esse espermacete, até que uma espécie de loucura se apoderou de mim e encontrei-me sem querer apertando as mãos de meus colaboradores, tomando-as por engano pelos glóbulos suaves. Esse passatempo gerou um sentimento tão abundante, tão afetuoso, tão amigo e amoroso que afinal comecei a apertar-lhes continuamente as mãos, olhando-os nos olhos, sentimentalmente, como se quisesse dizer: "Oh! queridos amigos, por que motivo havemos de ser inimigos ou permitir que o mau humor e a inveja se apoderem de nós? Vamos! Apertemos mutuamente as mãos, todos nós: estreitemo-nos todos num abraço, estreitemo-nos universalmente dentro desse leite de bondade!"

Ah! Quem me dera pudesse esmagar incessantemente este espermacete, porque assim, depois de muitas experiências prolongadas e semelhantes, compreendo que o ser humano tem de reduzir, com o tempo, a sua ideia de felicidade possível, não a pondo em nenhuma parte do intelecto, ou da fantasia, e sim na esposa, no coração, no leito, na mesa, na sela, na lareira, na pátria; e agora, que compreendo tudo, estou disposto a esmagar eternamente o espermacete. Nas imagens das visões noturnas, vi longas filas de anjos do paraíso, cada qual com um jarro de espermacete nas mãos.

Ao falar de espermacete, convém mencionar outras coisas relacionadas com a tarefa de preparar o cachalote para as refinarias.

Vem em primeiro lugar o chamado *cavalo branco*, que se obtém da parte delgada do animal e também da parte mais larga das barbatanas caudais. Substância dura, com tendões congelados — um chumaço de músculos — que entretanto contém algum óleo; uma vez separado do cachalote, antes de passar ao esmiuçador, o *cavalo branco* é cortado em quadrilongos portáteis, muito parecidos com blocos de mármore de Berkshire.

Pudim de ameixas é o nome dado a certos fragmentos da carne do cachalote, que aderem aqui e ali à capa de gordura e a miúdo participam em grau considerável da sua untuosidade. O *pudim de ameixas* tem um aspecto sumamente refrescante, jovial, formoso. Conforme indica o seu nome, tem um matiz excessivamente rico e multicolorido, com um fundo listado de neve e ouro e salpicado de manchas cor de púrpura e de carmim mais vivo. São ameixas de rubis e desenhos representando cidras, de maneira que mal se resiste ao desejo de comê-lo. Confesso que uma vez me escondi detrás do mastro do trinquete para prová-lo. Tinha um gosto parecido com o que eu imaginava: um filé magnífico, tirado da coxa de Louis Le Gros, supondo que o tivessem morto no dia seguinte à terminação da temporada de caça ao veado e que essa temporada tivesse coincidido com uma vindima excepcional nos vinhedos de Champagne.

Outra substância muito singular é a que se apresenta no decurso dessa tarefa, porém é-me difícil descrevê-la adequadamente. Chama-se *slobgollion*, nome original para os baleeiros, como é também original a natureza da substância. Inefavelmente viscosa e fibrosa, encontra-se mais frequentemente nas tinas de espermacete depois de um esmagamento e da decantação subsequente. Na minha opinião, trata-se de membranas extraordinariamente finas e quebradas da caixa do animal, unidas umas às outras.

A palavra *gurry* pertence antes aos pescadores de baleia propriamente dita, ainda que a empreguem algumas vezes os caçadores de cachalotes. Serve para designar uma substância escura, gelatinosa, que se raspa do lombo da baleia da Groenlândia, ou baleia propriamente dita, abundante nas cobertas dos navios dessa gente inferior que caça tão ignóbil leviatã.

Pinças. Esta palavra não pertence estritamente ao vocabulário do baleeiro, porém este a aplica com um sentido especial. A *pinça* é um fragmento curto e firme de matéria tendinosa, cortada da parte inferior, ou seja a cauda do leviatã. Tem uma espessura de dois ou três centímetros e, quanto ao mais, é de tamanho aproximado ao da parte de ferro de uma enxada. Se é passada de lado pela capa oleosa, presta o mesmo serviço que um esfregão e, com mil afagos, como por arte de magia, atrai e leva consigo todas as impurezas.

Mas a melhor maneira de aprender tudo o que se refere a este assunto secreto consiste em descer em seguida ao quarto da gordura e manter uma conversação prolongada com os seus ocupantes. Mencionei já este lugar como sendo o receptáculo dos pedaços crus, à medida que vão sendo cortados da baleia e içados para o navio. Quando chega o momento oportuno para o corte do seu conteúdo, este aposento se transforma num cenário de terror para todos os novatos, especialmente de noite. De um lado, iluminado por uma lanterna de débil luz, deixa-se um espaço livre para os trabalhadores. Em geral, estes vão aos pares: um leva lança e garfo e o outro uma afiada pá. A lança dos baleeiros é semelhante à arma de abordagem — a que se dá o mesmo nome — de uma fragata. O garfo parece um pouco com o gancho de um bote. Com esse gancho o marinheiro agarra uma capa de gordura e procura impedir que deslize ao movimento incessante do navio. Entretanto, o homem da pá está de pé sobre a própria capa e a corta perpendicularmente, em pedaços portáteis. A pá é tão afiada quanto o permite a pedra de amolar; os homens vão descalços; a matéria onde se mantém o que maneja a pá pode escapar-lhe, às vezes, irresistivelmente, como um trenó. Se ele cortasse um dedo do próprio pé ou se cortasse o seu ajudante, ficaríeis muito assombrados com isso? Entre os veteranos do quarto da gordura, os dedos dos pés são escassos.

Sotaina

Se tivésseis subido a bordo do *Pequod* em determinado momento *post-mortem* do cachalote e se tivésseis passado perto do cabrestante, estou certo de que teríeis estudado com uma curiosidade não pequena um objeto muito estranho e enigmático que se encontrava ali, estendido ao longo dos embornais de sota-vento. Não me refiro à maravilhosa cisterna da cabeça do cachalote, nem também ao prodígio da sua mandíbula inferior desengonçada, nem ainda ao milagre da sua cauda simétrica; nenhuma dessas coisas vos surpreenderia tanto como uma olhada fugaz a esse cone indescritível, mais longo do que a altura média de um natural de Kentucky, de quase trinta centímetros de diâmetro na base, e de um negro tão retinto como Yojo, o ídolo de ébano de Queequeg. E ídolo é, na realidade, ou antes, o era antigamente, um ídolo semelhante ao que se encontrava nas alamedas secretas da Rainha Maacha, da Juda, que por adorá-lo foi deposta por seu filho, o Rei Asa, o qual destruiu o ídolo e queimou-o, como sendo abominável, junto ao Cedron, conforme vem exposto obscuramente no capítulo XV do primeiro livro dos Reis.[48]

Olhai para o marinheiro que se chama o esmiuçador, que agora se aproxima e, ajudado por dois companheiros, levanta lentamente o orandíssimo, como dizem os marinheiros, e com as espáduas esmagadas sob tamanho peso move-se com dificuldade, como um granadeiro que carregasse um companheiro morto para longe do campo de batalha. Depois de estendê-lo sobre a coberta do castelo de proa, começa a tirar-lhe cilindricamente o couro escuro, como um caçador africano o faz com a pele de uma boa. Em seguida, volta-o pelo avesso, como a perna de uma calça, e começa a estirá-lo o mais possível até que o diâmetro duplica-se quase, e depois o põe para secar bem estendido nas enxárcias. Dentro de pouco tempo, desce-o de novo, corta quase um metro da extremidade pontiaguda e depois de fazer dois talhos na outra extremidade, para servir de cava, veste-se com essa estranha roupa. O esmiuçador encontra-se então diante de vós com o traje ritual do seu sacerdócio. Costume imemorial para todos os da sua Ordem, somente essa investidura o protegerá adequadamente, enquanto se ocupa nas funções peculiares do seu ofício.

Este ofício consiste em esmiuçar os fragmentos de gordura para as panelas, operação que se realiza num curioso cavalo de madeira, colocado de ponta contra a amurada, e sob o qual há uma enorme barrica em que caem os pedaços cortados, rápidos como as folhas do discurso de um orador arrebatado. Vestido de negro, ocupando um púlpito saliente, atento às folhas da Bíblia, que candidato a um arcebispado, que homem para o cargo de pontífice seria esse esmiuçador![49]

As refinarias

Um baleeiro norte-americano distingue-se não somente por seus botes içados como também por suas refinarias. Apresenta a anomalia curiosa de uma sólida obra de alvenaria que juntamente com o roble e o cânhamo constituem o navio completo. É como se de um campo aberto se transportasse às suas pranchas um forno de cozinhar tijolos.

A refinaria está situada entre o mastro de trinquete e o mastro grande, na parte mais espaçosa do convés. As vigas debaixo são muito resistentes, próprias para suster o peso de uma massa quase sólida de ladrilho e argamassa de uns três metros de comprimento por dois e meio de largura e um e meio de altura. A base não penetra no convés, porém a alvenaria está firmemente segura na superfície por meio de cotovelos de ferro que a unem por todos os lados, conservando-a parafusada nas vigas. As paredes são de madeira. É completamente coberta por uma escotilha em declive. Removendo-se essa escotilha, ficam expostas as duas panelas de refinar, cada qual com uma capacidade de vários barris. Quando não estão em uso, são conservadas em limpeza notável. Às vezes são areadas com esteatita e areia até que ficam brilhando como taças de prata. Alguns marinheiros velhos e cínicos, costumam, durante as guardas noturnas, introduzir-se nelas, e encolhem-se lá dentro para dormir um pouco. Enquanto se dedicam à tarefa de areá-las — um homem em cada panela, ombro a ombro — transmitem-se muitas comunicações, confidencialmente, por cima dos lábios de ferro. O lugar também é propício para a profunda meditação matemática. Na panela esquerda do *Pequod*, enquanto fazia circular diligentemente a esteatita diante de mim, surpreendeu-me indiretamente o fato notável de que em Geometria todos os corpos que deslizam em cicloide, minha esteatita, por exemplo, descem de qualquer ponto exatamente no mesmo tempo.

Quando se remove o tabique da frente da refinaria, a alvenaria deste lado fica exposta, atravessada pelas bocas de ferro das caldeiras, situadas diretamente debaixo das panelas. Essas bocas são fechadas por pesadas portas de ferro. Evita-se que o calor intenso do fogo se comunique à coberta, por meio de um depósito pouco profundo de água, o qual se estende sobre todo o recinto da refinaria. Mediante um túnel introduzido na parte de trás, esse reservatório é sempre novamente cheio, logo que se evapora. Não há chaminés exteriores: elas se abrem diretamente partindo da parede do fundo. Neste ponto devemos retroceder um pouco.

Eram cerca de nove da noite quando as refinarias do *Pequod* começaram a trabalhar pela primeira vez, durante a viagem em questão. Cabia a Stubb dirigir o trabalho.

— Tudo pronto? Ao porão, pois, e comecemos. Você, cozinheiro, faça o fogo.

Isso era fácil porque durante toda a viagem o carpinteiro tinha deixado cair cavacos na caldeira. Digamos aqui que num baleeiro o fogo da refinaria tem de ser alimentado com madeira durante algum tempo. Depois a madeira não é mais empregada exceto como meio de rápida ignição do combustível principal. Numa palavra, depois da ebulição, a gordura espremida, que se chama então fritura ou sobras, contém ainda uma parte considerável das suas propriedades gordurosas. Essas frituras alimentam a chama. Como um mártir pletórico que ardesse ou um misantropo que se consome a si mesmo, o cachalote, uma vez incendiado, fornece o seu próprio combustível e queima a si mesmo. Ah! Quem nos dera que consumisse o seu fumo! Porque a inalação deste fumo é horrível e não resta outro remédio senão respirá-lo e, ainda mais, é preciso viver no meio dele, enquanto dura o trabalho. Tem um cheiro hindu, tal como o que se evola nas vizinhanças das piras funerárias. Cheira à ala esquerda, no dia de juízo; é um argumento em favor da fossa.

À meia-noite a fábrica se encontrava em pleno funcionamento. Estávamos longe do esqueleto, com as velas içadas, pois o vento refrescava; intensa era a escuridão selvagem do oceano. Mas essa escuridão era vencida pelas chamas furiosas que a intervalos trepavam dos líquidos fuliginosos e iluminavam todas as cordas mais elevadas dos mastros como o famoso fogo grego. O navio incendiado seguia a sua rota como que encarregado de alguma vingança implacável. Assim os bergantins carregados de breu e enxofre do audaz Hidriota Canaris, zarpavam à meia-noite dos seus portos com grandes lençóis de chamas por velas, para atacar as fragatas turcas e envolvê-las em suas conflagrações.

A escotilha retirada da parte superior da fábrica fazia então as vezes de um enorme fogão. De pé sobre esse fogão erguiam-se as formas tártaras dos arpoadores pagãos, que são sempre os foguistas dos baleeiros. Com grandes paus dentados atiravam massas sibilantes de gordura nas panelas ardentes ou atiçavam o fogo até que as chamas serpeantes irrompiam agarrando-lhes os pés. O fumo se elevava em massas sombrias. A cada balanço do navio, balançava-se também o azeite fervendo, que parecia cheio de ansiedade por saltar na cara dos marinheiros. Diante da boca da refinaria, no extremo do grande fogão de madeira, encontrava-se o molinete que servia de sofá. Ali descansavam os vigias quando outros assuntos não exigiam a sua atenção, com a vista fixa no ardor vermelho do fogo até que se lhes chamuscavam os olhos. As feições morenas dos homens, então manchadas de fumo e suor, as barbas emaranhadas e, em contraste, o brilho bárbaro dos seus dentes, revelavam-se estranhamente nos esmaltes caprichosos da refinaria. Enquanto contavam uns aos outros aventuras ímpias, as suas histórias de terror, narradas em palavras joviais; enquanto o seu riso incivilizado saía ruidoso como as chamas da caldeira; enquanto de um lado para outro os arpoadores gesticulavam furiosamente com os seus imensos garfos e colheres; enquanto o vento ululava, o mar saltava, o navio gemia e afundava, atirando o seu inferno vermelho cada vez mais longe, na obscuridade do mar e da noite, mordendo desdenhosamente o osso branco que tinha na boca, cuspindo maldosamente em torno, então o impetuoso *Pequod*, tripulado por selvagens, carregado com fogo e queimando um cadáver, submergindo-se nessa negra obscuridade, parecia a contraparte material da alma monomaníaca do seu capitão.

Assim me pareceu, enquanto estive ao timão, e durante longas horas conduzi a rota desse barco de fogo, no oceano. Envolto na obscuridade, durante esse intervalo, pude notar melhor a vermelhidão, a loucura e a palidez cadavérica dos outros. O espetáculo contínuo das formas perversas que se elevavam diante de mim, fazendo cabriolas, envoltas meio em fumo e meio em fogo, gerou finalmente visões semelhantes na minha alma, logo que comecei a ceder à inexplicável sonolência que sempre se apodera de mim à meia-noite, no leme.

Porém naquela noite, especialmente, ocorreu-me uma coisa estranha (e até hoje inexplicável). Ao despertar bruscamente de um breve sono em pé, tive a consciência horrível de algo que andava fatalmente mal. A cana do leme, contra a qual eu me apoiava, bateu-me nas costas. Sentia nos ouvidos o zumbido lento das velas que começavam a estremecer ao vento; julgava ter os olhos abertos; numa semi-inconsciência, levei os dedos às pálpebras e mecanicamente tratei de separá-las ainda mais.

Mas, apesar de tudo, não pude ver nenhuma bússola para guiar o navio, conquanto julgasse que não passara ainda um minuto desde que examinara a carta à luz da lâmpada da bitácula que a iluminava. Pareceu-me que tinha diante de mim apenas a escuridão mais impressionante, em certos momentos, em virtude das chispas vermelha que a atravessavam. Por cima de tudo, predominava a impressão de que a máquina veloz, impetuosa, sobre a qual me encontrava, não se dirigia a um porto, de proa, mas antes ia fugindo a todos os portos de popa. Um sentimento de desvario e como que de morte apoderou-se de mim. As minhas mãos empunharam convulsivamente o leme, porém com a ideia louca de que por meio de algum feitiço ele sofrera uma transformação. "Meu Deus!", pensei, "que me acontecerá?" Vede, porém: durante o meu breve sono, dera uma volta e me encontrava diante da popa do navio, com as costas para a proa e a bússola. Num instante mudei de posição, justamente a tempo de impedir que o navio servisse de joguete ao vento e soçobrasse, muito provavelmente. Que prazer me foi o alívio dessa alucinação monstruosa da noite e da eventualidade fatal de poder ser arrastado a sota-vento!

Homem, não contemples demais o rosto do fogo! Nunca sonhes com a mão no leme! Não voltes as costas à bússola; aceita a primeira insinuação da cana do timão; não creias no fogo artificial, quando o seu rubor faz com que todas as coisas pareçam horríveis. Amanhã, à luz do sol, brilharão os céus; a todos os que reluziram como demônios entre as chamas sinuosas, o dia fará parecer com um relevo distinto, mais suave. O sol glorioso, dourado, alegre, é a única lâmpada verdadeira... todas as outras são mentirosas.

Contudo o sol não oculta o lúgubre pântano de Virgínia, nem a maldita Campanha romana, nem o vasto Saara, e nenhum dos milhões de desertos e sofrimentos que existem sob a lua. O sol não oculta o oceano, a parte obscura desta terra, que banha dois terços do globo. Assim, por conseguinte, o homem mortal que leva consigo mais alegria do que tristeza, não pode ser verdadeiro; ou não é verdadeiro ou não está desenvolvido. Com os livros acontece o mesmo. O mais verdadeiro de todos os homens foi o Homem das Dores, e o mais verdadeiro de todos os livros é o de Salomão: o Eclesiastes é o aço mais bem forjado da dor. "Tudo é vaidade." Tudo. Este mundo teimoso não compreendeu ainda a sabedoria do gentio Salomão. Porém aquele que evita hospitais e cárceres, e caminha depressa quando passa por um cemitério, e prefere falar em óperas a falar do inferno, que chama Cowper, Young, Pascal e Rousseau de pobres diabos enfermos, e que durante uma vida sem preocupações jura que Rabelais é eminentemente sábio, e, portanto, divertido, não é homem digno de sentar-se em pedras sepulcrais ou de romper a terra verde e úmida com o insondável e maravilhoso Salomão.

Mas até o próprio Salomão diz que "o homem que se afasta do caminho da compreensão permanecerá (isto é, ainda em vida) na congregação dos mortos". Não te abandones, pois, ao fogo, para que ele não te inverta, não te inutilize, como aconteceu comigo por algum tempo. Há uma sabedoria que é angústia; porém há uma angústia que é loucura. E em algumas almas se aninha uma águia que pode igualmente descer aos barrancos mais profundos e sombrios; como também subir e tornar-se invisível nos espaços cheios de sol. E ainda que voasse sempre dentro do barranco, esse barranco se encontra entre montanhas, de modo que até na sua descida mais profunda, a águia das montanhas está a maior altura do que os outros pássaros da planície, por mais alto que voem.

A LÂMPADA

Se tivésseis descido da refinaria ao castelo de proa do *Pequod*, onde dormiam os vigias fora de serviço, teríeis quase pensado, por um momento, que vos acháveis numa capela iluminada, túmulo de reis e de conselheiros canonizados. Ali descansavam os vigias, nas suas abóbadas triangulares de carvalho; cada marinheiro uma escultura muda; umas vinte lâmpadas lançam centelhas sobre os olhos cobertos.

Nos navios mercantes, para um marinheiro, o azeite é mais escasso que o leite de rainhas. Vestir-se no escuro, comer no escuro e tropeçar no escuro em busca da maca, tal é o seu destino habitual. Mas o baleeiro, assim como busca o alimento da luz, assim também vive da luz. Faz do seu leito uma lâmpada de Aladim e nela se deita; de modo que, até mesmo na noite mais escura, o casco negro do navio encerra iluminação.

Vejam com que liberdade absoluta o baleeiro toma a sua mão — cheia de lâmpadas — frequentemente garrafas e frascos velhos — e as leva ao refrigerador de cobre da refinaria, onde as torna a encher como jarros de cerveja, junto ao barril. O azeite que queima é além disso o mais puro, no estado bruto, e por conseguinte não é viciado; fluido desconhecido para os artefatos solares, lunares ou astrais da terra firme. Doce como a primeira relva de abril. O baleeiro sai em busca do seu óleo, para estar certo da sua frescura e autenticidade, como o viajante, nos prados, lança-se em busca de caça para a sua ceia.

Estiva e limpeza

Relatamos já de que maneira se descobre de longe o grande leviatã, da torre de guarda, como é perseguido através dos vales das profundezas do oceano, como é rebocado então para o costado do navio e decapitado, e como (segundo o princípio que dava ao verdugo da antiguidade um direito sobre a roupa que vestia o réu, ao ser executado) o seu grande sobretudo estofado passa a ser propriedade do carrasco; como, em tempo devido, é condenado à panela, e do mesmo modo que Sidrach, Misach e Abdênago, o seu espermacete, o seu óleo e os seus ossos passam ilesos pelo fogo; agora, porém, falta-nos terminar o último capítulo desta parte da descrição, repassando — cantando, se for possível — o processo romântico de decantar o óleo nos barris e de fazê-los descer ao porão onde o leviatã volta a encontrar-se nas suas profundidades nativas, deslizando como antes, abaixo da superfície, ai!, sem poder já subir e respirar.

O azeite, quente ainda, como um ponche, é passado para os tonéis de capacidade de seis barris, e enquanto o navio se balança talvez de um lado para outro num mar de meia-noite, os tonéis voltam às vezes e correm perigosamente pela coberta escorregadia como massas de terra que se desmoronam até que finalmente são detidos na sua carreira pela mão do homem, e então, em torno dos arcos, taque-taque, começaram a trabalhar todos os martelos disponíveis, porque *ex-officio*, cada marinheiro é um toneleiro.

Finalmente, vertido nos tonéis o último litro e esfriado todo o óleo, abrem-se os porões grandes, ficam a descoberto as entranhas do navio e vão os tonéis para baixo, para o seu descanso final no mar. Concluída a operação, as escotilhas voltam ao seu lugar e são hermeticamente fechadas como um compartimento encerrado na parede.

Trata-se talvez do episódio mais notável de todos na pesca de cachalotes. Um dia as pranchas estão empapadas de sangue e azeite; no sagrado castelo de proa empilham-se irreverentemente massas enormes da cabeça do cetáceo; grandes tonéis enferrujados jazem aqui e ali, como no pátio de uma fábrica de cerveja; a fumaça da refinaria cobriu de fuligem toda a amurada: os marinheiros parecem banhados em gordura e todo o navio lembra o próprio leviatã, ao passo que de todos os lados o ruído é ensurdecedor.

Porém um ou dois dias depois, olhemos em torno de nós e agucemos os ouvidos, neste mesmíssimo navio. A não ser pelos botes e a refinaria, juraríamos quase estar a bordo de um navio mercante e com um capitão escrupulosamente limpo. O espermacete por manufaturar possui uma singular virtude de limpeza. Por esta razão o convés nunca parece tão branco como depois de haver recebido uma mão de azeite. Ademais, com as cinzas dos restos de gordura do cachalote, fabrica-se uma poderosa lixívia, muito útil para tirar qualquer aderência do lombo do leviatã que por acaso tenha ficado presa aos costados. Os marinheiros correm diligentemente à amurada, e com baldes de água e trapos devolvem-lhe a limpeza anterior. Com escovas tira-se a fuligem do cordame inferior. De igual maneira limpam-se e guardam-se fielmente todos os numerosos utensílios de que se fez uso. A escotilha, lavada e esfregada, torna a cobrir a refinaria, ocultando as grandes panelas, todos os tonéis desaparecem, os aparelhos são guardados nos seus esconderijos e quando, graças à indústria combinada e simultânea de quase toda a gente de bordo, se dá o último retoque a essa tarefa consciente, então os tripulantes se entregam às suas abluções, mudam de roupa da cabeça aos pés, e saem finalmente para o imaculado convés, como noivos recém-chegados da asseadíssima Holanda.

Entra, a passos ágeis, correm o convés em grupos de dois ou de três e discorrem humoristicamente, falando sobre salas, sofás, tapetes e finas cambraias; propõem atapetar o convés; pensam em pôr-lhe cortinas que vão até o topo; não se recusam a tomar chá à luz da lua, na *piazza* do castelo de proa. Que audácia incrível, falar sobre ossos e gordura a marinheiros tão perfumados! Que podem eles saber de coisas tão afastadas? Ide embora e trazei-nos guardanapos!

Observem, porém; acima, nos três topos dos mastros, há três homens resolvidos a descobrir mais cachalotes que, no caso de serem apanhados, tornariam a sujar infalivelmente o antigo mobiliário de carvalho e deixariam cair pelo menos uma manchinha de gordura em alguma parte. E muitas vezes sucede que depois das tarefas mais severas e ininterruptas, sem descanso, prolongando-se por noventa e seis horas quando do bote em que se fica de pulsos inchados de tanto remar o dia inteiro, no equador, sobe-se apenas para transportar grandes cadeias, manejar o pesado guindaste e cortar e acutilar, sim, e sujar-se de fuligem e queimar-se novamente com os fogos combinados do sol equatorial e da refinaria equatorial, quando, depois de tudo isto, os tripulantes se dedicaram finalmente a limpar o navio, a convertê-lo em granja-modelo, muitas vezes acontece que os pobres, mal acabam de abotoar as roupas limpas, ouvem outra vez o grito de: *Está soprando ali!* e saem precipitadamente para lutar contra outro cachalote e para empreender novamente toda a esfalfante tarefa. Oh!, amigos, mas isso é matar homens. E contudo assim é a vida. Porque, apenas nós, mortais, acabamos de extrair do vasto conglomerado do mundo, depois de prolongados esforços, uma quantidade pequena mas valiosa do seu espermacete, logo que, com inesgotável paciência, nos limpamos das suas contaminações e aprendemos a viver em limpos tabernáculos da alma, ouvimos outra vez o *Está soprando ali!*, e o espírito se nos escapa e vamos lutar em algum outro mundo e correr novamente a rotina da vida.

Oh! a metempsicose! Oh!, Pitágoras, que morreste há dois mil anos na brilhante Grécia, tão bom, tão sábio, tão dócil, contigo naveguei ao longo da costa peruana, na última viagem e. louco como sou, te ensinei a ti, rapazinho ingênuo, inexperiente, a maneira de amarrar uma corda.

O DOBRÃO

Narramos já de que maneira Ahab costumava passear entre a ponte de comando, dando voltas regulares em cada um dos seus extremos; a bitácula e o mastro grande. Porém no meio da multidão de outras coisas que exigem ser narradas, não acrescentamos de que maneira, às vezes, durante essas caminhadas, quando estava mais do que mergulhado no seu capricho, costumava deter-se uma vez em cada lugar, e ficar ali parado, olhando estranhamente para o objeto particular que tinha diante de si. Quando parava em frente à bitácula, com a vista cravada na agulha pontiaguda da bússola, o seu olhar parecia um tiro de dardo, devido à aguda intensidade da sua determinação; em seguida, quando recomeçando o passeio, parava diante do mastro grande, o mesmo olhar fixo da moeda de ouro ali pregada, conservava igual aspecto de firmeza cravada, conquanto com alguns laivos de ansiedade feroz, se não de esperança.

Uma manhã, contudo, ao passar em frente à moeda, pareceu novamente atraído pelas figuras e inscrições estranhas nela estampadas, como se pela primeira vez começasse a interpretar de certa maneira monomaníaca o significado oculto que traziam. Todas as coisas encerram algum significado oculto, ou, do contrário, são de pouco valor, e a própria terra seria apenas uma cifra vazia servindo somente para ser vendida às carradas — como se vendem algumas colinas em torno de Boston — para encher qualquer atoleiro na Via-láctea.

Esse dobrão era do mais puro ouro, escavado em algum ponto do coração de montanhas grandiosas, onde para leste e oeste, sobre areias de ouro, manam as águas das cabeceiras de muitos Pactolos. E embora fixo então na ferrugem de tornos de ferro e de ganchos de cobre azinhavrado, ainda assim, intocável, imaculado, isento de qualquer mancha, conservava o seu brilho de Quito. E ainda que colocado no meio de uma tripulação empedernida, coberto a noite inteira por uma obscuridade que podia ocultar a proximidade de qualquer ladrão, ainda assim, cada amanhecer encontrava o dobrão no lugar onde o crepúsculo o havia deixado. Posto de parte, e santificado até o ponto de infundir terror, todos os marinheiros, por licenciosos que fossem nos seus costumes, o reverenciavam como o talismã do cachalote branco. Às vezes falavam nele durante as fatigantes vigílias noturnas, perguntando a quem pertenceria, finalmente, e se o seu dono chegaria a viver para gastá-lo.

Essas nobres moedas de ouro da América do Sul são como medalhas de sol e distintivos tropicais. Palmeiras, alpacas e vulcões, discos solares e estrelas, elípticas, cornucópias, ricos estandartes ondulantes, encontram-se estampados com luxuosa profusão: de modo que o metal precioso parece alcançar uma preciosidade maior e glória mais excelsa, na sua passagem por essas fráguas fantásticas, tão hispanicamente poéticas.

O dobrão do *Pequod* era exemplo riquíssimo de tudo isso. Na margem lia-se a inscrição: República del Ecuador: Quito. De modo que a brilhante moeda provinha de um país plantado no meio do mundo, debaixo da grande linha que lhe dá o nome e lançado a meio caminho dos Andes, num clima invariável que não conhece o outono. Circundadas por essas letras, destacam-se as reproduções de três cimos andinos; sobre o primeiro uma lhama, sobre o outro uma torre, e sobre o terceiro um galo: finalmente, formando um arco em cima, um fragmento do zodíaco com os habituais sinais cabalísticos e o sol, qual pedra angular, entrando no equinócio, no signo da Libra.

Diante dessa moeda equatorial, sem que os outros deixassem de notar, Ahab fez uma parada.

— Sempre há algo de egoísta nos cimos e nas torres e em todas as outras coisas grandes e eminentes, olhem... três picos tão orgulhosos como Lúcifer! A torre firme, essa é Ahab; o vulcão, assim é Ahab; essa ave indômita, intrépida e vitoriosa, assim também é Ahab; tudo isso é Ahab; e esta moeda redonda de ouro não é mais que a imagem do mundo redondo, também, que como o espelho do mago faz refletir a cada homem, por sua vez, o seu próprio *eu* misterioso; grandes penas, ganhos escassos para todos os que pedem ao mundo uma solução, pois este não pode nem mesmo resolver a si próprio. Parece-me agora que este sol cunhado tem o rosto vermelho. Porém vejamos: agora entro no signo das tormentas, o equinócio! Não há seis meses que saiu de outro equinócio em Áries! De tormenta em tormenta! Assim seja, pois. É justo que o homem nascido na dor, viva no sofrimento e morra na agonia. Assim seja, pois! Aqui há matéria bastante para servir de joguete à dor. Assim seja, pois.

— Nenhum dedo de fada teria podido trabalhar este ouro, porém as garras do diabo devem ter deixado nele as suas marcas, desde ontem

— murmurou Starbuck consigo mesmo, apoiado à amurada. — O velho parece ler o terrível escrito de Baltazar. Nunca examinei a moeda detidamente. Ele vai descer; poderei ler agora: um vale escuro entre três picos grandiosos e eternos que quase parecem a Trindade, em algum débil símbolo terrestre. Assim, neste vale da morte, Deus nos rodeia, e por cima de toda a nossa tristeza o sol da retidão brilha ainda, como um farol de esperança. Se baixamos os olhos, o vale sombrio nos mostra o solo bolorento, mas, se os erguemos, o sol brilhante sai ao encontro de nosso olhar, para nos alentar. Contudo, o grande sol não é algo de fixo, e se à meia-noite quiséssemos receber dele algum consolo, buscá-lo-íamos em vão! Essa moeda fala de maneira sábia, suave, verdadeira, mas ainda assim muito triste para mim. Devo afastar-me daqui, senão a verdade me comoverá de modo falso.

— Ali estava o velho Mogol — monologava Stubb junto à refinaria esquadrinhando o dobrão; e agora Starbuck se afasta dele, e os dois tinham as caras tão grandes que pareciam medir mais de nove braças. Tudo isso para olhar uma moeda de ouro que, estivesse eu agora em Negro Hill ou no Corlaer, não a olharia muito tempo sem gastá-la. Ora, tudo isso, na minha fraca opinião, parece bem estranho. Nas minhas viagens já vi outros dobrões antes deste; dobrões da Espanha, dobrões do Peru, dobrões do Chile, dobrões da Bolívia, dobrões de Popayan e infinidades de moedas de ouro, pistolas e reais, e outras ainda. Que terá de maravilhoso esse dobrão do Equador? Por Golconda! Preciso observá-lo. Olá! Aqui há realmente signos e maravilhas! Isso é o que o velho Bowditch, no *seu Epitome*, chama de zodíaco e que o meu almanaque chama também assim. Procurarei o almanaque e, como ouvi dizer que se pode fazer aparecer o diabo com a aritmética de Daboll, tentarei fazer com que apareça um significado para esses estranhos desenhos, com a ajuda do calendário de Massachusetts. Eis aqui o livro. Vejamos. Signos e maravilhas, e o sol sempre no meio. Hum! Hum! Aqui estão. Aqui vão todos vivos: Áries, ou o carneiro; Taurus, ou o touro e também Geminis, ou os gêmeos. E o sol sempre dando voltas em torno deles. Sim: aqui na moeda está para cruzar o umbral, entre duas das doze salas se espera distribuídas num círculo. Livro! Recosta-te aqui; certo é que vós, os livros, conheceis o vosso lugar. Vós nos ministrais as palavras simples e os fatos, porém cabe-nos a nós fornecer o pensamento. Assim a minha escassa experiência me diz quanto ao calendário de Massachusetts, o livro de navegação de Bowditch e a aritimética de Daboll. Signos e maravilhas? Pena é que não haja nada de maravilhoso nos signos nem de significativo nas maravilhas. Deve haver uma chave em alguma parte. Sciu! Esperemos um pouco... Por Júpiter, aqui está! Olha, dobrão, o teu zodíaco é a vida do homem num capítulo redondo. Vem, almanaque! Para começar, aqui está Áries, ou o carneiro, cão lascivo; é ele que nos gera; em seguida vem Taurus, o touro, que nos dá a primeira marrada; depois Geminis, ou os gêmeos, ou seja a Virtude e o Vício; procuramos alcançar a virtude quando eis que aparece Câncer, o caranguejo, e nos puxa para trás. Saindo da virtude, Leo, um leão que ruge, se ergue no caminho... dá umas tantas mordidas ferozes e agita colérico as garras; escapamos e encontramos Virgo, a virgem, nosso primeiro amor; casamo-nos e julgamos ser felizes por algum tempo, quando de *repente* nos aparece Libra, a balança. Pesamos a felicidade e verificamos que não é tanta, e enquanto refletimos tristemente a esse respeito, eis que Scorpio, o escorpião, nos crava o seu aguilhão nas costas; curamo-nos da ferida e bem depressa, em torno de nós, o ar se enche de flechas. Sagittarius, ou o arqueiro, diverte-se. Enquanto arrancamos os dardos, cuidado!, aparece o Capricórnio ou a cabra; depois de tomar impulso, aproxima-se a toda velocidade e nos atira ao chão de cabeça para baixo; então o Aquarium, ou o aguadeiro, derrama sobre nós o seu dilúvio e nos afoga e, para terminar, com o Pisces, os peixes, adormecemos. Aí têm um sermão escrito no céu sublime; o sol o repassa todos os anos e contudo torna a sair cheio de vida e animação! Lá em cima, alegremente, gira através de penas e fadigas; assim também, aqui embaixo, passa-o o alegre Stubb. Sim, alegre é bem a palavra. Adeus, dobrão. Mas paremos. Aí vem o pequeno Pendural; demos a volta à refinaria e ouçamos o que tem para dizer. Olha! Já está diante dele, e bem depressa lhe escapará alguma coisa. Sim, sim, começou.

— Nada vejo aqui senão um objeto redondo, feito de ouro, e este objeto redondo pertencerá àquele que descobrir um certo cachalote. Então para que olhar tanto para ele? Vale uns dezesseis dólares, e a dois centavos o charuto, isso representa novecentos e sessenta charutos. Não fumarei cachimbos sujos como Stubb, porém gosto de charutos e aqui há novecentos e sessenta, de maneira que Flask vai subir para explorá-los.

— Como hei de chamá-lo? Sábio ou louco? Se realmente é sábio, tem um certo aspecto louco, porém se é realmente louco, então tem um certo ar de sábio. Basta! Aí vem o nosso velho companheiro da ilha do Man. Antes de fazer-se ao mar, deve ter sido cocheiro de carro fúnebre. Chega para o lado do vento, diante do dobrão! Agora se dirige para o outro lado do mastro, vejamos: há uma ferradura cravada deste lado. E agora está de volta. Que significa tudo isso? Silêncio! Murmura... com uma voz que recorda um velho e gasto moinho de café. Agucemos o ouvido e escutemos.

— Se se descobrir o cachalote branco, isso tem de ser dentro de um mês e um dia, quando o sol estiver em algum desses signos. Estudei os signos e conheço suas marcas; uma velha bruxa de Copenhague ensinou-mos há quarenta anos. Pois bem: sob que signo estará o sol? Sob o signo da ferradura, porque aí está justamente detrás do ouro. E qual é o signo da ferradura? O leão é o signo da ferradura, o leão ruge e é devorador. Navio, velho navio, minha velha cabeça estremece ao pensar em ti!

— Aí temos outra interpretação, porém o texto é o mesmo. Homens de todas as classes num mundo único, compreendem? Vou esconder-me outra vez. Aí vem Queequeg, cheio de tatuagens; ele próprio se parece com os signos do zodíaco. Que diz o canibal? Juraria que está comparando notas; olha para o fêmur. Suponho que julga que o sol está na sua coxa ou na barriga da perna, ou nas entranhas, como as mulheres velhas falam de Astronomia no país negro. E com mil raios, encontrou algo na vizinhança da coxa: imagino que se trata de Sagittarius, o arqueiro. Não, não sabe o que pensar do dobrão; toma-o por um velho botão das calças de algum rei. Porém, para um lado, de novo! Aproxima-se esse endemoninhado fantasma de Fedallah, com o rabo escondido como de costume, e com o alcatrão na ponta das alpercatas, como sempre. Que quer dizer com esse olhar? Ah! Faz apenas um sinal ao signo e inclina-se: há um sol na moeda. É um adorador do fogo, estejam certos. Eh! Cada vez mais! Aí vem o Pip, pobre pequeno, oxalá tivesse morrido, ou eu; tem algo de horrível para mim. Também ele tem estado observando todos esses intérpretes, inclusive a mim próprio. Porém, olhem, aproxima-se para ler com essa cara idiota, aterrorizadora. Afastemo-nos para um lado outra vez e ouçamo-lo. Atenção.

— Eu olho, tu olhas, ele olha; nós olhamos, vós olhais, eles olham.

— Por minha alma, tem estado a estudar a gramática de Murray! Tratando de aprender. Pobre diabo! Porém que diz? Silêncio.

— Eu olho, tu olhas, ele olha; nós olhamos, vós olhais, eles olham.

— Como? Está aprendendo de cor? Sciu! outra vez.

— Eu olho, tu olhas, ele olha; nós olhamos, vós olhais, eles olham.

— Como é estranho!

— E eu, e tu e ele, e nós e vós e eles, todos morcegos, e eu sou um corvo, especialmente quando me encarapito no alto deste pinheiro! Quá! Quá! Quá! Quá! Quá! Quá! Não sou um corvo? E onde está o espantalho? Ali; dois ossos metidos num par de calças velhas e dois outros nas mangas de um velho paletó.

— Falará de mim? Lisonjeiro, o rapaz!... Mereceria que nos enforcassem. De qualquer modo, me afastarei por um momento das vizinhanças de Pip. Posso suportar os outros porque têm o espírito demasiado simples. Mas Pip tem uma inteligência louca demais para a minha sensatez. Assim deixo-o entregue aos seus murmúrios.

— Este dobrão é o umbigo do navio e todos estão ardendo por arrancá-lo. Mas, se alguém arrancar o umbigo, qual será a consequência? Por outro lado, se fica aqui, também é mau, porque quando há algo cravado no mastro é sinal de que as coisas vão cada vez mais desesperadas. Sim, sim. Vejo Ahab. O cachalote branco. Este te cravará a ti. Isto é um pinheiro. No velho distrito de Tolland meu pai derrubou um dia um pinheiro e encontrou um anel de prata entre os seus ramos. O anel de casamento de algum negro velho. Como foi que chegou até ali? E assim há de dizer na ressurreição, quando vierem pescar este velho mastro e encontrarem o dobrão pregado nele e uma camada de ostras servindo-lhe de casca. Ah! Ouro, precioso, precioso ouro! O lívido avarento te entesourará bem depressa. Sciu! Sciu! Deus vai colhendo amoras entre os mundos. Cozinheiro, ó cozinheiro, cozinha-nos! Jenny! Hein! Hein! Hein! Hein! Hein! Jenny, Jenny! Faze o nosso bolo!

Perna e braço. O Pequod, de Nantucket, encontra o Samuel Enderby, de Londres

— Olá, os do navio! Viram a baleia-branca? — Assim gritou Ahab, ao saudar um outro navio com as cores inglesas, que se aproximava da popa. O velho, com a buzina na boca, estava no seu bote na popa, mostrando claramente a perna de marfim ao capitão estrangeiro, recostado negligentemente na proa do seu bote. Este era um homem de uns sessenta anos mais ou menos, muito tostado de sol, bem-vestido, corpulento, trajando jaqueta muito ampla que lhe caía em festões de tecido azul espesso, e uma manga vazia se balançava por detrás, como a manga bordada do capote de um hússar.

—Viu a baleia-branca?

— E o senhor vê isso? — disse o outro capitão, e retirando-o das dobras que o ocultava, levantou para o alto um braço branco, de osso de cachalote, que terminava numa cabeça de madeira, à maneira de maça.

— Preparem o meu bote! — gritou Ahab, impetuosamente, e afastando os remos que estavam perto, acrescentou: — Prontos para descer.

Em menos de um minuto, sem abandonar a pequena embarcação, Ahab e seus homens foram lançados à água e encontraram-se bem depressa ao lado do forasteiro. Aí, porém, apresentou-se uma dificuldade curiosa Na agitação do momento, Ahab não se lembrava de que desde que perdera a perna nunca havia subido a bordo de navio algum exceto o seu, e sempre com o auxílio de um aparelho mecânico muito fácil de manejar, particular ao *Pequod*, mas não podia ser descido e fixo em outro navio, em poucos minutos. Pois bem, não é empresa fácil para qualquer — com exceção dos que devem realizá-la a cada instante, como os baleeiros — trepar pelo costado de um navio, de um bote em alto mar, porque as grandes ondas levantam por momentos o bote, a grande altura, até à amurada, e instantaneamente o deixam cair a meio da quilha. Por conseguinte, privado de uma perna, e faltando no navio estrangeiro o benigno invento, Ahab se achou reduzido à condição abjeta de um simples homem de terra, olhando com desespero a incerta e variável altura que não tinha probabilidade de alcançar.

Já insinuamos que toda circunstância adversa que se apresentava, provocada indiretamente pelo seu infeliz acidente, tinha a virtude de irritar ou exasperar Ahab. E no caso presente, as coisas pioraram quando ele viu dois oficiais do navio estrangeiro inclinados sobre a borda, junto à escada perpendicular de cordas pregadas, que balançavam diante de um par de cabos de portaló, primorosamente adornados, porque a princípio pareciam não pensar que um homem com uma única perna fosse demasiado inválido para utilizar os seus instrumentos marítimos. Porém essa situação embaraçosa não durou mais de um minuto, porque o capitão estrangeiro, compreendendo de relance o que acontecia, gritou:

— Compreendo, compreendo! Não icem mais. Saltem, rapazes, e atirem o aparelho de cortar.

Por felicidade, um ou dois dias antes, tinha estado um cachalote junto ao navio, e por esta razão os aparelhos estavam ainda em cima, com o enorme gancho de levantar a gordura, já limpo e seco, unido a um dos extremos. Rapidamente, baixou-se o gancho até onde estava Ahab, o qual, compreendendo em seguida a manobra, deslizou a sua coxa solitária na curva do gancho (como se se sentasse na pata de uma âncora ou nos ramos em cruz de uma macieira) e logo depois de perguntar se estava tudo pronto, agarrou-se com firmeza e ajudou a levantar o seu próprio peso, colocando uma mão sobre a outra, numa das partes corrediças do poste. Em poucos segundos foi cuidadosamente puxado até o interior das altas amuradas e depositado de leve na cabeça do cabrestante. Com o braço de marfim francamente estendido em sinal de boas-vindas, o outro capitão adiantou-se e Ahab, estendendo a perna e cruzando-a com o braço de marfim (como duas folhas de peixe-espada) exclamou com o seu ar de marsopa:

— Olá, olá, amigo. Estreitemos os ossos mutuamente. Um braço e uma perna! Um braço que nunca pode encolher-se, não é verdade? E uma perna que nunca pode correr. Onde viste a baleia-branca? Quanto tempo faz?

— A baleia-branca — disse o inglês apontando com o braço de marfim para leste e ao mesmo tempo voltando tristemente a vista nessa direção, como se olhasse por um telescópio — ali a vi, no Equador, na última temporada.

— E arrancou-te este braço, não é verdade? — perguntou Ahab, ao mesmo tempo que descia agilmente do cabrestante, apoiando-se ao ombro do inglês.

— Ah! Pelo menos foi ela a causa disso. E essa perna também?

— Adiante com a história — disse Ahab. — Como aconteceu?

— Pela primeira vez na minha vida eu visitava o Equador. Nada sabia então da baleia-branca. Pois bem, um dia descemos os botes para enfrentar um grupo de quatro ou cinco cachalotes e o meu bote ficou preso a um deles pelo arpão. Parecia um verdadeiro cavalo de circo que dava voltas e mais voltas em torno, de modo tal que os tripulantes de meu bote mal podiam mantê-lo em equilíbrio, sentando-se todos na borda extrema da popa. De repente surge do fundo do mar uma baleia enorme, com a cabeça e a corcova brancas como o leite, cheia de pés de galinha e rugas.

— Era ela! Era ela! — gritou Ahab, deixando escapar bruscamente a respiração contida.

— E com arpões cravados perto da barbatana de estibordo.

— Sim, sim, eram os meus... os meus ferros — exclamou Ahab com entusiasmo —; mas prossegue!

— Deixe-me então a oportunidade — disse o inglês com bom humor. — Bem, este velho avô de cabeça branca e corcova se introduz todo coberto de espuma dentro da manada e começa a atacar furiosamente a linha do meu arpão.

— Sim, sim. Já o vejo. Queria rompê-la. Deixar em liberdade o animal preso. É um truque muito velho. Já o conheço.

— Como aconteceu exatamente — disse o capitão manco — é que não sei. Mas, ao morder a linha, os dentes se lhe enredaram de certo modo nela; mas então não o sabíamos. Quando puxamos depois a corda, fomos cair sobre a corcova, em vez de cair sobre a do outro cachalote que se afastou para barlavento, agitando furiosamente as barbatanas. Quando me dei conta da situação e vi quão grande era o animal, o maior, senhor, e o mais nobre que já vi em minha vida, resolvi capturá-lo, apesar da cólera furiosa que parecia dominá-lo. Temendo que a estaca se soltasse ou que lhe saltasse o dente em que se havia enredado (porque a tripulação do meu bote é danada para puxar do cabo do arpão) quando dei por tudo isso, repito, saltei no bote do meu segundo piloto, sr. Mounttop, aqui presente (entre parênteses, capitão, Mounttop; Mounttop, o capitão), como lhe dizia, saltei no bote de Mounttop, que estava pegado ao meu, e então, apoderando-me do primeiro arpão que encontrei, disparei contra o velho avô. Porém, Deus meu! olhe, senhor, juro-lhe pelo que mais amo neste mundo, no momento seguinte estava cego como um morcego, os dois olhos inúteis, obscurecidos e sem vida por culpa da espuma negra; a cauda do cachalote se erguia por cima dessa espuma perpendicular, nos ares, como um campanário de mármore. De nada me servia retroceder então, mas enquanto eu andava às apalpadelas, ao meio-dia, com um sol de cegar, resplandecente como a joia da mais pura coroa, enquanto andava às apalpadelas ao meio-dia, repito, buscando um segundo arpão para atirar pela borda, vem abaixo a cauda, como uma torre de Lima, cortando o meu bote em dois e deixando cada parte aos estilhaços; em seguida, barbatana para a frente, a corcova branca sacudiu os destroços como se fossem cavacos. Todos nós estávamos na água. A fim de escapar às suas horríveis chicotadas, agarrei-me na vara do arpão cravado no cachalote, e por um momento segurei-me nessa vara como uma medusa. Contudo, o mar encrespado me obrigou a desprender-me e, no mesmo instante, com movimento rapidíssimo, o animal submergiu como um relâmpago; e a lingueta desse segundo arpão maldito agarrou-me aqui — e mostrou o lugar batendo com a única mão justamente debaixo do ombro —; sim, agarrou-me aqui, digo, e arrastou-me, julgava eu, até às chamas do inferno, quando de repente, graças ao bom Deus, a lingueta abriu caminho através da carne, precisamente ao longo de todo o braço, para sair no pulso. Então, finalmente livre, saí à superfície. Esse cavalheiro que ali está poderá referir-lhe o resto (digamos de passagem, capitão, é o dr. Bunger, cirurgião de bordo; Bunger, rapaz, o capitão). E agora vem, Bunger, com a tua parte da história...

O profissional, chamado assim com tanta familiaridade, estivera durante todo o tempo de pé, junto deles, sem que coisa alguma de visível indicasse o seu posto especial a bordo. Tinha o rosto excessivamente redondo, ainda que discreto; vestia uma camisa de lã azul, um tanto desbotada, e calças remendadas e até aquele momento dividira a sua atenção entre um passador que tinha numa das mãos e uma caixa de pílulas apertada na outra, e lançava de vez em quando olhares críticos aos membros de marfim dos capitães inválidos. Porém, quando o seu superior lhe apresentou Ahab, inclinou-se com cortesia e, sem mais preâmbulos, começou a satisfazer o pedido do capitão.

— Uma ferida espantosa — disse o médico de bordo — e o capitão Boomer aqui presente, seguindo o meu conselho, ordenou ao nosso velho Sammy...

— *Samuel Enderby* é o nome do meu navio — interrompeu o capitão manco, dirigindo-se a Ahab. — Continua, rapaz.

— Ordenou que o nosso Sammy tomasse o rumo do norte, para escapar outra vez ao calor ardente da Linha. Porém foi inútil; fiz tudo o que pude, passei com ele noites inteiras, mostrei-me muito severo na questão da dieta.

— Oh! Severíssimo! — exclamou o próprio paciente, mas logo, modificando subitamente o tom, acrescentou: — Bebia comigo ponches quentes de rum, até que já não podia enxergar para me pôr as vendas, e mandava-me para a cama às três da manhã. Oh! céus! Passou comigo noites inteiras, é verdade, e mostrou-se muito severo com a minha dieta. Oh! o dr. Bunger é um grande enfermeiro e imensamente severo, do ponto de vista dietético. (Bunger, patife, ri! Por que não ris? Bem sabes que és um patife). Mas levanta a cabeça, rapaz, prefiro que me mates a que qualquer outro homem me salve.

— Como já deve ter percebido, respeitável senhor — disse o imperturbável e simpático Bunger, curvando-se de leve diante de Ahab —, meu capitão sabe gracejar às vezes e inventa essas histórias engraçadas. Mas posso afirmar *en passant*, como dizem os franceses, que por minha parte, isto é, eu Jack Bunger, outrora membro do reverendo clero, sou um homem absolutamente abstêmio, estritamente abstêmio. Nunca bebo...

— Água — gritou o capitão. — Nunca bebe água; é uma espécie de doença que ele tem. A água fresca lhe produz hidrofobia. Porém, continua com a história do braço.

— Sim, seria melhor — disse o cirurgião friamente. — Ia observar, senhor, antes da espirituosa interrupção do capitão Boomer, que apesar dos meus melhores e mais severos esforços, a ferida piorava cada vez mais. Tratava-se na realidade de uma das feridas mais feias que um cirurgião já viu. Tinha mais de sessenta centímetros de comprimento. Medi-a com a sonda. Em suma, começou a ficar negra. Eu sabia o que o ameaçava e tive de amputar-lhe o braço. Contudo, nada tenho a ver com a fabricação deste braço de marfim; está contra todas as regras — acrescentou, apontando com o passador. — Mas é obra do capitão, e não minha. Ele ordenou ao carpinteiro que fizesse e lhe colocasse essa espécie de maça, para fazer saltar os miolos de alguém, segundo suponho, como tentou fazer comigo. Às vezes se apoderam dele as paixões mais diabólicas. Vê aqui essa "tigela"? — perguntou, tirando o gorro e dividindo o cabelo para mostrar uma pequena cavidade redonda, no meio do crânio, que não acusava o menor sinal de cicatriz ou de ter sido alguma vez uma ferida. — Bem, o capitão lhe dirá como adquiri isto. Ele sabe.

— Não, não sei — disse o capitão —, mas a mãe dele sabia. É de nascença. Patife, patife acabado. Pedaço de Bunger... Existirá por acaso outro Bunger igual neste mundo aquático? Bunger, quando morreres deves ser transformado em picles, bandido, deves ser conservado para as épocas futuras, patife!

— E o cachalote branco? — gritou Ahab que até então havia escutado com impaciência o diálogo dos ingleses.

— Oh! — gritou o capitão manco. — Oh, Sim, Pois bem. Depois do seu desaparecimento no fundo do mar, não o tornei a ver durante algum tempo; na realidade, conforme sugeri antes, não sabia então que cachalote me havia pregado aquela peça, até que algum tempo depois, quando regressamos à linha ouvimos falar de Moby Dick, como o chamam alguns, e então soube que havia sido ele.

— Tornaste a cruzar com ele?

— Duas vezes.

— Mas não conseguiste arpoá-lo?

— Não quis experimentar. Por acaso não é bastante perder um membro? Que faria eu sem este outro braço? E estou pensando que Moby Dick não morde tanto como engole.

— Bem — interrompeu Bunger. — Dê-lhe então o braço esquerdo como isca, para conseguir o direito. Mas sabem os senhores — acrescentou inclinando-se com gravidade e precisão diante de cada um dos capitães, por sua vez — sabem os senhores que os órgãos digestivos do cachalote foram construídos de maneira tão imperscrutável, pela Divina Providência, que lhe é quase impossível digerir mesmo o braço de um homem? E ele também o sabe. De modo que aquilo que se toma por malícia do cachalote não é mais do que estupidez. Porque nunca tencionava devorar nem mesmo um único membro. Mas pensa que aterroriza com esses truques. Porém às vezes me faz lembrar um velho pelotiqueiro de quem tratei outrora em Ceilão, o qual fazia acreditar que engolia punhais. Certa ocasião engoliu realmente um que lhe ficou dentro durante um ano ou mais. Quando lhe dei um emético, vomitou-o em pequenos pedaços. Não encontrou um meio para conseguir digerir o punhal e incorporá-lo totalmente no sistema geral do seu organismo.

Sim, capitão Boomer, se agir com bastante rapidez e sem intenção de empenhar um braço pelo privilégio de enterrar decentemente o outro, pois bem, neste caso o braço é seu; ofereça ao cachalote outra oportunidade dentro de poucos dias. E é só.

— Não, obrigado, Bunger — disse o capitão inglês. — Que fique com o braço que tem, já que não o posso impedir e que não o conhecia então. Basta de baleia-branca. Já uma vez fiz baixar os botes em sua honra e fiquei satisfeito. Dar-lhe a morte seria uma grande glória, bem sei e ela tem dentro um carregamento inteiro do precioso espermacete. Porém, cuidado! Vale mais a pena deixá-la em paz. Não acredita, capitão? — perguntou cravando os olhos na perna de marfim.

— Sim. Mas será perseguida apesar de tudo. Nem sempre a coisa maldita que se deve abandonar é a que menos nos atrai. É um imã! Quanto tempo faz que a viram pela última vez? Para onde se dirigia?

— Valha-me Deus, capitão! Maldito seja o demônio impuro! — exclamou Bunger dando voltas em torno de Ahab e farejando de maneira estranha, como um cão. — O sangue deste homem... tragam-me um termômetro... está a ponto de ebulição. Seu pulso parece fazer palpitar as tábuas — acrescentou tirando uma lanceta do bolso e aproximando-a do braço de Ahab. — Senhor!

— Basta! — rugiu Ahab, empurrando-o contra a amurada. — Ao bote! Para onde se dirigia?

— Santo Deus! — exclamou o capitão inglês, ao qual era feita a pergunta. — Que aconteceu? Julgo que se dirigia para leste.

E murmurou ao ouvido de Fedallah:

— O seu capitão está louco?

Mas Fedallah levou um dedo aos lábios e deslizou sobre a amurada para encarregar-se do timão do bote, enquanto Ahab se apoderava do aparelho de cortar e ordenava aos marinheiros do navio que se preparassem para descê-lo.

Em menos de um minuto, encontrou-se outra vez de pé na popa do seu bote. Já os filipinos empunhavam os remos. O capitão inglês saudou em vão. De costas voltadas e com o rosto duro como pedra, Ahab permaneceu rígido até chegar ao costado do *Pequod*.

A garrafa

Antes que o navio inglês desapareça da nossa narrativa, permita-se notar aqui que era procedente de Londres e devia o seu nome ao falecido Samuel Enderby. negociante daquela cidade e fundador da famosa companhia baleeira Samuel Enderby & Filhos, casa que na minha humilde opinião não fica muito atrás das casas reais dos Tudors e dos Bourbons, no que diz respeito a verdadeiro interesse histórico. Os meus numerosos documentos de pesca não me permitiram estabelecer desde quando, anteriormente no ano da graça de 1775, existia já a grande casa baleeira, porém nesse ano (1775) equipou os primeiros navios ingleses que se dedicaram regularmente à caça do cachalote, ainda que desde várias décadas (sem interrupção, a partir de 1726) nossos valentes Coffins e Maceys de Nantucket e Vineyard perseguissem com grandes frotas o leviatã, (mas apenas no Atlântico norte e sul, e não em qualquer outro ponto). Fique aqui claramente estabelecido que os homens de Nantucket foram os primeiros que arpoaram com o aço civilizado o enorme cachalote e que durante mais de meio século foram os únicos que o fizeram em todo o globo.

Em 1778 um navio esplêndido, o *Amélia*, equipado expressamente para este fim e aos cuidados exclusivos dos vigorosos Enderbys, deu ousadamente a volta ao Cabo Horn e foi o primeiro — entre os navios baleeiros de todas as nações do mundo — a descer um bote de qualquer espécie, nos imensos mares do sul. A viagem foi habilíssima e afortunada, e ao regressar o navio ao seu ancoradouro, com o porão cheio do precioso espermacete, o exemplo do *Amélia* foi bem depressa seguido por outros navios ingleses e americanos, abrindo-se assim as vastas zonas de cachalote do Pacífico. Porém a infatigável firma não se contentou com essa façanha e tornou a pôr-se em movimento: Samuel e todos os seus filhos — somente a mãe destes sabe quantos — conseguiram sob o seu auspício imediato e, em parte, segundo creio, à sua própria custa, induzir o governo britânico a enviar a corveta *Rattler* aos mares do sul, numa viagem de descobrimento e estudos. A *Rattler* fez um viagem que deu muito o que falar e prestou alguns serviços cujo alcance não se pode estabelecer. Mas ainda não é tudo. Em 1819 a mesma casa equipou um navio de estudos, de sua propriedade, para empreender uma viagem de investigação até as remotas águas do Japão. O navio — denominado *Sereia* — realizou uma nobre experiência e deste modo ficaram conhecidas as grandes zonas japonesas de cetáceos. Na sua viagem famosa o *Sereia* estava sob o comando de um capitão Coffin, originário de Nantucket.

Honra, pois, aos Enderbys, cuja casa, segundo creio, existe ainda hoje, se bem que indubitavelmente o primeiro Samuel deva já ter resvalado há muito tempo do seu cabo para passar ao grande mar do sul do outro mundo.

O navio que tinha o seu nome era digno de uma tal honra; era um veleiro muito veloz e embarcação nobre, em todos os sentidos. Em certa ocasião, à meia-noite, subi a bordo dele em frente à costa da Patagônia e bebi um excelente rum no seu castelo de proa. A partida foi muito agradável e a bordo todos eram trunfos. Para eles uma vida curta e uma morte feliz. E a boa partida que me foi oferecida — muito, muito depois que o velho Ahab tocou nas tábuas com o seu calcanhar de marfim — recorda-me a hospitalidade saxônia, nobre e sólida do navio: que meu pastor me esqueça e que o diabo se lembre de mim, se alguma vez eu esquecer isso. Rum? Disse que bebemos rum? Sim, e o bebíamos à razão de dez galões por hora, e quando chegou a borrasca (porque na Patagônia o tempo é muito tempestuoso) e todos — inclusive os visitantes — fomos chamados a içar as gáveas, estávamos tão pesados que tivemos de auxiliar-nos mutuamente para poder subir. Sem dar por isso, enrolamos as fímbrias das nossas jaquetas com as velas, de modo que ficamos presos, içados firmemente, em meio da ventania uivante, como exemplo para todos os marinheiros beberrões. Contudo, os mastros resistiram e pouco a pouco conseguimos nos desprender e descemos tão sóbrios que tivemos de passar o rum em torno, novamente, conquanto o jorro potente de água salgada que caía com força da escotilha grande, o tivesse aguado e diluído demais, para o meu gosto.

A carne era boa — dura, mas de sustância. Diziam uns que era carne de touro; outros que era de dromedário; porém eu não o posso afirmar com certeza. Havia pudins de fruta, também, pudins pequenos, mas substanciais, simetricamente esféricos e indestrutíveis. Pareceu-me, depois de engoli-los, que os sentia dar voltas dentro de mim. Se alguém se curvava demasiado para a frente, corria o risco de que eles saíssem rodando como bolas de bilhar. O pão!... isso porém não se podia evitar. Além disso, era antiescorbútico: em suma, o pão constituía a única comida fresca que tinham. Mas o castelo de proa tinha pouca luz e era fácil passar a um canto escuro, para comê-lo. Em suma, tomando-o de um extremo a outro, e considerando o tamanho das panelas do cozinheiro, de popa a proa, digo, o *Samuel Enderby* era um navio esplêndido, de comida boa e farta, de rum excelente e forte, de tripulantes de primeira ordem, tipos magníficos, desde os saltos dos sapatos até a fita do gorro.

Entretanto — direis — por que motivo o *Samuel Enderby* e outros baleeiros ingleses, ainda que não todos, são tão famosos e hospitaleiros, não sovinam a carne nem o pão, nem a garrafa, nem os gracejos e não se cansam depressa de comer e beber e rir? Já vos direi. O abundante bom humor dos baleeiros ingleses é assunto que merece investigação histórica e nunca me cansei de investigar, quando é necessário, tudo o que se relaciona com a pesca de baleias, do ponto de vista histórico.

Os holandeses, os zelandeses e os dinamarqueses precederam os ingleses na pesca da baleia. Estes últimos receberam dos primeiros muitas expressões que ainda perduram no ofício, e mais ainda os seus saborosos costumes antigos no que se refere à muita comida e muita bebida... Porque se o navio mercante inglês sovina em geral a comida aos tripulantes, não acontece o mesmo com o baleeiro. Por conseguinte, esse bom humor dos ingleses na pesca de baleias não é algo de normal e natural, e sim incidental e particular, e portanto deve ter alguma origem especial que assinalamos aqui e mais tarde decifraremos.

No curso das minhas investigações da história do leviatã, encontrei um antigo volume holandês que, por seu cheiro de ranço, me fez logo compreender que tratava de baleias. Chamava-se *Dan Coopman*, e pelo título cheguei à conclusão de que tinha entre as mãos as inestimáveis memórias de algum toneleiro[50] de Amsterdã, e que todo o navio que se dedica à pesca de baleias deve ter o seu toneleiro. Minha opinião adquiriu ainda maior força, quando verifiquei que era escrito por um tal Fitz Swackhammer. Porém meu amigo, o dr. Snodhead, personagem muito erudita, professor de baixo holandês e de alto alemão no Colégio de Santa Claus e St. Pott's, a quem confiei a obra para tradução — dando-lhe por seu trabalho uma caixa de velas de espermacete — este dr. Snodhead, pois, logo que viu o livro, assegurou-me que *Dan Coopman* não significava *O Toneleiro* e sim O *Navio Mercante*. Em suma, este antigo e erudito livro holandês continha uma descrição muito interessante da pesca da baleia. E neste capítulo, sob o título *Smeer*, ou seja a gordura, achei uma longa e detalhada lista dos preparativos para as despensas e os porões de 180 baleeiros holandeses da qual, traduzida pelo dr. Snodhead, transcrevo o seguinte:

400.000 libras de carne;
60.000 libras de porco de Friesland;
150.000 libras de peixe;
550.000 libras de bolachas;
72.000 libras de pão;
2.800 barris de manteiga;
20.000 libras de queijo de Texel e Leyden;
144.000 libras de queijo (provavelmente de qualidade inferior);
550 galões de genebra;
10.800 barris de cerveja.

A maioria das estatísticas constitui leitura imensamente árida, porém, tal não acontece no presente caso, onde o leitor se encontra entre um dilúvio de pipas, barris, galões e litros de boa genebra e de bom humor.

Naquela ocasião dediquei três dias ao estudo da digestão de tanta cerveja, de tanta carne e de tanto pão; durante esses dias, ocorreram-me muitos pensamentos profundos e susceptíveis de aplicação transcendental e platônica. Ademais, compilei, por minha conta, tábuas suplementares referentes à provável quantidade de peixe, etc., consumida por arpoeiro holandês, na antiga pesca baleeira da Groenlândia e de Spitzberg. Em primeiro lugar, a quantidade consumida de manteiga e queijo de Texel e Leyden pareceu-me assombrosa. Atribuo isso à natureza já gordurosa dos pescadores, que se torna ainda mais gordurosa pela natureza da sua vocação, especialmente visto serem obrigados a perseguir a sua caça nos frios mares polares, nas próprias costas desse país esquimó, cujos nativos brindam uns aos outros com taças de azeite.

Também a quantidade de cerveja é muito grande: 10.800 barris. Pois bem, como a pesca polar só pode ser realizada durante o curto verão desse clima, qualquer viagem de um desses baleeiros holandeses, inclusive a curta viagem de ida e volta ao mar de Spitzberg, não excede muito a três meses, e se calculamos uns 30 homens para cada navio da frota de 180 baleeiros, teremos um total de 5.400 marinheiros holandeses. Por conseguinte correspondem exatamente dois barris de cerveja a cada homem para um prazo de doze semanas, sem contar a sua justa parte nesses 550 galões de genebra. Então pareceria bastante improvável que esses arpoadores cheios de genebra, tão bêbados como poderemos imaginar que viviam, fossem os homens mais indicados para permanecer firmes na proa de um bote e apontar com precisão para os velozes cetáceos. Contudo, apontavam e acertavam também. Porém isso ocorreu muito ao norte, onde a cerveja concorda bem com o organismo, é preciso não esquecer. Mas no equador, para a nossa pesca meridional, provavelmente a cerveja tornaria os arpoadores sonolentos, na torre de guarda, e ébrios nos botes, e disso resultariam perdas graves para Nantucket e New Bedford.

Basta, porém; já dissemos o suficiente para indicar que os antigos baleeiros de há dois ou três séculos viviam bem e que os baleeiros ingleses não desperdiçaram um exemplo excelente. Porque, dizem eles, quando se viaja, num navio vazio, se nada de melhor se pode obter do mundo, arranquemos-lhe um bom jantar, pelo menos. E com isso se esvazia a garrafa.

Um caramanchel nas Arsácidas

Até aqui, pelo que se refere à descrição do cachalote, limitei-me a insistir especialmente nas maravilhas do seu aspecto exterior; e tratei apenas, separada e detalhadamente, de algumas características principais da sua estrutura interna. Mas para uma compreensão ampla e total é preciso desabotoá-lo ainda mais, soltando-lhe os pontos das meias, desatando-lhe as ligas, desprendendo os ganchos e colchetes das juntas de seus ossos mais recônditos, e colocando-o diante de vós no seu estado último, isto é, no seu esqueleto incondicional.

Mas para que isso, Ishmael? Como é que tu, um simples remeiro, pretendes saber tanto acerca das partes subterrâneas do cachalote? Por acaso o erudito Stubb, encarapitado no cabrestante, fez conferências sobre a anatomia do cetáceo e, com o auxílio do bolinete, susteve no alto, para exibição, um espécime de costela? Explica-te, Ishmael! Podes fazer subir ao convés um cachalote adulto e examiná-lo como faz um cozinheiro com o porco que pretende adubar? Claro que não! Até aqui, Ishmael, tens sido uma testemunha veraz, porém, cuidado! não abuses do privilégio de que somente Jonas desfrutou, privilégio de discorrer acerca das vigas e barrotes, da cumeeira, das travessas e das escoras que formam a estrutura do leviatã, ou ainda das tinas de sebo, das leiterias e fábricas de manteiga e de queijo das suas entranhas.

Confesso que desde o tempo de Jonas poucos baleeiros têm penetrado muito abaixo da pele de um cachalote adulto; contudo, tive a sorte de encontrar um dia uma oportunidade para dissecá-lo em miniatura. Certa ocasião um baleote foi içado para o convés de um navio de cuja tripulação eu fazia parte, a fim de se lhe tirar a bexiga, que serviria para o fabrico de bainhas para as linguetas dos arpões e as pontas das lanças. Julgais que deixei fugir essa ocasião sem recorrer ao meu machado e à faca para romper o selo e ler todo o conteúdo do baleote?

Pelo que se refere ao meu conhecimento dos ossos do leviatã em seu pleno e gigantesco desenvolvimento, esse conhecimento raro devo-o ao meu real amigo Tranquo, Rei de Tranque, uma das Arsácidas. Porque quando estive em Tranque, há uns quinze anos, como tripulante do *Dey of Algiers*, fui convidado a passar parte das minhas férias com o senhor da região em sua residência retirada, em Pupella, situada num vale, no litoral, não muito distante da capital, a Cidade de Bambu, como a chamam os nossos marinheiros.

Entre mil outras qualidades excelentes, o meu real amigo Tranquo tinha paixão por tudo o que se refere à habilidade bárbara e havia reunido em Pupella todos os objetos estranhos, fabricados pelos mais engenhosos dos seus súditos, especialmente madeiras entalhadas de padrão maravilhoso, conchinhas cinzeladas, lanças incrustradas, remos custosos, canoas aromáticas e outras curiosidades distribuídas entre as maravilhas naturais que as ondas cheias de assombro e desejosas de render-lhe pleito haviam arremessado nas suas praias.

Entre essas curiosidades, a mais notável era um enorme cachalote encontrado depois de uma tempestade extraordinariamente longa e feroz, morto, encalhado com a cabeça de encontro a uma palmeira, cujos leques espessos pareciam ser o jorro verdejante do animal. Despojado o corpo de todo o seu conteúdo e secos os ossos ao sol, transportou-se cuidadosamente o esqueleto para o vale de Pupella, onde foi abrigado num grande templo de palmeiras majestosas.

As costelas foram penduradas como troféus; nas vértebras gravaram-se, em estranhos hieróglifos, os anais das Arsácidas; no crânio, os sacerdotes mantinham sempre viva uma chama aromática, de modo que a cabeça mística voltava a arremessar o seu jorro vaporoso e, suspensa de um ramo, a queixada vibrava sobre todos os fanáticos, como a espada pendente de um fio de cabelo que tanto assustou Dâmocles.

Espetáculo assombroso! O bosque verde como o musgo do Vale Gelado: as árvores altas e arrogantes sentiam toda a sua seiva viva; a terra industriosa era como um tear, que tecesse um tapete soberbo, cuja trama e urdidura era formada pelos ramos da vide, enquanto que as flores representavam o vívido desenho. Todas as árvores tinham os ramos carregados; todos os arbustos, os fetos, a relva, e o ar, condutor de mensagens, tudo isso mantinha-se em atividade incessante. Através do entrelaçamento das folhas o grande sol parecia uma lançadeira veloz tecendo a verdura perene. Oh! tecelão ativo... tecelão invisível!.... Uma pausa... uma única palavra! Onde irá a tela? Que palácio cobrirá? Para que esse trabalho incessante? Fala, tecelão! Detém a tua mão!... Ao menos uma palavra contigo! Não... A lançadeira corre... As figuras saem flutuando do tear; o rico tapete vai passando sempre. O deus tecelão tece e o ruído do seu tear o ensurdece a tal ponto que ele não ouve mais nenhuma voz mortal, e esse zumbido ensurdece também a nós, que olhamos para o tear, e somente quando conseguimos escapar-lhe, podemos ouvir os milhares de vozes que falam através dele. O mesmo acontece também em todas as fábricas materiais. As palavras pronunciadas, inaudíveis entre os tornos vertiginosos, essas mesmas palavras são ouvidas do outro lado das paredes, transbordando pelas janelas abertas. Assim se têm descoberto muitas infâmias. Ah! Mortal, sê precavido, pois, porque assim, no meio do estrépito do grande tear do mundo, podem-se ouvir à distância os pensamentos mais sutis.

Assim, pois, no tear verde e infatigável do bosque das Arsácidas jazia o grande esqueleto branco, idolatrado — gigante ocioso. Mas enquanto a verde urdidura eternamente tecida se entremeava e zumbia em torno, o grande ocioso parecia ser o tecelão solar: e ainda que coberto de vinhas, de um verde cada vez mais vivo, mais fresco, não era senão um esqueleto. A vida envolvia a morte, a morte se enroscava na vida, o deus terrível desposava a vida cheia de vigor e esta gerava-lhe glórias de cabeça encaracolada.

Quando em companhia do meu real amigo Tranquo visitei o estranho chachalote e vi o crânio transformado em altar e o fumo artificial que subia do ponto por onde saía anteriormente o jorro, causou-me assombro o fato de que o rei considerasse uma capela como uma curiosidade. Porém espantei-me ainda mais, sabendo que os sacerdotes sustentavam, sob juramento, que esse jorro fumaçante era verdadeiro. Caminhei de um lado para outro diante do esqueleto, afastei as vinhas para um lado, introduzi-me entre as costelas e, com um novelo de fio das Arsácidas, entretive-me durante muito tempo percorrendo e medindo as numerosas colunatas tortuosas e sombreadas. Mas depois, tendo-se acabado o fio, tornei a atravessar a abertura pela qual havia entrado. Não vi coisa alguma no interior; nada havia ali senão ossos.

Cortei uma vara verde a fim de medir e entrei no esqueleto pela segunda vez. Através de uma fenda no crânio, os sacerdotes viram-me medir a altura da última costela.

— Como? — gritaram eles. — Atreves-te a medir nosso deus? Esse direito é apenas nosso.

— Sim, sacerdotes... Está bem. Neste caso, que comprimento lhe atribuem?

Seguiu-se então entre eles uma disputa tremenda sobre pés e polegadas; batiam nas cabeças uns dos outros com as varas — o crânio gigantesco enviava o eco — ao passo que eu, aproveitando essa feliz oportunidade, concluía rapidamente a medição, por minha conta.

Agora proponho-me a expor aqui essas medidas. Mas em primeiro lugar permitam-me declarar que sobre este assunto não me poderia dar a liberdade de indicar medidas fantásticas que me ocorressem, porque existem autoridades competentes sobre a matéria, às quais poderíeis recorrer para confirmar a minha veracidade. Em Hull (Inglaterra), segundo ouço dizer, há um museu que contém excelentes exemplares de rorquais e de outros cetáceos. Ouvi dizer também que no museu de Manchester, em New Hampshire, existe, segundo asseguram os seus dirigentes, "o único exemplar perfeito da baleia da Groenlândia ou da baleia do rio, dos Estados Unidos". Além disso, numa residência de Yorkshire (Inglaterra) chamada Burton Constable, um tal Sir Clifford Constable possui um esqueleto de cachalote, embora de tamanho moderado, e de modo algum comparável ao do meu amigo, o Rei Tranquo.

Em ambos os casos, as baleias encalhadas, a que pertenciam esses esqueletos, foram reclamadas primeiramente por seus proprietários, os quais fundavam-se em razões semelhantes! O Rei Tranquo se apoderou da sua, porque assim o quis, e Sir Clifford, por ser senhor daquelas terras. O cachalote de Sir Clifford foi totalmente articulado, de tal maneira que, como um grande caixote, pode ser aberto e fechado em todas as suas cavidades ósseas — é possível estender as suas costelas como um leque gigantesco — e balançar-se o dia inteiro sobre a sua queixada. Tenciona-se pôr fechaduras em algumas das portas e também persianas, e um lacaio provido de um molho de chaves mostrará o interior a futuros visitantes. Sir Clifford pensa cobrar dois "pence" por visita à galeria dos passos perdidos da coluna vertebral; três para se ouvir o eco da cavidade do cerebelo, e seis pela vista sem igual que se descortina da fronte.

As dimensões do esqueleto, que pretendo dar em seguida, foram copiadas, ao pé da letra, do meu braço direito, onde as fiz tatuar, visto que em minhas incessantes vagabundagens daquela época, não tinha outra maneira de conservar estatísticas tão valiosas. Mas como me faltava o espaço e visto que desejava que as partes do meu corpo continuassem como página em branco — pelo menos as partes que pudessem ainda conservar sem tatuagens — para um poema que compunha então, não me preocupei com as frações de polegada, nem tampouco, julgo, as polegadas devem figurar de modo algum numa medida do cachalote, tal como deve ser.

Medida do esqueleto do cachalote

Antes de tudo, desejo fazer uma declaração particular, franca e positiva. relacionada com o tamanho, em vida, desse leviatã cujo esqueleto iremos exibir em breve. Tal declaração poderá ser útil aqui.

Segundo um cálculo cuidadoso que fiz, baseado em parte na estimativa do capitão Scoresby, em relação à maior baleia da Groenlândia — isto é, de sessenta pés de comprimento, a que atribuí um peso de setenta toneladas — segundo o cálculo feito por mim, repito, o cachalote de maior tamanho, ou seja de cerca de oitenta e cinco a noventa pés de comprimento e um pouco menos de quarenta de circunferência, deve pesar pelo menos noventa toneladas, de modo que, calculando treze homens por tonelada, seu peso excede consideravelmente ao da população em conjunto de toda uma aldeia de mil e cem habitantes.

Imaginai, pois, de quanta massa de cérebro precisaria esse leviatã como animal domesticado, a fim de poder agir de forma um pouco compreensível para o homem!

Como já expus aos leitores, de várias maneiras, o crânio, o espiráculo, a queixada, os cientes, a cauda, a fronte, as barbatanas e outras partes do cachalote, limitar-me-ei agora a assinalar o mais interessante do conjunto geral dos seus ossos, em liberdade. Porém, como o crânio colossal ocupa uma proporção tão grande de todo o esqueleto, por ser, em grande medida, a parte mais complicada, e como nada mais diremos a seu respeito, neste capítulo, não deveis esquecer de tê-lo sempre presente no espírito ou levá-lo, debaixo do braço, à medida que prosseguimos, pois de outra maneira seria impossível alcançar uma noção completa da estrutura geral que iremos considerar.

O esqueleto do cachalote de Tranquo tinha setenta e dois pés de comprimento, de modo que, totalmente coberto e estendido, devia medir uns noventa pés, pois o esqueleto do cachalote perde uma quinta parte da extensão, em comparação com o animal vivo. Desses setenta e dois pés, cerca de vinte correspondiam ao crânio e à queixada, o que deixa quase cinquenta pés de espinhaço. Unida a este último, quase numa terça parte da extensão, encontrava-se a forte canastra circular das costelas, a qual encerrava outrora os órgãos vitais.

Segundo a minha opinião, esse enorme cofre de marfim e o longo espinhaço que se prolonga até muito mais além, em linha reta, se assemelham ao casco de um grande navio recentemente colocado sobre as grades de construção de um estaleiro, quando estão inseridas apenas umas vinte costelas da proa, e a quilha não é, no momento, mais de que um pau longo e desconexo.

Havia dez costelas de cada lado. A primeira, começando pelo pescoço, media quase seis pés; a segunda, a terceira e a quarta iam aumentando gradualmente até o ponto culminante da quinta, ou seja uma das centrais, que media oito pés e algumas polegadas. Deste ponto em diante, as costelas restantes diminuem progressivamente, até a décima e última, que mede apenas cinco pés e algumas polegadas. A espessura geral de cada uma corresponde adequadamente à sua extensão. As costelas centrais são as mais arqueadas. Em algumas das Arsácidas, são empregadas como vigas para pontes sobre pequenos cursos de água.

Examinando as costelas, não pude deixar de maravilhar-me ainda uma vez, ao verificar que o esqueleto da baleia, conforme se repetiu a miúdo neste livro, não é de modo algum o molde da sua forma revestida. A costela mais larga da de Tranque — uma das costelas centrais — ocupava essa parte do animal que em vida tem maior profundidade. Pois bem, a maior profundidade do corpo coberto desse cachalote a que nos referimos, devia alcançar pelo menos dezesseis pés, ao passo que a costela correspondente media apenas um pouco mais de oito pés. Assim, essa costela dava apenas uma ideia imperfeita do tamanho que teria em vida essa parte. Ademais, no ponto onde não se via agora mais do que um espinhaço nu, tudo estivera coberto de toneladas e toneladas de carne, músculo, sangue e entranhas. Acresce que, em vez das amplas barbatanas, notei apenas algumas articulações desordenadas, e em vez das barbatanas caudais, pesadas e majestosas, havia apenas ossos, um vazio total!

Como são pois inúteis e vãos — pensei — os esforços do homem tímido e preso à terra, para procurar compreender essa prodigiosa baleia, limitando-se a inclinar a cabeça sobre um esqueleto morto, diminuído, estendido num bosque tranquilo! Não. Somente no centro dos perigos mais vivos, unicamente dentro do torvelinho das suas barbatanas furiosas, unicamente no meio do mar profundo e sem limites, é possível apreciar verdadeiramente o poder e a magnitude do cachalote.

O melhor meio que imaginamos para estudar a espinha dorsal, seria empilhar — por meio de um guindaste — os ossos que a compõem. Porém um tal empreendimento não seria nada rápido. Mas, agora que está terminado o monumento, muito se assemelha ao pilar de Pompeu.

Há umas quarenta e tantas vértebras ao todo que não são presas umas às outras no esqueleto. Na sua maioria jazem como os grandes blocos nodosos de um capitel gótico, formando sólidas fileiras de alvenaria pesada. A maior das vértebras, a central, mede quase três pés de largura e um pouco mais de quatro pés de profundidade. A menor, no ponto onde se afina o espinhaço e onde nasce a cauda, tem somente duas polegadas de largura e parece um pouco com uma bola de bilhar. Disseram-me que havia outras ainda menores, porém foram roubadas pelos pequenos canibais, filhos dos sacerdotes, para jogarem bola com elas. Vemos, assim, como até mesmo o espinhaço do maior dos seres vivos se reduz finalmente a um simples brinquedo de criança.

A BALEIA FÓSSIL

O enorme tamanho da baleia nos fornece um tema muito adequado para desenvolver e ampliar, isto é, para nos estender, em geral. Ainda que quiséssemos, não poderíamos condensá-lo. Tem plenos direitos de ser tratado apenas num fólio imperial. Sem que seja necessário repetir a sua medida, desde o espiráculo até as barbatanas caudais e as jardas do seu contorno, em volta da cintura, pensemos somente nas voltas gigantescas dos seus intestinos que se estendem dentro dela como grandes cabos e cordas enroladas no convés de um couraçado.

Já que me propus a manejar esse gigante, cabe-me o dever de mostrar-me onisciente e exaustivo nos detalhes, sem deixar passar os mais ínfimos germes embrionários do seu sangue e retorcendo-o até tirar o cabo mais escondido das suas entranhas. Visto que já descrevi a maior parte das suas particularidades habituais, resta-me apenas tratá-lo de um ponto de vista arqueológico, como fóssil e antediluviano. Esses termos tão majestosos, aplicados a qualquer outra criatura que não o leviatã — a uma formiga ou a uma pulga, por exemplo — poderiam ser considerados com todo o direito como injustificadamente grandiloquentes. Mas, quando o leviatã constitui o objetivo, o caso é muito diferente. E há grandes probabilidades de que eu tenha de vacilar sob as palavras mais pesadas do dicionário. Devo acrescentar aqui que, sempre que me foi necessário consultar um dicionário, no curso dessas dissertações, recorri invariavelmente a uma enorme edição *in quarto*, de Johnson, adquirida expressamente para esse fim, visto que o volume pessoal, pouco comum, do famoso lexicógrafo, o tornava mais apropriado para compilar um léxico útil a um escritor que, como eu, escreve, sobre baleias.

Frequentemente se ouve falar em escritores que se elevam e se estendem com o tema de que tratam, ainda que este seja na aparência muito comum. E que acontecerá então comigo, que tenho de escrever sobre o leviatã? Inconscientemente, a minha quirografia se expande em maiúsculas de reclame. Dai-me a pena de um condor! Dai-me a cratera do Vesúvio para tinteiro! Porque no simples ato de escrever sobre esse leviatã, os meus pensamentos me pesam e me enfraquecem com o seu voo de alcance exaustivo, como se pretendessem abarcar o círculo das ciências e todas as gerações de baleias, de homens e de mastodontes, passados, presentes e futuros, com todos os panoramas giratórios de impérios na terra e no universo inteiro, tudo, sem excluir os seus subúrbios. Tal é a virtude amplificadora de um tema amplo e liberal. Crescemos em proporção ao seu tamanho. Para produzir um livro importante, é preciso escolher um tema importante. Jamais se escreveu um livro grande e duradouro sobre uma pulga, ainda que muitos tenham tentado isso.

Antes de abordar o tema das baleias fósseis, apresento as minhas credenciais como geólogo, declarando que em diversas ocasiões tenho sido pedreiro e também grande cavador de fossos, canais, poços, porões, sotãos e cisternas de toda classe. Desejo igualmente, como preliminar, recordar ao leitor que nas camadas geológicas mais antigas encontram-se fósseis de monstros, totalmente extintos atualmente; as relíquias subsequentes descobertas nas chamadas formações terciárias parecem ser elos que ligam ou pelo menos interceptam a cadeia das criaturas pré-históricas com as outras cuja posteridade remota entrou na Arca, segundo dizem; todas as baleias fósseis descobertas até agora correspondem ao período terciário, o último dos que precedem as formações superficiais e ainda que nenhuma delas corresponda exatamente a qualquer das espécies conhecidas da época atual, estão contudo suficientemente relacionadas com elas para que se justifique a sua inclusão entre os cetáceos fósseis.

Nos últimos trinta anos foram encontrados, com diferentes intervalos na base dos Alpes, na Lombardia, na França, Inglaterra, Escócia e nos estados da Luisiana, Mississipi e Alabama, fósseis separados e quebrados de baleias pré-adamitas, fragmentos de ossos e esqueletos. Entre os restos mais curiosos figuram parte de um crânio, desenterrada em 1779, na rue Dauphiné, em Paris, pequena rua que desemboca quase diretamente no Palácio das Tulherias, e uns ossos desenterrados na época de Napoleão, quando se escavaram as grandes docas de Antuérpia. Cuvier declarou que esses fragmentos pertenciam a alguma espécie de leviatã totalmente desconhecida.

Porém a mais maravilhosa de todas as relíquias cetáceas é em grande medida o esqueleto quase completo de um monstro extinto, encontrado em 1842 nas plantações do Juiz Creagh, em Alabama. Os escravos, cheios de espanto e muito crédulos, tomaram-no pelos ossos de um dos anjos decaídos. Os doutores de Alabama o classificaram como réptil gigantesco e lhe deram o nome de Basilossauro. Mas foram enviados além-mar alguns fragmentos desses ossos, ao anatomista inglês Owen, o qual pôde provar que o suspeito réptil era na realidade uma baleia, ainda que de espécie desaparecida. Aqui encontramos um exemplo significativo da verdade, repetida uma e outra vez neste livro, e segundo a qual sustentamos que o esqueleto da baleia fornece apenas um indício muito vago da forma do seu corpo totalmente coberto. Owen deu ao monstro o novo nome de Zeuglodon; e num ensaio lido perante a Sociedade Zoológica de Londres, declarou, em substância, que se tratava de uma das criaturas mais extraordinárias que as mutações do globo haviam apagado da existência.

Quando me encontro no meio desses esqueletos gigantescos, desses imensos crânios, presas, queixadas, costelas e vértebras, as quais se caracterizam todas por suas semelhanças parciais com as raças existentes de monstros marinhos e que ao mesmo tempo apresentam afinidades semelhante com os leviatãs desaparecidos e pré-históricos — seus avós — sinto-me como que arrastado para trás, até aquele maravilhoso período anterior, pode-se dizer, ao próprio tempo, já que o tempo começou com o homem. Ali o caos cinzento de Saturno gira em torno de mim e obtenho visões fugazes e tenebrosas dessas eternidades polares, quando poderosos baluartes de gelo exerciam pressão sobre o que hoje chamamos de trópicos e quando nas 25.000 milhas da circunferência deste mundo não era visível um único pedaço de terra habitável. Então o mundo inteiro pertencia à baleia e esta senhora da criação deixava a sua esteira nas linhas atuais dos Andes e do Himalaia. Quem poderá ostentar uma árvore genealógica como a do leviatã? O arpão de Ahab fez verter sangue muito mais antigo que o dos Faraós. Matusalém parece um colegial. Olho em torno para apertar a mão de Sem. Sinto-me horrorizado com essa existência pré-mosaica, inimaginável, dos terrores indizíveis da baleia, que por haver existido antes do próprio tempo, existirá, necessariamente, quando tiverem cessado todas as idades humanas.

Mas não somente esse leviatã deixou as suas marcas pré-adamitas nas placas estereotipadas da natureza, e legou, na pedra e na greda, seu antigo busto, como também, nas tabuinhas egípcias, cuja antiguidade parece que lhes dá direito a um caráter quase fóssil, encontramos a marca inconfundível da sua barbatana. Num compartimento do grande templo de Denderah foi descoberto há uns cinquenta anos, no teto de granito, um planisfério esculpido e pintado cheio de centauros de grifos e delfins, semelhante, por suas figuras grotescas, ao globo celestial dos modernos. Deslizando entre elas, o velho leviatã nada como sempre. Está nadando nesse planisfério, desde séculos, antes de Salomão nascer e ser posto no berço.

Nem também devemos omitir aqui outro testemunho estranho da antiguidade da baleia, na sua própria realidade óssea pós-diluviana, tal como foi anotado pelo venerável John Leo, na descrição das suas viagens pela Berberia. "Não longe da costa, há um templo com vigas e caibros feitos de ossos de baleia, pois, frequentemente, baleias mortas, de tamanho monstruoso, chegam a estas praias, arrastadas pela corrente. O povo imagina que devido a um poder secreto, conferido por Deus ao seu templo, nenhuma baleia pode passar diante dele sem ter morte instantânea. Mas a verdade é que de ambos os lados do templo há rochas que se internam duas milhas mar adentro e essas rochas ferem as baleias que vão de encontro a elas. Conserva-se ali uma costela de baleia de tamanho incrível, como sendo um milagre, e essa costela, cravada em terra e com a parte convexa para cima, forma um arco cujo extremo superior não pode ser alcançado por um homem montado num camelo. Asseguram-me que essa costela estava ali havia mais de cem anos. Seus historiadores afirmam que a esse templo pertenceu um profeta que anunciou Maomé e alguns não hesitam mesmo em assegurar que o profeta Jonas foi arremessado pela baleia na base do templo."

Deixo-te nesse templo africano da baleia, leitor amigo, e se és de Nantucket e baleeiro, além disso, cairás aqui de joelhos em adoração silenciosa.

Diminui o tamanho da baleia? Virá ela a extinguir-se?

Visto que esse leviatã chega até nós das cabeceiras das águas da Eternidade, cabe investigar aqui se no longo curso das suas gerações não terá degenerado em relação ao tamanho dos seus antepassados.

Investigando, porém, descobrimos que não somente as baleias da atualidade são de tamanho superior àquelas cujos restos fósseis se encontram no sistema terciário (que compreende um período geológico anterior ao homem), como também que entre as baleias corrrespondentes a esse sistema terciário, as pertencentes às formações posteriores são de maior tamanho do que as anteriores.

De todas as baleias antediluvianas exumadas até agora, a maior é a que mencionamos no capítulo anterior, descoberta no Alabama, e cujo esqueleto mede nada menos de setenta pés de comprimento, ao passo que, como já vimos, o esqueleto de uma baleia moderna de grande tamanho atinge setenta e dois pés. Ouvi dizer, sob palavra de baleeiros, que se têm capturado cachalotes que mediam perto de cem pés.

Porém, conquanto as baleias de agora sejam maiores do que as de todos os períodos geológicos anteriores, não poderia dar-se o caso de que tivessem degenerado, desde o tempo de Adão?

A conclusão será certamente afirmativa, se dermos crédito às narrativas de cavalheiros, tais como Plínio e os naturalistas antigos, em geral, pois Plínio nos fala de baleias de proporções inimagináveis e Aldrovando de outras que mediam oitocentos pés de comprimento... Ruas e túneis de baleias. E até mesmo nos dias de Banks e Solander, os naturalistas de Cooke, encontramos um membro dinamarquês da Academia de Ciências, o qual estabelece o comprimento de algumas baleias da Islândia (*reydan-siskur* ou de Panças Enrugadas) em 120 jardas ou sejam trezentos e sessenta pés. E Lacépède, o naturalista francês, na sua primorosa história das baleias, bem no começo da obra (p. 3) estabeleceu que o comprimento da baleia propriamente dita alcança cem metros, ou trezentos e vinte oito pés. E essa obra foi publicada em 1825.

Poderá algum baleeiro dar crédito a essas histórias? Não. A baleia de hoje é tão grande como os seus antepassados da época de Plínio. E se eu for algum dia aonde Plínio se encontra agora, como baleeiro (muito mais do que ele) dir-lhe-ei isso ousadamente. Pois não posso compreender como é possível que ao passo que as múmias egípcias, enterradas milhares de anos antes do nascimento de Plínio, não medem, em seus ataúdes, mais do que um natural de Kentucky com os seus tamancos, e ao passo que o gado e outros animais esculpidos nas tabuinhas egípcias e ninivitas mais antigas provam-nos, pelas proporções relativas com que estão desenhadas, que o gado de raça alimentado no estábulo e premiado em Smithfield, não somente iguala como até mesmo supera em tamanho o mais gordo dos animais de Faraó — como é possível pois admitir que entre todos os animais, seja a baleia o único que degenerou?

Resta ainda fazer uma outra investigação, que frequentemente apaixona os homens mais serenos de Nantucket. Resta-nos pois averiguar se devido à observação quase onisciente dos mastros dos baleeiros que agora penetram até o estreito de Behring e chegam aos cantos mais remotos e secretos do mundo, e aos milhares de arpões e lanças que se disparam ao longo de todas as costas dos continentes, se dado tudo isso, o leviatã poderá suportar por muito tempo uma caça tão vasta e uma perseguição tão implacável, se não será finalmente exterminado e se o último deles como o último homem, fumará a sua última cachimbada, evaporando-se em seguida na fumaça final.

Se compararmos as manadas corcovadas de baleias com as manadas corcovadas de búfalos, que não há ainda quarenta anos se estendiam às dezenas de milhares nos prados do Illinois e do Missouri e sacudiam as suas crinas de ferro, e olhavam carrancudos para os lugares onde estão hoje situadas as populosas capitais ribeirinhas, onde agora um amável corretor vos vende terras a um dólar a polegada, em semelhante comparação pareceria residir um argumento irresistível para demonstrar que a baleia perseguida não poderá escapar a uma rápida extinção.

Mas é preciso considerar o assunto sob todos os aspectos. Conquanto faça tão pouco tempo — menos que a duração de uma vida normal — que o censo de búfalos de Illinois excedia o censo dos habitantes de Londres de hoje, e conquanto atualmente não reste naquela região nem um único chifre ou um casco e ainda que a causa desse espantoso extermínio tenha sido a lança do homem, contudo, a natureza tão diversa da caça da baleia evita peremptoriamente, ao leviatã, um fim tão inglório. Quarenta homens num navio, à caça do cachalote durante quarenta e oito meses, opinam que tudo lhes correu muito bem, e dão graças a

Deus, se conseguem chegar em casa com o óleo de quarenta animais. Ao passo que nos tempos dos antigos caçadores canadenses e índios e dos exploradores do oeste, quando esse longínquo oeste era ainda selvagem e virgem, o mesmo número de homens com mocassinas, durante idêntico número de meses, montados a cavalo, em vez de tripular navios, teriam morto não apenas quarenta, e sim quarenta mil búfalos, cifra que, caso fosse necessário, poderia ser provada com estatísticas.

Nem também, considerando-se a questão tal como deve ser, é possível encontrar um argumento a favor da extinção gradual do cachalote, por exemplo nas circunstâncias de que em anos anteriores (na última parte do século passado, se quiserdes) encontravam-se com maior frequência do que atualmente pequenas manadas desses leviatãs, o que dava em resultado que as viagens não eram tão prolongadas e eram também mais lucrativas. Pois, conforme foi observado em outra parte, esses animais, sob a influência de certas medidas de segurança, percorrem agora o mar em imensas caravanas, de tal maneira que as juntas, manadas e cardumes dispersos e solitários de outras épocas se concentram agora em grandes exércitos extensamente separados uns dos outros. Isso é tudo. E igualmente falaz parece ser a afirmativa frequente de que as baleias propriamente, pelo fato de não aparecerem em muitas regiões que em anos anteriores frequentavam assiduamente, se vão extinguindo também. O que fazem, porém é apenas retirar-se de um ponto para outro e se os seus jorros já não dão vida a uma costa, podeis estar seguros de que alguma outra praia mais afastada experimentou recentemente o assombro provocado por esse espetáculo ali desconhecido.

Acresce, a respeito desses leviatãs mencionados por último, que eles têm duas firmes fortalezas, as quais, segundo todas as probabilidades humanas, continuarão sempre inexpugnáveis. E, assim como os gélidos suíços, depois da invasão dos seus vales, se refugiaram nas montanhas, assim também, perseguidos nas planícies e clareiras de alto mar, as baleias podem refugiar-se afinal nas suas cidadelas polares e, submergindo ali sob as últimas barreiras cristalinas, subirem outra vez à superfície entre campos de gelo e, num círculo mágico de eterno dezembro, desafiar toda perseguição humana.

Todavia, como se caçam umas cinquenta dessas baleias por um cachalote, alguns filósofos do castelo de proa concluem que esse estrago evidente fez diminuir seriamente os seus batalhões. Mas se por algum tempo os americanos mataram anualmente nada menos de 13.000 dessas baleias na costa noroeste, existem outras considerações que fazem com que essa circunstância tenha pouco ou nenhum valor, como argumento em oposição ao assunto.

Conquanto seja natural mostrar alguma incredulidade acerca da abundância das criaturas mais enormes do globo, que diremos então a Harto, o historiador de Goa, quando nos conta que numa ocasião o Rei de Sião capturou 4.000 elefantes, senão que nessas regiões os elefantes são tão numerosos como as manadas de gado nos climas temperados? E parece não haver razão para se duvidar de que, se os elefantes, caçados durante milhares de anos por Semíramis, Poro, Aníbal e todos os monarcas que se sucederam no Oriente, sobrevivem ainda em grande número, possa, com maiores razões, subsistir a baleia, visto que tem para mover-se um campo que é exatamente o duplo de toda a Ásia, as duas Américas, a Europa e África, Nova Holanda e todas as ilhas do mar reunidas.

Além disso, devemos considerar que devido à grande longevidade da baleia, que se presume atingir provavelmente a um século ou mais de idade, várias gerações adultas, distintas, devem ser contemporâneas. E podemos ter uma ideia do que isso representa, se imaginarmos todos os cemitérios públicos e os jazigos de família devolvendo os corpos vivos de todos os homens, mulheres e crianças que viveram há setenta e cinco anos e acrescentando essa hoste inumerável à atual população do globo.

Portanto, levando em conta todas essas coisas, consideremos a baleia imortal na sua espécie, conquanto mortal na individualidade. Ela percorreu os mares muito antes de que os continentes rompessem as águas; percorreu em outros tempos os lugares ocupados hoje pelas Tulherias, o Palácio de Windsor e o Kremlin. No Dilúvio desdenhou a arca de Noé e, caso se voltar a inundar o mundo como se inundaram os Países-Baixos, para matar os ratos, então a baleia eterna sobreviverá ainda e, elevando-se na onda mais alterosa da inundação equatorial, lançará, em desafio ao céu, o seu jorro vaporoso.

A PERNA DE AHAB

A forma precipitada pela qual o capitão Ahab abandonou o *Samuel Enderby*, de Londres, não deixou de dar em resultado uma certa violência que prejudicou a sua pessoa. Ahab desceu com tal energia sobre um dos bancos do bote que a sua perna de marfim bateu com força capaz de parti-la em lascas. Encontrando-se de volta no convés do seu navio e no eixo que lhe servia de apoio, girou sobre a perna com tanta veemência para transmitir uma ordem urgente ao timoneiro (relacionada, como de costume, com uma suposta negligência no exercício das suas funções) que o marfim, já maltratado, recebeu um tal puxão e uma torcedura tão violenta que embora a perna permanecesse inteira e vigorosa, segundo todas as aparências, o próprio Ahab já não a considerava totalmente digna de confiança.

Não era de admirar pois que Ahab, apesar de toda a sua temeridade louca, prestasse de vez em quando uma atenção cuidadosa ao osso morto sobre o qual se apoiava em parte. Porque não muito antes da partida do *Pequod*, de Nantucket, encontraram-no uma noite prostrado em terra e sem sentidos: por alguma causa desconhecida e aparentemente inexplicável e inimaginável, o membro de marfim deslocou-se com tal força que quase lhe atravessou a virilha. E não foi sem extrema dificuldade que o cruel ferimento chegou a sarar de todo.

Nem também teria deixado de apresentar-se ao seu espírito monomaníaco a ideia de que toda a angústia daquele sofrimento não era mais do que o resultado direto de um mal anterior: ele parecia ver muito claramente que assim como o mais venenoso réptil dos pântanos perpetua a sua espécie, tão inevitavelmente como o pássaro que canta mais docemente nos bosques, assim todos os acontecimentos desgraçados geram naturalmente os seus semelhantes. Sim, com maior força, pensava Ahab, já que tanto os antepassados como os descendentes da dor são mais numerosos do que os antepassados e os descendentes da alegria. Porque a inferência que se tira de alguns ensinamentos canônicos é que algumas alegrias naturais não terão filhos para o outro mundo e sim, pelo contrário, serão seguidas de toda a desesperação do inferno estéril em alegrias, ao passo que algumas misérias mortais continuarão gerando, para além do túmulo, uma progênie eternamente ininterrupta de dores. Mas ainda que não levemos isso em conta, parece subsistir uma desigualdade, a uma análise mais profunda do assunto. Porque, pensava Ahab, mesmo as mais sublimes felicidades terrestres encerram sempre alguma mesquinhez e insignificância, ao passo que todas as calamidades têm no fundo um significado místico e, para alguns homens, uma grandeza angélica, de modo que as averiguações mais diligentes não desmentem a dedução evidente. Ao estudar a genealogia dessas altas misérias morais, chegamos finalmente às primogenituras sem origem dos deuses, de modo que diante de todos os sóis alegres e fecundantes e de todas as luas redondas e plácidas, temos de chegar necessariamente a esta conclusão: os próprios deuses nem sempre estão alegres. A marca de nascença triste e inapagável que o homem tem na fronte não é mais do que o selo da dor dos signatários.

Sem querer, divulgamos aqui um segredo que de maneira mais adequada e talvez com mais deliberação devia ter sido revelado antes. Juntamente com muitos particulares em relação a Ahab, sempre permaneceu um mistério, para muitos, o motivo pelo qual, durante um certo período, antes e depois da partida do *Pequod*, ele se recolheu como um Grande Lama e por que motivo durante esse intervalo procurou um refúgio mudo, por assim dizer, no senado de mármore dos mortos. A razão divulgada pelo capitão Peleg não parecia de modo algum justa, ainda que na realidade, como tudo o que dizia respeito à parte mais íntima de Ahab, qualquer revelação encerrasse muito mais obscuridade significativa do que luz explicativa. Afinal, porém, veio a saber-se de tudo, neste caso particular, pelo menos. Esse triste acidente fora a causa da sua reclusão provisória. Por outro lado, para esse círculo tímido em terra, cada vez mais reduzido e que por uma razão qualquer gozava do privilégio de aproximar-se com menos dificuldade de Ahab, para esse círculo tímido, a desgraça a que se aludiu acima de Ahab não se deu ao trabalho de explicar, cobriu-se de horrores que em parte pareciam proceder do mundo dos espíritos e dos gemidos. Deste modo, pelo afeto que lhe tinham, conspiraram todos para ocultar o quanto possível o fato aos demais: e assim aconteceu que no convés do *Pequod* não se veio a saber do caso senão depois de decorrido um intervalo considerável.

Mas seja como for, tenham ou não alguma coisa a ver com o terrestre Ahab o sínodo invisível e ambíquo do ar ou os vingativos príncipes e potentados do fogo, o certo é que no caso presente ele adotou, quanto à sua perna, um expediente claro e prático: chamou o carpinteiro.

E quando esse funcionário se apresentou diante dele, ordenou que sem perda de tempo lhe fizesse outra perna: e pediu aos pilotos que lhe dessem todos os pedaços do marfim (de cachalote) que se haviam acumulado até então no curso da viagem, a fim de poder escolher mais cuidadosamente os mais sólidos e resistentes. Uma vez feita a seleção, o carpinteiro recebeu ordem para terminar a perna naquela mesma noite e para fornecer todos os acessórios necessários, sem levar em conta, para nada, os acessórios da perna em uso. Além disso, deu-se ordem para que a forja do navio fosse arrancada do seu suporte provisório, no porão, e para que se acelerasse a tarefa. E o ferreiro recebeu em seguida instruções para fabricar todos os artefatos de ferro que pudessem tornar-se necessários.

O carpinteiro

Senta-te como sultão entre as luas de saturno e considera abstratamente o indivíduo: parecer-te-á uma maravilha, uma grandeza e uma calamidade. Porém do mesmo ponto observa a humanidade em conjunto e verás que os honens na sua maioria parecem formar uma multidão de duplicatas desnecessárias, tanto contemporâneas como hereditárias. Ainda que muito humilde e longe de fornecer um exemplo da excelsa abstração humana, o carpinteiro do *Pequod* não era uma duplicata e, por conseguinte, agora aparece pessoalmente neste cenário.

Como todos os carpinteiros de bordo e muito especialmente os que pertencem à tripulação de um baleeiro, o nosso era de certa maneira improvisado e prático, igualmente hábil em vários ofícios e profissões relacionadas com a sua. Corresponde ao carpinteiro o tronco antigo e muito ramificado de todos esses numerosos trabalhos manuais que têm qualquer coisa a ver com a madeira como material auxiliar. Mas à parte o fato de se lhe poder aplicar essa última observação genérica, o carpinteiro do *Pequod* demonstrara singular capacidade para todas as mil emergências mecânicas indescritíveis que ocorrem continuamente a bordo de um grande navio, numa viagem de três a quatro anos, através de mares pouco frequentados e distantes. Sem mencionar a sua facilidade para as tarefas comuns, tais como o reparo de botes arrombados e mastros partidos, a inserção de claraboias no convés e de cravos de madeira nos costados e outros trabalhos variados mais diretamente relacionados com a sua especialidade, era imensamente hábil em toda sorte de aptidões opostas, tanto úteis como ociosas.

A sua mesa de carpinteiro servia-lhe de grande cenário para a interpretação de tantos e tão diversos papéis: era uma mesa grande, fosca, maciça, cheia de parafusos de diferentes tamanhos, de madeira ou de ferro. A todo momento, exceto quando havia uma baleia amarrada no costado, essa mesa ficava colocada sobre a coberta, de bombordo a estibordo, firmemente presa atrás da refinaria.

Se acontece que uma cavilha é demasiado grande para ser introduzida com facilidade num orifício, o carpinteiro coloca-a num dos tornos sempre prontos e em seguida começa a limá-la até que fique do tamanho desejado. Se um pássaro terrestre de estranha plumagem entra a bordo, extraviado, e fica ali como um cativo, o carpinteiro com varetas cepilhadas de osso de baleia e vigas transversais de marfim de cachalote fabrica-lhe uma gaiola em forma de pagode. Se um remeiro desloca um pulso, o carpinteiro prepara-lhe uma loção calmante. Stubb desejava estrelas vermelhas na pá de cada um dos seus remos. Pois bem: o carpinteiro, prendendo cada remo no seu grande torno de madeira, proporciona-lhe simetricamente a constelação desejada. Um marinheiro tem o capricho de pôr argolas de osso de tubarão? O carpinteiro fura-lhe as orelhas. Um outro tem dor de dentes? O carpinteiro procura as pinças e batendo na mesa com uma das mãos pede à vítima que se sente ali: o pobre diabo, sem poder dominar-se, afasta-se para trás antes de concluída a operação; então, o carpinteiro, dando voltas na manivela do torno de madeira, faz-lhe sinais para que introduza nele a mandíbula, se é que deseja realmente que lhe extraia o dente.

Assim, o carpinteiro estava preparado para todos os casos, conquanto indiferente e sem respeito por coisa alguma. Considerava os dentes como pedacinhos de marfim, as cabeças como moitões e os próprios marinheiros como cabrestantes. Todos esses trabalhos, num campo tão vasto, realizados com tanta destreza, pareciam indicar uma inteligência nada vulgar. Mas não era exatamente isso, pois o que mais o distinguia era uma certa estolidez impessoal por assim dizer. Impessoal, digo, porque ele se compenetrava tanto do ambiente infinito das coisas que parecia confundir-se com a estolidez geral, que se discerne no mundo visível, em conjunto, o qual conquanto incessantemente ativo em inúmeras formas, conserva porém a sua paz e vos ignora, ainda mesmo que estejais cavando os alicerces de uma catedral. Contudo, essa estolidez meio horrível que se notava nele ocultava também uma total dureza de coração que era às vezes estranhamente salpicada de um humorismo velho, caduco, antediluviano, ao qual não faltava de vez em quando um certo espírito grisalho que lhe poderia ter servido para matar o tempo no castelo de proa da arca de Noé. Por acaso esse velho carpinteiro teria sido durante toda a sua vida um vagabundo, que à força de rolar de um lado para outro não somente não havia criado mofo como também conseguira desembaraçar-se de todas as aderências externas que lhe pudessem ter pertencido anteriormente? Era um puro, abstrato, um integral não fracionado, tão intransigente como uma criança recém-nascida. Vivia sem alusão premeditada a este mundo ou ao outro. Poder-se-ia quase dizer que essa sua estranha intransigência cobria uma falta de inteligência, pois não parecia trabalhar nos seus ofícios tanto por instinto ou razão, ou simplesmente porque os houvesse aprendido, ou por alguma mistura de tudo isso, como antes por uma espécie de processo literal espontâneo, surdo e mudo.

Era exclusivamente manipulador; seu cérebro, se o teve algum dia, devia ter escorregado bem depressa para os músculos dos dedos. Era um daqueles *multum in parvo*, que não raciocinam, mas imensamente úteis objetos de Sheffield, sob a aparência externa — ainda que um tanto volumosa — de um canivete comum, que contudo, não somente tem folhas de vários tamanhos como também atarrachadores, saca-rolhas, pinças, punções, penas, réguas, limas para unhas e ferrolhos. Deste modo, se os seus superiores desejavam utilizar o carpinteiro como atarrachador, tudo o que tinham a fazer era abri-lo nessa determinada parte e o parafuso se afrouxava; ou se o desejavam como pinças, era pegá-lo pelas pernas, e ali estava.

Todavia, conforme indicamos, esse carpinteiro múltiplo que se abria e fechava à vontade, não era simplesmente uma máquina ou um autômato. Se não tinha alma possuía algo de indefinido que anomalamente fazia as vezes desta. É impossível dizer em que consistia esse algo, se era essência de mercúrio ou algumas gotas de amoníaco. Porém ali estava e havia durado já sessenta anos ou mais. E esse mesmo princípio vital, astuto, inexplicável, mantinha-o em solilóquio contínuo durante grande parte do tempo; mas apenas como uma roda que não raciocina que também monologa sussurrando: ou antes, o seu corpo era uma guarita de sentinela na qual ele montava guarda em solilóquio durante todo o tempo, para conservar-se acordado.

No convés. Primeira guarda da noite.

[O carpinteiro, de pé em frente à sua mesa de trabalho e à luz das lanternas, lima atarefadamente a vara de marfim para a perna, depois de a ter prendido firmemente no torno. Sobre a mesa, pedaços de marfim, correias de couro, almofadas, parafusos e vários outros objetos de toda espécie. No primeiro plano, a chama vermelha da forja onde trabalha o ferreiro.]

Detestável lima! Detestável osso! É duro o que devia ser brando e brando o que devia ser duro. E assim continuamos limando queixadas e tíbias. Experimentamos outra. Sim, esta trabalha melhor. Olá! Esse pó de osso é... (*espirra*)... bom, é (*espirra*)... sim, sim... (*espirra*)... Deus me perdoe. Nem posso falar. É o que acontece a um velho que trabalha com madeira morta. Serra uma árvore viva e não ergue este pó; amputa um osso vivo (*espirra*) e também não (*espirra*). Vamos, vamos, velho Smut. Isso, estende a mão e pega essa férula e esse parafusador. Bem depressa estarei preparado para fazer uso deles. É uma sorte que não tenha de fazer uma rótula de joelho (*espirra*). Isso atrapalharia um pouco. Mas uma simples tíbia! Ora, é tão fácil como fazer estacas; somente desejaria dar-lhe um acabamento perfeito. As pernas e joelhos que tenho visto em algumas vitrinas não poderiam comparar-se com esta. Molham-se facilmente e sem dúvida tornam-se reumáticas e têm de ser tratadas com lavagens e loções, como as pernas vivas. Bem, antes de serrá-la preciso chamar o velho Mogol e ver se o tamanho lhe serve; parece-me um pouco curta. Olá! Aí vem o calcanhar. Estamos com sorte. Aí vem ele, ou algum outro, isto é certo.

Ahab [adiantando-se]

[*Durante a cena seguinte o carpinteiro continua espirrando de vez em quando.*]

— Olá, fabricante de homens!

— Chega justamente a tempo, senhor. Se o capitão não se opõe medirei agora o comprimento. Permita, senhor.

— Medida para uma perna? Bem, não é a primeira vez. Adiante. Aí. Rixa o dedo aí. Que torno convincente tens, carpinteiro. Deixa-me sentir o seu aperto. Bem, bem, belisca um pouco.

— Oh! Senhor, pode romper um osso... cuidado, cuidado.

— Não receies. Gosto de um bom aperto. Gosto de sentir neste mundo escorregadio algo capaz de agarrar. Que faz Prometeu ali, o ferreiro, quero dizer... que faz ali?

— Está forjando o parafuso, senhor.

— Bem. É uma sociedade. Ele fornece a parte muscular. Que boa chama tem!

— Sim senhor. Esta espécie de trabalho delicado necessita calor branco.

— Hum! É verdade. Parece-me agora muito significativo o fato de que o velho grego Prometeu, que fazia homens, segundo dizem, tenha sido ferreiro e lhes tenha insuflado a vida com o fogo. De modo que o inferno é provável. Como voa a fuligem! Deve ser o resto que ficou, quando o grego fez os africanos. Carpinteiro, depois que ele acabar o parafuso, dize-lhe que faça um par de omoplatas de aço. Temos a bordo um bufarinheiro com uma carga esmagadora.

— Senhor?

— Para! Enquanto Prometeu está assim ocupado, encomendar-lhe--ei um homem completo, segundo o modelo que desejo. Toma nota: cinquenta pés de altura; peito modelado como o túnel do Tâmisa; pernas com raízes, para que fique no mesmo lugar; pulsos de três pés de circunferência; sem coração; fronte de bronze; meio acre de bons miolos, e... deixa-me pensar. Encomendarei olhos para ver por fora? Não, porém colocarei um refletor na cabeça para iluminá-la por dentro. Eis aí. Toma a ordem e vai-te.

— Bom. De que estará falando, e com quem? Gostaria de saber. Ficarei aqui (*à parte*).

— Que importa a arquitetura que forma uma cúpula cega? Não, não, não. Necessito aqui de uma lanterna.

— Quê? Temos aqui duas, senhor. E uma é bastante para mim.

— Para que, homem? Para que me lanças no rosto esse pega-ladrão? É muito pior arremessar uma luz do que apresentar uma pistola.

— Pensei que o senhor estivesse falando com o carpinteiro.

— Carpinteiro? Bem, isso... Mas não, carpinteiro, estás aqui ocupado num trabalho muito limpo e extremamente distinto. Ou preferias trabalhar em argila?

— Argila, senhor? Argila? Argila é barro, e nós o deixamos aos cavadores.

— Este sujeito é ímpio. Por que espirras assim?

— Os ossos levantam muita poeira, senhor.

— Aceita pois a insinuação, e quando estiveres morto nunca te enterres sob o nariz dos vivos.

— Senhor... Oh! Ah... Penso que sim... Oh! céus!

— Presta atenção, carpinteiro. Suponho que te consideras um bom trabalhador muito diligente, não é? Então que dirias em favor do teu trabalho, se depois que me colocares a perna que estás fazendo, eu tiver de sentir outra perna no mesmo lugar, isto é, carpinteiro, a perna velha que perdi, a de carne e osso, quero dizer? Não podes afastar esse velho Adão?

— Na verdade, senhor, agora começo a compreender algo. Sim, ouvi dizer coisas curiosas a este respeito, que um homem desmastreado jamais perde a sensação do seu velho mastro, que continua beliscando às vezes. Posso perguntar-lhe humildemente, senhor, se acontece realmente isso?

— Assim é, homem. Olha, coloca a tua perna viva aqui onde esteve a minha. Assim. Aqui só há uma perna visível para os olhos mas há duas para a alma. No ponto onde sentes formigar a vida, aí, exatamente, também eu a sinto. Será um enigma?

— Eu o chamaria humildemente um problema difícil.

— Silêncio, pois. Como sabes que não há um ser que vive e pensa, ainda que invisível e impenetrável no mesmo lugar onde te encontras agora? Sim, de pé aí, contra a tua vontade? Nas tuas horas mais solitárias não temes pois que alguém escute a tua conversa? Silêncio, não fales. Sim, eu sinto ainda beliscar a minha perna triturada, conquanto ela se tenha dissolvido há já tanto tempo! Então por que não havias de sentir, carpinteiro, as terríveis dores do inferno, eternamente e sem corpo? Ah!

— Santo Deus! Na verdade, senhor, se assim é, terei de calcular tudo outra vez. Pensei que não fizesse má figura.

— Olha, as pessoas estúpidas nunca deviam tirar premissas... Quanto tempo levarás ainda para acabar a perna?

— Talvez uma hora, senhor.

— Apressa-te pois e leva-a quando estiver pronta. (*Dá uma volta para retirar-se.*) Oh, Vida! Aqui me tens altivo como um deus grego e contudo em dívida para com este mentecapto, por um osso para poder conservar-me em pé! Maldita seja essa dívida dos mortais, que não se vai com o livro-caixa. Queria ser livre como o ar e eis-me nos livros do mundo inteiro. Sou tão rico que poderia ter vencido, num leilão, o mais rico dos pretores do Império Romano (que era mundial) e contudo aqui estou e devo a carne da língua com a qual me gabo. Céus! Procurarei um crisol, entrarei dentro dele e me dissolverei até reduzir-me a uma vértebra pequena, resumida. Seja!

O carpinteiro [reiniciando o trabalho]

— Bem, bem! Stubb o conhece melhor do que ninguém e Stubb diz sempre que ele é estranho. Não diz mais do que essa palavra suficiente: estranho. É estranho, diz Stubb; estranho... estranho... estranho... E continua repetindo, ensurdecendo o sr. Starbuck durante todo o tempo: estranho, senhor, estranho, muito estranho. E aqui está a sua perna. Sim, agora penso: é a sua companheira de leito. Tem por esposa uma vara de queixada de cachalote! E é a sua perna; manter-se-á em pé com ela. Que história é essa de uma perna em três lugares e dos três lugares num inferno? Como era? Oh! Não me surpreende que me tenha olhado com tanto desprezo. Tenho às vezes pensamentos estranhos, segundo dizem. Porém não é senão por acaso. Além disso um corpozinho pequeno e velho como o meu não deveria vadear águas profundas com altos capitães de porte de garça. A água nos chega muito depressa ao queixo, e aos gritos pedimos um bote salva-vidas. Aqui está a perna da garça, longa e fina, decerto. Pois bem, para a maioria das pessoas um par de pernas dura a vida inteira e isso deve ser porque são usadas compassivamente, como uma senhora idosa e de bom coração trata os velhos cavalos rechonchudos da sua carruagem. Porém Ahab, oh!, é um cocheiro empedernido. Olhem: levou uma perna à morte e tem a outra estropiada por toda a vida. E agora gasta pernas de ossos aos montões. Olá, Smut! Apressa-te com esses parafusos e acabemos antes que o sujeito da ressurreição chegue com o seu corpo clamando por toda a classe de pernas verdadeiras ou falsas, assim como os cervejeiros vão recolhendo barris vazios para tornar a encher. Que perna! Parece uma perna verdadeira, viva, a que se tivesse tirado toda a carne. Amanhã se firmará sobre ela e sobre ela medirá a sua altitude. Olá! Quase esqueci a pequena lousa ovalada de marfim polido, onde anota a latitude. Bem, bem: cinzel, lima e papel de lixa; pronto!

Ahab e Starbuck no camarote

Quando na manhã seguinte, segundo o costume, começaram a bombear o navio, notou-se que junto com a água saía uma quantidade considerável de azeite. Os tonéis do porão deviam ter mais de um rombo. Houve grande preocupação e Starbuck desceu ao camarote para dar a notícia pouco favorável.[51]

Já então, do sul e do oeste, o *Pequod* se aproximava de Formosa e das ilhas Bashee, entre as quais se abre um dos escoadouros tropicais das águas da China até ao Pacífico. Starbuck encontrou Ahab com um mapa geral dos arquipélagos orientais e outro separado que representava as extensas costas orientais das ilhas japonesas: Nipon, Matsmai e Sikoke. Com a nova perna de marfim, branca como a neve, apoiada à perna parafusada da mesa e tendo na mão o longo cabo de uma navalha, o extraordinário ancião, de costas para a porta, enrugava a fronte, enquanto percorria novamente o curso das suas viagens anteriores.

— Quem está aí? — perguntou ao ouvir passos junto à porta, porém sem voltar-se. — Ao convés! Vai-te!

— O capitão Ahab está enganado. Sou eu. Há um escapamento de óleo no porão. Temos de subir o cabo e tirar a carga do porão.

— Erguer o cabo e tirar a carga do porão? Agora que nos aproximamos do Japão? Fundear aqui durante uma semana para arranjar um montão de barris velhos?

— É preciso fazê-lo. Do contrário perderemos num só dia mais azeite do que obtemos em um ano. Vale a pena salvar o que nos custou vinte mil milhas de viagem, capitão.

— É verdade, é verdade, se o encontrarmos.

— Referia-me ao azeite do porão, senhor.

— Eu não falava nisso, nem pensava em tal. Retira-te. Que se perca! Também eu estou cheio de goteiras! Não somente cheio de barris que deixam escapar o óleo como ainda esses barris estão num navio que também se perde. E essa condição, homem, é muito pior que a do *Pequod*. Contudo não me detenho para tapar esse rombo. Por que quem poderia encontrá-lo num casco tão carregado ou ter esperança de tapá-lo, ainda que o encontrasse em meio ao clamor da tempestade da vida? Starbuck, não permitirei que se erga o polispasto.

— Capitão! E que irão dizer os proprietários?

— Que vão à praia de Nantucket e tratem de gritar mais alto do que os tufões. Que importa isso a Ahab? Proprietários, proprietários! Estás sempre falando nesses avarentos proprietários, como se fossem os donos da minha consciência. Mas olha, o único dono verdadeiro de alguma coisa é o teu comandante e lembra-te de que a minha consciência está na quilha deste navio. Ao convés!

— Capitão Ahab — disse o oficial, corando e dando alguns passos mais para dentro do camarote, com uma audácia extraordinariamente respeitosa e calma que não somente parecia evitar dar de si a menor demonstração exterior, como também demonstrava falta de confiança em si mesma. — Um homem melhor do que eu poderia deixar passar por alto, em ti, muito do que indignaria num homem mais jovem, sim, e mais feliz, capitão Ahab.

— Demônios! Atreves-te pois a criticar-me? Ao convés!

— Não senhor, ainda não, rogo-lhe. E ouso, senhor... ser paciente! Acaso não poderemos chegar a nos entender melhor do que até agora, capitão Ahab?

Ahab agarrou um mosquete carregado que se encontrava no armeiro (que faz parte do mobiliário do camarote de quase todos os navios dos mares do sul) e apontando com a arma para Starbuck, exclamou:

— Há um único Deus, senhor da terra, e um só capitão, senhor do *Pequod*. Ao convés!

Ao ver os olhos chamejantes e as faces afogueadas do piloto, acreditar-se-ia por um instante que ele recebera realmente a descarga do cano erguido da arma. Porém, dominando a sua emoção, ergueu-se tranquilamente e, ao sair do camarote, deteve-se um instante, dizendo:

— Ultrajaste-me, senhor, não me insultaste. Mas nem por isso recomendo que tenhas cuidado com Starbuck. Não conseguirias mais do que fazê-lo rir. Digo-te ainda: Ahab se guarde de Ahab. Cuidado contigo mesmo, velho!

— Fez-se de valente, mas ainda assim obedeceu. Que valentia tão cauta! — murmurou Ahab quando Starbuck desapareceu. — Que quereria dizer com esse "Ahab se guarde de Ahab"?... Há algo nisso!

Servindo-se inconscientemente do mosquete como de um bastão e com as sobrancelhas franzidas. Ahab correu em seguida o camarote de um lado para outro. Finalmente, as grandes pregas da sua fronte começaram a desfazer-se. Tornou a pôr a arma no armeiro e subiu ao convés.

— És demasiado bom, Starbuck — disse em voz baixa ao piloto. Em seguida, erguendo a voz, ordenou: — Dobrem os joanetes e arreiam as gáveas de popa a proa; puxem para trás a verga, subam o polispasto e tirem a carga do porão.

Seria talvez inútil fazer conjecturas sobre a razão que impeliu Ahab a agir desta maneira em relação a Starbuck. Talvez uma centelha de honestidade, ou simplesmente uma política prudente, nas circunstâncias, evitando imperiosamente o menor sintoma de descontentamento, por passageiro que fosse, manifestado pelo primeiro piloto do seu navio. Seja como for, as suas ordens foram cumpridas e ergueu-se o polispasto.

O ataúde de Queequeg

Depois de um exame verificou-se que os barris depositados mais recentemente no porão estavam perfeitamente intactos, de modo que foi preciso procurar mais embaixo o escapamento do óleo. Como o tempo estivesse calmo, os marinheiros continuaram a internar-se cada vez mais profundamente, perturbando o sono dos imensos barris do fundo, e daquela meia-noite escura enviavam para a luz do dia as moles gigantescas. Enterraram-se tão profundamente, e tão antigo, corroído e mofado era o aspecto dos barris das fileiras mais profundas que os homens quase sentiam a tentação de procurar algum pequeno cofre velho, contendo moedas do capitão Noé e exemplares dos anúncios afixados para prevenir o cego mundo antigo da iminência do Dilúvio. Içaram-se também barris e mais barris de água, pão e carne, feixes de aduelas e de arcos de barris, até que finalmente, com dificuldade, abríamos caminho no convés abarrotado. O casco vazio começou a ressoar sob os nossos pés, como se caminhássemos sobre catacumbas vazias, e a balançar-se no mar como um garrafão cheio de ar. A parte superior do navio, carregada a mais não poder, parecia um estudante sem jantar e com a cabeça cheia de Aristóteles. Foi uma sorte que os tufões não nos tivessem visitado então.

Foi essa a ocasião escolhida por Queequeg, o meu pobre companheiro pagão e amigo do peito, para cair com uma febre que quase o levou ao seu fim.

Convém lembrar aqui que na profissão de baleeiro não existem sinecuras. A dignidade e o perigo vão de mãos dadas. Assim acontecia com o pobre Queequeg, o qual, como arpoador, devia não somente enfrentar a ira de uma baleia viva como também — conforme já vimos — subir ao lombo do animal morto num mar agitado e finalmente descer ao escuro do porão, onde transpirando furiosamente o dia inteiro, numa prisão subterrânea, manejava os barris mais pesados e vigiava o armazenamento. Em suma, nos baleeiros, os arpoadores são os encarregados do porão.

Pobre Queequeg! Depois que se esvaziou a metade das entranhas do navio, valia a penar curvar-se sobre a escotilha e observá-lo no porão, onde, vestindo apenas calções de lã, o selvagem tatuado arrastava-se entre a umidade e a cal como um lagarto salpicado de verde, no fundo de um poço. E poço ou geladeira foi realmente o porão para o pobre selvagem, porque, conquanto pareça estranho e apesar do calor da transpiração, apanhou um tremendo resfriado que se transformou em febre e que finalmente, depois de alguns dias de sofrimento, prostrou-o na maca quase às portas da morte. Pouco a pouco se foi definhando naqueles longos dias até que pareceu nada mais restar do selvagem senão a estrutura e as tatuagens. Mas à medida que tudo nele se afinava e que as maçãs do rosto se tornavam mais salientes, os olhos, pelo contrário, pareciam cada vez maiores; adquiriam uma estranha suavidade de brilho e olhavam com doçura, porém, profundamente, do meio da doença, como um testemunho maravilhoso dessa saúde imortal, própria, que não podia morrer ou enfraquecer. E assim como os círculos da água se vão expandindo à medida que enfraquecem, os seus olhos pareciam arredondar-se cada vez mais, como os anéis da Eternidade. Um indizível espanto se apoderava de todos os que se sentavam junto do selvagem moribundo e contemplavam no seu rosto coisas tão estranhas como as que viam os que se encontravam presentes no momento da morte de Zoroastro. Porque até agora nunca se traduziu em palavras ou em livros tudo o que há realmente de maravilhoso e terrível, no homem. E a aproximação da morte, que coloca a todos os homens no mesmo nível, impressiona igualmente a todos como uma última revelação que somente um autor que voltasse do mundo dos mortos poderia narrar de maneira adequada. De modo que — digamos outra vez — nenhum grego ou caldeu moribundo teve pensamentos mais santos do que aqueles cujas sombras misteriosas víamos arrastar-se pelo rosto de Queequeg, deitado tranquilamente na cama balouçante quando o mar inquieto parecia havê-lo marcado suavemente para o descanso final e a maré invisível do oceano o elevava cada vez mais alto, até o céu do seu destino.

Nenhum homem da tripulação nutria mais esperanças, e quanto ao que Queequeg pensava do seu próprio caso foi decisivamente demonstrado por um estranho favor que ele pediu. Por uma cinzenta manhã de guarda, justamente no momento em que o dia vinha rompendo, o selvagem chamou um dos seus companheiros e tornando-lhe a mão disse-lhe que em Nantucket tivera ocasião de ver umas pequenas canoas de madeira escura, semelhantes à rica madeira de guerra da sua ilha nativa, e que ao informar-se a respeito, soubera que todos os baleeiros que morriam em Nantucket são colocados nessas canoas escuras; que a ideia lhe agradava muito, porque se parecia bastante com os costumes da sua ilha onde, depois de embalsamado, o guerreiro morto é depositado numa canoa que se deixa ao sabor da corrente e que o arrasta até os arquipélagos siderais, porque não somente o seu povo acredita que as estrelas são ilhas como também que muito além de todos os horizonte visíveis os seus mares tranquilos, extracontinentais desembocam nos céus azuis e formam assim as brancas ondas da Via-láctea. Acrescentou que estremecia à ideia de ser sepultado na maca, conforme é habitual no mar, e arremessado como algo de vil aos tubarões devoradores da morte. Não; queria uma canoa como as de Nantucket, tanto mais de acordo com a sua profissão de baleeiro, porquanto essas canoas, como os botes utilizados na pesca da baleia não tinham quilha, conquanto isso significasse muita incerteza de leme e muito desvio para as regiões sombrias.

Logo que esse estranho fato se tornou conhecido na popa, o carpinteiro recebeu imediatamente ordem de cumprir os desejos de Queequeg, fossem eles quais fossem. Havia a bordo uma madeira pagã, cor de ataúde, cortada havia muito durante uma viagem, nos bosques indígenas das ilhas Laquedivas. O capitão recomendou que se fizesse o ataúde com aquelas tábuas escuras. Logo que o carpinteiro teve conhecimento da ordem, tomou a régua e com toda a presteza indiferente do seu caráter, dirigiu-se ao castelo de proa e tirou as medidas de Queequeg, com grande exatidão, marcando regularmente as dimensões com giz, à medida que ia mudando a régua de posição.

— Ah! Pobre diabo! — exclamou o marinheiro de Long Island. — Agora tem de morrer.

O carpinteiro voltou à mesa de trabalho onde. para sua conveniência e como referência geral, marcou o comprimento exato que devia ter o ataúde, fazendo dois entalhes nas extremidades. Feito isso, pôs em ordem as tábuas e os instrumentos e deu início ao trabalho.

Quando cravou o último prego e viu que a tampa se encaixava bem, pôs com facilidade o ataúde nos ombros e foi perguntar se estava tudo pronto para utilizá-lo.

Ouvindo os gritos indignados, ainda que meio humorísticos, com que os homens do convés começaram a afastar o caixão. Queequeg, em meio à consternação geral, ordenou que levassem imediatamente o esquife para junto dele. Ninguém pensou em discutir, pois todos compreendiam que certos moribundos são os mais tirânicos dos mortais. E como os pobres coitados não incomodarão mais por muito tempo, é preciso contentá-los.

Inclinado sobre a maca, Queequeg contemplou por muito tempo o ataúde, atentamente. Em seguida pediu o seu arpão, mandou que lhe tirassem o cabo de madeira e suplicou que guardassem a parte de ferro dentro do ataúde, juntamente com um dos remos do seu bote. Também, a seu pedido, pusera biscoitos nos costados, do lado de dentro, uma garrafa de água fresca na cabeceira, uma bolsinha de serradura de madeira aos pés e um pedaço de lona dobrada, para servir de travesseiro. Rogou que o carregassem e o depositassem no seu derradeiro leito, a fim de experimentar a sua comodidade, se é que tinha alguma. Permaneceu imóvel por uns minutos e, em seguida, pediu a um dos marinheiros que tirasse da bolsa o seu pequeno deus Yojo. Depois, cruzando os braços sobre o peito e estreitando Yojo entre eles, pediu que colocassem a tampa do caixão (a escotilha, dizia ele). Voltou-se a parte superior sobre os gonzos de couro e Queequeg ficou ali, deitado no ataúde, mostrando pouco mais do que o rosto tranquilo.

— *Rarmai* (serve; é cômodo) — murmurou afinal e fez um sinal para que o tornassem a pôr na maca.

Antes porém de que se fizesse isso, Pip, que durante todo o tempo rondara por ali, disfarçadamente, aproximou-se de Queequeg e estendeu-lhe uma das mãos, ao passo que apertava o pandeiro com a outra.

— Pobre vagabundo! — exclamou. — Até quando seguirás o teu fatigante caminho? Para onde vais agora? Mas se as correntes te conduzirem a essas suaves Antilhas, onde as praias não são batidas senão pelos nenúfares, far-me-ias um pequeno favor? Procura um tal Pip, que se perdeu há muito tempo. Penso que se encontra nessa longínquas Antilhas. Se o encontrardes, consola-o, pois deve estar muito triste. Porque, olha! Deixou aqui o seu pandeiro... e eu o encontrei. Ring-ding-ding-ding! E agora morre, Queequeg, e eu tocarei a tua marcha fúnebre.

— Ouvi dizer — murmurou Starbuck olhando pela escotilha grande — que sob a influência de febres violentas, alguns homens totalmente ignorantes falam em idiomas antigos e quando se averigua o mistério, descobre-se que ouviram falar o idioma durante a infância, por algum erudito. Assim, na minha opinião, o pobre Pip na estranha suavidade da sua loucura nos traz provas celestiais de todas as moradas sobrenaturais.

Onde teria aprendido isso se não ali?... Atenção! Está falando de novo e ainda mais desvairadamente.

— Formem de dois em dois! Façamos dele um general. Eia! Onde está o seu arpão? Ring-ding-ding-ding! Quanto daria eu agora por um galo de briga para que cantasse, colocado sobre a sua cabeça! Queequeg morre como um valente! Lembrem-se: Queequeg morre como um valente! Digo, valente, valente, valente! Porém o abjeto Pip morreu como um covarde! Morreu tremendo. Fora, Pip! Ouve: se encontrares Pip, conta em todas as Antilhas que ele é um fugitivo; um covarde, um covarde, um covarde! Dize que saltou do bote. Jamais tocarei o meu pandeiro pelo abjeto Pip. Nem hei de saudá-lo chamando-o general, se voltar a morrer aqui! Não, não! Ignomínia para todos os covardes, ignomínia para todos eles. Que se afoguem como Pip, que saltou de um bote. Ignomínia, ignomínia!

Durante todo esse tempo. Queequeg permaneceu imóvel com os olhos fechados como se sonhasse. Alguém se encarregou de afastar Pip, e outros carregaram o doente de novo para a maca.

Porém quando parecia que Queequeg havia feito todos os seus preparativos para a morte, quando verificou que o ataúde lhe servia perfeitamente, restabeleceu-se de repente. Viu-se logo que já não necessitaria do caixão do carpinteiro, e quando alguns dos presentes expressaram a sua alegre surpresa, o selvagem disse, em substância, que a razão da sua convalescença repentina era a seguinte: no momento crítico recordara-se de que deixava na terra uma pequena obrigação por cumprir, o que o induziu a mudar de ideia quanto a morrer então. Assegurou que não podia ainda morrer. Perguntaram-lhe então se viver ou morrer dependia da sua própria vontade. Respondeu afirmativamente. Numa palavra. Queequeg acreditava que, se um homem se propunha a viver, uma simples enfermidade não o poderia matar, e que só poderia ser morto por uma baleia, um furacão, ou algum outro agente destruidor violento, ingovernável e sem inteligência.

Existe uma diferença notável entre o homem selvagem e o civilizado; ao passo que o homem civilizado, precisa de vários meses de convalescença, o selvagem cura-se quase completamente, num só dia. Desta maneira, dentro de pouco tempo Queequeg recuperou as forças e depois de permanecer alguns dias sentado ociosamente no cabrestante (conquanto comesse com um apetite vigoroso), pôs-se em pé de repente, estendeu os braços e as pernas e estirou-se, bocejou um pouco e, em seguida, saltando para a proa do seu bote içado e levantando um arpão, disse que estava pronto para um combate.

Com extravagância de selvagem fez do ataúde uma mala; depois de esvaziar a bolsa de lona, arrumou cuidadosamente no caixão as suas roupas e demais artigos pessoais. Passou várias horas de lazer esculpindo sobre a tampa toda espécie de figuras e desenhos grotescos. Dava a impressão de que se esforçava por copiar, à sua maneira rude, partes da complicada tatuagem do seu corpo. Essa tatuagem era obra de um profeta e adivinho da sua ilha, o qual, por meio daqueles hieróglifos, havia escrito no seu corpo uma teoria completa do céu e da terra e um tratado místico sobre a arte de alcançar a verdade. De maneira que a pessoa de Queequeg era um enigma por resolver; uma obra maravilhosa num volume, cujos mistérios não somente ele próprio não podia ler, ainda que o seu coração vivo palpitasse de encontro a ela, como também estava destinada a perecer juntamente com o pergaminho vivo sobre o qual fora inscrita e a permanecer sem solução, até o fim. E esse pensamento devia ter sugerido a Ahab uma exclamação estranha que ele soltou uma manhã, ao retirar-se, depois de lançar uma vista de olhos ao pobre Queequeg:

— Oh! Diabólico tormento dos deuses.

O Pacífico

Quando, deslizando entre as ilhas Bashee, saímos finalmente no grande mar do sul, eu teria, se não tivesse outras preocupações, saudado com inúmeras ações de graças o meu querido Oceano Pacífico, pois via então satisfeita uma das grandes ambições da minha adolescência: o oceano sereno se estendia diante de mim, para leste, por um milhar de léguas azuis.

Ignoro que doce mistério encerra este mar, cujos estremecimentos, placidamente tremendos, parecem falar de alguma alma nas suas profundezas, como as ondulações fabulosas da terra de Éfeso, no lugar onde está sepultado São João Evangelista. Parece que sobre esses prados marinhos, essas amplas e agitadas campinas de água. esse Campo de Oleiro[52] dos quatro continentes, as ondas se elevam e caem, sobem e descem incessantemente, porque aqui milhões de sombras mescladas, divagações, sonambulismos e devaneios afogados, tudo o que chamamos vidas e almas, jaz sonhando, sonhando ainda, revolvendo-se como pessoas adormecidas nos seus leitos, sendo a sua inquietação a causa da eterna agitação das ondas.

Todo mago errante e meditativo que tiver contemplado uma vez este sereno Pacífico fará dele o seu mar de adoção. O Pacífico se agita com as águas mais centrais do mundo. O Atlântico e o Índico não são mais do que os seus braços. As mesmas ondas banham os molhes das cidades californianas recentemente edificadas, fundadas ontem pela mais nova raça de homens e lavam as margens gastas, mas ainda soberbas, das terras asiáticas, mais velhas do que Abraão. E em toda a extensão flutuam vias-lácteas de ilhas de coral e arquipélagos baixos, intermináveis, desconhecidos e Japões impenetráveis. Assim, o Pacífico misterioso, divino, cinge o mundo inteiro, faz com que todas as costas lhe sirvam de entrada; parece o coração palpitante da terra. Aquele que se sente levantado por essas ondas eternas tem forçosamente de reconhecer o deus sedutor e inclinar a cabeça em honra de Pã.

Porém muito poucas lembranças de Pã faziam vibrar o cérebro de Ahab, quando de pé, como uma estátua de ferro, no seu lugar habitual, junto ao mastro de mezena, aspirava inconscientemente o suave almíscar das ilhas Bashee (em cujos bosques caminhariam amantes tranquilos) e ao mesmo tempo o odor salino do mar; desse mar onde se devia encontrar ainda o odiado cachalote branco. Ao navegar afinal sobre essas águas infinitas e enquanto deslizávamos até a zona baleeira do Japão, o propósito do velho se tomou mais intenso. Os lábios firmes, unidos como os de um torno; o delta das veias da sua fronte inchado como um arroio excessivamente cheio. No próprio sono o seu grito ressoante corria o casco abobadado:

— Todos à popa! A baleia-branca lança sangue negro!

O FERREIRO

Aproveitando o tempo aprazível e fresco que reinava então naquelas latitudes e preparando-se para as ocupações particularmente ativas que se previam para breve, Perth, o velho ferreiro, todo tisnado e coberto de empolas, não levara de volta ao porão a frágua portátil, depois de ter terminado o seu trabalho de contribuição para a perna de Ahab. Conservara-a no convés, firmemente presa por argolas ao mastro de trinquete, pois os remeiros e arpoadores o reclamavam incessantemente para qualquer pequeno trabalho de reparo nas diversas armas ou peças dos botes. Rodeavam-no frequentemente, com remos, cabos de lanças e arpões, à espera de ser servidos, seguindo com ansiedade os seus movimentos no trabalho. Contudo, o martelo do velho era paciente e manejado por um braço paciente. Nenhum murmúrio, nenhuma impaciência, nenhuma palavra petulante saía dos seus lábios. Silencioso, lento, solene, curvando mais os ombros já cronicamente arqueados, continuava o seu trabalho como se trabalho fosse a própria vida e o pesado bater do martelo o pesado bater do seu coração. E assim era. Desventurado!

Certa maneira particular de andar, certa vacilação leve mas penosa no seu passo haviam provocado, no início da viagem, a curiosidade dos marinheiros. Como cedesse afinal à importunação das perguntas persistentes, todos a bordo vieram a conhecer a vergonhosa história do seu infeliz destino.

Por uma cruel meia-noite de inverno o ferreiro, que se atrasara, e não de maneira inocente, no caminho que une duas pequenas cidades do interior, sentiu meio estupidificado que se apoderava dele uma dormência mortal; em virtude disso procurou refúgio num celeiro que caía em ruínas. O resultado foi a perda das extremidades de ambos os pés. Dessa revelação, pouco a pouco, saíram finalmente os quatro atos da felicidade, e o quinto ato, ainda sem solução, do doloroso drama da sua vida.

O ferreiro era um velho de sessenta anos e havia encontrado tardiamente esse obstáculo que na técnica do pesar se chama ruína. Fora até então um artífice de excelente fama, com muito trabalho, dono de uma casa e de um jardim, esposo de uma mulher jovem e amante e pai de três crianças alegres e vigorosas. Todos os domingos ia a uma igreja de aspecto alegre, situada no meio de arvoredos. Porém uma noite, sob o manto da escuridão, e oculto além disso por um disfarce muito astuto, um ladrão insinuou-se dentro do seu lar e roubou tudo o que possuíam. E o que é mais duro de dizer, foi o próprio ferreiro quem, na sua ignorância, introduziu esse ladrão no seio de sua família. Era o Feiticeiro da Garrafa! Ao tirar a rolha fatal, escapou-se o espírito do mal e começou a ruína do lar. Ora, por razões prudentes, sábias e econômicas, a oficina do ferreiro se encontrava no porão da casa e tinha uma entrada independente, de maneira que a esposa, saudável, jovem e amante, ouvia sem nervosismo algum, antes com um vigoroso prazer, o pesado bater do martelo do ancião de braços jovens. Os ecos do martelo abafados pela passagem através de soalhos e paredes chegavam-lhe não sem doçura, enquanto se dedicava inteiramente a cuidar de seus filhos. E, assim, embalados pela potente canção do instrumento do trabalho, os filhinhos do ferreiro dormiam placidamente.

Oh! Desgraça após desgraça! Oh! Morte! Por que não podes ser às vezes oportuna? Se tivesses levado o ancião antes da sua ruína total, a jovem viúva teria experimentado um delicioso sofrimento e aos órfãos restaria a legenda de um pai verdadeiramente venerável, com quem poderiam sonhar nos anos vindouros. E todos teriam meios de subsistência. Porém a morte arrebatou desta terra algum irmão mais velho e cheio de virtudes, de cujo trabalho diário dependia a subsistência de uma outra família, e deixou o ancião mais do que inútil, até que a espantosa podridão da vida tornasse mais fácil segá-lo.

Para que contar tudo? As pancadas do martelo no porão tornaram-se cada vez mais espaçadas e cada novo golpe soava mais debilmente do que o anterior. A esposa ficava sentada diante da janela, gélida, sem lágrimas nos olhos, que brilhavam fixos nos rostos chorosos dos filhos. Caiu o fole. As cinzas afogaram a frágua. A mãe foi sepultada sob a erva alta do cemitério da igreja, onde os filhos a seguiram. E o ancião, sem lar e sem família, afastou-se, vagabundo, sem luto, sem reverenciar a sua própria dor, com a cabeça grisalha transformada num objeto de escárnio para o cachos louros.

A morte parece ser a única sequência desejável para uma carreira semelhante. Mas a morte não é mais do que a partida para as regiões do estranho Desconhecido: não é mais do que a primeira saudação às possibilidades do imenso Remoto, do Deserto, do Áqueo, do Ilimitado. Por conseguinte, para os olhos ansiosos pela morte de tais homens, aos quais resta ainda alguma compunção íntima contra o suicídio, o oceano, que para tudo contribui e que tudo recebe, oferece, de modo sedutor, toda uma perspectiva de nova vida de aventuras inimagináveis e maravilhosas que suprimem os terrores. Do coração de Pacíficos infinitos cantam as vozes de mil sereias: "Vem, ó tu que tens o coração despedaçado. Há aqui uma outra vida, sem o delito de uma morte intermediária. Encontrarás aqui maravilhas sobrenaturais, sem que seja preciso morrer para alcançá-las. Vem! Sepulta-te numa vida que te fará esquecer o mundo terrestre, agora igualmente abominável e abominado, uma vida melhor ainda do que a própria morte. Vem! Põe também a tua lápide no cemitério, e vem para que te desposemos!"

Dando ouvidos a essas vozes que escutava a leste e a oeste, na madrugada e no crepúsculo, a alma do ferreiro respondeu: Sim, irei.

E foi assim que Perth partiu para a pesca de baleias.

A forja

Perth, que com a barba emaranhada, envolto num áspero avental de pele de tubarão, encontrava-se de pé entre a forja e a bigorna — esta última colocada sobre uma acha de pau-ferro — e sustinha com uma das mãos uma lança sobre os carvões acesos e abanava com a outra os foles, quando chegou ali o capitão Ahab, trazendo na mão uma pequena bolsa de couro amarelado. A pequena distância da forja, o caprichoso Ahab deteve-se até que Perth, retirando o ferro do fogo, começou a martelá-lo sobre a bigorna. A massa vermelha arremessava chispas que redemoinhavam em torno: algumas iam passando perto de Ahab.

— São estes os teus filhotes de procelária, Perth? Giram sempre em torno de ti. São pássaros de bom augúrio, é certo, mas não para todos. Cuidado! Queimam... porém vives entre eles e não te chamuscas.

— Mas já estou chamuscado, capitão Ahab — respondeu Perth, descansando um momento sobre o martelo —, já não podem chamuscar-me. Não é fácil queimar uma cicatriz.

— Bem: Basta! Tua voz quebrada tem para mim um som calamitoso; é demasiado tranquila e sensata. Como também não estou num paraíso, impacienta-me nos outros qualquer desgraça que não seja loucura. Devias enlouquecer, ferreiro. Dize-me, por que não enlouqueces? Como podes resistir sem ficar louco? És ainda tão odiado dos céus que não podes enlouquecer? Que estás fazendo?

— Soldando um velha lança, senhor. Estava cheia de dentes e de marcas.

— E podes endireitá-la de novo, ferreiro, depois de ter sido usada como foi?

— Suponho que sim, senhor.

— E suponho que poderás consertar toda sorte de fendas e de marcas, ferreiro, por mais duro que seja o metal?

— Sim, senhor. Julgo que todas as fendas e marcas, exceto uma.

— Olha então — gritou Ahab, aproximando-se com veemência e apoiando as duas mãos sobre os ombros de Perth. — Olha aqui, *aqui*. Podes endireitar uma cicatriz, como esta, ferreiro? — acrescentou passando uma das mãos pela fronte sulcada. — Se pudesses fazer isso, ferreiro, eu poria com todo o gosto a minha cabeça sobre a tua bigorna e suportaria entre os olhos os golpes do teu pesado martelo. Responde: podes alisar essa cicatriz?

— Oh! É precisamente essa! Não lhe disse, senhor, que posso endireitar todas as fendas e cicatrizes menos uma?

— Sim, ferreiro. É essa. Impossível endireitá-la. Porque, conquanto a vejas somente na carne, já abriu caminho dentro do osso do meu crânio... que é todo enrugado. Porém deixemos de brmcerdeiras de criança. Basta por hoje de garfos e de lanças. Olha aqui — acrescentou, sacudindo a bolsa de couro, como se estivesse cheia de moedas de ouro. — Eu também quero encomendar um arpão. Perth, que nem mesmo mil juntas de diabos sejam capazes de partir, algo que se crave dentro da baleia como os ossos das suas barbatanas. Aqui está o material — disse atirando a bolsa sobre a bigorna. — Olha, ferreiro. Uma coleção de pregos das ferraduras de aço de cavalos de corrida.

— Cravos de ferraduras, senhor? Mas, capitão Ahab, o senhor tem aqui o material melhor e mais resistente que nós, os ferreiros, já empregamos algum dia.

— Bem sei, meu velho Esses cravos soldar-se-ão como a cola de ossos derretidos de assassinos. Depressa! Forja-me o arpão! Porém forja primeiro doze varinhas para lhe servirem de cana; depois torce e retorce e bate nas doze, juntando-as como os fios e fibras de um cabo de reboque. Eu me encarregarei do fogo!

Quando finalmente as doze varas ficaram prontas Ahab experimentou-as uma após outra, formando com elas espirais, em torno de um longo e pesado perno de ferro.

— Têm um defeito! — exclamou, afastando a última. — É preciso fazê-las de novo, Perth.

Cumprido o seu desejo, quando Perth ia fundir as doze varas em uma só, Ahab deteve-lhe a mão e disse que ele próprio soldaria o seu arpão. Enquanto martelava a bigorna, soltando exclamações regulares e entrecortadas, enquanto Perth passava-lhe as varas de ferro candente, uma após outra, e a bigorna atormentada arremessava uma chama intensa e reta, Fedallah, o parse, passou silenciosamente e inclinou a cabeça na direção do fogo, como se invocasse sobre o trabalho alguma maldição ou bênção. Porém, quando Ahab levantou a vista, ele deslizou de um lado.

— Que faz por aí esse bando de lucíferes? — murmurou Starbuck que observava a cena, do castelo de proa. — Esse parse cheira a fogo como uma espoleta. E o próprio Ahab também cheira como a cápsula ardente de um mosquete.

Finalmente, tornada uma única vara, a cana recebeu o calor final. Perth, para temperá-la, afundou-a num pequeno tonel de água que tinha perto de si e o vapor escaldante subiu com força até o rosto inclinado de Ahab.

— Queres queimar-me, Perth? — perguntou Ahab, contraindo o rosto por um momento, com a dor! — Forjaste por acaso o ferro destinado a marcar-me?

— Queira Deus que não, capitão Ahab. Contudo receio alguma coisa. Este arpão se destina à baleia-branca?

— Ao demônio branco! Agora as farpas, homem! Tens que fazê-las por tua conta. Aqui estão as minhas navalhas, o melhor aço. Que fiquem tão afiadas como as agulhas de granizo do Mar de Gelo.

O velho ferreiro examinou por um momento as navalhas, como se não ousasse fazer uso delas.

— Toma-as, homem, não preciso delas. Agora não me barbeio, nem ceio, nem rezo, enquanto... porém, vamos! Ao trabalho!

O aço ao qual Perth deu a forma de flecha e soldou à cana marcou bem depressa o extremo do ferro. Enquanto o ferreiro se preparava para dar o calor final às farpas do arpão, antes de temperá-las, gritou para Ahab que aproximasse o tonel de água.

— Não, não — exclamou Ahab —, nada de água. Quero que tenham a verdadeira têmpera da morte. Atenção. Ali! Queequeg, Tashtego, Daggoo! Que acham vocês, selvagens? Dar-me-ão sangue que baste para cobrir essa lingueta?

Os arpoadores responderam afirmativamente, com a cabeça, fizeram três incisões na carne pagã, e ficaram temperadas as farpas que haviam de ferir a baleia-branca.

— *Ego non baptizo te in nomine patris, sed in nomine diaboli* — rugiu Ahab desvairadamente, enquanto o ferro nocivo, abrasador, devorava o sangue batismal.

Contemplou os cabos restantes e depois de escolher um deles, de nogueira americana, introduziu uma das suas extremidades no tubo de ferro. Desenrolou-se então um molho de cabo de reboque novo, parte do qual foi estirada, com força, em torno do cabrestante. Ahab apertou-o com o pé, que o cabo zuniu como a corda de uma harpa. Verificando que não havia nenhuma torcedura, exclamou:

— Bem. Tratemos agora das amarras.

Desatou-se um dos extremos do cabo e todos os fios separados foram trançados e tecidos em torno do soquete do arpão, no qual o cabo foi empurrado com força; enrolou-se a extremidade inferior dos fios em toda a extensão do cabo, segurando-o firmemente. Feito isso, o cabo do arpão, o ferro e o fio — como os três Fados — ficaram inseparáveis. Ahab afastou-se, sombrio, fazendo uso da arma como bastão. A sua perna de marfim e a haste de nogueira soavam desafinadamente sobre as tábuas. Porém, não entrara ainda no camarote, quando se ouviu um ruído leve, estranho, meio zombeteiro, conquanto imensamente triste. Oh! Pip, o teu riso desgraçado, o teu olhar vago mas incansável, todos os teus mogangos estranhos confundiam-se de maneira que não deixava de ser significativa da tragédia sombria do navio melancólico, e zombavam dele!

O dourador

À medida que se internava em águas japonesas, o *Pequod* começou a desenvolver grande atividade de pesca. Muitas vezes, quando o tempo se mostrava sereno e aprazível, a tripulação passava quinze, dezoito e até mesmo vinte horas sem parar, ocupada nos botes, remando, navegando, jogando continuamente as lanças, ou com um intervalo de sessenta ou setenta minutos, esperando tranquilamente que os cetáceos reaparecessem na superfície, ainda que tudo isso sem recompensa digna dos seus esforços.

Em tais momentos, sob um sol fraco, flutuando o dia inteiro sobre ondas suaves, de pouca elevação, sentados nos botes leves como canoas de bétula, e misturando-se socialmente com as próprias ondas que como gatos domésticos ronronam contra a borda, nesses momentos de quietude sonhadora, ao contemplar a beleza tranquila e brilhante da pele do oceano, a gente esquece o coração de tigre que palpita sob ela e não deseja pensar que esse manto de veludo oculta unhas implacáveis.

Em momentos como estes, o remador, instalado no seu bote, experimenta pelo mar um sentimento suave, quase filial, confiante, terrestre; considera-o como uma terra florida, e o navio distante, que revela apenas o topo dos mastros, parece esforçar-se por avançar não através de ondas agitadas, e sim através da erva muito alta de um prado ondulado, como quando os cavalos dos emigrantes do oeste mostram apenas as orelhas erguidas, ao passo que os seus corpos ocultos vadeiam a verdura maravilhosa. Os extensos vales virgens, as encostas de tom azul pálido, quando por sobre elas deslizam a quietude e o zumbido, dir-se-ia quase que nessas solidões dormem crianças cansadas de brincar, por um alegre mês de maio, quando se cortam as flores dos bosques. E tudo isso se confunde com um estado de espírito verdadeiramente místico, de modo que a realidade e a imaginação, ao encontrar-se no meio do caminho, se entrecruzam, formando um tecido inconsútil.

Nem também essas cenas calmantes, por transitórias que fossem, deixavam de produzir algum efeito sobre Ahab. Mas, se essas chaves de ouro secretas pareciam abrir-lhe no íntimo os seus próprios tesouros secretos, o seu hálito lhes empanava contudo o brilho.

Oh! Clareiras verdejantes! Oh! Paisagens intermináveis e sempre verdes da alma! Em vós, conquanto ressecadas pela estiagem mortal da vida terrestre, em vós podem os homens correr sempre como cavalos jovens sobre o trevo novo e matinal e sentir, durante alguns minutos fugazes, o fresco orvalho da vida imortal! Prouvera a Deus que durassem essas calmas benditas! Porém os fios entrelaçados da vida formam uma teia e urdidura. As calmas são atravessadas pelas tormentas, vem uma tempestade por uma calma. Nesta vida não existe progresso contínuo; não avançamos por gradações fixas e na última nos detemos: através do encanto inconsciente da infância, da fé irrefletida da meninice, das dúvidas da adolescência (mal comum) e em seguida, através do ceticismo, da falta de crença, para descansar finalmente no repouso pesado da incógnita do homem. Mas uma vez percorrido tudo isso, recomeçamos, somos crianças, meninos, adolescentes e homens, uma e outra vez. Onde se encontra o porto final de onde, não partiremos mais? Em que éter arrebatado navega o mundo que não cansará nem mesmo aos mais cansados? Onde se oculta o pai da criança exposta? Nossas almas parecem com esses órfãos cujas mães sem marido morrem ao dá-los à luz. O segredo da nossa paternidade jaz no seu túmulo e temos de ir até lá para conhecê-lo.

Neste mesmo dia também, contemplando à distância, do seu bote, esse mesmo mar dourado, Starbuck murmurou em voz baixa:

— Beleza insondável, como nenhum amante viu jamais nem mesmo no olhar da sua jovem desposada! Não me fales nos teus tubarões de dentes afiados, nem nas tuas maneiras de salteador e canibal! Deixa que a fé afaste a realidade, que a fantasia ocupe o lugar da memória. Olho para o ponto mais profundo, e creio.

E Stubb, como um peixe de escamas rútilas, saltou nessa mesma luz dourada:

— Sou Stubb, e Stubb tem sua história. Porém Stubb jura aqui que sempre foi alegre!

O Pequod cruza com o Bachelor

Alegres, na verdade, foram o espetáculo e os sons que chegaram com o vento, poucas semanas depois de forjado o arpão de Ahab.

Um navio de Nantucket, o *Bachelor*, que acabava de guardar no seu porão o último barril de azeite e de cerrar as pesadas escotilhas, naquele momento, em alegre aparato de festa, navegava satisfeito, ainda que com uma certa vanglória, entre os navios muito apartados uns dos outros, antes de apontar a proa em direção à pátria.

Os três homens do topo do mastro traziam os chapéus enfeitados de grandes galhardetes de lã vermelha; na popa havia um bote suspenso, voltado para baixo; dos gurupés, pendia a queixada do último cachalote que haviam matado. Sinais, bandeiras e galhardetes flutuavam ao vento por todos os lados. Em cada um dos três mastros, viam-se dois barris de espermacete, firmemente presos; acima das cruzetas do mastaréu, pequenas vasilhas com o mesmo líquido precioso e, pendurado na caçoula, uma lâmpada de latão.

Conforme soubemos depois, o *Bachelor* havia realizado uma campanha surpreendente, tanto mais admirável porquanto os outros navios que frequentaram a mesma zona de pesca passaram meses inteiros sem capturar um único animal. Não somente cedeu o *Bachelor* barris de carne e de pão, a fim de fazer lugar para o mais valioso espermacete, como também trocou barris adicionais com os navios que encontrou no seu caminho. Esses barris foram depositados sobre a coberta e nos camarotes do capitão e dos oficiais. Até mesmo a mesa do camarote foi transformada em lenha e os oficiais passaram a comer sobre a larga tampa de um tonel de azeite, presa ao soalho. No castelo de proa os marinheiros calafetaram suas caixas e encheram-nas de espermacete; acrescentava-se com humorismo que o cozinheiro enchera de espermacete a maior das suas panelas, que o despenseiro tirara a sua cafeteira de reserva e a enchera também; que os arpoadores tinham enchido os soquetes dos arpões, tapando-os depois: na realidade, tudo estava cheio de espermacete exceto os bolsos das calças do capitão, que ele reservava para enfiar as mãos, como prova complacente de inteira satisfação.

Enquanto esse alegre navio que encontrara tão boa sorte se ia aproximando do taciturno *Pequod*, chegavam do seu castelo de proa os ruídos bárbaros de tambores imensos. Quando se aproximou ainda mais, pudemos ver um grupo de marinheiros em torno das grandes panelas da refinaria, as quais, cobertas com a pele do estômago do peixe negro, que parece pergaminho, produziam ruídos atroadores a cada pancada dos punhos cerrados dos tripulantes. No castelo de proa, oficiais e arpoadores dançavam com raparigas de tez azeitonada que haviam fugido com eles, das ilhas da Polinésia. Presidiam as alegres danças, meio suspensos num bote ornamental firmemente preso acima, entre o mastro de trinquete e o mastro grande, três negros de Long Island, com reluzentes arcos de violino, de marfim de cachalote. Entretanto, outros membros da tripulação se encontravam tumultuosamente ocupados nas refinarias, das quais tinham sido removidas as imensas panelas. Dir-se-ia que estavam derrubando a amaldiçoada Bastilha, tão selvagens eram os gritos que soltavam, enquanto iam arremessando ao mar os tijolos e o cimento já então inúteis.

O capitão, como o dono e senhor, presidindo a toda aquela cena, conservara-se num toldo no convés, contemplando o alegre espetáculo que se desenrolava diante dele, como se tivesse sido preparado exclusivamente para o seu divertimento próprio.

Também Ahab, de pé no seu convés, hirsuto e sombrio, permanecia obstinadamente melancólico, e quando os dois navios cruzaram as suas esteiras — um todo jubiloso com o passado e o outro todo cheio de presságios para o futuro — os dois capitães personificavam o contraste surpreendente entre as duas cenas.

—Venham a bordo, venham a bordo — gritou o alegre comandante do *Bachelor*, erguendo uma taça e uma garrafa.

—Viram o cachalote branco? — gritou Ahab em resposta.

— Não. Apenas ouvimos falar nele. E não creio que exista.

— Estás alegre demais. Continua a tua viagem. Perderam algum homem?

— Nada que valha a pena mencionar. Dois ilhéus. E foi tudo. Mas vem a bordo, amigo velho, vem a bordo. Bem depressa tirarei da tua fronte essa expressão sombria. Vem. Não queres? É uma alegria! Um navio cheio e rumo à pátria!

— Como é assombrosamente vulgar um imbecil! — murmurou Ahab

E logo acrescentou em voz alta:

— Tens um navio repleto e rumo à pátria, segundo dizes. Muito bem. Diz do meu que é um barco vazio e rumo ao estrangeiro. Segue a tua rota, pois, e eu seguirei a minha. Adiante! Desdobrem todas as velas e mantenham o navio de bolina!

Assim, enquanto um navio avançava alegremente com vento favorável, o outro lutava tenazmente contra o vento. Os dois navios se separaram. A tripulação do *Pequod*, com olhares graves, prolongados, viu distanciar-se *o Bachelor.* Quanto aos tripulantes deste último, não se deram ao trabalho de afastar os olhos da alegre orgia em que se encontravam. Ahab, inclinando-se sobre a amurada, cravou os olhos no navio que regressava à pátria. Tirou do bolso um frasquinho de areia e, afastando os olhos do *Bachelor* e pousando-os no frasco, dava a impressão de que reunia associações remotas, porque aquela ampulheta estava cheia de areia de Nantucket.

O cachalote moribundo

Nesta vida não é raro que colhamos um pouco de brisa favorável e notemos alegremente que as nossas velas se enfunam, quando estamos deprimidos e os favoritos da fortuna passam junto de nós, pelo lado direito. Tal parecia acontecer com o *Pequod*, pois no dia seguinte ao do encontro com o alegre *Bachelor*, avistamos uma manada de cachalotes. Quatro foram mortos, e um deles por Ahab.

A tarde ia já muito adiantada. Quando os arpoadores terminaram a luta escarlate, o sol e o cachalote, flutuando no belo oceano crepuscular, morreram tranquilamente juntos. Logo ondularam no ar róseo tanta doçura, tantas queixas, tantas preces, que se tinha quase a impressão de que, dos longínquos e verdes vales conventuais de Manilha, a brisa marinha espanhola, brincando de marinheiro, se tivesse lançado ao mar, carregada de hinos vesperais.

Acalmado outra vez, porém apenas para que a sua melancolia se tornasse mais profunda, Ahab, que se afastara um pouco do cachalote, permaneceu sentado no bote, agora tranquilo, observando atentamente os últimos momentos do animal. Porque o espetáculo estranho que oferecem todos os cachalotes, ao morrer — quando voltam a cabeça em direção do sol e expiram — esse espetáculo estranho, contemplado em tarde tão plácida, comunicou a Ahab uma sensação maravilhosa, desconhecida até então.

"Volta-se sempre para ele — lentamente, mas com firmeza — com os seus últimos movimentos de agonizante, nessa fronte que invoca e rende homenagem. Também o cachalote adora o fogo, fidelíssimo, vasto e senhorial do sol! Oh! Que esses olhos tão favorecidos possam ver espetáculos tão favoráveis. Olhai! Aqui, por todos os lados rodeados de água, longe de todo murmúrio de júbilo ou de dor humana, nesses mares tão cândidos e imparciais, onde nenhuma rocha fornece tábuas à tradição, onde, por muitas e longas idades chinesas, as ondas continuarão a encrespar-se sem falar e sem que ninguém lhes fale como as estrelas que brilham sobre a nascente desconhecida do Níger, aqui também a vida morre, olhando para o sol, cheia de fé; porém, olhai!, mal expirou e a morte faz girar o corpo e o coloca em outra direção...

"Ó metade hindu obscura da natureza, que com ossos submersos construíste o teu trono particular em alguma parte do centro desses mares sem frondes; ó rainha! És descrente e me falas com demasiada sinceridade, durante o tufão assassino e durante o silêncio da calma que lhe sucede. Tampouco este teu cachalote dirigindo para o sol a cabeça moribunda, e voltando-se outra vez, deixou de dar-me uma lição.

"Ó cadeiras triplicemente pregadas e soldadas do poder! Ó jorro de altas aspirações! Matizes de arco-íris! Aquele luta, este se arremessa em vão. E, em vão, ó cachalote, buscas uma intercessão no rápido sol, que apenas desperta a vida, mas não é capaz de devolvê-la. Não obstante, a tua metade obscura embala-me com uma fé mais altiva, ainda que mais escura. Todos os teus interiores indizíveis flutuam aqui debaixo de mim; sou impelido pelos alentos das coisas que foram vidas exaladas como ar, mas são agora apenas água.

"Saúdo-te para sempre, ó mar, em cujos eternos balanços a ave selvagem encontra o seu único descanso! Nascido da terra, porém amamentado pelo mar, ainda que a colina e o vale me tivessem criado, as ondas são minhas irmãs adotivas!"

Vigia

Os quatro cachalotes caçados naquela tarde tinham morrido em lugares muito afastados uns dos outros: um longe, a barlavento, outro mais perto, a sota-vento, um à proa e outro à popa. Os três últimos foram amarrados a um costado do navio antes de amanhecer; quanto ao que se encontrava a barlavento, foi necessário esperar até a manhã. O bote que lhe dera a morte permaneceu ao seu lado toda a noite, e esse bote era o de Ahab.

A haste do pendão, cravada no espiráculo do cachalote morto, tinha no tope uma lanterna que lançava uma luz vacilante, inquieta, sobre o lombo negro e lustroso e sobre as ondas da meia-noite, que roçavam suavemente o vasto corpo do cetáceo, como pequenas vagas que se quebram numa praia.

Ahab e os tripulantes do seu bote pareciam adormecidos, com exceção do parse, o qual, acocorado na proa, observava os tubarões que brincavam como fantasmas em torno do cachalote e sacudiam as caudas nas leves pranchas de cedro. Um ruído semelhante ao lamento que soltam, no lago Asfaltite, os batalhões de espectros condenados de Gomorra, fazia estremecer o ar.

Arrancado do seu sono, Ahab viu o parse diante dele. Rodeados pela escuridão da noite, pareciam os últimos homens de um mundo submergido.

— Sonhei o mesmo outra vez — disse Ahab.

— Com féretros? Já não te disse, velho, que não poderás ter féretro nem ataúde?

— E entre os que morrem no mar, quais são os que se colocam num ataúde?

— Mas eu não te disse, velho, que antes de poderes morrer nesta viagem, verias realmente no mar dois ataúdes; o primeiro não é fabricado por mãos mortais, e a madeira visível do segundo é originária da América.

— Sim, sim! Espetáculo estranho na verdade, parse. Um ataúde flutuando no oceano, com as ondas como acompanhantes. Sim. Não veremos tão cedo esse espetáculo.

— Mesmo que não acredites não morrerás antes de vê-lo, ancião.

— E que dizes de ti?

— Ainda que seja no fim, irei diante de ti, como teu piloto.

— E depois que tiveres ido na frente, se tal acontecer, então antes de que eu possa seguir-te, terás de me aparecer, para pilotar-me, não é isso? Bem, então acreditei em tudo o que disseste, oh!, meu piloto! Tenho aqui duas promessas de que ainda hei de matar Moby Dick e sobreviver-lhe.

— Ouve uma terceira promessa, velho — disse o parse enquanto os seus olhos se acendiam como pirilampos na escuridão. — Somente o cânhamo pode matar-te.

— A força, queres dizer... Sou imortal, pois, em terra e no mar! — gritou Ahab, rindo zombeteiramente. — Imortal! Na terra e no mar!

Os dois ficaram novamente silenciosos, como um único homem. A alvorada cor de cinza se apresentou e a tripulação sonolenta ergueu-se do fundo do bote. Antes do meio-dia, o último cachalote se encontrava preso ao costado do navio.

O quadrante

Aproximava-se afinal a temporada de pesca no equador. Então, todos os dias, quando Ahab saía do seu camarote e olhava para o céu, o timoneiro vigilante empunhava ostensivamente a cana do leme e os marinheiros ansiosos corriam para o cordame e ficavam ali com o olhar fixo no dobrão cravado, esperando com impaciência a ordem para colocar a proa em direção ao equador. Em tempo devido chegou a ordem. Em pleno meio-dia. Ahab, sentado na proa do seu bote içado, fazia a observação diária do sol, a fim de determinar a latitude.

Em águas japonesas, os dias de verão são como inundações de fulgores. O sol japonês, intenso e ardente, parece o foco em chamas do espelho incomensurável do oceano cristalino. O céu parece de laca: não há uma única nuvem; o horizonte flutua e toda essa nudez de esplendor impiedoso deve ter algo do fulgor intolerável do trono de Deus. Era pois uma sorte que o quadrante de Ahab fosse provido de vidros de cor, para que ele pudesse mirar esse fogo solar. Assim, balançando o corpo ao movimento do navio, com os olhos pregados no instrumento que parecia de Astrologia, permaneceu durante algum tempo nessa posição, com o propósito de surpreender o instante preciso no qual o sol alcançaria o seu meridiano exato. Entretanto, enquanto Ahab concentrava assim toda a sua atenção, o parse, ajoelhado no convés, justamente abaixo dele e com o rosto voltado para cima, olhava também para o sol, com as pálpebras semicerradas e o rosto selvagem suavizado a ponto de mostrar uma ausência total de paixões terrestres. Uma vez conseguida a observação desejada, Ahab calculou depressa com o lápis, sobre a perna de marfim, a latitude na qual se encontrava naquele momento preciso. Em seguida, abandonando-se a um momento de devaneio, contemplou novamente o sol e murmurou em voz baixa:

— Marca do mar! Ó piloto excelso e poderoso! Dizes-me na verdade onde *estou*, mas poderias dar-me algum indício, por pequeno que seja, do lugar onde *estarei*? Ou poderias dizer-me onde vive outra coisa, neste momento? Onde estará Moby Dick? Talvez neste momento esteja olhando para ele. Estes meus olhos fixam o próprio olho que o está contemplando, sim, e ao olho que contempla igualmente os objetos do desconhecido, para além de ti, ó sol!

Em seguida, cravando a vista no quadrante e tocando, um após outro, nos seus numerosos aparelhos cabalísticos, refletiu de novo e murmurou:

— Estúpido brinquedo! Brinquedo ridículo de almirantes, comodoro e capitães altivos! O mundo se lisonjeia contigo, com a tua sagacidade e poder, porém afinal de contas, que podes fazer mais do que assinar o pobre e lastimável ponto em que tu mesmo te encontras neste planeta, bem como a mão que te sustém? Não, nem um ápice mais! Não me poderás dizer onde estarão amanhã, ao meio-dia, nem mesmo uma gota de água, nem um grão de areia. Contudo, apesar da tua impotência, insultas o sol. Ciência! Maldito sejas, brinquedo inútil, e malditas sejam todas as coisas que aproximam o céu dos olhos dos homens, o céu, cuja intensidade não faz mais do que chamuscá-los, como os meus velhos olhos estão agora chamuscados por tua luz, ó sol. Os olhares dos humanos estão, por natureza, ao nível do horizonte terrestre, e não voltados para cima, como se Deus quisesse que o homem contemplasse o seu firmamento! Maldito sejas, quadrante — acrescentou atirando o instrumento no convés —, já não hei de guiar-me por ti neste mundo; a bússola do navio e o cálculo com a barquinha servir-me-ão, de agora em diante, para indicar o lugar onde estarei. Sim — exclamou enquanto descia do bote para o convés —, piso sobre ti, objeto vil, que apontas debilmente para o alto. Assim, quebro-te e te destruo.

Enquanto o ancião desvairado assim falava, pisando o instrumento com um pé vivo e o outro morto, um olhar zombeteiro de triunfo, destinado, segundo parecia, a Ahab e outro de desespero fatalista, que parecia destinado a si mesmo, cruzaram o rosto mudo e imóvel do parse. Sem ser observado, ergueu-se e se foi, ao passo que os marinheiros, tomados de espanto com o aspecto do seu capitão, formavam um apertado grupo no castelo de proa até que Ahab, interrompendo um instante a sua marcha nervosa pela coberta, gritou-lhes:

— Aos braços! Acima com o timão! Bracear!

Num segundo, gritaram as vergas e, enquanto o navio dava meia volta sobre a quilha, os três mastros, firmes e graciosos, que se erguiam retos sobre o casco longo e listado, faziam lembrar os três Horácios, fazendo piruetas sobre um único corcel valoroso.

De pé entre as colunas exteriores do gurupés, Starbuck vigiava a marcha tumultuosa do *Pequod* e também a de Ahab que seguia em vaivéns pela coberta.

— Sentei-me diante de um intenso fogo de carvão — disse Starbuck como para si mesmo. — E vi-o brilhante, na vida atormentada das suas chamas, até que por fim diminuiu muito, muito, até transformar-se em pó estúpido. Velho dos oceanos, de toda esta tua vida ardente, que restará senão um pequeno montão de cinzas?

— Sim — gritou Stubb —, mas cinzas de carvão marítimo, sr. Starbuck, de carvão marítimo e não do nosso carvão comum. Bem, bem. Ouço Ahab resmungar: "Alguém me põe algumas cartas de baralho nestas velhas mãos e julga que devo jogar estas e não outras." Com os diabos. Ahab! Mas penso que ages com acerto. Vive no jogo e morre nele!

As velas

Os climas mais cálidos nutrem as garras mais cruéis: o tigre de bengala agacha-se em espaçosos bosques de verdura incessante. Os céus mais resplandecentes guardam os trovões mais mortíferos: Cuba, a magnífica, conhece os tornados, que jamais varreram as mansas terras setentrionais. Assim também, nas fulgurantes águas japonesas encontra o marinheiro a mais horrível das tormentas — o tufão. Estala às vezes desse céu sem nuvens, como uma bomba que explode numa cidade aturdida e sonolenta.

Ao entardecer desse dia, o *Pequod* ficou sem o velame e com os mastros despidos à mercê do tufão que o atacou diretamente da proa. Quando escureceu, o céu e o mar rugiram e estalaram com o trovão e resplandeceram com os relâmpagos que descobriam os mastros desmantelados, agitando aqui e ali os farrapos deixados pela primeira fúria da tempestade, para brincar com eles depois.

Apoiado a um óvem, no castelo de proa, Starbuck, a cada fulgor do relâmpago, olhava para cima a fim de ver se sobrevinha algum desastre adicional, no intrincado aparelho; Stubb e Flask dirigiam os marinheiros que se ocupavam em içar os botes para mais alto e em prendê-los com maior firmeza. Porém todos os esforços pareciam inúteis. Conquanto erguido até o ponto mais alto dos guindastes, o bote de Ahab não escapou. O mar encrespado, elevando-se com força contra o costado do navio, entrou com violência pela proa do bote e deixou-o a gotejar como uma peneira.

— Mau, mau, sr. Starbuck — disse Stubb contemplando o prejuízo —, mas o mar tem de fazer o que entende, Stubb, pois não se pode combatê-lo. Vê, sr. Starbuck? A onda toma um impulso demasiado grande, antes de saltar; corre por todo o mundo, e depois dá o salto. Quanto a mim, não tenho para combatê-lo um impulso maior do que o que posso encontrar neste convés. Mas não tem importância. Tudo é brincadeira, como diz a canção: *(canta)*

Oh! Alegre é a tormenta,
e trocista a baleia,
agitando as barbatanas.

Oh, que rapaz vivo, jovial, brincalhão, gracioso
e endemoninhado é o oceano, oh!

Em sua rápida carreira
pede espuma à cerveja,
revolvendo especiarias.
Oh! Que rapaz vivo, jovial, brincalhão, gracioso
e endemoninhado é o oceano, oh!

O vento rasga as velas,
porém ele os lábios estala
para provar a cerveja...
Oh, que rapaz vivo, jovial, brincalhão, gracioso
e endemoninhado é o oceano, oh!

— Basta, Stubb — gritou Starbuck. — Deixa cantar o tufão, e que se acompanhe com a harpa dos nossos aparelhos, porém, se és um homem valente, fica tranquilo.

— Mas eu não sou valente, nunca disse que o era! Sou um covarde e canto para conservar o moral elevado. E dir-lhe-ei a verdade, sr. Starbuck, não há neste mundo nenhum meio de me impedir de cantar, a não ser que me cortem o pescoço. E aposto dez contra um que, depois que o senhor tiver feito isso, cantarei a *Glória* para terminar.

— Louco, vê por meus olhos, se não os tens.

— O quê? Como pode o senhor, por uma noite escura, enxergar melhor do que qualquer outro, mesmo louco?

— Olha! — exclamou Starbuck pegando Stubb pelo ombro e indicando a proa com a mão, do lado de barlavento — não compreendes que a tormenta vem de leste, seguindo a mesma direção que Ahab deve tomar em busca de Moby Dick, a mesma direção que tomou ao meio-dia? Agora, repara no seu bote. Onde é que está avariado? Na câmara, homem, no ponto onde ele costuma ficar. Ali, precisamente, o seu bote não tem fundo. Agora atira-te pela borda e canta, se não o podes evitar.

— Não compreendo bem: de que se trata?

— Sim, sim, a rota mais curta para Nantucket passa pelo cabo da Boa Esperança — monologou Starbuck imediatamente, sem prestar atenção à pergunta de Stubb. — A tormenta que agora nos castiga para nos fazer submergir, poderia servir-nos de vento favorável para nos levar à pátria. Ali a barlavento, tudo é obscuridade e perdição, mas a sota-vento, rumo ao lar, vejo que vai clareando e não é devido ao relâmpago.

Neste momento, durante um dos intervalos de profunda escuridão que se seguiram aos relâmpagos, ouviu-se uma voz muito perto e quase ao mesmo tempo uma descarga de trovões vibrou sobre as cabeças dos pilotos.

— Quem está aí?

— O velho Trovão! — respondeu Ahab que ia tateando ao longo da amurada em busca do eixo da sua perna de osso, quando, de repente, lanças de fogo ziguezagueantes lhe aclararam o caminho.

Assim como em terra o para-raios se destina a conduzir ao solo o fluido perigoso, assim também os mastros de alguns veleiros carregam um artifício semelhante que conduz o raio à água. Mas como esse condutor tem de descer a uma profundidade considerável, a fim de que a sua extremidade evite todo contato com o casco e como, por outro lado, se fosse mantido continuamente a reboque poderia ocasionar muitos acidentes, além de estorvar bastante o manejo do cordame, impedindo mais ou menos o curso do navio na água, por tudo isso, pois, as extremidades dos para-raios de bordo nem sempre estão fora da amurada, mas são enroladas sobre o convés, prontas para serem atiradas ao mar quando se torna necessário.

— Os cabos! — gritou Starbuck à tripulação admoestada de repente a guardar uma vigilância mais estreita, em virtude do vívido relâmpago que forneceu a Ahab a luz que o ajudou a encontrar o seu posto no convés. — Depressa!

— Basta! Devemos ser honestos, conquanto sejamos os mais fracos! Sem dúvida eu daria a minha contribuição para que se pusessem para-raios no Himalaia e nos Andes, para que todo o mundo ficasse seguro. Porém, acabemos com essa história de privilégios. Deixe-os em paz, senhor!

— Olhe para cima! — gritou Starbuck. — Fogos de santelmo, fogos de santelmo!

Os penóis estavam tocados por um fogo pálido e os três mastros, com chamas brancas na extremidade dos seus para-raios, ardiam silenciosamente como três círios gigantescos diante de um altar.

— Ao diabo com o bote! Deixe-o ir — exclamou nesse instante Stubb, enquanto o mar violento ondulava sob a sua pequena embarcação, de modo que a amurada machucou-lhe com força a mão, quando ele tentou passar uma amarra. — Ah! Diabo! — Mas ao retroceder um pouco sobre o convés, os seus olhos erguidos deram pelas chamas e, mudando imediatamente de tom, exclamou:

— Que os fogos de santelmo tenham misericórdia de nós!

Para os marinheiros, as blasfêmias são palavras de uso comum. Estão acostumados a blasfemar no êxtase da calma como entre os dentes da tempestade; costumam lançar imprecações nos penóis da gávea, quando se balançam mais perto de um mar enfurecido. Porém em nenhuma das minhas viagens jamais escutei uma blasfêmia, quando o dedo incendiado de Deus pousa sobre o navio, quando nas enxárcias se pode ler o Seu *Mane, Tecel, Fares.*

Poucas palavras se ouviram da boca da tripulação encantada, enquanto ardia no alto aquela palidez; todos se reuniram formando um grupo muito compacto no castelo de proa; tinham os olhos brilhantes fixos na pálida fosforescência como numa constelação longínqua de estrelas. Daggoo, o gigantesco negro de azeviche, destacado pela luz espectral, parecia de estatura três vezes maior do que era realmente e assemelhava-se à nuvem negra donde saía o trovão. A boca de Tashtego descobria os seus brancos dentes de tubarão, que brilhavam de modo singular, como se tivessem sido também tocados pelo fogo de santelmo. E a tatuagem de Queequeg, iluminada por essa luz sobrenatural, ardia no seu corpo como satânicas chamas azuis. O quadro se esfumou por fim, juntamente com a palidez que vinha de cima, e mais uma vez o *Pequod* e todos os seus tripulantes ficaram envoltos numa mortalha. Passaram-se dois ou três segundos e depois Starbuck, encaminhando-se para a frente, esbarrou com alguém. Era Stubb.

— Que pensas agora, homem? Ouvi teu grito. Em nada se parecia com a canção.

— Não. Pedi que os fogos de santelmo tivessem misericórdia de nós, e acredito que terão. Porém não terão pena senão dos rostos sérios? Não terão entranhas para rir? E olhe, sr. Starbuck... Mas está escuro demais para enxergar. Ouça: parece-me que essa chama que vimos no mastro é um indício de boa sorte. Porque estes mastros estão enraizados num porão que vai ficar cheio de espermacete. e então todo esse espermacete subirá pelos mastros como a seiva de uma árvore. Sim, nossos três mastros serão três círios de espermacete. Tal é a feliz promessa que avistamos.

Nesse momento, Starbuck conseguiu ver o rosto de Stubb, que lentamente começava a ser distinguido na luz trêmula. Olhou para cima e exclamou:

— Olhem, olhem!

Uma vez mais ergueram-se as chamas e a sua palidez sobrenatural parecia haver redobrado.

— Que os fogos de santelmo tenham misericórdia de todos nós! — exclamou Stubb pela segunda vez.

Na base do mastro grande, justamente debaixo do dobrão e da chama, estava o parse ajoelhado diante de Ahab, mas com a cabeça inclinada em outra direção, ao passo que bem perto deles, entre o cordame arqueado e saliente onde tinham estado ocupados em segurar uma verga, vários marinheiros, surpreendidos pelo resplendor, agruparam-se e suspenderam-se como pêndulos. Pareciam um grupo de vespas entorpecidas, suspensas num ramo inclinado, num pomar. Em várias posições, como os esqueletos de Herculânia, de pé, caminhando ou correndo, os outros permaneciam no convés, todos, porém, com os olhos fixos em cima.

— Sim, marinheiros — disse Ahab —, olhem-na, fixem-na bem. A chama branca nos alumia o caminho para chegar até a baleia-branca... Passem-me esses elos do mastro grande. Quero sentir o seu pulso e deixar que o meu se agite contra eles. Sangue contra fogo. Assim!

Em seguida, dando uma volta e apertando firmemente o último elo, pôs o pé sobre o parse. Com o olhar fixo no alto e o braço direito bem estendido, permaneceu muito direito diante da alta trindade de chamas.

— Ó tu, espírito do claro fogo, a quem eu, como persa, adorei em outros tempos, até ficar tão queimado, no ato sacramental, que ainda hoje conservo a cicatriz. Agora te conheço, espírito claro, e sei que o melhor modo de adorar-te consiste em desafiar-te. Nem o amor nem a reverência conquistarão a tua generosidade, e mesmo pelo ódio não podes senão matar... e matas a todos. Agora nenhum louco intrépido te enfrenta. Reconheço o teu poder mudo e sem discernimento, mas até o último alento da minha vida vacilante hei de disputar o teu domínio incondicional, não integral, sobre mim. No meio do impessoal personificado uma personalidade se ergue aqui. Ainda que somente um ponto, quando muito, de onde quer que venha, aonde quer que vá, enquanto eu viver neste mundo, a personalidade real viverá em mim e sentirá os seus direitos reais. Mas a guerra é dor e o ódio é pesar. Apresenta-te na tua mais baixa forma de amor e ajoelhar-me-ei e te beijarei. Porém na mais elevada forma apresenta-te como mero poder supremo e ainda que lances à água frotas de mundos totalmente carregados, há aqui algo que ainda permanece indiferente. Ó tu, espírito claro, com o teu fogo me fizeste e, como verdadeiro filho do fogo, eu o exalo e to devolvo.

[*Relâmpagos súbitos, repetidos: as nove chamas se estendem até alcançar uma altura três vezes maior do que dantes. Ahab, com os outros, fecha os olhos, apertando-os com força, com a mão direita.*]

— Reconheço o teu poder mudo e sem discernimento, não o disse por acaso? Ninguém mo arrancou à força. Nem também puxo agora esses elos. Podes cegar-me, mas mesmo assim poderei ainda tatear. Podes consumir-me, mas então serei ainda cinzas. Recebe a homenagem desses pobres olhos e destas mãos que lhes servem de persianas. O relâmpago que atravessa o cérebro; doem-me os globos dos olhos, todo o meu cérebro sacudido parece decapitado e rodando por um solo surpreendente. Oh, oh! Conquanto cego, hei de continuar falar-te. Ainda que sejas luz, sais da obscuridade; porém eu sou a escuridão que sai da luz, de ti! Cessem os dardos: abram-se os olhos! Veem ou não? Ali ardem as chamas! Ó tu, magnânimo. Agora me glorio da minha genealogia. Porém és o meu pai ígneo! A minha doce mãe? Não o sei, ó cruel! Que fizeste com ela? É este o meu problema, mas o teu é maior. Não sabes como vieste, por isso te dizes não gerado. Não conheces decerto tua origem, por isso te chamas sem princípio. Eu sei de mim o que não sabes de ti mesmo, ó tu, onipotente. Há algo de difuso para além de ti, espírito claro, e para esse algo toda a sua eternidade não é mais do que tempo, toda a tua faculdade criadora, puramente mecânica. Através de ti, ó flamígero, meus olhos chamuscados o veem confusamente. Ó tu, fogo exposto, eremita imemorial, tu também tens o teu enigma incomunicável, a tua dor não partilhada. Aqui, outra vez, com altiva agonia, decifro o meu progenitor. Salta, salta e lambe o céu. Salto contigo, e me queimo contigo. Gostaria de soldar-me contigo. Adoro-te em sinal de desafio.

— O bote, o bote! — gritou Starbuck. — Olha para o teu bote, velho.

O arpão de Ahab, o arpão forjado pelo fogo de Perth, firmemente preso à sua conspícua cruz, projetava-se mais além da proa do bote. O mar, porém, ao arrombar a embarcação, tirara-o da sua bainha de couro e das afiadas farpas surgia agora uma chama pálida e bifurcada. Enquanto o silencioso arpão ardia assim, como língua de serpente, Starbuck pegou no braço de Ahab:

— Deus está contra ti, velho. Domina-te. É uma viagem nefasta: mal começada, mal continuada. Deixa-me bracear enquanto é tempo, e aproveitar o vento favorável que nos levará de regresso à pátria, onde poderemos logo iniciar outra viagem melhor do que esta.

Ouvindo as palavras de Starbuck, a tripulação, tomada de espanto, correu imediatamente para as vergas, ainda que não tivesse ficado em cima uma única vela. Os marinheiros fizeram seus, neste momento, todos os pensamentos apavorados do piloto: soltaram um grito meio sedicioso. Então Ahab atirou no convés os elos dos para-raios e agarrando o arpão ardente agitou-o entre eles como uma tocha, ao mesmo tempo que jurava castigar o primeiro que soltasse a extremidade de um cabo. Petrificados por seu aspecto e aterrorizados ainda mais pelo dardo ígneo que ele brandia, os marinheiros retrocederam desalentados.

— Todos os juramentos que fizestes de caçar a baleia-branca vos ligam como o meu juramento me liga a mim, e o velho Ahab está preso de coração, alma, corpo, pulmões e vida. E para que saibais com que ritmo palpita este coração, olhai para cá: assim apago eu o último temor.

E apagou a chama com um forte sopro.

Assim como no furacão que varre a planície a gente foge da vizinhança de algum olmo gigantesco e solitário, cuja altura e força o tornam por isso mesmo mais inseguro, por oferecer um alvo maior aos raios, assim também, ao ouvir as últimas palavras de Ahab, os marinheiros se afastaram dele com terror e desalento.

O convés: está perto de terminar o primeiro turno da guarda-noturna

[*Ahab, de pé, junto ao leme. Starbuck aproxima-se dele.*]

— Teremos que arriar a verga da gávea do mastro grande. A amarra afrouxou-se e o cabo do aparelho de sota-vento está rompido. Desamarro-o, senhor?

— Nada de desamarrar. É preciso atá-lo. Se tivéssemos mastros de velas trapezoides, guindá-los-ia agora.

— Senhor!... Em nome de Deus!... Senhor!

— Bem!

— As âncoras trabalham, senhor. Dou ordem para que as tragam para dentro?

— Nada de desatar; não mexam em nada. É preciso amarrar tudo. O vento se ergue, mas não chegou ainda às palmas das minhas mãos. Depressa! Providencie para que assim se faça. Por mastros e quilhas! Toma-me pelo capitão corcovado de alguma lancha costeira? Arriar a verga da gávea do meu mastro grande! Ora, que estupidez! Os mastros mais altos se fizeram para os ventos mais fortes e esse meu mastro navega agora no meio das nuvens ligeiras. Irei bater-lhe? Apenas os covardes fazem descer as borlas de mastro em tempo de tempestade. Que alvoroço em cima! Estaria disposto a qualificá-lo de sublime, se não soubesse que a cólica é uma doença ruidosa. Oh, toma remédio, toma remédio!

Meia-noite; as amuradas do castelo de proa

[*Stubb e Flask, trepados na amurada, passam amarras adicionais nas âncoras que ali pendem.*]

— Não, Stubb, podes apertar este nó o mais que quiseres, mas nunca conseguirás apertar-me o bastante para me convencer do que acabas de dizer. Quanto tempo faz que disseste exatamente o contrário? Não disseste uma vez que todo navio que Ahab comanda deve pagar extraordinário por seguro, como se estivesse carregado de barris de pólvora na popa e de caixas de fósforos na proa? Vamos. Não o disseste, por acaso?

— Bem, suponhamos que o tenha dito. Que tem isso? Desde então mudei de pele, em parte; por que não mudaria de opinião? Por outro lado, suponho que levássemos uma carga de barris de pólvora na popa e de caixas de fósforo na proa, como poderiam incendiar-se com todo este aguaceiro? Vamos, meu velho! Tens cabelos ruivos muito bonitos, mas não poderias pegar fogo agora. Sacode-te um pouco, és Aquário, o carregador de água, Flask. Poder-se-iam encher cântaros no teu colarinho. Não compreendes pois que para esses ricos extraordinários as companhias de seguros marítimos têm garantias extraordinárias? Aqui estão os hidrantes, Flask, mas escuta outra vez, e responder-te-ei outra coisa. Primeiro tira tua perna da coroa da âncora, para que eu possa passar o cabo. Agora escuta. Que diferença há entre suster os cabos do para-raios de um mastro, durante uma tormenta, e parar junto a um mastro que não tem para-raios algum? Não compreendes, cabeça de pau, que não há perigo para o que sustém o cabo, enquanto o mastro não for atingido? Que dizes pois? Nem um navio, entre cem, leva para-raios, de modo que Ahab e — sim, homem — todos nós, não corremos maior perigo, na minha opinião do que os tripulantes dos dez mil navios que sulcam agora os mares. Bem, tu, Pendural... suponho que pretendes, que todos os homens do mundo, andem com para-raios no chapéu, como as plumas dos oficiais da milícia e com os cabos pendurados como faixas. Por que não podes ter juízo, Flask? É fácil ter juízo: por que não o tens, pois? Todo aquele que tem pelo menos a metade de um olho pode ser sensato.

— Não sei, Stubb. Às vezes é muito difícil.

— Sim, quando um sujeito está molhado dos pés à cabeça é decerto difícil ser sensato, isso é verdade. E eu estou quase ensopado. Não importa. Toma esta volta e passa-a. Parece-me que estamos amarrando essas âncoras, Flask, como se nunca mais fôssemos usá-las. Ao amarrá-las, Flask, afigura-se-me que estamos atando as mãos de um homem atrás das costas. Que se trata de mãos grandes, generosas, disso não há dúvida. São estas as tuas garras de ferro? Como agarram com força! Pergunto, Flask, se o mundo estará ancorado em alguma parte. Se está, balança-se como um cabo desusadamente longo, não é? Eh! Martela este nó, e terminamos. Assim, depois de tocar em terra, descer ao convés é a coisa que mais agrada. Ouve, torce as abas da minha jaqueta, por favor. Obrigado. Riem das longas túnicas, Flask, mas na minha opinião deveriam usar-se a bordo paletós de abas compridas para todas as tormentas. As abas, adelgaçando-se, servirão para fazer escoar a água, compreendes? Outro tanto digo dos chapéus de três bicos, com as suas biqueiras, Flask. Basta de blusas e chapéus encerados. De agora em diante um paletó de abas longas e um chapéu de três bicos. Olá! Sim. Aí vai pela borda o meu chapéu encerado. Senhor. Senhor! Os ventos que vêm do céu não deviam ser tão mal-educados. Que noite feia, rapaz!

Meia-noite lá por cima. Trovões e relâmpagos

[*A verga da gávea do mastro grande. Tashtego passa-lhe em torno novas amarras.*]

— Umm... umm... umm!... Parem com esse trovão! Aqui em cima há trovões demais. Para que serve o trovão? Ummm... ummmm!... Não queremos trovões. Queremos rum! Um... ummmmm... ummm...!

O mosquete

Durante os balanços mais violentos do tufão, várias vezes o timoneiro do *Pequod* foi arremessado no convés como uma flecha, devido aos movimentos espasmódicos da embarcação, apesar das medidas tomadas para evitá-lo, pois os cabos estavam frouxos, visto que era indispensável permitir certo movimento à cana do leme.

No meio de uma tempestade violenta como aquela, quando o navio se torna um simples joguete dos elementos, pode-se ver com frequência que as agulhas da bússola dão. por intervalos, voltas e mais voltas. Assim aconteceu com o *Pequod*. A cada choque, quase, o timoneiro não deixou de observar a furiosa velocidade com a qual elas giravam em torno da carta.

Poucas horas depois da meia-noite, o tufão acalmou-se tanto que graças aos esforços exaustivos de Starbuck e Stubb — um ocupado na proa e o outro na popa — as lascas de bujarrona, das gáveas e do trinquete foram removidas dos mastros e os fragmentos de lona redemoinharam a sota-vento, como as penas de um albatroz, que às vezes são joguetes dos ventos, quando o pássaro voa acossado pela tormenta.

Prepararam-se e arriçaram-se as três velas novas correspondentes e colocou-se também, mais à proa, uma vela grande, de modo que o *Pequod* pôde navegar outra vez com maior precisão. E a rota que se devia seguir agora, se possível, leste-sudeste, foi indicada ao timoneiro, pois durante a violência do temporal só se havia podido dirigir de acordo com as vicissitudes do vento. Mas conseguindo agora que o navio se mantivesse o mais possível dentro do curso desejado, observando entretanto a bússola, o timoneiro notou um bom sinal: o vento parecia colocar-se na popa: sim, a brisa maligna tornava-se favorável.

Imediatamente se endireitaram as vergas e ao ritmo vivaz da canção, "*Oh! O vento favorável! Oh! Alegrai-vos, marinheiros*" a tripulação regozijou-se com um acontecimento tão promissor, que bem depressa frustrou os maus presságios que o precederam.

Cumprindo a ordem permanente do seu capitão — isto é, informar imediatamente, em qualquer das vinte e quatro horas, toda mudança que se produzisse no convés — Starbuck assim que orientou as vergas, conquanto tristemente e de má vontade, desceu mecanicamente para inteirar do fato o capitão Ahab.

Antes de bater na porta do seu camarote, deteve-se involuntariamente por um momento. A lâmpada, balançando-se de um lado para outro, ardia caprichosamente e projetava sombras caprichosas sobre a porta fechada do velho Ahab, uma porta delgada, com estores fixos, em lugar de painéis superiores. O isolamento subterrâneo da câmara fazia reinar ali um certo silêncio múrmuro, apesar do rugido dos elementos que a rodeavam. Os mosquetes carregados ressaltavam brilhantes, no armeiro, colocados retos, de encontro ao anteparo da frente. Starbuck era um homem honesto, direito, mas, no fundo do seu coração, ao ver os mosquetes, acariciou de modo estranho um mau pensamento, ainda que tão misturado dos sentimentos neutros ou bons que o acompanhavam, que, no momento, ele mal deu conta disso.

— Esteve a ponto de fazer fogo contra mim uma vez — murmurou. — Sim, ali está o mosquete que me apontou; é esse do cabo ornamentado Deixem-me tocar-lhe, tirá-lo... Parece-me estranho que eu, que toquei em tantas lanças mortais, parece-me estranho pois que trema agora deste modo. Carregado? Veremos. Sim, sim. E com pólvora na caçoleta. Isso não é bom! É melhor tirá-la? Espera. Hei de curar-me. Tomá-lo-ei audazmente nas mãos, enquanto penso. Venho informá-lo de que temos vento favorável. Mas favorável para quê? Favorável para a morte e a condenação... isto é, favorável para Moby Dick. É um vento favorável que só favorece a esse maldito peixe. É o próprio cano com que me apontou. O mesmo. Ter-me-ia morto com este próprio objeto que tenho nas mãos. Sim, e se lhe ocorresse, mataria toda a tripulação. Por acaso, não afirma que não desfará os mastros em nenhuma tormenta? Não atirou ao chão o seu quadrante celeste? E nestes mares perigosos, não procura o caminho tateando, sem mais, apenas pelo cálculo da posição da lousa da bitácula, tão sujeita a erros? E durante o tufão não jurou que não queria saber de para-raios? Suportaremos tranquilamente que este velho louco arraste consigo, para a perdição, todos os que estão a bordo? Se este navio tropeçar com algum perigo mortal, seria o assassino traiçoeiro de trinta homens ou mais, e minha alma jura que o navio, se Ahab fizer uma das suas, encontrará esse perigo mortal. Porém, se alguém o pusesse agora de lado, ele já não poderia cometer o crime. Sim. Fala em sonhos? Dormindo? Sim, mas está vivo ainda e bem depressa despertará. Não posso suportar-te, velho! A nenhuma razão, a nenhum protesto, a nenhum rogo queres dar atenção. Zombas de tudo. Tudo o que respiras é a obediência cega às tuas ordens cegas. Sim, e dizes que todos os homens juraram o teu juramento, dizes que todos nós somos Ahab. Deus não o queira! Porém haverá outro meio? Outro meio legítimo? Fazê-lo prisioneiro e levá-lo ao porto? Qual? Como esperar arrancar-lhe das mãos o poder? Só um imbecil tentaria fazer isso. Ainda que pusessem grilhões, ainda que o atassem com cabos e estacas, ainda que o acorrentassem ao soalho do seu camarote, seria mais horrível do que um tigre enjaulado. Eu não poderia suportar o espetáculo; não poderia suportar os seus uivos; toda tranquilidade e o próprio sono me abandonariam pelo resto da viagem longa e intolerável. Que resta fazer, pois? Estamos a centenas de milhas de terra; o Japão fechado é o país mais próximo. Estou só aqui em mar aberto, com dois oceanos entre mim e a lei. Sim, sim, é isto... Será o céu assassino, quando um raio fere no leito um futuro assassino e lhe consome os lençóis e a pele ao mesmo tempo? E eu seria um assassino? Neste caso, se...

Lentamente, furtivamente, olhando de lado, Starbuck adiantou-se e colocou de encontro à porta a ponta do mosquete carregado.

— Neste nível balança-se lá dentro a marca de Ahab; a cabeça deste lado... Um movimento, e Starbuck terá uma probabilidade de sobreviver e de estreitar outra vez nos braços sua mulher e seu filho. Oh! Mary, Mary! Filhinho, filhinho, filhinho! Se não te ajudo a morrer, velho, quem poderá adivinhar a que profundidades insondáveis descerá amanhã o corpo de Starbuck? Faço-o?... Faço-o?... O vento acalmou-se e variou de direção, senhor. Içamos a gávea e o trinquete e a nave segue o seu curso.

— Todos à proa! Oh! Moby Dick, finalmente agarro-te o coração!

Tais foram os sons que rugiram com violência do atormentado sono do velho como se a voz de Starbuck o tivesse arrancado ao prolongado sonho da sua mudez.

O mosquete, ainda em posição, tremeu de encontro ao tabique como o braço de um bêbedo; Starbuck parecia lutar com um anjo. Em seguida, voltando-se para a porta, pôs a arma em seu lugar e saiu do camarote.

— Dorme profundamente, sr. Stubb, desça o senhor e o acorde. Tenho muito o que fazer no convés. O senhor sabe o que lhe deve dizer.

A agulha

Na manhã seguinte o mar ainda intranquilo empurrava o *Pequod* com as suas longas e lentas ondas de volume prodigioso e que, como gigantescas palmeiras, estendidas, seguiam a sonora esteira do navio. Tão forte e firme era a brisa que o céu e o ar pareciam enormes velas desdobradas: o mundo inteiro avançava com o vento. O sol invisível, embuçado em plena luz matinal, só se deixa adivinhar pela intensidade do lugar que lhe correspondia, onde os seus raios de baioneta moviam-se em feixes. Brasões, como que de rainhas e reis coroados de Babilônia, reinavam sobre todas as coisas. O mar era um crisol de ouro fundido, saltando, borbulhante com a luz e o calor.

Guardando um silêncio encantado, Ahab conservava-se à parte. De cada vez que o navio inclinava profundamente o gurupés, o velho se voltava para contemplar os brilhantes raios de sol que se refletiam adiante e quando ele submergia profundamente de popa, olhava para trás e via o posto de retaguarda do sol, e como os mesmos raios amarelos misturavam-se com a esteira regular.

— Sim, sim, meu navio! Bem poderiam tomar-te agora pelo carro marinho do sol! Olá! Nações que vos ergueis diante da minha proa. Trago-vos o sol! Que as ondas trabalhem, saúde! Também eu, com uma parelha de cavalos, guio o mar!

Subitamente porém, como refreado por um pensamento oposto, correu ao leme e perguntou secamente em que direção seguia o navio.

— Leste-sudeste, senhor — disse o timoneiro assustado.

— Mentes! — rugiu Ahab, batendo-lhe com o punho cerrado. — Para leste a esta hora, com o sol na popa?

Ouvindo isso todos ficaram confusos porque o fenômeno observado nesse instante por Ahab havia escapado de modo inexplicável a todos os outros. A própria claridade ofuscante devia ser a causa disso. E Ahab, pondo quase a cabeça na bitácula, deu uma vista de olhos na bússola. O braço erguido descaiu-lhe lentamente. Por um momento pareceu vacilar. Starbuck de pé, atrás dele, olhou também e viu com assombro que as duas bússolas indicavam o leste, ao passo que o *Pequod* avançava inexoravelmente para oeste.

Porém, antes que o primeiro alarma se propagasse entre toda a tripulação, o velho, com um sorriso rígido, exclamou:

— Já entendo! Já tem acontecido antes. Sr. Starbuck, o raio de ontem à noite mudou as bússolas. Foi apenas isso! Suponho que já deve ter ouvido falar em casos semelhantes.

— Sim, senhor. Mas nunca me havia acontecido isso — disse o piloto, pálido, com ar sombrio.

Aqui devemos mencionar que acidentes como estes têm ocorrido mais de uma vez, em meio de uma tempestade. A energia magnética que se desprende da agulha do marinheiro é essencialmente una, como todos sabem, com a eletricidade do firmamento, portanto não é de espantar que se produzam tais fatos. Nos casos em que o raio caia diretamente sobre o navio, destruindo algum dos mastros e parte do cordame, o efeito sobre a agulha é às vezes fatal a ponto de tirar ao aço magnético toda a sua virtude relutante, tomando-o tão inútil para o caso como a agulha de tricô de uma velha mãe de família. Porém em caso algum a agulha jamais recobra por si mesma a virtude anterior, mutilada ou perdida, e se as bússolas da bitácula ficam avariadas, a mesma sorte atinge a todas as outras que se encontram a bordo, até a mais baixa, inserida na quilha.

Mantendo-se deliberadamente diante da bitácula e observando as bússolas às avessas, o velho, com a fímbria da mão estendida, tomou então a posição exata do sol. Satisfeito por verificar que as agulhas estavam exatamente invertidas, gritou a ordem para que se modificasse o rumo do navio. Ergueram-se as vergas e mais uma vez o *Pequod* lançou a sua intrépida proa contra o vento, visto que o zéfiro favorável não fizera mais do que pregar-lhe uma peça.

Entretanto, Starbuck, fossem quais fossem os seus pensamentos íntimos, nada disse e limitou-se a transmitir tranquilamente as ordens necessárias; enquanto que Stubb e Flask — que pareciam compartilhar dos seus sentimentos em certo grau — assentiram igualmente sem murmurar. Quanto aos marinheiros, alguns dos quais resmungaram em voz baixa, o terror que Ahab lhes causava era maior do que o temor que lhes inspirava o destino. Como sempre, os arpoadores pagãos permaneciam quase indiferentes; e se se impressionaram, isso foi devido unicamente a certo magnetismo que o coração do inflexível Ahab lhes transmitira aos corações simpatizantes.

O velho passeou pelo convés durante algum tempo, entregue ao devaneio. Porém ao escorregar com o calcanhar de marfim, deu com os cabos de cobre esmagados, que na véspera atirara sobre o convés.

— Pobre de ti, altivo observador do céu e piloto do sol! Ontem te destruí e hoje as bússolas estavam dispostas a destruir-me. Sim. Mas Ahab conserva todo o seu domínio sobre a pedra-ímã. Sr. Starbuck, traga-me uma lança, sem cabo, um martelo e a menor das agulhas de coser velas! Depressa!

Como acessórios, talvez, do impulso que lhe ditava o que ia fazer, tinha certos motivos de prudência, inspirados provavelmente no desejo de reanimar o espírito da tripulação com um golpe da sua habilidade sutil em assunto tão maravilhoso como o das bússolas invertidas. Por outro lado o velho sabia que os marinheiros supersticiosos não deixariam passar despercebidos esse problema de guiar com as agulhas em posições inversas. Haviam de tremer, considerando-o como um mau presságio.

— Marinheiros — disse enquanto se voltava resolutamente para enfrentar os tripulantes, à medida que o piloto lhe entregava os objetos pedidos —, meus amigos, o raio mudou as agulhas do velho Ahab, porém com este pedacinho de aço poder-se-á fabricar uma nova, que servirá tanto como qualquer outra.

Ouvindo isso, os marinheiros trocaram entre si olhares envergonhados de espanto servil e, com os olhos fascinados, dispuseram-se a esperar algum feito mágico. Mas Starbuck afastou a vista.

Com um golpe de martelo Ahab arrancou a cabeça de aço da lança e, em seguida, passando ao oficial a longa vara de ferro, pediu-lhe que a sustivesse verticalmente, sem tocar na coberta. Então, depois de bater repetidas vezes com o martelo no extremo superior da vara, colocou a agulha na ponta, que martelou também, ainda que com menos força, enquanto o piloto continuava a segurar a vara. Ahab pediu-a afinal, e depois de obrigá-la a fazer uns movimentos estranhos — ignoramos se indispensáveis ou destinados simplesmente a aumentar o temor da tripulação — pediu fio. Encaminhou-se para a bitácula, da qual tirou as duas agulhas invertidas, e suspendeu horizontalmente a agulha de coser velas sobre uma das cartas da bússola. A princípio o aço girou, girou, tremendo e vibrando em cada extremidade; finalmente porém deteve-se no lugar preciso e então Ahab, que aguardava atentamente este resultado, afastou-se bastante da bitácula e, indicando-a com o braço estendido, exclamou:

— Testemunhai vós mesmos, se Ahab não domina a pedra-ímã. O sol está no leste e esta bússola jura que assim é!

Todos, um atrás do outro, lançaram uma vista de olhos, pois coisa alguma, exceto os seus próprios olhos, seria capaz de convencer uma ignorância como a sua. E foram-se escapulindo, uns após outros.

Com os olhos brilhando de desdém e triunfo, Ahab pôde então mostrar-se em todo o seu orgulho fatal.

A barquilha e o cordel

Conquanto nesse tempo o predestinado *Pequod* flutuasse já havia muito, raramente se havia utilizado a barquilha e o cordel. Devido à confiança depositada em outros meios de determinar a posição do navio, alguns navios mercantes e baleeiros descuidam-se inteiramente de içar a barquilha conquanto ao mesmo tempo e mais por pura formalidade do que por qualquer outra razão, anotem regularmente na lousa o curso seguido assim como a suposta média de progressão por hora. O mesmo havia acontecido a bordo do *Pequod*. O carretel de madeira e a barquilha ligada a ele permaneciam pendurados sem que ninguém lhes tocasse, durante muito tempo, justamente debaixo da grande amurada de popa, inundados pela chuva e a espuma do mar, retorcidos pelo sol e o vento. Todos os elementos se combinaram para fazer apodrecer um objeto que pendia tão preguiçosamente. Porém, quando esquecido de tudo isso, Ahab passou pelo carretel, algumas horas depois da cena do ímã, o capricho apoderou-se dele e veio-lhe a lembrança do quadrante desaparecido, e o juramento louco que fizera acerca da barquilha e do cordel. O *Pequod* navegava com dificuldade; na proa as ondas se encrespavam em tumulto.

— Atenção, ali. Içar a barquilha!

Aproximaram-se dois marinheiros: o taitiano de tez dourada e o grisalho marinheiro da ilha do Man.

Este pegou no carretel e, erguendo-o muito acima, pela extremidades do eixo, em torno do qual se enrola o cabo, ficou assim com a barquilha angular pendurada, até que Ahab se aproximou.

O ancião parou em frente a ele e começou a desenrolar umas voltas do cabo, com o objetivo de formar um pequeno laço para atirar sobre a amurada quando o marinheiro de Man, que observava atentamente tanto Ahab como o cabo, atreveu-se a falar:

— Senhor, este cabo não me inspira confiança. Parece velho demais e o calor e a umidade o estragaram.

— Servirá, meu velho. Por acaso o calor e a umidade te estragaram? Parece que resistes. Ou melhor, a vida te sustém, e não tu a ela.

— Sustento o carretel, senhor. Mas seja como quiser, meu capitão. Com estas minhas cãs não vale a pena discutir, principalmente com um superior que jamais confessará.

— Que é isso? No colégio de alicerces de granito da Rainha Natureza temos agora um professor remendado! Contudo, creio que é muito subserviente. Onde nasceste?

— Na pequena e rochosa ilha do Man, senhor.

— E com isso acertaste no mundo!

— Não sei, senhor, porém foi lá que nasci.

— Na ilha do Man, hein? Bem, não está mal. Temos aqui um homem do Man,[53] um homem nascido no Man, outrora independente, agora desarraigado do Man, absorvido por... por quê? Acima com o carretel! A parede cega investe por fim contra todas as cabeças curiosas. Acima! Acima!

A barquilha foi içada. Os laços soltos se ergueram rapidamente numa linha que rastejava na popa, e imediatamente o carretel começou a dar voltas. A resistência da barquilha, que subia e baixava com as ondas encrespadas, fez o velho cambalear de modo estranho.

— Segura com força.

Zás! O cordão, demasiado tenso, cedeu afinal, transformando-se num longo festão. A barquilha rebocada perdeu-se.

— Destruí o quadrante; o raio inverteu as agulhas e agora o mar louco parte o cordão da barquilha. Mas Ahab pode remediar a tudo. Puxa daí, taitiano, enrola o carretel, homem do Man. Manda o carpinteiro fabricar outra barquilha e faze o cordão. Trata disso.

— Lá vai ele. Nada lhe aconteceu. Para mim, porém, parece que se desprendeu o parafuso do centro do mundo. Puxa, puxa, taitiano. Essas linhas saem inteiras e velozes e voltam rotas e com uma lentidão desesperadora. Olá, Pip! Vem ajudar! Eh! Pip?

— Pip? Aquele a quem chamam de Pip saltou do bote. Pip perdeu-se. Vejamos agora se não o pescaram por aqui, pescador. Puxa bem; suponho que o cordel se prendeu. Sacode-o, taitiano, sacode-o, aqui não queremos covardes. Oh, aí está o seu braço à flor da água. Um machado! Um machado! Corta-o! Aqui não queremos covardes. Capitão Ahab, senhor, senhor! aqui está Pip procurando voltar para bordo.

— Calma, pateta — exclamou o marinheiro do Man, puxando-o por um braço. — Fora do convés!

— O idiota maior sempre repreende o menor — murmurou Ahab adiantando-se. — Tira as mãos dessa santidade. Onde dizias que estava Pip, rapaz?

— Ali na popa, senhor! Olhe, olhe!

— E tu, rapaz, quem és? Não distingo o meu reflexo nas pupilas vazias dos teus olhos. Meu Deus! Que o homem possa servir de peneira às almas imortais! Quem és tu, rapaz?

— O tocador de sino, senhor, o pregoeiro de bordo. Ding! Dong! Ding! Pip! Pip! Pip! Cem libras de argila de recompensa para quem encontrar Pip... Um metro e cinquenta de estatura. Com um ar de covarde... Por isso é mais facilmente conhecido! Ding, dong, ding! Quem viu o covarde Pip?

— Não pode haver corações no extremo limite das neves eternas. Oh! Céus congelados, olhai para baixo! Gerastes este infeliz menino e o abandonastes, criadores libertinos! Ouve, rapaz, o camarote de Ahab será de agora em diante, enquanto Ahab viver, o lar de Pip. Comoves-me no mais profundo do meu ser, estás ligado a mim por laços tecidos com as fibras do meu coração. Vem comigo, desçamos!

— Que é isso? — perguntou Pip olhando atentamente para a mão de Ahab e apalpando-a. — Sinto o veludo da pele do tubarão. Ai! Sim, se o pobre Pip tivesse conhecido uma tal bondade talvez não se tivesse perdido. Isso, senhor, me parece ser um cabo a que se podem prender as almas débeis. Oh, senhor, deixe que Perth venha agora e solde essas duas mãos, a negra e a branca, para que não se soltem mais.

— Sim, rapaz, nem tampouco eu te soltarei, a não ser para arrastar-te a horrores mais espantosos. Vem pois ao meu camarote. Olhai, vós os que acreditais que toda a bondade existe nos deuses e toda a maldade no homem. Olhai, os deuses oniscientes se esquecem do que sofre o homem; e o homem, conquanto louco e sem saber o que faz, está cheio de doçura, de amor e gratidão. Vem. Sinto-me mais orgulhoso levando-te por tua negra mão do que se estreitasse a mão de um imperador.

— Lá vão os dois loucos! — murmurou o marinheiro do Man. — Um enlouquecido pela força e o outro pela fraqueza. Porém aqui está a extremidade do cordão apodrecido, gotejando também. Consertá-lo? Creio que seria melhor fazer um novo. Falarei com Stubb sobre isso.

O SALVA-VIDAS

Com a direção de sudeste, com o aço nivelado por Ahab e a rota determinada apenas pela barquilha e o cordel, o *Pequod* seguiu o seu caminho até o equador. Enquanto efetuava uma travessia tão longa por águas tão pouco frequentadas, sem divisar navio algum e antes que se passasse muito tempo, impelido de costado pelos ventos alísios uniformes, sobre ondas monotonamente suaves, tudo parecia indicar essa calma estranha que precede uma cena tumultuosa e desesperada.

Finalmente, quando o navio se aproximou das imediações, por assim dizer, do campo de pesca equatorial, e na obscuridade profunda que antecede o alvorecer navegava entre um grupo de ilhotas rochosas, a guarda — dirigida então por Stubb — sobressaltou-se com um grito tão lastimosamente selvagem e aterrador como os gemidos semiarticulados dos espectros de todos os inocentes assassinados por Herodes, que todos os vigias foram arrancados aos seus devaneios e por espaço de alguns momentos ficaram de pé, sentados ou deitados, trespassados, escutando (como o escravo romano esculpido) enquanto o grito selvagem esteve ao alcance dos seus ouvidos. A parte cristã ou civilizada da tripulação assegurou que se tratava de sereias, e os marinheiros estremeceram; porém os arpoadores pagãos permaneceram imóveis. Contudo, o homem de cabelos grisalhos, o nativo da ilha do Man — o mais velho de todos os marinheiros — declarou que os gritos selvagens e impressionantes que se ouviam eram as vozes de homens recentemente afogados no mar.

Ahab, que se encontrava no seu camarote, não soube do caso senão depois do cinzento alvorecer, quando subiu ao convés. E foi Flask quem lhe contou o fato, não sem insinuar alguns significados obscuros. O velho soltou um riso cavo e deu a seguinte explicação daquela maravilha:

As ilhotas rochosas por onde acabávamos de passar eram frequentadas por um grande número de focas e com certeza algumas focas pequenas que haviam perdido as suas mães ou algumas mães que havia perdido os seus filhotes, tendo-se aproximado do navio, tê-lo-iam acompanhado durante algum tempo, chorando e soluçando com o seu lamento quase humano. Mas esta explicação impressionou ainda mais alguns dentre eles, visto que a maioria dos marinheiros nutre um sentimento muito supersticioso em relação às focas, sentimento que se origina não somente do som peculiar dos seus lamentos, quando se encontram em perigo, como também do aspecto humano das suas cabeças redondas e dos seus rostos semi-inteligentes que parecem nos olhar, de modo perscrutador, quando cruzamos com elas no mar. Mais de uma vez, em certas circunstâncias, no mar, as focas têm sido tomadas por homens.

Mas os presságios da tripulação estavam destinados a receber uma confirmação plausível no que aconteceu a um deles, naquela manhã. Ao romper do sol, esse marinheiro saíra da sua maca e trepara no topo do mastro da proa, e seja porque não estivesse ainda de todo acordado (porque os marinheiros sobem às vezes para o mastro num estado de transição), ou por outra qualquer razão que não se pode esclarecer, o fato é que não estava havia muito no seu poleiro, quando se ouviu um grito — um grito e um arremesso — e, olhando-se para cima, viu-se um fantasma no céu, e olhando para baixo, um montículo de borbulhas brancas no azul do mar.

Da popa, onde pendia sempre pronta para um hábil salto, arremessou-se a boia de salvação, um barril longo e delgado; porém mão alguma se ergueu para prender-se a ele. O barril, contraído pela contínua exposição ao sol, começou a encher-se lentamente de água, que foi também absorvida por todos os poros da madeira ressecada. Então o casco guarnecido de ferro seguiu o marinheiro até ao fundo, como para lhe servir de travesseiro, conquando muito duro, na verdade.

E assim o primeiro marinheiro do *Pequod* que subiu ao mastro para procurar a baleia-branca no seu campo de ação foi tragado pelas profundezas. Foram poucos talvez os que pensaram nisso no momento. Na realidade, o acontecimento não os penalizou de modo algum: pelo menos não o tomaram como presságio. Consideraram-no, não como o prognóstico de um mal futuro, e sim como o cumprimento de um mal já prognosticado. Mostraram compreender então o motivo dos gritos sinistros da noite anterior. Porém o velho da ilha do Man tornou a contestar.

Restava substituir a boia perdida. Starbuck recebeu instruções a respeito. Como não pudesse encontrar um barril bastante leve e como na ansiedade febril do que parecia ser a crise iminente da viagem todos se mostravam impacientes por uma tarefa qualquer que não se relacionase com o último fim, fosse como fosse, quando já se ia deixar sem boia a popa do navio, Queequeg, servindo-se de estranhos sinais e insinuações, sugeriu algo acerca do seu ataúde.

— Um ataúde como salva-vidas? — gritou Starbuck, assombrado.

— Diria eu que é bastante estranho — exclamou Stubb.

— Pode servir perfeitamente — disse Flask. — O carpinteiro o arranjará com facilidade.

— Tragam-no. Não há outra coisa que possa servir — disse Starbuck depois de uma pausa melancólica. — Prepara-o, carpinteiro, e não me olhes deste modo... o ataúde, quero dizer. Estás ouvindo? Prepara-o.

— Pregarei a tampa, senhor? — perguntou, agitando a mão, como se fosse um martelo.

— Sim.

— E calafetarei as juntas? — disse agitando outra vez a mão, como se tivesse um ferro de calafetar.

— Sim.

— Passar-lhe-ei uma mão de breu? — perguntou movendo a mão como se estivesse com um pote de alcatrão.

— Basta! Estás possesso? Tens de fazer uma boia com o ataúde, e é tudo... Sr. Stubb, sr. Flask, venham comigo.

— Saiu aborrecido. Aceita o conjunto, mas resiste às partes. Isso não me agrada. Faço uma perna para o capitão Ahab e ele a usa, como um cavalheiro. Faço um ataúde para Queequeg e este não quer pôr nele a cabeça. De nada serviu o trabalho que tomei com esse ataúde. Agora me ordenam que o transforme em salva-vidas. É como virar pelo avesso um paletó velho, virar a came de dentro para fora. Não gosto deste trabalho de remendão. É pouco honroso. Não é para mim. Que os aprendizes de remendão façam os remendos. Somos melhores do que eles. Gosto dos trabalhos limpos, virginais e honrados, matemáticos, algo que comece regularmente pelo princípio, que chegue ao meio quando está na metade e se conclua, e não um trabalho de remendão que chega ao fim na metade, e está no princípio quando chega ao fim. Dar trabalho a remendão é ardil de velhas. Senhor! Que predileção têm as mulheres velhas pelos remendões! Conheço uma velha de sessenta e cinco anos que fugiu com um remendão jovem e calvo. É por isso que em terra eu nunca quis trabalhar para as viúvas velhas e sós, quando tinha a minha oficina em Vineyard. Podia ser que se lhes metesse na cabeça fugir comigo. No mar, felizmente, não há coifas, ou há apenas coifas de gelo.

Vejamos. Pregar a tampa, calafetar as juntas, cobri-las de breu, bater-lhes com força e pregar a mola na popa. Ter-se-ia feito isso algum dia a um ataúde? Alguns carpinteiros velhos prefeririam deixar-se enforcar a realizar semelhante tarefa. Porém sou feito de abeto nodoso e não mudo. Um ataúde na popa! Navegando com uma bandeja de cemitério! Mas não importa. Nós os que trabalhamos com madeiras, fabricamos leitos nupciais e mesas de jogo, além de ataúdes e féretros. Trabalhamos por mês ou por peça, ou pelo lucro; não nos cabe perguntar o porquê do nosso trabalho, a não ser que se trate de um maldito remendo e então o repelimos, se é possível. Hein! Farei o trabalho, com carinho, agora. Prepararei... vejamos... Quantos somos? Qual é o número total? Esqueci. Seja como for, prepararei trinta cordas de salva-vidas, cada qual de três pés de comprimento, e as prenderei todas em torno do ataúde. Então, se o navio afundar, trinta homens lutarão por um ataúde. Espetáculo raro, sob o sol. Vamos, martelo, ferro de calafetar, pote de breu e passador. Ao trabalho!

O convés

[*O Ataúde colocado sobre dois tubos de cabos entre a mesa do carpinteiro e o porão aberto; o carpinteiro calafeta as juntas; o novelo de cordão de estopa que traz dentro do capote desenrola-se lentamente, num fio retorcido. Ahab se aproxima vagarosamente vindo do passadiço do camarote e nota que Pip o segue.*]

— Volta, rapaz; dentro em pouco, estarei novamente contigo. Vai-te! Nem mesmo a minha própria mão se acomoda mais afavelmente ao meu estado de alma do que este rapaz!... A nave central de uma igreja! Que temos aí?

— Um salva-vidas, capitão. Ordens do sr. Starbuck. Atenção, senhor. Cuidado com a escotilha!

— Obrigado, homem. O ataúde está próximo da abóbada.

— Senhor! Oh, a escotilha! Sim, é verdade.

— Não és tu o fabricante de pernas? Olha, este toco não saiu da tua oficina?

— Julgo que sim, senhor. A ponteira resiste?

— Bastante. Não és também o encarregado de pompas fúnebres?

— Sim, senhor. Fiz este ataúde para Queequeg, mas agora mandaram que o transformasse noutra coisa.

— Dize-me pois: não és um velho patife consumado, intrometido, monopolizador e pagão, que um dia faz pernas, no outro dia ataúdes e em seguida salva-vidas com esses mesmos ataúdes? Tens tão poucos princípios como os deuses e és como eles um sabe-tudo.

— Sim, mas não tenho nenhuma intenção má. Faço-o, apenas.

— Os deuses outra vez. Ouve: não cantas às vezes, enquanto trabalhas, fazendo um ataúde? Dizem que os titãs cantarolavam enquanto perfuravam as crateras dos vulcões. E o coveiro canta de pá na mão. Tu não cantas?

— Cantar, senhor? Se eu canto? Oh! Sou muito indiferente para o fazer, mas a razão que leva o coveiro a cantar deve ser a pouca música que há na sua pá. Porém o martelo de calafetar é cheio de música. Ouça-o, senhor.

— Sim, porque a tampa serve de caixa de ressonância e se ressoa é porque nada há debaixo dela. Contudo, um ataúde com um cadáver dentro soa de modo muito semelhante. Se alguma vez ajudaste a conduzir um féretro terás ouvido o ruído do caixão, ao bater contra o portão do cemitério.

— Por minha fé, senhor. Eu...

— Fé? Que é isso?

— É uma espécie de exclamação. Apenas isso, senhor.

— Hum! Continua.

— Ia dizer, senhor, que...

— És um bicho-da-seda? Teces a tua mortalha com as tuas próprias entranhas? Olha para o teu peito! Despacha-te, e esconde quanto antes essas armadilhas.

— Ele vai para a popa. Aparece subitamente; mas as tempestades são repentinas nos climas quentes. Ouvi dizer que a ilha de Albermale, uma das Galápagos. é cortada ao meio pelo Equador. Parece-me que alguma espécie de Equador corta esse velho pelo meio. Está sempre na Linha com a temperatura abrasadora, é o que digo. Olha para cá... vamos, estopa, depressa. Já recomeçamos. Este malho de madeira é a cortiça e eu sou o professor de copofone — tap, tap!

Ahab [consigo mesmo]

— Oh! Que espetáculo! O pica-pau carpinteiro de cabeça cinzenta está picando a árvore oca. Os cegos e os mudos são dignos de inveja. Olhai. Esse objeto descansa sobre dois tubos cheios de cabos. Que trocista, que malicioso! Tique-taque! Assim batem os segundos. Oh, como são imateriais todos os materiais! Que haverá de real, fora dos pensamentos imponderáveis? Temos aqui o temido símbolo da horrenda morte, tornado por um simples acaso em sinal expressivo de ajuda e esperança para a vida mais exposta ao perigo. Um ataúde como salva-vidas? Irá mais longe? Pode ser que o ataúde, em qualquer sentido espiritual, não seja, afinal de contas, senão um preservador de imortalidade. Vou pensar nisso. Mas não. Já fui tão longe, do lado obscuro do mundo que o outro lado, o mais brilhante, parece-me apenas um crepúsculo incerto. Não acabarás nunca com esse rumor maldito, carpinteiro? Vou para baixo. Espero que ao voltar não veja mais essa coisa aqui. Agora, Pip, conversaremos acerca disso; extraio de ti as filosofias mais maravilhosas. Alguns mundos desconhecidos desembocam em ti.

O Pequod passa pelo Rachel

No dia seguinte avistou-se um grande navio, o *Rachel*, que avançava lentamente em direção ao *Pequod*, com os mastros cobertos de homens. Nesse momento o *Pequod* navegava em grande velocidade, porém quando o forasteiro de velas pandas se aproximou dele, as velas orgulhosas descaíram como bexigas esvaziadas, e desapareceu todo sinal de vida, no casco abatido.

— Más notícias. Traz más notícias — murmurou o velho da ilha de Man. Mas antes que o capitão do *Rachel*, de pé no seu bote e de buzina na boca, pudesse saudar, ouviu-se a voz de Ahab.

— Viram a baleia-branca?

— Sim. Ontem. Encontraram algum bote flutuando?

Contendo a sua alegria, Ahab respondeu com uma negativa a essa pergunta e já se dispunha a dirigir-se a bordo do outro navio quando o capitão desconhecido, depois de deter a marcha da sua nave, começou a descer por um costado. Algumas remadas, e bem depressa o bote ficou preso junto ao *Pequod*. O capitão saltou para o convés e Ahab reconheceu-o imediatamente. Era de Nantucket. Mas não perdeu tempo em saudá-lo.

— Onde estava? — perguntou Ahab aproximando-se. — Não estava morta! Não morreu! Como aconteceu isso?

Nas últimas horas da tarde do dia anterior, quando três dos botes do navio forasteiro se encontravam ocupados com uma manada de cachalotes que se haviam distanciado de quatro ou cinco milhas do navio, enquanto continuavam a barlavento a sua veloz perseguição, a corcova e a cabeça branca de Moby Dick apareceram de repente na superfície, não muito longe, a sota-vento; imediatamente foi aparelhado o quarto bote — um bote de reserva que foi descido imediatamente. Depois de uma violenta corrida com vento favorável, esse quarto bote conseguira arpoar o cachalote... Pelo menos assim julgou o vigia no alto do mastro grande. Viu, à distância, o bote como um ponto, e logo um lampejar de água branca, borbulhante, depois mais nada. Daí, concluiu que o cachalote ferido devia ter disparado em corrida veloz, arrastando os seus perseguidores, como acontece frequentemente. Houve um certo temor, mas não se alarmaram, propriamente. Colocaram-se nos botes os sinais de chamada.Veio a escuridão. O navio, obrigado a recolher os três botes a barlavento — antes de ir em busca do quarto em direção totalmente oposta — não somente teve de entregar o bote perdido à sua sorte, até perto de meia-noite, como também precisou aumentar no momento a distância que os separava. Depois que o resto da tripulação se encontrou em segurança, a bordo, o navio forçou as velas — uma sobre a outra — atrás da embarcação perdida, com o fogo aceso nas panelas da refinaria para servir de farol, e todos os homens nos mastros, vigiando. Porém, depois de percorrer uma distância suficiente para alcançar o lugar onde se presumia ter visto o bote pela última vez, o navio parou e desceu os botes restantes para que procurassem em todas as imediações. Como não encontrassem nada, puseram-se novamente em marcha, detendo-se em seguida para tornar a descer os botes. Conquanto continuassem assim até o anoitecer, não se distinguiu o menor vestígio da embarcação perdida.

Terminada a narrativa, o capitão estrangeiro passou imediatamente a revelar o propósito que o induziu a transportar-se para o *Pequod*. Expressou o desejo de que esse navio se unisse ao seu na procura, navegando os dois em sentido paralelo, a quatro ou cinco milhas de distância um do outro, varrendo, por assim dizer, um duplo horizonte.

— Apostaria qualquer coisa — murmurou Stubb a Flask — como algum dos tripulantes desse bote perdido levou o melhor casaco do capitão ou talvez o seu relógio... ele está tão ansioso por encontrá-lo! Quem já ouviu falar algum dia em dois navios baleeiros em busca de um bote perdido, no momento culminante da temporada de pesca? Olha, Flask, olha como está pálido, pálido até às meninas dos olhos... repara... não foi o casaco... deve ter sido o...

— Meu filho, meu filho está com eles. Pelo amor de Deus, rogo-lhe, suplico-lhe... — implorou o capitão forasteiro a Ahab, que até então ouvira friamente o pedido... — Ofereço-me para fretar o seu navio por quarenta e oito horas apenas... apenas quarenta e oito horas. Tem que fazê-lo... e *fará*.

— Seu filho! — exclamou Stubb. — Oh! Seu filho se perdeu! Retiro o casaco e o relógio... que diz Ahab? Temos de salvar esse rapaz.

— Afogou-se ontem à noite com todos os outros — disse o velho marinheiro da ilha do Man que se encontrava detrás deles. — Ouvi os seus espíritos, os senhores também ouviram.

Ora, conforme se verificou depois, este episódio do *Rachel* era tanto mais lamentável porque não somente um dos filhos do capitão fazia parte da tripulação do bote perdido, como também, entre as tripulações dos outros botes, ao mesmo tempo, separados do navio durante as terríveis vicissitudes da caça, havia outro de seus filhos. Durante algum tempo o aflito pai estivera mergulhado na mais cruel perplexidade e o primeiro piloto teve que decidir por ele, adotando o processo habitual nos baleeiros, em tais emergências, e salvando primeiro a maioria. Porém o capitão, por qualquer razão desconhecida, se abstivera de mencionar tudo isso. Somente depois que se viu forçado a fazê-lo, em virtude da frieza de Ahab, aludiu ao filho perdido, um rapazinho de doze anos a quem o pai, com a rudeza sincera porém intrépida do amor paterno dos naturais de Nantucket, procurou iniciar cedo nos perigos e maravilhas de uma profissão que era desde tempos imemoriais o destino de todos os de sua raça. Também não é raro ver os capitães de Nantucket enviarem filhos em tão tenra idade em viagem de três ou quatro anos, noutro navio que não o seu, a fim de que conheçam a carreira de baleeiro sem o prejuízo de possíveis demonstrações da parcialidade natural mas importuna de um pai, ou de preocupações e temores exagerados.

Entretanto, o desconhecido continuava a suplicar a Ahab, o qual, inflexível como uma bigorna, recebia todos os golpes.

— Não sairei daqui — dizia ele — enquarrto não me disser *sim*. Comporte-se para comigo da maneira que desejaria que eu me comportasse para com o senhor, em caso semelhante. Porque o senhor também tem um filho... ainda pequeno e abrigado agora, seguro no ninho do seu lar. Um filho da sua velhice... Sim, sim, vai ceder, vejo... Corram, corram, marinheiros e estejam prontos para bracear.

— Basta! — gritou Ahab. — Não toquem sequer um cabo. — E logo. modulando prolongadamente cada palavra, acrescentou: — Capitão Gardiner, não o farei. Agora mesmo estou perdendo tempo. Adeus! Adeus! Que Deus o abençoe, homem, e queira perdoar-me! Tenho de ir. Sr. Starbuck, olhe o relógio da bitácula e dentro de três minutos, a partir deste instante, previna a todos os visitantes de que devem abandonar o navio. E em seguida bracear outra vez, e que o navio siga o seu rumo.

Voltou-se apressadamente, escondendo o rosto e descendo para o camarote, deixando o outro capitão trespassado de dor com a sua negativa incondicional e inexorável a uma súplica tão ansiosa. Saindo do seu espanto. Gardiner dirigiu-se silenciosamente à amurada, desceu para o bote e voltou ao seu navio.

Bem depressa separaram-se as duas esteiras, e enquanto o outro navio se manteve ao alcance dos olhos, os do *Pequod* viram-no balouçar de um lado para outro, em cada ponto escuro no mar, por pequeno que fosse. Balançavam as vergas de um lado e de outro; continuava a virar, a bombordo e a estibordo; por momentos lutava contra o mar, de proa: às vezes o mar o empurrava com força e a todo instante os mastros, como três grandes cerejeiras quando os meninos lhes colhem os frutos entre os ramos, estavam coalhados de homens.

Porém no seu curso vacilante e na sua marcha tortuosa, lamentável, via-se claramente que aquele navio, que chorava tanta espuma, seguia sem consolo. Era Rachel chorando por seus filhos, porque se tinham ido.

[*Ahab encaminha-se para o convés;*
Pip pega-lhe na mão para segui-lo.]

— Rapaz, rapaz, já te disse que náo deves seguir Ahab. Aproxima-se a hora em que Ahab não te afugentará de junto dele, mas preferiria que não estivesses ao seu lado. Pobre rapaz! Tens alguma coisa que no meu entender seria uma cura completa para a minha enfermidade. Igual com igual se cura e minha enfermidade, para esta caça, é a saúde mais desejada. Fica aqui embaixo, onde serás servido como se fosses o capitão. Sim, rapaz! Sentar-te-ás aqui na minha cadeira parafusada, à qual servirás de parafuso suplementar.

— Não, não, não! Não tendes o corpo inteiro; fazei uso de mim como se eu fosse a perna que perdeste: pisai-me, senhor, é tudo o que peço; assim ficarei fazendo parte de vós.

— Oh! A despeito dos milhões de patifes que existem no mundo, isso me torna fanático da fidelidade imutável do homem... negro e louco! Mas penso que essa máxima, igual com igual se cura, aplica-se também a ele. Está ficando tão sensato...

— Dizem-me, senhor, que uma vez Stubb abandonou o pobre Pip, cujos ossos submersos estão agora brancos, apesar de todo o negror da sua pele. Porém jamais vos abandonarei, senhor, como fez Stubb com Pip. Senhor, devo ir convosco.

— Se continuas falando assim, o propósito de Ahab morrerá dentro dele. Não pode ser, já te disse.

— Oh, meu bom senhor, meu senhor, meu senhor.

— Se choras, mato-te! Tem cuidado porque Ahab também está louco. Escuta, e ouvirás a miúdo o meu pé de marfim sobre a coberta; assim saberás que continuo ali. E agora deixo-te! Tua mão! Assim! Rapaz, és fiel como a circunferência ao seu centro. Que Deus te abençoe sempre. Que Deus te salve, suceda o que suceder!

[*Ahab se afasta; Pip dá um passo adiante.*]

— Esteve aqui parado neste instante, e paro aqui na sua atmosfera... porém estou só. Se o pobrezinho do Pip estivesse aqui eu poderia suportar isso, mas perdeu-se. Pip, Pip! Ding, dong, ding! Quem viu Pip? Deve estar por aí. Experimentemos a porta. Como? Nem fechadura, nem ferrolho, nem barra, e contudo não há nenhuma abertura. Deve ser um feitiço. Disse-me que ficasse aqui; sim, e disse-me que a sua cadeira parafusada era minha. Aqui, pois, sentar-me-ei contra o pranchão, no meio do navio, tendo diante de mim a quilha e os três mastros. Aqui, segundo dizem os nossos velhos marinheiros, sentam-se às vezes à mesa os nossos grandes almirantes e presidem a fileiras e mais fileiras de oficiais. Olá! Que é isso! Dragonas? Dragonas! As dragonas se reúnem. Passai as garrafas. Estou contente por vê-los. Enchei as taças, *messieurs.* Que sentimento estranho o de um negrinho que preside agora como anfitrião a uma mesa de homens brancos, com galões dourados nos casacos. *Messieurs*, vistes um tal Pip? Um negrinho de cinco pés de altura, com um ar desprezível de covarde? Saltou de um bote certa vez... Viste-o? Não! Bem, então enchei outra vez as taças, capitães, e bebamos à vergonha de todos os covardes!... Silêncio! Ouço o som do marfim lá em cima... Oh! Senhor, senhor! Sinto-me desencorajado quando caminhais por cima de mim. Porém ficarei aqui, ainda que esta popa vá de encontro às rochas e o navio faça água e as ostras venham reunir-se a mim.

O chapéu

Agora que Ahab, no lugar e no momento oportuno, depois de um cruzeiro preliminar tão vasto e prolongado e depois de percorridas todas as outras águas frequentadas pelo cachalotes, tinha a impressão de haver perseguido o seu inimigo até encurralá-lo num recesso do oceano onde poderia matá-lo mais facilmente, agora que se encontrava na mesma latitude e longitude onde esse inimigo lhe infligira o ferimento torturante, ao despedir-se de um navio que no dia anterior avistara realmente Moby Dick e, quando todos os encontros que tivera com vários navios o haviam ajudado a demonstrar com que indiferença demoníaca a baleia-branca destruía os seus inimigos, culpados ou inocentes, então os olhos do ancião brilharam com um reflexo insuportável para as almas fracas. Assim como a estrela polar imóvel, na noite ártica que dura seis meses, mantém o seu olhar penetrante e firme, assim a decisão de Ahab resplandeceu fixamente na meia-noite contínua da tripulação sombria. Tiranizou a tal ponto os tripulantes que todos os presságios, dúvidas e temores destes, resignaram-se a esconder-se no mais recôndito das suas almas e a não deixar germinar a menor insinuação de protesto.

Durante esse intervalo precursor, desapareceu também de bordo todo o humorismo forçado ou natural. Stubb já não procurava provocar o riso e Starbuck já não se esforçava para contê-lo. A alegria e a dor, a esperança e o medo pareciam igualmente reduzidos ao pó mais fino, pisado, no momento, no almofariz fixo da alma de ferro de Ahab. Como máquinas, os tripulantes moviam-se silenciosamente pelo convés, sempre consciente do olhar despótico de Ahab cravado neles.

Mas perscrutando-o mais profundamente em suas horas mais secretas e confidenciais, quando imaginava que todos os olhares, menos um, se afastavam dele, então poder-se-ia verificar que do mesmo modo que o olhar de Ahab aterrorizava a tripulação, o olhar imperscrutável do parse o aterrorizava por sua vez, ou, pelo menos, o afetava de certa maneira selvagem. Uma nova estranheza escorregadia começou por essa época a apoderar-se do esguio Fedallah. Sacudiam-no tais estremecimentos incessantes que os marinheiros o olhavam apreensivos, sem saber se ele era constituído de substância mortal ou antes seria a sombra trêmula, refletida sobre o convés, pelo corpo de algum ser invisível. E, essa sombra pairava sempre por ali. Porque nem mesmo de noite viam-no descer, ou dormir. Permanecia horas inteiras imóvel, conquanto nunca se sentasse nem se deitasse e os seus olhos sombrios, porém maravilhosos, diziam claramente:

— Somos dois vigias que nunca descansamos.

Nem também podiam agora os marinheiros subir ao convés, a qualquer momento do dia ou da noite, sem encontrar Ahab diante dele, parado no seu ponto de apoio ou correndo as tábuas, entre dois limites invariáveis — o mastro grande e o de mezena — ou parado na escotilha do camarote, com o pé vivo no convés, como que dispondo-se a dar um passo, e o chapéu muito inclinado sobre os olhos, de modo que por mais imóvel que parecesse, por mais que fossem os dias e noites que passava sem deitar-se na sua maca, os marinheiros nunca puderam saber com certeza se os seus olhos, ocultos atrás do chapéu inclinado, estavam às vezes realmente fechados ou se olhavam fixamente. Não se importava de ficar na escotilha uma hora inteira ou que a umidade da noite se reunisse em gotas de orvalho sobre a jaqueta e o chapéu, que eram como de pedra esculpida. A roupa, molhada pela noite, o sol do dia seguinte secava-lhe mesmo no corpo, e assim, dia após dia, noite após noite, permaneceu no convés. Se desejava alguma coisa do camarote, mandava buscar.

Comia ao ar livre, isto é, apenas duas vezes por dia — almoçava e jantava; à ceia, jamais comia coisa alguma. Não se barbeava. A barba crescia-lhe escura e retorcida como as raízes de árvores arrancadas pelo vento que continuam crescendo ociosamente sobre uma base despida, conquanto tenha perecido a verdura superior. Porém, embora a sua vida não fosse, no momento, mais do que uma guarda perpétua sobre a coberta, e ainda que a guarda mística do parse também não se permitisse uma interrupção, os dois jamais não falavam um com o outro — de homem para homem — senão quando algum assunto passageiro e sem importância os obrigava a isso. Ainda que um poderoso sortilégio parecesse unir secretamente os dois, abertamente, à tripulação tomada de espanto, davam a impressão de estar tão separados um do outro como os polos. Se durante o dia trocavam por acaso alguma palavra, de noite pareciam mudos; não passava entre eles o mais leve intercâmbio verbal. Às vezes, durante longas horas sem um único chamado, ficavam assim separados à luz das estrelas: Ahab na sua escotilha e o parse junto ao mastro grande, mas olhando fixamente um para o outro, como se Ahab visse no parse a sua sombra projetada e este, em Ahab, a sua substância abandonada.

E contudo, no seu próprio eu, manifestando-se imperativamente aos seus subordinados, diariamente, a toda hora, Ahab parecia ser o senhor independente e o parse apenas o seu escravo. Mas os dois pareciam ligados pelo mesmo jugo e conduzidos por algum tirano invisível: a sombra junto à costela sólida. Porque fosse o parse o que fosse, o sólido Ahab era todo costelas e quilhas.

Ao primeiro e débil raiar da alvorada, ouvia-se da popa a sua voz de aço: "Homens ao topo!" e durante todo o dia, e até depois do pôr do sol e do crepúsculo, a mesma voz, ao soar do sino do timoneiro, repetia: "Que vêdes?... Aguçai a vista!"

Porém, passados três ou quatro dias, depois do encontro com o navio *Rachel* — que ia em busca de seus filhos — sem que se visse jorro algum, o velho monomaníaco pareceu desconfiar da fidelidade da tripulação, pelo menos de quase todos, exceto os arpoadores pagãos. Parecia até mesmo desconfiar de que Stubb e Flask deixariam passar de propósito o alvo que ele procurava. Mas se na realidade teve tais suspeitas, absteve-se prudentemente de expressá-las em voz alta, por mais que as insinuasse com os seus atos.

— Serei eu o primeiro a avistar a baleia-branca — dizia ele. — Sim, Ahab vai ganhar o dobrão.

Preparou com as suas próprias mãos um cesto de bolinas arqueadas, e depois de mandar subir um marinheiro levando uma roldana que fixaria no topo do mastro maior, recebeu as duas extremidades do cabo passado pelos moitões e, prendendo um deles à cesta, preparou para o outro um gancho para ligá-lo à grade. Feito isso, deteve-se atrás do gancho, e conservando ainda na mão a extremidade livre do cabo, lançou um olhar aos tripulantes, correndo com a vista um após outro. Descansou o olhar um momento em Daggoo, Queequeg e Tashtego, cada qual por sua vez, porém, evitou olhar para Fedallah. Em seguida, cravando os olhos no primeiro piloto, disse:

— Tome o cabo. Confio-o às suas mãos, Starbuck.

Depois de acomodar-se no cesto, deu ordem para que o erguessem. Starbuck segurou o cabo e ficou afinal perto dele. E assim, com uma das mãos no topo do mastro real. Ahab contemplou o mar, por milhas e milhas — à popa, à proa, a bombordo e a estibordo — dentro do extenso círculo que se domina de tão grande altura.

Trabalhando com as mãos em algum ponto muito alto e quase isolado das enxárcias, que não oferece apoio algum aos pés, o marinheiro é sustido pelo mesmo cabo que serviu para içá-lo. Em tais circunstâncias, confia-se ao cuidado de uma guarda especial a extremidade do cabo preso ao convés. Porque em semelhante emaranhado de mastros, cujas diversas relações nem sempre se podem distinguir perfeitamente pelo que deles se vê no convés, e levando-se em conta que as extremidades desses cabos desprendem-se constantemente das suas ligaduras, seria uma calamidade natural que, por algum descuido da tripulação, o marinheiro içado viesse a cair e precipitar-se no mar. Assim, neste caso, o procedimento de Ahab nada teve de estranho: a única estranheza que se notava ali, na minha opinião, era o fato de que Starbuck, quase que o único homem que ousara opor-se a Ahab com uma atitude que de certo modo se aproximava da decisão — um daqueles de cuja fidelidade na observação ele parecia pôr em dúvida —, que Starbuck, pois, fosse precisamente o homem escolhido pelo capitão para lhe servir de guarda, entregando assim Ahab a própria vida nas mãos de uma pessoa de quem desconfiava.

Ahab não passara ainda dez minutos no topo do mastro, quando um desses gaviões do mar, de bico vermelho, que voam frequentemente de modo tão importuno perto dos mastros dos baleeiros, por aquelas latitudes, um desses pássaros, pois, se aproximou gritando e começou a dar voltas em torno da sua cabeça, num labirinto de círculos velozes impossíveis de seguir.

Com o olhar fixo no horizonte confuso e distante. Ahab parecia nem dar pelo pássaro selvagem, nem tampouco, na realidade, os outros lhe teriam dado muita importância, pois se tratava de uma coisa vulgar. Porém naquele momento, até mesmo o olhar menos atento parecia notar alguma significação terrível em qualquer acontecimento, mesmo trivial.

— O chapéu, o chapéu, senhor! — exclamou de súbito o marinheiro siciliano, que, ocupando o seu posto no mastro de mezena, encontrava-se diretamente atrás de Ahab, conquanto em nível um tanto mais baixo e separado dele por um abismo profundo de ar.

Mas as asas negras estavam em frente aos olhos do velho e o bico longo e curvo ameaçava-lhe a cabeça: com um grito, afastou-se como um dardo, carregando a sua presa.

Uma águia deu três voltas em torno da cabeça de Tarquínio e tirou-lhe o chapéu, tornando depois a colocá-lo; a isso Tanaquil, sua esposa, declarou que Tarquínio seria rei de Roma. Porém o presságio só foi considerado favorável em vista de ter sido devolvido o chapéu, o que não se deu com o de Ahab, que nunca foi restituído. O gavião carregou-o, no seu voo, para muito diante da proa e finalmente desapareceu. Mas no instante mesmo em que desaparecia, notou-se vagamente um pontinho negro que caía de imensa altura, sobre o mar.

O Pequod encontra o Delight

O esforçado *Pequod* seguiu o seu caminho; passaram-se os dias e as ondas que rolavam; o ataúde salva-vidas balançava-se suavemente e nada interrompeu a monotonia, até que se avistou outro navio, impropriamente chamado *Delight*. À medida que se aproximava, todos os olhos fixaram-se nos grandes vaus a que se chama tosquiadores e que, em alguns baleeiros, cruzam o castelo de proa à altura de dois metros e meio, e servem para levar os botes de sobra, desaparelhados ou desmantelados.

Sobre os vaus do navio estrangeiro viam-se as costelas brancas, feitas em pedaços e umas poucas tábuas em lascas do que havia sido outrora um bote baleeiro, mas agora se podia ver através dessa ruína tão claramente como através do esqueleto nu, meio desengonçado e esbranquiçado de um cavalo.

— Viram a baleia-branca?

— Olhem! — respondeu da amurada o capitão estrangeiro, de faces encovadas; e com a buzina indicou o convés.

— Mataram-na?

— Não se forjou ainda o arpão capaz de fazer isso — respondeu o outro, olhando tristemente para a maca cujos lados alguns marinheiros silenciosos se ocupavam em costurar, no convés.

— Não foi forjado ainda! — E tirando da cruz o ferro forjado por Perth, Ahab mostrou-o, dizendo: — Olhe, filho de Nantucket, aqui nesta mão tenho a sua morte. Essas farpas foram temperadas com sangue e com o raio, e juro que hei de temperá-las uma terceira vez no ponto atrás da barbatana, onde a baleia-branca sente com maior força a sua vida maldita.

— Que Deus te conserve, ancião! Vês isto! — E indicou a maca. — Dou sepultura a apenas um de cinco homens robustos que ainda ontem viviam e que morreram antes do anoitecer. Dou sepultura apenas a este; os outros já foram sepultados antes de morrer; os senhores navegam sobre o seu túmulo.

E dirigindo-se à sua tripulação, acrescentou:

— Estão prontos? Coloquem a prancha na amurada e levantem o cadáver. Assim... Oh! Senhor! — e dirigiu-se até a maca com as mãos erguidas — que a ressurreição e a vida...

— Adiante! Acima com o timão! — bradou Ahab para seus homens, com uma rapidez de relâmpago.

Porém, o *Pequod*, surpreendido, não foi bastante rápido para escapar ao ruído produzido pelo baquear do cadáver no mar, nem também suficientemente rápido, na realidade, para evitar que algumas borbulhas lhe salpicassem o casco, com o seu batismo espiritual.

Enquanto Ahab se afastava do angustiado *Delight*, o estranho salva-vidas destacou-se claramente, pendurado na popa do *Pequod*.

— Olá! Olhem para ali, marinheiros! — gritou de longe uma voz de mau agouro. — É em vão que fogem do nosso triste funeral, estrangeiros, pois voltam-nos a popa apenas para nos mostrar esse ataúde.

A SINFONIA

Um dia claro, um azul de aço. Os firmamentos do ar e do mar quase se confundiam nesse azul que tudo invadia; porém o ar pensativo, de uma transparência pura e suave, tinha olhar de mulher, ao passo que o mar robusto e viril se erguia em grandes ondas, fortes, prolongadas, como o peito de Sansão adormecido.

Aqui e ali, no alto, deslizavam as asas, brancas como a neve, de passarinhos imaculados: eram os pensamentos amáveis do ar feminino; mas de um lado para outro, sob a superfície, muito profundamente, no azul insondável, corriam poderosos leviatãs, peixes-espadas e tubarões; os pensamentos fortes, perturbados e assassinos do másculo oceano.

Contudo, se era grande o contraste interno, o exterior se reduzia a matizes e sombras, os dois não eram mais do que um, como se somente o sexo, por assim dizer, os distinguisse.

No alto, como imperador e rei, o sol parecia conceder esse ar suave ao mar audaz e encrespado, como noiva digna de tal noivo. Na linha circulante do horizonte um movimento suave e trêmulo — que se nota com mais força no Equador — indicava a confiança meiga, trêmula, os temores amorosos com que a pobre noiva se entregava.

Atado e retorcido, nodoso de rugas, ansiosamente firme e inflexível, com os olhos brilhantes como carvões que ainda ardem nas cinzas da alma, o inquebrantável Ahab avançou na claridade matutina levantando o casco sulcado da sua fronte para a fronte de donzela dos céus.

Oh, infância e inocência imortais do azul! Invisíveis criaturas aladas que brincais em torno de nós! Doce meninez do ar e do céu! Como fazeis pouco caso das penas íntimas de Ahab! Mas foi assim que vi Maria e Marta, as pequenas fadas de olhos sorridentes, brincando despreocupadamente em torno de seu velho pai, brincando com o círculo de anéis chamuscados que cresciam na borda da cratera extinta do seu cérebro.

Depois de cruzar lentamente o convés, vindo da escotilha. Ahab apoiou-se à grade e pôs-se a observar como a sua sombra refletida na água se afundava cada vez mais, quanto mais ele se esforçava por sondar a profundidade. Os esquisitos aromas desse ar encantado pareceram dissipar afinal por um momento tudo o que havia de gangrena na sua alma. O ar agradável, feliz, o céu simpático acariciaram-no afinal. O mundo odioso, durante tanto tempo cruel — proibitivo — passava agora os braços afetuosos em torno do seu pescoço obstinado e parecia soluçar alegremente sobre ele, como que chorando por alguém que embora transviado e teimoso, poderia ainda ser salvo e abençoado. Sob o chapéu caído para os olhos, Ahab verteu uma lágrima sobre o mar: o Pacífico inteiro não encerrava riqueza maior do que essa gotazinha.

Starbuck observou o velho; viu-o pesadamente inclinado sobre a amurada, pareceu escutar no seu coração fiel o soluço incomensurável que se escapava do centro de toda a serenidade que o rodeava. Evitando tocá-lo e evitando igualmente que o velho notasse a sua presença, aproximou-se dele e ficou ali.

Ahab voltou-se.

— Starbuck!

— Senhor!

— Oh, Starbuck! Que vento aprazível e que céu de aspecto benigno! Num dia como este, de doçura quase igual, feri a minha primeira baleia... rapazinho arpoador de dezoito anos!... Quarenta, quarenta anos se passaram... Quarenta! Quarenta anos de perseguição contínua, quarenta anos de privações, perigos e tormentos... Quarenta anos no mar desapiedado!... Durante quarenta anos, Ahab abandonou a terra pacífica para lutar contra os horrores das profundidades. Sim, Starbuck, desses quarenta anos não passei nem mesmo três em terra. Quando penso na vida que levei, na sua desolação e soledade, na exclusividade fortificada de um capitão que admite poucas simpatias do exterior... Oh! Lassidão, peso!... Escravidão do comando solitário!... Quando penso em tudo isso, de que apenas suspeitava e nunca tinha vislumbrado tão claramente... e como durante quarenta anos me alimentei de carne seca e salgada, emblema apropriado do alimento seco de minha alma, quando até mesmo o camponês mais pobre tem todos os dias frutos frescos nas mãos e come pão fresco em vez de migalhas mofadas... muito longe, a oceanos de distância dessa jovem esposa com a qual me casei depois dos cinquenta anos e da qual me separei a fim de embarcar para o Cabo Horn no dia seguinte, deixando apenas uma marca no travesseiro nupcial... Esposa? Esposa? É antes viúva, com um marido vivo... Sim, casando-se com essa pobre rapariga, fiz dela viúva, Starbuck; e em seguida a loucura, o frenesi, o sangue fervendo nas têmporas humanas com que o pobre Ahab, em mais de mil ocasiões, tem perseguido com fúria e lançando espuma, a sua presa... mais demônio do que homem!... Sim... Que néscio, que néscio... Que velho estúpido tem sido, por mais de quarenta anos, o velho Ahab!... Para que tanta porfia na caça? Para que fatigar e paralisar o braço com o remo, o ferro e a lança? Quanto mais rico e melhor é Ahab agora? Olha! Por acaso não é cruel que com esta carga pesada que levo tenha-me sido arrancada uma perna? Por favor, alisa-me para um lado esses cabelos, cegam-me tanto que pareço chorar. Madeixas tão grisalhas jamais cresceram senão em algum montão de cinzas! Porém, Starbuck, pareço tão velho, tão velho! Sinto-me espantosamente débil, arqueado e corcovado, como se fosse Adão cambaleando sob o peso dos séculos empilhados desde o paraíso. Deus! Deus! Deus!... Rompe-me o coração!... Destroça-me o cérebro... Zombaria... zombaria, zombaria... Zombaria mordaz e amarga dos cabelos brancos... Não conheci por acaso bastante alegria para poder suportar-vos? E pareço, e sinto-me intoleravelmente velho? Aproxima-te, aproxima-te de mim, Starbuck; deixa-me olhar para uns olhos humanos; é melhor do que fixar o mar ou o céu. Melhor do que contemplar Deus. Pela terra verde, pela pedra brilhante da lareira! És o espelho mágico, homem. Vejo minha mulher e meu filho nos teus olhos. Não, não. Fica a bordo, fica a bordo! Não desças quando eu descer, quando o estigmatizado Ahab der caça a Moby Dick. Esse perigo não será teu. Não, não correrás este risco. Não, não, por causa do lar distante que vejo em teus olhos!

— Oh! Meu capitão! Alma nobre! Grande coração, apesar de tudo! Por que motivo precisa alguém dar caça a este maldito animal? Vem comigo. Fujamos dessas águas mortais. Voltemos para casa. Starbuck também tem esposa e filho, esposa e filho da sua juventude fraternal e brincalhona, assim como tu, senhor, tens esposa e filho de tua velhice amante, veemente e paternal... Voltemos! Voltemos... Permite-me que mude de rumo neste instante. Com que alegria, com que bulício correríamos os mares para volver à nossa velha Nantucket. Creio, senhor, que em Nantucket também há desses dias aprazíveis e azuis.

— Sim, sim. Tenho-os visto em algumas manhãs de estio. Aproximadamente a esta hora... sim, a esta hora estará dormindo a sesta o pequenino; e desperta vivaz, e senta-se na cama, e a mãe lhe fala de mim, deste velho canibal; diz-lhe que estou a bordo, navegando sobre as profundidades, e que hei de regressar bem depressa, para fazê-lo dançar outra vez.

— É como a minha Mary que me prometeu também que todas as manhãs levaria meu filho até à colina para que seja o primeiro a avistar as velas do navio de seu pai. Sim, sim! Basta! Está decidido que dirigiremos a proa para Nantucket. Vem, meu capitão, estuda a rota, e marchemos. Olha, olha! O rosto do pequenino na janela, a mão do pequenino sobre a colina.

Mas Ahab escondeu o rosto. Como uma macieira crestada, em agosto, estremeceu e atirou ao solo a sua última maçã carbonizada.

— Que é? Que coisa indizível, imperscrutável, sobrenatural? Que amo e senhor, enganador e oculto, que imperador cruel e implacável me tem sob seu domínio, para que eu, contra todos os meus amores e desejos naturais, insista em empurrar-me e atormentar-me, obrigando-me temerariamente a realizar o que eu mesmo, no fundo do coração, nem sequer me atrevo a ousar? É Ahab, Ahab? Sou eu, oh! Deus, ou algum outro que levanta este braço? Porém se o grande sol não se move por si mesmo e não é mais do que um mensageiro no céu, se nenhum astro pode dar voltas senão por algum poder invisível, como poderá então bater este coração, como poderá pensar este cérebro, se não é Deus quem o faz bater, quem me faz pensar e quem me faz viver? Ele e não eu! Pelos céus, homem, neste mundo nos fazem dar voltas e mais voltas, como aquele cabrestante, e o destino é a alavanca que move. E a todo momento este céu sorridente e este mar insondável. Olha! Olha essa albacora! Quem a impeliu a tragar o peixe-voador? Onde vão os assassinos, homem? Quem poderá condenar, quando o próprio juiz é arrastado à barra? Sopra, contudo, um vento muito aprazível e o céu tem aspecto benigno; e o ar embalsama como se chegasse de algum prado distante. Estiveram ceifando em algum ponto da base dos Andes, Starbuck, e os segadores dormem agora entre o feno recentemente segado. Dormem? Sim, por mais que trabalhemos, todos nós dormiremos afinal na terra. Dormimos?

Sim. E mofaremos entre a verdura, como os talos meio cortados pelas foices, atirados e deixados, Starbuck!

Pálido como um cadáver, o primeiro piloto já se havia retirado cheio de desespero.

Ahab cruzou o convés para olhar o outro lado; sobressaltou-se ao ver outros dois olhos fixos, refletidos na água: Fedallah, imóvel, apoiava-se sobre a mesma grade.

A caça. Primeiro dia

Naquela noite, lá pelo meio da guarda, quando o velho — como costumava fazer de vez em quando — subiu da escotilha onde estava recostado e se dirigiu para o ponto de apoio da sua perna de marfim, no convés, olhou para fora, farejando a brisa marinha, como o fazem os cães a bordo, nas proximidades de alguma ilha selvagem, e declarou que um cachalote devia estar próximo. Bem depressa esse odor particular do cachalote vivo, que às vezes se sente a grande distância, tornou-se manifesto para toda a guarda; e portanto nenhum dos marinheiros ficou surpreendido, quando Ahab, depois de inspecionar primeiro a bússola e em seguida o cata-vento e de determinar do melhor modo possível a direção exata de onde procedia o cheiro, ordenou rapidamente que se alterasse ligeiramente o rumo do navio e que encolhessem um pouco as velas.

A prudência que ditava esses movimentos foi plenamente justificada ao romper do dia, com o espetáculo de uma grande extensão lisa sobre o mar, diretamente em frente, suave como o óleo e assemelhando-se, nas pregas enrugadas que a rodeavam, às marcas como que de metal polido de uma descida veloz da maré, na boca de uma corrente rápida e profunda.

— Homens aos mastros! Todos acima!

Batendo estrondosamente com os cabos de três pás no convés do castelo de proa, Daggoo despertou os que dormiam com um tal estrépito de juízo final que todos pareceram surgir da escotilha, como numa exalação, e se apresentaram instantaneamente, com as roupas nas mãos.

— Que vês? — gritou Ahab erguendo o rosto para o céu.

— Nada, nada senhor. — Foi a resposta que chegou do alto.

Uma vez desdobradas todas as velas, Ahab soltou o cabo reservado para içá-lo até o topo do mastro maior. Poucos momentos depois, ergueram-no até ali, porém encontrando-se a dois terços de altura, enquanto observava atentamente através do espaço livre, entre a gávea maior e o joanete, lançou para o ar um grito semelhante ao de uma gaivota:

— Está soprando ali! Está soprando ali!... Uma corcova que é como uma montanha de neve! É Moby Dick!

Incitados pelo grito que foi respondido imediatamente pelos três vigias, os homens da coberta se precipitaram para os mastros, decididos a lançar um olhar ao famoso cachalote que perseguiam havia tanto tempo. Ahab se encontrava já no seu posto final, um pouco mais acima dos outros vigias. Tashtego estava justamente abaixo dele, no mastaréu de joanete, de modo que a sua cabeça se encontrava quase no mesmo nível que o calcanhar de Ahab. Dessa altura via-se agora o cachalote a uma milha de distância, mais ou menos; a cada movimento do mar, percebia-se a corcova branca e rutilante. O jorro silencioso salpicava regularmente o ar. Aos marinheiros crédulos parecia o mesmo jorro silencioso, observado muito antes, nos oceanos Atlântico e Índico, à luz da lua.

— Nenhum de vós o viu antes? — gritou Ahab, olhando em torno.

— Eu o vi no mesmo instante, capitão Ahab — disse Tashtego —, e dei o grito.

— Não, no mesmo instante, não... o dobrão é meu. O destino mo havia reservado. Fui eu sozinho. Nenhum de vós poderia tê-lo distinguido antes. Sopra!... Sopra!... Outra vez! — gritou em tom arrastado, extenso, metódico, ao compasso dos prolongamentos graduais dos jorros visíveis do cachalote. — Vai afundar novamente. Tirai as varredouras! Arriai os joanetes. Preparai três botes. Sr. Starbuck, lembre-se: fique a bordo, cuide do navio. Atenção, timoneiro: orçada, orçada num ponto! Assim, homem, firme! Levanta ali as barbatanas. Não, não! É apenas água suja. Prontos os botes? Parai! Parai! Desça-me, Starbuck. Mais baixo, mais baixo... rápido, mais rápido.

E deslizou através do ar, para o convés.

— Vem diretamente para sota-vento — gritou Stubb. — Afasta-se de nós, senhor. Não pode ainda ter visto o navio.

— Emudece, homem! A postos, nos braços! Baixa o timão. Flameai as velas! Assim, muito bem. Os botes, os botes!

Em seguida desceram-se todos os botes, menos o de Starbuck; desdobraram-se as velas e os remos começaram a trabalhar com velocidade extraordinária, na direção de sota-vento. O bote de Ahab ia à frente de todos. Um pálido brilho mortal acendia os olhos fundos de Fedallah. A sua boca moveu-se num trejeito espantoso.

Como náutilos silenciosos, os botes de proas ligeiras sulcavam rapidamente as águas, mas apenas lentamente se aproximaram do inimigo. À medida que se aproximavam dele, o oceano se tornava mais liso, como se estendesse um tapete sobre as ondas, como se fosse um prado ao meio-dia, tamanha era a serenidade. Por fim o caçador impaciente aproximou-se tanto da presa — a qual parecia de nada suspeitar — que toda a corcova deslumbrante se tornou claramente visível, deslizando no mar como um objeto isolado e sempre no meio de um anel giratório de espuma verde, fina e lanosa. Ahab distinguiu as grandes e complicadas rugas da cabeça, projetada de leve sobre a superfície, um pouco mais longe. Diante dela avançava sobre as águas suaves e rugosas a branca sombra resplandecente da fronte leitosa e ampla, acompanhada por um murmúrio musical e brincalhão; detrás, as águas azuis desembocavam alternadamente num vale movediço da esteira uniforme. De ambos os lados borbulhas brilhantes surgiam e dançavam junto ao cetáceo. Porém essas borbulhas se rompiam com as garras ligeiras de centenas de pássaros álacres, que com as suas plumagens acariciavam suavemente o mar para tornar a elevar-se depois em voo caprichoso. Como a haste da bandeira que sobressai do casco pintado de um baixel, o cabo longo e estropiado de uma lança recentemente cravada erguia-se do lombo do cachalote branco. De tempos em tempos um dos pássaros que revoavam em torno dele, formando nuvem, tocava-o de leve, pousava sobre a haste e balançava-se nela, agitando as longas plumas da cauda, como se fossem pendões.

Uma alegria suave, uma tranquilidade potente de repouso em velocidade, rodeava a baleia deslizante. Nem mesmo Júpiter quando se transformou em touro branco e fugiu, raptando Europa e, carregando-a nos seus chifres majestosos, — com os olhos divinos cravados de soslaio na jovem — dirigiu-se vertiginosamente, magicamente, para a câmara nupcial em Creta; nem mesmo Júpiter, essa grande majestade suprema, conseguiu vencer o cachalote branco que nadava assim divinamente.

De cada lado suave — coincidindo com a onda que partia e que logo que o abandonava se estendia com enorme amplitude —, de cada lado brilhante, o cachalote lançava sortilégios. Não é pois de admirar que alguns caçadores encantados e enganados de modo indizível por tanta serenidade tenham ousado enfrentá-lo apenas para descobrir que essa quietude não era mais do que o disfarce de alguma tempestade. Porém, tranquilo, numa tranquilidade sedutora, deslizas, ó baleia, para todos aqueles que te veem pela primeira vez. Não importa o número dos que foram enganados e destruídos antes.

E assim, na serena tranquilidade do mar tropical, entre as ondas cujos aplausos eram interrompidos por um arroubo inexcedível, avançava Moby Dick ocultando ainda o terror da sua tromba submersa, escondendo a espantosa fealdade da sua queixada. Porém, bem depressa a parte dianteira do corpo se ergueu lentamente da água; por um instante todo o seu corpo endurecido como o mármore formou um arco semelhante ao da Natural Bridge, de Virgínia e, depois de agitar as barbatanas no ar, como advertência, o grande deus revelou-se e desapareceu, submergindo. Os brancos pássaros marinhos revoando em torno e às vezes mergulhando as asas, erravam demoradamente sobre o tanque agitado que ele deixara na superfície.

Os três botes, com os remos em posição vertical, as pás para baixo, soltos os cabos das velas, ficaram então flutuando tranquilamente, à espera do reaparecimento de Moby Dick.

— Uma hora — disse Ahab que se encontrava de pé, como que cravado na proa do bote, e deixara que o seu olhar errasse mais para além do lugar vazio, até os confusos espaços azuis e os grandes claros a sota-vento. Somente um instante, pois os seus olhos começaram a girar outra vez, enquanto percorriam o círculo aquático. A brisa tornou-se mais rija e o mar começou a encrespar-se.

— Os pássaros! Os pássaros! — gritou Tashtego.

Em longa fila indiana, à maneira de garças, os pássaros brancos voavam em direção ao bote de Ahab. Quando chegaram a alguns metros de distância, começaram a revoar outra vez em grande agitação, dando voltas e mais voltas, soltando gritos alegres de expectativa. A sua vista é muito mais penetrante que a do homem. Ahab não pôde descobrir nenhum indício no mar, mas de repente, enquanto esquadrinhava cada vez mais profundamente, distinguiu no fundo um pontinho branco vívido, que não era maior do que uma doninha branca; subia com rapidez assombrosa e aumentava à medida que subia; deu volta finalmente, e então revelaram-se claramente as longas fileiras de dentes brancos e resplandecentes, flutuando para cima, do fundo impossível de descobrir: a boca aberta e a queixada de Moby Dick! Porém o enorme corpo estava ainda meio oculto no azul da água. A boca resplandescente escancarou-se sob o bote, como a porta aberta de um sepulcro de mármore. Ahab, com um brusco movimento lateral de remo de direção, afastou o bote daquela aparição tremenda. Depois de pedir a Fedallah que trocasse de lugar com ele, adiantou-se até a popa e, tomando o arpão de Perth, deu ordem à tripulação para que empunhasse os remos e estivesse a postos.

Devido a essa volta oportuna do bote sobre o seu eixo, conseguiu-se que a proa ficasse em frente à cabeça do cachalote, ainda debaixo da água. Contudo, como se entendesse o estratagema, Moby Dick, com essa inteligência maliciosa que lhe atribuíam, transplantou-se lateralmente, por assim dizer, num instante e arremessou a cabeça enrugada sob o bote.

De um a outro extremo, através de cada téteua e de cada costado, o bote estremeceu um momento. O cachalote jazia obliquamente sobre o lombo, à maneira de um tubarão e recebia lenta e vivamente, na boca, toda a proa, de tal maneira que a queixada inferior, longa e estreita, ondulou muito no alto, ao ar livre, e um dos dentes ficou agarrado no fecho de um remo. O interior branco-pérola e azulado da queixada estava então a quinze centímetros da cabeça de Ahab e atingia uma altura maior. Nessa posição, o cachalote branco sacudiu o cedro ligeiro como faz astuciosamente um gato cruel com uma ratazana. Fedallah observava tudo isso sem mostrar espanto nos olhos, porém os outros tripulantes, amarelos, se empurravam e derrubavam uns aos outros, no afã de chegar à extrema popa.

E então, enquanto as duas amuradas elásticas entravam e saíam da boca, como se tivessem molas, à medida que o cachalote se entretinha deste modo diabólico com a embarcação condenada — conservando o corpo afundado sob o bote, o que impedia que se lhe arremessasse um dardo da proa, visto que esta se encontrava quase dentro dele, por assim dizer, e enquanto os outros botes detinham-se involuntariamente, como diante de uma crise rápida e impossível de conter, então o monomaníaco Ahab, furioso com a vizinhança torturante do seu inimigo, que o colocava vivo e impotente dentro da mandíbula odiada, desvairado com tudo aquilo, agarrou o longo osso com as mãos nuas e procurou furiosamente arrancá-lo da sua base. Enquanto lutava assim em vão, escapou-se-lhe a queixada; as frágeis amuradas se fecharam, cederam e estalaram ruidosamente, quando as duas mandíbulas, como tesouras enormes, vieram cerrar-se novamente no mar, no meio dos dois destroços flutuantes que se mantiveram de lado, as duas extremidades caídas, enquanto os tripulantes se encontravam na parte da popa e se agarravam às amuradas e se esforçavam por suster firmemente os remos para amarrá-los em sentido transversal.

No momento que precedeu a catástrofe, Ahab, o primeiro a perceber a intenção do cachalote, tentou com a mão um gesto final para evitar que o bote fosse abocanhado. Porém o bote deslizou ainda mais para o interior da boca do animal, inclinando-se ao mesmo tempo para um costado, o que fez Ahab perder o equilíbrio — ao tentar o esforço decisivo — e cair com o rosto no mar.

Moby Dick se afastou da sua presa, encrespando a superfície da água e permaneceu a breve distância, mergulhando verticalmente nas ondas a sua cabeça oblonga e revolvendo ao mesmo tempo o corpo fusiforme, de modo que, quando levantou a fronte enrugada — uns seis metros ou mais fora da água — a vaga que subia e todas as ondas confluentes se romperam contra ela, arremessando como que por vingança a sua espuma e orvalho a uma altura ainda maior.[54] Assim, numa tempestade, as ondas meio frustradas do Canal se retiram da base de Eddystone, com o único objetivo de arremessar por cima do ápice a sua espuma.

Moby Dick, todavia, recuperando bem depressa a posição horizontal, começou a dar voltas e mais voltas em torno da tripulação náufraga, agitando lateralmente a água na esteira vingadora, como se se preparasse para assestar outro golpe ainda mais mortal do que o primeiro. O espetáculo do bote em estilhaços parecia enlouquecê-lo, como o sangue das uvas e amoras derramado diante dos elefantes do Antíoco, no Livro dos Macabeus. Entretanto, Ahab estava semiafogado na espuma da cauda insolente do cachalote e muito estropiado para nadar, conquanto pudesse ainda manter-se flutuando no centro de um tal redemoinho. A sua cabeça parecia uma borbulha de água que a qualquer momento poderia rebentar. Da popa quebrada do bote, Fedallah observava tranquilamente, sem curiosidade; os demais tripulantes, pendurados na outra extremidade, nada podiam fazer para ajudá-lo, pois tinham de olhar cuidadosamente por si mesmos. Tão espantoso era o aspecto do cachalote branco, e tão velozes os círculos cada vez mais estreitos que formava, que parecia precipitar-se horizontalmente sobre eles. Conquanto os outros botes, ainda ilesos, se mantivessem próximos, não se atreviam a penetrar dentro do redemoinho, para fazer uso dos arpões, pelo receio que tinham de que assim dessem o sinal para a destruição dos náufragos: Ahab e os outros que já se encontravam em tão grande perigo. Nem também, neste caso, lhes restaria a menor esperança de escapar. De olhos fixos, pois, permaneciam na margem extrema da zona perigosa, cujo centro era então constituído pela cabeça do velho.

Entretanto, tudo isso fora observado desde o princípio, dos mastros do navio e este, braceando, aproximou-se quanto antes da cena. Estava agora tão próximo de Ahab que esse último, da água, pôde gritar:

— Apontai contra ela!

Porém neste momento foi sacudido por uma onda que o submergiu num instante. Lutou novamente e, conseguindo erguer-se numa crista altíssima, gritou:

— Apontai o navio contra o cachalote! Afastai-o!

O *Pequod* pôs a popa de ponta e rompendo o círculo mágico, logo conseguiu separar a baleia-branca da sua vítima. Quando o Monstro se distanciou, irritado, os botes correram em seu socorro.

O bote de Stubb recolheu com dificuldade o capitão Ahab, o qual tinha os olhos injetados de sangue e quase não enxergava. Nas rugas do seu rosto o sal formava torrões. A prolongada tensão da sua força física cedeu finalmente, e Ahab não teve outro remédio senão abandonar o corpo ao seu destino, deixando-se cair pesadamente no fundo do bote de Stubb, onde ficou estendido como se tivesse sido pisado por uma manada de elefantes. Do mais profundo do seu ser, chegavam ao exterior sons indescritíveis, tão desoladores como os que sobem do fundo de uma ravina.

Mas a intensidade mesma do seu abatimento físico contribuiu para que este fosse mais breve. Às vezes, no espaço de um instante, os grandes corações se condensam numa angústia única, equivalente à soma total das dores superficiais, distribuídas generosamente na vida inteira de homens mais fracos. E assim, esses corações, conquanto resumidos em cada sofrimento, reúnem no curso de uma vida toda uma época de dor constituída inteiramente por intensidade instantâneas, porque tais naturezas nobres contêm até nos seus centros as circunferências inteiras de almas inferiores.

— O arpão está salvo? — perguntou Ahab, erguendo-se a meio e apoiando-se num braço.

— Sim, senhor — respondeu Stubb, indicando-o. — Não foi lançado. Aqui está.

— Põe-no diante de mim. Falta algum dos homens?

— Um, dois, três, quatro, cinco... havia aqui cinco remos, senhor, e há cinco homens.

— Muito bem! Ajude-me, homem. Quero erguer-me. Assim, assim... Vejo-o! Ali, ali! Vai ainda para sotavento! Que jorro impetuoso! Deixa-me! A seiva eterna corre outra vez pelos ossos de Ahab! Desdobrai as velas. Acima com o timão e os remos!

Acontece frequentemente que quando um bote é arrombado, os tripulantes recolhidos por outro bote prestam auxílio à tripulação deste último, a qual, assim reforçada, prossegue na caça, com uma dupla fila de remos. Foi o que aconteceu então. Mas a força aumentada do bote não parecia igualar a força redobrada do cachalote, que dava a impressão de haver triplicado o poder de cada uma das suas barbatanas; nadava com tanta velocidade que não deixava dúvidas de que a perseguição, se fosse levada a efeito, em tais circunstâncias, prolongar-se-ia indefinidamente, se não desse em resultado um fracasso total. Também nenhuma tripulação poderia resistir por tanto tempo a um esforço tão intenso e ininterrupto e que só seria tolerável numa breve vicissitude. O próprio navio, como acontece às vezes, oferecia agora o meio mais promissor de se alcançar algum êxito. Por conseguinte os botes se voltaram para o *Pequod* — que recolhera previamente as duas partes do bote destruído — e bem depressa foram içados pelos guindastes, para bordo. Logo, acumulando velas sobre velas, e varredouras nos costados, como as asas duplas do albatroz, o *Pequod* seguiu a esteira de Moby Dick. Dos mastros se anunciava regularmente, depois dos intervalos metódicos, bem conhecidos, o jorro rutilante do cachalote. Quando os vigias informavam que ele acabava de submergir, Ahab marcava a hora, caminhava pelo convés com o relógio da bitácula na mão, e logo que expirava o último segundo da hora marcada, perguntava ansiosamente:

— A quem cabe o dobrão? Está sendo visto?

Se a resposta era um "não senhor", ordenava imediatamente que o içassem para o seu posto. Deste modo transcorreu o dia, Ahab ora em cima, imóvel, ora correndo nervosamente o convés.

Enquanto caminhava assim, sem emitir o menor som, exceto para interrogar os vigias ou para lhes ordenar que içassem uma vela ainda mais para o alto ou que desdobrassem outra, ainda mais amplamente; enquanto caminhava de um lado para outro, com o chapéu caído sobre os olhos, a cada volta passava na frente do seu bote naufragado, o qual jazia virado sobre o castelo de proa, despedaçada a proa, destroçada a popa. Finalmente deteve-se diante dele, e do mesmo modo que novos grupos de nuvens cruzam às vezes um céu já excessivamente nublado, assim aparecia agora o rosto do ancião, toldado de uma nova e maior tristeza.

Stubb viu-o deter-se e, propondo-se talvez — não inutilmente, com certeza — exibir a sua própria fortaleza inquebrantável e conservar o seu posto de bravo, no conceito do capitão, aproximou-se, e com os olhos fixos nos restos do bote, exclamou:

— É o cardo que o burro rejeitou; espetava-lhe demais a boca, senhor, ah! ah! ah!...

— Que criatura sem alma é esta que ri de um naufrágio? Homem, homem! Se não soubesse que és tão valente como o fogo intrépido (e igualmente mecânico) juraria que te tornaste pusilânime. Não se devia ouvir gemido nem riso diante dos restos de um naufrágio.

— Sim, senhor — disse Starbuck aproximando-se —, é um espetáculo solene. Um presságio... e mau, ainda por cima.

— Presságio? Presságio?... O dicionário! Se os deuses desejam falar diretamente aos homens falam franca e claramente. Não se limitam a mover a cabeça e a oferecer um indício obscuro de comadres... Retira-te! Dois são os polos opostos de uma coisa: Starbuck é Stubb às avessas, e Stubb é Starbuck, e eles dois são toda a humanidade, e Ahab está sozinho entre milhões que povoam a terra, sem deuses nem homens por vizinhos! Frio, frio... Estou tiritando! E agora, que há? Atenção, lá por cima! Está visível! Dai o alarme a cada jorro, ainda que solte dez por segundo.

O dia terminara quase. Apenas farfalhava a orla do seu manto de ouro. Bem depressa escureceu quase por completo, porém os vigias continuavam atentos.

— Não podemos ver o jorro agora — gritou uma voz, do ar. — Está muito escuro.

— Para onde se dirigia Moby Dick, quando o vistes pela última vez?

— Como antes: para sota-vento, senhor.

— Bem! Viajará devagar, agora que anoiteceu. Sr. Starbuck, mande descer as varredouras, os joanetes e os sobrejoanetes. Não devemos alcançá-lo antes de amanhecer. Faz agora uma travessia que é provável que se detenha por algum tempo. Atenção, timoneiro. Conserva o navio de proa para o vento. Atenção, lá por cima! Abaixo todos. Sr. Stubb, mande substituir o marinheiro do mastro grande e providencie para que haja sempre alguém ali, durante toda a noite.

Em seguida, aproximando-se do dobrão cravado no mastro grande, acrescentou:

— Marinheiros, este ouro me pertence, porque o ganhei. Mas deixá-lo-ei aqui, até que a baleia-branca morra, e ao primeiro que a vir, depois da sua morte, caberá o dobrão; e se nesse dia tiver sido eu quem deu o alarma, repartirei entre todos uma soma dez vezes maior. Retirai-vos agora. O convés é seu, senhor.

Dizendo isso, introduziu-se a meio na escotilha grande e permaneceu ali, de chapéu baixo, até o amanhecer; apenas saiu algumas vezes para ver com os seus próprios olhos o aspecto da noite.

A caça. Segundo dia

Ao romper do dia, três guardas dos mastros se substituíram pontualmente.

— Está sendo visto? — perguntou Ahab, deixando um pequeno espaço para que a luz se difundisse.

— Nada vemos, senhor!

— Mais vela! Todos ao convés! Avança muito mais depressa do que julguei... Os joanetes!... Sim, devíamos bem tê-los deixado durante toda a noite. Porém não tem importância... Foi um descanso preparatório para o arremesso.

Devemos lembrar que essa perseguição pertinaz a uma baleia especial que prossegue dia e noite, noite e dia, não é de modo algum um caso sem precedentes, na pesca dos mares do sul. Por que tal é a habilidade maravilhosa, a presciência nascida da rotina e a confiança invencível adquiridas pelo gênio natural de alguns capitães de Nantucket, que eles podem, pela simples observação de um cachalote ao ser avistado pela última vez, prognosticar com bastante exatidão, em circunstâncias determinadas, tanto a direção que terá de seguir por algum tempo como a velocidade aproximada da progressão durante esse período. E em tais casos, assim como um piloto, quando está a ponto de perder de vista uma costa cujas linhas gerais conhece muito bem, e à qual deseja regressar pouco depois, conquanto num ponto distante, para diante da bússola e toma a posição exata do cabo visível neste momento, a fim de ir dar, com maior exatidão, no ponto remoto e invisível ao qual deseja chegar afinal — assim o faz também o pescador de baleias, em frente à sua bússola, com o cachalote, porque depois de persegui-lo e observá-lo atentamente durante várias horas do dia, quando chega a noite, quando a escuridão oculta o cetáceo, a senda futura do animal, em meio das trevas, fica quase tão firmemente estabelecida na mente do caçador como ficou a linha da costa, para o piloto. Assim, para a habilidade assombrosa desse caçador, a evanescência do que está inscrito na água, a esteira, chega a ter, para todos os fins desejados, quase tanta segurança como a terra firme. E assim como se conhece cada passo do poderoso leviatã de ferro — a ferrovia moderna — a tal ponto que os empregados podem, de relógio na mão, determinar a sua velocidade com a mesma precisão com que um médico indica o pulso de uma criancinha e podem afirmar prontamente que um determinado trem chegará a este ou àquele lugar, a tal ou qual hora, há ocasiões nas quais os capitães de Nantucket podem dizer, com precisão quase igual, a posição desse outro leviatã das profundidades, de acordo com o ritmo observado em sua velocidade, e dizem para si mesmos que dentro de tantas horas o cachalote terá corrido duzentas milhas e terá chegado a este ou àquele grau de latitude ou longitude. Mas, para que toda essa perspicácia possa ser útil, em última instância, é preciso que o vento e o mar se aliem ao baleeiro. Porque, para o marinheiro paralisado por falta de vento, ou detido por ventos contrários, que proveito imediato teria a habilidade que lhe permite assegurar exatamente que se encontra a noventa e três léguas e um quarto do seu porto? Dessa declaração, podem-se inferir muitas questões sutis, colaterais, relacionadas com a caça do cachalote.

O navio seguiu o seu caminho, deixando no mar um sulco tão grande como quando uma bala de canhão, mal dirigida, se converte em sulco de arado e levanta a terra, paralelamente.

— Pelo sal e pelo cânhamo! — gritou Stubb. — Este movimento do convés nos entra pelas pernas e nos sacode o coração! O navio e eu somos sujeitos valentes! Que alguém me erga e me atire de costas no mar, porque, com mil diabos!, meu espinhaço é uma quilha. Ah! ah! Vamos a um passo que não deixa poeira atrás.

— Lá vai!... Sopra ali, sopra ali!... Em linha reta com a proa! — Foi o grito que chegou do alto dos mastros.

— Ah! sim — exclamou Stubb. — Bem o sabia!... Não escaparás... Sopra e arremessa o teu jorro, ó cachalote, o próprio demônio te persegue! Toda a tua trompa!... Desincha os pulmões!... Ahab deterá o teu sangue com a mesma facilidade que o moleiro fecha a comporta para evitar que a água passe.

E Stubb não fez mais do que expressar os sentimentos de quase toda a tripulação. O frenesi da caça havia feito borbulhar num momento o sangue de todos, como um vinho velho trabalhado de novo. Fossem quais fossem os pálidos temores e os pressentimentos que alguns pudessem ter sentido antes, não somente haviam conseguido afastá-los, devido ao terror crescente que lhes inspirava Ahab, como também, no momento, viam-nos em retirada, como lebres tímidas que se dispersam ao ver saltar um bisão. A mão do destino arrebatou a alma de todos. Os perigos emocionantes do dia anterior, a angustiosa impaciência da noite passada, a marcha fixa, audaz, cega e intrépida da embarcação, ao dirigir-se aos saltos para a brancura veloz, tudo isso contribui para sacudir os corações. O vento que fazia inchar as velas e empurrava o navio com braços tão invisíveis como irresistíveis, parecia o símbolo desse poder oculto que assim os escravizava na carreira.

Não eram trinta homens; era apenas um! Porque assim como o navio que os levava era construído de materiais diversos — madeira de carvalho, de ácer e de pinho, ferro, breu e cânhamo — e entretanto todos esses materiais se combinavam para formar um casco concreto que abria o seu caminho equilibrado e dirigido ao mesmo tempo pela larga quilha central, assim também, todos os indivíduos que compunham a tripulação, a coragem de um, o terror daquele outro, a culpa ou a culpabilidade deste, todas as variedades, pois, estavam soldadas numa unidade e dirigidas a essa meta fatal que Ahab, o seu único senhor e quilha única, lhes havia indicado.

O cordame vivia. Os topos dos mastros, como as copas das altas palmeiras, ostentavam penachos de pernas e braços estendidos. Sustendo-se no mastro com uma das mãos, alguns estendiam a outra para agitá-la impacientemente; outros, protegendo a vista da forte luz solar, se tinham sentado na ponta das vergas; todos os mastros estavam repletos de mortais, prontos e maduros para o seu destino. Ah! Como se esforçavam por encontrar naquele infinito azul a própria coisa que poderia destruí-los!

— Por que não dais mais notícias, se é que o estais vendo? — exclamou Ahab quando, passados alguns minutos depois do primeiro anúncio não se ouviram mais gritos.

— Içai-me, amigos — acrescentou. — Estais enganados. Não é Moby Dick, se arremessa um jorro isolado e desaparece logo em seguida.

E tinha razão. Na sua ansiedade, os homens tinham confundido outra qualquer coisa com o jorro da baleia, o que bem depressa foi demonstrado pelos acontecimentos. Mas mesmo antes de chegar ao seu posto, quando não haviam ainda atado o cabo ao gancho do convés, deu Ahab a nota tônica de uma orquestra que fez vibrar o ar como que com as descargas combinadas de milhões de rifles. Ouviu-se o vozerio triunfante de trinta pulmões, quando — muito mais perto do navio do que do ponto do jorro imaginário — Moby Dick fez uma aparição espetacular! Porque desta vez, a baleia-branca não revelou a sua proximidade pelos jorros tranquilos e indolentes, nem pelos borbotões pacíficos da fonte mística da sua cabeça, e sim pelo fenômeno mais maravilhoso do salto. Erguendo-se a toda velocidade das mais insondáveis profundezas, o cachalote lança assim todo o seu volume ao elemento puro do ar, e empilhando uma montanha deslumbrante de espuma, mostra o lugar onde se encontra, até uma distância de sete ou oito milhas. Em momentos como estes, as ondas quebradas e furiosas que sacode parecem ser a sua juba; em alguns casos, o salto é o seu gesto de desafio.

— Ah! Saltou ali! Saltou ali! — Foi o grito que se ouviu, quando a baleia-branca, com uma das suas bravatas imensas, saltou como um salmão, até aos céus. A espuma que levantou, vista assim repentinamente na planície azul do mar e realçada contra a fímbria ainda mais azul do céu, resplandeceu e lampejou de maneira intolerável, como uma geleira. Pouco a pouco foi perdendo a sua primeira intensidade resplandescente, até que se transformou na nebulosidade de uma chuvarada que avança num vale.

— Sim, salta pela última vez ao sol, Moby Dick! — gritou Ahab.

— Tua hora e teu arpão estão próximos!... Abaixo, todos abaixo. Que fique apenas um homem no mastro do trinquete!... Aos botes, aos botes! Depressa!

Sem se importar com as escadas de cabo dos ovéns, os homens, como estrelas cadentes, deslizaram para o convés, pelos estais e as ostagas isoladas; ao mesmo tempo, Ahab, menos precipitadamente, ainda que com bastante rapidez, era descido do seu posto.

— À água, à água! — gritou ele, logo que chegou ao seu bote, um dos de reserva, que havia sido aparelhado na tarde anterior. — Starbuck, o navio é teu... Conserva-te um pouco afastado dos botes, porém o mais próximo possível. Todos abaixo!

Moby Dick dera uma volta e desta vez, sendo o primeiro a atacar, arremeteu em direção às três tripulações, como se quisesse aterrorizá-las de um golpe. O bote de Ahab estava no meio. Animando os seus homens, Ahab disse-lhes que pegaria o cachalote pela cabeça — isto é, trataria de aproximar-se diretamente da fronte do animal — manobra não incomum — porque exclui dentro de certos limites a iminente investida lateral do cachalote. Mas antes de se alcançar esse limite e enquanto podia ver ainda os três botes tão claramente como os três mastros do navio, a baleia-branca, agitando-se com velocidade furiosa e precipitando-se num instante entre os botes, de mandíbulas abertas e a cauda como um chicote, ofereceu uma espantosa batalha de todos os lados, e sem se importar com os arpões que lhe disparavam dos botes, parecia decidida a aniquilar em separado cada uma das tábuas de que eram feitas as embarcações. Contudo, dirigidos habilmente, dando voltas sem cessar, como adestrados corcéis num campo de batalha, os botes conseguiram evitá-la por algum tempo, embora às vezes como por milagre, ao passo que a todo instante o terrível grito de guerra de Ahab afogava todos os outros gritos.

Finalmente, porém, em suas evoluções impossíveis de seguir, a baleia-branca tanto cruzou e recruzou as linhas dos arpões que se haviam cravado nela que os cabos se encurtaram e rebocaram os botes, diminuindo a distância que os separava do cetáceo. Mas este último se afastou um pouco para um lado, por um momento, como se se preparasse para um ataque ainda mais tremendo. Aproveitando essa oportunidade, Ahab deu mais cabo, e em seguida, rapidamente, tornou a puxá-la na esperança de desfazer alguns emaranhados, quando de repente, eis que divisou uma cena mais selvagem do que os dentes de tubarões em ordem de batalha.

Gotejantes, com as farpas eriçadas, presos e enroscados, nas voltas do cabo, lanças e arpões desprendidos caíram, com um estalido, nos calços da proa de Ahab. Não restava senão uma coisa a fazer. Ahab pegou na faca e rapidamente alcançou os raios de aço, puxou o cabo para fora, passou-o para bordo, ao marinheiro de proa, e cortando-a duas vezes, juntou aos calços, uniu as partes e atirou no mar o feixe de aço. Nesse instante a baleia-branca se precipitou bruscamente entre os emaranhados de outros cabos e, prosseguindo, quase arrastou irremediavelmente para as barbatanas os botes mais comprometidos de Stubb e Flask, batendo um contra o outro como se fossem duas pequenas conchas rolando numa praia açoitada por violentas ondas e, submergindo afinal, desapareceu num redemoinho fervente, no qual por algum tempo as fragrantes lascas de cedro dos botes naufragados deram voltas e mais voltas como a noz-moscada num vaso de ponche remexido a toda velocidade.

Enquanto as duas tripulações se agitavam ainda na água, procurando alcançar os seus bancos, os remos e outros objetos flutuantes, enquanto o pequeno Flask subia e descia em declive, como um frasco vazio, encolhendo as pernas no alto para escapar aos temíveis dentes dos tubarões, e Stubb reclamava insistentemente que alguém o ajudasse, enquanto que o cabo do velho cedia aos seus puxões e o aproximou do remanso para salvar a quem pudesse — nessa simultaneidade terrível de mil perigos concretos — o bote de Ahab, ainda ileso, saltou até ao céu como que puxado por mil arames invisíveis, quando o cachalote branco, como uma flecha, elevou-se perpendicularmente do mar e esbarrou a sua ampla fronte com o fundo do bote, fazendo-o dar uma e outra volta no ar, até tornar a cair na água, de boca para baixo. Ahab e os seus homens tiveram que lutar para sair debaixo dele, como focas numa cova junto ao mar.

O primeiro impulso ascendente do cachalote — que mudou a direção ao tocar a superfície — lançou-o involuntariamente a curta distância do centro da destruição que causara. Assim ficou parado um momento, voltado de costas, tateando lentamente um lado e outro com as barbatanas; sempre que por acaso um remo, um pedaço de tábua, o menor fragmento de algum dos botes lhe roçava a pele, recolhia velozmente a cauda e com ela açoitava violentamente a água. Mas, dentro em pouco, como se já estivesse satisfeito com a obra realizada até então, estirou a fronte enrugada e, arrastando após si as linhas entrelaçadas, continuou a sua marcha para sota-vento, com o passo metódico de um viajante.

Como dantes, o navio, atento, havia seguido toda a luta e, enquanto pôde, se aproximou para socorrer. Um bote novo recolheu os marinheiros, remos, tonéis e tudo o que se pode apanhar e que em seguida se depositou a salvo, no convés. Ombros, pulsos e tornozelos deslocados, contusões lívidas, arpões e lanças quebradas, complicações inextricáveis, havia de tudo, porém nenhum acidente fatal, nem mesmo grave, parecia haver atingido a qualquer dos homens. Assim como aconteceu com Fedallah, no dia anterior, Ahab foi encontrado rigidamente agarrado à metade do bote que lhe oferecia uma flutuação relativamente fácil; nem também ficou tão exausto como por ocasião do desastre da véspera.

Mas quando o ajudaram a subir para o convés, todos os olhos se fixaram nele. Em vez de conservar-se em pé firme, ficou meio agarrado ao ombro de Starbuck, que foi o primeiro a socorrê-lo. A perna de marfim havia sido arrancada e dela restava apenas uma lasca curta e pontiaguda.

— Sim, sim, Starbuck, como é agradável a gente apoiar-se às vezes sobre alguém, seja lá quem for! Ah! Quem dera que o pobre Ahab tivesse podido apoiar-se mais vezes do que o fez!

— A virola não resistiu, senhor — disse o carpinteiro aproximando-se. — E contudo fiz nesta perna o meu melhor trabalho.

— Mas espero que não tenha quebrado nenhum osso, senhor — disse Stubb, verdadeiramente preocupado.

— Sim, sim, feito em pedaços, Stubb. Mas até com um osso quebrado, o velho Ahab está intacto e a nenhum dos meus ossos vivos dou mais importância do que a esse osso morto que perdi. Nem a baleia-branca, nem homem, nem demônio podem raspar sequer o velho Ahab, no seu ser vivo e inacessível. Poderá algum prumo tocar neste solo? Poderá um mastro alcançar esse teto? Atenção, aí em cima! Para onde?

— Sempre a sota-vento, senhor.

— Erguei o timão! Tornai a empilhar as velas, marinheiros! Baixai o resto dos botes e aparelhai-vos. Vamos, Starbuck, reúne a tripulação dos botes.

— Permita-me, senhor, que o auxilie até à amurada.

— Oh, oh! oh! Como esta lasca me mutila agora! Dizer-se que o capitão de alma invencível tenha um piloto tão covarde!

— Senhor!

— É o meu corpo, homem, e não tu. Dá-me qualquer coisa que me sirva de bengala. Olha... aquela lança quebrada é suficiente. Passa em revista os homens. Estou certo de que não o vi ainda! Pelos céus! Não pode ser!... Perdido? Depressa, chama a todos!

A ideia insinuada pelo velho verificou-se. Ao fazer-se a chamada, o parse não apareceu.

— O parse... — exclamou Stubb. — Penso que o vi agarrado a...

— Que a peste negra te destrua! Todos para cima. Descei ao camarote, ao castelo de proa. Encontrai-o!... Não pode ter desaparecido!

— Sim, senhor. Ficou preso ao emaranhado do seu cabo... julgo que o vi arrastado...

— Meu cabo? Meu cabo? Foi-se? Desapareceu? Que significa essa palavra insignificante?... Que sino fúnebre a tange, fazendo o velho Ahab estremecer como se fosse o próprio campanário? O arpão também!... Remexei esses restos. Avistai-o? O ferro forjado, marinheiro, o arpão da baleia-branca... não, não, não... pedaço de asno! Essa mão o arremessou... está no animal!... Atenção, aí acima! Parados! Rápido! Todos a aparelhar os botes! Recolher os remos! Arpoadores! as lanças! as lanças! Içai um pouco mais os sobrejoanetes! Um puxão em todas as velas! Timoneiros! Firmes, firmes, por vossa vida! Darei dez vezes a volta do globo ilimitado. Sim, eu cruzarei o globo de um a outro extremo, porém hei de matá-lo!

— Deus todo poderoso! — exclamou Starbuck — mostra-te ainda que seja por um instante apenas! Nunca o capturarás, velho. Em nome de Jesus, acaba com isso, que é pior do que a possessão do demônio. Seguimo-lo durante dois dias, duas vezes nos destruiu os botes, até a tua perna foi arrancada pela segunda vez; a sua sombra maligna desapareceu... todos os anjos bons se reúnem para fazer advertências; que mais queres?... Havemos de perseguir esse peixe assassino até que ele devore o último de nós?... Iremos esperar que nos arraste para o fundo do mar? Que nos reboque para o mundo dos infernos? Oh! Oh! É impiedade e blasfêmia continuar a caçá-lo!

— Starbuck, nestes últimos tempos tenho-me sentido impelido para ti, de modo estranho, a todo o momento, desde aquele dia em que ambos vimos... já sabes o que, nos olhos um do outro. Porém na questão do cachalote teu rosto é para mim como a palma desta mão... um vácuo sem lábio nem feições. Ahab será eternamente Ahab, homem. Todo o ato será representado infalivelmente. Tu e eu o ensaiamos um bilhão de anos, antes de rolarem as ondas deste oceano. Louco! Sou o lugar-tenente do destino. Apenas cumpro ordens... Tu, subordinado, trata de obedecer as minhas ordens. Rodeai-me, homens. Vêdes um ancião mutilado, tendo apenas um coto, apoiado numa lança quebrada e sustentado num único pé. É Ahab... a sua parte corpórea. Porém a alma de Ahab é centípede; move-se com uma centena de pernas. Sinto-me fatigado, meio quebrado, como os cabos que rebocam fragatas desmanteladas no meio de um furacão, e é provável que tal seja o meu aspecto. Mas antes de que me despedace, ouvir-me-eis estalar, e até que isso aconteça, podeis ter a certeza de que o cabo de Ahab ainda reboca as suas intenções. Acreditais no que se chama de maus presságios? Então ride e soltai gargalhadas, e gritai ainda. Porque antes de se afogar, os que se afogam sobem duas vezes à superfície e logo surgem novamente, para afundar-se para sempre. O mesmo acontece com Moby Dick... durante dois dias esteve flutuando... amanhã é o terceiro dia. Sim, homens, surgirá uma vez ainda, porém somente para lançar o seu último jorro. Senti-vos corajosos, marinheiros... corajosos?

— Como o fogo intrépido — respondeu Stubb.

— E igualmente mecânicos como o fogo. — murmurou Ahab.

E enquanto os marinheiros se retiravam, continuou murmurando:

— Os chamados presságios! Ainda ontem eu falava sobre isso com Starbuck, acerca do meu bote partido. Oh! Com que bravura procuro arrebatar ao coração dos outros aquilo que com tanta força se agarra ao meu. O parse, o parse!... desaparecido, desaparecido? Seria o primeiro a se ir, porém teria de ser visto ainda uma vez, antes de chegar o meu turno... Como?... Temos aí um caso capaz de desconcertar a todos os advogados, apoiados pelos fantasmas de todos os juizes. Mas hei de resolver o enigma, hei de resolvê-lo!

Quando a tarde caiu, ainda se podia ver o cachalote a sota-vento.

Mais uma vez diminuiu-se o velame e tudo decorreu quase do mesmo modo que na noite anterior, com a única diferença porém de que o ruído dos martelos e o zumbido da pedra de amolar foram ouvidos até o amanhecer, enquanto os homens trabalhavam à luz de lanternas, aparelhando totalmente, com todo o cuidado, os botes restantes e afiando as armas para o dia seguinte. Entretanto, com a quilha quebrada do bote de Ahab, o carpinteiro fabricou-lhe outra perna. Da mesma maneira que na noite anterior, Ahab, sempre com o chapéu baixo sobre os olhos, permaneceu imóvel dentro da escotilha grande. O seu olhar oculto, como de helicóptero que antecipadamente retrocede no mostrador, estava cravado na direção de leste à espera dos primeiros resplendores do sol.

A caça. Terceiro dia

A manhã do terceiro dia rompeu agradável e fresca; mais uma vez o solitário vigia noturno do mastro grande foi substituído pelos numerosos guardas diurnos, que cobriam não somente os mastros como também todas as vergas.

— Estais vendo-o? — perguntou Ahab. Porém o cachalote não estava ainda ao alcance da vista.

— Contudo a sua esteira é infatigável. Não precisamos mais do que seguir essa esteira. Atenção, timoneiro! Firme, como até agora... Que dia magnífico! Se fosse um mundo recentemente terminado, feito para residência de verão dos anjos e esta manhã a primeira em que se lhes abrissem as portas, não poderíamos gozar de um dia esplêndido. Aqui há matéria para pensar, se Ahab tivesse tempo para isso. Mas Ahab nunca pensa! Apenas sente, sente, sente; e isso é sensação demais para um mortal; pensar é audácia. Somente Deus tem direito a esse privilégio. Pensar é, ou devia ser, frescura e tranquilidade. E nossos pobres corações palpitam, e nossos pobres cérebros batem demasiadamente forte para isso. Contudo, às vezes julguei ter o cérebro excessivamente tranquilo. Este velho crânio estala tanto como um vaso cujo conteúdo se tivesse congelado e que se fizesse em pedaços. Todavia, esse cabelo cresce agora, cresce neste momento, e é o calor que o cria. Mas não deve ser como a relva comum que cresce todas as partes, tanto nas fendas da terra gelada da Groenlândia como entre as lavas do Vesúvio. Como os ventos ferozes o fazem voar, sacudindo-o em torno de mim, do mesmo modo que os pedaços de velas rotas açoitam o navio a que estão presos! Um vento infame, sem dúvida, soprou antes de chegar aqui através dos corredores e celas de uma prisão, das salas de um hospital, e arejou-as, e agora vem soprando tão inocente como um cordeiro! Fora! Está corrompido! Se eu fosse o vento não sopraria mais num mundo tão perverso e miserável. Arrastar-me-ia para uma caverna e correria ali. Contudo o vento é nobre e heroico! Quem o conquistou jamais? Em toda luta o seu golpe é sempre o último, o mais violento. Correi, procurando evitar o vento, e não fareis mais do que correr através dele. Sim. Vento covarde, que ataca a homens completamente nus, mas não quer deter-se para receber um único golpe. Até Ahab é mais valente e mais nobre do que *isso*! Oxalá o vento tivesse um corpo. Porém todas as coisas que mais exasperam e indignam o homem mortal, todas essas coisas são incorpóreas, ainda que incorpóreas apenas como objetos, e não como agentes. A diferença é muito especial, muito sagaz, sim, muito maliciosa. Contudo, repito-o aqui e juro-o ainda, o vento tem algo de glorioso e afável. Esses cálidos ventos alísios pelo menos, que sob um céu claro sopram em linha reta, com uma doçura forte, constante, e vigorosa e não se apartam do seu rumo, por muito que mudem as correntes mais baixas do mar e se desviem os poderosos Mississippis da terra, sem saber para onde dirigir-se afinal. Pelos polos eternos! Estes mesmos alísios que tão diretamente impelem o meu navio; esses ventos alísios ou algo que com eles se parece, algo tão invariável e pleno e forte como eles, dá impulso à minha alma. A ele! Atenção aí em cima! Que vedes?

— Nada, senhor.

— Nada, e já perto de meio-dia! O dobrão sai mendigando! Olhai o sol! Sim, sim, assim deve ser. Deixamo-lo para trás. Como foi que tomou a dianteira? Sim, agora persegue-me a *mim*, em vez de *persegui-lo* eu! Mal, mal. Devia tê-lo previsto, por outro lado. Louco! Os cabos... os arpões que leva de reboque. Sim, sim, deixei-o atrás a noite passada. Atenção! Atenção! Todos abaixo, menos os vigias regulares! Aos braços!

O vento se havia mantido até então na quadra de popa do *Pequod*, porém ao apontar a proa em direção oposta, o navio teve de lutar fortemente contra a brisa, enquanto revolvia espuma da sua própria esteira branca.

— Com vento contrário navega agora em busca das mandíbulas abertas — murmurou Starbuck consigo mesmo, enquanto atava o braço maior na amurada. — Deus nos preserve, mas começo já a sentir os ossos umedecidos e a carne molhar-se dentro de mim. Desconfio de que, ao obedecer-lhe, desobedeço a Deus!...

— Todos prontos para erguer-me! — gritou Ahab avançando para o cesto de cânhamo. — Devemos encontrá-lo em breve.

— Sim, sim, senhor — respondeu Starbuck satisfazendo imediatamente o pedido de Ahab, o qual uma vez mais se balançou no alto.

Passou-se uma hora inteira. O próprio tempo continha o alento como em intensa expectativa. Finalmente a uns três pontos da proa de barlavento, Ahab avistou outra vez o jorro e imediatamente elevaram-se dos mastros três gritos como que lançados por línguas de fogo!

— Enfrento-te pela terceira vez, Moby Dick! Atenção, no convés! Braçar mais. Forçai as velas no meio do vento. Mas está muito distante para se descerem os botes, Starbuck! Estremecei as velas! Ficai ao lado do timoneiro com um martelo. Assim, assim! Ela viaja velozmente e eu tenho de descer. Porém deixai-me antes lançar um olhar ao mar, daqui de cima. Tenho mais do que o tempo suficiente. Espetáculo velho, velho, e contudo tão novo! Não mudou nem um pouco, desde o dia em que o vi pela primeira vez, menino ainda, das dunas de Nantucket. É o mesmo... o mesmo... o mesmo para Noé e para mim. Que agradável chuvarada a sota-vento! Que vista maravilhosa! Deve conduzir a algum lado... a algo melhor do que a terra comum, algum lado mais florescente. A sota-vento! A baleia-branca segue essa direção. Olhai para barlavento, pois é o melhor lado, conquanto o mais cruel. Mas, adeus velho mastaréu! Que é isso?... Verdura? Sim, musgos minúsculos nessas gretas retorcidas... Não há manchas verdes como estas na cabeça de Ahab. É essa pois a diferença entre a velhice do homem e da matéria. Contudo, velho mastro, nós dois envelhecemos juntos, conquanto sãos de cascos, não é verdade, meu navio? Sim, com uma perna de menos, somente. Pelos céus, essa madeira morta leva vantagem à minha carne viva, em todos os sentidos. Não posso compará-las. Conheci navios feitos com árvores mortas que duraram muito mais do que a vida de homens feitos da substância mais vital de pais cheios de vida... Que disse? Que iria diante de mim como piloto no fundo do mar supondo que desça esses degraus intermináveis? Durante toda a noite naveguei, afastando-me dele, seja qual for o lugar onde afundou. Sim, sim, como muitos, disseste verdades horríveis, a respeito de ti mesmo, ó parse; porém a respeito de Ahab, te enganaste. Adeus, mastro... Vigia bem a baleia-branca, enquanto eu não estiver aqui! Falaremos outra vez amanhã. Não. Esta noite. Quando a baleia-branca flutuar por ali, atada de cabeça e cauda.

Deu a ordem e desceram-no pelo ar azul, até o convés.

Em tempo devido, baixaram-se os botes. Na proa do seu, de pé, Ahab pareceu indeciso por um momento, e logo fez um sinal ao piloto que sustinha um dos cabos no convés — para que se detivesse.

— Starbuck!

— Senhor?

— Pela terceira vez o barco da minha alma zarpa nesta viagem, Starbuck.

— Sim, o senhor assim o quis!

— Alguns navios zarpam dos seus portos, Starbuck, e nunca mais se sabe deles.

— É verdade, senhor. É uma tristíssima verdade.

— Alguns homens morrem com a maré decrescendo, outros com a maré baixa, e outros em plena inundação... sinto-me agora como uma onda que é toda uma crista encrespada, Starbuck. Sou velho... aperta-me as mãos, homem.

As suas mãos se estreitaram, os seus olhares se cruzaram, Starbuck com lágrimas nos olhos.

— Oh, meu capitão, meu capitão! Nobre coração... não vá não!... Olhe, é um valente o que chora! Como é grande então, a agonia da persuasão!

— Arriai o bote — gritou Ahab afastando de si o braço do primeiro piloto. — Atenção, tripulantes!

Num instante o bote se encontrou na metade do caminho, e ao descer perto da popa, ouviu-se uma voz que saía da claraboia do camarote.

— Os tubarões! Oh, meu senhor, meu senhor, volte!

Porém Ahab nada ouviu, porque a sua própria voz se erguia então muito alto. Mas a outra voz havia dito a verdade, porque nem se afastara o bote do navio quando inúmeros tubarões que surgiram, segundo parecia, das águas negras justamente de debaixo do casco, começaram a pregar dentadas nas folhas dos remos, de cada vez que estas tocavam na água. E assim acompanharam o bote com as suas mordeduras. Esse contratempo surge muitas vezes aos baleeiros, nesses mares povoados de tubarões; estes os acompanham às vezes com a mesma presciência com que os abutres revoam no leste, sobre os estandartes de regimentos em marcha. Eram os primeiros tubarões que se observavam no *Pequod*, desde que se avistara pela primeira vez a baleia-branca, e fosse porque todos os tripulantes de Ahab eram selvagens amarelos e por conseguinte de carne mais perfumada para o olfato de tubarões — coisa que os afeta, como é sabido — fosse por outra qualquer razão, o certo é que seguiram esse determinado bote, sem incomodar os outros.

— Coração de aço temperado! — murmurou Starbuck olhando pela amurada e seguindo com a vista o bote que se distanciava — podes ainda pular intrepidamente diante desse espetáculo? Afundar a tua quilha entre tubarões famintos, e, perseguido por eles, continuar a caça nesse terceiro dia crítico? Porque quando decorrem três dias seguidos, numa perseguição contínua e intensa, com certeza o primeiro é a alvorada, o segundo o dia, e o terceiro é a Noite, o fim de tudo... seja qual for esse fim. Oh! Meu Deus! Que é que se apodera de mim e me deixa mortalmente calmo conquanto na expectativa, como que cravado no centro de um tremor? As coisas futuras passam diante de mim, como contornos vazios, como esqueletos; todo o passado se tomou confuso. Minha pequena Mary, esfumaste em passadas glórias, atrás de mim. Filho!... Parece-me ver unicamente os teus olhos se tornarem de um azul estranho. Os problemas mais difíceis da vida parecem aclarar-se para mim. Mas há nuvens entre eles.... Aproximar-se-á o fim de minha viagem? Sinto as pernas débeis, como alguém que tivesse caminhado todo o dia. E o coração? Bate ainda? Desperta, Starbuck!... Afasta esses pensamentos! Move-te, move-te! Fala em voz alta! Atenção, vigia! Vês a mão de meu filho na colina?... Enlouqueceu... Atenção, lá em cima! Conserva fixo nos botes o teu olhar mais penetrante... Observa o cachalote!... Eia! Outra vez!... Afasta esse gavião. Olha! Belisca... rompe o cata-vento, apontando para bandeira vermelha da borda do mastro. Sim, ergue o voo e carrega-a... Onde estará agora o velho? Vê esta cena, ó Ahab! Oh! estremece, estremece!...

Os botes não estavam muito longe quando Ahab, por um sinal transmitido dos mastros — um braço apontado para baixo —, foi informado de que o cachalote acabava de submergir. Como tencionava estar perto dele, quando tornasse a aparecer na superfície, continuou avançando em sentido oblíquo, em relação ao navio. A tripulação enfeitiçada mantinha o silêncio mais profundo, enquanto as ondas da frente batiam incessantemente contra a proa.

— Cravai, ondas, cravai os vossos cravos. Não fazeis mais do que martelar um objeto que não tem tampa; nem ataúde, nem féretro poderiam ser meus... somente o cânhamo pode matar-me. Sim, sim, sim!

De repente a água que os rodeava começou a crescer lentamente e logo elevou-se de um golpe, como que se apartando de um iceberg submerso que subisse a toda velocidade para a superfície. Ouviu-se um ruído surdo e prolongado, um zumbido subterrâneo, e então todos contiveram a respiração, enquanto uma forma imensa, arrastando cabos, arpões e lanças, projetou-se longitudinalmente mas em sentido oblíquo, saindo do mar. Envolta num tênue véu de neblina, pendeu um instante no ar irisado e em seguida tornou a cair nas profundezas. Quebrando--se a uma altura de dez metros, as águas chisparam um segundo, como jorros de muitas fontes, depois caíram numa chuva de escamas, deixando espumosa como o leite fresco a superfície circular em torno do marmóreo tronco do cachalote.

— Adiante! — gritou Ahab aos remadores; e os botes lançaram-se no ataque. Porém, desvairado pelos ferros do dia anterior, que lhe roíam o corpo, Moby Dick parecia como que possuído por todos os anjos rebeldes que caíram do céu. As amplas tiras de tendões soldados que se estendiam sobre a fronte branca, debaixo da pele transparente, davam a impressão de ser tecidas juntas quando o cachalote investiu de cabeça, agitando a cauda entre as embarcações que tornou a destroçar, atirando os arpões e as lanças dos botes dos dois oficiais e fazendo saltar a parte superior das proas, deixando porém a de Ahab quase intacta.

Enquanto Daggoo e Queequeg procuravam impedir que a água entrasse, o cachalote, afastando-se um pouco, deu uma volta e tornou a arremessar-se vertiginosamente entre os botes; nesse instante preciso ouviu-se um grito desvairado. Amarrado com força ao lombo do animal, preso na trama que os cabos haviam formado durante a noite, podia-se avistar o corpo dilacerado do parse, a roupa negra feita em tiras, os olhos dilatados cravados fixamente na direção do velho Ahab.

O arpão caiu da mão de Ahab.

— Enganado! — exclamou ele com um grande suspiro. — Ah! parse! Torno a ver-te... Sim, e vais adiante e é este, é *este*, pois, o carro fúnebre que prognosticaste. Porém responsabilizo-te pelo teu augúrio até a última palavra. Onde está o segundo coche? Pilotos, regressai para bordo. Esses botes são agora inúteis. Consertai-os se puderdes, e voltai para mim. Senão, basta que Ahab morra... Aos vossos postos, marinheiros! Ao primeiro que pretender saltar deste bote em que me encontro, farei sentir o fio do meu arpão. Vós não sois outros homens, individualmente; sois os meus braços, as minhas pernas; obedecei-me, pois... Onde está o cachalote? Tornou a afundar?

Mas olhou perto demais do bote; porque como se propusesse a fugir com o cadáver que levava, e como se o lugar do seu último encontro não fosse mais do que uma etapa da sua viagem para sota-vento, Moby Dick havia reiniciado a marcha uniforme e quase havia passado do navio, que navegava agora em direção oposta, conquanto naquele momento tivesse detido a marcha. O cachalote parecia nadar a toda velocidade, com o único desígnio de prosseguir na sua trajetória reta, no mar.

— Oh! Ahab — exclamou Starbuck —, não é tarde demais para desistir, conquanto seja o terceiro dia. Olha! Moby Dick não te procura. Tu, pelo contrário, o persegues como um louco.

O bote solitário, desdobrando as velas ao vento crescente, foi impelido velozmente a sota-vento pelos remos e as lonas ao mesmo tempo. Quando Ahab deslizou ao lado do navio, tão próximo que pôde distinguir claramente o rosto de Starbuck — que continuava apoiado sobre a amurada — deu-lhe ordem para virar o navio e segui-lo sem maior velocidade, a uma distância prudente. Ao olhar para cima viu Tashtego, Queequeg e Daggoo que trepavam ansiosamente em cada um dos três topos, enquanto os remadores se balançavam nos botes avariados, que acabavam de ser içados para o convés, e trabalhavam febrilmente nos reparos. Também notou fugazmente, ao passar, a presença de Stubb e Flask no convés, ocupados em fazer lanças e arpões novos. Quando viu tudo isso, quando ouviu o ruído dos martelos nos botes avariados, teve a impressão de outros tantos martelos lhe cravavam um prego no coração. Mas não se deixou vencer. Ao notar que a bandeira desaparecera do topo do mastro grande, gritou a Tashtego, que acabava de chegar àquele mastro, para que descesse e fosse buscar outra bandeira e um martelo e pregos para cravá-la no mastro.

Fosse porque se encontrava esgotada pelos três dias de perseguição incessante, ou pela resistência que lhe oferecia a carga toda emaranhada que transportava, ou porque uma astúcia e maldade latentes a impeliam a agir assim, o certo é que a baleia-branca moderou a velocidade, como se verificou, ao notar que o bote se aproximava dela com tanta rapidez, ainda que na verdade a dianteira que levava não fosse tão grande como da outra vez. Enquanto Ahab deslizava sobre as ondas, os tubarões impiedosos o acompanhavam, como que tenazmente presos ao bote, e mordiam com tanta frequência os remos ocupados, que eles ficavam todos dentados e, a cada imersão quase, deixavam lascas no mar.

— Não façais caso deles! Os seus dentes não fazem mais do que furar novos fechos nos remos. Para diante! É melhor repousar nas queixadas dos tubarões do que na água complacente.

— Mas, a cada mordida, senhor, as pás se tornam mais delgadas.

— Durarão o tempo suficiente! Adiante!... Mas, quem pode saber se esses tubarões nos seguem para regalar-se com o cachalote ou com Ahab?... Continuai remando! Sim, com força agora... Vamos nos aproximar dele. O leme! Tomai o leme! Deixai-me passar!

Dois remadores o ajudaram a passar para a popa do bote veloz.

Quando a embarcação emparelhou com a baleia-branca, esta pareceu ignorar de modo estranho a sua presença — como costumam fazer às vezes os cetáceos — e Ahab pode colocar-se quase dentro da neblina fumaçante que se desprendia do jorro e roçava em torno da imensa corcova do animal. Chegando assim tão perto, com o corpo um tanto voltado para trás e os dois braços estendidos longitudinalmente, no alto, como contrapeso, arremessou o seu feroz arpão e uma praga ainda mais feroz contra o cachalote odiado. O aço e a praga se afundaram na carne, como sugados por um pantanal, sacudindo Moby Dick numa contorção. O cachalote voltou espasmodicamente o seu flanco contra a proa e, sem furar um único rombo no bote, o fez descrever uma curva tão completa que Ahab, se não estivesse agarrado à parte alta da amurada, teria sido arremessado outra vez à água. Porém três dos remadores — que não previram o momento preciso do arremesso — foram atirados ao mar, mas de tal modo que dois deles, alguns segundos depois, encontraram-se agarrados à amurada e, auxiliados pela crista de uma onda, puderam subir para dentro do bote, ao passo que o terceiro, que se achava em situação mais difícil, em direção à proa, nadava e flutuava ainda.

Quase simultaneamente, com uma volição poderosa, o cachalote lançou-se numa corrida veloz, instantânea, através do mar agitado. Quando Ahab gritou ao timoneiro que encurtasse um pouco o cabo e o mantivesse assim e ordenou aos tripulantes que dessem volta nos bancos e se dirigissem para o alvo, nesse momento o cabo traiçoeiro sentiu o duplo puxão e saltou no ar vazio.

— Que é que se rompe dentro de mim? Algum tendão se desprende... Está inteiro outra vez! Remos! Remos! Arremessai-vos contra ele.

Ouvindo o tremendo ímpeto do bote que rompia o mar, o cachalote girou e apresentou a fronte para defender-se, mas, com essa evolução, deu pelo casco negro do navio que se adiantava e julgando-o com certeza a causa de todas as perseguições que sofria, julgando-o talvez um inimigo maior e mais nobre, lançou-se de repente contra a proa em marcha, batendo as mandíbulas no meio de uma impetuosa chuva de espuma.

Ahab bateu com a mão na fronte.

— Estou ficando cego! Estendei os braços diante de mim, para que eu possa avançar tateando.

— O cachalote! O navio! — gritaram todos os remadores assustados.

— Remos, remos! Desce até as tuas profundezas, ó mar, para que Ahab, antes que seja demasiado tarde, possa deslizar esta última vez, chegando até ao seu navio. Já vejo, já vejo! O navio, o navio! Depressa, marinheiros. Não quereis salvar o meu navio?

Mas enquanto os remadores forçavam violentamente a marcha do bote, através do mar encapelado, estalaram duas das tábuas flageladas pouco antes pelo cachalote e num instante o bote, provisoriamente inutilizado, ficou quase ao nível das ondas. Os tripulantes procuraram tapar os rombos e tirar a água.

Entretanto, Tashtego, nesse único instante de contemplação, ficou com o martelo na mão, como que suspenso no ar; a bandeira vermelha o envolveu como um manto e logo, com força, apartou-se dele tremulando como se fosse o seu próprio coração que lhe saía do peito. Por seu lado Starbuck e Stubb, de pé, nos gurupés, notaram quase no mesmo momento a arremetida do monstro.

— O cachalote! O cachalote! Acima com o leme! Acima com o leme! Ó doces potências do ar, abraçai-me estreitamente! Não permitais que Starbuck morra, se tem de morrer, num desmaio próprio de mulher. Acima com o leme, já disse!... Loucos! A queixada! A queixada! Será este o fim de todas as minhas preces, da fidelidade de toda a minha vida? Ó Ahab, Ahab, contempla a tua obra! Firme, timoneiro! Firme! Não, não! Acima com o leme, outra vez! Volta-se para nos enfrentar. Oh! dirige a sua fronte implacável contra aquele a quem o dever ensina que não pode fugir! Deus meu! Ajuda-me agora!

— Tu, que vais ajudar Stubb, quem quer que sejas, coloca-te ao meu lado, debaixo de mim, porque também Stubb aqui fica. Zombo de ti, cachalote zombeteiro! Quem ajudou alguma vez Stubb, ou o manteve desperto, senão os seus olhos que jamais pestanejam? E agora o pobre Stubb vai deleitar-se sobre um colchão demasiado macio. Oh! Quem dera que estivesse cheio de sarças. Zombo de ti, cachalote zombeteiro! Ó sol, lua e estrelas, olhai! Chamo-vos de assassinos de um sujeito tão bom como qualquer outro que tenha expelido o seu fantasma. Contudo, ainda estaria disposto a fazer um brinde convosco, sempre que me passásseis a taça! Oh! Oh! Oh! Cachalote trocista, bem depressa teremos todos os tragos que desejamos! Ahab, por que não voas? Por minha parte, fora sapatos e blusa! que Stubb morra com os seus calções! Uma morte bolorenta, decerto, e excessivamente salgada... Cerejas! cerejas! Ó Flask, quanto daria agora por uma cereja vermelha, antes de morrer.

— Cerejas? Só queria que estivéssemos agora nos lugares onde elas crescem. Oh, Stubb, espero que minha pobre mãe tenha recebido parte do meu salário; do contrário terá muito pouco dinheiro, pois a viagem está terminada.

Quase todos os marinheiros permaneciam inativos na proa do bote. Conservavam mecanicamente na mão, desde o momento em que abandonaram as suas diversas ocupações, martelos, pedaços de tábuas, arpões e lanças; todos os olhares enfeitiçados estavam fixos no cachalote, que, sacudindo de modo estranho a cabeça agoureira, de uma lado para outro, levantava agora no seu impetuoso avanço uma faixa semicircular de espuma. Todo o seu aspecto denotava retribuição, vingança rápida, malignidade eterna. Apesar de tudo o que podia fazer o homem mortal, o sólido contraforte branco da sua fronte chocou-se contra a proa de estibordo e os homens e o madeiramento estremeceram. Alguns caíram de bruços no chão. As cabeças dos arpoadores, como peças desarticuladas, sacudiram-se nos seus pescoços de touros. Ouviu-se entrar a água através da abertura, como torrentes das montanhas ao desembocar num canal.

— O navio! O féretro!... O segundo féretro! — gritou Ahab, do bote. — A madeira só podia ser americana.

O cachalote, depois de mergulhar sob o navio, correu estremecendo ao longo da quilha, mas em seguida, dando volta debaixo da água, tornou a arremessar-se saindo à superfície bastante longe da proa de bombordo, embora a poucos metros do bote de Ahab, onde, durante algum tempo, permaneceu tranquilo.

— Volto-me de costas para o sol! Olá, Tashtego! deixa-me ouvir o teu martelo! Sim! Os três capitéis que nunca se renderam, minha quilha inquebrável, meu casco intrépido. Convés firme e leme altivo e proa de ponta para o polo... Navio glorioso na desgraça! Estás condenado, pois, a perecer sem mim? Ficarei privado até mesmo da última e querida satisfação, que é dada ao mais infeliz dos capitães náufragos? Oh! Morte solitária de uma vida solitária! Sim, agora compreendo que a minha maior grandeza reside na minha maior dor. Sim, Sim! Dos vossos limites mais remotos, chegais agora aos borbotões, ondas audazes de toda a minha vida passada, e cobris a crista desta onda da minha morte! Avanço para ti, ó cachalote destruidor e invencível, até no último instante luto contigo. Do coração do inferno te apunhalo e por ser tão grande o ódio que me inspiras, cuspo sobre ti o meu último alento. Que todos os ataúdes e féretros se afundem numa vala comum; já que nenhum poderá ser meu, deixem-me ser rebocado aos pedaços, para continuar a perseguir-te, conquanto preso a ti, cachalote maldito! Assim entrego a minha lança!

O arpão foi arremessado. O cachalote ferido correu para a frente, com velocidade fulminante; o cabo desenrolou... porém demais. Ahab curvou-se para evitá-lo. Evitou-o, mas uma das voltas lhe agarrou o pescoco e silenciosamente, como os turcos silenciosos degolam as suas vítimas, foi arremessado fora do bote, antes que a tripulação o notasse. Em seguida o pesado laço da extremidade final do cabo saltou como um dardo, do carretel vazio, derrubou um dos remadores e, depois de açoitar as ondas desapareceu nas profundezas.

A tripulação do bote, tomada de pânico, permaneceu imóvel por um momento e logo, voltando-se:

— O navio? Santo Deus, onde está o navio?

Bem depressa, através de uma atmosfera confusa, ofuscante, os tripulantes do bote distinguiram o fantasma oblíquo e esfumado do navio, como numa miragem de Fata Morgana; apenas os mastros mais elevados apareciam acima da água. Os arpoadores pagãos, cravados, por fanatismo, fidelidade ou destino, nos seus postos, mantinham ainda o olhar fixo no mar. Então círculos concênctricos se apoderaram do navio solitário e de toda a tripulação, de cada remo flutuante e cada haste de lança, e dando voltas, e mais voltas, numa única voragem, arrastaram consigo até o mais insignificante pedacinho do *Pequod*.

Enquanto as últimas comoções do mar se derramavam, misturando-se, sobre a cabeça do índio descaída junto ao mastro grande, deixando visíveis apenas alguns centímetros do poste ereto e vários metros de bandeira que ondulavam tranquilamente, sobre as ondas destruidoras, pelas quais quase roçavam — neste momento, um braço vermelho e um martelo pairaram no ar livre, no ato de cravar cada vez mais firmemente a bandeira no único mastro que subsistia. Um gavião do mar — que com voz escarninha havia seguido a cruzeta maior, na descida do seu posto natural, entre as estrelas, beliscando a bandeira e importunando Tashtego — introduziu involuntariamente a asa entre o martelo e a madeira; ao sentir simultaneamente o estremecimento etéreo, o selvagem submerso, no seu último estertor, conservou o martelo paralisado ali. E assim a ave do céu, com gritos de arcanjo, o bico imperial erguido para cima, e toda a sua forma cativa envolta na bandeira de Ahab, afundou com o navio, o qual, como Satã, não quis descer ao infemo sem arrastar consigo uma parte do céu, para lhe servir de elmo.

Pequenos pássaros voavam, gritando sobre o último bocejo da voragem, uma tétrica espuma branca bateu de encontro aos costados empinados e logo tudo se acalmou, e a grande mortalha do mar continuou a ondular, com a sua ondulação imutável, a mesma de há cinco mil anos.

Epílogo

"E só eu escapei para vos dar a notícia."
Jó

O drama terminou.
Por que, pois, se adianta ainda alguém?
Porque um sobreviveu ao naufrágio.

Quis a sorte que fosse eu o escolhido pelos Fados, depois do desaparecimento do parse, para substituir o marinheiro de proa do bote de Ahab, quando aquele passou a ocupar o posto vago. Quis também a sorte que quando os três homens foram arremessados do bote no último dia, eu caísse na popa. Assim fiquei flutuando, à margem da cena que se seguiu, conquanto dominando-a com a vista, até que fui alcançado pela força de sucção semiextinta do navio afundado, a qual me arrastou lentamente para a voragem, já no fim. Quando a alcancei, ela já se havia acalmado e transformado em charco oleoso. Qual outro Ixião, comecei a dar voltas e mais voltas, cada vez mais cerradas em torno do botão de espuma negra, eixo desse círculo que girava pausadamente. Ao se aproximarem do centro vital, as borbulhas negras rebentaram e então o ataúde salva-vidas, deixado em liberdade pela força de sua mola mágica, e subindo com ímpeto notável, graças ao seu grande poder de flutuação, arremessou-se do mar, caiu na superfície e flutuou ao meu lado. Com o ataúde por boia, flutuei o dia inteiro e uma noite, sobre um oceano tranquilo e como que sepulcral. Os tubarões respeitosos passavam deslizando junto a mim, como se tivessem cadeados na boca; os gaviões do mar voavam com bicos embainhados. No segundo dia, um veleiro se aproximou mais e mais e recolheu-me afinal. O errante Rachel, voltando em busca dos seus filhos perdidos, apenas encontrou um outro órfão.

Finis

Notas

1 Nova York. (N.T.)

2 Lugar que ficava no vale de Hinnon, ao sudeste de Jerusalém, onde se adoravam ídolos e onde se passou depois a queimar o lixo e os refugos da cidade. O inferno, em sentido figurado. (N.T.)

3 *Coffin*, em inglês, significa ataúde. (N.T.)

4 Vento tempestuoso de noroeste, no Mediterrâneo. Chamado também *gregale.* (N.T.)

5 O rico, na parábola do "Mau rico e o pobre Lázaro". Chamado vulgarmente assim em virtude da ocorrência frequente do adjetivo latino *dives* (rico) nessa passagem da *Vulgata*. (N.T.)

6 Espécie de calçado que usam os índios norte-americanos. (N.T.)

7 Machadinha dos índios norte-americanos usada na caça e na guerra. (N.T.)

8 Semente de feno. (N.T.)

9 Espécie de guisado de peixe ou também de mexilhões, carne de porco salgada, bolacha, etc. (N.T.)

10 Tenda ou palhoça, de forma cônica, dos índios norte-americanos. (N.T.)

11 Comida oriental, que consiste em arroz cozido, com carne, peixe ou frango, adubado com uvas e especiarias. (N.T.)

12 Corruptela de Queequeg. Quohog é o nome que se dá a um mexilhão. (N.T.)

13 Ouriço, em inglês. (N.T.)

14 Expressão usada por marinheiros e que significa espírito ou demônio do mar. (N.T.)

15 Pesca de cachalote. (N.T.)

16 Em capítulos subsequentes, ver algo mais sobre o assunto. (N.T.)

17 Bebida oriental, feita de suco de frutas. (N.T.)

18 Não ignoro até o presente, os peixes qualificados como Lamatins e Dugongs (peixe-porco e peixe-porca, dos Coffins de Nantucket) são incluídos por muitos naturalistas entre as baleias. Porém como esses peixes-porcos formam um grupo ruidoso e desprezível, que em geral espreitam na embocadura dos rios e se alimentam de feno úmido e especialmente porque não expelem água, nego-lhes as credenciais de baleias; já lhes dei o passaporte para que saiam do reino da Cetologia. (N.T.)

19 Em inglês, *Sperm Whale.* (N.T.)

20 Em inglês, *Fin-back* (lombo com barbatana). (N.T.)

21 É impossível evitar aqui a repetição da palavra *baleia*, se se deseja manter uma sujeição estrita ao texto. (N.T.)

22 É muito fácil explicar por que motivo este livro não se denomina quarto. Isso é devido a que as baleias desta ordem, ainda que menores em tamanho do que as da ordem anterior, têm contudo alguma semelhança com elas quanto à figura da mesma maneira que o volume encadernado em quarto não conserva em sua forma reduzida a forma do volume em fólio, conquanto o volume em octavo a conserve. (N.A.)

23 A Rainha Elizabeth I da Inglaterra. (N.T.)

24 Marsopa da Baleia propriamente dita. (N.T.)

25 Há aqui um trocadilho intraduzível. Em inglês *ball* significa tanto bola com baile. (N.T.)

26 Em relação ao urso-polar talvez seja possível fazer notar, àqueles que desejam aprofundar ainda mais o assunto, que não é a brancura, considerada separadamente, o que aumenta a hediondez desse animal; porque analisando-se bem essa hediondez evidente, poder-se-ia dizer que provém somente da circunstância de que a irresponsável ferocidade do animal é coberta pelo véu da inocência celestial e do amor, por isso, reunindo emoções tão opostas na nossa alma, o urso-polar nos impressiona com um contraste inteiramente anormal. Porém, ainda mesmo admitindo que tudo isso seja verdade, justo será reconhecer que, se não fosse a brancura, não se experimentaria um terror tão intenso.

Quanto ao tubarão-branco, deve-se dizer que o deslizante abandono espectral deste ser, quando se acha em seu estado normal, equivale de modo estranho à mesma qualidade que se nota no quadrúpede polar. Essa peculiaridade é acentuada de modo mais vívido ao nome com que os franceses o designam. A missa católica romana pelos mortos começa com as palavras: *Requiem aeternam* (eterno repouso) e daí a cerimônia tem o nome de *Requiem*; dá-se ainda o mesmo nome a qualquer outra música fúnebre. Pois bem, os franceses chamam o tubarão de "requin" em virtude da sua quietude. (N.A.)

27 Lembro-me do primeiro albatroz que me foi dado ver. Foi durante um prolongado temporal, em plenas águas dos mares antárticos. Deixando a minha guarda, embaixo, subi ao convés escurecido por nuvens e ali, ao sair da escotilha maior, vi um pássaro régio *e* emplumado, de brancura imaculada, com um bico recurvado. Era sublime. Às vezes arqueava as vastas asas de arcanjo como para abraçar algum arco sagrado. Maravilhosas pulsações e estremecimentos o agitavam. Conquanto sem nenhum ferimento, soltava gritos como se fosse algum espectro de rei, em transe de angústia mortal. Através dos seus olhos inexpressivos e estranhos julguei haver penetrado os segredos que conduzem à santidade. Inclinei-me como Abraão diante dos anjos. Aquela branca figura era tão pura, as suas asas tão amplas, que sobre essas águas irremissivelmente longínquas eu esquecera as mesquinhas recordações que me ligavam às tradições e às cidades. Durante muito tempo contemplei

aquele prodígio de plumagem. Não posso expressar as coisas que me ocorreram no momento; posso apenas insinuá-las. Porém, despertei afinal e voltando-me perguntei a um marinheiro que pássaro era aquele. "É um *goney*", replicou ele. *Goney*! Nunca ouvira semelhante nome. Era possível pois que essa coisa maravilhosa fosse completamente desconhecida dos homens da terra? Não. Algum tempo depois soube que *goney* era o nome dado por alguns marinheiros ao albatroz. Portanto a ardente poesia de Coleridge nada teve a ver com essa minha impressão mística, no momento em que vi o pássaro sobre o nosso convés, porque nessa época eu não havia lido o poema nem sabia que o pássaro era um albatroz. Contudo, dizendo, não faço mais do que dar um pouco mais de brilho ao nobre mérito da poesia e do poeta. Asseguro pois que na maravilhosa brancura do pássaro jazia principalmente o segredo do feitiço, verdade tanto mais evidente devido ao seguinte: graças a um solecismo há certos pássaros chamados de albatrozes pardos e destes tenho visto frequentemente, porém não com a mesma emoção que experimentei ao encontrar o antártico.

Mas como fora apanhada aquela ave mística? Não o divulgueis, e eu vos direi: foi apanhada com linha e um anzol traidor, lançados enquanto o pássaro flutuava no mar. Finalmente o capitão fez dele carteiro: pôs-lhe no pescoço uma tira de couro na qual escreveu a data e o lugar em que se encontrava o navio, e em seguida soltou-o. Não duvido pois que essa tira de couro destinada aos homens tenha sido levada ao céu, para onde voou a ave branca a fim de juntar-se aos querubins que dobram as asas que invocam e adoram. (N.A.)

28 Desde que escrevemos isso, apareceu felizmente uma circular oficial, editada pelo Tenente Maury, do Observatório Nacional de Washington, a 16 de abril de 1851. Por essa circular sabe-se precisamente que tal carta está em vias de ser completada e, além disso, oferecem-se fragmentos dela na circular. Essas cartas dividem os oceanos em distritos de cinco graus de latitude por cinco de longitude; cruzando perpendicularmente esses distritos, há doze colunas equivalentes aos doze meses: horizontalmente, ao longo das mesmas, há três linhas, uma para mostrar o número de dias que se passou por mês em cada distrito, e as outras duas para assinalar os dias em que foram avistados cachalotes e baleias. (N.A.)

29 O que se segue são trechos da narrativa de Chace: "Todos os fatos parecem garantir-me que o que dirigiu as suas operações foi algo mais do que o acaso; efetuou dois violentos ataques contra o navio, com breve intervalo; de acordo com as suas direções, ambos eram calculados para nos causar os mais graves danos; dirigindo-se contra a proa, combinava assim a velocidade dos dois objetivos com os efeitos do choque; para isso era preciso que as manobras que fizera fossem exatas. O seu aspecto horrível indicava como que ressentimento e fúria. Surgiu diretamente do cardume no qual havíamos entrado e onde havíamos ferido três dos seus companheiros, como se os sofrimentos destes o tivessem instigado à vingança." Ainda: "Todos esses acontecimentos se deram sob os meus olhos e produziram em mim a impressão de que havia maldade calculada e decidida da parte do cetáceo (é impossível lembrar-me agora de muitas dessas impressões) e isso me leva à certeza de que a minha opinião é justa."

Eis aqui as suas reflexões, algum tempo antes de abandonar o navio, durante uma noite escura, num bote aberto, quase desesperando já de encontrar alguma praia hospitaleira: "O oceano negro e as águas agitadas nada eram; o medo de ser arrastado por alguma terrível tempestade, ou de ir de encontro a rochas ocultas e todos os outros motivos de tenor, pareciam não merecer mais do que o pensamento de um instante; o fúnebre aspecto do naufrágio e o *horrível aspecto de vingança da baleia* ocuparam inteiramente os meus pensamentos, até o dia em que ela fez uma nova aparição."

Noutra parte, pág. 45, fala do "misterioso e mortal ataque da fera." (N.A.)

30 Assim chamada por ser tecida com um pedaço de madeira que tem a forma de uma espada. (N.T.)

31 Antigo grito dos baleeiros ao avistar pela primeira vez um cetáceo do mastro grande, e ainda hoje usado entre os caçadores dos famosos emidos (espécie de tartarugas) das ilhas Galápagos (N.A.)

32 Espécie de cadeirinha colocada no dorso dos elefantes, para servir de transporte. (N.T.)

33 Porta dos traidores. (N.T.)

34 Esta parte do mar conhecida entre os baleeiros como "baixios do Brasil" não se denomina assim em vista de sua pouca profundidade, como ocorre com os baixios de Terra Nova, e sim devido à aparência de prado que lhes conferem as densas massas de *brit* que flutuam sempre nessas latitudes, onde é frequente a pesca da baleia. (N.A.)

35 Conforme se verá em outra parte, o interior da enorme cabeça da baleia espermacete é formado por uma substância sumamente leve. Essa região do seu corpo, em aparência a mais maciça, é, em grande medida, a mais flutuante. Isso toma possível matá-la facilmente fora da água, sobretudo quando — como faz de modo invariável — nada com a velocidade máxima. Além disso, o contraste que representa a enorme largura da parte superior da sua fronte e a extremidade cônica, que corta a água, da parte inferior da cabeça, sugere, quando o animal a eleva obliquamente, a ideia de um vagaroso galeão de rude proa transformando-se em bote de prático nova-iorquino. (N.A.)

36 Cabe notar aqui, para mostrar como isso é indispensável, que nas antigas pescarias holandesas empregava-se um esfregão para molhar a corda e em outras partes se usa um balde, porém o mais prático é o chapéu. (N.A.)

37 Vale a pena acrescentar aqui alguns detalhes. O modo mais seguro e eficaz de prender a baleia, é ferrá-la pelas nadadeiras da cauda: mas dada a sua maior densidade, esta região é relativamente mais pesada que qualquer outra (exceto as laterais), e sua flexibilidade, mesmo depois de morto o animal, faz com que ela imerja a grande profundidade, o que resulta impossível alcançá-lo com as mãos, de cima do bote, para prender-lhe as correntes em redor. Tal dificuldade, porém, é resolvida de uma maneira bem engenhosa: uma corda fina e forte é preparada tendo um flutuante de madeira na ponta livre e um peso no meio, enquanto a outra ponta é amarrada ao navio. Por meio de uma hábil manobra, o flutuante passa para o outro lado da baleia (o peso tendo a corda por baixo da cauda do cetáceo), é recolhido, e ata-se então a corrente a ele. Puxa-se a corda, e a corrente acompanha-a, envolvendo assim o animal,

que é amarrado fortemente na cauda, no ponto de junção das suas amplas nadadeiras. (N.A.)

38 A pá baleeira empregada no corte da baleia é feita com o melhor aço; tem o tamanho de uma mão aberta e por sua forma assemelha-se ao instrumento de jardinagem cujo nome tem, com a diferença de que as suas bordas são inteiramente planas e a parte superior bastante mais estreita do que a inferior. Conservam-na sempre o mais afiada possível, e então corta como uma navalha. Um rijo cacete de vinte ou trinta pés de comprimento, que é inserido no batoque, serve-lhe de cabo. (N.A.)

39 Seita religiosa americana, assim chamada em virtude das danças que caracterizam o seu culto. (N.T.)

40 A corda do macaco é encontrada em todos os navios baleeiros, porém apenas no *Pequod* o "macaco" e o que o sustinha ligavam-se por meio dela. Essa melhora foi introduzida, pelo próprio Stubb, a fim de garantir ao arpoador, na sua perigosa tarefa, a máxima fidelidade e vigilância da parte do seu auxiliar. (N.A.)

41 Sectário de Zoroastro; que adora o fogo. (N.T.)

42 Isso nos faz lembrar que a baleia possui com efeito algo semelhante às suiças, ou antes, bigode, que consiste em alguns pelos brancos espalhados sobre a parte do extremo externo da mandíbula inferior. Às vezes esses tufos conferem uma expressão como que de salteador à sua fisionomia em geral solene. (N.A.)

43 *Quoin* não é um termo euclidiano: pertence apenas à matemática náutica e, que eu saiba, não foi ainda definido. É um objeto que difere da cunha comum devido a que apenas um dos lados forma um plano inclinado. Também usado por impressores. (N.A.)

44 Ainda que esteja fora de propósito qualquer paralelo quanto ao volume, entre o cachalote e o elefante — visto que a este respeito há entre um elefante e um cachalote a mesma diferença que entre um cão e um elefante — não faltam contudo alguns pontos curiosos de

semelhança entre os dois: o jorro, por exemplo. É bem-sabido que frequentemente o elefante absorve água ou pó com a tromba e em seguida, levantando-a, atira com força o que absorveu. (N.A.)

45 O cachalote, à semelhança do que acontece com todos os outros cetáceos, mas diferentes de quase todos os peixes, tem os filhos indiferentemente, em qualquer época do ano; depois de um período de gestação que pode ser fixado em nove meses mais ou menos, tem apenas uma cria de cada vez, ainda que em raros casos conhecidos tenham nascido gêmeos, caso previsto por meio de duas tetas situadas curiosamente de cada lado do ânus; porém as glândulas mamárias propriamente ditas se estendem acima. Quando por acaso essas preciosas partes da fêmea, que cria, são cortadas casualmente pela lança do caçador, o leite da mãe e o sangue descoloram o mar. O leite é muito doce e rico; tem sido provado pelo homem e condiz bem com os morangos. Quando cheios de mútua estima, os cachalotes saúdam *more hominum*. (N.A.)

46 Salva Almas. (N.A.)

47 "Inútil seria raspar, em busca de âmbar gris, no ventre deste leviatã; o mau cheiro insuportável não era obstáculo à procura." (N.A.)

48 Na vulgata corresponde ao terceiro livro dos Reis. (N.T.)

49 Folhas da Bíblia! Folhas da Bíblia! Tal é o grito invariável dos marinheiros ao esmiuçador. Obriga-o a ser cuidadoso e a cortar as talhadas tão finas quanto possível, visto que quanto delgadas são, tanto mais se acelera a tarefa de ferver o azeite, e produz-se mais azeite e talvez de melhor qualidade. (N.A.)

50 Cooper, em inglês, significa toneleiro. (N.T.)

51 Nos baleeiros dedicados à pesca do cachalote que têm a bordo uma quantidade considerável de óleo há a obrigação de descer duas vezes por semana uma mangueira ao porão e inundar os barris com água salgada, a qual, com intervalos variáveis, é tirada pelas bombas do navio,

ao mesmo tempo que segundo o aspecto da água os marinheiros podem notar qualquer perda importante no precioso carregamento. (N.A.)

52 Cemitério para forasteiros, em Jerusalém (Mat., XXVII, 7). (N.T.)

53 Há aqui um trocadilho intraduzível; *man* em inglês significa homem. (N.T.)

54 Esse movimento é peculiar ao cachalote. Recebe a sua designação "alanceamento" devido ao fato de assemelhar-se ao equilíbrio vertical da lança baleeira, no exercício assim chamado, que descrevemos antes. Com este movimento, a baleia pode ver melhor, de modo mais compreensivo, qualquer objeto que a rodeia. (N.A.)

Conheça os títulos da Coleção Clássicos de Ouro

132 crônicas: cascos & carícias e outros escritos — Hilda Hilst
24 horas da vida de uma mulher e outras novelas — Stefan Zweig
A câmara clara: nota sobre a fotografia — Roland Barthes
A conquista da felicidade — Bertrand Russell
A força da idade — Simone de Beauvoir
A guerra dos mundos — H.G. Wells
A ingênua libertina — Colette
A mãe — Máximo Gorki
A mulher desiludida — Simone de Beauvoir
A náusea — Jean-Paul Sartre
A obra em negro — Marguerite Yourcenar
A riqueza das nações — Adam Smith
As belas imagens (e-book) — Simone de Beauvoir
As palavras — Jean-Paul Sartre
Como vejo o mundo — Albert Einstein
Contos — Anton Tchekhov
Contos de terror, de mistério e de morte — Edgar Allan Poe
Crepúsculo dos ídolos — Friedrich Nietzsche
Dez dias que abalaram o mundo — John Reed
Física em 12 lições — Richard P. Feynman
Grandes homens do meu tempo — Winston S. Churchill
História do pensamento ocidental — Bertrand Russell
Memórias de Adriano — Marguerite Yourcenar
Memórias de um negro americano — Booker T. Washington
Memórias de uma moça bem-comportada — Simone de Beauvoir
Memórias, sonhos, reflexões — Carl Gustav Jung
Meus últimos anos: os escritos da maturidade de um dos maiores gênios de todos os tempos — Albert Einstein
Moby Dick — Herman Melville
O banqueiro anarquista e outros contos escolhidos — Fernando Pessoa
O deserto dos tártaros — Dino Buzzati
O eterno marido — Fiódor Dostoiévski
O Exército de Cavalaria (e-book) — Isaac Bábel
O fantasma de Canterville e outros contos — Oscar Wilde
O filho do homem — François Mauriac

O imoralista — André Gide
O príncipe — Nicolau Maquiavel
O que é arte? — Leon Tolstói
O tambor — Günter Grass
Orgulho e preconceito — Jane Austen
Orlando — Virginia Woolf
Os mandarins — Simone de Beauvoir
Retrato do artista quando jovem — James Joyce
Um homem bom é difícil de encontrar e outras histórias — Flannery O'Connor
Uma morte muito suave (e-book) — Simone de Beauvoir

Direção editorial
Daniele Cajueiro

Editora responsável
Ana Carla Sousa

Produção editorial
Adriana Torres
Mariana Bard
Júlia Ribeiro
Mariana Teixeira

Revisão
Roberto Jannarelli
Stella Lima

Capa
Victor Burton

Diagramação
Futura

Este livro foi impresso em 2025, pela Reproset, para a Nova Fronteira.
O papel do miolo é Avena 70g/m^2 e o da capa é cartão 250g/m^2.